ROCHELLE MAJER KRICH

Wohin du auch gehst

Buch

Alexandra Prescott hat im sonnigen Kalifornien mit ihrem zweiten Mann Warren und dessen zwei Kindern aus erster Ehe ein unbeschwertes neues Leben begonnen. Anders als der fünfjährige Nicholas, der Alexandra akzeptiert hat, meidet Lisa die Stiefmutter und spielt sie gegen den Vater aus. Und als Alexandra endlich schwanger ist, scheint sich außer ihr niemand auf das Kind zu freuen ...

Eines Tages erhält Alexandra anonyme Drohbriefe, und die Schule, die sie leitet, wird verwüstet. Der Verfasser spielt auf einen dunklen Fleck in ihrer Vergangenheit an, von dem ihr Mann nichts ahnt. Der einzige Mensch, auf den sich Alexandra noch verlassen kann, ist Evelyn, eine treue Kollegin und Vertraute – bis ihre Freundschaft auf die Probe gestellt wird: Nicholas wird aus Evelyns Haus entführt, und Alexandra schwebt in Lebensgefahr ...

Autorin

Rochelle Majer Krich wurde für ihren Roman *Und nur der Mond schaut zu* mit dem Anthony Award ausgezeichnet. Sie lebt mit ihrem Mann und ihren Kindern in Los Angeles, Kalifornien.

Außerdem bei Goldmann erschienen

Bis daß der Tod uns scheidet. Roman (42793)
Sprich nichts Böses. Roman (43585)
Und nur der Mond schaut zu. Roman (42650)

ROCHELLE MAJER KRICH

Wohin du auch gehst

Roman

Aus dem Amerikanischen
von Janka Panskus

GOLDMANN

Die amerikanische Originalausgabe erschien 1994 unter dem Titel
»Nowhere to Run« bei Avon Books, New York

Umwelthinweis
Alle bedruckten Materialien dieses Taschenbuches
sind chlorfrei und umweltschonend.
Das Papier enthält Recycling-Anteile.

Der Goldmann Verlag
ist ein Unternehmen der Verlagsgruppe Bertelsmann

Deutsche Erstausgabe 1/98

Umschlaggestaltung: Design Team München
Umschlagfoto: Design Team München
Satz: DTP Service Apel, Hannover
Druck: Elsnerdruck, Berlin
Verlagsnummer: 43278
Redaktion: Ursula Buchheister
FB · Herstellung: Heidrun Nawrot
Made in Germany
ISBN 3-442-43278-2

3 5 7 9 10 8 6 4 2

In tiefer Dankbarkeit für meine
Schwiegermutter Toby Krich, die einem stets
großzügig ihre Zeit und ihre Liebe schenkt
und die sich auf bewundernswerte Weise ihrer
Familie widmet.

Und in liebevollem Gedenken an Jack Krich,
meinen Schwiegervater und Freund,
das »Kindermädchen« unserer Kinder,
einen Mann des stillen Humors,
der endlosen Geduld und großen Güte.

Danksagung

Mein Dank gilt meinem Kollegen und Freund Manuel Katz, der mir Einblicke in das Leben in Venice, Kalifornien, ermöglicht hat; und meiner Lektorin Lisa Wager für ihre sachkundigen Ratschläge und die gewissenhafte Betreuung – und die Lacher entlang des Weges.

1

Grelles Blitzlicht schlug ihr entgegen, als sie ins Haus trat, und zerbarst dann in lauter winzige blendende Lichtpunkte. Alexandra Prescott wich zurück. Instinktiv zog sie den Kopf ein und hob schützend den Arm vor das Gesicht, doch es folgte kein Blitzlichtgewitter. Statt dessen sagte nur ein fröhlicher, lauter Chor: »Herzlichen Glückwunsch zum Geburtstag, Alex!«

Noch immer schwebten Lichtkreise vor ihren graugrünen Augen. Alex verzog die Lippen zu einem Lächeln und blickte in die Gesichter, die hinter dem selbstgemalten Glückwunsch-Plakat standen, das an der naturfarbenen Wand über dem Bogengang zum Wohnzimmer hing.

»Das ist ... phantastisch«, sagte sie und fragte sich, ob ihre Stimme ihre wahren Gefühle verriet. »Einfach phantastisch.«

»Ich hab's gewußt, aber nichts verraten!« schrie Nicholas, ihr fünfjähriger Stiefsohn. »Ich hab's die ganze Zeit gewußt, Mommy! Stimmt's, Lisa?« fragte er seine Schwester, die eine Polaroidkamera in der Hand hielt.

Warren, Alex' Mann, kam auf sie zu. Er zog sie an sich, senkte den Kopf und küßte sie auf den Mund. »Wir haben dich wirklich überrascht, nicht wahr? Dein Herz geht ganz schnell.« Sein breites Lächeln vertiefte die zarten Falten um Augen und Mund und ließ die beinahe viereckigen Umrisse seines Gesichtes weicher erscheinen.

Alex wurde augenblicklich von der Freude und der Liebe erwärmt, die sie in seinen dunkelbernsteinfarbenen Augen erblickte. Es waren gutmütige Augen, liebevolle Augen; sie waren das erste gewesen, was ihr an ihm aufgefallen war. Sie hob die Hand an seine Stirn und strich einige Strähnen seiner dunkelbraunen Haare glatt, obwohl sie gar nicht zerzaust waren. Es erfüllte sie einfach mit einem Gefühl der Ruhe und Sicherheit, ihn zu berühren.

»Ich habe nichts geahnt«, flüsterte sie. »Ich fürchte, ich sehe schrecklich aus.« Sie trug eine stone-washed Jeans, einen roten Strickpullover aus Baumwolle, der für diesen milden Januartag warm genug war, und Adidas-Turnschuhe. Es wäre nicht zu bezahlen, als Leiterin der Vorschule Venice, Kalifornien, etwas zu tragen, was nicht praktisch und gut waschbar war. Am Morgen hatte sie ihr dickes, lockiges schwarzes Haar zu einem Pferdeschwanz zusammengebunden. Jetzt hob sie die Hand und strich die Ringellocken zurück, die sich daraus gelöst hatten.

Warren nahm ihre Hand. »Du siehst großartig aus. Abgesehen von der lila Bemalung auf deiner Nase.« Lächelnd rieb er ihr die Farbe aus dem Gesicht.

Sie konnte inzwischen wieder alles klar erkennen und ließ den Blick über Freunde und Verwandte gleiten, die gekommen waren, um ihr zum Geburtstag zu gratulieren. Sie waren alle eine Art menschliche Mitgift, dachte Alex – sie gehörten bereits lange zu Warrens Leben, bevor sie Teil von Alex' Leben geworden waren: die Lipmans und die Greens. Die Bennets und die Blairs. Die McAllisters. Die Judds.

Denise, Warrens ehemalige Schwägerin, stand bei ihrem Freund Ron; sie lächelte Alex freundlich an. Lisa, Warrens vierzehn Jahre alte Tochter, stand neben Denise, und Alex war aufs neue verblüfft, wie stark sich Tante und Nichte ähnelten. Dasselbe glatte, schulterlange, honigblonde Haar, dieselben hohen Wangenknochen; gerade, kurze Nasen; porzellanfarbene Haut; ausdrucksstarke, mandelförmige

Augen. Lisa, mit ihren ein Meter fünfundsechzig ungewöhnlich groß für ihr Alter, war nur fünf Zentimeter kleiner als ihre Tante und würde später sicherlich dieselbe gertenschlanke Statur haben.

Auch Paula Lewis war da, natürlich. Sie gehörte ebenfalls zur Mitgift – sie war bei den Prescotts als Haushälterin tätig, seit Lisa ein Säugling war. Neben Paula standen Mona und Stuart Hutchins – Denises Eltern und Lisas und Nicks Großeltern mütterlicherseits. Mona warf Alex ein gezwungenes Lächeln zu. Alex wunderte sich flüchtig, warum Stuart und sie überhaupt gekommen waren.

Alex erspähte Patty, eine Hilfsangestellte der Vorschule, und Evelyn, Alex' Assistentin und enge Freundin (sie gehörte nicht zur Mitgift; diese Freundschaft hatte Alex selbst geschlossen). Patty und Evelyn kannten beide Denise und natürlich auch Warren und die Kinder – sie kannten sie sogar länger, als Alex sie kannte –, aber sie standen trotzdem etwas abseits von den anderen. Alex erinnerte sich daran, wie sie sich bei ihrem ersten High-School-Tanzball gefühlt hatte – verlegen und nervös hatte sie sich sehnlichst einen pickeligen, schmächtigen Jungen herbeigewünscht, der sie von einem Mauerblümchen in ein Mädchen verwandeln sollte, das ganz einfach dazugehörte. Sie ging auf die beiden zu.

»Herzlichen Glückwunsch, Alex«, sagte Patty schüchtern.

»Danke, Patty.« Alex umarmte sie leicht. »Ich freue mich, daß du gekommen bist.« Sie wandte sich an Evelyn, nahm ihre Hände und schüttelte in gespielter Entrüstung den Kopf. »Also deshalb hast du mich gebeten, heute die Nachmittagsschicht zu übernehmen!«

Alex verließ die Schule für gewöhnlich um drei Uhr, so daß sie Nicholas vom Kindergarten abholen konnte; Evelyn und Patty blieben länger und beaufsichtigten die Kinder, die von ihren Eltern erst um sechs Uhr abgeholt werden konnten.

Ein Lächeln erhellte Evelyns knochiges Gesicht. »Ich bekenne mich schuldig. Jetzt wirst du mir wohl nie mehr trauen.«

»Ja, das stimmt.« Alex grinste, dann wandte sie sich an die anderen. »Ich danke euch«, sagte sie zu den Menschen, die den Raum füllten. »Ich danke euch allen. Ich weiß gar nicht, was ich sagen soll.«

»Sag ›Cheese‹, Mommy!« quiekte Nicholas. »Los, Lisa, mach ein Foto von Mommy!«

»Sag ›Geld‹«, rief jemand.

»Sag ›Sex‹!« rief Ron, und Denise sagte: »Pscht!«, aber sie lächelte, und alle lachten.

Diesmal war Alex auf das Blitzlicht vorbereitet und lächelte in die Kamera. »Cheese.«

Evelyn sagte: »Wie wäre es, wenn du deine Eltern zusammen fotografieren würdest, Lisa?«

Irgend etwas flackerte in den dunkelbraunen Augen des Mädchens.

»Komm, los, Schatz«, sagte Denise und berührte Lisa am Arm.

»Gut«, sagte Lisa. »Alex, stell dich näher zu Dad, okay?«

Sie sagte immer noch »Alex«, obwohl Warren und sie jetzt seit beinahe zwei Jahren verheiratet waren. Vielleicht würde es auch immer bei »Alex« bleiben. Nie »Mommy« werden. Aber das war verständlich, sagte sich Alex nicht zum ersten Mal. Lisa war neun Jahre alt gewesen, als ihre Mutter weniger als zwei Monate nach der Geburt von Nicholas an Komplikationen gestorben war und zwölf Jahre alt, als ihr Vater wieder geheiratet hatte. Und anders als Nicholas, der auf Alex freudig und vorbehaltlos zugegangen war, war Lisa mißtrauisch und unzugänglich gewesen, oft von einer unbenennbaren Wut erfüllt, die Warren gern »die

Teenager-Sache« nannte, aber Alex wußte, es war etwas anderes.

In den ersten Monaten hatte Alex allerdings bemerkt, wie die eisige Zurückhaltung allmählich wich, die Aggression nachließ, und wenngleich Lisa auch nicht herzlich zu ihrer Stiefmutter war (Gott, wie Alex das Wort haßte!), so schien sie Alex zumindest als Warrens Frau und Mitglied der Familie akzeptiert zu haben.

Alex stellte sich in Pose. Wieder blitzte die Kamera auf. Nicholas rannte auf sie zu. Sie hob ihn hoch, und er gab ihr einen feuchten Kuß auf die Wange. Sie drückte ihn fest an sich, zerzauste sein lohfarbenes Haar, dann setzte sie ihn wieder auf dem mit Fliesen ausgelegten Boden ab.

»Gefällt dir das Plakat, Mommy? Lisa hat es gezeichnet, aber ich habe es ausgemalt.« Stolz glänzte in seinen dunkelbernsteinfarbenen Augen, Warrens Augen.

»Das Plakat ist großartig, Nick.« *Du* bist großartig, Nick. »Dank dir, Lisa.« Sie lächelte ihre Stieftochter an.

Lisa zuckte die Achseln und strich sich mit einer jähen Bewegung das blonde Haar hinter das Ohr, aber Alex erkannte an der plötzlichen Röte auf ihren Wangen, daß sie sich freute.

Nick zwängte sich zwischen Alex und Warren. »Mach ein Foto mit mir drauf, Lisa«, wies er seine Schwester an.

Denise trat einen Schritt vor. »Ich hab' eine Idee: Ich schieße eins von euch allen vieren. Komm, Lisa, stell dich dazu.«

Lisa zögerte, dann reichte sie ihrer Tante den Fotoapparat. Warren trat einen Schritt von Nick weg, um Platz für seine Tochter zu machen, aber sie ging um Warren herum und stellte sich rechts neben ihn.

Was nur verständlich war, sagte sich Alex. Und es bedeutete letztlich nichts. Aber ihr entging nicht der Blick verhohlener Zustimmung in Mona Hutchins' Augen.

Es ging auf Mitternacht zu, als Warren und Alex mit Saubermachen fertig waren und nach oben in ihr Schlafzimmer gingen.

»Wir hätten den Rest für morgen lassen können«, sagte Warren, während er sein Hemd aufknöpfte. »Und eigentlich hättest du gar nichts machen sollen. Es war schließlich dein Geburtstag. Und Paula hat gesagt, du solltest alles stehenlassen, sie würde morgen saubermachen.«

»Ich weiß, aber getrocknete Avocadocreme ist nun mal kein schöner Anblick.« Sie schnitt eine Grimasse. Und obwohl Paula ihr wirklich das Angebot gemacht hatte, vermutete Alex, daß die Haushälterin eine weniger als fleckenlos saubere Küche mit Mißbilligung betrachtet hätte.

In vielerlei Hinsicht hatte Alex das Gefühl, als würde diese Frau sie dauernd auf die Probe stellen, sie fortwährend auf Kriterien hin prüfen, die Alex intuitiv erfassen sollte, wobei sie jedoch nicht immer den Anforderungen genügte. Heute nacht hatte sie Paula für ihre Hilfe bei den Vorbereitungen für die Feier gedankt – Paula fühlte sich schnell zurückgesetzt, das wußte Alex –, aber den ganzen Abend hindurch hatte sie einen grimmigen Zug um den Mund der Haushälterin bemerkt. Möglicherweise hatte Alex ihr nicht ausreichend genug gedankt.

»Und außerdem habt ihr, Lisa und du, ohnehin das meiste getan«, fuhr sie fort. »Und wenn alle zu einer anständigen Zeit gegangen wären ...« Sie band die Schnürsenkel ihrer Adidas-Schuhe auf, schlüpfte heraus und öffnete dann den Reißverschluß ihrer Jeans.

»Mit ›alle‹ meinst du wohl Mona und Stuart, hab' ich recht?« Warren schüttelte lächelnd den Kopf. »Sie merken nie, wann sie gehen sollten.« Er ging in das angrenzende Badezimmer und warf sein Hemd und sein T-Shirt in den eingebauten Wäschebehälter.

Oder wann sie gar nicht kommen sollten, dachte Alex. In

beiläufigem Ton sagte sie: »Um ehrlich zu sein, war ich überrascht, daß sie überhaupt gekommen sind.« Was nicht ganz stimmte. Sie kamen ständig zu Besuch, oft sogar ohne Vorankündigung. Natürlich hingen sie an ihren Enkelkindern und an Warren, aber dennoch . . .

»Nun, sie sind immerhin Denises Eltern«, sagte Warren, als er ins Schlafzimmer zurückkehrte. »Und Denise hat Lisa bei der Planung der Feier geholfen. Mona und Stuart wären gekränkt gewesen, wenn sie nicht eingeladen worden wären. Und sie mögen dich, Alex.«

Nein, das tun sie nicht, dachte Alex, während sie zum Kleiderschrank ging, um ihre Jeans aufzuhängen. Für sie bin ich nur die Frau, die den Ehemann und die Familie ihrer Tochter übernommen hat. Und das Haus. Und alles, was darin ist, mit eingeschlossen die englischen Landhausmöbel, das blauweiße Geschirr mit dem Weidenmuster und die Waterford-Stielgefäße.

Laut sagte sie: »Hast du gesehen, wie Mona auf Händen und Knien versucht hat, mit Mineralwasser den Fleck aus dem Teppich zu entfernen?« Dem Teppich ihrer *Tochter*. »Geradezu lächerlich.«

Als eine schwerere, breitere und aufgetakeltere Version von Denise hatte Mona ein zeltförmiges, hellorangefarbenes Kleid getragen, das sie gemeinsam mit ihrem neuen hennagefärbten, kurzgeschnittenen Haar und dem orangefarben angemalten Mund aussehen ließ wie eine Kürbiskopflaterne. Alex mußte schmunzeln, als sie sich das Bild wieder vergegenwärtigte.

Warren lachte. »Nein, das stimmt nicht ganz, sie hat dabei nicht auf allen vieren gekniet. Und überhaupt meint Mona es nur gut. Es war doch eine schöne Geburtstagsfeier?«

»Es war eine *großartige* Feier«, sagte Alex freudig und meinte es auch so. »Und es war so lieb von deinen Eltern, daß sie angerufen haben.«

Lieb, aber nicht überraschend. Bea und Phil Prescott waren herzlich und liebevoll zu ihr; sie zeigten deutlich, daß sie ihre neue Schwiegertochter mochten. Wie Warrens Schwester Nora und deren Mann Robert lebten sie in Chicago. Sie alle waren zu Alex' und Warrens Hochzeitsfeier gekommen, die in der Kirche stattgefunden hatte, deren Gemeinde Warren angehörte. Bea und Phil waren seitdem öfter nach Kalifornien geflogen, und Alex hatte sich über jeden ihrer Besuche gefreut.

Am Telefon heute abend hatten sie ihre übliche Klage vorgebracht, daß Alex und Warren und die Kinder zu weit entfernt wohnten. »Wir hätten niemals zulassen dürfen, daß Warren sein Jurastudium in Stanford aufnahm«, sagte Bea, nur halb im Scherz. Wie immer war es schwer für Alex gewesen, die Liebe und den Stolz in der Stimme ihrer Schwiegermutter zu hören und dabei nicht an ihre eigenen Eltern zu denken. Vor zwei Jahren hatte sie das einjährige Schweigen gebrochen und ihre Eltern angerufen, um ihnen mitzuteilen, daß sie heiraten würde. »Verstehe«, hatte ihr Vater geäußert; Alex hatte sich seinen strengen, zusammengekniffenen Mund dabei vorgestellt. Ihre Mutter hatte gesagt: »Hoffentlich wirst du glücklich«, aber in hart artikulierten, widerwillig geäußerten Silben, aus denen eine unversöhnliche Ablehnung herauszuhören war, die selbst zweiundzwanzig Monate und zweitausend Meilen nicht hatten mildern können. Alex hatte seitdem nicht mehr mit ihnen gesprochen.

Denk nicht an sie, sagte sie sich jetzt. Laß dir nicht den Tag verderben. Mit gezwungener Fröhlichkeit sagte sie: »Warren, es war eine großartige Idee von Lisa, daß sie die Feier für mich organisiert hat. Ich bin wirklich gerührt. Ich werde ihr ein paar CDs von ihren derzeitigen Lieblingsbands besorgen.« Alex wurde dafür mit einem Lächeln von Warren belohnt. »Und ich werde Denise anrufen und mich noch einmal extra bei ihr bedanken.« Sie zog ihren Pullover aus, faltete ihn und legte ihn in die Kommode.

»Gute Idee. Denise wird sich sicher darüber freuen.« Er setzte sich auf den Rand ihres Doppelbettes und nahm eine Jurazeitschrift, die auf seinem Nachttisch lag. »Ich bin froh, daß ihr zwei so gut miteinander auskommt, Alex.«

Alex war mehr erleichtert als froh darüber. Nach allem zu schließen, was sie gehört hatte, hatten Denise und Andrea, Warrens verstorbene Frau, eine sehr enge Bindung gehabt, obwohl Andrea neun Jahre älter gewesen war als ihre »kleine« Schwester. Und es war Alex von Anfang an klar gewesen, daß Denise eine besondere Beziehung zu den Kindern ihrer Schwester hatte, vor allem zu Lisa. Alex hatte nicht gewußt, was sie erwarten sollte – würde Denise sich ihr gegenüber feindselig verhalten, oder würde sie Alex ignorieren und so tun, als sei sie gar nicht vorhanden? Aber abgesehen von einer anfänglichen Befangenheit, die unter diesen Umständen nur natürlich war, hatte sich Denise ihr gegenüber großartig verhalten – sie war warmherzig und freundlich und bemühte sich, Alex in ihren Freundeskreis zu integrieren. Sie hatte sogar angeboten, mit Paula zusammen auf Lisa und Nick aufzupassen, während Alex und Warren ihre Flitterwochen in Hawaii verbrachten. Und sie hatte sofort bereitwillig und taktvoll ihre Rolle als Ersatzmutter aufgegeben. Vor allem dafür war Alex ihr sehr dankbar.

»Denise wirkt glücklich, findest du nicht, Warren? Ich glaube, sie mag Ron wirklich.«

Er sah von seiner Zeitschrift hoch und lächelte. »Ich hoffe es sehr. Es macht ihr zwar Spaß, die Häuser anderer Leute einzurichten, aber sie ist siebenundzwanzig, und es wird Zeit, daß sie einen eigenen Hausstand gründet. Sie ist sehr hübsch. Sie ist intelligent. Und sie hat einen sehr guten Charakter. Ich verstehe gar nicht, warum sie bis jetzt noch nicht geheiratet hat.« Er zuckte die Achseln.

»Muß ich etwa eifersüchtig werden?« sagte Alex heiter und blickte zu ihrem Mann. Als sie ihn ansah, dachte sie zärtlich: *Was habe ich nur für ein Glück!*

Einen Augenblick später stand er hinter ihr und legte die Arme um sie. »Niemals!«

Sie lehnte sich an ihn, ihr Kopf unter seinem Kinn. »Nicht schlecht für eine Frau von zweiunddreißig Jahren, oder?«

»Nein, ganz und gar nicht.« Er streifte ihr die BH-Träger herunter und küßte sie auf die Schultern. »Herzlichen Glückwunsch zum Geburtstag, Alex«, flüsterte er. Sein Atem strich warm über ihren Nacken.

Es überraschte sie jedesmal wieder, wie seine Berührungen augenblicklich ein sehnsüchtig kribbelndes Verlangen in ihr hervorriefen. »Du hast mir doch schon vorhin gratuliert«, sagte sie zärtlich. Sie berührte das herzförmige Medaillon aus gehämmertem Gold, das zwischen ihren Brüsten lag. Dann drehte sie sich um und schlang die Arme um seinen Hals.

»Das war fürs Publikum«, sagte er. »Jetzt ist der Glückwunsch ganz privat.«

Alex unterdrückte einen Schrei, als sie erwachte. Reglos und in Schweiß gebadet lag sie da und wartete darauf, daß sich ihr Herz beruhigte, das in ihrer Brust hämmerte. Warren schlief. Leise schnarchend lag er neben ihr. Seine nackte Brust hob sich fast unmerklich mit jedem sorglosen Atemzug. Sie war versucht, ihn zu wecken, damit er seine starken Arme um sie legte, sie wieder liebte und sie sich erneut in der Leidenschaft und Zärtlichkeit seiner Umarmung verlieren konnte. Aber er würde wissen wollen, warum sie weinte, und sie konnte ihm nichts von dem Traum erzählen. Davon konnte sie niemandem erzählen.

Der Traum war immer derselbe. Und das Aufwachen brachte keinerlei Erleichterung mit sich, da der Traum nicht von Ungeheuern oder Dämonen handelte, die vom Tageslicht oder Mondschein verbannt werden konnten. Und er handelte auch nicht von den unzähligen möglichen schrecklichen Ereignissen, die am nächsten Tag oder am übernächsten Tag oder im nächsten Jahr eintreten konnten, es aber vermutlich nicht tun würden. Nein, der Traum handelte von einem Ereignis, das in der Vergangenheit stattgefunden hatte, und es gab kein Entrinnen. Nicht einmal heute. Nicht einmal in diesem Bett neben dem Mann, den sie liebte.

Sie griff nach dem Medaillon, das Warren ihr geschenkt hatte, als wäre es ein Amulett mit schützenden Kräften, umklammerte es verzweifelt, weil sie wußte, daß es kein Amulett war. Sie würde den Traum wieder und immer wieder träumen, und er würde gnadenlos sein in seiner exakten Wiedergabe, erschreckend in seiner unerbittlichen Gleichheit; und trotz dieser Gleichheit würde der Schmerz immer wieder quälend neu sein.

»Herzlichen Glückwunsch zum Geburtstag, Alex«, flüsterte sie sich zu.

2

Das Medaillon schmiegte sich in den pechschwarzen Samt, mit dem die Schachtel ausgelegt war.

Sie nahm das Medaillon heraus und öffnete es. Bei der Geburtstagsfeier hatte sie sich gezwungen, mit den übrigen zu lächeln, als Alex gesagt hatte: »Oh Warren, es ist wunderschön!«, und zugesehen, wie sie ihn auf den Mund geküßt hatte. Ein schmerzvoller Stich hatte sie jäh durchfahren, aber keiner hatte es bemerkt. Am nächsten Tag hatte sie überall gesucht und gesucht, bis sie endlich ein beinahe identisches herzförmiges Medaillon aus gehäm-

mertem Gold gefunden hatte. Eigentlich hatte sie es nur anprobieren wollen, sehen wollen, wie es an ihr aussah, aber kaum hatte sie es angelegt und sich im länglichen Spiegel auf der Verkaufsvitrine des Juweliers angeschaut, wußte sie, daß sie das Medaillon kaufen mußte. Er würde es auch wollen. »Soll ich es als Geschenk verpacken?« hatte der Verkäufer gefragt, und sie hatte ja gesagt, denn es war ein Geschenk; natürlich war es ein Geschenk.

In ihrem Schlafzimmer schnitt sie kleine Herzen aus weißem Papier aus, bis ein Herz die exakte Form und Größe hatte, die sie brauchte. Sie legte das Musterherz auf das Polaroidfoto und zeichnete den Umriß mit einem feinen roten Filzstift nach. Dann schnitt sie mit der Nagelschere sorgfältig das Gesicht aus dem Foto aus und drückte es in die linke Hälfte des Medaillons hinein. Es paßte genau. Sie wiederholte den Vorgang mit einem Schnappschuß von ihr. Sie hatte lange gebraucht, ein Bild auszuwählen, und hatte sich schließlich für dieses entschieden, weil er es von ihr gemacht hatte und ihr gefiel, wie ihre Augen blickten, sanft und schimmernd. Du hast wundervolle Augen, hatte er zu ihr gesagt; nicht blinzeln!

Alex' Gesicht lächelte sie noch immer aus dem zerstükkelten Foto an. Sie nahm die Schere und zerschnitt das schöne Gesicht und das lange schwarze Haar und den perfekten Körper, den sie manchmal so sehr haßte. (Dann wieder fühlte sie sich, allerdings gegen ihren Willen, zu Alex hingezogen, aber sie mußte diese Momente bekämpfen. Sie verwirrten sie und erfüllten sie mit Wut.) Sie zerschnitt das Foto erst in senkrechte Streifen, dann in waagerechte, bis sie vor einem Haufen glänzendem Konfetti saß. Sie nahm die Überbleibsel von Alex' Foto, warf sie in die Toilette und schaute zu, wie sie mit dem wirbelnden Wasser hinuntergespült wurden.

Sie legte das Medaillon an. Sein Medaillon.

»Danke für mein Geschenk«, sagte sie zärtlich.

Es quälte sie, Warren zusammen mit Alex zu sehen, zu wissen, daß sie das Bett teilten. Sich darin liebten. Aber bald würde er erkennen, daß Alex nicht die Richtige für ihn war. Dann würde Alex bereits verschwunden sein, und alles wäre vollkommen, so wie es sein sollte. So wie es war, bevor Alex gekommen war. Bevor sie alles verdorben hatte.

Sie klappte das Medaillon zu. Sie stand vor dem Spiegel ihrer Frisierkommode und öffnete den winzigen Verschluß an der feinen Goldkette. Sie stellte sich vor, er würde ihr die Kette um den Hals legen. Sie würde das Medaillon jede Nacht tragen. Tagsüber würde sie es verstecken müssen, so wie ihren Schmerz.

Das Metall fühlte sich kalt auf ihrer Haut an. Sie fröstelte und schlang die Arme um sich.

Sie haßte das Warten.

3

»Nun«, sagte Dr. Pearson.

Alex, die auf einem dünnen weißen Papiertuch in dem kalten beigen Untersuchungsstuhl lag, hörte den Ton zurückhaltender Überraschung in der Stimme des Gynäkologen und spannte die Muskeln an. Sie versuchte, sein Gesicht zwischen dem V ihrer Beine zu sehen, aber sein Kopf mir dem ergrauenden, schütter werdenden Haar war gesenkt und seine Augen geschlossen, so als würde er beten.

»Entspannen Sie sich bitte«, sagte Dr. Pearson freundlich, aber bestimmt. »Wir sind fast fertig.«

Sie gehorchte sofort und legte ihren Oberkörper wieder auf die Plastikoberfläche des Stuhls, wobei sie bewußt ausatmete. Sie fragte sich, ob sich das »wir« auf den Arzt und sie bezog oder auf den Arzt und die kurzsichtige Arzthelferin im Raum, die überallhin schaute außer auf Alex oder auf den Arzt und seine erfahrenen Hände, die schnell, wirkungsvoll und ohne sexuelle Beinote ihre Brüste und ihren Bauch abgetastet hatten und jetzt die intimsten Stellen ihres Körpers untersuchten.

»Tut das weh?« fragte Pearson.

»Nein.« Es konnten nicht ihre Brüste sein, sagte sich Alex, denn Pearsons »Nun« kam erst, nachdem er sie untersucht hatte. War es etwa eine Zyste? Ihre Mutter hatte Zysten an den Eierstöcken gehabt.

»Sie können sich jetzt wieder aufsetzen«, sagte Dr. Pearson, während er die Gummihandschuhe auszog und sie in einen großen Abfalleimer warf. »Wenn Sie sich angezogen haben, kommen Sie bitte in mein Sprechzimmer.« Er rückte seine Brille mit dem Schildpattgestell zurecht, lächelte Alex an und ging aus dem Zimmer, gefolgt von der braunhaarigen Arzthelferin, die wie ein Setter hinter ihm her trottete.

Nein, es war ganz offensichtlich etwas nicht in Ordnung, sagte sich Alex, während sie sich ankleidete. Beim letzten Mal hatte Dr. Pearson gelächelt und ihr gesagt, es sei alles in Ordnung und er würde sie bei der nächsten alljährlichen Vorsorgeuntersuchung wiedersehen. Pearson hatte auch jetzt gelächelt, aber das Lächeln war unverbindlich gewesen, ein unwillkürlicher Reflex seiner Gesichtsmuskeln. Ein Lächeln, das nichts bedeutete und alles dahinter verbergen konnte. Denn, wie Alex aus Erfahrung wußte, das vermochte ein Lächeln bzw. der Lächelnde des öfteren. Sie versuchte, nicht an die schlimmsten Möglichkeiten zu denken, aber die Augen, die sie aus dem Spiegel an der Wand der winzigen, mit einem Vorhang vom übrigen Raum abgetrennten Umkleidekabine anstarrten, waren düster, mehr grau als grün, wie der Ozean bei Dämmerung.

Dr. Pearson war nicht in seinem Sprechzimmer. Alex war

bisher erst einmal in dem Raum gewesen, als sie das erste Mal zu ihm gekommen war. Die eingerahmten Diplome und Zeugnisse an den getäfelten Wänden zeugten von seiner Kompetenz, aber das konnte sie jetzt nur wenig trösten. Sie nahm vor dem wuchtigen Schreibtisch aus Kirschholz Platz und schaute auf die Uhr. Es war zehn vor zwei. Tagsüber konnte die Fahrt von Los Angeles nach Venice bei zähem Verkehr eine gute halbe Stunde dauern. Sie hatte Evelyn und Patty gesagt, sie wäre um halb drei wieder zurück, aber das würde sie nicht mehr rechtzeitig schaffen, außer sie machte sich sofort auf den Weg.

Ich sollte lieber Evelyn anrufen, beschloß Alex, und ich sollte mir besser einen Frauenarzt in meiner Nähe suchen. Doch genau in diesem Augenblick betrat Dr. Pearson das Zimmer, und Alex setzte sich aufrecht in den mit blauem Stoff bezogenen gepolsterten Armsessel.

»Nun«, sagte er wieder, als er sich setzte. Er öffnete den Ordner vor ihm und studierte das oberste Blatt. »Sie sind zweiunddreißig, stimmt das?«

Weshalb fragte er sie das? »Ja.« Zu jung für etwas Ernstes, wollte sie in lässigem Ton sagen; auf mich besteht noch Garantie. Aber natürlich gab es keine Garantiezeiten auf Körper, so wie es sie auf Toaster und Geschirrspülmaschinen und Videorecorder gab, und selbst in diesen Fällen lief die Garantie immer zwei Tage, bevor das Produkt den Geist aufgab, aus.

»Sie haben der Arzthelferin gesagt, Sie hätten Ihre letzte Periode vor drei Wochen gehabt?« Er sah hoch.

Alex nickte. »Es war um meinen Geburtstag herum.« Wenn es eine Zyste sein sollte, überlegte sie, konnte sie damit leben. Der Gedanke an eine Operation begeisterte sie zwar nicht, aber eine Operation war machbar, überlebbar.

»War sie leicht?«

»Ja. Sie dauerte nur zwei Tage. Ich denke, das habe ich

bereits gesagt.« Aber Alex hatte schon seit Jahren eine unregelmäßige Periode; Pearson wußte das, seit sie vor über drei Jahren, kurz nachdem sie nach Los Angeles gezogen war, seine Patientin geworden war. »Gibt es da ein Problem?« Bitte, laß es eine Zyste sein, dachte sie, und jetzt umklammerten ihre Hände die Armlehnen des Stuhls. Ihre manikürten Fingernägel gruben sich in das rötliche Holz.

»Ganz und gar nicht, ganz und gar nicht. Ich wollte sie nicht erschrecken. Aber das ist es, was mich erst auf eine falsche Fährte geführt hat, verstehen Sie? Aber als ich Sie dann untersucht habe und die Laborergebnisse sah ...« Er lächelte sie an. »Ich würde sagen, Sie sind seit ungefähr zehn Wochen schwanger, Alexandra.«

Sie starrte ihn an. Ihr Mund war mit einemmal trocken. »Schwanger?« Das Wort war fast ein Krächzen. »Aber meine Periode –«

»Bitte machen Sie sich keine Sorgen. Es kommt durchaus vor, daß Frauen in den ersten ein oder zwei Monaten Blutungen haben. Natürlich sollten Sie mich trotzdem sofort informieren, wenn noch mal Blutungen bei Ihnen auftreten sollten.«

»Sind Sie sicher?« brachte sie heraus. »Daß ich schwanger bin, meine ich.« Ihre Hände waren feucht. »Es gibt keinerlei Möglichkeit, daß die Testergebnisse falsch sind?« Es rauschte in ihren Ohren, als befände sie sich in einem Tunnel, und sie mußte sich vorlehnen, um seine Antwort zu verstehen.

Dr. Pearson runzelte die Stirn. »Sie scheinen außer Fassung, Alexandra. Es tut mir leid. Ich dachte – es würde ...« Er machte eine Pause. »Wenn Sie sich nicht über die Schwangerschaft freuen und einen Abbruch wünschen –«

Sie ließ sich gegen die Rücklehne fallen. »Nein! Natürlich nicht!« Sie schwieg einen Moment. »Wann – wann ist der Geburtstermin?«

»Nach meinen Berechnungen würde ich sagen, um August herum. Aber unter den gegebenen Umständen kann ich mich um einige Wochen plus oder minus irren. Wir werden das Blut untersuchen und einen Ultraschall machen, und dann kann ich es Ihnen genauer sagen.« Pearson wartete.

»Ich bin nur so überrascht«, sagte Alexandra schließlich. »Wegen meiner Periode.« Es war wieder ein enttäuschender Monat gewesen, aber sie hatte sich allmählich an die Enttäuschungen gewöhnt, und deshalb konnte sie jetzt kaum begreifen, was Pearson da sagte – daß das, was sie so lange ersehnt hatte, wahr war.

»Sie sind also absolut sicher?« fragte sie noch einmal, aber diesmal lächelte sie, und Pearson lächelte, sichtlich erleichtert, zurück. Und dann hörte sie nur noch mit halbem Ohr zu, als er darüber sprach, daß sie viel Bewegung und Ruhe brauche und sich bewußt ernähren müsse mit viel Eisen und allen lebenswichtigen Nährstoffen. Alles, woran sie denken konnte, war, wie sie es Warren erzählen würde und wie glücklich er wäre über das sich entwickelnde Leben, das sie gemeinsam gezeugt hatten, und wie unglaublich glücklich sie war – nein, nicht glücklich. Wie unglaublich *gesegnet* sie war.

Zwanzig Minuten später verließ sie Dr. Pearsons Sprechzimmer mit einer Gebührentabelle, Rezepten für pränatale Vitamine, einer Auswahl an Broschüren über die Schwangerschaft und einem Musterexemplar einer Zeitschrift, die eine glückliche Mutter mit einem pausbäckigen, grübchenwangigen strahlenden Säugling auf dem Arm zeigte.

Und mit Hoffnung im Herzen.

Als sie auf dem Venice Boulevard nach Hause fuhr, dachte sie an nichts anderes als an das Baby. (Sie hatte kaum wahrgenommen, wie sie mit dem Aufzug ins Erdgeschoß gefahren war und die medizinischen Türme des Cedars-Sinai-Krankenhauses verlassen hatte, war leicht überrascht gewesen, als sie sich plötzlich vor ihrem roten Jeep Cherokee wiedergefunden hatte.) Ja, natürlich, im Rückblick ergab alles Sinn: Die Übelkeit (sie hatte sie der Grippe zugeschrieben, die gerade umging), daß ihre Jeans und zwei ihrer Lieblingskleider plötzlich recht eng geworden waren (die schlechte Ernährung), die Müdigkeit, mit der sie tagsüber kämpfte (wieder: die Grippe).

Es war fast drei Uhr, als Alex den Jeep vor dem gelb und weiß gestrichenen, mit Stuck verzierten, einstöckigen Gebäude auf der Brooks Avenue parkte. Ihre Vorschule. Immer noch durchfuhr sie ein Freudenschauer, wenn sie sie erblickte, staunte sie immer noch, wie das Schicksal oder Glück sie eines Sonntags hierhergeführt hatte, vor zweieinhalb Jahren, anläßlich eines Venice Beach Kunstfestivals, und ihren Weg mit Cybil Manning hatte kreuzen lassen. Die zwei Frauen waren ins Gespräch gekommen, nachdem sie eines der ausgestellten Bilder bewundert hatten – eine übergroße, sinnliche, an Georgia O'Keefe erinnernde Schwertlilie, erinnerte sich Alex. Ich wünschte, ich könnte malen, hatte Cybil mit einem Seufzer gesagt, Sie nicht? Und Alex hatte erwähnt, daß sie gemalt hatte, aber jetzt Vorschullehrerin in Los Angeles war und daran dachte, eine eigene Vorschule zu eröffnen; sie hatte eine gehabt, bevor sie nach L. A. gezogen war. Was ist die Welt doch klein, hatte Cybil gesagt; sie habe eine Vorschule und plane, sie aufzugeben; ob Alex daran interessiert sei, sie zu kaufen. Ich glaube nicht, hatte Alex sofort geantwortet, denn warum sollte sie ausgerechnet nach Venice ziehen? Es war der letzte Platz auf Erden, wo sie sich vorstellen konnte zu leben.

Aber Cybil hatte ihr trotzdem ihre Visitenkarte in die Hand gedrückt. Denken Sie darüber nach, hatte sie gesagt. Eine Woche später war Alex wieder nach Venice gefahren, hatte sich Cybils Schule angesehen und sich augenblicklich in das freundliche, gut erhaltene Gebäude verliebt und in die fröhlich angemalten, bunten Turnanlagen im eingezäunten Hinterhof. Und in die Kinder. Cybil und Alex waren übereingekommen, daß Alex die Schule sechs Monate lang leiten sollte; wenn sie ihr zusagte, würde sie sie anschließend kaufen. Wenn nicht, nun, dann wäre niemandem ein Schaden entstanden.

Natürlich hatte es Alex gefallen. Evelyn Goodwins Herzlichkeit, Kooperationsbereitschaft und Freundschaft hatten ihr den Übergang beinahe mühelos gemacht. Und trotz ihrer Bedenken hatte Alex Venice sofort ins Herz geschlossen. Es war eine Strandgemeinde mit Lokalkolorit und einem ganz eigenen Charme, mit Kunstgalerien und Cafés mit Außenterrassen, mit Fußgängerzonen und Wegen, wo Rollerskater und Radfahrer entlangsausten, und Sandflächen, wo Bodybuilder ihre geölten, gut ausgebildeten Muskeln trainierten.

Es war nicht das »Venedig Amerikas«, das sich sein Gründer, Abbot Kinney, um Anfang 1900 herum ausgemalt hatte. Alex hatte über Kinneys Traum gelesen, Amerika eine kulturelle Renaissance zu bringen. Er hatte Kanäle in das sumpfige Land gegraben, das er besaß; er hatte Hotels gebaut, einen Veranstaltungssaal, Bogengänge, alle mit pseudoitalienischen Fassaden. Die kulturelle Renaissance hatte jedoch niemals Wurzeln geschlagen; die Leute, die in Scharen nach Venice strömten, waren, wie Kinney schnell gelernt hatte, mehr an Unterhaltung interessiert gewesen denn an Kultur, und er hatte ihre Bedürfnisse erfüllt.

1920, sechs Wochen nach Kinneys Tod, war der Pier, den er gebaut hatte, abgebrannt; 1929 wurden viele der Kanäle zugeschüttet. In den folgenden fast vierzig Jahren kam Venice allmählich herunter; aus harmloser Verwahrlosung wurde Schäbigkeit. Dann hatten die Beat-Poeten es wiederentdeckt. Die bildenden Künstler folgten nach. Langsam wurde der einst berühmte Treffpunkt und Ausflugsort restauriert und gewann seine Beliebtheit zurück. Millionenteure Häuser standen jetzt auf Grundstücken, die an die übriggebliebenen Kanäle in South Venice angrenzten, aber Kinney, dachte Alex, wäre wahrscheinlich enttäuscht zu sehen, was aus seinem Traum geworden war.

Für Alex hatte sich Venice allerdings als der perfekte Ort herausgestellt. Und das schon, bevor Warren Prescott ihr klargemacht hatte, daß sein Interesse an ihr über ihre Rolle als Erzieherin seines zweieinhalb Jahre alten Sohnes weit hinausging. Sie hatte sich erst zurückgezogen, wie eine Schildkröte sich in ihr Haus zurückzieht – aber nicht, weil sie sich nicht zu ihm hingezogen fühlte, sondern genau aus diesem Grund. Der Gedanke, noch mal von vorn anzufangen, ein neues Glück zu finden, machte sie nervös, quälte sie und erschreckte sie aufs äußerste. Doch mit seiner ruhigen, ernsten Beharrlichkeit hatte er schließlich ihren Widerstand gebrochen.

Und jetzt war sie schwanger.

Der Hof war leer. Evelyn und Patty waren drinnen und lasen den vierzehn Tageskindern eine Geschichte vor. Sechs von ihnen blieben jeden Tag bis um sechs Uhr. Es gab zusätzlich zehn Halbtages-Vorschüler, die nur bis mittags blieben.

Alex stand im Eingang, unbemerkt von den Jungen und Mädchen, die im Schneidersitz in einem Kreis auf dem gelbweiß-karierten Vinylboden saßen. Sie hatten sich vorgebeugt und hörten versunken zu, während Evelyn »Corduroy« vorlas. Sie nahmen ihre Augen nur von ihr, wenn Patty von Zeit zu Zeit eine der Zeichnungen hochhielt. Es war eine rührende Erzählung, eine von Alex' Lieblingsgeschichten. Sie handelte von einem kleinen Mädchen, das sich in einen kaputten Teddybär verliebt und ihn mit nach Hause nimmt. Evelyn liest die Geschichte mit sehr viel

Gefühl, dachte Alex, und dann: *Das werde ich auch bald meinem Sohn oder meiner Tochter vorlesen.*

»Ende«, sagte Evelyn einige Minuten später, und sofort erhob sich Geschrei: »Noch eine! Noch eine!« Zusammen mit Evelyn und Patty beaufsichtigte Alex die Kinder anschließend beim Aufräumen der Puzzles, Kreidefarben, Legosteine, Lastwägen und Puppen.

»Wie lief es?« fragte Alex, als sie die Bücher in eines der zweireihigen Bücherregale zurückstellte, die an der Wand standen.

»Gut. Ein Wutausbruch und ein Badezimmerunfall.« Evelyn lächelte und fuhr sich mit den Fingern durch das glatte, schulterlange mittelbraune Haar. »Patty und ich hatten alles im Griff. Warum machst du dir bloß immer solche Sorgen?«

»Ich weiß auch nicht«, gab Alex zu. »Eine Angewohnheit, schätze ich.« *Kinder sind eine ernstzunehmende Verantwortung, Alexandra.* Das hatten ihr ihre Eltern schon früh eingebleut und sie unablässig daran erinnert. *Du darfst beim Babysitten nicht fernsehen, Alexandra. Dafür bezahlen dich die Thompsons nicht.*

»Was ist mit Bobby?« fragte Alex Evelyn. »Mir ist aufgefallen, daß er nicht bei den anderen im Kreis saß. Hat er sich mit jemandem geprügelt?«

»Mit Richie, da du es gerade ansprichst. In letzter Zeit prügelt er sich dauernd herum, oder er heult. Aber ich glaube nicht, daß es etwas Ernstes ist.«

»Mag sein«, sagte Alex nicht überzeugt. Bobby Lundquists schlechte Laune machte ihr Sorgen. »Ich denke, ich werde mal mit seiner Mutter reden.«

Evelyn runzelte die Stirn. »Du wirst sie bloß unnötig aufregen, Alex. Es ist wahrscheinlich nur eine Phase. Was ist mit dir? Alles in Ordnung?« fragte sie mit gesenkter Stimme.

»Alles in bester Ordnung.« Alex lächelte. »Es ist sogar –« Sie hielt inne. Als erstes sollte es wirklich Warren erfahren, oder nicht? Sie hatte ihn von Dr. Pearson aus angerufen; seine Sekretärin hatte ihr mitgeteilt, daß er in einer Besprechung mit einem wichtigen Mandanten war. Alex hatte ihm die Nachricht nicht durch das Funktelefon im Jeep übermitteln wollen. Es rauschte zuviel; es herrschte keine intime Stille. »Ich erzähl's dir später«, sagte sie zu Evelyn.

»Was erzählen? Um was für ein Geheimnis geht es denn?«

»Kein Geheimnis. Es ist nur –« Sie warf einen schnellen Blick hinter sich. Patty stand nur ein paar Meter von ihnen entfernt, aber sie war damit beschäftigt, einem Kind beim Malen zu helfen. Alex wandte sich wieder an Evelyn. »Ach, was soll's, Ev, aber versprich mir, daß du Warren nicht erzählst, daß ich es dir vor ihm erzählt habe. Ich bin schwanger!« flüsterte sie. Sie merkte, daß sie grinste, als sie die Worte aussprach.

Evelyn riß ihre braunen Augen vor Überraschung weit auf. »Das ist nicht möglich! Aber ich dachte –«

»Dr. Pearson meinte, es sei keine Periode gewesen. Glaub' mir, ich bin genauso verblüfft wie du.«

»Das ist großartig«, sagte Evelyn. Sie umarmte Alex fest. »Ich weiß, wieviel dir das bedeutet und auch Warren. Ich habe für euch gebetet.« In ihren Augen glitzerten Tränen.

»Nun, deine Gebete wurden erhört«, sagte Alex sanft. »Du bist eine wunderbare Freundin, Ev.«

»Die beste.« Evelyn lächelte. »Aber schließlich machst du es mir auch nicht schwer.«

Evelyns Lächeln, fand Alex, machte ihr Gesicht noch hübscher und ließ sie weit jünger aussehen als dreiunddreißig. Sie hatte eine helle, beinahe durchsichtige Haut und trug wenig Make-up, nur einen rosigen Hauch Rouge auf ihren Wangen und blassen rosaroten Lip gloss auf ihren weichen, schön geformten Lippen.

»Nun, jetzt bin ich wohl an der Reihe, ein gutes Wort für dich einzulegen«, sagte Alex heiter.

»Aber nicht für ein Baby, hoffe ich doch!« Evelyn lachte und errötete. »Ich denke, vorher sollte ich wohl besser noch heiraten, oder nicht?«

»Wahrscheinlich.« Alex grinste. »Was sagt Jerry denn dazu?«

Jerry war der Verkäufer von Computersystemen, mit dem Evelyn ausging. Vor sechs Monaten war er an die Vorschule gekommen, um Alex ein System zu verkaufen. Sie hatte keines gebrauchen können, aber er war bei der Gelegenheit Evelyn begegnet und hatte sie gefragt, ob sie mit ihm ausgehen wolle. »Liebe auf den ersten ›Byte‹« hatte Alex gewitzelt.

»Nichts Besonderes«, sagte Evelyn. »Aber er hat in der letzten Zeit ein paar Andeutungen gemacht und läßt sich alle möglichen romantischen Sachen einfallen. Bringt mir Blumen mit und so. Du weißt . . .« Lächelnd reichte sie Alex einen Bücherstapel.

Alex stellte die Bücher ins Regal. »Ich freue mich immer über Blumen.« Sie seufzte. »Warren bringt mir nicht oft welche mit, aber wenn, dann fühle ich mich immer so, als wären wir gerade frisch verliebt. Klingt, als würde es ernst mit euch zweien werden«, fügte sie hinzu und grinste wissend.

»Ich möchte aber nichts überstürzen«, sagte Evelyn plötzlich ernst. »Ich mag Jerry, und er mag mich. Aber, na ja, . . . man macht leicht einen Fehler.«

Alex berührte Evelyn am Arm. »Klar. Du hast recht.« Evelyn hatte gleich nach der High-School geheiratet, es war eine zu überstürzte und zu kurze Ehe gewesen, wie Alex wußte, und danach hatte sie noch ein paar Beziehungen gehabt. Evelyn hatte bei ein paar Gelegenheiten Bemerkungen darüber gemacht, es aber nicht näher ausgeführt. Und Alex war nicht weiter in sie gedrungen.

»Jetzt haben wir aber genug über mich geredet«, sagte Evelyn. »Warum hast du es Warren noch nicht gesagt? Er wird überglücklich sein.«

»Ich habe ihn vom Arzt aus nicht erreicht, und jetzt, na ja, jetzt ist es eigentlich auch schon egal. Ich möchte es ihm ohnehin lieber persönlich sagen.«

Evelyn nickte. »Ich denke, du hast recht. Was ist mit den Kindern? Wirst du es ihnen auch gleich erzählen?«

»Nicht Nicholas. Für ihn ist August noch eine Million Jahre entfernt. Im August ist nämlich der Geburtstermin«, erklärte sie. »Und was Lisa betrifft . . . Ich bin nicht sicher, was am besten wäre. Was denkst du?«

»Wenn du's ihr später sagst, wird sie möglicherweise das Gefühl haben, du hättest es vor ihr verborgen, sie ausgeschlossen.« Evelyns Brauen waren nachdenklich zusammengezogen. »Auf der anderen Seite kommt ihr gerade in der letzten Zeit etwas besser miteinander aus. Und sie wird womöglich Probleme mit dem Gedanken haben, daß du und Warren ein Kind haben werdet, daß ihr . . .« Ihre Stimme versagte.

»Sex miteinander haben«, ergänzte Alex für sie. »Es miteinander tun.« Sie grinste. »Ich weiß. Ich erinnere mich noch daran, wie ich als Jugendliche den Gedanken fand, daß meine Eltern miteinander schlafen. Es war mir unangenehm, erschien mir unglaublich. Fast widerlich. Und ich bin noch nicht einmal Lisas Mutter.« Alex seufzte. Würde Lisa, abgesehen davon, daß sie es zunächst merkwürdig fände, den Gedanken verabscheuen, daß Alex und Warren ein Kind bekamen? Oder würde das Kind sie näher zusammenbringen?

»Frag Warren«, sagte Evelyn.
»Du hast recht. Das werde ich tun.«

Sie erzählte es ihm am späten Abend. Sie hatten sich gerade geliebt, und sie schmiegte sich in seine Armbeuge, ihr Bein über seines gelegt. Sie strich mit der Hand über seine Brust, dann zog sie die Umrisse seines kantigen Unterkiefers nach, seinen breiten Mund, die gerade Linie seiner Nase. Er sah so gut aus, dachte sie. Wenn das Kind ein Junge werden würde, hoffte sie, es würde Warren ähneln.

»Ich war heute bei Dr. Pearson«, sagte sie.

»Ist alles in Ordnung?«

Sie hörte die Besorgnis in seiner Stimme und schmiegte sich enger an ihn. »Alles in Ordnung. Sogar in bester Ordnung.« Sie machte eine Pause. »Ich bin schwanger, Warren.« Sie lächelte in die Dunkelheit hinein.

Die Hand, die ihren Arm gestreichelt hatte, hielt inne. »Bist du sicher?« Ein wachsamer Unterton schwang neben der Überraschung in seiner Stimme mit. »Ich dachte –«

Sie wiederholte, was Pearson ihr gesagt hatte. »Ist das nicht großartig?«

»Es ist großartig«, stimmte er ihr leise zu. Er war einen Moment still, und sie fragte sich, woran er gerade dachte. Dann sagte er: »Wann ist der Geburtstermin?«

»Irgendwann im August. Keine Schule, keine Sorgen. Der perfekte Zeitpunkt.« Sie lächelte. »Dr. Pearson sagt, er wird den Termin genauer bestimmen können, wenn er den Ultraschall gemacht hat«, fügte sie hinzu.

»Da wir gerade von Pearson sprechen, Alex, ich denke, du solltest dir einen Frauenarzt in der Nähe suchen. L. A. ist zwar nicht weit, aber du wirst jeden Monat zum Frauenarzt gehen müssen, gegen Ende sogar noch öfter.«

Dr. Pearson hatte dieselben Bedenken geäußert und angeboten, Alex an einen Kollegen in Venice oder Santa Monica zu überweisen. Sie hatte abgelehnt. »Ich mag Dr. Pearson, Warren. Ich will keinen anderen Arzt. Und er hat Belegbetten in der St.-John's-Klinik in Santa Monica. Die ist nicht mal zwanzig Minuten von uns entfernt.«

Es war ein ausgezeichnetes Krankenhaus, hatte Pearson ihr gesagt. Es war kleiner als das Cedars und konnte deshalb bessere personelle Betreuung bieten; viele Prominente Hollywoods ließen sich aus diesem Grund im St. John's operieren.

»Das ist gut«, sagte Warren. »Aber was ist, wenn die Wehen einsetzen? Pearson braucht eine ganze Weile zum St. John's, oder nicht?«

»Ich soll ihn sofort anrufen, sobald ich die erste Kontraktion spüre.«

»Das dürfte klappen, denke ich. Da es dein erstes Kind ist, wird die Geburt sicher etwas länger dauern.« Warren machte eine Pause. »Was ist mit September, Alex? Was wirst du mit der Vorschule machen?«

Sie fühlte einen Stich der Enttäuschung, gepaart mit Verärgerung. Sie bekamen ein Kind! Sie hatte Euphorie erwartet, und nicht, daß sie über so profane Details sprachen wie über ihre Arbeit und wo sie entbinden würde.

»Evelyn kann alles übernehmen, bis ich zurückkomme, und wir werden eine Zeitlang zusätzlich jemanden einstellen. Und ein Kindermädchen natürlich auch.«

»Paula kann sich um das Baby kümmern, Alex.«

Sie spannte sich an. »Warren, ich –«

»Ich weiß. Paula arbeitet jetzt drei Tage die Woche für Denise. Aber ich bin sicher, Denise wird nichts dagegen haben, sich jemand Neues zu suchen. Und Paula wird begeistert sein, wenn sie hier wieder Vollzeit arbeiten kann. Sie sagt immer wieder, wie sehr ihr die Kinder fehlen.«

Wie sage ich's ihm bloß? fragte sich Alex. Sie wählte ihre Worte sorgfältig und sagte: »Ich habe überlegt, ob ich mir nicht jemand Jüngeren suche.« Jemand Neuen, der nicht Teil der Mitgift ist; jemand, der mich nicht als Frau und Mutter auf den Prüfstand stellt. Der mich nicht mit Andrea vergleicht.

»Paula ist eine Perle, Alex«, beharrte Warren mit aufwallender Begeisterung. »Sie ist mit Lisa großartig umgegangen und später mit Nick, als Andrea ...« Seine Stimme versagte. »Ich weiß nicht, wie ich es ohne sie geschafft hätte«, schloß er in einem ruhigeren, beinahe düsteren Ton. Er warf Alex einen Blick zu. »Es sei denn, irgend etwas an ihr stört dich?«

Alex zögerte, dann sagte sie: »Nein, eigentlich nicht.« Feigling! sagte sie zu sich. »Laß mich drüber nachdenken, okay?«

»Klar. Es sollte unsere gemeinsame Entscheidung sein, Alex, nicht meine alleine.« Er lächelte. »Übrigens, macht sich Pearson eigentlich Sorgen, weil es dein erstes Kind ist? Weil du über dreißig bist, meine ich.«

Sie rückte etwas von ihm ab und nahm ihr Bein von seinem. »Viele Frauen warten mit dem Kinderkriegen, bis sie in den Dreißigern sind. Und mit zweiunddreißig bin ich doch noch nicht alt und gebrechlich, Warren. Das hast du doch vor drei Wochen bei meiner Geburtstagsparty auch noch nicht so gesehen.« Sie bemühte sich, ihre Stimme leicht klingen zu lassen, den Ärger zu verbergen, den sie fühlte.

»Natürlich bist du mit zweiunddreißig nicht alt und gebrechlich«, sagte er, hörbar überrascht von ihrer Gereiztheit. Mit besänftigender Stimme fügte er hinzu: »Ich bin sicher, alles wird gutgehen, Alex. Vielleicht sollte ich trotzdem mal mit Pearson sprechen, um herauszufinden, ob es irgendwelche Vorsichtsmaßnahmen gibt, die du –«

»Falls Pearson irgendwelche Bedenken hat, wird er sie mir sicherlich mitteilen«, fuhr sie ihn an. Mit Mühe milderte sie ihre Stimme. »Pearson sagte, ich sei gesundheitlich in großartiger Verfassung, Schatz. Und er wird mich für eine Fruchtwasserentnahme eintragen, um sicherzugehen, daß das Baby gesund ist. Es ist reine Routine, sagt er.«

»Okay.« Er strich ihr über den Arm. »Reg dich nicht auf, Alex.«

»Es tut mir leid. Ich wollte dir nicht den Kopf abreißen.« Alex zögerte, dann sagte sie: »Es war einfach nicht die Reaktion, die ich erwartet habe. Seit Monaten versuchen wir schon, ein Kind zu bekommen, und jetzt, da ich endlich schwanger bin . . . Freust du dich denn gar nicht?« Tränen brannten ihr in den Augen.

»Natürlich freue ich mich.« Er beugte sich zu ihr und küßte sie. »Es kam nur so überraschend, das ist alles. Warst *du* denn gar nicht überrascht, als Pearson es dir gesagt hat?«

»Doch.« Warren hatte recht, natürlich. Sie war nicht gerecht. Seine Reaktion auf die Neuigkeit hatte nur ihre eigene widergespiegelt. Sie sah Probleme, wo keine waren, wie immer.

»Meine Eltern werden sich freuen«, sagte Warren. Er zögerte, dann sagte er: »Alex, wirst du deine Eltern benachrichtigen?«

Sie spürte, wie sich ihre Bauchmuskeln zusammenzogen. »Ich weiß nicht.«

»Alex, denkst du nicht –«

»Nicht jetzt, okay?« Erneut bereute sie ihren Tonfall. »Tut mir leid. Ich möchte das nur nicht heute nacht besprechen. Die heutige Nacht ist etwas Besonderes.« Sie rückte näher an Warren heran und legte ihren Kopf auf seine Brust. Er strich ihr übers Haar. »Warren, sollen wir es Lisa sagen? Ich bin mir unsicher, wie sie reagieren wird – vielleicht ist es ihr unangenehm und peinlich. Ich weiß es nicht. Aber ich möchte auch nicht, daß sie sich ausgeschlossen fühlt. Es könnte vielleicht sogar ein Weg sein, daß wir zusammenfinden.«

Er dachte einen Moment nach, dann sagte er: »Wir sollten es ihr noch nicht sofort sagen. August ist noch lange hin. Ich erinnere mich, wie ungeduldig Lisa war, als –« Er brach ab.

Als Andrea mit Nicholas schwanger war, vollendete Alex den Satz im stillen. Warum kannst du es nicht aussprechen? »In Ordnung. Ein Vater weiß am besten, was gut für seine Kinder ist.« Sie legte sich auf den Rücken.

»Ich liebe dich, Alex.« Es lag ein ruhiger Nachdruck in seiner Stimme.

»Ich weiß.«

»Ich freue mich wirklich auf das Kind. *Unser* Kind.« Er legte seine Hand auf ihren Unterleib.

»Auch das weiß ich«, sagte sie und bedeckte seine Hand mit ihrer. Sie fragte sich, warum sie trotzdem den hauchzarten Stich eines Gefühls spürte, das sie nicht ganz definieren konnte.

Später, als er eingeschlafen war, stahl sich Alex aus dem Bett. Auf Zehenspitzen lief sie zur Kommode und öffnete vorsichtig die mittlere Schublade. Hinten, unter einem sauberen Stapel Unterhosen, Unterröcken und Strumpfhosen versteckt, lag ein hellgrauer Umschlag. Sie nahm ihn heraus, setzte sich auf den Boden und öffnete ihn. Wie immer zitterten ihre Hände, als sie den Inhalt in ihren Schoß schüttete.

Als sie fertig war, legte sie den Umschlag zurück, schloß die Schublade und schlich zu den Balkontüren aus Glas, von denen man auf den ovalen Swimmingpool hinausblicken konnte. Sie zog den Vorhang beiseite und schaute auf das Spiegelbild der Mondsichel, die als silber-goldenes Boot auf dem stillen schwarzen Wasser schwamm.

Sie hörte, wie die Decke raschelte. Einen Augenblick später liebkosten seine Hände ihre bloße Schulter.

»Alex?« fragte Warren zärtlich. »Du zitterst ja. Ist alles in Ordnung?«

»Mir geht es gut.« Sie ließ den Vorhang wieder fallen. »Ich konnte einfach nicht schlafen.«

Er drehte sie zu sich herum und berührte ihre Wange. »Du hast geweint.«

Sie könnte es ihm jetzt erzählen, dachte sie. Sie könnte es ihm jetzt erzählen, und obwohl dadurch die Alpträume wahrscheinlich nicht aufhören würden, niemals aufhören würden, könnte sie sich zumindest von dem schlechten Gewissen befreien, das sich Tag für Tag, Schicht um Schicht, vergrößerte. *Die Wahrheit zu sagen befreit,* hatte ihr Vater ihr immer gesagt. Aber stimmte das wirklich?

»Es ist wegen Larry, nicht?« flüsterte Warren und streichelte ihren Arm.

»Warren –«

»Alex, es ist nur natürlich, daß du an ihn denkst, daß du traurig bist, weil er gestorben ist, bevor ihr Kinder zusammen haben konntet. Hast du deshalb geweint?«

Die Wahrheit erstarb irgendwo in ihrer Kehle. »Ich weine vor Freude«, sagte sie. Sie bemerkte den fragenden Blick in seinen bernsteinfarbenen Augen. »Und wegen der Hormone, nehme ich an.« Ihr Lächeln war zittrig. Ihre Augen drohten sie mit neuen Tränen zu verraten. Sie vergrub ihr Gesicht an seiner Brust.

»Komm zurück ins Bett«, sagte er.

4

»Darf ich auch mitkommen?« fragte Nicholas Alex.

Sie saß auf einem grünen Plastikschemel vor dem Frisiertisch im Badezimmer, und er stand hinter ihr und sah zu, wie sie sich schminkte.

»Lippenstift«, sagte sie. Sie deutete auf den Estée-Lauder-

Lippenstift, den sie für heute ausgewählt hatte. Er reichte ihn ihr. Es war ihr gemeinsames Ritual, und sie genoß es. Sie trug den korallenroten Lippenstift auf, dann reichte sie ihm die goldene Röhre wieder. »Fertig. Vielen Dank!«

»Bitte. Also, darf ich nun mitkommen?« Nicholas entfernte sich vom Frisiertisch.

»Nein.« Sie prüfte ihr Gesicht im Spiegel und verrieb etwas von dem Rouge auf ihren Wangen.

Warren betrat das Bad. »Was darf Nicholas nicht – he!« sagte er in scharfem Ton zu seinem Sohn. »Geh da sofort weg! Du kannst dir den Kopf aufschlagen, wenn du da hineinfällst.«

Alex drehte schnell den Kopf und sah, wie Nicholas vom Rand der weißen Badewanne herunterrutschte.

Nick sagte: »Aber ich passe auf, Daddy.«

»Nick, Daddy hat recht. Badewannen sind aus sehr hartem Material.« Zu Warren sagte sie: »Tut mir leid. Ich habe nicht gesehen, daß er da saß.«

»Nick wird das nicht wieder tun, stimmt's, Sportsfreund?« Warren machte mit der Linken einen Scheinangriff auf Nicks Backe. »Komm und hilf mir lieber, eine Krawatte auszusuchen.«

Sie verließen das Badezimmer. Einen Moment später folgte ihnen Alex. Nick saß auf dem Ehebett; Warren stand vor der Frisierkommode und band sich die Krawatte. Alex durchquerte den Raum, trat in den großen begehbaren Kleiderschrank und begann, ihre Kleider durchzusehen.

»Warum kann ich denn nicht mit dir und Mommy mitkommen?« fragte Nick.

»Weil der heutige Abend nur für Erwachsene ist. Nur deine Mom und ich, Tante Denise und ihr Freund Ron sind dabei.«

»Ich mag Ron nicht besonders. Er hat immer zuviel Parfüm drauf.«

»After-shave«, sagte Warren. »Männer tragen kein Parfüm. Und du mußt ihn auch nicht mögen. Hauptsache, Denise mag ihn.«

»Lisa sagt, Tante Denise mag ihn sehr gern. Lisa sagt, sie denkt, er ist fa-, famobt oder so ähnlich. Was ist das, Mommy?«

»Du meinst ›famos‹?« Alex lächelte. »Famos bedeutet zum Beispiel, daß man sich gern schön anzieht.«

Ron achtete wirklich auf sein Äußeres. Maßgeschneiderte Anzüge, teure Seidenkrawatten, Maßhemden mit Ärmelaufschlägen, in die sein Monogramm eingestickt war. Sorgfältig gepflegtes, dickes schwarzes Haar, das er mit Gel zurückkämmte. Manikürte Fingernägel.

Ron und Warren waren Freunde bei Northwestern gewesen. Vor einem halben Jahr war Ron an die Westküste gezogen, um das neue Century-City-Büro der New Yorker Investmentfirma zu leiten, für die er arbeitete. Er hatte Warren kontaktiert; Warren hatte ihn ein paarmal zu sich nach Hause eingeladen und ihm Denise vorgestellt. Die beiden waren seit mehreren Monaten zusammen.

Alex langte nach ihrem jadegrünen Kleid aus Jacquard-Seide, aber es war nicht dort, wo sie es letzte Woche nach dem Tragen hingehängt hatte. Sie fand es neben einem anderen grünen Kleid und wünschte sich zum hundertsten Mal, Paula würde damit aufhören, ihre Kleider umzuhängen (passend nach der Farbe) und ihre Handtaschen und Gürtel und Schuhe und Schminksachen umzusortieren. Und alles im Wäscheschrank und in der Vorratskammer. (»Tut mir so leid, Alex«, sagte Paula jedesmal. »So hatte Andrea es gern. Alte Gewohnheiten sind schwer zu ändern, nicht?«)

Alex war sich allerdings nicht sicher, wie sehr Paula sich wirklich bemühte, ihre Gewohnheiten zu ändern.

Sie schloß die Tür vom Kleiderschrank, so daß sie von

draußen nicht mehr zu sehen war und schlüpfte in das Kleid. »Ich brauche Hilfe«, rief sie Warren zu, als sie aus dem Schrank trat, und wartete, bis er zu ihr gekommen war und den Reißverschluß in ihrem Rücken hochzog.

»Schön, sehr, sehr schön«, flüsterte er ihr ins Ohr. Er strich ihr über die Hüften.

»Aber eng.« Drei Wochen waren vergangen, und sie war im beginnenden vierten Monat. Ihr Körper veränderte sich. Ihre Brüste waren größer geworden, aber sie schmerzten nicht mehr. Jeden Morgen folgte Alex, nachdem sie geduscht hatte, den Empfehlungen der La-Leche-Broschüre und rieb ihre Brustwarzen kräftig mit dem Handtuch trocken, um sie auf den winzigen fordernden Mund vorzubereiten. Nachts, wenn sie im Bett lag, eingehüllt von der samtigen Dunkelheit, berührte sie gern die feste Schwellung, die sich noch immer auf ihre untere Beckengegend beschränkte – die Gebärmutter, die sich ausdehnte. Ihr Baby, das wuchs.

»Lisa wollte mir nicht sagen, was *famos* heißt«, sagte Nick, während er seine Beine hin- und herbaumeln ließ. »Sie sagte, es sei ein Geheimnis und Tante Denise habe ihr gesagt, sie dürfe es niemandem weitersagen. Weißt *du* es denn, Daddy?«

»So, Sportsfreund«, sagte Warren. »Keine weiteren Fragen bitte. Mommy und ich müssen uns fertig machen, und du hast doch sicher noch Hausaufgaben zu erledigen, oder?«

»Daddy!« Nicholas kicherte. »Fünfjährige müssen doch keine Hausaufgaben machen!« Er hopste vom Bett. »Lisa sagte, es habe mit Mann und Frau zu tun.«

»Das Geheimnis hat mit Mann und Frau zu tun?« Alex lächelte und steckte sich die Perlen-Ohrclips an.

Er kicherte wieder. »Ja. Und irgendwas mit Heiraten.«

Jetzt dämmerte es ihr. Nicht *famos. Verlobt.* Sie sah zu Warren hin. Er war damit beschäftigt, Manschettenknöpfe auszusuchen. Er weiß es, dachte Alex. Er weiß es. Und Lisa weiß es auch. Aber ich wußte es nicht. Sie wandte sich ab und versuchte die Hitzewallung zu verbergen, die ihr ins Gesicht gestiegen war.

Nachdem Nick den Raum verlassen hatte, sagte Warren: »Du bist ganz schön aufgebracht, Alex. Das brauchst du nicht. Du weißt, wie nahe sich Denise und Lisa stehen.«

»Ich bin nicht aufgebracht.« *Lügnerin!* »Ich bin nur überrascht, das ist alles.«

»Sieh mal, es ist doch keine große Sache. Ron hat ein paar Andeutungen gemacht, daß es ernst mit ihnen ist. Das habe ich dir erzählt. Und Denise hat mir erzählt, daß er ihr einen Heiratsantrag gemacht hat, aber sie hat noch nicht ja gesagt. Sie ist sich nicht sicher.«

»Wann hast du mit ihr gesprochen?«

»Vor ein paar Tagen. Ich weiß es nicht mehr genau.«

Jetzt log Warren. Er hatte ein gutes Gedächtnis – für Namen, Tage, Telefonnummern und für Uhrzeiten.

»Warum willst du das wissen?« fragte er. »Was macht das für einen Unterschied?«

»Es macht keinen Unterschied. Ich war nur neugierig.« Alex nahm ihre Bürste, fuhr sich damit ein paarmal durch ihr dickes Haar, dann wandte sie sich ihm zu. »Fertig.«

»Du siehst großartig aus.« Er lächelte.

»Danke.« Sie wußte, daß er es so meinte, aber sie wünschte, es hätte sich nicht wie ein Friedensangebot angehört.

Als Alex und Warren die Treppe ins Erdgeschoß hinunterstiegen, lag Lisa mit dem Bauch auf dem hellgrauen Teppich im Familienzimmer, die Beine mit gekreuzten Fußknöcheln an die marineblaue Tweedcouch gelehnt. Um sie herum lagen geöffnete Schulbücher, ein Notizbuch und eine Tüte Kartoffelchips. Sie kaute schmatzend Chips und telefonierte gleichzeitig, und sie unterbrach kurz beide Beschäftigungen, um Warrens Anweisungen entgegenzunehmen.

Falls sie Alex' Schweigen bemerkte, so sagte sie jedenfalls nichts.

»Viel Spaß euch beiden«, sagte sie und kehrte ans Telefon und zu den Chips zurück.

Alex und Warren verließen das Familienzimmer und gingen schweigend den Flur entlang zur Tür, die in die Garage führte, wo ihre beiden Autos standen.

»Alex, verrat Denise bitte nicht, daß du es weißt«, sagte Warren, als er die Beifahrertür des olivgrünen Lexus öffnete. »Sie wird sonst böse auf Lisa werden und –«

»Natürlich nicht. Mach dir keine Sorgen. Euer Geheimnis ist bei mir gut aufgehoben.« Sie setzte ein strahlendes Lächeln auf und setzte sich in den Wagen.

Das Restaurant lag direkt am Strand und verfügte über eine große Außenterrasse mit Blick auf das Wasser, aber die abendliche Märzluft war zu kühl, und so setzten sie sich hinein. Alex und Warren kamen oft hierher; es gab gutes Essen, der Raum war in einem angenehmen Southwestern-Stil eingerichtet, und sie verbanden mit dem Restaurant die Erinnerung an ihr wundervolles erstes Rendezvous.

In der Mitte des Raumes standen kleine viereckige Tische, die mit weißen Tischdecken bedeckt waren; die gebleichten Holzstühle waren mit blaugrünem Leder gepolstert, ebenso wie die Bänke in den Sitznischen an den Außenwänden des Raumes. Mehrere Yuccapalmen in übergroßen Terrakotta-Töpfen standen auf dem Lehmsteinboden. Die Wände, von rauher Struktur, waren in einem hellen Sandton gestrichen, ein vollkommener neutraler Hintergrund für die verschiedenen Bilder, die sie schmückten – alles Leihgaben von lokalen Künstlern. Wie immer verweilte Alex ein paar Augenblicke vor den Kunstwerken und begutachtete die jüngsten Angebote. Und wie immer verspürte sie das Bedürfnis, selbst wieder zu malen. Vielleicht jetzt . . .

Alex und Ron saßen nebeneinander im Inneren einer halbkreisförmigen Nische; Warren und Denise saßen je zu den beiden Seiten rechts und links. Alex schaute aus den von der Decke bis zum Boden reichenden Fenstern hinaus und beobachtete, wie die Brandung leise ans Ufer rollte. Selbst im Innenraum konnte sie die salzige Meeresluft riechen. Sie lehnte sich entspannt gegen die lederne Lehne der Sitzbank.

Sie war jetzt besserer Stimmung. Warren hatte recht gehabt. Es war keine große Sache, daß Denise es Lisa erzählt hatte. Alex war überempfindlich.

Sie studierten einige Minuten die Speisekarte, dann bestellten sie. Der Kellner kam mit einer Flasche Weißwein und füllte ihre Weingläser. Kaum war der Kellner gegangen, nahm Ron Denises rechte Hand und hielt sie, trotz ihres lachenden Protests, Warren und Alex hin. Eine große Perle, umgeben von Diamanten, glitzerte auf ihrem Ringfinger.

»Er ist wunderschön«, sagte Alex.

Ron sagte: »Ein wunderschöner Ring für ein wunderschönes Mädchen.« Er trank einen Schluck Wein.

»Frau«, korrigierte ihn Alex.

Warren lächelte. »Alex verbessert mich auch immer.«

Ron sagte: »Ich werde ihn sehr bald durch einen Diamantring ersetzen.« Er setzte sein Weinglas ab, führte Denises Hand an seine Lippen und küßte sie. »Auf die Frau, die ich liebe und die ich gern heiraten möchte.«

»Ron!« rief Denise gedämpft aus.

Alex sagte: »Was für eine wundervolle Überraschung!« und spürte, wie Warren sie unter dem Tisch leicht mit dem Bein anstieß.

»Wir sind nicht verlobt.« Denise zog ihre Hand weg. »Ich wünschte, du hättest das nicht gesagt«, sagte sie leise. Sie wurde rot.

»Alles, was du sagen mußt, ist ›ja‹, Schatz. He, Warren, kannst du mir nicht weiterhelfen? Sag ihr bitte, daß ich die beste Partie für sie bin. Sie scheint mir nicht zu glauben. Oder aber ich habe einen Nebenbuhler, von dem ich nichts weiß.«

»Er ist die beste Partie für dich, Denise«, sagte Warren heiter.

»Siehst du?« sagte Ron. »Und er ist Anwalt. Anwälte lügen nie – viel.« Er lachte.

»Jedenfalls nicht soviel wie Investmentberater«, sagte Warren.

Denise lächelte. »Ach, ihr Jungs.« Sie schüttelte den Kopf.

»Zeit, einen Toast auszubringen«, sagte Ron und erhob sein Glas. »Auf Denise und mich und daß die Freundschaft von uns allen, die wir hier an diesem Tisch sitzen, noch lange dauern möge, auf ewig währendes Glück, und vor allem auf die beiden *Frauen* –« er betonte das Wort und zwinkerte Alex zu – »die diesen Abend mit ihrem Charme und ihrer Schönheit veredeln.«

»Ausgesprochen lieblich, Ron«, sagte Warren. »Und ich meine nicht nur den Wein.« Er lachte.

Ron küßte Denise, dann beugte er sich zu Alex. »Habe ich mir keinen Kuß für die eloquente Rede verdient?«

»Unbedingt.« Sie lächelte und wandte ihm ihre Wange zu, aber sein Kuß traf sie auf den Lippen. Sie war sich nicht sicher, ob sie es sich nur einbildete, daß sein Mund geöffnet war und sie etwas spürte, was sich anfühlte wie seine Zungenspitze, aber das war unmöglich. Verwirrt wich sie rasch zurück und sah zu Denise und Warren hin, aber die beiden waren in die Speisekarten vertieft. Jetzt hatte Ron seinen Arm um Denise gelegt und küßte sie wieder, auf den Mund.

»Ich möchte noch einen Toast ausbringen«, sagte Ron. »Diesmal auf Warren und Alex und ihr Kind.«

»Ihr Kind?« Denise starrte erst Warren an, dann Alex. »Du bist schwanger?«

Bei dir klingt es, als handele es sich um die Folgen eines

unnatürlichen, ekelhaften Aktes, dachte Alex und spürte, wie ihr die Röte ins Gesicht stieg. Sie sah Warren an. *Wie konntest du nur?* sagte ihr Blick.

»Es ist mir herausgerutscht, als ich mich neulich mit Ron unterhalten habe«, sagte Warren leise zu Alex. »Und, nun ja . . .« Er wandte sich an Ron. »Ich habe dich gebeten, nichts zu sagen.« Warrens Tonfall war freundlich, aber es schwang ein stählerner Unterton der Verärgerung mit.

»Ach, was soll's? Ihr hättet euer Geheimnis schließlich nicht auf ewig für euch behalten können. Und außerdem sind wir doch wie eine Familie, oder nicht?« Ron grinste, dann sagte er zu Denise: »Sie sind *verheiratet*. Du solltest mal dein Gesicht sehen.«

»Ich bin nur so überrascht. Es sind wundervolle Neuigkeiten«, fügte sie schnell hinzu. Da war ein Zittern in ihrer Stimme.

Alex verspürte augenblicklich Gewissensbisse. Natürlich klang Denise angespannt – sie dachte an ihre Schwester, an Andrea. Das war nur natürlich.

»Ich hatte keine Ahnung, daß ihr beide geplant habt, ein Kind zu haben«, sagte Denise. »Wann ist der Geburtstermin?«

»Im August.«

»Du bist bestimmt überglücklich.«

Warren lächelte und nahm Alex' Hand. »Ja, das sind wir.«

Ron sagte: »Denise, du brauchst bloß ja zu sagen, und dann können wir beide auch Kinder kriegen. Wie findest du das?«

Sie schüttelte den Kopf und lächelte. »Hast du es Lisa schon gesagt, Warren?«

»Noch nicht.«

»Ich denke, du solltest es ihr bald sagen, Warren.«

»Das werde ich, Denise. Sobald sich ein günstiger Moment ergibt.«

»Es könnte sie völlig durcheinanderbringen. Hast du daran gedacht?«

Sie reden, als wäre ich überhaupt nicht anwesend, dachte Alex mit einem plötzlichen Anflug von Verärgerung, so als würde es mich überhaupt nichts angehen.

Ron sagte: »He, Denise, nicht so ernst. Wir wollten doch einen schönen Abend verleben.«

Denise errötete. »Du hast recht. Es tut mir leid. Das ist nicht der richtige Augenblick, aber Lisa ist sensibel und es gibt Dinge, die . . .«

Warren legte seine Hand auf ihre. »Lisa wird damit klarkommen, Denise. Wir werden alle hervorragend damit klarkommen.«

»Ich meinte es nur gut.« Sie sah Warren an, dann Alex. »Meine Glückwünsche, an euch beide. Ich weiß, du wirst eine phantastische Mutter sein, Alex.«

»Sie ist bereits eine phantastische Mutter.« Warren lächelte Alex an. »Sie ist eine Naturbegabung.« Er küßte sie.

»Natürlich ist sie das«, sagte Denise. »Ich meinte nur mit ihrem eigenen Kind.« Sie klang verwirrt und nervös.

Ron sagte: »Es ist kein Wunder, daß Alex eine klasse Mommy ist. Sie hat ja schließlich die ganzen Vorschulkinder, an denen sie üben kann, stimmt's?«

Sally Lundquist, Bobbys Mutter, saß bereits auf dem gepolsterten Klappstuhl vor Alex' Schreibtisch in dem kleinen Büro, das vom Klassenzimmer abging, als Alex eintrat.

Alex hatte sie vor anderthalb Jahren kennengelernt, als sie Bobby in der Vorschule angemeldet hatte, und sah sie häufig, wenn sie Bobby mit ihrem kastanienbraunen Mercedes abholte. Sie war eine grob gebaute, übergewichtige Frau Ende Zwanzig mit glattem, kinnlangem, hellbraunem Haar, das ihr bereits beinahe kugelrundes Gesicht noch runder aussehen ließ. Sie hatte einen kleinen, mit rosarotem

Lippenstift bemalten Mund, eine kleine Nase und hellblaue Augen, die von hellen Wimpern eingerahmt waren.

»Danke, daß Sie gekommen sind, Mrs. Lundquist«, sagte Alex, während sie einen zweiten Stuhl aufklappte und ihr gegenüber aufstellte. »Bobby ist gerade mit einem Puzzle beschäftigt, und Evelyn hat ein Auge auf ihn, machen Sie sich also keine Sorgen.«

Sally Lundquists Hände, die lang und überraschend schlank waren, ruhten auf der abgesteppten schwarzen Chanel-Lederhandtasche in ihrem Schoß. »Am Telefon gestern sagten Sie, Bobby prügele sich häufig, und natürlich sind Donald und ich deshalb beunruhigt. Aber ist das nicht normal bei einem vierjährigen Kind?« Letzteres sagte sie in einem betonten Warum-haben-Sie-mich-herbestellt?-Ton.

»Alle Kinder prügeln sich ab und zu mal.« Alex warf ihr ein – wie sie hoffte – beruhigendes und doch selbstsicheres Lächeln zu. »Mir ist schon eine ganze Weile aufgefallen, daß Bobby aggressiv ist. Aber in letzter Zeit prügelt er sich immer öfter, beinahe jeden Tag, und ... nun ... er scheint mir ganz allgemein unglücklich zu sein. Und wütend.« Mürrisch, streitsüchtig. Ein tyrannischer, brutaler Junge. Keine Worte, die man leicht zu einer Mutter sagt.

Mrs. Lundquist schlug die Beine übereinander. Auch sie waren schlank und wohlgeformt, eine ganz unerwartet leichte Stütze für ihren kräftigen Körper. »Sind Sie Psychologin, Mrs. Prescott?« Ihre Stimme war bedachtsam kühl, die Verärgerung jetzt stärker spürbar, nicht mehr verdeckt.

»Nein. Und ich würde mir auch kein psychologisches Urteil anmaßen.« Das wäre unprofessionell. Und illegal. Vielleicht hatte Evelyn doch recht, dachte Alex; vielleicht war es ein Fehler gewesen, Bobbys Mutter anzurufen. Vielleicht sollte ich dieses Gespräch jetzt beenden – ich dachte nur, Sie sollten es wissen, Mrs. Lundquist. Ich sehe Sie, wenn

Sie Bobby abholen. Ich wünsche Ihnen noch ein recht angenehmes Leben.

»Bobby ist intelligent«, sagte Sally Lundquist. »*Sehr* intelligent. Wir haben seinen Intelligenzquotienten testen lassen.« In ihren Augen, die Alex bestätigungsheischend anschauten, lag eine Spur von Trotz.

Und noch etwas. War es Angst? Schuld? Beides war Alex nicht unbekannt. »Bobby *ist* intelligent. Er ist im Sprechen und den ersten Leseerfahrungen überdurchschnittlich gut. Seine motorische Entwicklung ist ebenfalls hervorragend.« Sie machte eine Pause. »Aber ich mache mir dennoch Sorgen um ihn, Mrs. Lundquist. Er weigert sich, an Gruppenaktivitäten teilzunehmen – beim Spielen mit anderen Kindern, bei den Vorlesestunden im Kreis. Selbst bei den Turnübungen im Hof macht er nicht mit. Er sitzt abseits, entweder auf einer Schaukel oder im Sandkasten.« Alex zögerte. »Er scheint keine Freunde zu haben, Mrs. Lundquist.«

Bobbys Mutter spielte mit der gold-schwarz-gestreiften Kette ihrer Handtasche. »Muß denn jeder Freunde haben? Ist es etwa ein Verbrechen, schüchtern zu sein, Mrs. Prescott?« Ihr Lächeln war schwach. »Ich war auch schüchtern, als ich jung war. Bobby ist ein Einzelkind, wie Sie wissen, also hat er keine . . . also kann er nicht . . .«

Alex antwortete nicht. Sie fühlte den unausgesprochenen Schmerz der Frau.

»Ärgert ihn jemand?« wollte Sally Lundquist wissen. »Geht es darum? Denn wenn jemand ihn ärgert, dann möchte ich das wissen!« Ihre Stimme war schrill, fast hysterisch.

»Niemand ärgert ihn«, sagte Alex sanft. »Zumindest nicht, soweit ich es weiß.« Sie machte eine Pause. Jetzt kam der schwierigste Teil. »Ich habe mich gefragt, ob Ihnen irgend etwas Ungewöhnliches zu Hause aufgefallen ist, irgend etwas, das Bobbys ... unglückliche Verfassung erklären könnte.«

Sally Lundquist sog scharf die Luft ein. »Worauf wollen Sie hinaus? Daß ... daß *wir* Schuld haben? Das ist doch lächerlich!«

»Natürlich nicht.« Sachte, dachte Alex. »Ich habe mich nur gefragt –«

»Donald und ich sind liebevolle, fürsorgliche Eltern! Bobby kam mit einem Kaiserschnitt zur Welt, aber ich habe ihm trotzdem die Brust gegeben, obwohl die Ärzte mir geraten haben, ihm die Flasche zu geben! Und ich habe ihn nie stundenlang in der Obhut einer Haushälterin gelassen, wie so manche Leute das tun! Nie!«

»Ich verstehe«, sagte Alex, die zwar nicht wirklich verstand, aber nicht wußte, was sie sonst sagen sollte.

»Vielleicht gibt es ja doch ein Kind in der Schule, das Bobby ärgert. Woher wissen Sie, daß die anderen Kinder ihn nicht hänseln und schikanieren? Mit der Prügelei anfangen? Vielleicht sollte ich ihn gleich mitnehmen und eine andere Schule für ihn suchen.«

Ich werde jetzt all meine Spielsachen einsammeln und nach Hause gehen. Alex war nicht beleidigt oder wütend; sie empfand Mitleid mit der Frau, die ihr gegenüber saß, und deren Augen die Worte, die aus ihrem Mund kamen, Lügen straften. Alex sagte: »Wir würden es sehr bedauern, Bobby zu verlieren, aber wenn es das ist, was Sie möchten –«

»Nein, das ist es nicht, was ich will! Ich will – o Gott, ich weiß nicht, was ich will!« Plötzlich weinte sie. Tränen rannen ihre rundlichen Wangen herab und tropften auf den olivgrünen Wollstoff ihres Kleides. Ihre Nase und ihre Augen röteten sich; ihre Lippen waren in der Bemühung verzerrt, das Zittern zu unterdrücken. Ihr Augenmake-up bildete Streifen, was ihr das Aussehen eines Waschbären verlieh.

Kummer sollte eigentlich würdevoller aussehen, dachte Alex traurig. »Ich würde Ihnen gern helfen, Mrs. Lundquist«, sagte sie. Sollte sie zu ihr hinüberlangen und sie berühren? Wenn eines der Kinder weinte, tröstete Alex es. Sie streichelte es und sang Lieder für es. *Sag mir, wo es weh tut. Dann puste ich, bis der Schmerz weg ist.* Laut sagte sie: »Können Sie nicht mit mir reden? Können Sie mir nicht sagen, was los ist?«

Bobbys Mutter schüttelte den Kopf und biß sich auf die Lippen. Sie öffnete die Handtasche und wühlte energisch darin herum, bis sie ein Taschentuch gefunden hatte, dann wischte sie sich damit unsanft die Augen.

Alex rückte ihren Stuhl weiter vor, bis ihre Knie beinahe die Knie der anderen Frau berührten. »Manchmal sehe ich ihn mit Puppen spielen. Er ist sehr aggressiv, wenn er mit ihnen spielt, Mrs. Lundquist. Er schleudert die Puppen gegen die Wand oder auf den Fußboden.«

»Er ist so ein guter Junge!« flüsterte Sally Lundquist. Ihre Finger drehten den breiten, polierten goldenen Ring an ihrer linken Hand. »Sie haben ja keine Ahnung! Ich liebe ihn so sehr, und ich finde es furchtbar, was er durchmachen muß, aber ich kann nicht . . . kann nicht . . .« Schluchzend vergrub sie ihr Gesicht in den Händen.

Wollte sie Alex sagen, daß Bobby mißhandelt wurde? Alex hatte keine blauen Flecken gesehen, aber das hieß nicht, daß sie nicht existierten. Und außerdem gab es, hatte sie gelesen, Wege, ein Kind zu schlagen, ohne sichtbare Spuren zu hinterlassen. »Schlägt ihn jemand?« fragte sie. Sie versuchte, ihre Worte abzumildern, fühlte, wie sie an den Wänden wie Ping-Pong-Bälle abprallten und zurückgeworfen wurden. Schlägtihnschlägtihnschlägtihn.

Sally Lundquists Kopf schnellte mit einem Ruck hoch. »Niemand schlägt Bobby! Es ist –« Sie hielt inne. Als sie wieder sprach, tat sie es mit ruhiger Stimme. »Ich muß jetzt gehen. Ich werde mit Bobby reden, daß er mehr mit den anderen Kindern spielen und sich nicht so viel herumprügeln soll. Ich bin sicher, daß alles in Ordnung kommen wird.«

»Mrs. Lundquist, haben Sie schon mal daran gedacht, einen Therapeuten aufzusuchen? Sie könnten es als hilfreich empfinden. Ich könnte Ihnen –«

»Ich will mit keinem Therapeuten reden! Und ich brauche Ihre Hilfe nicht – und auch nicht von irgend jemand anderem!«

Sie sprang auf. Dabei fiel ihre Handtasche zu Boden, und eine Sekunde später lag der Inhalt über das Linoleum verstreut. Mrs. Lundquist ging in die Hocke und begann, die Gegenstände wieder einzusammeln und in die Handtasche zu stecken. Als Alex sich bückte, sah sie einen Lippenstift, der unter den Schreibtisch gerollt war. Sie reichte ihn der Frau.

»Danke.« Sally Lundquist stand auf und strich den Rock ihres Kleides glatt. »Bitte rufen Sie nicht mehr bei uns zu Hause an, Mrs. Prescott. Ich werde dafür sorgen, daß mit Bobby alles in Ordnung kommt.« Die Stimme und der rosarot bemalte Mund kämpften um Beherrschung.

»Mrs. Lundquist –«

»Bitte!« Es war ein Ausruf der Verzweiflung. »Niemand schlägt Bobby! Halten sie sich aus meinen Angelegenheiten raus, verdammt!« Sie drehte sich um und stürmte aus dem Büro.

Was nun? fragte sich Alex. Soll ich es tatsächlich auf sich beruhen lassen? Aber wie hoch sind die Chancen, daß aus Bobby Lundquist plötzlich ein Musterkind wird? Nein, kein »Musterkind« – wie wäre es einfach mit einem einigermaßen glücklichen Kind? Sie wollte gerade aus dem Büro gehen, als ihr Blick auf einen weißen Zettel fiel, der sich kaum gegen den weißen Linoleumboden abhob. Er mußte aus Sally Lundquists Handtasche gefallen sein. Alex hob ihn auf und eilte auf die Straße, aber der Mercedes mitsamt seinen Insassen war bereits verschwunden.

Alex ging wieder ins Haus zurück und musterte den Zettel. Die obere Kante war gezackt; wahrscheinlich war es ein Blatt aus einem kleinen Notizbuch, das herausgerissen worden war. Es stand kein Name darauf, nur eine handgeschriebene Telefonnummer und die Buchstaben NOIR. Sie drehte das Blatt um. Die Rückseite war leer.

Sie würde Sally Lundquist später anrufen und ihr sagen, daß sie den Zettel verloren hatte – vorausgesetzt natürlich, daß Alex überhaupt Gelegenheit bekam, mit ihr zu sprechen. Die Frau würde vielleicht sofort auflegen, wenn sie ihre Stimme hörte; immerhin hatte sie Alex gesagt, sie sollte sie nicht mehr wegen Bobby anrufen.

Wieder betrachtete Alex den Zettel. Diente er ihr nicht bloß als Vorwand, um Sally Lundquist anzurufen und . . .

Und was?

Alex seufzte und steckte den Zettel in ihre Handtasche.

5

»He!« brüllte Nicholas. »Du zerquetschst mich ja!«

»Entschuldige!« Alex ließ ihn los. Sie hatte an ihren Jeep Cherokee gelehnt darauf gewartet, daß Nicholas aus der Schule kam, und als sie ihn gesehen hatte, wie er über den Rasen lief und seine Teenage-Mutant-Ninja-Turtle-Lunchbox mit einer solchen Freude und Sorglosigkeit schlenkerte, hatte sie das unbändige Bedürfnis, auf ihn zuzulaufen und ihn herumzuwirbeln. Statt dessen hatte sie ihn umarmt. Offensichtlich zu fest.

»Alles in Ordnung?« fragte sie. »Keine Knochenbrüche?«

»Nee. Ich bin nämlich der Stärkste! Schau!« Er schob den rechten Ärmel seines roten Strickpullis hoch und zeigte ihr seinen Bizeps.

»Sehr beeindruckend«, sagte sie und berührte die winzige Auswölbung an seinem Arm. »Arnold Schwarzenegger, sieh dich vor!« Sie sah sein Grinsen. »Los, gehen wir.«

»Darf ich vorne sitzen?« fragte er mit hoffnungsfroher Stimme.

»Noch nicht.« Obwohl er dort angegurtet wäre, hatte sie Angst, daß er bei einem Unfall gegen das Armaturenbrett und das Handschuhfach geschleudert würde. Sie öffnete die Tür zum Rücksitz, und er hüpfte hinein. Sie schnallte ihn an, wobei sie darauf achtete, daß der Diagonalriemen, der quer über seine Brust lief, weit genug von seinem Hals entfernt war und daß der Gurt in seinem Schoß auf seinen Hüften ruhte, nicht auf seinem Magen.

Während der Fahrt nach Hause warf Alex im Rückspiegel hin und wieder einen flüchtigen Blick auf Nicholas; jedesmal mußte sie dabei an Bobby Lundquist denken und an Kinder mit einem ähnlichen Schicksal, und sie schauderte. Sie konnte nicht verstehen, wie jemand ein Kind mißhandeln konnte. Und trotz Sally Lundquists Leugnen war Alex sicher, daß Bobby ein Opfer der Kindesmißhandlung war. Das erklärte das abwechselnde tyrannische und zurückgezogene, selbstisolierende Verhalten; die Aggression, die sich in den Wachsmalkreidezeichnungen des Jungen ausdrückte und die er in den Schlägereien mit den anderen Kindern und, noch häufiger, an den stummen Spielsachen im Klassenzimmer ausließ.

Auf wen war seine Wut gerichtet – auf den Vater oder die Mutter? fragte sie sich, als sie den Wagen in ihre Einfahrt in der Cabrillo Street fuhr. Sally Lundquist war niedergeschlagen und ängstlich gewesen. Eine besorgte Mutter. Aber was, wenn das nur Fassade war? Sally Lundquist war auch aggressiv gewesen. »Halten Sie sich aus meinen Angelegenheiten raus, verdammt!« hatte sie Alex gewarnt.

Und der Vater – Donald, war das sein Name gewesen? Alex war ihm ein- oder zweimal begegnet, wenn er Bobby abgeholt hatte, aber sie konnte sich nicht mehr an ihn erinnern, außer daß er wie Bobby dunkles, lockiges Haar hatte. Sollte sie mit ihm sprechen? Aber was war, wenn er derjenige war, der Bobby mißhandelte? Vielleicht war das die Erklärung dafür, weshalb Sally Lundquist so nervös gewesen war.

Evelyn hatte sich aufgeregt, als Alex ihr das Gespräch mit Bobbys Mutter wiedergegeben hatte, aber sie hatte Alex trotzdem den Rat gegeben, die Sache auf sich beruhen zu lassen. Wir haben keinerlei Beweise für irgend etwas, hatte sie gesagt; vielleicht ist es ja wirklich nicht deine Angelegenheit. Ja vielleicht, hatte Alex gesagt, aber Evelyn war immer eher ängstlich, scheute das Risiko und ließ sich nicht gern in irgend etwas hineinziehen. Alex würde mit Warren über die Lundquists sprechen. Warren war sachlich, vernünftig und überstürzte nichts. Und er hatte selbst einen kleinen Sohn.

Paula stand auf der hinteren abgeschlossenen und überdachten Veranda und bügelte, als Alex und Nicholas durch die Seitentür hereinkamen. Die Haushälterin war von mittlerer Größe, mit einem breiten Körperbau und fast ohne Taille. Im Gegensatz zu ihrem massigen Körper war Paulas Gesicht schmal und ihre Nase und ihr Kinn spitz. Ihre hellbraunen Augen hatte sie mit schwarzem Kajal ummalt. Ihr Haar war glatt und zu lang; vor einigen Monaten hatte sie damit begonnen, es in ein unnatürliches Schwarz zu färben, das ihre Gesichtszüge noch härter erscheinen ließ, vor allem dann, wenn sie einen Pferdeschwanz trug, so wie heute. (Alex band häufig ihr Haar zu einem Pferdeschwanz.

Sie fragte sich flüchtig, ob die Haushälterin es ihr nachtat. Vermutlich sollte sie sich geschmeichelt fühlen.)

Alex mußte sich immer wieder daran erinnern, daß Paula achtunddreißig war, nur sechs Jahre älter als sie. Paula wirkte auf irgendeine Weise älter. Vielleicht lag es an ihrer matronenhaften Art und Kleidung und an ihrer eher steifen und förmlichen Ausdrucksweise. Sie schien die Last der Welt auf ihren Schultern zu tragen.

Alex fragte sich oft, ob Paula bei Andrea anders gewesen war. Vielleicht nicht. Sie war Witwe und kinderlos, hatte Warren ihr erzählt; sie hatte ein hartes Leben gehabt. Als Paula noch im Haus lebte, hatte Alex ein gerahmtes Foto auf der Frisierkommode der Haushälterin gesehen, das sie und ihren verstorbenen Mann zeigte. Daneben hatte das Foto eines kleinen Kindes gestanden, Paulas Neffe, hatte Warren Alex gesagt.

»Wie war Ihr Tag, Paula?« fragte Alex jetzt.

»Danke, gut. Hallo, Nicholas, Schatz.« Paula lächelte ihn an. »Auf dem Küchentisch steht ein Imbiß für dich bereit.«

»Danke!« Er legte seinen Ranzen und seine Lunchbox auf den mit Keramikfliesen ausgelegten Boden und steuerte auf die Küche zu.

»Du hast etwas vergessen, junger Mann.«

Paula neigte ihren Kopf und deutete mit dem Finger auf ihre Wange. Nicholas rannte auf sie zu und gab ihr einen Kuß. Sie steckte ihm das Hemd in die Jeans und strich ihm mit den Fingern das Haar glatt.

Alex war unerklärlicherweise gereizt. »Irgendwelche Anrufe?« fragte sie, als Nicholas in Richtung Küche davonsprang.

»Nein. Es ist keine Stärke mehr im Haus.« Paula schüttelte die Sprühdose mit Stärke und zielte damit auf das Nachthemd auf dem Bügelbrett.

Es war Alex' Nachthemd. Alex zögerte, dann sagte sie:

»Stärken Sie dieses Nachthemd bitte nicht, Paula.« Wie oft schon hatte sie dieses Anliegen geäußert? Fünfmal? Zehnmal? Hundertmal?

»Ich verwende immer ein bißchen Stärke bei Nachthemden. Man spürt es nicht, aber es sieht viel schöner aus.« Sie sprühte die Vorderseite des Nachthemds ein und ließ das Bügeleisen gewandt und flink über den Stoff gleiten.

Sag etwas, ermahnte sich Alex. Setz dich durch. Statt dessen biß sie die Zähne zusammen, wütend auf Paula und sich selbst, und ging zum Tisch in der Eingangshalle, um nach der Post zu sehen. Paula hatte sie wie immer nach der Größe der Umschläge geordnet. Alex war sich sicher, daß die Frau die Absender las. Alex hatte erst neulich wieder mit Warren darüber gesprochen. Na und? hatte er erwidert. Solange sie die Briefe nicht liest. Warum magst du sie bloß nicht?

Weil sie mich nicht mag, hatte Alex erwidern wollen; weil sie mich nicht leiden kann und mir die Schuld daran gibt, daß sie nicht länger im Haus leben darf, daß sie nur zweimal in der Woche bei uns ist, daß sie auf der Veranda bügeln muß statt in dem Zimmer, das ihres war. Weil sie mich beobachtet und darauf wartet, daß ich einen Fehler mache. Laß sie uns kündigen, Warren; laß uns jemanden einstellen, der nicht Andrea geliebt und ihre Kinder aufgezogen hat.

Doch Alex hatte nichts gesagt. Ihre Gefühle waren nicht zu beweisen. Wenn sie sie laut ausspräche, klängen sie kindisch. Und Warren wäre verstimmt.

Fünfzehn Minuten später kam Paula in die Küche und verkündete, sie würde jetzt gehen. Alex trank gerade ein Glas Milch – ihr drittes an diesem Tag. Calcium für das Baby.

»Danke für alles«, sagte Alex, die es kaum erwarten konnte, die Tür hinter Paula zu schließen und das Haus wieder zu ihrem eigenen Reich zu machen.

»Gern geschehen. Ich habe bemerkt, daß Sie in letzter Zeit viel Milch trinken, Alex. Wenn Sie nicht aufpassen, werden Sie zunehmen.« Ihre Lippen verbogen sich zu einem wissenden Lächeln. »Ihr Nachthemd ist übrigens ganz zauberhaft geworden. Bis Dienstag, Liebes.«

»Ein schönes Wochenende, Paula.« Blöde Kuh, dachte Alex, als sie die Tür hinter ihr schloß. Das war nicht die erste versteckte Anspielung auf Alex' Schwangerschaft gewesen. Sie hatte offensichtlich die pränatalen Vitamine in Alex' Arzneischränkchen entdeckt. Die Vitamine und die anderen Medikamente waren neulich verstellt gewesen.

Na und, das ist doch nichts Neues, dachte sie und fragte sich zum wiederholten Male, warum sie nicht den Mut aufbrachte, die Frau auf die Straße zu setzen.

Warren kam erst nach halb sieben nach Hause, später als sonst. Für gewöhnlich kam er gegen sechs, kehrte dann, wenn er noch Arbeiten zu Ende führen mußte, für ein oder zwei Stunden in die Kanzlei zurück. Er hatte einen schweren Tag gehabt, verkündete er, als er am Eßtisch Platz nahm. Haben wir das nicht alle? fragte sich Alex im stillen, die bemerkte, daß Lisa noch immer in derselben merkwürdigen Laßt-mich-doch-in-Ruhe-Stimmung war, die sie den ganzen Nachmittag ausgestrahlt hatte. Wahrscheinlich ein Streit mit einer Freundin, sagte sich Alex. Oder mit einem Jungen? Ab wann interessierten sich Jugendliche für das andere Geschlecht? Sie konzentrierte sich auf ihren Salat und auf den Bericht der Tagesereignisse, den Nicholas zwischen seinen Bissen zum Besten gab. Nach einer Weile bemerkte sie jedoch, daß Lisa sie anstarrte.

»Was ist?« sagte Alex schließlich zu ihrer Stieftochter. Sie legte ihre Gabel hin.

»Sprichst du mit mir?« fragte Lisa.

»Du hast mich angeschaut.« Alex lächelte schnell, um den

Worten die Schärfe zu nehmen. »Habe ich etwas an meiner Nase? Wieder Fingerfarbe?« Das hatte sich zu einem Familienscherz entwickelt, nachdem sie gemeinsam die Polaroids angeschaut hatten, die an ihrem Geburtstag aufgenommen worden waren.

»Nein, keine Farbe«, sagte Warren grinsend.

»Ich habe dich nicht angestarrt.« Lisa nahm einen Bissen von ihrem Hamburger.

Doch, das hast du, dachte Alex. »Entschuldige. Dann habe ich mich wohl geirrt.«

»Doch, du hast sie angestarrt, Lisa«, sagte Nicholas. »Ich hab's auch gesehen.«

»Nick«, sagte Warren sanft. »Iß bitte dein Abendessen.«

»Aber sie hat sie angestarrt!«

»Halt den Mund, Nicholas!« Lisa funkelte ihn wütend an.

»Lisa, so was sagt man nicht«, sagte Warren.

»Aber er hat damit angefangen!«

»Nein, stimmt ja gar nicht!«

O Gott, dachte Alex müde. Wie war es nur dazu gekommen? Sie gähnte. Sie war immer noch fast den ganzen Tag lang müde und ging am liebsten zu einer lächerlich frühen Uhrzeit ins Bett.

»Du bist ein Blödmann!« schrie Lisa.

»Und du bist eine Lügnerin!«

»Lisa!« sagte Warren mit warnender Stimme, ein Schiedsrichter, dessen Geduld schnell erschöpft war. Er legte seine Gabel hin.

»Er hat mich auch beschimpft! Warum hackst du immer auf mir herum? Nur weil ich älter bin? Ich hab's satt, ich hab' die Nase voll!«

»Könntet ihr jetzt bitte damit aufhören?« sagte Warren. »Alle beide.«

Alle drei, meinst du wohl, dachte Alex. Er richtete die Worte zwar an seine Kinder, aber sie spürte, daß er auch sie tadelte, weil er sie als Katalysator verantwortlich für den Zank hielt. Warren haßte Szenen, das wußte sie. Er wünschte sich zu Hause eine ruhige und harmonische Atmosphäre, hatte er ihr bei einem ihrer ersten Rendezvous erklärt; als Scheidungsanwalt hatte er genug von kreischenden, feindseligen Mandanten und ihren ebenso lauten Gegenspielern.

Lisa nahm zwei weitere Bissen von ihrem Hamburger, dann warf sie ihn auf den Teller zurück. »Darf ich jetzt bitte aufstehen? Ich habe noch viele Hausaufgaben zu machen.«

»Du hast noch nicht aufgegessen«, sagte Warren.

»Ich habe keinen Hunger, okay?«

Das war nicht der richtige Ton, den man bei Warren anschlagen konnte, wußte Alex.

»Nein, das ist nicht in Ordnung.« Mit strengem Blick fixierte er seine Tochter. »Wir werfen in diesem Hause kein Essen weg. Iß dein Abendbrot auf. Dann kannst du gehen.«

Alex zögerte, dann sagte sie: »Warren, ich kann ihn für sie einpacken, dann kann sie ihn morgen zum Mittagessen essen.«

»Ich will keinen blöden, labbrigen Hamburger zum Mittagessen!«

Stille. Nicholas wollte etwas sagen, aber ein Blick von seinem Vater brachte ihn zum Schweigen.

»Lisa, du entschuldigst dich sofort bei Alex«, sagte Warren ruhig. Seine Lippen verzogen sich zu einer grimmigen Linie.

»Es ist schon in Ordnung«, sagte Alex schnell. »Sie hat es nicht so gemeint. Das weiß ich.« War das jene »Teenager-Sache«?

»Nein, es ist nicht in Ordnung. Es war sehr frech. Lisa –«

»Alex ißt auch keinen Hamburger. Warum muß ich es dann?«

»Weil, junge Lady, du dir einen genommen und ihn dir

auf deinen Teller getan hast. Und Alex muß sich nicht vor dir rechtfertigen, was sie ißt.«

Ich esse keinen Hamburger, weil mir beim Geruch nach Rind und Geflügel und vielen anderen Lebensmitteln übel wird. Laut sagte Alex: »Ich esse geschmorten Fisch, Lisa. Ich will nur Leichtes essen, weil mein Magen –«

»Lüg nicht! Ich bin doch nicht blöd! Ich weiß, was los ist, auch wenn ich erst vierzehn bin! Ich weiß, daß du schwanger bist!« Lisa schob ihren Stuhl zurück und rannte aus dem Zimmer.

»Was ist ›schwanger‹?« fragte Nick. Sein Gesicht war hinter dem Hamburger kaum zu erkennen.

»Ich werde mit ihr sprechen.« Warren stand auf und verließ den Raum.

»Jetzt sind nur noch wir zwei Hübschen da«, sagte Alex in heiterem Ton.

Ihr Gesicht fühlte sich heiß an. Sie trank einen Schluck Wasser und bereitete sich innerlich auf die nächste Fragerunde vor – ein Fünfjähriger hatte ständig Fragen –, aber Nicholas kaute systematisch auf dem Hamburger und den Pommes frites herum.

Alex schaute zum Bogengang hin. Was Warren wohl zu Lisa sagte? Und wie hatte Lisa von der Schwangerschaft erfahren? Nicht von Warren, entschied sie. Er hatte auf Lisas Ausbruch schockiert reagiert. Hatte sie etwa ebenfalls in Alex' Arzneischränkchen herumgeschnüffelt? Und dann wußte Alex es plötzlich: Denise. Tante und Nichte waren unzertrennlich.

»Fertig«, verkündete Nicholas nach wenigen Minuten. Er schob seinen Stuhl zurück und stand auf. »Mommy?«

Jetzt kommt's. »Ja?«

»*Ich* mag deine Hamburger.«

»Danke.« Sie beobachtete, wie er aus dem Raum ging, und fragte sich, ob das Kompliment aufrichtig oder eigennützig oder beides gewesen war. Sie war immer wieder verblüfft, wie offen Kinder sich um ihre Rangordnung hackten und daß sie es sofort ausnutzten, wenn ein anderes Kind in Ungnade gefallen war. Derlei geschah oft im Klassenzimmer. Und obwohl Alex ein Einzelkind gewesen war, nahm sie an, daß es auch unter den meisten Geschwistern vorkam. Auch unter Erwachsenen, aber die gingen subtiler vor.

Sie hatte den Tisch abgedeckt und spülte gerade in der Küche das Geschirr, als Warren und Lisa hereinkamen. Sie hielten sich an der Hand, wie Alex aus den Augenwinkeln bemerken konnte.

Warren sagte: »Alex, Lisa möchte dir etwas sagen.«

»Okay.« Sie drehte den Wasserhahn zu und wandte sich um, während sie sich gleichzeitig die Hände an einem Handtuch abwischte.

»Es tut mir leid«, sagte Lisa, die einen Punkt irgendwo oberhalb von Alex' Kopf fixierte. »Ich war wütend und verletzt und . . . na ja . . . auch völlig durcheinander, schätze ich.«

Sie sieht so aus, als sei es ihr wirklich schrecklich unangenehm, dachte Alex, und hatte plötzlich Mitleid mit dem Mädchen. Erst bekam es eine Stiefmutter und jetzt auch noch einen Halbbruder oder eine Halbschwester. Für einen Teenager war das Leben auch ohne solche Komplikationen schon schwierig genug.

Warren sagte: »Ich habe Lisa erklärt, warum wir es ihr nicht früher erzählt haben. Und sie hat es verstanden, stimmt's, Schatz?« Er legte den Arm um seine Tochter und drückte sie an sich. »Und in gewisser Weise ist es so am allerbesten. Jetzt können wir alles gemeinsam für das Baby vorbereiten. Lisa freut sich sehr auf das Baby, Alex.« Er umarmte seine Tochter wieder.

Alex überlegte, ob sie Lisa auch umarmen sollte, aber sie und Lisa umarmten sich selten; sie kam zu dem Schluß, daß die Geste gezwungen wirken würde. Sie nahm Lisas Hand. »Ich bin so froh, daß du dich auf das Baby freust«, sagte sie herzlich. »Und dein Dad hat recht. Es wird uns Spaß machen, alles gemeinsam vorzubereiten, Kleidung und Möbel auszusuchen.« Sie hatte ein gelbes Kinderbettchen und eine dazu passende Kommode in der Garage gesehen (Nicholas', ohne Zweifel), aber sie wollte neue Möbel haben – ganz in Weiß, ganz modern – und damit den freien Raum neben Lisas Zimmer in ein Kinderzimmer verwandeln. »Ich werde deinen Rat brauchen. Und ich rechne fest mit deiner Hilfe, wenn das Baby dann da ist.« Alex lächelte. »Aber natürlich nur, wenn du Lust hast.«

»Klar. Das würde ich gern.« Lisa lächelte scheu.

»So kenne ich meine Tochter«, sagte Warren. Er strahlte sie an.

Mit einer Stimme, die, wie sie hoffte, beiläufig klang, sagte Alex: »Übrigens, woher wußtest du eigentlich, daß ich schwanger bin?« Sie merkte sofort an Lisas Gesichtsausdruck, daß die Frage ein Fehler gewesen war, aber es war zu spät, sie wieder zurückzunehmen. Und sie wollte es wissen.

»Ich wußte es halt.« Lisa zog ihre Hand weg und nahm eine Olive aus der hölzernen Salatschüssel auf der Ablage.

»Hat es dir irgend jemand erzählt? Ich verspreche dir, ich werde nicht böse auf die Person sein, Lisa.« Alex' Lächeln fühlte sich straff an, so als würde es eine Gesichtsmaske rissig werden lassen.

Warren runzelte die Stirn. »Alex, ist das nötig?«

»Ich bin nur neugierig, Warren.« Sie sah wieder Lisa an.

»Ich erinnere mich nicht mehr«, murmelte das Mädchen mit mürrischer, monotoner Stimme.

Laß das Thema fallen, sagte sich Alex. Aber irgendeine perverse Sturheit ließ sie weiterbohren. »War es Denise?«

»Nein!« sagte Lisa hitzig. »Es war nicht Denise! Sieh mal, ich habe dir gesagt, daß es mir leid tut. Ich will nicht mehr darüber reden, okay?« Sie schüttelte den Arm ihres Vaters von den Schultern ab und verließ das Zimmer.

Es *war* also Denise gewesen. Die plötzliche Röte auf Lisas Wangen hatte es Alex verraten. Sie nahm ein Geschirrtuch und langte nach einer der Schüsseln, die auf dem hölzernen Ablaufbrett abtropften.

»Mußtest du das unbedingt fragen?« Warrens Stimme verriet Ungeduld und eine Spur Verärgerung. »Es hat ewig gedauert, bis ich sie beruhigt hatte.«

Alex klatschte das Tuch auf die Ablage und drehte sich zu ihm um. »*Sie* beruhigt hattest? Sie war diejenige, die frech zu mir war, oder erinnerst du dich nicht mehr? Das hast du doch selbst gesagt.«

Er seufzte und schüttelte den Kopf. »Das ist nicht einfach für sie, Alex. Das mußt du begreifen.«

»Du sagtest, sie würde sich auf das Baby freuen.«

»Das tut sie auch, aber es wird noch eine Weile dauern, bis sie sich ganz an den Gedanken gewöhnt haben wird.« Er machte eine Pause. »Das liegt an ihrem Alter, an uns beiden, an ... nun ja, an vielen Dingen.« Er ließ seinen Blick auf die Ablage gleiten und fuhr mit dem Finger den Rand der Salatschüssel nach.

»Was exakt der Grund ist, weshalb deine frühere Schwägerin ihr nichts hätte sagen sollen.« Du benimmst dich wie ein Kind, sagte Alex sich. Wie eines der Kinder in deiner Vorschule. Du solltest dich in die Ecke stellen oder dir Zimmerarrest geben.

»Himmel, Alex, jetzt mach bitte einen Punkt, ja?« Er gab der Schüssel einen wütenden Drall, dann griff er danach, ehe sie ein Glas umwerfen konnte. »Ich tue mein Bestes, aber ich hasse es, zwischen den Stühlen zu stehen, und du machst es mir nicht leichter!«

Sie nahm seine Hand. »Ich weiß. Tut mir leid.« Sie kam näher, legte die Arme um seinen Hals und küßte ihn. »Ich habe überreagiert. Ich weiß nicht, was in mich gefahren ist.«

»Etwa wieder die Hormone?« fragte er nach einem Moment ruhig. Er lächelte und strich ihr übers Haar.

Er hatte ihr vergeben. »Ja, vermutlich. Ich werde mit Lisa sprechen und mich dafür entschuldigen, daß ich mich wie die böse Stiefmutter aufgespielt habe«, sagte sie.

»Laß mich mit ihr reden, Alex. Ich glaube, das ist besser, ja?«

»Ja, okay«, sagte sie, während sie sich insgeheim fragte, ob es wirklich eine so gute Idee war, daß wieder Warren zwischen ihnen vermittelte. Während der vergangenen zwei Jahre hatte sie wiederholt das Gefühl gehabt, wenn Lisa und sie sich einmal hinsetzen und miteinander reden würden, wirklich reden, würde sich Lisa ihr gegenüber vielleicht öffnen und sie könnten eine Verständigung erzielen. Und womöglich Freunde werden.

Alex nahm einen der Steingutteller (Nicholas' Teller – er hatte alle Erbsen übriggelassen) und schabte die Erbsen in den Ausguß. Das Olivgrün erinnerte sie an das Kleid von Sally Lundquist und an den Zettel, den die Frau verloren hatte.

Alex legte den Teller ab, ließ Wasser über ihre Hände laufen und trocknete sie ab, dann holte sie ihren Terminkalender aus ihrer Handtasche. Unter »L« auf dem Register hinten im Terminkalender hatte sie ein gelbes Post-it mit Sally Lundquists Privatnummer geklebt. Alex wählte. Nach zweimaligem Läuten schaltete sich der Anrufbeantworter ein. Sie wartete auf den Piepton am Ende des Ansagebandes, dann sprach sie.

»Mrs. Lundquist, hier ist Alexandra Prescott aus der Vorschule. Als Sie heute nachmittag bei mir im Büro waren, haben Sie –«

»Hier ist Donald Lundquist«, unterbrach sie eine Stimme. »Kann ich Ihnen weiterhelfen?«

Er klang angenehm, dachte Alex, und freundlich. Sally Lundquist hatte ihrem Mann wahrscheinlich noch nichts von ihrer Unterredung mit Alex erzählt. »Hallo, Mr. Lundquist. Ich bin Bobbys Lehrerin. Könnte ich bitte Ihre Frau sprechen?«

»Sally badet gerade Bobby. Kann sie Sie zurückrufen?«

»Oh, das ist nicht nötig. Sie hat etwas in meinem Büro vergessen, und ich wollte nicht, daß sie sich deshalb Sorgen macht. Ich werde es ihr morgen geben, wenn sie Bobby abholt.«

»Ich werde es ihr ausrichten. Vielen Dank für Ihren Anruf, Mrs. Prescott. Ach, übrigens, wie macht sich denn mein kleiner Junge so?«

Alex zögerte. »Gut, Mr. Lundquist. Recht gut.« Warum hatte sie das gesagt? fragte sie sich, nachdem sie aufgelegt hatte.

Später, als sie Nicholas eine Gutenachtgeschichte vorlas, mußte sie wieder an Bobby Lundquist denken, der sich alles andere als »gut« machte. Die grauenhafte Situation des Jungen relativierte ihre eigenen Probleme mit Lisa, und Alex wurde sich bewußt, wie glücklich sie eigentlich war.

Sie berührte das Medaillon, das Warren ihr geschenkt hatte. Das war eine unbewußte Angewohnheit von ihr geworden.

6

Sie lag im abgedunkelten Zimmer auf dem Bett und starrte an die Decke. Denk nicht daran, flüsterte sie sich selbst zu, aber natürlich konnte sie nicht nicht *daran denken. Es war, als würde sie sich befehlen, nicht mehr zu atmen.*

Seit sie erfahren hatte, daß Alex schwanger war, hatte

sich dieses Wissen wie ein brennender Klumpen in ihrer Brust festgesetzt. Es lief alles verkehrt, ganz verkehrt! Wahrscheinlich hatte Alex Warren überlistet, daß sie ein Kind bekam, genauso wie sie ihn überlistet hatte, sie zu heiraten. Das war auch der Grund, warum sie die Vorschule gekauft hatte – nicht weil sie Kinder liebte, sondern weil sie Warren heiraten wollte. Sie hatte sich die ganze Zeit nur verstellt.

Sie war eine große Heuchlerin, stimmt's? Sie lächelte jeden an, verhielt sich freundschaftlich und tat so, als würde sie sich für alle interessieren – während sie sich in Wahrheit nur für sich selbst interessierte.

Und Warren durchschaute sie noch immer nicht! Für ihn war sie vollkommen. »Engel«, nannte er sie. »Liebling.« Manchmal machte es sie rasend, daß er so leichtgläubig war, aber natürlich war es nicht seine Schuld. Es war Alex' Schuld.

Bislang hatte sie sich mit dem Gedanken getröstet, daß Warren Alex eines Tages als die Schwindlerin erkennen würde, die sie war. Aber jetzt war es zu spät. Denn selbst wenn er sie durchschaute, würde er sie nicht wegschicken. Jetzt nicht mehr. Nicht, solange sie sein Kind unter dem Herzen trug ...

7

Bobby Lundquist kam weder am Mittwoch noch am Donnerstag in die Schule. Alex war versucht, bei ihm zu Hause anzurufen, aber was hätte sie sagen sollen? Vielleicht hatte sich Sally Lundquist wirklich entschlossen, Bobby aus der Vorschule zu nehmen; und wenn das der Fall war, so war das ihr gutes Recht.

Am Freitag tauchte Bobby wieder in der Schule auf. Es war keine Besserung in seinem Verhalten auszumachen, jedenfalls nicht, soweit Alex oder Evelyn es beurteilen konnten. Falls überhaupt, war er sogar noch streitsüchtiger als sonst, und Alex verbrachte den größten Teil des Vormittags und Nachmittags damit, ihn von den verschiedenen Kindern zu trennen, mit denen er eine Prügelei angefangen hatte. Andererseits hatte Alex auch keine plötzliche Kehrtwende erwartet; entgegen Sally Lundquists Versprechen, mit ihrem Sohn zu reden, glaubte Alex nicht, daß sie es getan hatte. Oder tun würde.

Um drei Uhr wartete Alex im Hof darauf, daß Sally Lundquist vorfahren würde. Wenige Minuten später erblickte Alex den Mercedes, aber als sie Bobby zum Wagen brachte, sah sie einen Mann hinter dem Steuer sitzen, in dem sie Donald Lundquist erkannte. Ihre Erinnerung hatte sie nicht getrogen: Er sah wirklich sehr gut aus, mit durchdringenden blauen Augen und einem Grübchen im Kinn.

Er stieg aus dem Wagen. Sie bemerkte seinen hellgrauen Anzug – er war von Armani. Warren hatte sich vor ein paar Wochen einen ähnlichen gekauft. Sie fragte sich, womit Lundquist seinen Lebensunterhalt verdiente. Was immer es auch war, er schien offensichtlich Erfolg zu haben.

»Hi, Junge!« sagte Donald Lundquist zu seinem Sohn. Er wirbelte ihn hoch, dann setzte er ihn wieder auf dem Bürgersteig ab. »Hattest du einen schönen Tag?«

»Okay.« Bobby klang lustlos. »Wo ist Mommy?«

»Macht Besorgungen. Ich bin heute früher nach Hause gekommen, deshalb dachte ich mir, ich hole dich ab, und wir halten auf dem Nachhauseweg bei Baskin Robbins an und essen ein Eis. Was sagst du dazu? Klingt das nicht gut?«

»Okay.« Wieder derselbe Tonfall.

Donald Lundquist öffnete die Beifahrertür, setzte Bobby auf den Sitz und schnallte ihn an.

Alex zögerte, dann sagte sie: »Er sollte in seinem Alter wirklich noch im Kindersitz sitzen. Ich nehme an, er wiegt unter zwanzig Kilo.«

»Sie haben ganz recht! Ich sage Sally andauernd, sie soll einen besorgen. Ich werde das gleich morgen selbst in die Hand nehmen.« Er schloß die Beifahrertür, dann drehte er sich zu Alex um. »Das arme Kind«, sagte er ruhig. »Ich habe nicht den Eindruck, daß er mir geglaubt hat, und Sie? Daß Sally Besorgungen erledigt, meine ich.«

»Ist mit Ihrer Frau alles in Ordnung?«

»Ob mit ihr alles in Ordnung ist?« wiederholte er, dann zuckte er die Achseln. »Wer kann das schon sagen? An einem Tag ist alles okay, am nächsten nicht . . .«

Die Frau in dem Wagen hinter dem Mercedes hupte.

Alex sagte: »Ich fürchte, Sie können hier nicht stehenbleiben. Zur Abholzeit ist immer viel los. Wenn Sie mit mir sprechen möchten –«

»Nein, das ist schon in Ordnung. Ich möchte Sally nicht gern zu lange allein lassen. Ich mache es also kurz. Sie hat mir erzählt, daß Sie sich Sorgen um Bobby machen, und dafür wollte ich Ihnen danken und Sie bitten, mich auf dem laufenden zu halten, wie er sich macht. Wenn Sie glauben, daß er Hilfe braucht – professionelle Hilfe, meine ich – nun, dann sagen Sie mir auch das bitte. Sally . . . Sally hat im Moment Probleme mit sich. In vielerlei Hinsicht. Ich kann das hier nicht näher erläutern.«

Wieder ertönte ein Hupen.

»Mr. Lundquist –«

»Entschuldigen Sie. Ich fahre sofort weg. Was ich jedenfalls im wesentlichen sagen wollte, ist, daß Sally launisch und unberechenbar und sprunghaft ist, und, tja, ich glaube, das wirkt sich auf Bobby aus. Aber ich werde die Situation in den Griff bekommen. Das verspreche ich Ihnen.« Er ging um den Wagen herum zur Fahrerseite und stieg ein.

Erst als er weggefahren war, fiel Alex der Zettel ein, den sie Sally Lundquist hatte zurückgeben wollen.

Am Samstag hatten Alex und Warren vor, mit den Kindern Sea World an der Mission Bay, kurz außerhalb von San Diego, zu besuchen; es war eine Zwei-Stunden-Fahrt. Alex wäre zwar lieber in den Tierpark von San Diego gegangen, auch wenn sie noch nie in Sea World gewesen war, aber Lisa hatte verkündet, daß sie Zoos langweilig fand, und Nicholas war sofort begeistert gewesen bei der Aussicht, Shamu den Killerwal zu sehen.

Alex zog eine weite weiße Twillhose mit Gummiband an (die einzige, die noch paßte) und einen großen grünen Baumwollpulli, der Warren besonders gut gefiel. Und ihre Adidas – wenigstens ihre Füße waren nicht von der Schwangerschaft in Mitleidenschaft gezogen worden. Noch nicht. Diese Woche mußte sie sich wirklich Umstandskleidung besorgen. Sie wußte nicht, wie groß die Auswahl in Venice war, aber am Donnerstag hatte sie einen Termin bei Dr. Pearson, und sie hatte auf der Third Street, nicht weit von ihm entfernt, ein Geschäft für Umstandsmoden gesehen.

Das Telefon klingelte zweimal, dann hörte es auf. Anscheinend war jemand an einen Nebenapparat gegangen. Wenige Minuten später kam Warren mit dem Rasierapparat in der Hand ins Schlafzimmer.

»Das war Denise«, sagte er. »Ron und sie würden gern mit uns mitkommen. Sie nehmen natürlich ihr eigenes Auto, und vielleicht fahren auch noch Mona und Stuart mit. Denise meinte, ich soll dich fragen, ob du damit einverstanden bist. Es wird bestimmt sehr nett, was meinst du?«

Jetzt ist die Gelegenheit gekommen, dachte Alex. Sag ihm, daß es nicht in Ordnung ist, überhaupt nicht in Ordnung ist, daß es wichtig ist, daß wir in unserer Freizeit etwas zu viert unternehmen, ohne all die wohlmeinenden Leute, die ständig an eine frühere Frau und ein früheres Leben erinnern, zu dem ich nicht dazugehörte. Daß wir neue, gemeinsame Erlebnisse brauchen, um die Fäden zu spinnen, die uns zu einer Familie werden lassen.

»Klar«, sagte Alex. »Warum nicht?«

Warren fuhr mit Alex' Jeep. Er trug eine Jeans, ein weißes Polohemd, eine weiße Windjacke und eine schwarze Kingscap. Alex mußte wieder denken, wie gut er aussah.

Es war eine angenehme Fahrt, und Alex entspannte sich. Als sie auf dem San Diego Freeway entlangfuhren, wies Warren auf einige Orte hin, an denen sie vorbeikamen – Irvine, San Juan Capistrano, Camp Pendleton, La Jolla. Lisa konnte ihn nicht hören; ihre Augen waren geschlossen, und sie lauschte der Musik, die durch die Kopfhörer ihres Walkmans drangen. Nicholas war damit beschäftigt, den Imbiß zu mampfen, den Alex ausgeteilt hatte. Er hörte seinem Vater zu und fragte fünf- oder sechsmal: »Wann sind wir da?«, aber Alex störte das nicht. Ab und zu erhaschte sie einen flüchtigen Blick auf das Meer zu ihrer Rechten.

Sie war sich vage bewußt, daß Rons schwarzer Acura während der Fahrt ständig hinter ihnen war, aber sie hatte Ron und Denise und die Hutchinses vergessen. Als Warren den Wagen auf dem Sea-World-Parkplatz abstellte und Ron rechts neben ihnen parkte, war Alex plötzlich verstimmt – unberechtigterweise, wie sie sich sagte. Du hättest schließlich auch nein sagen können, Lady.

Denise und Ron stiegen als erste aus dem Acura aus, dann Mona und Stuart, die beide wie für einen Jachtausflug in Weiß mit matrosenblauem Besatz und dazu passenden Kapitänsmützen gekleidet waren. Der arme Stuart, dachte Alex. Er warf gelegentlich verstohlene Blicke über seine Schulter. Offensichtlich war es ihm peinlich, den Blicken der Öffentlichkeit ausgesetzt zu sein, obwohl Alex zugeben mußte, daß er mit seinem hochgewachsenen und gut proportionierten Körperbau gar nicht schlecht darin aussah. Sogar recht edel. Mona sah dagegen untersetzt und albern aus, wie ein gigantischer weißer Pilz.

Mona starrte unverfroren offen auf Alex' Bauch – also hatte Denise es auch ihr gesagt –, aber Alex war es inzwischen egal, total egal. Sie wünschte sich in diesem Augenblick sogar, sie wäre schon hochschwanger mit Warrens Kind. Lächelnd begegnete sie dem Blick der älteren Frau. Mona sah weg.

Denise trat an Alex heran. »Danke, daß wir mitkommen durften, Alex. Ich hätte es verstanden, wenn du und Warren nein gesagt hättet.«

Alex konnte nichts außer echter Zuneigung in Denises Stimme und in ihren warmen braunen Augen erkennen. Ach, was soll's, dachte sie. »Ich freue mich, daß ihr mitkommen konntet.«

Als sie alle im Themenpark waren, studierte Mona den Zeitplan und die Karte, die jeder von ihnen bekommen hatte. »Wenn wir alles sehen wollen, müssen wir das gut organisieren. Stuart, gib mir einen Zettel und deinen Stift.«

»Mom«, sagte Denise, »es gibt kein Gesetz, das uns vorschreibt, daß wir alles sehen müssen. Wir wollten uns einfach einen schönen Tag machen.«

»Einen sehr schönen Tag«, sagte Ron und küßte sie.

»Shamu!« kreischte Nicholas. »Ich will den Shamu sehen!«

Sie sahen die Delphine, eine Surfershow und eine Piratenshow. Und schließlich Shamu, den Killerwal. Das Stadion war gepackt voll. Denise und Ron hatten sich ein Plätzchen abseits gesucht und schmusten; Mona und Stuart hatten sich für einen Schattenplatz entschieden. Alex saß allein in einer der oberen Sitzreihen im Stadion, außer Reichweite des spritzenden Wassers. Warren (sie konnte kaum glauben, daß dies ihr Ehemann war, den sie sonst immer in gestärkten Hemden und zweireihigen Anzügen kannte) war mit Lisa und Nicholas unten und wurde von den Wassermassen, die bei jedem akrobatischen Sprung von Shamu und ihren Gefährten und der anschließenden erfolgreichen Landung im Pool überschwappten, durchnäßt.

Die Nachmittagssonne brannte heiß auf Alex' Gesicht, und sie fühlte sich angenehm schläfrig. Sie mußte überrascht feststellen, daß ihr die Show gefiel – die Musik; die bewundernden »Ahs« und »Ohs« der Menge, die den verblüffenden Kunststücken der Wale applaudierten; die beinahe menschliche Interaktion zwischen den Trainern und den Tieren, die darüber hinausging, daß die Trainer die Wale belohnten, indem sie kiloweise Heringe und andere Fische in ihre geöffneten Kehlen warfen. Die Wale selbst mit ihrem glänzenden, glatten schwarzweißen Äußeren waren schön und faszinierend – und verblüffend anmutig in Anbetracht ihrer Größe. Beinahe graziös durchschnitten sie mit flinken Bewegungen das hellblaue Wasser. Bei einer Nummer schwammen Shamu und ihr Kind in Linie. Alex war gerührt, als sie das sah. Fortpflanzung gibt es überall, dachte sie.

Der leitende Trainer gab bekannt, daß er einem Kind ein ganz besonderes Vergnügen zukommen lassen würde, die Gelegenheit seines Lebens: Es dürfe einmal auf dem gigantischen Rücken des Säugetiers reiten. Der Trainer schwamm an den Beckenrand, und Alex spähte hinunter, um das glückliche Kind zu sehen – und es war Nicholas! Ihr Herz pochte in der Kehle, und sie sprang auf, bereit, die Stufen hinunterzurennen. Aber die Zuschauer klatschten, und selbst aus der Höhe konnte Alex erkennen, daß Nicholas übers ganze Gesicht grinste, als er auf dem Wal saß. Und dann war er schon wieder in Warrens Armen.

»Hast du mich gesehen?« quiekte Nicholas, als Alex zu

ihnen stieß. »Hast du? Das war super! Ich hatte keine Angst! Überhaupt keine!«

»Du bist eben eine echte Sportskanone«, sagte sie. Ihr Herz schlug immer noch schnell. Nicholas' Kleidung war naß, und er roch nach Salzwasser und Fisch, und sie liebte ihn so sehr, daß es fast weh tat.

»Hast du Kleider zum Wechseln für ihn mitgebracht?« fragte Mona Alex.

Nein, hatte sie nicht. Der erste Minuspunkt.

»Ich hoffe nur, er erkältet sich nicht«, sagte Mona.

»Er ist in Ordnung, Mona«, sagte Warren.

»Er ist nicht ganz naß«, sagte Denise. »Und seine Kleider trocknen schnell.«

Das machte es wieder wett, daß Denise Lisa von der Schwangerschaft erzählt hatte. Alex dankte ihr im stillen und wußte wieder, warum sie die frühere Schwägerin ihres Mannes so gern mochte.

Als nächstes gingen sie zu Captain Kid's World. Warren blieb bei Nicholas, der sich auf einem Abenteuerspielplatz amüsierte. Ron, Denise und Lisa spielten in einer Passage Videospiele. Denise und Lisa kicherten, als wären sie Schwestern. Alex beobachtete sie eine Weile lang mit – wie sie vor sich selbst zugeben mußte – Neid; dann schlenderte sie ins Freie zu einer Schießbude, wo man auf Piraten zielen mußte. Sie warf einen Chip ein, wählte eine Wasserpistole aus und zielte.

»Ich zeig' dir, wie man's macht«, hörte sie Ron sagen. Dann stand er hinter ihr, legte seine Arme um sie und führte ihre Hände. Sie war sich unangenehm bewußt, wie nahe er ihr war und daß seine Arme auf ihre Brüste drückten. Sie dachte an den Kuß im Restaurant, verdrängte die Erinnerung aber schnell wieder, weil er mit Denise so gut wie verlobt war. Er war ein bißchen zu freundlich, das war alles.

Dennoch machte sie sich los, zwang sich zu lachen und sagte: »Das ist einfach nicht mein Spiel. Mach du.«

Sie ging zu Warren, der Nicholas dabei zusah, wie er in einem Meer aus bunten Plastikbällen in einem riesigen Käfig untertauchte und auf und ab hüpfte. Sie küßte ihn. Er legte den Arm um sie, und sie lehnte ihren Kopf an seine Schulter. Ein Gefühl der Glückseligkeit durchströmte sie.

»Müde?« Warren strich ihr sanft über das Haar.

»Ein bißchen«, gab sie zu.

»Ich werde Nick holen. Warte hier.« Er ging um den Käfig herum zu der Öffnung.

»Alexandra?«

Es war eine Frauenstimme, aber Alex erkannte sie nicht. Sie meint bestimmt jemand anders, sagte sich Alex.

»Alexandra? Sind Sie das?« Die Besitzerin der Stimme war jetzt näher gekommen.

Alex wandte sich halb um, neugierig, wer außer ihr so hieß, und alle Farbe wich aus ihrem Gesicht, so daß nur die roten Flecke auf Nase und Wangen übrigblieben, die die Sonne gefärbt hatte. Nancy Beekman mit Ehemann! Alex wünschte, sie hätte sich wieder umdrehen, irgendwo verstecken, von der Erdoberfläche verschwinden können, aber es war zu spät. Nancy hatte bereits Blickkontakt mit ihr gehabt.

»Ja, Sie *sind* es!« Die grauhaarige Frau wandte sich an den kleinen, rundlichen Mann neben ihr. »Victor, ich habe dir ja gesagt, daß sie es ist!«

Victor Beekman schien nicht beeindruckt. Er runzelte die Stirn und kniff die Augen zusammen, wie zum Schutz gegen die Sonne. »Wie geht es Ihnen?«

Alex hätte beinahe aufgelacht. Wie es ihr *ging*? Ihr war schlecht und schwindelig vor Angst. Merkten sie das denn nicht? Aus den Augenwinkeln sah sie, wie Warren Nicks Reeboks zuband.

»Letzte Woche haben wir Ihre Eltern in der Kirche getroffen, Liebes«, fuhr die Frau fort. »Sie haben gar nicht erzählt, daß Sie hier leben.«

»Tue ich auch nicht. Ich habe nur einen Ausflug hierhergemacht. Es tut mir leid, ich kann leider nicht bleiben. Ich habe eine Verabredung und bin schon spät dran.« Sie wußte, daß ihre Worte und ihre lahme Ausrede mechanisch geklungen hatten, so als wäre sie ein Roboter; sie war unhöflich, aber das war ihr gleichgültig. Sie mußte von hier weg, und zwar *sofort*!

Sie drehte sich um. Warren und Nicholas kamen Hand in Hand näher. Lauf! befahl sich Alex. Aber wohin? In wenigen Sekunden wären Warren und Nicholas bei ihr. Alex ging ihnen ein wenig entgegen, weg von den Beekmans. Aber nicht weit genug, wie sie wußte.

»Fertig, Schatz«, sagte Warren. Er legte den Arm um sie. »Alles in Ordnung? Du siehst irgendwie so . . . merkwürdig aus.«

Merkte er, daß sie zitterte? Sie wußte, daß die Beekmans ihren Rücken anstarrten und sich fragten, wer der gutaussehende Mann und der kleine Junge waren, die sich zu ihr gesellt hatten. »Zuviel Sonne.« Ihr Lächeln war schwach.

»Mommy, kann ich drinnen ein Spiel spielen? Daddy hat gesagt, ich darf, wenn du ja sagst. Darf ich bitte?«

»Warum gehst du nicht schon mal mit Nick vor, Warren?« sagte Alex mit gedämpfter Stimme. Bitte geht, flehte sie innerlich. Bitte, bitte, bitte!

»Ich wußte gar nicht, daß Sie wieder geheiratet haben, Alexandra«, sagte Nancy Beekman. Sie war näher getreten. »Wie schön für Sie. Ist das Ihr kleiner Junge? Er ist sehr niedlich.«

Alex wandte sich zu ihr um. Sie sprach die Antwort nur widerstrebend aus, so als wäre sie ein kostbarer Schatz, den man ihr entriß. »Der Sohn meines Mannes.«

Warren sah Alex mit fragend erhobenen Augenbrauen und einem Wer-sind-diese-Leute?-Blick an.

Ihr blieb nichts anderes übrig, als sie miteinander bekannt zu machen. »Warren, das sind Bekannte aus meiner Heimatstadt. Die Beekmans.« Ihre Zunge fühlte sich dick und flaumbedeckt an. Sie fragte sich, ob die Worte, die aus ihrem Mund kamen, überhaupt Sinn ergaben.

Victor hielt Warren seine rechte Hand hin. »Victor Beekman. Meine Frau Nancy. Erfreut, Sie kennenzulernen.«

Warren schüttelte Victor Beekmans Hand. »Es ist schön, endlich mal Leute aus Alex' Vergangenheit zu treffen.« Er lächelte breit.

Nicholas sagte: »Daddy, Mommy hat ja gesagt, also kannst du jetzt mit mir reingehen?«

»In einer Minute, Sportsfreund.«

Nancy Beekman sagte: »Wann haben Sie geheiratet, Liebes?«

»Vor fast zwei Jahren.«

»Es überrascht mich, daß ich nichts davon gehört habe. Obwohl Sie unter den Umständen vermutlich nur im kleinen Kreis gefeiert haben.« Sie berührte Alex am Arm. »Es hat uns allen so furchtbar, furchtbar leid getan, was geschehen ist.«

»Danke«, flüsterte Alex. »Sehr liebenswürdig.« Sie fröstelte und gleichzeitig schwitzte sie. War das möglich?

»Daddy«, sagte Nicholas.

»Haben Sie noch Kontakt zu Larrys Familie, Liebes?«

»Nicht viel.« Alex' Stimme klang erstickt in ihren Ohren.

»Nun, das kann ich verstehen«, sagte Nancy Beekman gedrückt. »Ach ja, es ist alles so traurig. Und ich kann auch verstehen, warum Sie weggezogen sind. Ich weiß, es war ein Alptraum für Sie, und ich kann Ihnen gar nicht sagen, wie sehr ich mich freue zu sehen, daß Sie sich ein neues Leben aufgebaut haben.« Sie lächelte. »Da wird sich Ihre Mutter aber freuen, wenn ich ihr erzähle, daß Sie mir ausgerechnet in Sea World über den Weg gelaufen sind, so ein Zufall. Leben Sie in der Nähe?«

Warren sagte: »Wir leben –«

»Daddy! Komm schon!« Nicholas zerrte an der Hand seines Vaters, und Alex weinte fast vor Erleichterung.

Alex sagte: »Mr. und Mrs. Beekman, ich fürchte, wir müssen leider gehen. Es war schön, Sie zu treffen, und ich hoffe, Sie genießen Ihren Ausflug noch.«

Alex nahm Nicholas an der Hand und ging schnell in Richtung Passage. Sie hörte, wie Warren sagte: »Es war nett, Sie kennengelernt zu haben«, und einen Moment später war er bei ihr. Als Nicholas in der Passage Lisa und Denise erblickte, rannte er auf sie zu. Alex und Warren folgten langsamer.

»Warum hattest du es denn so eilig, von ihnen wegzukommen?« fragte Warren. »Ich glaube, es hat sie gekränkt, Alex. Sie scheinen nette Leute zu sein.«

In ihren Ohren klingelte die piepsende Kakophonie der Videospiele. »Sie *sind* auch sehr nett, aber ich bin müde, und ich habe schreckliche Kopfschmerzen. Nancy Beekman kann manchmal ohne Punkt und Komma reden. Du kennst so was.«

»Ich hätte nichts dagegen gehabt zu hören, wie du als kleines Mädchen mit Zöpfen gewesen bist.« Er grinste und fuhr ihr mit den Fingern durchs Haar.

»Ich hatte keine Zöpfe. Und ich kenne die Beekmans gar nicht so gut.«

»Sie schienen aber alles über dich zu wissen. Und über Larrys Tod«, fügte Warren mit ruhiger Stimme hinzu. »Klingt, als hätte es alle sehr mitgenommen.«

Sie hatte *wirklich* Kopfweh. Der Schmerz bohrte sich durch ihre Stirn. »Die Bewohner einer Kleinstadt haben das Gefühl, einander sehr nahezustehen, Warren. Alle wissen alles über alle. Aber können wir das Thema jetzt beenden? Bitte?«

Er verletzte ihre stillschweigende Abmachung: Sie bedrängte ihn nicht wegen Andrea; er stellte ihr keine Fragen über Larry.

»Ich habe dich aufgebracht. Das tut mir leid«, sagte er sanft. »Aber ich glaube nicht, daß es an Larry liegt. Ich glaube, es liegt daran, daß sie deine Eltern erwähnt haben, stimmt's? Du mußt an sie denken, machst dir Sorgen um sie. Das ist nur natürlich.«

Es war nichts Natürliches an ihrer Beziehung zu ihren Eltern. »Ich versuche, nicht an sie zu denken, Warren.« Hin und wieder beschlich sie ein Gedanke an sie, aber sie machte sich nicht wirklich Sorgen um ihr Wohlergehen. Sie waren unnachgiebig, bewaffnet mit einer sturen Rechtschaffenheit und Korrektheit, die, hatte Alex manchmal bitterböse gedacht, die meisten Krankheiten einschüchtern würden. Und selbst den Tod.

»Alex, ich weiß, daß du dich mit deinen Eltern nicht verstehst, und ich weiß auch, wie sehr es dich verletzt hat, daß sie nicht einmal zu unserer Hochzeit gekommen sind. Aber vielleicht sollten wir sie jetzt, anläßlich der Geburt unseres Kindes, zu uns einladen. Einen neuen Anfang wagen. Denk darüber nach.«

»Das werde ich«, sagte Alex.

Es war eine kleine Lüge verglichen mit den größeren, die wie der Traum drohten, sie zu ersticken.

8

Alex lag auf dem blau-weiß gestreiften, gepolsterten Liegestuhl auf dem hellgrünen Rasenstück, das bei der kleinen Pforte zum Swimmingpool endete. Es war Sonntag nachmittag, und sie war mit Warren allein zu Hause. Keine Kinder. Keine Gäste.

Ein Wunder.

Nun, sie würden jedenfalls allein sein, sobald Lisa aus dem Haus gegangen war. Sie hatte sich mit Denise und Ron zum Rollerskaten an der Uferpromenade von Venice verabredet. Nicholas war auf einer Geburtstagsfeier. Alex hatte ihn dort abgesetzt, zusammen mit einem hübsch verpackten Spiel, das sie gemeinsam mit Nicholas für das Geburtstagskind gekauft hatte (sie hatte ein gleiches Spiel für Nicholas kaufen müssen, der die feine Kunst des Schenkes noch nicht beherrschte und im Laden traurig geworden war und geschmollt hatte).

Warren war in seinem Arbeitszimmer und arbeitete an juristischen Schriftsätzen (er arbeitete immer an juristischen Schriftsätzen, hatte Alex schnell gelernt). Schon früh am Tag hatte er Alex davon überzeugt, daß es der perfekte Tag war, sich an den Swimmingpool zu legen.

»Wir müssen ja nicht ins Wasser gehen«, hatte er zu ihr gesagt, »aber es ist so schön draußen. Und so still.«

»Endlich allein.« Sie hatte theatralisch geseufzt.

Er hatte gegrinst. »Glaubst du, wir werden einen Anstandswauwau brauchen?«

»Hängt davon ab, was du vorhast.«

Er hatte sie geküßt. Es war ein langer, leidenschaftlicher Kuß gewesen und sie hätten miteinander geschlafen, wenn Lisa nicht zu Hause gewesen wäre. Statt dessen hatte Alex einen Bikini angezogen – ihr wachsender Bauch sah zwar nicht sehr attraktiv aus, dachte sie, aber es würde schließlich keiner außer Warren sehen. Dann war sie mit einem Handtuch, einem Taschenbuch und einer Sonnenmilch nach draußen gegangen. Warren hatte versprochen, gleich nachzukommen.

Das war jetzt zwanzig Minuten her. Alex drehte sich auf den Bauch (wie lange würde sie wohl noch auf dem Bauch liegen können? fragte sie sich). Sie lag gegenüber der Rückseite des Hauses und betrachtete das zweistöckige Gebäude. Die Stuckfassade war hellrosa gestrichen; die Türen und Fensterrahmen waren dunkelgrau. Alex mochte die Kombination nicht besonders, aber sie hatte die Farben für außen und innen nicht ausgesucht, auch nicht die Sofas und Tische und Betten und die sonstigen Einrichtungsgegenstände oder überhaupt irgend etwas in dem Haus. Das hatte Andrea getan. Andrea hatte alles ausgewählt, von der blau und rosa gemusterten Blümchentapete im Eßzimmer über den Glastisch im Frühstücksraum mit dem weißen, eisengeschmiedeten Fuß bis zu der handgearbeiteten, abgesteppten rosa und blauen Tagesdecke mit Blumenmuster, die auf dem Ehebett lag, in dem Warren und Andrea dreizehn Jahre lang geschlafen hatten.

Du kannst jede Änderung vornehmen, die du möchtest, hatte Warren zu ihr gesagt, als Alex und er sich verlobt hatten, aber sie hatte seine Gefühle nicht verletzen wollen und hatte Lisa nicht aufwühlen und ihr Leben noch mehr zerrütten wollen, als es ohnehin schon zerrüttet war. Einen Monat vor der Hochzeit hatte sie nur das Schlafzimmer und das angrenzende Bad neu eingerichtet, nicht nur, um sich mit Farben und Materialien zu umgeben, die sie mochte, sondern auch, um den Raum, in dem Warren und sie sich lieben würden, von den vielen Erinnerungsgeschichten zu befreien.

Die Tapete wurde durch einen eierschalenfarbenen Anstrich ersetzt. Unter dem blauen Teppich war ein schöner Parkettboden zum Vorschein gekommen. Alex hatte das Holz abgeschliffen und lackiert; ein kleiner cremefarbener, handgewebter Teppich mit Fransen schützte es vor dem Bettgestell. Sie hatte eine Tagesdecke mit geometrischem Muster und hellgrauen und minzgrünen Akzenten bestellt und schlichte dünne Vorhänge für die zwei Fenster und die Balkontüren. Das Bettgestell, die Nachttische, die Kommode und den Kleiderschrank hatte sie behalten. Sie waren wunderschön und in sehr gutem Zustand – und moderner als die meisten Sachen von Andrea; Alex hätte es nicht vor sich vertreten können, diese Möbelstücke auszusortieren, obwohl sie wußte, daß Warren nichts dagegen gehabt hätte.

Sie hatte eine neue Sprungfedermatratze für das Bett gekauft. Sie hatte auch parfümierte Seifen für die Kommodenschubladen besorgt, in denen Andrea ihre Kleidung aufbewahrt hatte, aber natürlich war der Geruch der verstorbenen Frau längst verflogen, als Alex einzog.

Alex hatte nur wenig in der Küche, dem Wohnzimmer, dem Eßzimmer oder dem Familienzimmer geändert. Letzteres war vor allem Lisas Bereich. (Und Paulas. Die besitzergreifende Art der Frau wurde allmählich unerträglich.) Zuerst hatte es an Alex' Nerven gezerrt, im ganzen Haus Andreas Gegenwart zu spüren, als sei sie ein Gespenst, das überall lautlos herumschwebte. Nach einer Weile hatte es ihr nicht mehr so viel ausgemacht, obwohl sie, wenn sie darüber nachdachte, an den meisten Tagen immer noch das Gefühl hatte, als wäre sie in ein fertig ausgestattetes Leben eingezogen.

Heute, mit der wärmenden Sonne im Rücken, wollte sie nicht darüber nachdenken. Sie wollte auch nicht an Sea World und an die Beekmans denken, aber es war nicht so einfach, diese Gedanken zu verbannen. Sie war auf dem Nachhauseweg nach Venice beinahe stumm gewesen. Zu

Hause war sie unverzüglich zu Bett gegangen, indem sie Erschöpfung und Kopfschmerzen vorgeschützt hatte. Am Morgen war sie ruhiger gewesen, aber selbst jetzt, hundertzwanzig Meilen von San Diego entfernt auf der Liege liegend, fühlte sie, wie sich ihr Magen bei der Erinnerung an die Begegnung, an das, was gesagt worden war und was nicht gesagt worden war, zusammenzog.

Aber es war nicht mehr gewesen als eine Begegnung, sagte sie sich. Nur eine zufällige Begegnung, mit einer Wahrscheinlichkeit von eins zu hundert Millionen. Der gestrige Tag gehörte der Vergangenheit an; sie konnte es nicht zulassen, daß er oder die Schreckgespenster aller anderen Gesterns sich in ihre Erinnerung schlichen und ihr mühsam wieder aufgebautes Leben überschatteten. Sie konnte sich schließlich nicht für immer in die kokonartige Schutzzone ihres Zuhauses zurückziehen. Das war nicht Leben.

Auf dem Nachhauseweg, als sie sicher gewesen war vor Nancy Beekmans wohlmeinender Neugierde und nicht länger gelähmt vor Angst, hatte es einen Moment gegeben, da waren Fragen an die Oberfläche getaucht, Fragen, die Nancy Beekman sicher liebend gern beantwortet hätte. »Wie geht es . . .?« und »Wo sind . . .?« und »Was macht . . .?« Sie hatte die Fragen aus ihrem Gehirn verbannt, so wie sie es zuvor getan hatte, wenn diese und andere Fragen sich in ihr Bewußtsein gedrängt hatten wie hartnäckige Triebe, die sich ihren Weg durch die Risse ihres festen Entschlusses bahnten, der Vergangenheit den Rücken zuzukehren. Das erste Jahr, als sie allein in einem Apartment in Los Angeles gelebt hatte, war das schlimmste gewesen; sie hatte beständige Wachsamkeit walten lassen und verlockende Gedanken über ihre Heimatstadt und deren Straßen und Einwohner, die Teil ihres Lebens gewesen waren, solange sie zurückdenken konnte, mit den Wurzeln herausgerissen. Wenn man die Gedanken unbeaufsichtigt ließ, wußte sie, würden sie ranken und sich in einen Garten der Melancholie und des Bedauerns verwandeln.

Sie schloß die Augen und versuchte sich willentlich zu entspannen. Ihr Gesicht war nur dreißig Zentimeter vom Gras entfernt, und sie sog den süßen, würzigen Duft ein. In der Entfernung hörte sie ein Hupen. Ron und Denise, dachte sie. Das hieß, daß Lisa jetzt ging. Sie hoffte, Warren würde bald kommen, aber sie fühlte sich zu kraftlos, um aufzustehen und nach ihm zu suchen.

Ein paar Minuten später hörte sie das Rumpeln der Schiebetür, die vom Familienzimmer in den Garten führte, dann das Klatschen von Warrens Sandalen auf den Ziegelsteinstufen und auf der Terrasse.

»Es wurde auch langsam Zeit!« rief sie leise, ohne ihre Augen zu öffnen. »Wie steht's mit einer Massage, Mister?« Sie wartete, bis er herangekommen war, dann lächelte sie, als er ihre Schultern knetete. »Schön«, sagte sie und genoß den zarten Druck, wollte, daß es ewig dauerte. »Hättest du nicht Lust, mich mit Sonnenmilch einzureiben?«

Mit einem Teenager und einem Fünfjährigen im Haus waren die Gelegenheiten zu flirten rar. Nutze den Moment, dachte sie. Sie langte nach hinten und löste die Bänder ihres Bikinioberteils im Rücken und im Nacken, dann streckte sie die Arme vor sich aus. »Ich möchte nicht, daß man helle Streifen sieht.«

»M-hm«, raunte er.

Sie wußte, daß er ebenfalls lächelte. Einen Augenblick später fühlte sie einen kalten Rinnsal auf ihrem Rücken; automatisch wölbte sie sich protestierend. Warrens Hand begann, die Lotion auf ihren Schultern und ihrem Rücken zu verteilen, an den Seiten ihrer Taille, der Rundung ihrer vollen Brüste, ihre langen Beine hinunter und über die Sohlen ihrer Füße wieder hoch. Jetzt strich seine Hand über die Innenseite ihrer Schenkel, kam höher und höher. Seine Finger zupften am Gummiband ihres Bikinis. Ihre Atmung wurde schneller, und sie schauderte vor Lust.

»Ron, Tante Denise will fahren.«

Lisas Stimme, die aus der Richtung des Familienzimmers kam, zerriß die Stille wie ein Knall.

Alex' Augen flogen auf. Da stand Lisa, auf der obersten Stufe der kurzen Ziegelsteintreppe, die vom Familienraum hinunter in den Garten führte. Aber was machte sie ... – Alex wandte sich halb zu Warren um, aber es war gar nicht Warren, es war Ron! Er stand neben dem Liegestuhl und grinste Alex mit ihren entblößten Brüsten an. Sie hatte vergessen, daß sie die Bänder des Bikinioberteils gelöst hatte.

O Gott! dachte sie, erhitzt vor Ärger und Schamgefühl. Hatte Lisa es gesehen? Alex wirbelte herum und preßte das Bikinioberteil an ihre Brust. Aber Lisa war verschwunden.

Mit kalter, gefühlloser Stimme sagte sie: »Denise wartet, Ron. Ich denke, du gehst jetzt besser.« Mit zitternden Händen nestelte sie an den unteren Bändern des Bikinis herum.

»Laß mich dir helfen«, sagte Ron. »Zwei Paar Hände sind nützlicher als eins.«

»Nein, danke! Ich komme allein klar.« Seine Hände faßten sie seitlich an. Die Berührung versengte ihr die Haut. Sie wand sich, um ihm auszuweichen. »Nicht!«

Er lachte. »He! Was regst du dich denn so auf, Alex? Wenn ich mich recht entsinne, hast *du mich* doch darum gebeten, dich zu ... massieren.«

Sie konnte das Grinsen und die zweideutige Anspielung aus seiner Stimme heraushören. »Ich dachte, du wärst Warren.«

»Ach, tatsächlich? Und woher sollte ich das wissen? Wir haben uns eben ein bißchen vergnügt, mehr nicht. Es ist nichts passiert. Und du hast dich auch nicht gerade beklagt.«

»Du hast *gewußt*, daß ich dachte, du wärst Warren! Und das hast du ausgenutzt!« Ich klinge wie eine Heldin aus einer Regency-Romanze, dachte Alex. Sie hatte die unteren Bänder erfolgreich geschlossen und widmete sich jetzt dem Verschluß im Nacken. Ein Teil von ihr wollte die Beschäftigung hinauszögern, um zu vermeiden, daß sie sich umdrehen und Ron ins Gesicht schauen mußte. So ein Widerling.

Der Widerling war Warrens Freund – das war das Problem. Oder ein Teil des Problems. Hatte sie etwa irgendein falsches Signal ausgesendet, nicht nur heute, sondern auch bei anderen Gelegenheiten? Hatte er ihre Freundlichkeit als Flirtverhalten mißdeutet? Stimmte es, daß er gedacht hatte, Alex habe gewußt, daß er es war und nicht Warren?

»Nun, was habe ich denn Schlimmes gemacht, hm?« sagte er. »Deine Tugend ist unangetastet. Ich habe schon viele Brüste gesehen, weißt du. Sie sind keine vom Aussterben bedrohte Rasse, obwohl deine durchaus recht beeindruckende Exemplare sind.«

Sie drehte sich zu ihm um. »Wie konntest du dich mir nur so nähern, mich berühren? Du bist mit Warren befreundet. Und du bist sozusagen mit Denise verlobt, in Gottes Namen!«

»Du stilisierst das Ganze jetzt etwas hoch.« Seine Augen verengten sich. Er steckte die Hände in die Taschen seiner Shorts.

»In Sea World hast du mich auch unter einem Vorwand betastet. Damals war ich mir noch nicht sicher, aber jetzt bin ich es. Und im Restaurant hast du deine Zunge in meinen Mund gesteckt.« Sie zitterte, aber sie schaffte es, ihre Stimme ruhig klingen zu lassen.

Ron schüttelte den Kopf. »Du heizt mir aber ganz schön ein, was? Ich habe schon öfter gehört, daß Schwangere durchdrehen. Die ganzen Hormone, die ausgeschüttet werden und aufeinanderprallen, das ganze System ist außer

Rand und Band. Gibt dir Warren etwa nicht genug? Einige Männer fühlen sich ja von schwangeren Frauen abgestoßen. Was mich angeht, finde ich sie höllisch sexy.«

»Du bist ekelhaft.« Sie empfand heftige Abneigung gegen den Mann, der vor ihr stand. Wie hatte sie ihn nur jemals attraktiv und sympathisch finden können? Arme Denise, dachte sie.

Ron seufzte. »Ach verdammt, Alex, das Leben ist zu kurz, um sich über Nichtigkeiten aufzuregen. Beruhige dich, okay?«

»Ron! Los, komm!« Das war Denise.

Alex sagte: »Glaubst du, daß auch Denise es für eine ›Nichtigkeit‹ halten wird? Oder Warren?«

»Ich komme, Schatz!« rief Ron Denise zu. Er winkte ihr, dann wandte er sich an Alex. »Hast du vor, es ihnen zu erzählen?«

Eine Brise bewegte das Gras. »Vielleicht sollte ich. Vielleicht hat Denise ja ein Recht zu erfahren, mit wem sie sich da einläßt.«

Ron starrte Alex eine lange Zeit an. Sein Blick war kalt und hart; Alex fühlte einen Stachel der Angst. Dann lächelte er.

»Tu's ruhig. Aber vergiß nicht, ihr zu erzählen, wie sehr es dir gefallen hat. Und das solltest du auch Warren sagen. *Ciao.*« Er schlenderte zum Familienzimmer.

Bastard, dachte Alex. Sie fühlte sich wieder so entblößt und schamerfüllt wie vor fünf Minuten.

Warren hielt sich immer noch im Arbeitszimmer auf, als Alex zehn Minuten später ins Haus ging. Er telefonierte.

»Jederzeit«, sagte er in den Hörer, dann legte er auf. Er blickte auf und bemerkte Alex, die in der Tür stand. »Das war Patty.«

»Ach ja, das habe ich vergessen, dir zu erzählen, Warren.

Sie hat mich gefragt, ob sie dich anrufen könnte, um mit dir über ein Problem zu sprechen, das sie mit ihrem Vermieter hat. Ich habe ihr gesagt, du hättest sicher nichts dagegen.«

»Ich *hatte* auch nichts dagegen.« Er stand auf und ging zu ihr. »Du hast schon gedacht, ich komme nicht mehr, hm?« sagte er etwas einfältig. Er legte den Arm um sie. »Tut mir leid. Ich bin abgelenkt worden. Aber ich verspreche dir, Alex, es dauert nur noch eine Minute, und dann komme ich zu dir in den Garten.«

»Um ehrlich zu sein, bin ich ein bißchen müde. Ich glaube, ich lege mich ein wenig hin.«

»Du bist böse, oder? Ich kann dir keinen Vorwurf daraus machen.« Er rieb seine Nase an ihrem Hals.

»Nein, ich bin nicht böse. Nur müde.« Sie gähnte zum Beweis. »Die Hitze und so.« Erzähl's ihm! befahl sie sich. »Warren, Ron ist in den Garten gekommen und –«

»Toller Kerl, nicht? Denise ist so glücklich mit ihm.« Warren seufzte. »Ron glaubt, daß sie fast soweit ist, ja zu sagen. Er möchte, daß ich Brautführer werde. Ich wäre nicht überrascht, wenn Denise dich fragte, ob du Brautführerin werden willst. Ist das nicht großartig?« Er grinste.

Alex sah einen Moment zu ihm hoch. »Ja, großartig«, sagte sie.

Oben zog sie ihren Bikini aus und duschte, dann zog sie Shorts und ein T-Shirt in Übergröße an. Sie schob die Tagesdecke vom Bett und versuchte einzunicken, aber der Schlaf wollte nicht kommen. Als Warren ins Zimmer sah, stellte sie sich schlafend. Eine Weile später ging sie nach unten in sein Arbeitszimmer. Warren schrieb etwas auf juristisches Schreibpapier.

»Ertappt«, sagte er. »Ich war oben bei dir, aber du hast geschlafen. Hast du Lust, am Strand spazierenzugehen?«

»Vielleicht später. Ich gehe in mein Atelier.«

»Das ist eine gute Idee.« Warren lächelte. »Viel Spaß.«

Ihr »Atelier« ging vom Wäschezimmer ab. Es war ein rechteckiger Raum mittlerer Größe, der vormittags und nachmittags von Sonnenlicht überflutet wurde. Es war Paulas Zimmer gewesen, und sechs Monate, nachdem Alex und Warren geheiratet hatten und Paula nicht mehr im Haus lebte, hatte Alex es als Abstellraum für Gepäck, Bücherkisten, Unterlagen der Vorschule und verschiedenen Kleinkram verwendet. In leerem Zustand war der Raum eine beständige Ermahnung gewesen – eine Weihstätte für Paula die Edle, die von Alex der Schrecklichen verbannt worden war.

Letzten Mittwoch hatte Alex Warren gefragt, ob sie das Gerümpel in die Garage bringen dürfe. In einem Laden für Künstlerbedarf war sie mit steigender Erregung durch die Gänge gewandert und hatte eine Staffelei, Kohlestifte, Pastellfarben, Aquarellfarben, eine Palette, Ölfarben, einen großen Block Zeichenpapier und mehrere Tücher Leinwand ausgewählt. Sie hatte auch eine große Plastikplane gekauft, um den Teppichboden zu schützen. Am Ende hatte sie den Teppich allerdings durch Linoleum ersetzt.

Auf dem Nachhauseweg, in ihrem mit den Einkäufen vollgeladenen Jeep, hatte sie sich plötzlich nervös gefragt, ob es ein Fehler gewesen war, ob ihre Finger, die so lange untätig gewesen waren, überhaupt noch malen konnten. Ihre ersten Striche waren zögerlich gewesen, so als ob sie einen neuen Liebhaber umarmte, aber sie hatte rasch ihren Rhythmus wiedergefunden. Und einen inneren Frieden und eine Zufriedenheit, die sie für immer verloren geglaubt hatte.

Am nächsten Tag hatte sie eine kleine Staffelei, Zeichenpapier und eine Schachtel Buntstifte für Nicholas gekauft, dem es das Atelier sofort angetan hatte, und hatte ihm schonend beigebracht, daß der Raum und ihre Malsachen für ihn verboten waren.

»Aber darf ich hier drinnen bei dir malen?« hatte Nicholas gefragt.

»Manchmal. Aber manchmal brauche ich auch meine Ruhe, wenn ich male. Okay, Nick?«

»'Kay.« Er nickte ernst. »Kannst du jetzt ein Bild von mir malen?«

Sie skizzierte rasch sein Gesicht. »Das bin ich!« rief er grinsend aus und rannte zu Warren, um ihm das Bild zu zeigen. Sie zeichnete auch ein Porträt von Lisa. Das Mädchen starrte erst auf die Skizze, dann auf Alex.

»Du bist wirklich gut«, sagte sie leise.

War das etwa Stolz in ihren Augen? »Danke«, sagte Alex.

Als Alex jetzt ins Atelier ging, nahm sie ihren Skizzenblock und setzte sich mit übergeschlagenen Beinen auf das kleine lohfarbene gerippte Sofabett. Sie starrte auf das jungfräulich weiße Blatt Papier, dann riß sie es ab und befestigte es an ihrer Staffelei über einem Stilleben aus Pastellfarben, an dem sie gerade arbeitete. Sie nahm einen Kohlestift; ihre Hand begann sich in schnellen, düsteren, wütenden Strichen über das Papier zu bewegen. Eine halbe Stunde später war sie fertig. Sie trat zurück und starrte die Figur mit den übertriebenen Muskeln und dem lüsternen Blick an, die bedrohliche Ähnlichkeit mit Ron Gilman hatte. Er sah lächerlich aus. Sie fühlte sich unermeßlich viel besser.

Sie wollte gerade das Blatt von der Staffelei nehmen, als sie spürte, daß jemand hinter ihr in der Tür stand. Sie drehte sich um. Es war Lisa.

Alex, die sich plötzlich Rons lüsternen Gesichtsausdrucks und seines muskulösen Körpers unangenehm bewußt war, stellte sich vor die Staffelei. Sie lächelte. »Hattest du einen schönen Tag?«

»Ganz gut, ja.«

»Bist du hungrig? Ich kann dir ein Sandwich machen. Um

ehrlich zu sein, könnte ich auch etwas vertragen. Ich habe nicht zu Mittag gegessen und sterbe vor Hunger.«

»Nein, danke.« Lisa verschwand aus der Tür.

Na großartig, dachte Alex und seufzte. Seit der »Hamburger«-Auseinandersetzung und -Wiederversöhnung war Lisa freundlich, um nicht zu sagen herzlich gewesen, und obgleich Alex das Mädchen von Zeit zu Zeit immer noch dabei ertappte, daß es sie anstarrte, schrieb sie das einer normalen Teenager-Neugierde zu. Im Moment aber war Lisa schroff und kurz angebunden.

Es war der Zwischenfall mit Ron, sagte sich Alex. Sie riß die Zeichnung von der Staffelei, knüllte sie zusammen und warf sie in den Mülleimer. Dann durchsuchte sie alle Zimmer im Erdgeschoß. Keine Lisa. Sie ging nach oben und klopfte an die Zimmertür des Mädchens.

»Darf ich hereinkommen?«

»Klar.«

Alex öffnete die Tür und betrat das Zimmer. Das pinke Zimmer, wie sie es nannte. Fast alles darin war rosarot – der Teppich, die Tulpen auf der Tapete, die zerknitterte Tagesdecke und der Baldachin über dem Himmelbett, die Jalousien, die Lampe auf der Kommode, der Mülleimer. Die Möbel waren weiß mit rosa Griffen. Jedesmal, wenn Alex den Raum betrat, hatte sie das Gefühl, als würde sie von einer gigantischen rosafarbenen Zuckerwatte verschluckt.

Lisa saß an ihrem Schreibtisch. Sie wandte sich nicht um, als Alex eintrat. Alex ging zu ihr.

»Lisa, kann ich dich eine Minute sprechen?«

»Worüber denn?«

»Könntest du dich bitte zu mir umdrehen? Mir ist wesentlich wohler, wenn ich dich beim Reden anschauen kann.« Sie behielt ihr Lächeln bei, während Lisa sich zu ihr umdrehte. »Lisa, ich habe das Gefühl, als belaste dich irgend etwas.«

»Wer sagt das?« Sie zupfte an der Nagelhaut ihres Daumens herum.

»Es ist nur so ein Gefühl.«

Lisa zuckte die Achseln.

»Du siehst mich nicht mal an.«

»Letztes Mal hast du dich doch beschwert, daß ich dich anstarren würde.«

Alex ballte ihre Hände zu Fäusten und entspannte sie wieder. »Du bist wütend auf mich. Kannst du mir nicht sagen, warum? Was immer es ist, es ist besser, wenn wir darüber reden.« Stimmte das überhaupt? Es wäre sicher schwierig und merkwürdig, ihrer vierzehnjährigen Stieftochter zu erklären, was passiert war. Und würde das Mädchen ihr glauben?

Keine Antwort von Lisa.

»Lisa, manchmal geraten Leute in kompromittierende Situationen. Das heißt, eine Situation kann so aussehen, als würde jemand etwas Falsches tun, während er – oder sie – in Wirklichkeit vollkommen unschuldig ist. Verstehst du, was ich meine?«

Lisa drehte sich wieder zu ihrem Tisch um. »Ich habe noch eine Menge Hausaufgaben zu machen.«

Es war ein knapper Hinauswurf und ein sehr wirkungsvoller dazu. Alex hatte das Gefühl, als hätte Lisa ihr eine Ohrfeige gegeben. Sie verließ das Zimmer und machte die Tür hinter sich zu. Sie war unruhig, weil Lisa es sie nicht hatte erklären lassen, und zugleich aus demselben Grund merkwürdig erleichtert.

Verdammt sei Ron Gilman, weil er ein unreifes, eingebildetes Schwein war.

Verdammt seien die Parzen, weil sie so mit ihr spielten. Vor zwei Tagen hatte alles noch so gut ausgesehen. Ihr Leben hatte sich endlich stabilisiert, und sie hatte sich beinahe selbst davon überzeugt, daß sie damit aufhören konnte, Blicke auf ihre Vergangenheit zu werfen. Und dann hatten die Parzen ihr die Beekmans in den Weg geworfen.

Nicht daß sie wirklich an die Parzen glaubte. Daß sie die Beekmans getroffen hatte, war ein Zufall, mehr nicht. Und Ron war nur ein lüsterner Trottel. Was würde wohl als nächstes passieren? fragte sie sich gereizt.

Nichts, sagte sie sich schnell, besorgt, die nichtexistierenden Parzen in Versuchung zu führen, die sie gerade eben noch verdammt hatte. Nichts wird als nächstes passieren.

Zur nochmaligen Versicherung berührte sie instinktiv das Medaillon.

Nicholas war erschöpft, als er von der Feier zurückkehrte. Es sei sehr lustig gewesen, sagte er, aber die Pfeife in seiner Tüte mit den Preisen ginge nicht, und ob ihm Alex eine neue kaufen könne?

»Klar«, sagte sie zu ihm.

Später ließ sie Wasser in die Badewanne in seinem Badezimmer ein. Da er irgendwann in den letzten Monaten ein Schamgefühl entwickelt hatte, wartete sie vor der Tür, bis er seine Unterwäsche ausgezogen hatte.

»Ich steige jetzt hinein!« rief er.

»Aber sei bitte vorsichtig. Mit beiden Händen an der Wanne festhalten, erst den einen Fuß hineinsetzen und dann den anderen.«

»Ich weiß.« Und dann einen Moment später: »Ich bin drin!«

Sie betrat das Badezimmer und kniete sich auf die blaue Matte vor der weißen Wanne. Sie sah zu, wie er sich die Arme und die Brust und seine kräftigen Beine mit einem Waschlappen einseifte. Sie hätte es gern für ihn gemacht, aber er war stolz darauf, daß er es allein konnte.

»Jetzt sind die Ohren dran«, sagte er, und sie mußte lächeln.

Er shampoonierte sein Haar ein, ließ dann aber Alex den Schaum mit dem Brausekopf, der am Wasserhahn angebracht war, auswaschen. Danach legte er sich zurück und tauchte den Kopf ins Wasser, bis nur noch sein Gesicht herausschaute. Sie wußte, daß er sich mit den Armen am Boden abstützte, aber es fiel ihr wie immer schwer, sich zurückzuhalten und nicht seinen Rücken zu stützen. Sein vom Wasser dunkler gewordenes Haar schwamm um sein Gesicht herum wie eine Löwenmähne.

Er setzte sich grinsend auf. »Fertig.«

Sie drehte sich um und stand auf, dann nahm sie ein dickes blaues Frotteebadetuch, das auf dem Toilettensitz lag.

»Fertig.« Er stand mit dem Rücken zu ihr. »Du darfst aber nicht schauen.«

»Nein, ich schaue nicht.«

Alex hielt das Badetuch vor sich ausgebreitet und beugte sich zu ihm vor. Sie wickelte das Badetuch um ihn herum, hob ihn aus der Wanne und trug ihn auf ihren Armen zum Bett. Sie genoß den Duft seines Haars und seines Körpers, die glatte Nässe seiner Haut. Als sie ihn vorsichtig herunterließ, hüpfte er auf dem Bett herum und kicherte.

Alex stieg die Treppe hinunter, um das Abendessen vorzubereiten. Auf dem Weg in die Küche ging sie ins Atelier, um die Malsachen aufzuräumen. Der Mülleimer war gefüllt mit den gescheiterten Werken mehrerer Tage. Und mit ihrer Skizze von Ron Gilman. Sie verspürte den Drang, sie noch einmal anzusehen, bevor sie sie dem Vergessen anheimgab, und fischte im Mülleimer nach dem zerknüllten Ball, der Rons Gesicht gewesen war.

Er war nicht mehr da.

Alex durchwühlte die Papiere und strich zwei zerknüllte Knäuel glatt, von denen jedoch keiner Ron zeigte. Sie ging wieder hoch in Nicholas' Zimmer und klopfte an die Tür.

»Herein!«

Sie öffnete die Tür und trat ein. »Nick, als du von der Feier heimgekommen bist, hast du da irgendwas aus dem Mülleimer in meinem Atelier genommen?«

»Natürlich nich'. Du hast doch gesagt, daß ich das nicht darf.«

Natürlich nicht. »Stimmt. Habe ich vergessen. Dank' dir.«

Lisa hatte die Zeichnung genommen. Das war Alex schon klar gewesen, bevor sie Nicholas gefragt hatte.

9

Am Montag morgen fuhr Alex zu Denise, obwohl sie nicht sicher war, ob sie das Richtige tat.

Sie hätte am liebsten Warren um Rat gefragt, hatte aber entschieden, ihm nichts von Ron zu erzählen. Warren mochte Ron; sie wollte nicht für das Ende der Freundschaft verantwortlich sein. Warren könnte es ihr übelnehmen. Und er könnte denken, daß sie überreagiert hatte – oder noch schlimmer: daß sie Ron zu seinen Avancen verführt hatte. Und wie sollte sie ihm erklären, daß sie nicht gemerkt hatte, daß die Hände eines anderen Mannes sie berührten?

Sie hätte den Zwischenfall am liebsten vergessen, aber das Wissen belastete sie. Und Lisa hatte die Zeichnung von Ron; da war sich Alex sicher. Was war, wenn Lisa Denise von der Zeichnung erzählte und was sie gesehen hatte – oder glaubte, gesehen zu haben? Lisa stand ihrer Tante sehr nahe – sie waren wie Schwestern, das sagte jeder.

Vielleicht war Denise gar nicht zu Hause, überlegte Alex, als sie in die Linnie Street einbog, die kleine Straße, in der Denise wohnte; sie war vielleicht bei einem Klienten. Aber der BMW (ein Geschenk von Denises Eltern, wie Alex wußte) stand in der Einfahrt. Vielleicht war das ja ein Wink des Schicksals.

Alex parkte ihren Jeep vor dem Haus und ging den kurzen mit Steinplatten ausgelegten Weg zum Eingang vor. Sie hatte sich gefragt, warum sich Denise nicht ein Haus in der Nähe ihrer Eltern in Pacific Palisades gesucht hatte, einer wohlhabenden Strandgemeinde im Süden – war es deshalb, weil sie hier Warren und den Kindern näher war? Laut Warren hatte Denise Venice allerdings vorgezogen, weil es hier mehr Singles gab. Wie der Wagen war auch das Haus ein Geschenk ihrer Eltern gewesen. Ein sehr teures Geschenk – das kleine, einstöckige Gebäude befand sich auf einem erstklassigen Grundstück, das an den Linnie Canal angrenzte. Eine gute Investition, hatte Stuart Hutchins befunden.

Vor einem Jahr hatte Denise erwähnt, daß ein neu erbautes zweistöckiges Gebäude am Sherman Canal in Präklusion gekommen war. Ob Warren und Alex daran interessiert seien, es sich anzusehen? Warren hatte tatsächlich Interesse gehabt, und Lisa hatte sich wie wild für den Umzug eingesetzt. Aber der Preis war übertrieben hoch gewesen, und Alex war nicht enttäuscht, als es nicht klappte. Die Kanäle waren zwar malerisch und bezaubernd – auf Spaziergängen in der Dell Avenue mit Warren und den Kindern hatte Alex die Kanäle mehr als einmal von den Brücken aus betrachtet –, aber sie brauchte keinen Kanal im Garten. Und sie wollte auch nicht wirklich um die Ecke von Denise wohnen.

Paula kam an die Tür. Alex war verwirrt – sie hatte im Augenblick vergessen, daß die Frau montags bei Denise arbeitete. Und mittwochs und donnerstags.

»Guten Morgen, Alex. Wie geht es Ihnen?« Paulas breite Gestalt füllte die Türöffnung aus, und sie machte keine Anstalten, Alex hineinzubitten.

Sie weist mich in meine Schranken, war Alex sofort klar,

gibt mir zu verstehen, daß dies nicht mein Zuhause ist. »Danke, gut, Paula. Ich wollte mit Denise sprechen.«

»Ich sage ihr, daß Sie hier sind.« Paula verließ den Eingang.

Alex trat ein. Einen Augenblick später erschien Denise. Sie trug einen minzgrünen Jogginganzug, und ihr blondes Haar war zu einem Pferdeschwanz zusammengebunden. Sie sieht so jung aus wie Lisa, dachte Alex.

»Alex! Was für eine Überraschung!« Ein Stirnrunzeln huschte plötzlich über Denises Gesicht. »Es ist doch den Kindern nichts passiert, oder?«

»Nein, es geht ihnen gut. Ich dachte, ich schaue auf dem Weg zur Arbeit mal kurz bei dir vorbei. Es gibt da etwas, über das ich mit dir reden möchte.«

Neugierde zeigte sich in Denises braunen Augen. »Klar.«

Sie setzten sich ins Wohnzimmer. Alex war schon mehrere Male zusammen mit Warren bei Denise gewesen, aber sie war aufs neue beeindruckt von der schlichten Schönheit der Räume und Möbel. Die Wände waren cremefarben gestrichen. Auf einem Orientteppich mit feinem Blumenmuster standen zwei helle pfirsichfarbene Sofas aus Rohseide einander gegenüber; dazwischen stand ein viereckiger Glastisch mit durchsichtigem hellem Fuß. Ein glänzender schwarzer Flügel stand gebieterisch in der gegenüberliegenden Ecke. Über dem smaragdgrünen marmornen Kamin hing ein Chagall. Warren hatte Alex erzählt, daß die Lithographie, genauso wie die Kunstwerke im Haus von Denises Eltern, echt war. Denises Jogginganzug harmonierte mit dem Grün der Blumen im Orientteppich, bemerkte Alex.

»Ich freue mich, daß du vorbeigekommen bist«, sagte Denise. »Ich hatte ohnehin vor, dich in der Woche anzurufen.« Sie lächelte und legte ihre Hand auf Alex' Hand. »Ich wollte ein Fest zu Ehren des Babys für dich ausrichten.«

O Gott! Das machte es noch schwerer. »Denise –«

»Es bereitet mir keine Umstände, glaub mir. Wir machen es draußen – ein Brunch, wenn du damit einverstanden bist. Gib mir einfach eine Liste der Leute, die du gern einladen würdest, und ich kümmere mich um den Rest. Es wird bestimmt lustig.« Sie lächelte wieder.

Alex versuchte, zurückzulächeln. »Das ist sehr lieb von dir, Denise. Laß mich darüber nachdenken, okay?« In fünf Minuten würde Denise sicher keine Lust mehr haben, eine Babyparty für Alex auszurichten. Oder überhaupt etwas für sie zu tun.

Denise legte ihren Zeigefinger an die Lippen. »Du bist doch nicht abergläubisch, oder? Was die Babyparty betrifft, meine ich.«

»Nein.«

»Gut. Einige Leute sind es nämlich. Sie glauben, daß eine Party vor der Geburt Unglück bringt. Ich finde das albern.« Sie lächelte wieder. »Aber erzähl mir, warum du hier bist.«

Alex senkte den Blick auf den Lalique-Pfau auf dem Tisch. »Es ist merkwürdig, Denise«, setzte sie mit leiser Stimme an. »Ich bin nicht einmal sicher, ob ich es dir überhaupt erzählen soll.«

»Was erzählen?«

Ohne Denise anzusehen, wußte Alex, daß sie jetzt nicht mehr lächelte. »Am Sonntag, als du da warst, um Lisa abzuholen, hat Ron ... hat Ron mit mir geflirtet.« Alex schilderte ihr, was vorgefallen war. »Ich dachte, es wäre Warren«, fügte sie hinzu. Es klang selbst in ihren eigenen Ohren lahm. »Ich will dir nicht weh tun, aber ich fand, du hättest ein Recht darauf, es zu erfahren.«

»Natürlich.« Denises Stimme war so unpersönlich und glatt wie Glas. »Hast du es Warren schon erzählt?«

Alex schüttelte den Kopf. »Nein, und ich habe es auch nicht vor.« Sie erklärte ihr, weshalb. »Aber ich glaube, daß

Lisa uns gesehen hat. Ich habe nur andeutungsweise mit ihr darüber gesprochen, aber ich weiß nicht . . .«

Das Schweigen schien in der Luft zu vibrieren.

»Nun«, sagte Denise schließlich. Es klang wie ein Seufzen. »Soviel also zu Rons unsterblicher Liebe für mich, hm?«

»Vielleicht habe ich es überinterpretiert«, sagte Alex, die den Schmerz in Denises Gesicht sah. Und vielleicht hätte ich besser doch nicht kommen sollen.

»Das siehst du aber nicht so, sonst wärst du nicht hier, oder?«

Alex antwortete nicht.

»Vermutlich sollte ich dir dankbar sein«, sagte Denise. »Besser, ich erfahre es jetzt als später, stimmt's?« Sie machte eine Pause. »Weißt du, was komisch ist? Ich fühle mich am Boden zerstört. Dabei war ich mir noch vor zehn Minuten gar nicht sicher, ob ich Ron überhaupt heiraten will. Er sieht sehr gut aus, ist charmant und sehr erfolgreich, aber er ist irgendwie ein bißchen zu glatt und wendig, fast schlüpfrig, weißt du?« Ihre Lippen bogen sich zu einem Lächeln. »Ja, ich schätze, das *weißt* du.«

Alex errötete. »Denise –«

Denise stand auf. »Danke, daß du vorbeigekommen bist, Alex. Das meine ich ernst. Ich weiß, daß das nicht einfach für dich war.«

»Vielleicht solltest du mit Ron sprechen. Vielleicht ist er sich nicht bewußt –«

»Alex, würdest du jetzt bitte gehen? Ich möchte darüber nämlich wirklich, wirklich, wirklich nicht mehr sprechen, okay?«

Alex berührte Denises Hand. »Es tut mir leid, Denise.«

Denise verließ das schön eingerichtete Wohnzimmer und verschwand.

Alex ging allein aus dem Haus.

»Nun, was hältst du davon?« fragte Alex Evelyn.

Sie saßen im Schneidersitz auf dem Fußboden des Klassenzimmers. Es war Schlafenszeit. Die gelb-weißen Jalousien vor allen Fenstern waren heruntergelassen und tauchten den Raum in ein sanftes, ruhiges, gemütliches Halbdämmer. Die meisten Vorschüler schliefen, ein paar mit Daumen im Mund. Einige wenige störrische Kinder lagen mit offenen Augen auf ihren dunkelblauen Vinylmatten. Wann immer Alex oder Evelyn in ihre Richtung sahen, schlossen sie schnell die Augen. Patty war zeitig gekommen; sie wischte mit einem Schwamm die Tische ab, die vom Mittagessen klebrig waren.

»Evelyn?« hakte Alex nach.

»Entschuldige. Ich habe gerade nachgedacht. Ich kann einfach nicht glauben, was du mir da gerade erzählt hast. Wieso sollte er so was tun?«

»Ich kann nicht einschlafen!« wimmerte ein kleines Mädchen.

Alex machte Anstalten aufzustehen, sah dann jedoch, daß Patty an die Seite des Kindes eilte. »Wer weiß? Er ist krank. Oder er liebt den Kitzel. Vielleicht findet er es auch wirklich harmlos.« Sie zuckte die Achseln. »Denise tut mir furchtbar leid. Du hättest sie sehen sollen. Und was ist mit Warren? Soll ich es ihm sagen? Oder soll ich lieber vergessen, daß es jemals passiert ist?« Nicht, daß sie das gekonnt hätte. Sie würde sich in Rons Nähe nie mehr wohl fühlen. Wie sollte sie das vor Warren verbergen?

»Du willst also meine Meinung hören? Ich würde es Warren nicht erzählen. Das würde wahrscheinlich nur sein Ego kränken. Und was Denise anbelangt –«

Die Seitentür schwang auf und flog mit einem Knall zu. Alex, Evelyn und Patty blickten erschrocken zur Tür.

Es war Donald Lundquist. Alex erkannte ihn im Halbdunkel. Sie erhob sich und eilte auf ihn zu.

»Mr. Lundquist«, flüsterte sie, »die Kinder –«

»Wo ist Bobby?« wollte er wissen. Sein gutaussehendes Gesicht war von Falten der Besorgnis überzogen.

»Er ist heute nicht zur Schule gekommen. Ich habe angenommen, daß er krank ist.«

»Ich bin nach Hause gefahren, um nach Sally zu sehen, weil es ihr nicht gutging, aber sie war nicht da. Einige ihrer Kleider fehlen. Auch Bobbys Sachen sind weg. Ich muß unbedingt meine Frau und meinen Sohn finden!«

Sally Lundquist war mit Bobby weggelaufen? Weshalb? Alex stellte sich sein dunkles, gelocktes Haar vor und sein schönes Gesicht, das so unglücklich, so verzweifelt gewesen war. Hinter sich hörte Alex raschelnde Laute und die beruhigenden »Sch's« von Evelyn und Patty.

»Mr. Lundquist, wir wecken die Kinder auf. Wir reden besser draußen weiter.« Sie öffnete die Tür und führte ihn entschlossen hinaus, dann schloß sie die Tür hinter sich. Sie mußte wegen der plötzlichen Helligkeit blinzeln. Vor dem Eingang zur Schule parkte ein silberner Jaguar. Wahrscheinlich Lundquists Wagen, folgerte sie.

»Könnte Ihre Frau nicht zu Verwandten gefahren sein?« fragte Alex.

»Ich habe ihre Eltern in Arizona angerufen, aber sie haben nichts von ihr gehört. Ihr Wagen steht noch in der Einfahrt, sie muß also ein Taxi genommen haben. Ich habe auch schon mit den Nachbarn gesprochen. Niemand hat etwas gesehen.«

»Was ist mit Freunden?« schlug Alex vor.

»Sie wissen nichts.« Er preßte die Hand an seine Stirn. »Was mich so ängstigt, ist, daß ich nicht weiß, was Sally tun wird. Ich habe Ihnen ja schon erzählt, daß sie im Moment recht labil ist.« Er starrte Alex an. »Sie war letzte Woche bei Ihnen. Hat sie da irgend etwas in der Richtung erwähnt, daß sie vorhat wegzugehen?«

Alex schüttelte den Kopf.

»Worüber haben Sie gesprochen? Vielleicht würde es mir helfen herauszufinden, was passiert ist.«

»Wir haben über Bobby geredet.« Sie sah, daß sich das Gesicht des Vaters anspannte. »Bobby ist unglücklich, Mr. Lundquist. Er prügelt sich viel. Er hat Schwierigkeiten im Umgang mit den anderen Kindern.«

Donald Lundquist nickte, dann seufzte er. »Der arme Junge. Er verdient es besser. Was hat Sally gesagt?«

»Ihre Frau war durcheinander, Mr. Lundquist. Sie weinte. Ich schlug ihr vor, sich professionelle Hilfe zu suchen.«

»Was hat sie Ihnen noch erzählt?«

»Nichts.«

»Sie muß doch irgendwas gesagt haben.« Tiefe Verzweiflung klang aus seiner Stimme heraus. »Sie muß Ihnen erzählt haben, warum Bobby so unausgeglichen ist.«

Alex schüttelte den Kopf. »Sie sagte, Sie wären beide fürsorgliche, liebevolle Eltern. Und daß Bobby ein guter Junge sei.« Sie zögerte. »Ich hatte das Gefühl, als wollte sie mir etwas erzählen, konnte es aber nicht.«

Lundquist runzelte die Stirn. »Was erzählen?«

»Das weiß ich nicht. Ich bin in sie gedrungen. Da hat sie dann angefangen zu weinen.« Alex sah wieder Sally Lundquists tränenbeflecktes Gesicht vor sich, sah sie vom Stuhl aufspringen, hörte das Klappern der Gegenstände, die ihr aus der Tasche auf den Boden fielen. Ein Lippenstift. Eine Puderdose. Plötzlich erinnerte sie sich an den Zettel, den Sally verloren hatte. Den Zettel mit den sieben Zahlen und den Buchstaben NOTR. *Notruf?* Der Zettel befand sich in Alex' Büro, in der mittleren Schublade. Es war wahrscheinlich nichts. Dennoch . . . Sie konnte spüren, daß Lundquist sie anstarrte.

»Ihnen ist gerade etwas eingefallen, nicht wahr?«

»Ich bin mir nicht sicher, ob es –«

»Sagen Sie es mir!«

Alex zuckte bei seinem Tonfall zusammen.

»Tut mir leid«, sagte er schnell. Er fuhr sich mit den Fingern durch sein dunkles Haar. »Ich bin nur ganz außer Fassung, Mrs. Prescott. Ich suche verzweifelt nach einem Hinweis, irgendeinem Hinweis. Sicher können Sie das verstehen.«

»Selbstverständlich.« Sie mochte Donald Lundquist nicht, entschied sie. Sie mochte ihn überhaupt nicht.

»Dann können Sie sicher auch verstehen, weshalb ich Ihre Hilfe brauche. Woran haben Sie sich gerade erinnert?« fragte er ruhig.

»Tut mir leid.« Sie schüttelte den Kopf. »Ich dachte, ich hätte mich an etwas erinnert, aber jetzt ist es mir wieder entfallen.« Sie bemühte sich, ein mitfühlendes und bekümmertes Lächeln aufzusetzen.

»Sie lügen!« Sie wissen, wo sie ist, nicht wahr? Sagen Sie mir, wo sie sind!«

»Mr. Lundquist –«

Er packte sie am Arm. »Sie helfen ihr, stimmt's?«

Sie fühlte, wie Angst in ihr aufstieg. »Sie tun mir weh. Nehmen Sie Ihre Hände weg.« Sie versuchte, sich aus dem Griff zu befreien.

Er verstärkte seinen Griff. »Was hat sie Ihnen erzählt – daß ich sie schlage? Hat sie Ihnen das erzählt?«

»Nein. Nehmen Sie Ihre Hände weg«, wiederholte sie mit fester Stimme.

Er lachte und ließ ihren Arm los. »Natürlich hat sie das. Ich kann es Ihrem Gesicht ansehen. Sie ist in ein verdammtes Frauenhaus gegangen, nicht wahr? Sie hat mir schon ein paarmal damit gedroht, die fette Kuh.«

Jetzt war alles klar – eine ängstliche, beinahe hysterische Mutter; ein feindseliges, aggressives, asoziales Kind. Mutter und Sohn waren Opfer des Mannes, der vor Alex stand.

»Bitte«, sagte Donald Lundquist, »sagen Sie mir, wo sie ist, Mrs. Prescott. Alles, was ich will, ist mit ihr reden. Habe ich nicht das Recht, mit meiner Frau zu sprechen? Mein Kind zu sehen?«

Seine Stimme war butterweich und troff vor falscher Besänftigung, die Alex nur zu gut kannte. *Komm schon, Alex. Gib mir noch eine Chance.* »Ich weiß nicht, wo Ihre Frau ist«, sagte sie zu Lundquist.

Er zeigte mit dem Finger auf sie. »Sie haben ihr das eingeredet, nicht wahr? Ist das die Art der professionellen Hilfe, die Sie ihr empfohlen haben? Sie und die ganzen anderen feministischen Weiber, die das Eheleben anderer Leute zerstören? Ich will meine Frau zurück! Ich will meine Frau und meinen Sohn wiederhaben!«

Sein Gesicht war jetzt nur noch wenige Zentimeter von ihrem entfernt. Sie kämpfte gegen den Impuls an, sich ängstlich zu ducken. »Ich möchte, daß Sie jetzt verschwinden, Mr. Lundquist. Und zwar sofort, sonst rufe ich die Polizei.«

»Sie brauchen die Polizei nicht zu rufen, Lady, weil ich sie nämlich rufen werde. Sie werden Ihnen dieselben Fragen stellen, die ich Ihnen gerade gestellt habe, und dann werden Sie sie beantworten müssen. Und wenn mir die Polizei nicht dabei hilft, Sally und Bobby zu finden, dann werde ich eben einen Privatdetektiv engagieren. Ich werde alles tun, was nötig ist, bis ich sie gefunden habe.«

»Schön.« Sie langte hinter sich nach dem Türknopf.

»Sie genießen das, nicht wahr? Werden Sie Sally alles brühwarm berichten, sobald ich gegangen bin?«

Alex seufzte. »Mr. Lundquist, zum letzten Mal: Ich weiß nicht, wo Ihre Frau ist.«

Er nickte. »Doch, das wissen Sie. Ich weiß, daß Sie lügen. Ich sehe es Ihnen an. Ich warne Sie, Mrs. Prescott, erzählen Sie mir, wo sie sind, oder ich werde Sie mitsamt Ihrer ganzen gottverdammten Schule fertigmachen.«

Alex drehte den Türknopf, schob die Tür auf, trat schnell ins Gebäude hinein und machte die Tür zu. Mit zitternden Händen sperrte sie ab.

»Glauben Sie etwa, ich mache Scherze?« brüllte er durch die Tür. »Ich werde Ihnen das Handwerk legen, Sie schnüfflerische Hure! Oder glauben Sie, das kann ich nicht?«

Die Tür erzitterte unter seinen Schlägen.

Evelyn eilte an Alex' Seite. »Was ist los?« flüsterte sie. »Patty und ich haben euer Geschrei gehört. Die Kinder auch. Sie fürchten sich.«

Die Kinder hatten sich alle auf ihren Matten aufgesetzt, sah Alex. Patty ging zwischen ihnen umher. Zwischen den Schlägen von Lundquist konnte Alex Weinen hören.

Das Trommeln hörte auf. Die plötzliche Stille war noch unheimlicher als der Lärm.

»Geh bitte ins Büro und sieh nach, ob die Tür zugesperrt ist«, flüsterte Alex. »Ich erkläre es dir später.«

Evelyn huschte davon und kehrte einen Moment später zurück. »Alles klar. Soll ich die Polizei verständigen?«

»Warte.« Alex trat an eines der Fenster, das zur Straße hinausging, und spähte durch die geschlossene Jalousie. Es war nichts mehr von Donald Lundquist oder dem Jaguar zu sehen, der noch Minuten zuvor vor der Schule gestanden hatte.

»Er ist weg«, sagte sie. Vorerst, fügte sie im stillen hinzu.

Nachdem sie zusammen mit Evelyn und Patty die Kinder beruhigt hatte, ging Alex in ihr Büro. Aus der Schreibtischschublade nahm sie den Zettel, den Sally Lundquist verloren hatte, und wählte die Nummer, die darauf stand.

Eine Frau meldete sich. »Ja?«

»Hier ist Alexandra Prescott. Könnte ich bitte mit Sally Lundquist sprechen?«

»Sie haben die falsche Nummer gewählt.«

»Ist da 555-6803?«

»Ja, aber hier gibt es niemanden, der so heißt. Tut mir leid.«

»Sind Sie –«

Die Frau legte auf. Das Amtszeichen dröhnte in Alex' Ohren. Sie faltete den Zettel zusammen und steckte ihn in ihre Handtasche.

»Du mußt die Luftblasen rausdrücken«, sagte Alex zu Nicholas.

Sie hatten zu Abend gegessen und waren jetzt in der Küche und backten einen Apfelkuchen. Nicholas stand auf einem Stufenhocker und schob die Küchenrolle über den Teig, den Alex zubereitet und auf die mehlbestäubte Plastikplatte gelegt hatte.

»So?« sagte Nicholas, ohne aufzuschauen.

»Perfekt.« Sie beugte sich zu ihm hinunter und rieb ihre Nase an seinem Hals. Sie liebte seinen leicht säuerlichen kleinen-Junge-Geruch.

»Mommy!« Er kicherte, dann runzelte er die Stirn. »Ich werde den Teig noch kaputtmachen, und dann muß ich wieder von vorn anfangen.«

»Einen Kuß«, forderte sie. »Aber einen dicken.«

»Na gut.« Er wandte sich ihr zu, legte seine Handflächen an ihre Wange und gab ihr einen Kuß.

»Wunderbar!«

Das Telefon läutete. Alex wischte sich die Hände an einem Papiertuch ab und nahm den Hörer von dem Apparat, der an der Wand hing. »Hallo?«

»Du Miststück!«

Der Zorn in der Stimme ließ sie zusammenzucken. Wie hatte Lundquist ihre Privatnummer herausgefunden? »Wenn Sie mich nicht in Ruhe lassen –«

»Du mußtest es ihr ja auch unbedingt erzählen, was?«

Es war nicht Lundquist, sondern Ron. Sie warf einen Blick

auf Nicholas. Er war damit beschäftigt, den Teig auszurollen. »Es tut mir leid«, sagte sie beinahe im Flüsterton, »aber ich finde, Denise hatte ein Recht, es zu erfahren. Ich kann verstehen, daß du wütend bist –«

»Na, wie großzügig von dir! Aber ich habe Neuigkeiten für dich: Ich werde nicht so schnell von der Bildfläche verschwinden, Süße. Ich werde Denise rumkriegen. Darauf kannst du wetten. Halte du dich in Zukunft aus meinem Leben raus, und ich halte mich aus deinem raus, okay?«

»Ich hoffe, es entwickelt sich alles nach deinen Wünschen.«

»Klar doch, sicher tust du das.« Sein Lachen klang häßlich. »Weißt du, Warren tut mir verdammt leid. Was ich so über Andrea höre, war sie eine klasse Frau und nicht so ein herablassendes, moralinsaures, total überdrehtes Feministenweib, das sich in das Leben anderer Leute einmischt.«

Das muß ein Rekord sein, dachte sie erschöpft. Jetzt bin ich an einem Tag von zwei Männern ein feministisches Weib genannt worden, das sich in das Leben anderer einmischt. Sie merkte, daß Nicholas sie ansah, und versuchte, ihre Stimme freundlich klingen zu lassen. »Gute Nacht«, sagte sie.

»Gute Nacht, Miststück. Ich gebe mich noch lange nicht geschlagen. Du –«

Sie hätte am liebsten den Hörer auf die Gabel geknallt. Statt dessen legte sie ruhig auf. Als sie sich zu Nicholas umdrehte, sah sie, daß Warren in den Raum gekommen war. Er ging zu der Ablage, an der Nicholas beschäftigt war, stibitzte Teig vom Rand und schob ihn sich in den Mund.

»He! Du machst alles kaputt!« sagte Nicholas. »Und außerdem darf man keinen rohen Teig essen. Mommy sagt, davon kann einem schlecht werden.«

»O nein!« Warren hielt sich seinen Bauch und stöhnte.

Nicholas lachte. »Daddy, du bist blöd!«

»Wer, ich?« Warrens Augenbrauen formten lustige Bögen. Er wandte sich an Alex. »Wer war das eben am Telefon?«

»Evelyn«, antwortete sie automatisch. Ihr war schlecht, aber das kam nicht vom rohen Teig. Sie spürte, wie ihr die Röte ins Gesicht stieg.

»Du solltest dein Gesicht sehen«, sagte Warren.

Merkte er, daß sie log? »Warren –«

»Überall ist Mehl.« Grinsend schüttelte er den Kopf, dann nahm er ein Papiertuch, feuchtete es unter dem Wasserhahn an und rieb Alex' Gesicht ab. Sein Grinsen schwand. »Was ist los, Alex? Hat Evelyn irgendwas gesagt, das dich aufregt?«

»Donald Lundquist will mir einfach nicht aus dem Kopf gehen.« Das war nicht einmal gelogen. Sie hatte das Gespräch mit ihm wieder und wieder im Geiste vor sich ablaufen lassen, konnte immer noch seinen Griff an ihrem Arm spüren, das Trommeln an der Tür der Vorschule hören.

»Seine Frau und sein Sohn sind wahrscheinlich sicher vor ihm, wo immer sie auch sind. Und die Aussichten stehen gut, daß er nicht noch einmal kommen wird. Wenn er es doch tut oder wenn du dir wirklich Sorgen machst, verständige die Polizei.«

»Ist er böse?« fragte Nicholas. Er war von seinem Stuhl heruntergestiegen und ging zu Alex und Warren.

»Er ist wütend, Süßer«, sagte Alex. Und wahrscheinlich war er auch böse, obwohl, wer konnte schon »böse« definieren? War Ron »böse«?

»Warum ist er denn wütend auf dich, Mommy?« Nicholas faßte Alex an der Hand und wandte sich an Warren. »Daddy, du paßt auf, daß er Mommy nichts tut, oder?«

»Natürlich, Nick.« Er legte den Arm um seinen Sohn. »Niemand wird Mommy was tun. Oder irgend jemand anderem von uns.«

10

Das warme Wasser war beruhigend. Sie saß in der Badewanne, dann ließ sie sich ins Wasser gleiten, bis nur noch ihr Kopf herausschaute. Sie schloß die Augen, ließ den Dampf um ihren Kopf zirkulieren, und fühlte, wie langsam die Spannung von ihr wich.

Alex würde verschwinden. Warren wäre natürlich durcheinander; auch Nicholas würde traurig sein, aber nur für kurze Zeit. Sie würden sich beide an Alex' Abwesenheit gewöhnen – Warren war schließlich auch über Andreas Tod hinweggekommen, oder nicht? –, und dann würde alles wieder so werden, wie es sein sollte und wie es war, bevor Alex gekommen war und sich in ihr Leben gedrängt hatte mit ihrem schönen Gesicht und ihrem schönen Körper und ihren schönen langen, dicken schwarzen Haaren. Genau wie das von Hester Prynne. Hester Prynne war auch eine Verführerin gewesen, aber wenigstens mußte sie den scharlachroten Buchstaben tragen, so daß jeder wußte, was sie war.

Nicht Alex. Alex konnte tun, was sie wollte, und kam immer ungeschoren davon. Und ein Mann allein reichte ihr nicht! Da war sie schwanger mit Warrens Kind und flirtete mit einem anderen Mann, forderte ihn geradezu dazu auf, mit ihr zu schlafen! Es war ekelhaft, absolut ekelhaft, wie sie ihren Körper zur Schau trug!

Warren verdiente es besser. Viel besser.

Das Problem war, daß Warren nicht die Wahrheit über Alex wußte. Zuerst wollte sie es ihm sagen, sie wollte es ihm so gern sagen, er hatte ein Recht darauf, es zu erfahren! Aber dann wurde ihr bewußt, daß er ihr nicht glauben würde. Alex würde ihn dazu bringen zu glauben, daß sie die perfekte Frau und Geliebte und Mutter war. »Oh, Warren, ich liebe dich so sehr, ich freue mich so sehr darauf, ein Kind von dir zu bekommen, wie kannst du auch nur eine Minute lang glauben ...« Und das, obwohl sie sich draußen, in seinem Garten, für einen anderen Mann auszog!

Sie konnte Warren nicht die Wahrheit sagen, aber sie würde einen anderen Weg finden. Sie könnte ihm einen anonymen Brief schicken. Oder sie könnte sich »zufällig« verplappern und ihm Alex' Version des Geschehens erzählen – »Oh, tut mir leid, ich dachte, du wüßtest es«, würde sie dann sagen – und ihn verwundert zurücklassen. Und vielleicht beunruhigt.

Und wenn das nicht half ...

Wenn das nicht half ...

Sie preßte die Hände an die Schläfen, als könnte sie dadurch die Gedanken in einen hinteren Winkel ihres Gehirns verbannen, wo sie sie nicht mehr hören konnte.

Es waren häßliche Gedanken, böse Gedanken. Sie ängstigten sie, und sie fragte sich, ob irgend etwas mit ihr nicht in Ordnung war, ganz und gar nicht in Ordnung. Sie sagte sich fortwährend, daß sie Alex nichts Schlimmes wünschte, daß sie nur wollte, daß sie verschwand. Die meiste Zeit über glaubte sie das, aber manchmal hatte sie das Gefühl, wenn Alex nicht bald fortginge, würde noch etwas Fürchterliches geschehen.

11

Am nächsten Morgen erwartete Alex nahezu, den silbernen Jaguar vor der Schule zu sehen, aber er stand nicht da. Erleichtert bog sie auf den kleinen Parkplatz hinter dem Gebäude und stellte den Jeep ab.

Sie nahm die zwei Papiertüten, in denen die ersten Anfänge eines Projekts mit Tonpapier steckten, an dem die

Kinder heute vormittag weiterarbeiten sollten, und bahnte sich den Weg zur Hintertür. Plötzlich ließ sie beinahe die Tüten fallen.

Die Tür und der Türrahmen waren zersplittert.

Donald Lundquist.

Ihr Herz begann zu klopfen. Instinktiv wußte sie, daß sie den Türknopf nicht anfassen durfte, und drückte die Tür in der Mitte auf. Der Flur dahinter war dunkel.

Sie stand wie angewurzelt da. Sie könnte hineingehen und die Polizei rufen, aber was wäre, wenn er immer noch drin war? Sie eilte zum Jeep zurück, stellte die Tüten hinein und rannte zum benachbarten Haus, um von dort aus die Polizei zu rufen.

Innerhalb weniger Minuten durchdrang eine Polizeisirene die frühmorgendliche Stille. Der Ton wurde immer lauter und schriller – sie haßte ihn, haßte ihn wirklich, hätte sich am liebsten die Ohren zugehalten, um das durchdringende Gejaule zu dämpfen. Mit geballten Fäusten wartete sie vor dem Nachbarhaus auf den Streifenwagen.

Zwei uniformierte männliche Polizeibeamte stiegen aus dem Wagen. Einer war jung und surferblond; der andere war älter, kleiner und der dunklere Typ. Nachdem sie kurz mit Alex gesprochen hatten, betraten sie mit gezogenen Waffen das Gebäude. Mehrere Minuten später – ihr kam es wie eine Ewigkeit vor – tauchten sie wieder auf.

»Es ist niemand drin«, sagte der ältere Beamte zu Alex. »Aber es ist einiges verwüstet worden.«

Der blonde Polizist blieb draußen stehen, während Alex dem älteren ins Gebäude und in ihr Büro folgte. Papiere und Schnellhefter, die auf ihrem Tisch gelegen hatten, waren über den Linoleumboden verteilt. Die Schubladen ihres Schreibtisches waren herausgezogen worden; ebenso wie die Schubladen des beigefarbenen metallenen Aktenschrankes in der Ecke. Alex ging zuerst zum Schreibtisch.

»Fehlt was?« fragte der Beamte.

Draußen hatte er ihr seinen Kollegen und sich selbst vorgestellt, aber sie hatte sich nicht konzentrieren können und die Namen nicht behalten. Jetzt war es ihr zu peinlich, nachzufragen.

Sie untersuchte den Inhalt der Schublade. »Ich glaube nicht. Ich bewahre hier nichts Wertvolles auf. Nur Papierkram und Rechnungen.«

»Was ist hiermit?« Er deutete auf den offenen Aktenschrank.

»Ich lege für jeden Vorschüler eine Mappe an.« Alex ging zum Aktenschrank und sah die Mappen durch. »Lundquist« war noch da. Auf der anderen Seite hätte Donald Lundquist sie auch nicht mitgenommen und damit auf sich als den Missetäter aufmerksam gemacht. Und daß die Mappe noch da war, hieß nicht, daß er sie nicht durchgesehen hatte.

»Es scheint alles dazusein«, sagte sie zu dem Beamten. »Was ist mit dem Klassenzimmer?« Hatte Lundquist das auch verwüstet?

»Kein schöner Anblick.«

»Kein schöner Anblick« war eine Untertreibung. Die Bücherregale waren umgekippt worden. Poster und Kinderzeichnungen waren von den Wänden gerissen worden. Die Tische, Wände, der Boden und die Jalousien waren mit Fingerfarbe beschmiert. Der Boden war übersät mit Büchern, Wachsmalkreiden und Spielzeugen aller Größen und Formen.

Es würde Stunden, vielleicht sogar Tage dauern, den Raum wieder in Ordnung zu bringen. Und die Kinderbilder waren für immer zerstört. Wie sollte Alex das den Kindern erklären, ohne sie in Schrecken zu versetzen? Alex fühlte, wie Tränen in ihre Augen quollen. Traurigkeit und Erschöpfung bemächtigten sich ihrer. Und Zorn. Eindeutig Zorn.

»Haben Sie eine Idee, wer das getan haben könnte, Ma'am?« fragte der Polizist.

Sie wandte sich ihm zu. »Donald Lundquist.« Sie erzählte ihm von Bobby Lundquist und seiner überlasteten, weinenden Mutter; und von ihrer Konfrontation mit dem Vater am vergangenen Tag.

»Er glaubt, ich weiß, wo seine Frau und sein Sohn sich aufhalten. Er ist bestimmt eingebrochen, um nach einem Anhaltspunkt zu suchen, wo er sie finden kann.« Der Rest war Bosheit, oder, wenn sie großzügig sein wollte, Frustration. Aber sie wollte nicht großzügig sein. Sie hätte Donald Lundquist am liebsten eine reingehauen.

»Und *wissen* Sie, wo seine Frau und sein Sohn sich aufhalten?«

Alex schüttelte den Kopf.

»Es könnte Lundquist sein. Es könnten aber auch irgendwelche Jugendliche sein.«

»Es ist Lundquist«, beharrte Alex. »Da bin ich mir sicher.«

»Wir werden ihm einen Besuch abstatten und versuchen, Fingerabdrücke von ihm zu bekommen. Und wir werden hier nach Fingerabdrücken suchen. Wenn es Lundquists sind, wunderbar. Wenn nicht, nun, dann wird es schwieriger zu beweisen sein. Wir fangen im Klassenzimmer an. Mit der Farbe und allem übrigen dort haben wir vielleicht Glück. Übrigens sollten Sie besser die Eltern benachrichtigen, daß die Schule geschlossen bleibt, zumindest für heute. Und versuchen Sie, nichts zu berühren, okay?«

O Gott! Die Eltern! Alex sah auf die Uhr. Es war zehn nach neun. Die Schule fing um halb zehn an. Die meisten Eltern waren schon auf dem Weg, aber vielleicht konnte sie noch ein paar erreichen. Während sie ins Büro stürmte, fragte sie sich, was sie ihnen überhaupt erzählen sollte. Sie wollte den Vandalismus nicht erwähnen – das würde die Eltern nur erschrecken, und sie würden denken, die Vorschule sei kein sicherer Ort für ihre Kinder. Aber die Eltern, die schon auf dem Weg zur Schule waren, würden beim Anblick des schwarz-weißen Streifenwagens sofort merken, daß etwas Ernstes vorgefallen war. Und die Neuigkeiten würden sich sicher schnell ausbreiten.

Alex fand die Namensliste der Eltern zwischen all den Papieren, die auf dem Boden herumlagen. Während sie die erste Telefonnummer wählte, übte sie ihre Rede ein: Die Schule war mutwillig verwüstet worden, vielleicht von irgendwelchen Jugendlichen. (Das war keine Lüge; der Beamte hielt es für eine Möglichkeit, selbst wenn sie das anders sah.) Sie würde nichts von Lundquist sagen. Ein plan- und zielloser Einbruch war die eine Sache; heutzutage war so etwas fast schon unvermeidbar. Ein aggressiver, aus dem Gleichgewicht geratener Vater dagegen war weit beängstigender und ließ an eine Wiederholung der Gewalttat denken.

Evelyn traf ein, als Alex gerade ihren achten Anruf beendet hatte. (Von den acht Eltern hatte sie nur zwei erreicht. »O mein Gott!« hatten beide Mütter gesagt. »Es sind diese Jugendgangs, nicht? Ich habe gehört, daß sie sich in Venice ausbreiten!« Alex hatte den Frauen nicht widersprochen.)

»Was ist los?« Evelyns dunkle Augen waren vor Angst weit aufgerissen. »Der Polizist draußen sagte mir, jemand habe eingebrochen und die Schule verwüstet! Aber warum sollte irgend jemand so etwas tun?«

Alex erklärte ihr schnell, was geschehen war, dann reichte sie Evelyn die Liste. »Fang mit den Foleys an. Sag allen, die du erreichst, daß die Schule heute und vielleicht auch morgen geschlossen bleibt. Wir werden allen Bescheid sagen. Aber erwähn nichts von Lundquist, Evelyn.«

»Natürlich nicht! Mein Gott, Alex, er muß völlig verrückt sein, daß er so was tut! Was ist, wenn er wiederkommt?«

»Gott behüte! Also, du telefonierst, und ich gehe nach

draußen. Ich möchte die Eltern abpassen, wenn sie ankommen. Ich will vermeiden, daß sie beim Anblick des Streifenwagens in Panik geraten.«

Es dauerte mehr als eine Stunde, bis die letzten Eltern abgefahren waren. Alex hatte beruhigen, erklären und wieder beruhigen müssen. Körperlich und seelisch ausgelaugt, kehrte sie ins Haus zurück.

Evelyn sortierte die Papiere auf dem Boden. Die Polizei, informierte sie Alex, war immer noch im Klassenzimmer beschäftigt. Alex ging zu ihnen.

»Wann, schätzen Sie, können wir anfangen aufzuräumen?« fragte Alex die Polizisten. Noch vor wenigen Minuten, als sie mit den Eltern gesprochen hatte, hatte sie Zuversicht ausgestrahlt und den Schaden bagatellisiert. Als sie jetzt den Trümmerhaufen sah, der sich von Wand zu Wand erstreckte, war das wie ein neuer Schock. Abermals war ihr zum Heulen zumute.

»In ein paar Stunden«, sagte der ältere Detective. »Sie könnten jetzt aufs Revier fahren, wenn Sie möchten.«

Sie runzelte die Stirn. »Aufs Revier?«

»Es muß ein Bericht angefertigt werden.«

»Können Sie ihnen nicht erzählen, was passiert ist?«

Er lächelte. »Nein, tut mir leid. Es ist übrigens die Pacific Division. 12312 Culver Boulevard. Fragen Sie nach dem Einbruchsdezernat. Ich werde anrufen und Bescheid sagen, daß Sie auf dem Weg sind.«

Alex ging ins Büro zurück. »Ich muß aufs Polizeirevier, Evelyn.«

Evelyn sah zu ihr hoch. »Mach dir keine Sorgen. Ich habe Patty angerufen. Sie kommt her und hilft mir. Wir werden erst das Büro aufräumen, und sobald die Polizei mit dem Klassenzimmer fertig ist, machen wir dort weiter.« Als Alex keine Anstalten machte zu gehen, sagte Evelyn: »Nun geh schon!« und grinste schwach.

Trotz ihrer Niedergeschlagenheit lächelte Alex zurück. »Danke. Ich wüßte nicht, was ich ohne dich machen würde.«

Es dauerte zwanzig Minuten, bis Alex beim Revier angelangt war. Zuerst mußte sie fast eine Stunde lang in einem kleinen Vorraum warten. Dann mußte sie Detective Dean Brady genau erklären, was geschehen war, was sie vorgefunden hatte und warum sie Lundquist verdächtigte.

»Es könnten genausogut irgendwelche Jugendliche sein«, sagte Brady. Er zwirbelte die spitzen Enden seines Schnurrbarts. »Wir hören immer mehr von so was. In diesem Fall sollten Sie allerdings mit jemandem von der Jugendkriminalität sprechen.«

»Es waren keine Jugendlichen«, beharrte Alex und bemühte sich, ihre Verärgerung zu unterdrücken. Warum war jeder nur so versessen darauf, Jugendliche zu beschuldigen? »Es war Lundquist. Er hat mir damit gedroht, die Schule zu verwüsten, weil ich ihm nicht gesagt habe, wo seine Frau und sein Sohn sind.«

Brady nickte. Dann stellte er ihr weitere Fragen. Schließlich stand er auf und reichte ihr seine Visitenkarte.

»Ich werde Sie benachrichtigen, sobald wir etwas herausgefunden haben, Mrs. Prescott. Wenn Ihnen noch etwas einfallen sollte, rufen Sie mich bitte an.«

Der Streifenwagen war verschwunden, als Alex zur Vorschule zurückkehrte. Dafür stand Warrens Lexus auf dem hinteren Parkplatz. Sie stellte ihren Jeep daneben, stieg aus und eilte ins Gebäude.

»Warren?« rief sie vom Flur aus.

»Alex?« Einen Augenblick später war er bei ihr und legte seine Arme um sie. »Dieser verdammte Bastard! Es tut mir so leid, Alex.«

Sie legte ihren Kopf an seine Brust. »Wer hat dir Bescheid gesagt?«

»Evelyn hat bei mir im Büro angerufen, aber ich war

unterwegs. Ich bin eben erst zurückgekehrt, und als ich Evelyn anrief, erzählte sie mir, daß du bei der Polizei bist. Also habe ich dort angerufen und erfuhr, daß du schon wieder weg bist, darum bin ich gleich hierhergekommen. Wie war's?«

»Lang.« Sie gähnte. »Ich bin so müde.«

»Fahr nach Hause. Ruh dich aus.« Er massierte ihren Nacken.

Sie wäre am liebsten für immer in seinen Armen geblieben. »Ich würde gern heute noch alles aufräumen und putzen, so daß wir morgen wieder unterrichten können.«

»Damit werden auch die anderen fertig. Paula hilft ihnen. Ich habe nämlich zu Hause angerufen, weil ich wissen wollte, ob du vielleicht dort bist, und habe ihr erzählt, was passiert ist. Sie hat sofort ihre Hilfe angeboten, und ich habe sie auf dem Weg hierher abgeholt und mitgenommen.«

»Das ist lieb von ihr.« Diesmal meinte Alex es ernst. Vielleicht hatte sie Paula doch falsch eingeschätzt.

»Denise ist auch da.«

»Denise?« Alex hob den Kopf.

»Sie hat hier angerufen, weil sie mit dir sprechen wollte, und da hat Evelyn ihr erzählt, was passiert ist. Daraufhin ist sie auch gleich hergekommen. Hilfsbereit wie immer, nicht?«

»Ja, Denise ist wirklich großartig«, sagte Alex. Sie fragte sich, wie sie Denise nach dem gestrigen Tag gegenübertreten sollte. »Wo ist sie?«

»Im Klassenzimmer, bei den übrigen. Geh schon mal zu ihnen. Ich werde währenddessen in der Kanzlei anrufen, um herauszukriegen, was sich dort in der Zwischenzeit getan hat.«

Auf dem Weg in das große Klassenzimmer kam Alex an der offenen Bürotür vorbei. Das Zimmer war zum Normalzustand zurückgekehrt – es lag kein Papier mehr auf dem

Boden, und alle Schubladen waren wieder geschlossen. Paula stand vor dem Schreibtisch, einen Stapel Papier in der Hand.

»Danke, daß Sie hergekommen sind«, sagte Alex.

Paula fuhr hoch. »Oh, Alex! Ich wußte gar nicht, daß Sie schon wieder zurück sind. Ich sortiere das da gerade«, sagte sie und deutete auf die Papiere. Sie klang nervös. »Ich bin fast fertig«, fügte sie hinzu.

»Tut mir leid, daß ich Sie erschreckt habe. Ich bin Ihnen sehr dankbar für Ihre Hilfe.« Alex lächelte warm.

»Ich dachte, Sie könnten meine Hilfe hier sich mehr gebrauchen als zu Hause. Warren hielt das für eine gute Idee.«

»Es war eine *phantastische* Idee.« Während Alex weiter den Flur entlangging, empfand sie plötzliche Dankbarkeit gegenüber dieser Frau.

Das Klassenzimmer sah noch immer wie ein Trümmerfeld aus, aber die Frauen kamen voran. Patty kniete auf dem Boden und sortierte Spielzeugteile in verschiedene Kisten und Schachteln ein. Evelyn entfernte die Reste der zerrissenen Bilder von den Wänden. Denise stand auf einem Hocker und schrubbte mit einem Schwamm die Fingerfarbe von den Jalousien herunter.

Alex begrüßte die Frauen, dann sagte sie: »Tut mir leid, daß ich so lange weg war.«

»Wolltest dich wohl vor der Arbeit drücken, was?« Evelyn lächelte. »Wir haben schon gedacht, sie hätten dich gleich dabehalten.«

»Ihr seid echt toll«, sagte Alex bewegt. Sie blinzelte, um die Tränen zurückzuhalten. »Ich weiß gar nicht, wie ich euch danken soll.«

Denise stieg vom Hocker herunter und ging zu Alex. »Es tut mir so leid, Alex.« Sie nahm ihre Hand. »Wer auch immer das getan hat, ist wirklich unglaublich gemein. All die Kindersachen kaputtzumachen . . .« Sie schüttelte den Kopf.

»Danke für deine Hilfe.« Alex drückte Denises Hand.

»Ich freue mich, daß ich dir helfen kann.« Leiser sagte sie: »Ich habe vorhin versucht, dich anzurufen, um dir zu sagen, daß ich froh bin, daß du gestern vorbeigekommen bist. Es war mutig und . . . nun . . . danke.« Sie biß sich auf die Lippen.

»Denise, vielleicht sehe ich es falsch. Vielleicht –«

Denise schüttelte den Kopf und ließ Alex' Hand los. »Ich war mir ohnehin nicht sicher über Ron. Ich denke, er hatte mehr Interesse daran, meinen Daddy dazu zu bringen, Geld bei ihm anzulegen, als er Interesse an mir hatte. Mach dir bitte keine Sorgen. Mir geht es gut. Und was ich gestern gesagt habe, gilt noch. Was die Babyparty betrifft, meine ich.«

»Denise, das ist nicht nötig.«

»Was ist nicht nötig?« fragte Warren, der zu ihnen trat. Er legte seinen Arm um Alex' Taille.

»Eine Babyparty für Alex.« Denise blickte lächelnd zu ihm hoch. »Hat Alex dir noch gar nichts davon erzählt? Ich freue mich schon darauf, alles zu organisieren!«

»Klingt großartig«, sagte Warren. »Solange ich nicht dabeisein muß.« Er grinste.

»Das ist eine wundervolle Idee!« sagte Evelyn. »Ich würde gern mithelfen.« Sie hielt aufgerollte Poster in der Hand.

»Oh, das ist sehr lieb von dir, Evelyn«, sagte Denise und drehte sich zu ihr um, »aber meine Mom hat bereits ihre Hilfe angeboten, und sie neigt dazu, alles an sich zu reißen.«

»Kein Problem. Das verstehe ich.«

Evelyns Lächeln war verkrampft, und Alex konnte an ihrer Stimme hören, daß sie gekränkt war. Sie hat das Gefühl, daß Denise sie von oben herab behandelt, dachte Alex und fragte sich, ob das stimmte oder ob Evelyn überempfindlich war. Sie fragte sich auch, seit wann Mona bei der Babyfeier mit einbezogen war, und wünschte sich, sie könnte sich aus der ganzen Sache wieder herauswinden.

Warren ging wieder – mit seinem Anzug konnte er beim Putzen ohnehin nicht helfen. Alex arbeitete mehrere Stunden, dann mußte sie sich eingestehen, daß sie erschöpft war, und verkündete, daß sie nach Hause fahren würde.

»Und komm ja nicht zurück«, ermahnte Evelyn sie. »Wir werden dich nämlich nicht reinlassen!«

Auf dem Nachhauseweg holte Alex Nicholas ab. Am Morgen hatte sie sich vorgenommen, nach der Schule mit ihm zusammen einkaufen zu gehen, aber jetzt fuhr sie stattdessen direkt nach Hause. Sie hatte Warren gebeten, zum Abendessen Pizza mitzubringen.

Sobald sie im Haus war, ging sie nach oben, band ihre Adidas auf und zog ihre Socken aus. Barfuß lief sie die Stufen hinunter und ging in die Küche, wo Nicholas auf seinen Imbiß wartete. Sie füllte zwei Gläser mit Milch – fettarme für Nicholas, eine ganz ohne Fett für sich selbst – und schnitt zwei Stücke von dem Apfelkuchen ab, den sie am Vorabend zusammen gebacken hatten.

Als Nicholas fertig mit Essen war, spülte Alex die Gläser. Sie war furchtbar müde – sie konnte kaum ihre Augen offenhalten – und wäre am liebsten nach oben gegangen und hätte sich hingelegt, aber sie konnte Nicholas nicht allein lassen. So ging sie mit ihm ins Familienzimmer und streckte sich auf der Couch aus, die Beine auf die Armlehne gestützt, während Nicholas sich die *Sesamstraße* ansah. Sie schloß die Augen.

Das Telefon läutete. Sie tastete nach dem Apparat, der hinter ihr auf dem Glastisch in der Ecke stand, und brachte den Hörer an ihr Ohr. »Hallo?« Sie unterdrückte ein Gähnen.

»Wo ist sie, Mrs. Prescott?«

Es war Lundquist. Schnell setzte sie sich auf und schwang ihre Beine von der Couch herunter. Den ganzen Tag lang hatte sie Hunderte von Fluch- und Schimpfkanonaden ersonnen, die sie ihm entgegenschreien wollte. Jetzt war sie zu müde zum Reden.

»Ich weiß nicht, wo Ihre Frau ist, Mr. Lundquist. Sie haben meine Schule also völlig sinnlos verwüstet.«

»Ich weiß nicht, wovon Sie reden, Mrs. Prescott. Ich war nicht mal in der Nähe Ihrer Schule.«

Sie konnte die verächtliche Belustigung in seiner Stimme hören. Sie hatte das Gefühl, als warte er darauf, daß sie ihn beschimpfte und anschrie. Sie fragte sich, ob das das Leben gewesen war, das Sally und Bobby Lundquist Tag für Tag geführt hatten. Sie sagte nichts.

»Ich werde sie finden, darauf können Sie sich verlassen. Ich habe einen Privatdetektiv engagiert. Und ich werde alles über Sie herausfinden, Mrs. Prescott. Woher Sie kommen. Welche Geheimnisse Sie haben. Alles. Und dann werde ich Sie fertigmachen.«

»Warum?« Sie stellte die Frage halb aus Angst, halb aus einer merkwürdig entrückten Neugier.

»Weil Sie mir nicht sagen, wo sie ist.«

»Aber ich –« Sie merkte plötzlich, daß sie zum Amtszeichen sprach. Und was für einen Unterschied hätte es schon gemacht, wenn sie es noch einmal beteuert hätte? Nichts, was sie sagte, würde Lundquist davon überzeugen, daß sie nicht wußte, wo seine Frau war. Er brauchte es, zu glauben, daß Alex log. Er brauchte es, jemanden zu quälen, jemanden zu bestrafen. Seine Frau hielt sich außer Reichweite. Jetzt war Alex der perfekte Ersatz. Ich Glückskind, dachte sie.

Sie legte den Hörer auf die Gabel und stand von der Couch auf. »Bin gleich wieder da«, sagte sie zu Nicholas, der nickte, ohne die Augen von Ernie und Bert zu nehmen.

Im ersten Stock betrat sie das Schlafzimmer, verschloß

die Tür und ging zur Kommode. Sie zog die Schublade auf und holte den grauen Umschlag heraus.

Alles war noch da. Wie hatte sie nur so dumm sein können zu glauben, es wäre anders.

12

»Was sagst du jetzt?« fragte Evelyn Alex am Mittwoch morgen.

»Verblüffend«, sagte Alex, die sich ringsherum umsah.

Im Klassenzimmer war wieder der ursprüngliche Zustand hergestellt. Oder fast der ursprüngliche Zustand – die Kinderbilder waren nicht mehr zu retten gewesen, und mit Ausnahme einer neuen Körpergrößentabelle und einer Sternenbilderkarte, die Evelyn gezeichnet hatte, waren die Wände kahl.

Zumindest war die zersplitterte Hintertür reparierbar; der Schreiner, den Alex gestern angerufen hatte, kümmerte sich um sie. Alex hatte kurz überlegt, ob sie eine Alarmanlage einbauen sollte, aber es gab kaum wertvolle Gegenstände in dem Gebäude. Und die Person, die den Schaden angerichtet hatte, hatte Interesse an Einschüchterung und Bestrafung, aber nicht an Diebstahl.

»Ich kann nicht glauben, daß ihr das alles gestern geschafft habt, Ev. Es schien so hoffnungslos.«

»Alle haben tüchtig mit angefaßt. Lisa war übrigens auch eine große Hilfe. Sag ihr bitte noch mal meinen Dank dafür, daß sie mir geholfen hat, die Wandkarte anzufertigen.«

Als Alex am vergangenen Abend nach dem Essen erwähnt hatte, daß sie zusammen mit Evelyn und Patty in der Vorschule noch Ordnung schaffen wollte, hatte Warren darauf bestanden, daß sie zu Hause blieb.

»Du bist erschöpft«, sagte er. »Ich werde fahren.« Als er wieder ins Erdgeschoß gekommen war, nachdem er eine Jeans und ein Sweatshirt angezogen hatte, hatte Lisa angeboten mitzukommen.

»So kenn' ich meine Tochter«, sagte Warren, sichtlich erfreut. Lisa strahlte über die Anerkennung.

»Kann ich auch mitkommen?« fragte Nicholas.

Warren lächelte. »Du mußt zu Hause bleiben und auf Mommy aufpassen, okay, Sportsfreund?« Er zerzauste Nicholas' Haare.

»'Kay.«

»Das ist sehr lieb von dir, Lisa«, sagte Alex und dachte: Vielleicht sind wir ja endlich über den Ron-Vorfall hinweg. Lisa sagte: »Klar«, aber sie sah Alex kaum an. Es geht ihr nicht um mich, erkannte Alex; sie möchte nur in der Nähe ihres Vaters sein. Aber was ist verkehrt daran?

Fünf Kinder kamen an dem Morgen nicht – »Es geht etwas um«, hatten die Mütter zu Alex gesagt, als sie sie am vergangenen Abend telefonisch benachrichtigt hatte, daß die Schule am nächsten Tag wieder stattfinden würde. Alex fragte sich, ob dieses »etwas, das umging«, die latente Angst war, daß derjenige, wer auch immer die Schule verwüstet hatte, wieder zuschlagen würde.

Am frühen Morgen hatte sie mit Detective Brady telefoniert. Sie hätten keine brauchbaren Fingerabdrücke gefunden, hatte er sie informiert. Es täte ihm leid. Er würde sie wieder anrufen, sobald er mit Lundquist gesprochen hätte. Wann das sein würde, hatte sie gefragt. Irgendwann heute, hatte Brady erwidert, und sie fand, daß er gereizt klang. Sie erzählte ihm von Lundquists Anruf bei ihr zu Hause. Ob er etwas zugegeben hatte, fragte Brady mit Interesse in der Stimme, und sie hatte verneint. Klingt, als gingen ihm die Drohungen aus, Mrs. Prescott, sagte Brady. Lassen Sie sich von ihm nicht einschüchtern.

Dasselbe hatte auch Warren gesagt, als Alex ihm von Lundquists Anruf erzählt hatte. Soll er doch einen Privatdetektiv einschalten, hatte er gesagt, während er ihr über das Haar gestreichelt hatte. Was kann der schon herausfinden – daß du vom FBI gesucht wirst? Da hatte sie lächeln müssen.

Brady und Warren haben recht, sagte sie sich entschlossen, während sie verschiedene geometrische Formen aus dem Tonpapier ausschnitt. Lundquist will mir nur Angst einjagen.

Bald trafen die Vorschüler ein. Für gewöhnlich setzten die Eltern ihre Kinder vor dem Eingang ab (Alex oder Evelyn oder Patty warteten immer draußen) und brausten dann davon. Heute blieben die meisten Eltern jedoch noch eine Weile, fragten nach, was gestern losgewesen sei, und wollten neue beruhigende Worte hören. Mehrere Mütter stellten ihre Autos ab und brachten ihre Kinder bis ins Klassenzimmer, weil sie sich zweifellos mit eigenen Augen davon überzeugen wollten, daß ihre Kinder in einem sicheren Umfeld spielten, in dem sie keine Anzeichen von Gewalt entdecken konnten. Alex konnte ihnen keinen Vorwurf daraus machen.

Die Kinder reagierten unterschiedlich auf die kahlen Wände. Ein paar schienen es gar nicht wahrzunehmen, und gingen, nachdem sie ihre Lunchboxen und Pullover in ihren Fächern verstaut hatten, direkt zu den Regalen mit ihren Lieblingsspielsachen. Doch die meisten fragten, was passiert war. Alex erklärte es so einfach, wie es ging, und war erleichtert, als die Kinder verständig nickten. Nur ein dreijähriger Junge weinte untröstlich über den Verlust seines Bildes. Alex wünschte sich, Donald Lundquist wäre da und könnte den kleinen Jungen sehen, aber dann wurde ihr klar, daß es Lundquist vermutlich nicht rühren würde.

Innerhalb einer halben Stunde waren die Kinder zu ihrer

normalen Routine übergegangen. Alex bewunderte ihre Stehaufmännchen-Mentalität. Während sie zwischen den Tischen umherging und die Entstehung der verschiedenen Kunstwerke beaufsichtigte (die Wände würden noch vor Tagesende mit neuen »Meisterwerken« vollhängen, bemerkte sie), kam sie mehrmals an den Fenstern vorbei, die zur Straße gingen, und sah hinaus, während sie überlegte, was sie tun würde, falls sie den silbernen Jaguar sehen würde.

Kurz vor Mittag sah sie ihn dann. Oder meinte ihn zu sehen. Er fuhr langsam die Straße vor der Schule entlang. Der Fahrer war männlich, aber sie konnte nicht erkennen, ob es Lundquist war. Der Jaguar hielt einen Moment, dann raste er plötzlich davon. Vielleicht ist es nur Zufall, dachte sie.

Fünf Minuten später war der Wagen wieder da, und sie war sich sicher, daß es Lundquist war. Ihr erster Gedanke war, Detective Brady anzurufen, aber dann dachte sie an die Streifenwagen, die daraufhin sicher auftauchen würden, und die Sirenen. Die Kinder würden sich erschrecken. Und die Eltern würden sich auch erschrecken. Alex hatte sie einmal beruhigen können. Das zweite Mal wäre es weit schwieriger. Eine Mutter würde ihr Kind aus der Schule herausnehmen. Dann würde ihr eine zweite folgen. Und eine dritte . . . Sie kannte das Muster nur zu gut.

Der Jaguar entfernte sich wieder, ein silberner Streifen vor der dunkelgrünen Wand der Zypressen auf der anderen Straßenseite. Wenn er noch mal wiederkommt, rufe ich an, beschloß Alex. Aber sie sah den Wagen nicht mehr.

Während der Schlafenszeit überließ Alex Evelyn die Aufsicht und ging ins Büro, um sich mit den Rechnungen zu befassen. Sie schrieb einen Scheck über die monatliche Hypothekenrate aus und einen anderen für die Wasser- und Elektrizitätswerke. Aus der linken unteren Aktenschublade nahm sie eine Mappe heraus, die mit »Telefon« beschriftet war, und öffnete sie. Innen lag ein Stapel Telefonrechnungen der Gesellschaften Pacific Bells und AT&T. Sie nahm die oberste Rechnung, warf einen Blick auf die Gesamtsumme und runzelte die Stirn.

Das war die Rechnung von Januar; die hatte sie schon bezahlt, ebenso wie die Rechnung von Februar. Wo war die März-Rechnung? Sie erinnerte sich an die verstreut auf dem Boden herumliegenden Papiere. Vielleicht waren die Telefonrechnungen darunter gewesen, und wer immer sie sortiert hatte, hatte sie nicht chronologisch geordnet.

Sie blätterte schnell durch den Stapel und schaute auf die Daten, aber sie fand die Rechnung für März nicht. Auch nicht die für Februar. Plötzlich wurde ihr klar, was passiert war: Lundquist hatte die Rechnungen an sich genommen. Er war davon überzeugt, daß Alex wußte, wo seine Frau und sein Sohn waren. Er hoffte wahrscheinlich, daß sie von der Vorschule aus dort angerufen hatte und es ein gebührenpflichtiger Anruf oder ein Ferngespräch war, so daß die Nummer auf ihren Telefonrechnungen auftauchen würde.

Er wird jede Nummer anrufen und versuchen herauszufinden, mit wem er spricht. Das würde ich jedenfalls tun. Na und, sagte sie zu sich, aber ihre Hände zitterten, als sie die Mappe zuklappte.

Sie nahm den Telefonhörer und wählte eine Ferngesprächsnummer, aber als sich jemand meldete, legte Alex schnell wieder auf. Sie war wirklich albern, sagte sie zu sich. Donald Lundquist war nicht an ihr persönlich interessiert. Und selbst wenn er diese Nummer wählte, würde er nichts in Erfahrung bringen.

Sie zog eine andere, unbeschriftete Mappe hinten aus der Schublade heraus (war es nur Einbildung oder war sie verschoben worden?), legte sie sich auf den Schoß und öffnete sie. Ihre Finger waren feucht, als sie die Belege der

Banküberweisungen zählte, aber sie waren noch alle da. Beim ersten Zählen hatte sie zunächst gedacht, einer würde fehlen, aber er hatte nur an einem anderen geklebt. Sie fühlte sich zittrig – vermutlich hyperventilierte sie –, und sie atmete langsam und bewußt, während sie sich einredete, daß alles in Ordnung war, daß kein Scheck fehlte. Nicht zum ersten Mal dachte sie daran, alle zu zerreißen (vielleicht würden die Alpträume dann aufhören, dachte sie manchmal), aber sie brachte es nicht fertig. Sie waren ihre einzige greifbare Verbindung zu dem Leben, das sie hinter sich gelassen hatte. Wie die Alpträume und der Inhalt des grauen Umschlags waren sie ihre Buße.

Und ihr Trost.

Am Donnerstag rief Detective Brady bei Alex an.

»Ich habe gestern mit Lundquist gesprochen«, informierte er sie. »Habe ihn aufs Revier gebracht. Aber keine Chance. Er hat ein Alibi – seine Sekretärin verbürgt sich für ihn.«

»Aber ich bin sicher, daß er es war!« Alex zögerte, dann sagte sie: »Er hat meine Telefonrechnungen gestohlen. Er will auf diese Weise versuchen, seine Frau zu finden.« Und mir nachspionieren? fragte sie sich.

»Hören Sie, Mrs. Prescott, wie es aussieht, haben Sie wahrscheinlich recht. Aber wir haben keine Fingerabdrücke und nichts. Ich habe ihn beinahe zwei Stunden dabehalten und ihm gesagt, wenn Sie noch mehr Schwierigkeiten kriegen, sei es in der Schule oder zu Hause, sitze ich ihm im Nacken wie eine Tonne Ziegelsteine. Wollen Sie meinen Rat hören? Vergessen Sie Lundquist. Seien Sie froh, daß niemand verletzt wurde.«

»Er ist gestern vormittag ein paarmal an der Schule vorbeigefahren.«

»Darüber habe ich nichts vorliegen. Wem haben Sie das gemeldet?«

Sie hörte Papier rascheln. »Ich habe nicht angerufen. Ich wollte die Kinder nicht aufregen.«

»Sie hätten es trotzdem melden sollen, Mrs. Prescott.« Brady klang verärgert. »Allerdings war das, bevor ich mit ihm gesprochen habe. Wahrscheinlich wird er sie ab jetzt nicht mehr belästigen.«

Als Patty am frühen Nachmittag eintraf, fuhr Alex nach Los Angeles. Sie hatte einen Termin bei Dr. Pearson. Sie habe drei Pfund zugenommen, teilte ihr die Arzthelferin mit, und ihr Blutdruck sei normal – was Alex erstaunlich fand, wenn man bedachte, wie aufregend die letzten Tage gewesen waren.

Dr. Pearson schien erfreut, als er sie untersuchte. »Das Baby hat einen kräftigen Herzton. Möchten Sie mal hören?« Er lauschte ein paar Sekunden in sein Stethoskop, während er den Kopf des Geräts auf der bloßen Haut ihres Unterleibs umherschob, dann steckte er ihr die Stöpsel des Stethoskops in die Ohren.

Sie horchte aufmerksam, strengte sich an, in der Geräuschkulisse, die wie Meeresrauschen klang, den Laut herauszuhören, der ihr Baby war, und dann hörte sie plötzlich das regelmäßige, schnelle, unglaublich kräftige *ta-tamm, ta-tamm, ta-tamm.* Sie grinste Dr. Pearson an.

»Hat das Baby bereits getreten?« fragte er.

»Nein.« Sie runzelte die Stirn. »Sollte es?«

»Keine Sorge. Jede Schwangerschaft verläuft anders, deshalb frage ich immer. Es kann sich in einer oder in fünf Wochen anfangen zu bewegen. Übrigens würde ich die Amniozentese gern ansetzen, wenn Sie in der siebzehnten Woche sind. Also jetzt in drei Wochen.«

Sie nickte.

»Gut. Haben Sie noch irgendwelche Fragen?« sagte Pearson und half Alex, sich aufzusetzen. »Irgend etwas, das Sie beschäftigt oder beunruhigt?«

»Nein, alles in Ordnung.« Sie dachte flüchtig an Lundquist und Ron und Denise und Lisa und verdrängte den Gedanken schnell wieder. In diesem Augenblick, in dem der Herzschlag ihres Babys noch immer in ihren Ohren hallte, beunruhigte sie nichts.

Nachdem sie Pearsons Untersuchungszimmer verlassen hatte, fuhr Alex zu dem Laden mit Umstandsmoden, den sie auf der Third Street in der Nähe der Orlando Avenue gesehen hatte. Sie kaufte eine Jeans, eine bequeme Baumwollhose, einen Badeanzug, Shorts und zwei Kleider. Alles war lächerlich groß. Die Verkäuferin versuchte sie dazu zu überreden, noch eine Übergangsgarderobe zu kaufen, »bis Sie in alles reingewachsen sind«, aber Alex lehnte ab.

Sie verließ den Laden, eine Tüte in jeder Hand, und steuerte auf ihren Wagen zu. Als sie die hintere Tür öffnete, sah sie, wie sich in der Fensterscheibe ein Mann auf der anderen Straßenseite, am Ende des Blocks, spiegelte. Er lehnte mit verschränkten Armen an einem silbernen Jaguar und beobachtete sie.

Ihr Herz schlug schneller. Sie warf die Einkäufe in den Jeep, knallte die Tür zu und drehte sich zu dem Mann um. Es war Lundquist. Er war ihr gefolgt! Er winkte ihr zu, und selbst aus der Entfernung konnte sie sehen, daß er grinste. So eine Unverschämtheit! Jetzt mehr wütend als ängstlich, prüfte sie den herannahenden Verkehr, überquerte die Straße und marschierte auf ihn zu.

»Hören Sie!« schrie sie, als sie sich ihm näherte. »Ich habe genug von –«

Abrupt hielt sie inne. Es war gar nicht Lundquist. Es war ein anderer Mann mit dunklen, lockigen Haaren. Er warf ihr einen flüchtigen Wer-zur-Hölle-sind-Sie?-Blick zu. Dann blickte er hinter sie; Alex wandte sich um und bemerkte eine blonde Frau, die auf den Mann zuging.

»Alles bekommen?« fragte der Mann, als er der Frau

entgegenging und ihr die Tüten abnahm. Er legte ihr einen Arm um die Schulter, beugte sich näher zu ihr und flüsterte ihr etwas ins Ohr.

Alex wartete nicht ab, bis sie sehen könnte, wie die Frau sie anstarrte. Erhitzt vor Verlegenheit und Erleichterung eilte sie zurück zu ihrem Jeep. Reiß dich zusammen, sagte sie sich. Nicht jeder silberne Jaguar gehört Donald Lundquist.

»Ma'am.« Das ruhige, gedehnte Wort hörte sie direkt hinter sich.

Was war jetzt wieder? Alex drehte sich um und entdeckte das ernste Gesicht eines Polizisten auf einem Motorrad.

»Sie haben zweimal verkehrswidrig die Straße überquert«, sagte er zu ihr.

»Tut mir leid.« Sie zögerte. Würde es etwas ändern, wenn sie es ihm erklärte? »Ich dachte, ich hätte einen Mann gesehen, der mich verfolgt. Ich war völlig durcheinander.«

»M-hm«, entgegnete er in einem unverbindlichem Tonfall, der besagte, das habe er alles schon gehört. Er holte einen Block hervor. »Wissen Sie nicht, daß es gefährlich ist, einfach auf der Straße herumzulaufen?«

Alex seufzte. »Wieviel kostet der Strafzettel?«

Nachdem Nicholas eingeschlafen war und Alex und Warren sich im Familienzimmer vor den Fernseher gesetzt hatten, erzählte sie ihm von dem Strafzettel.

»Du Arme«, murmelte er, aber seine Augen zwinkerten verschmitzt.

»Du findest das wohl komisch!« Spielerisch knuffte sie ihn in den Arm. Evelyn hatte es auch lustig gefunden. Ob es wenigstens ein hübscher Polizist gewesen sei, hatte sie sich erkundigt.

»Ja, doch.« Warren lächelte. »Du nicht?«

»Doch, wohl schon.« Vermutlich war wirklich etwas Komisches dran. »Aber jedesmal, wenn ich an Lundquist denke, verkrampft sich alles in mir.«

»Vergiß Lundquist. Er gehört der Vergangenheit an. Aber da wir gerade von verkrampft sprechen, irgend etwas ist zur Zeit mit Ron los. Ich habe ihn heute angerufen und ihm vorgeschlagen, am kommenden Wochenende etwas zu viert zu unternehmen, und er meinte, er werde mit Denise sprechen. Aber er war nicht gerade freundlich dabei.« Warren machte eine Pause. »Er soll finanzielle Probleme haben, habe ich gehört. Vielleicht ist das der Grund.« Er sah sie an.

»Vielleicht.« Um das Thema zu wechseln, sagte sie: »Willst du sehen, wofür ich heute unser Geld ausgegeben habe?« Sie bemerkte seinen verwirrten Gesichtsausdruck. »Meine Umstandskleider?«

»Klar.« Er lächelte.

Sie probierte erst die Shorts an, zusammen mit einem übergroßen T-Shirt, dann die Baumwollhose. »Hübsch«, kommentierte Warren alles. Dann zog sie eines der beiden Kleider an, eine rote lange Seidenbluse über einem kurzen, gerade geschnittenen Rock. Sie steckte sich die Haare hoch, legte Perlenohrringe an, zog ein Paar schwarze Pumps an und besah sich im Spiegel.

Das Kleid war riesig. Aus einem spontanen Impuls heraus nahm sie ein Kissen aus dem Sessel im Schlafzimmer und steckte es sich unter die Bluse, unter das Gummiband des Rockes. Dann ging sie nach unten in das Familienzimmer.

»Wie findest du das hier, Warren? Ist das nicht – oh, hallo, Lisa!«

Lisa saß neben Warren auf der Couch und starrte auf Alex' Bauch. Dasselbe tat Warren, bemerkte Alex. Keiner von ihnen sagte ein Wort.

Alex zog das Kissen heraus; es baumelte unbeholfen in ihrer Hand. »Ich dachte, ich helfe etwas nach.« Sie kam sich plötzlich albern und unreif vor und merkte, daß sie rot wurde. Sie zwang sich zu einem Lächeln.

»Es ist sehr schön«, sagte Warren. Seine Stimme hatte ein seltsames Timbre. »Findest du nicht auch, Lisa?«

Lisa antwortete nicht. Sie nahm die Fernbedienung vom Fernseher und stellte den Ton lauter, dann wechselte sie die Kanäle in rascher Folge.

»Lisa«, hakte Warren ruhig nach.

»Ich ziehe mich wieder um«, verkündete Alex.

Warren nahm seiner Tochter die Fernbedienung aus der Hand und stellte den Fernseher leiser. »Ich habe dich etwas gefragt, Lisa.«

Laß das Thema fallen, flehte Alex ihn innerlich an.

Lisa wirbelte zu ihm herum. »Alex interessiert es nicht, wie ich ihr Kleid finde. Und dich interessiert es auch nicht, warum fragst du mich also?«

»Doch, es interessiert uns, Schatz. Deine Meinung interessiert uns sehr. Wir sind eine Familie und –«

»Es ist häßlich, okay? Ich finde es häßlich und abscheulich, und ich finde es bescheuert, daß sie sich ein Kissen hineingesteckt hat!« Sie sprang von der Couch.

Warren seufzte. »Das war sehr frech, Lisa. Du wirst dich jetzt bei Alex dafür entschuldigen.«

»Sie braucht doch jetzt noch gar keine Umstandskleider. Sie will sich damit nur wichtig machen!«

Alex sagte: »Ich wäre dir dankbar, wenn du nicht über mich reden würdest, als wäre ich nicht anwesend.« Sie ballte die Fäuste.

Warren sagte: »Alex, Lisa ist gerade –«

»Es war doch früher alles so schön! Wir brauchen kein neues Baby. Und wir brauchen sie nicht!« Weinend rannte Lisa aus dem Zimmer.

»Ich werde mit ihr reden.« Warren folgte seiner Tochter aus dem Familienzimmer.

Alex verharrte noch einige Minuten, dann ging sie langsam nach oben. Lisas Zimmertür war geschlossen. Alex ging ins Schlafzimmer, warf das Kissen auf den Sessel zurück und zog sich ein Nachthemd an. Sie hängte das rote Kleid in den Schrank und räumte auch die übrige Umstandskleidung ein. Als Warren in den Raum kam, lag sie bereits im Bett und las.

»Es ist alles wieder in Ordnung«, sagte Warren. Er setzte sich auf Alex' Bettkante und nahm ihre Hand.

Sie zog sie weg.

»Komm schon, Alex. Warum bist du jetzt wütend auf mich? Ich vermittle doch nur.«

»Du verhätschelst sie. Jedesmal, wenn sie sich danebenbenimmt und eine Szene macht, rennt sie aus dem Zimmer, und du rennst ihr hinterher. Sie weiß genau, was sie tut.«

Er schüttelte den Kopf. »Da irrst du dich. Sie macht eine schwierige Phase durch. Versuch, sie zu verstehen.«

Alex klappte das Buch zu. »Ich *versuche* ja, sie zu verstehen. Aber wir sind jetzt seit knapp zwei Jahren verheiratet, und ich habe immer noch das Gefühl, als müßte ich auf rohen Eiern laufen. Sie haßt mich.«

»Nein, sie haßt dich nicht.«

»Doch, sie haßt mich, und sie haßt das Baby. Das hat sie doch gerade eben so gut wie zugegeben.«

»Sie meint nicht, was sie sagt. Sie ist noch ein Kind, Alex. Sie ist aufgewühlt und durcheinander.« Er machte eine Pause. Als er wieder sprach, sah er Alex nicht an. »Andrea hatte ein rotes Umstandskleid, das fast genauso aussah wie das, das du eben anhattest. Als du ins Zimmer gekommen bist, hast du eine Minute lang so ausgesehen wie sie. Ich will ehrlich sein, Alex. Es hat mich umgehauen. Ich schätze, Lisa ebenfalls. Sie hat eine schlimme Zeit durchlitten, als Andrea starb.«

»Ich werde das Kleid zurückbringen.« Klang sie gereizt?

Sie wollte nicht gereizt klingen. Sie wollte so gern dazugehören, in diesem Haus, in dieser Familie ihre eigene Identität aufbauen, aber es schien, als würde sie überall, wohin sie ging, auf Andreas Geist stoßen.

»Das ist doch unsinnig. Niemand verlangt von dir, daß du es zurückbringst.« Er seufzte. »Versuch bitte, ein wenig Geduld zu haben, ja, Alex? Ich schätze, Lisa braucht noch ein wenig Zeit, um sich an den Gedanken zu gewöhnen, daß sie ein Halbgeschwisterchen bekommt. Vielleicht könnten wir es eine Weile herunterspielen. Es vor ihr nicht ansprechen.«

»Das Baby wird mit der Geburt nicht warten, bis Lisa endlich soweit ist, Warren«, sagte Alex sanft. »Es wird wachsen. Mein Bauch wird größer werden. Es ist schließlich kein Kissen, das ich einfach herausnehmen kann.«

»Das weiß ich.«

Sie nahm seine Hand und verschränkte ihre Finger mit seinen. »Ich freue mich auf das Baby, Warren. Willst du mir etwa sagen, ich darf mich nicht freuen?«

»Ach Mist, Alex. Sie ist vierzehn, und du bist eine erwachsene Frau.« In seiner Stimme schwangen Erschöpfung und Enttäuschung mit. »Ich hatte gehofft, du würdest mehr Verständnis aufbringen.«

Sie zog ihre Hand weg. »Vielleicht war es keine gute Idee, ein Kind zu bekommen. Vielleicht hätten wir noch warten sollen.«

»Ja, vielleicht.« Er klang gedankenverloren. Er stand auf.

Das war nicht die Antwort, die sie sich erhofft hatte. Sie beugte sich zur Lampe auf ihrem Nachttisch und knipste das Licht aus.

13

Sie sollte Donald Lundquist dafür danken, daß er ihr eine so wundervolle Gelegenheit geboten und den perfekten Schuldigen abgegeben hatte. Bei dem Gedanken mußte sie schmunzeln. Vielleicht würde sie ihm eines Tages ja wirklich danken. Wenn alles vorüber war.

Das Schloß an der Hintertür der Vorschule zu knacken, war einfach gewesen. Viel einfacher sogar, als sie erwartet hatte. Sie war ein wenig nervös gewesen, aber die Tür war von der Straße her nicht einsehbar und vor den Blicken der Nachbarn durch eine Reihe von Zypressen verborgen.

Sie hatte vorausgesehen, daß Alex Lundquist für den Schuldigen halten würde. Sie wußte, wie sehr sich Alex über die Geschichte mit Donald Lundquist und seiner Frau und seinem kleinen Sohn aufregte. Das tat jeder. Sie wünschte, sie hätte Alex' Gesicht sehen können, als sie das Büro und das Klassenzimmer zum ersten Mal erblickt hatte, aber es später zu sehen, war beinahe ebenso befriedigend gewesen, und daß Alex ihr gedankt hatte, weil sie geholfen hatte, das Durcheinander aufzuräumen, war ein wundervoller, ironischer Moment gewesen. Du hältst dich für so schlau, nicht, Alex? hätte sie am liebsten gesagt. Aber es war gar nicht Lundquist. Ich habe die Schule verwüstet.

Deine geliebte Schule. Wenn die Schule nicht gewesen wäre, wußte sie, wäre Alex niemals nach Venice gezogen. Sie hätte nie Nicholas unterrichtet. Nie Warren geheiratet. Alles wäre anders gekommen.

Sie seufzte. Vielleicht war es jener Gedanke gewesen, der ihren Zorn entfacht hatte. Sie wußte immer noch nicht, was am frühen Morgen über sie gekommen war. Sie hatte vorgehabt, ins Büro einzubrechen und in Alex' Mappen und Unterlagen nach etwas Enthüllendem zu suchen, einem

Anhaltspunkt, der ihr helfen würde, Alex ein für allemal zu vertreiben. Dann hatte sie, damit es aussah, als wäre Lundquist dafür verantwortlich – er wäre wütend gewesen, nicht? – die Mappen von Alex' Tisch heruntergefegt (wie gut sich das angefühlt hatte!), die Schubladen ausgeleert, den Boden mit Papieren übersät.

Dann war sie ins Klassenzimmer gegangen. Lundquist, entschied sie, hätte sicher auch hier Schaden angerichtet – um seine Wut zu demonstrieren und um Alex einzuschüchtern. Sie warf mehrere Stühle um und leerte Spieleschachteln und Puzzles aus. Sie hatte begonnen, eines der Fingerfarbenbilder der Kinder zu zerreißen, das mit Heftzwecken an der Wand befestigt war (sie würde nur eines zerstören, sagte sie sich – es war schließlich nicht die Schuld der Kinder; nur Alex' Schuld), aber das Geräusch des reißenden Papiers hatte eine urgewaltige Saite in ihr zum Schwingen gebracht, und sie hatte nicht mehr aufhören können. Ihre Hände waren zu Boten eines Zorn geworden, der sie in seiner Stärke selbst überrascht hatte. Sie zerrissen und zerrissen und zerrissen Bild für Bild. Sie stießen Bücherregale um, ließen Holzklötzchen und Lastwagen über den Boden schlittern. Sie öffneten Töpfe mit Fingerfarbe und schleuderten sie quer durch den Raum, gegen die Wand, auf die Tische, auf den Boden, wo sie in klaren Elementarfarben ihren Schmerz und ihre Wut hinausspien.

Als sie fertig war, sah sie auf die Uhr und erstarrte. Es war mehr Zeit vergangen, als sie geplant hatte. Sie mußte noch Alex' Unterlagen durchsuchen, um etwas zu finden, irgend etwas. Aber jetzt blieb ihr dafür keine Zeit mehr. Alex würde bald eintreffen. Sie kam immer als erste, um neun Uhr.

Sie würde später noch einmal wiederkommen müssen. Sie würde irgendeinen Weg finden.

Sie hätte sich keine Sorgen zu machen brauchen. Selbst

mit so vielen Leuten um sich herum war es einfach gewesen, während des Ordnens der Papiere in den Mappen herumzustöbern. Sie war auf die Telefonrechnungen gestoßen. Und auf die Durchschläge der Banküberweisungen – die waren sehr interessant, und sie waren alle auf denselben Ort ausgestellt, denselben Ort, den Alex einmal im Monat anrief.

Einen Friedhof.

Sie stellte sich reihenweise Grabsteine vor. Und einer von ihnen war Alex wichtig. Ein Schauder durchfuhr sie, und sie war plötzlich und unerwarteterweise ergriffen von etwas, das sie als Mitgefühl identifizierte. Für einen kurzen Moment hatte sie das Gefühl, als hätte sie kein Recht, sich an Alex' Trauer zu vergehen, aber ihr eben flügge gewordenes Mitgefühl wurde von ihrem verzweifelten, ausgewachsenen Entschluß erstickt.

Die Unterschrift auf dem Scheck lautete »Alexandra Trent«. Der Name ihres ersten Ehemannes war Trent gewesen. Larry Trent. Aber warum unterzeichnete sie die Schecks nicht mit »Alexandra Prescott«? Und wieso schickte sie monatlich einen Scheck und rief jeden Monat dort an?

Der Mann, der am Friedhof das Telefon abgenommen hatte, war äußerst hilfsbereit gewesen. »Ja, der Scheck von Mrs. Trent ist kürzlich angekommen«, sagte er. Ob es ein Problem damit gäbe?

»Nein, nein, kein Problem. Mrs. Trent hat mich nur gebeten, es nachzuprüfen. Es ist ihr sehr wichtig, wissen Sie?«

»Ja, ich weiß«, sagte der Mann und seufzte. »Ist es nicht furchtbar traurig? Wir alle fühlen mit ihr, nach allem, was sie durchgemacht hat.«

»Ja, schrecklich traurig. Sie redet nicht gern darüber, aber ich weiß, daß sie immer noch trauert.«

»Wer würde das nicht?« sagte er. »Eine solche Tragödie. Und dann das ganze Gerede. Aber das wissen Sie ja.«

»Natürlich. Daß sie ihren Ehemann auf diese Weise verlieren mußte . . .«

»Nun, zumindest hat er endlich seine Ruhe gefunden. Aber die arme Mrs. Trent mußte ihren Heimatort verlassen. Man sagt, daß sich sogar ihre Eltern von ihr abgewandt hätten, also ist es auch kein Wunder, nicht wahr?«

»Für ihre Schwiegereltern muß es auch hart sein«, sagte sie.

»O ja. Ein doppelter Schlag sozusagen. Man erzählt sich . . .«

14

»Es tut mir leid.«

Alex zog schnell ihren Pullover über und drehte sich um. Lisa stand in der Schlafzimmertür.

»Ist schon in Ordnung.« Alex' Stimme klang unverbindlich.

Hatte Warren Lisa dazu gebracht? fragte sie sich. Für gewöhnlich wachten Alex und Warren gleichzeitig auf und genossen ein paar ruhige Momente, bevor der Tag begann. Als sie an diesem Morgen jedoch nach einer unruhigen Nacht erwacht war (die Nachwirkungen des Streits und eines weiteren Alptraums; es gab immer einen Alptraum), hatte Warren bereits geduscht. Sie hatten, nur Zentimeter voneinander entfernt, nebeneinander im Bad gestanden und sich die Zähne geputzt. Alex war froh über das Geräusch des Wassers gewesen, das aus den Wasserhähnen lief. Es hatte die Stille übertüncht. Warren hatte sich in aller Eile angezogen, so als ginge es ihm nicht schnell genug, nach unten zu entfliehen. Ihre Unterhaltung war oberflächlich gewesen. Ebenso wie sein Abschiedskuß.

»Was ich gestern abend gesagt habe, war wirklich gemein. Du mußt mich hassen.« Da war ein Stocken in Lisas Stimme.

Alex' Wut legte sich. Sie ging zu ihr. »Ich hasse dich nicht, Lisa. Ich weiß, daß es eine schwierige Zeit für dich ist.«

Lisa sagte nichts. Alex konnte die Augen des Mädchens nicht sehen; sie spielte nervös am Umhängeband der Büchertasche herum, die über ihrer rechten Schulter hing, und ihr blondes Haar war ihr ins Gesicht gefallen.

»Ich weiß, daß du gestern abend ein Gespräch mit deinem Vater hattest, Lisa. Es ist in Ordnung, daß du gegenüber dem Baby gemischte Gefühle hast.« Alex zögerte, dann legte sie die Hand auf Lisas Schulter. »Hast du Angst, daß dein Vater dich weniger liebt, wenn das Baby da ist?«

Lisa sah auf und strich sich das Haar hinter das Ohr. »Natürlich nicht!«

War der Protest zu schnell gekommen? Zu automatisch? »Solche Ängste zu haben, ist normal.« Alex erlebte es nur zu oft bei Vorschülern, die ein Geschwisterchen bekamen.

Das Mädchen schüttelte den Kopf.

»Ich wünschte, du würdest über deine Gefühle reden, Lisa. Ich bin für dich da. Wann immer du willst.«

Lisa machte einen Schritt zurück. Alex nahm ihre Hand von Lisas Schulter.

»Ich muß mein Fahrrad noch aufpumpen«, sagte Lisa, »und ich komme zu spät zur Schule, wenn ich mich nicht sofort auf den Weg mache.«

Nicht gerade die endgültige Klärung, dachte Alex, als sie ihrer Stieftochter hinterhersah, die die Stufen hinunterrannte. Aber eine Verbesserung. Hoffentlich war sie von Dauer.

Der Tag verlief ohne besondere Vorkommnisse. Während

des gesamten Vormittags blickte Alex immer wieder nervös aus dem Fenster auf die Straße, bemerkte aber kein Anzeichen des silbernen Jaguars. Um Mittag herum entspannt sie sich endlich. Detective Brady hat recht, entschied sie. Lundquist wird mich nicht länger belästigen, nicht nach Bradys Warnung. Und ihm sind die Drohungen ausgegangen. Sie fragte sich plötzlich, wie es Sally und ihrem Sohn ging.

Paula war weder in der Küche noch auf der hinteren Veranda, als Alex und Nicholas heimkamen, aber ihr Ford Escort stand vor dem Haus. Sie ist wahrscheinlich oben und räumt die Wäsche ein, dachte Alex. Paula hatte für Nicholas einen Teller Kekse vorbereitet und ein Glas Milch. Alex ließ ihn allein am Frühstückstisch sitzen und ging in ihr Atelier, um die neuen Malsachen einzuräumen, die sie sich auf dem Nachhauseweg gekauft hatte.

Paula stand in dem Zimmer und bügelte. Sie hatte Alex' Staffelei an die Wand gerückt und mehrere Skizzenblöcke und Schachteln mit Pastellfarben und Kohlestiften umgeräumt.

»Oh, hallo, Alex.« Paula lächelte. »Hatten Sie einen schönen Tag?« Mit der Hand glättete sie einen Ärmel, der zu einer Baumwollbluse von Alex gehörte, und ließ das Bügeleisen darübergleiten.

»Gut, danke.« Alex fiel es schwer, die Wut aus ihrer Stimme herauszufiltern. »Paula, ich würde es vorziehen, wenn Sie auf der Veranda bügeln würden oder, wenn Ihnen das lieber ist, im Familienzimmer. Und lassen Sie bitte meine Malsachen so stehen und liegen, wie sie sind. Ich räume sie selbst auf.«

Paula strich den zweiten Ärmel glatt. »Ich habe heute morgen bemerkt, daß Sie alle Kisten und Koffer in die Garage gebracht haben. Das war eine gute Idee. Ich habe immer gern in meinem Zimmer gebügelt. Das Licht ist hier so schön, und es ist so gemütlich.«

»Das ist jetzt mein Atelier, Paula. Ich möchte nicht, daß Sie es benutzen.«

Paula starrte Alex eine lange Weile an. Dann sagte sie: »Gewiß«, und das in einem Ton, der Alex das Gefühl gab, eine engstirnige, dumme Gutsherrin zu sein.

Das Bügeleisen ruhte auf dem Ärmel. Jetzt setzte Paula es wieder in Bewegung, und man sah ein bräunliches, bügeleisenförmiges Muster auf dem weißen Baumwollstoff.

»O nein! Jetzt habe ich Ihre Bluse ruiniert, Alex. Es tut mir leid«, sagte sie, aber es klang nicht bedauernd. »Ich werde natürlich dafür aufkommen.«

»Das ist nicht nötig. Es war ja keine Absicht, Paula.« Oder doch?

Alex verließ das Atelier und ging in die Eingangshalle. Paula hatte wie üblich die Post sortiert. Es gab mehrere Zeitschriften, die übliche Reklame und einen großen Stapel Rechnungen. Ein kleiner weißer Umschlag war an Alex adressiert. Die Lasche war nur eingesteckt, der Umschlag nicht zugeklebt. Alex öffnete ihn.

In dem Umschlag befand sich ein gefaltetes weißes Blatt Papier. Sie faltete es auseinander und starrte auf die Worte, die mit einem dicken schwarzen Filzstift auf die Mitte der Seite geschrieben worden waren:

DU VERDIENST ES NICHT, EIN KIND ZU BEKOMMEN!

Ein eisiger Finger faßte an ihr Herz. Sie schloß die Augen, dann schüttelte sie den Kopf, als würde sie dadurch die Botschaft auf dem Papier zum Verschwinden bringen, aber als sie die Augen öffnete, stand sie immer noch da. Alex sah sich den Poststempel auf dem Umschlag an. Er war von Donnerstag. Gestern.

Lisa hatte ihr den Brief geschickt, entschied Alex. Aber das machte nichts, denn Lisa und sie hatten sich heute morgen wieder versöhnt, und alles war in bester Ordnung. Das Mädchen war einfach verzweifelt und unglücklich gewesen.

Alex beschloß, Warren nichts von dem Brief zu erzählen. Sie zerknüllte ihn und ging in die Küche, um ihn in den Abfalleimer unter der Spüle zu werfen, aber im letzten Moment änderte sie ihre Meinung. Sie knüllte das Papier auseinander und strich es auf der Küchenablage glatt.

»Alex.«

Beim Klang von Paulas Stimme fuhr sie hoch und wandte sich um.

»Es tut mir leid wegen der Bluse«, sagte Paula. »Ich würde wirklich gern dafür aufkommen.« Sie schaute an Alex vorbei auf das Papier auf der Ablage.

War da ein hämisches Grinsen in ihren Augen? »Bitte vergessen Sie die Bluse, Paula. Es war meine Schuld, wirklich. Ich habe Sie abgelenkt.« Mit einer beiläufigen Bewegung faltete sie den Zettel zusammen und nahm ihn mit in die Eingangshalle, wo sie ihre Tasche stehengelassen hatte.

Sie kehrte mit der Tasche in die Küche zurück und bezahlte Paula für die Arbeit von zwei Tagen. »Danke für alles. Ich sehe Sie dann am nächsten Dienstag.«

»Bis Dienstag. Sie werden vermutlich das ganze Wochenende in Ihrem Atelier arbeiten, richtig? Viel Spaß dabei, Liebes.«

Die Frau war auf passive Weise aggressiv, sagte sich Alex. Daran bestand kein Zweifel. Sie warf wieder einen Blick auf den Zettel. »DU VERDIENST ES NICHT, EIN KIND ZU BEKOMMEN!«

Vielleicht hatte doch nicht Lisa den Brief geschrieben. Was war, wenn Paula ihn geschrieben hatte? Möglicherweise hatte Denise ihr von dem Vorfall zwischen Alex und Ron erzählt. Paula und Denise verstanden sich gut. Und Paula war auch an jenem Morgen bei Denise gewesen, als Alex vorbeigekommen war, um mit Denise zu sprechen. Vielleicht hatte Paula die Unterhaltung sogar heimlich belauscht.

Und es ergab durchaus einen Sinn. Paula konnte Alex nicht leiden; natürlich würde sie denken, daß Alex Rons Verhalten herausgefordert hatte. Paula besaß ein starkes, beinahe unnatürliches Loyalitätsgefühl gegenüber Warren, Lisa und Nicholas. Ganz offensichtlich fand sie, daß Alex für keinen der drei gut genug war.

Ach was, das ist doch albern, sagte sich Alex. Es war Lisa. Und der Brief bedeutete nichts. Sie riß ihn in Fetzen und warf ihn in den Abfalleimer.

Lisa erbot sich, den Salat zum Abendessen zuzubereiten. Warren kam früh nach Hause (um als Vermittler bereitzustehen? fragte sich Alex) und war sichtlich erfreut, seine Frau und seine Tochter so freundschaftlich zusammen arbeiten zu sehen.

Nach dem Abendessen gingen Alex, Warren, Lisa und Nicholas auf Lisas Anregung hin in einen frühen Kinofilm in Santa Monica. Nach dem Film schlenderten sie die Third Street Promenade entlang. In der Fußgängerzone herrschte so gut wie immer eine Rummelplatzatmosphäre. Es gab Cafés, mexikanische Bands, die auf der Straße spielten, Künstler, die ihre Bilder auf dem Bürgersteig ausstellten, Pantomimen, Artisten, die Räder über Kisten schlugen, einen Gaukler auf einem drei Meter hohen Einrad. Für jeden war etwas dabei. Warren ließ einen Künstler eine Kohlezeichnung von ihnen vieren anfertigen. Lisa und Nicholas aßen Eis, Warren und Alex gefrorenes Joghurt.

Warren erwähnte weder Lisa noch den Streit in der vergangenen Nacht. Auch Alex sprach es nicht an. Es gab keine Veranlassung dazu. Später, nachdem die Kinder ins Bett gegangen waren, schliefen Alex und Warren miteinander. Als Alex auf dem Rücken lag, Warrens Arm über ihrer

Brust, wußte sie, daß es richtig gewesen war, den anonymen Brief nicht zu erwähnen.

Es dauerte eine ganze Weile, bis sie einschlief. Kurz bevor der Schlaf sie endlich übermannte, fühlte sie es. Eine winzige Bewegung, kaum merklich. Sie legte die Hand auf den Bauch und wartete mehrere Minuten in der tröstlichen Stille, bis sie es wieder fühlen konnte. Mit einem Lächeln, die Hand noch immer auf dem Bauch, schlief sie endlich ein.

Alex parkte den Lexus in einer kleinen Querstraße und ging die zwei Blocks zu Fuß zur Rose Avenue und zu dem Restaurant, das denselben Namen wie die Straße trug. Alex war schon mehrmals in der Rose gewesen und war jedesmal von der riesigen, rosaroten Blüte über dem Eingang begeistert. Und das Essen war köstlich.

Es war halb eins. Denise hatte halb eins gesagt, als sie heute morgen angerufen hatte, aber Alex haßte es, zu spät zu kommen (eine weitere Eigenschaft, die sie von ihren Eltern übernommen hatte). Sie betrat das Restaurant, unsicher, ob Denise lieber drinnen oder draußen sitzen würde.

»Hier drüben, Alex.«

Alex wandte sich in die Richtung, aus der die Stimme gekommen war, und erblickte Mona. Ohne Denise. Na großartig, dachte sie. Denise hatte erwähnt, daß ihre Mutter ihnen Gesellschaft leisten würde (was sinnvoll war, da beide, Mutter und Tochter, das Babyfest für Alex organisierten), aber Alex hatte angenommen, sie würden zusammen kommen. Sie zwang sich, einen freundlichen Gesichtsausdruck aufzusetzen, und ging zu dem Tisch, an dem Mona saß.

»Hallo, Mona. Wie geht es dir?«

»Gut, danke. Ich muß gar nicht fragen, wie es dir geht. Du strahlst ja geradezu, Liebes. Man sieht dir an, daß dir die Schwangerschaft bekommt.« Sie klopfte auf den Stuhl zu ihrer Rechten. »Komm, setz dich. Denise wird jede Minute hier sein.«

Alex nahm Platz, wobei sie sich fragte, worüber sie mit Mona reden sollte, bis Denise eintraf. »Mona, es ist sehr lieb von dir und Denise, daß ihr für mich eine Babyfeier ausrichtet. Vielen Dank.«

Mona machte eine abwehrende Bewegung mit der Hand. »Ich liebe es, Feste auszurichten. Ich freue mich schon darauf. Und Denise mag dich. Sehr.« Sie trank einen Schluck Wasser aus dem Weinglas vor ihr. Ihr schwerer goldener Armreif klirrte, als sie mit dem Arm gegen den Tisch stieß.

»Denise ist ein großartiger Mensch.«

»Um dir die Wahrheit zu sagen, und ich hoffe, du verstehst das nicht falsch, Alex, war ich überrascht, als Denise mir erzählte, daß du schwanger bist. Wenn man die Umstände bedenkt, meine ich.« Sie starrte Alex aus ihren dunkelblauen Augen an. Sie waren beinahe so tiefblau wie der große Saphir an dem diamantenverzierten Ring an der Hand, in der sie das Glas hielt.

Das geht dich gar nichts an, Mona, wollte Alex sagen. »Du meinst Lisa. Es ist für sie natürlich eine Umstellung, aber sie kommt damit klar.« Heute morgen war Lisa fröhlich und hilfsbereit gewesen. Zum ersten Mal seit mehreren Wochen war Alex zuversichtlich gewesen, was ihre Beziehung zu ihrer Stieftochter anbelangte.

»Lisa ist sehr verschlossen, Alex. Sie zeigt ihre Gefühle nicht offen. Sie hat schon immer ungewöhnlich stark an Warren gehangen und seit Andreas Tod ...« Mona nahm einen weiteren Schluck Wasser und setzte dann das Glas ab. »Nun, was geschehen ist, ist geschehen.« Sie seufzte. »Kann ich offen mit dir sprechen, Alex?«

Noch offener? Alex rutschte nervös auf ihrem Stuhl hin und her. Wo blieb bloß Denise? »Natürlich.«

»Ich bin froh, daß Denise noch nicht hier ist, denn es gibt da etwas, was ich gern mit dir unter vier Augen besprechen würde. Stuart und ich leiden furchtbar darunter, daß Denise sich von Ron getrennt hat. Denise hat mir erzählt, was an jenem Sonntag in deinem Garten passiert ist –«

»Mona, mir ist gar nicht wohl dabei, darüber zu reden.«

»Die Sache ist nämlich die, verstehst du«, fuhr Mona ungerührt fort, als habe Alex nichts gesagt, »ich glaube, sie begeht einen schrecklichen Fehler. Ron sieht gut aus. Er ist charmant. Er ist erfolgreich. Und ich glaube, er ist der perfekte Mann für Denise. Stuart sieht das auch so.«

»Ohne respektlos erscheinen zu wollen, Mona, finde ich, daß das Denises Entscheidung ist.«

»Natürlich. Aber sie muß die richtigen Informationen haben, um die richtige Entscheidung treffen zu können, nicht wahr?« Mona lächelte und beugte sich vor. »Ich habe mit Ron gesprochen. Er ist am Boden zerstört, der Arme. Er gibt zu, daß er an jenem Tag einen Fehler gemacht hat, aber er sagt, es sei alles nur Spaß gewesen, und ich glaube ihm.«

Alex sagte nichts.

»Ich habe versucht, Denise davon zu überzeugen, aber weißt du, Alex, ich denke, wenn du mit ihr reden und ihr sagen würdest, daß alles nur ein Mißverständnis war –«

»Es war kein Mißverständnis, Mona. Ich weiß, was er getan hat.«

»Natürlich weißt du das.« Ihr Lächeln war beinahe lüstern. »Aber kannst du aufrichtig behaupten, daß du nicht auch einen Teil der Schuld trägst?«

Alex starrte Mona an. Mit ihren Fingern knetete sie den Saum der Tischdecke. »Wie meinst du das?«

»Du bist eine schöne Frau, Alex, und man kann dich nicht gerade schüchtern nennen. Einige Männer mögen dich sogar herausfordernd finden. Ron erzählte mir, daß du den Flirt mit ihm genossen hast.«

»Das stimmt nicht!« Es war lächerlich! Warum verteidigte sie sich vor dieser Frau?

»Ich habe gesehen, wie ihr in Sea World eng beieinandergestanden habt, weißt du? Er hatte seine Arme um dich gelegt. Und ich habe nicht gehört, daß du dich darüber beschwert hättest. Du schienst dich sogar sehr wohl zu fühlen. Oh, hallo, Liebes«, sagte Mona, und die Worte waren ganz offensichtlich nicht an Alex gerichtet.

Alex drehte sich um. Hinter ihr stand Denise, einen seltsamen Ausdruck auf dem Gesicht. Wieviel hatte sie gehört? Und wie lange hatte Mona bereits gewußt, daß ihre Tochter dort stand?

»Hallo, Mom und Alex.« Denise nahm gegenüber von Mona Platz. »Tut mir leid, daß ich zu spät komme.«

Bildete Alex es sich nur ein, oder klang Denise angespannt?

»Das ist schon in Ordnung, Liebes.« Mona tätschelte die Hand ihrer Tochter. »Alex und ich haben uns gut unterhalten, nicht wahr, Alex? Aber jetzt, da du da bist, Denise, können wir über die Babyfeier sprechen. Ich dachte an pochierten Lachs und zum Nachtisch Trifle. Wie klingt das, Mädchen . . .?«

Sie hatte eine Vorspeise aus frischen Früchten gegessen und in ihrem Salat Niçoise herumgestochert, aber als Mona dann die Kellnerin rief, um den Nachtisch zu bestellen, hatte Alex Müdigkeit und Kopfweh vorgeschützt und verkündet, sie müßte gehen. (Der Kopfschmerz war real genug, eine Folge von Monas unaufhörlichem Gequassel und der Anspannung, die Alex in dem Moment befallen hatte, als Mona begonnen hatte, über Ron und Denise zu sprechen.)

»Aber du wirst dir doch nicht den Nachtisch entgehen lassen, Alex, Liebes!« rief Mona aus. »Das Dessert ist das Beste!«

An Monas Figur konnte Alex erkennen, daß die Frau auch praktizierte, was sie predigte. »Ein andermal vielleicht, Mona. Vielen Dank für das Mittagessen. Es war sehr gut.«

»Bestell dir doch was Kleines. Der Käsekuchen ist göttlich.«

»Mom, bedräng Alex nicht so«, sagte Denise. »Wenn sie sich nicht wohl fühlt, sollte sie besser nach Hause gehen und sich ausruhen.«

War das Anteilnahme gewesen, überlegte Alex auf dem Weg zum Wagen, oder war Denise ebenso erleichtert wie Alex, daß sie sich entschlossen hatte zu gehen? Sie hatte den halben Block hinter sich, als sie Schritte wahrnahm, die rasch näher kamen. Instinktiv ging sie schneller.

»Hey, Alex! So warte doch. Wir sind doch nicht auf dem Los-Angeles-Marathon!«

Alex traute ihren Ohren nicht. Sie blieb stehen und wandte sich um. »Warum folgst du mir, Ron?« Sie war verärgert, nicht nervös, redete sie sich ein. Es gab schließlich keinen Grund, nervös zu sein.

»Ich folge dir doch gar nicht.« Er lächelte. »Ich will nur mit dir reden. Ist das etwa ein Verbrechen?«

»Woher wußtest du, daß ich hier sein würde?« wollte sie wissen.

»Mona hat es mir erzählt. Ich dachte, es wäre eine gute Gelegenheit, die Sache zwischen uns zu klären.«

»Da gibt es nichts zu klären, Ron. Sprich mit Denise.« Alex drehte sich um und ging weiter.

Er holte sie ein und packte sie am Ellenbogen.

»Faß mich nicht an!« Alex riß ihren Arm los, ohne stehenzubleiben.

»Ent-schul-dige!« Er überholte sie, dann drehte er sich um und lief, das Gesicht ihr zugewandt, rückwärts vor ihr her. »Hey, komm schon, Alex. Fünf Minuten, okay? Was ist schon dabei?«

Er würde ihr wahrscheinlich den ganzen Weg nach Hause folgen, wenn sie sich weigerte, dachte Alex. Abrupt hielt sie an. Er blieb ebenfalls stehen.

»Was willst du von mir, Ron?« fuhr sie ihn ungeduldig an. »Mach's kurz.«

Er nickte. »Okay, hier ist es kurz und geradeheraus. Erstens: Es tut mir leid, was ich neulich am Telefon zu dir gesagt habe. Ich war total sauer, aber das ist keine Entschuldigung. Kannst du mir verzeihen?«

Wie auch immer. »Ja.« Sie wollte nur nach Hause.

»Gut. Das wäre also aus dem Weg geräumt.« Er lächelte. »Zweitens hat mir Mona erzählt, daß sie mit dir reden wollte, damit du die Geschichte mit Denise wieder geradebiegst. Dafür wollte ich dir danken.«

Alex runzelte die Stirn. »Ron, ich habe mich nicht einverstanden erklärt, irgend etwas mit Denise geradezubiegen.«

Er hob seine Hände, die Handflächen nach außen gedreht. »Sieh mal, es ist doch keine große Sache. Ich habe vor Denise zugegeben, daß ich mich danebenbenommen habe. Alles, was sie von dir zu hören braucht, ist, daß du das Ganze etwas übertrieben hast. Du hast gewußt, daß ich es war. Es war nur ein harmloser Spaß. Aber als Lisa uns dann gesehen hat, hast du es mit der Angst zu tun gekriegt und die Geschichte verdreht.«

Alex starrte ihn an. »Du bist verrückt, Ron. Das entspricht nicht den Tatsachen, und ich habe nicht die Absicht, Denise anzulügen.«

»Ich will sie zurück, Alex.« Wut flammte in seinen Augen auf.

»Dann sag ihr die Wahrheit und bitte *sie* um Vergebung, nicht mich.«

»Du begreifst es nicht, oder? Klar, Denise ist momentan stinksauer auf mich. Aber weißt du, auf wen sie noch wütender ist? Auf dich. Weil du es ihr erzählt und sie gedemütigt hast. Weil sie sich durch dich wie ein Stück Scheiße fühlt.«

Alex fuhr zurück. »Denise ist nicht wütend auf mich. Sie schätzt meine Ehrlichkeit.«

»Aber klar doch! Nein, sie haßt dich dafür, Alex. Jede Frau würde das. Und wahrscheinlich glaubt sie deine Geschichte nicht mal.«

»Und deshalb organisiert sie eine Babyfeier für mich, Ron? Weil sie mich so sehr haßt?«

»Da spricht der Stolz aus ihr. Sie *muß* die Sache zu Ende bringen. Bitte, Alex. Hilf mir da wieder raus. Ich flehe dich an. Du hast keine Ahnung, wie wichtig das für mich ist. Ohne Denise –«

»Ich werde sie nicht anlügen, Ron. Es tut mir leid.«

Er sah sie finster an. »Wer bist du denn, irgendeine oberheilige Sittenrichterin? Du hast wohl noch nie in deinem ganzen Leben gelogen, Alexandra die Große? Hast noch nie etwas getan, dessen du dich geschämt hättest? Hast keine Leichen im Keller?«

Alex wurde blaß. Ron bemerkte sehr wohl den erschrockenen Ausdruck in ihren Augen.

»Da gibt es also *doch* etwas. Die Frage ist nur, was?« Er strich sich übers Kinn. Seine Stirn war in vorgetäuschter Konzentration in Falten gelegt.

»Auf Wiedersehen, Ron.« Sie setzte ihren Weg fort.

»Willst du es mir denn nicht erzählen?« rief er ihr nach. »Ich werde es schon noch herausfinden, darauf kannst du dich verlassen. Und dann werde ich es Warren erzählen. Außer natürlich, du redest mit Denise. Was sagst du dazu?«

Sie verspürte den Drang loszurennen, wollte ihm aber nicht die Befriedigung gönnen und ging mit festen Schritten weiter.

»Warren weiß nicht, daß seine Frau ein großes, schreckliches Geheimnis hat, nicht wahr?«

Sie überquerte die Straße. Nur noch einen halben Block.

»Hey, Alexandra! Du kannst vielleicht davonlaufen, aber du kannst dich nicht vor mir verstecken!«

Sein Gelächter verfolgte sie den ganzen Weg bis zum Wagen.

In derselben Minute, als sie auf die hintere Veranda trat, hörte sie Nicholas flüstern: »Mommy ist da!«

»Komm ins Atelier, Alex«, rief Warren. »Wir müssen dir etwas zeigen!«

Ihr drehte sich noch immer alles von der Konfrontation mit Ron, und es kostete sie große Mühe, ihre Erregung zu verbergen. Sie setzte ein Lächeln auf, das sich mehr wie eine Grimasse anfühlte, und ging den Flur entlang zum Atelier.

Ein Schaukelstuhl aus Natureiche stand in der Mitte des Raumes. Dahinter hatten sich Warren, Lisa und Nicholas aufgestellt. Alle strahlten freudig. Sogar Lisa.

Alex spürte, wie auch sie zu strahlen begann, als sie zu ihnen trat. Das war ihre Familie.

»Er ist für dich, wenn das Baby da ist!« rief Nicholas.

»Und bis dahin darf ich ihn nicht benutzen?« fragte Alex Nicholas. Sie tat so, als würde sie schmollen.

Der Junge wandte sich an Warren. »Darf sie, Daddy?«

»Wenn sie vorsichtig damit umgeht.« Warren lächelte.

»Ich verspreche es.« Sie strich mit der Hand über das glatte Holz. »Deshalb hast du mich heute gebeten, den Lexus zu nehmen«, sagte sie zu Warren. »Raffiniert.«

»Gefällt er dir?« Er legte einen Arm um sie.

»Er ist toll!« Sie küßte ihn.

»Es war Lisas Idee. Sie hat ihn auch ausgesucht. Ich hätte einen weißen genommen, aber sie sagte, dir gefiele bestimmt der aus Eiche besser.«

»Das stimmt.« Alex wandte sich an ihre Stieftochter und

umarmte sie. »Ich kann dir gar nicht sagen, wieviel mir das bedeutet, Lisa.«

In ihr stieg ein wohliges Glücksgefühl auf, das ihr die Tränen in die Augen trieb. Wen kümmerten noch Mona und Ron mit ihren blödsinnigen Anspielungen?

Am Montag kam ein Brief in die Vorschule.

Der hellgelbe Umschlag steckte zwischen mehreren Katalogen, in denen Unterrichtsmaterialien für Vorschüler angeboten wurden. Jemand hatte Alex' Namen und die Anschrift der Schule in großen, ungleichmäßigen, kindlichen Druckbuchstaben mit bunter Wachsmalkreide darauf geschrieben. Zuerst hatte Alex angenommen, einer ihrer »Schulabgänger« habe ihn geschrieben. Sie bekam oft liebe Dankesbriefe von den Jungen und Mädchen, die bei ihr in die Vorschule gegangen waren. Alex hortete sie wie einen Schatz. Der Brief war mit der gleichen bunten Wachsmalkreide auf extrabreit liniertem grauem Papier, wie es Erstkläßler für die ersten Schreibübungen verwenden, geschrieben. Lächelnd und voller Erwartung begann sie zu lesen.

DU BIST UNFÄHIG, AUF KINDER AUFZUPASSEN!

Sie starrte noch immer auf das Blatt, als Evelyn eine Minute später das Büro betrat.

»Alex, wir brauchen – was ist los? Du siehst aus, als hättest du gerade ein Gespenst gesehen.«

Alex reichte Evelyn den Brief. Evelyn las ihn schnell, dann schleuderte sie ihn auf den Tisch.

»So ein Scheusal!« Ihr Gesicht war vor Zorn gerötet. »Ich dachte, er hätte aufgehört, dich zu belästigen!«

»Wer?« Alex' Stirn war verwirrt gerunzelt.

»Lundquist natürlich. Er hat dir doch den Brief geschrieben.«

Alex schüttelte den Kopf. »Nein, ich glaube nicht, daß es Lundquist war, Evelyn. Am Freitag ist ein anonymer Brief bei mir zu Hause angekommen. Woher sollte er meine Privatadresse haben?«

»Das Telefonbuch?«

»Es stehen mehrere Prescotts im Telefonbuch. Woher sollte er die richtige Adresse wissen?«

Evelyn dachte einen Moment nach, dann sagte sie: »Er könnte zu allen angegebenen Adressen gefahren sein. Und als er deinen roten Jeep gesehen hat, wußte er, daß das die richtige ist. Oder er könnte an alle Prescotts einen anonymen Brief geschickt haben.« Evelyn zögerte einen Moment. »Er könnte dir auch von der Schule aus nach Hause gefolgt sein, Alex.«

Alex zog eine Grimasse. »Ist das etwa dazu gedacht, mich aufzuheitern?«

»Tut mir leid. Vielleicht hast du recht. Vielleicht stammt der Brief gar nicht von ihm. Was stand denn im ersten Brief drin?«

Es waren nur Worte, aber Alex fiel es schwer, sie zu wiederholen. »›Du verdienst es nicht, ein Kind zu bekommen.‹ Da ist noch so was, Evelyn: Lundquist weiß gar nicht, daß ich schwanger bin, also kann der Brief nicht von ihm sein.«

»Vielleicht weiß er es doch. Man *sieht* es allmählich. Und vielleicht hat seine Frau ihm gegenüber eine Bemerkung fallenlassen. Wo hast du den ersten Brief? Du solltest beide Brady zeigen.« Evelyn runzelte die Stirn. »Wahrscheinlich hätten wir die Briefe nicht anfassen dürfen. Möglicherweise sind Fingerabdrücke darauf.«

»Ich habe den ersten Brief nicht mehr. Ich habe ihn weggeworfen.« Alex machte eine Pause. »Ich dachte, Lisa hätte ihn geschrieben.«

Sie berichtete, was an jenem Abend, als sie die Umstandskleider vorgeführt hatte, geschehen war. »Ich dachte, Lisa würde mich und das Baby hassen, aber am nächsten Tag hat sie sich entschuldigt, und dann ist sie mit Warren losgegangen und hat einen Schaukelstuhl für mich gekauft, für die Zeit, wenn das Baby auf der Welt ist. Seitdem verhält sie sich großartig.«

Zu großartig? fragte sie sich plötzlich. Mona hatte gesagt, Lisa würde ihre wahren Gefühle verbergen. Was war, wenn ihre Stieftochter sich verstellte?

Die anonymen Briefe gingen Alex den ganzen Nachmittag nicht mehr aus dem Kopf. Sie gab zuviel Mehl in den Brei, aus dem die Kinder Papiermaché-Figuren basteln sollten. Sie ließ Patty den zweiten Schub machen. Dann verschüttete sie Wasserfarbe über einen Plakatbogen. Als es drei Uhr war, war sie mehr als begierig darauf, endlich gehen zu können.

Für gewöhnlich wartete Alex bereits vor der Schule auf Nicholas, wenn er aus dem Gebäude kam, aber es war starker Verkehr auf den Straßen, und sie kam ein paar Minuten zu spät. Trauben von Kindern standen und saßen auf dem Rasen und warteten auf ihre Eltern, und als Alex vor der Schule hielt, ließ sie ihren Blick über sie schweifen, aber sie konnte Nicholas nirgendwo entdecken.

Ah, da war er! Er stand etwas abseits, aber sie erkannte sein lohfarbenes Haar und sein Profil. Er sprach mit einem dunkelhaarigen Mann. Wahrscheinlich einer der Lehrer, der draußen Aufsicht hatte, vermutete Alex. Sie hupte, um Nicholas auf sich aufmerksam zu machen, dann stieg sie aus dem Jeep und wartete auf dem Bürgersteig auf ihn.

Nicholas wandte sich ihr zu. »Hallo, Mommy!« rief er, dann drehte er sich wieder zu dem Lehrer um. »Das ist meine Mommy«, hörte Alex ihn sagen, und der Lehrer warf lächelnd einen Blick in ihre Richtung, aber es war gar kein Lehrer. Es war Donald Lundquist.

Ihr Herz setzte einen Schlag aus. Sie begann, auf die beiden zuzugehen, aber Lundquist hatte Nicholas' Hand genommen und kam ihr entgegen.

»Tollen Jungen haben Sie da, Mrs. Prescott.«

»Steig ein, Nicholas.« Sie öffnete die hintere Tür für ihn.

Nicholas sagte: »Er ist Bobbys Vater, also ist er kein Fremder, und ich darf mit ihm sprechen.«

»Nicholas –«

»Ich erinnere mich an Bobby vom letzten Jahr, als ich bei dir in der Schule war, Mommy. Bobbys Vater hat gesagt –«

»Nicholas, ich habe dich gebeten, in den Wagen zu steigen. Dann tu es bitte.« Sie haßte die Schroffheit, die sich in ihre Stimme geschlichen hatte, und den Ausdruck der Verwirrung und Kränkung auf Nicholas' jungem Gesicht, aber der Drang, ihn von Lundquist wegzubekommen, war vordringlich und übermächtig.

»Okay.« Ohne sie anzusehen, kletterte er auf den Rücksitz und saß widerstandslos da, während sie ihn angurtete.

Sie machte die Tür zu und drehte sich zu Lundquist um. Sie sprach leise, damit Nicholas sie nicht verstehen konnte. »Wenn Sie noch einmal in die Nähe meines Sohnes kommen, rufe ich die Polizei.«

»Gibt es etwa ein Gesetz, das es verbietet, mit jemandem zu sprechen? Oder eine Grundschule für sein Kind auszusuchen? Bobby kommt im September in den Kindergarten. Als Lehrerin heißen Sie es doch bestimmt gut, wenn man sich frühzeitig umschaut, welche Alternativen es gibt?«

»Halten Sie sich von uns fern!«

»Ich muß Ihnen sagen, ich war wirklich stocksauer, daß Sie der Polizei erzählt haben, ich hätte Ihre Schule verwüstet. Wahrscheinlich hat Ihnen Sally das eingeredet, nicht wahr?« Lundquist kam näher. »Ich will meine Frau zurück, Mrs. Prescott. Ich will meinen Sohn zurück. Ich möchte wieder meine Familie um mich haben. Können Sie das nicht verstehen? Sie wären doch am Boden zerstört, wenn Sie Ihren Sohn nicht mehr sehen könnten, wenn Sie nicht wüßten, wo er ist. So fühle ich mich jetzt, Mrs. Prescott. Jede Minute, jeden Tag.«

Alex ließ ihn stehen und ging zur Fahrerseite des Jeeps.

»Wo ist sie, Mrs. Prescott?«

Sie öffnete die Tür, stieg eilig ein und zog rasch die Tür zu.

»Wo ist sie?« brüllte Lundquist. Er stand über die Kühlerhaube gebeugt, sein wütendes Gesicht nur wenige Zentimeter von der Windschutzscheibe entfernt.

Alex schnallte sich an und ließ den Motor an. Sie sah, wie er seine Hand hob, zur Faust ballte und sie nach unten auf die Windschutzscheibe zubewegte. Sie zuckte zurück. Im letzten Moment streckte er seine Finger aus und winkte Nicholas zu.

»Bis bald«, sagte er zu dem kleinen Jungen.

Alex löste die Handbremse und fuhr los.

15

Sobald sie zu Hause angelangt waren, versorgte Alex Nicholas im Frühstücksraum mit einem kleinen Imbiß und ging dann ins Familienzimmer. Von dort aus rief sie Detective Brady an und erzählte ihm, was passiert war.

»Hat er dem Jungen irgendwas angetan?« fragte Brady.

»Nein. Es waren zu viele Leute um uns herum. Aber er gab mir unmißverständlich zu verstehen, wenn ich ihm nicht sagte, wo seine Frau und Sohn seien, würde er –« Sie schloß die Augen, unfähig, es auszusprechen. »Würde er Nicholas entführen.«

Es herrschte eine Pause. Dann sagte Brady: »Das bezweifle ich, Mrs. Prescott. Er weiß, wenn Ihrem Sohn irgend etwas zustößt, vor allem nach dem heutigen Tag, sitzen wir ihm sofort im Nacken.«

»Detective Brady, Sie denken logisch. Aber Lundquist denkt nicht logisch. Oder rational. Ich möchte eine gerichtliche Verfügung, um ihn von mir und meiner Familie fernzuhalten.«

»Sie brauchen einen Anwalt, um eine gerichtliche Verfügung zu erwirken. Aber das ist nicht so einfach. Es gab keine offene Drohung, keinen tätlichen Angriff.«

»Wollen Sie etwa so lange warten, bis er jemanden verletzt oder Nicholas entführt hat?« Alex bemerkte, daß sie fast schrie. Mit Mühe dämpfte sie ihre Stimme. »Ich möchte Polizeischutz.«

Brady seufzte. »Mrs. Prescott, haben Sie bitte Verständnis. Ich fühle hundertprozentig mit Ihnen. Aber Sie werden keinen Polizeischutz bekommen können. Ich werde noch einmal mit Lundquist sprechen, versuchen, ihm Respekt einzuflößen. Und falls Sie ihn noch mal sehen und er Ihnen offen droht ...«

Alex bedankte sich bei Brady (wofür eigentlich? fragte sie sich) und legte auf. Sie rief Warren an. Seine Sekretärin sagte ihr, er sei im Gericht und sie würde ihm ausrichten, daß Alex angerufen habe. Anschließend rief Alex Evelyn in der Schule an und erzählte ihr, was vorgefallen war.

»Ich möchte, daß du ab jetzt besonders vorsichtig bist, wenn die Eltern kommen. Achte bitte darauf, daß du oder Patty jedes Kind einzeln zum Auto begleitet.« Es war Alex nach ihrem Gespräch mit Brady in den Sinn gekommen, daß Lundquist es auf eines der anderen Kinder abgesehen haben könnte, um Alex dazu zu zwingen, den Aufenthaltsort seiner Familie preiszugeben. Sie fragte sich plötzlich, wie sie sich verhalten würde, wenn sie wüßte, wo Sally Lundquist sich mit ihrem Sohn versteckt hielt.

Sie erinnerte sich an den Zettel, den Sally Lundquist bei ihr verloren hatte. Als sie das letzte Mal die Nummer angerufen hatte, hatte die Frau am Apparat gesagt, es gäbe dort keine Sally Lundquist. Aber vielleicht geschah das nur routinemäßig zum Schutz der Frauen und Kinder, die in dem Frauenhaus wohnten.

Alex fand den Zettel und wählte die Nummer. Nach dem zweiten Läuten nahm eine Frau ab. Alex sagte ihren Namen und fragte nach Sally Lundquist.

»Sie haben die falsche Nummer gewählt«, sagte die Frau.

»Sagen Sie ihr bitte, dies sei ein Notfall. Ihr Mann hat meine Schule verwüstet. Er bedroht meine Familie.«

»Es tut mir wirklich leid, Miss, aber –«

»Richten Sie ihr das bitte aus, ja? Von Alexandra Prescott.«

Die Frau legte auf. Alex ließ den Hörer sinken. Wahrscheinlich würde das nichts bringen, dachte sie. Sie drehte sich um und entdeckte Nicholas.

»Alle Kekse schon aufgegessen?« fragte sie.

Er nickte. Er war während der ganzen Autofahrt schweigsam gewesen – eine Seltenheit bei ihm, aber kein Wunder, wenn man Alex' ungewöhnlich barschen Ton bedachte, in dem sie ihm gesagt hatte, er solle in den Jeep steigen.

»Hast du Lust auf eine Runde ›Fang den Hut‹?«

Er schüttelte den Kopf und starrte auf seine Füße hinunter.

Sie ging zu ihm und ging in die Hocke, bis sie auf Augenhöhe mit ihm war. »Nicholas, es tut mir leid, daß ich dich vorhin an der Schule so angeschrien habe.«

»Ich hab' was falsch gemacht, nicht?« Seine Augen füllten sich plötzlich mit Tränen. Seine Lippen zitterten. »Dabei ist er doch Bobbys Daddy, und ich hab' ihn letztes Janr schon mal gesehen, darum dachte ich, er sei kein Fremder!«

»Du hast nichts falsch gemacht, Nick.« Sie zögerte. »Bobbys Daddy ist wütend auf mich. Darum will ich nicht, daß du mit ihm redest.«

»Ist er der wütende Mann, über den du mit Daddy gesprochen hast?«

Sie zögerte. Sie wollte ihn nicht ängstigen. »Ja.«

»Ich will nicht, daß er dir was tut, Mommy!«

Nicholas warf sich Alex an den Hals. Sie legte die Arme um ihn. Sie spürte, wie er zitterte. Sie fragte sich, ob er spüren konnte, daß sie ebenfalls zitterte.

Sie strich ihm übers Haar. »Das wird er nicht, Nick. Das wird er nicht.«

Nachts, lange nachdem Warren eingeschlafen war, erwachte Alex aus ihrem Alptraum und lag mit erzwungener Ruhe da, bis sich ihr wild schlagendes Herz wieder beruhigt hatte.

Die Träume wurden schlimmer. Seit sie den ersten anonymen Brief erhalten hatte, kamen sie öfter und waren noch quälender in ihrer Intensität. Vor allem die Geräusche waren stärker geworden. Alex konnte die Geräusche nicht ertragen.

Das schrille, stakkatohafte Läuten des Telefons an der Wand.

Das rhythmische Klackern des Hörers, der wie ein Metronom immer wieder gegen die Wand schlägt.

Das protestierende Knarren der Holzstufen, die von ihrem Atelier unter dem Dach nach unten führen.

Das gedämpfte Rumsen, als ihre bloßen Füße die andere, mit einem Läufer bedeckte Treppe zu dem Raum darunter hinunterfliegen.

Die bedrückende Stille, die ihr entgegenschlägt.

Das Heulen des Windes in ihren Ohren, als sie rennt, und ihre Füße nur flüchtig den warmen, sandigen Beton berühren.

Das Quietschen der Pforte, die sie öffnet. Das vibrierende Klirren, als die Pforte gegen den Zaun schlägt.

Sie ist durch die Pforte getreten, aber da ist vor ihr noch eine, und noch eine, und jede quietscht und klirrt, es sind so viele Pforten, sie wird sie niemals alle schaffen, niemals! Das Klirren schwillt an und wird zu einem Wirbel synkopenhaften Lärms, als wären lauter Schlagzeuger wild geworden, bis sie das Gefühl hat, ihr Trommelfell wird gleich platzen, und als sie durch die letzte Pforte geht, hört sie den letzten Laut, der sie vom ersten Klingeln des Telefons an begleitet hat und der jetzt aus ihrer Kehle aufsteigt als Urschrei, der sie weckt und schaudernd im Bett zurückläßt.

Sie wird nie verstehen, wie es möglich ist, daß Warren den Schrei nicht hört.

Nachdem Alex Nicholas am Dienstag morgen in seinem Klassenzimmer abgesetzt hatte, sprach sie mit der Schulleiterin und schilderte ihr, was vorgefallen war.

»Mein Mann und ich wollen nicht, daß Nicholas unbeaufsichtigt vor dem Gebäude steht, und sei es auch nur für zehn Sekunden«, sagte Alex zur Schulleiterin, und sie konnte an ihrem Blick erkennen, daß sie sie ernst nahm.

Als Alex zur Vorschule fuhr, war sie etwas entspannter. Nicholas wußte, daß er Lundquist aus dem Weg gehen sollte; er war auf der Hut. Dasselbe galt für Lisa. Sie würde einstweilen nicht mehr mit dem Fahrrad zur Schule fahren. Warren würde sie mit dem Auto hinbringen, und Alex würde sie nach der Schule abholen.

Warren hatte Brady am vergangenen Tag von der Kanzlei aus angerufen und an diesem Morgen noch einmal. Brady hatte mit Lundquist gesprochen; Lundquist leugnete natürlich, daß er versucht hatte, Alex einzuschüchtern, aber Brady hatte dennoch das Gefühl, Eindruck hinterlassen zu haben. Warren hatte außerdem die nötigen formalen Schritte zur Beantragung einer gerichtlichen Verfügung gegen Lundquist eingeleitet. »Nur für den Notfall«, hatte er gesagt. »Ich glaube wirklich nicht, daß wir sie brauchen werden.«

Evelyns Wagen stand auf dem Parkplatz der Vorschule, als Alex eintraf. Alex hatte sie gebeten, früher zu kommen, falls sie sich durch das Gespräch in Nicholas' Schule verspäten würde. Evelyn war im Büro. Sie lehnte an Alex' Schreibtisch und telefonierte. Mit der freien Hand winkte sie Alex zu.

»Hallo«, formte Alex tonlos mit den Lippen. Sie legte ihre Handtasche auf den Tisch, dann ging sie zum Schrank und hängte ihre Jacke auf.

»Bis Samstag«, sagte Evelyn ins Telefon und legte den Hörer auf die Gabel. Sie wandte sich an Alex. »Hast du mit Nicholas' Schulleiterin sprechen können?«

Alex nickte. »Sie werden ein Auge auf ihn haben. Mit wem hast du telefoniert?«

»Mit Jerry. Er möchte, daß ich am Samstag mit ihm und seinen Eltern zu Abend esse.« Sie lächelte, ihr Gesicht war vor Freude und Aufregung gerötet. »Ich habe ja gesagt. Aber jetzt bin ich doch ein bißchen nervös. Ich hoffe, ich tue das Richtige.«

Alex lächelte. »Aber natürlich tust du das! Du erzählst mir doch dauernd, wie gern du ihn magst, wieviel Gemeinsames ihr habt. Was wirst du anziehen?«

»Ich weiß es nicht!« Evelyn sah bedrückt aus. »Ich werde mir ein neues Kleid kaufen müssen. Kannst du nicht mitkommen, Alex? Außer dir ist nicht danach«, fügte sie schnell hinzu. »Ich meine, bei allem, was du gerade durchmachst.«

»Ich könnte die Ablenkung gebrauchen. Wie wär's mit Donnerstag abend? Ich werde mich darum kümmern, daß Lisa oder Warren daheim ist und auf Nicholas aufpaßt.«

»Donnerstag abend paßt mir hervorragend. Danke, Alex.« Lächelnd hob sie einen Stapel matrizenbedruckter Blätter vom Tisch hoch. »Ich werde sie schon mal verteilen, bevor die Kinder kommen«, sagte sie und ging aus dem Büro.

Das Telefon klingelte. Es war Warren. Ob morgens mit Nicholas alles gutgegangen sei? Alex versicherte ihm, daß alles in Ordnung war und daß man ihr in der Schule versprochen hatte, ihn gewissenhaft zu beaufsichtigen. Kaum hatte sie aufgelegt, klingelte das Telefon wieder.

»Spreche ich mit Mrs. Prescott?« fragte eine Frau.

»Ja. Wie kann ich Ihnen helfen?«

»Hier ist Sally Lundquist. Ich weiß nicht, wie Sie an die Nummer gekommen sind oder wie ich Ihnen helfen kann, aber ich finde es schrecklich, was passiert ist. Ist alles in Ordnung mit Ihnen?«

»Ich wollte Sie nicht beunruhigen, Mrs. Lundquist, aber ich weiß nicht, an wen ich mich sonst hätte wenden können.« Alex wiederholte die Geschehnisse der letzten Tage. »Ich dachte, Sie könnten vielleicht Ihren Mann anrufen und ihm sagen, daß ich nicht weiß, wo Sie sind.«

»Ich verstehe.« Sie schwieg einen Augenblick, dann sagte sie: »Aber wenn ich ihn anrufe und ihm das sage, wird er wissen, daß wir miteinander gesprochen haben. Woher sollte ich sonst von der Sache wissen?«

Alex hatte bereits darüber nachgedacht. »Sie könnten sagen, daß Sie in der Lokalzeitung davon gelesen haben.« Alex hatte zwar keinen derartigen Artikel gesehen, aber das würde Lundquist nicht wissen.

Wieder herrschte Schweigen. »Ich möchte Ihnen helfen, Mrs. Prescott. Wirklich. Ich weiß, wie Donald sein kann.« Sally Lundquist machte eine Pause. »Aber ich weiß einfach nicht, ob ich es fertigbringe, mit ihm zu sprechen.«

»Das verstehe ich.« Alex war enttäuscht, aber sie konnte es wirklich verstehen.

»Ich bin schon ein paarmal geflüchtet, müssen Sie wissen. Zu meinen Eltern. Jedesmal habe ich mir vorgenommen, nie wieder zu ihm zurückzukehren, aber Donald kann so überzeugend sein. Und Bobby vermißt ihn.«

»Mrs. Lundquist, vergessen Sie bitte, daß ich jemals bei Ihnen angerufen habe. Ich komme schon klar.«

»Lassen Sie mich darüber nachdenken, okay? Ich werde Ihnen Bescheid geben. Und bitte, Mrs. Prescott, zerreißen Sie den Zettel mit der Telefonnummer. Wenn Donald auch nur ahnen würde, daß Sie wissen, wie Sie mich erreichen können . . .«

Das erste, was Alex tat, als sie mit Nicholas heimkam, war, die Post in der Eingangshalle durchzusehen. Sie bestand aus Zeitschriften, Rechnungen und mehreren Briefen für Lisa. Es war kein anonymer Brief für Alex dabei.

Alex seufzte erleichtert auf und ging in die Küche, um nach Nicholas zu sehen, der gerade seinen täglichen Imbiß einnahm. Dann ging sie nach oben, um sich umzuziehen.

Paula war im Schlafzimmer und räumte Warrens Hemden in seinen Kleiderschrank. Sie blickte auf, als Alex eintrat.

»Hallo, Alex.« Sie lächelte. »Hatten Sie einen schönen Tag?«

»Sehr schön, Paula. Danke der Nachfrage.« Sie zog ihre Adidas aus und stellte sie ordentlich neben das Bett. Dann warf sie ihre Socken in den Wäschekorb im Badezimmer. Sie liebte es, barfuß zu laufen.

Als sie aus dem Bad kam, hatte Paula einen Stapel Unterwäsche auf dem Arm und zog Alex' Kommodenschublade auf.

Nicht zum ersten Mal sagte Alex: »Paula, Sie können alles auf die Kommode legen. Ich räume es dann selbst ein.«

»Ich bin es gewohnt. Es macht mir nichts aus.«

Aber mir, dachte Alex. Ihr gefiel der Gedanke nicht, daß Paula oder sonst jemand ihre Sachen durchsah, sie berührte. Vor allem den Inhalt dieser Schublade. Sie fühlte sich dadurch verwundbar, was albern war. Der graue Umschlag war gut versteckt.

Aber es war auch nicht unmöglich, ihn zu finden, wenn man nach ihm suchte. Alex wurde sich bewußt, wie riskant es war, den Umschlag im Schlafzimmer aufzubewahren, aber sie mußte seinen Inhalt einfach jeden Tag ansehen – das war Teil ihres Leidensrituals. Manchmal ging ihr auch der Gedanke durch den Kopf, daß sie ihn nur deshalb dort aufbewahrte, weil sie unterbewußt wollte, daß Warren ihr Geheimnis herausbekam. Wäre ihr ängstlich gehütetes Geheimnis erst einmal enthüllt, würde es aufhören, sie zu quälen.

»Ich habe den Schaukelstuhl gesehen«, sagte Paula. »Er ist wunderschön.«

»Lisa hat ihn ausgesucht.« Alex fragte sich, warum sie Paula das erzählte. Um ihr zu zeigen, daß sie eine richtige »Familie« waren? Daß Lisa sie mochte? Wahrscheinlich.

»Lisa ist ein wunderbares Mädchen. Und Nicholas«, Paula schüttelte den Kopf, »er ist ein Schatz. Er erinnert mich an meinen Neffen. Ich fühle mich den Kindern sehr nah.«

»Die Kinder mögen Sie sehr, Paula. Wir alle mögen Sie.« Die Schublade war jetzt geschlossen. Alex machte Anstalten, aus dem Raum zu gehen.

»Alex?«

Sie drehte sich um. »Ja?«

»Denise hat mir von der Babyfeier erzählt, die sie und Mrs. Mona für Sie ausrichten. Ich freue mich so sehr für Sie und die Familie über den Nachwuchs.«

Wirklich? Alex konnte weder an der Stimme noch dem Gesichtsausdruck der Frau erkennen, ob sie es aufrichtig meinte. »Danke, Paula. Es ist nett von Ihnen, daß Sie mir das sagen.«

»Für Nicholas wird es ganz wunderbar, wenn er einen Bruder oder eine Schwester bekommt. Sie werden natürlich mehr Hilfe im Haushalt brauchen und jemanden, der sich um das Baby kümmert. Denise meinte, sie werde sich nach jemand anderem umschauen, so daß ich Vollzeit bei Ihnen arbeiten kann.«

»Das ist ein sehr nettes Angebot von Ihnen, aber ich bin mir noch nicht sicher, ob ich überhaupt wieder arbeiten werde.« Das war eine Lüge, aber wie konnte sie der Frau zu verstehen geben, daß sie sie die meiste Zeit nicht einmal zwei Tage die Woche in der Nähe haben wollte und daß Vollzeit für sie unerträglich wäre?

Nicholas hatte seinen Snack aufgegessen und beschäftigte sich im Familienzimmer mit seiner Zaubertafel. Alex bewunderte das Bild, das er gerade gezeichnet hatte, und ging in die Küche. Sie stand an der Ablage und aß die Salatreste auf, als Paula hereinkam.

»Ich habe alles eingeräumt, Alex. Es sind nur noch zwei Hemden zu bügeln, aber das mache ich am Freitag.«

»Danke, Paula. Alles sieht wunderbar aus, so wie immer.« Das stimmte. Paula war eine untadelige Haushälterin und erledigte alles im Haus mit großer Sorgfalt.

»Lassen Sie es sich gutgehen, Alex. Und dem Baby.« Paula lächelte und ging.

Alex aß den Salat auf. Wen *würde* sie für das Baby einstellen? fragte sie sich, als sie die Schüssel und die Gabel abspülte. Sie fand Paula strapaziös, aber sie war die naheliegende Wahl: Sie war ehrlich und verläßlich, und die Kinder liebten sie. Und wie Paula Alex schon oft gesagt hatte, hatte sie nach Andreas Tod Nicholas praktisch allein aufgezogen, als er fünf Wochen alt gewesen war. Paula mit ihren irritierenden Angewohnheiten und ihrer besitzergreifenden Art war möglicherweise besser als eine Neue, deren irritierende Angewohnheiten Alex noch nicht kannte und erst herausfinden müßte. Oder schlimmer, jemand Unfähigen. Alex hatte schon viele Schauergeschichten über Kindermädchen gehört.

Sie sah nach Nicholas. Er war immer noch mit der Zaubertafel beschäftigt und sang mit Mr. Rogers mit, der seine Tennisschuhe zuband und ihn einlud, sein Nachbar zu sein.

Alex ging den Flur entlang ins Atelier und war augenblicklich verstimmt. Am vergangenen Abend hatte sie drei Zeichnungen auf das Sofa gelegt. Paula hatte sie ordentlich zusammengeschoben und sie an der Staffelei befestigt. Sie hatte den hellen lohfarbenen Teppich in parallelen Reihen staubgesaugt, so daß er eine ebenmäßige und glatte Fläche war, bis auf die Druckstellen, die von den Beinen des Bügelbretts herzurühren schienen.

Paula hatte auch das breite gelbe Geschenkband durchgeschnitten, das den Schaukelstuhl geschmückt hatte. Das Band lag eng aufgerollt zusammen mit der dazu passenden Schleife auf der Leiste der Staffelei. Alex fragte sich, ob Paula sich probeweise in den Schaukelstuhl gesetzt und darin geschaukelt hatte.

Paula wollte, daß ich das Geschenkband sehe, wurde sich Alex bewußt. Genauso, wie sie wollte, daß ich die Abdrücke des Bügelbretts auf dem Teppich sehe, damit ich merke, daß sie in dem Raum war und genau das getan hat, was ich sie gebeten habe, nicht zu tun. Paula versuchte, ihre alten Rechte geltend zu machen, und forderte das Zimmer zurück, das einst ihres gewesen war.

Noch am selben Abend, nachdem Warren Lisa bei ihren Mathematikaufgaben geholfen hatte, erzählte ihm Alex von Paula. Sie waren im Schlafzimmer. Er hatte den Fernseher eingeschaltet und lag auf seiner Bettseite, die Hände unter dem Kopf verschränkt.

»Und?« sagte er, als sie fertig war. Er klang desinteressiert.

»Ich fechte einen ständigen Kampf mit dieser Frau aus, ihr Wille steht gegen meinen.«

»Und du machst es zu einem Wettbewerb, Alex. Sie bügelt also in deinem Atelier. Na und? Sie macht schließlich nichts kaputt.« Er wandte seine Aufmerksamkeit wieder dem Bildschirm zu.

Sie geriet in Ärger. »Sie hat meine Bluse ruiniert! Und sie verrückt und verstellt meine Sachen, obwohl ich sie immer wieder bitte, es nicht zu tun. Sie faßt alles an. Es stört mich, Warren.«

Er seufzte. »Laß es gut sein, Alex.«

»Sie hat sich in den Schaukelstuhl gesetzt, Warren. Er war mein Geschenk, aber sie hat einfach das Band durchgeschnitten und sich hineingesetzt.«

Er drehte sich zu ihr und sah sie an. »Himmel, hörst du dich eigentlich selbst reden? ›Sie faßt all meine Sachen an. Sie sitzt in meinem Schaukelstuhl.‹ Du klingst wie ein kleines Kind!«

Tränen traten in Alex' Augen. Vielleicht benahm sie sich wirklich kindisch, aber warum klang seine Stimme so kalt, so gefühllos? Er war schon den ganzen Abend so seltsam gewesen. »Vielleicht bin ich unreif, aber ich möchte nicht, daß sie bleibt.«

»Wen hättest du denn noch gern draußen?« Seine Augen blickten plötzlich hart.

Sie runzelte die Stirn. »Wie meinst du das?«

»Wie steht es mit Lisa? Soll ich sie auch rauswerfen?«

Sie starrte ihn an. »Wie kannst du nur so was sagen? Du weißt, wie sehr ich mich bemühe, mit ihr klarzukommen. Und es ist auch schon viel besser geworden zwischen uns.«

»Aber es wäre doch verdammt viel einfacher, wenn sie nicht da wäre, nicht wahr? Wenn nur du und ich und Nicholas und das Baby hier wären.«

»Warum bist du so gemein zu mir, Warren? Hat Lisa irgendwas zu dir gesagt?« Das Mädchen war während des Abendessens ungewöhnlich still gewesen und war anschließend sofort in ihr Zimmer verschwunden, aber Alex hatte gedacht, sie wäre nervös wegen des Mathetests, den sie am nächsten Tag schrieb.

»Sie hat mir das Anmeldeformular gezeigt, das du ihr von der Schule hast zuschicken lassen.«

»Ich weiß nicht, wovon du sprichst.«

»Das Internat, Alex. Du hast doch die Sheffield School veranlaßt, ihr ein Anmeldeformular für das nächste Semester zuzuschicken. Wie, glaubst du wohl, hat sie sich gefühlt, als sie es bekommen hat?« Seine Wut war wie ein Peitschenhieb.

»Ich habe keinen Kontakt zu irgendeiner Schule aufgenommen, Warren. Vielleicht gehört es zu irgendeiner Kampagne, mit der sie neue Schüler anwerben wollen.«

Warren stand vom Bett auf und ging zur Kommode. Als er zurückkehrte, hielt er ein Blatt Papier in der Hand. »›Liebe Mrs. Prescott, vielen Dank für die Anfrage bezüglich der Sheffield School‹«, las er. Er reichte ihr das Anmeldeformular.

Alex sah es sich an, dann gab sie es ihm wieder zurück. Sie schüttelte den Kopf. »Das muß ein Irrtum sein.«

»Eines der ersten Dinge, die mich zu dir hingezogen haben, war, wie toll du mit Nicholas und den anderen Kindern in der Vorschule umgegangen bist. Ich habe dir von Anfang an klargemacht, daß ich eine Frau brauche, die meine *beiden* Kinder liebt.« Da war ein stählerner Unterton in seiner Stimme.

Sie war plötzlich wütend. »Ist das der einzige Grund,

warum du mich geheiratet hast, Warren? Weil du eine Mutter für deine Kinder brauchtest, jemanden, der Andrea ersetzt? Beide Namen fangen ja auch wunderbarerweise mit ›A‹ an, also mußtest du noch nicht mal die Handtücher mit den eingestickten Monogrammen auswechseln.« Sie sah, wie ein verletzter Ausdruck über sein Gesicht huschte, und sagte sich, daß es ihr egal war. Er hatte ihr auch weh getan.

Warren holte tief Luft. »Das ist gemein, Alex«, sagte er leise. »Und es stimmt nicht. Du weißt, daß ich dich liebe.«

»Es geht hier nicht um Liebe. Es geht hier um Vertrauen. Wie konntest du auch nur eine Minute lang annehmen, daß ich Lisa eine Anmeldung für ein Internat zukommen lassen würde? Hältst du mich wirklich für so gemein, für so heimtückisch?«

»Sie selbst hat sie jedenfalls nicht angefordert.«

»Wirklich nicht?«

Er runzelte die Stirn. »Was soll das heißen?« Sein Ton war unheilverkündend ruhig.

Sie zögerte, dann sagte sie: »Ich wollte dir das eigentlich nicht erzählen, aber jetzt muß ich es wohl. Irgend jemand schickt mir anonyme Haßbriefe.« Sie erzählte ihm, was in den Briefen gestanden hatte, und beobachtete seinen Gesichtsausdruck. »Ich glaube, daß Lisa sie mir geschickt hat, Warren. Letzte Woche hat sie sich mir gegenüber abscheulich benommen. Am Freitag hat sie sich entschuldigt, aber das war offensichtlich nur geheuchelt. Jetzt schickt sie sich selbst die Anmeldung. Das ist ein sicherer Weg, um dich davon zu überzeugen, daß ich die böse Stiefmutter bin, oder nicht?«

»Du hast unrecht, Alex.« Er schüttelte ungeduldig den Kopf. »Lisa würde so etwas nie tun. Die Briefe muß dir jemand anders geschickt haben.«

»Wer?« Dieselbe Person, die dafür gesorgt hatte, daß Lisa die Anmeldung erhielt, überlegte Alex.

»Wo hast du die Briefe? Kann ich sie sehen?«

»Ich habe sie weggeworfen.« Sie sah seinen skeptischen Gesichtsausdruck. »Ich konnte es einfach nicht ertragen, sie um mich zu haben. Evelyn hat den zweiten gesehen. Du kannst sie ja anrufen, wenn du mir nicht glaubst. Wieso sollte ich mir das ausdenken?«

»Natürlich glaube ich dir. Ich wollte sie mir nur mal ansehen. Vielleicht wäre mir ja irgend etwas aufgefallen.« Er legte das Anmeldeformular zurück auf die Kommode, dann drehte er sich schnell wieder um. »Was ist mit Lundquist? Er könnte dir die Briefe geschickt haben. Er hat es schließlich auf dich abgesehen.«

»Er hätte aber nicht das Anmeldeformular an Lisa geschickt. Und es wäre doch ein zu großer Zufall, wenn gleichzeitig zwei Menschen versuchen, uns Schwierigkeiten zu machen.« *Mir* Schwierigkeiten zu machen, verbesserte sie sich im stillen. Irgend jemand versucht, mich loszuwerden. Sie fühlte einen Angstschauder.

»Ich bin mir aber sicher, daß es nicht Lisa war, Alex.« Seine Stimme klang mehr flehend als beharrend. »Wer kann es sonst gewesen sein?«

Plötzlich fiel ihr Ron ein.

»Es könnte auch Ron gewesen sein«, sagte Alex. Ohne Warren anzusehen, erzählte sie ihm von dem Zwischenfall im Garten und von ihrem Gespräch mit Denise und erklärte ihm, warum sie ihm das nicht schon früher anvertraut hatte.

»Ron hat mich letzte Woche angerufen«, fuhr sie fort, »er hat geschrien und getobt. Und am Samstag hat er mich vor dem Restaurant Rose abgefangen und mich gebeten, Denise zu sagen, daß ich gelogen habe. Ich habe mich geweigert. Vielleicht ist das seine Art, es mir jetzt heimzuzahlen.« Sie fühlte sich, als wäre ihr eine unermeßliche Last von den Schultern genommen worden. Das eine Geheimnis hatte sie sich von der Seele geredet. Die anderen . . .

»Ich weiß Bescheid, was mit Ron und dir gewesen ist«, sagte Warren.

Alex blickte zu ihm hoch, die Augen vor Überraschung weit aufgerissen. »Du wußtest davon? Hat er dir –«

»Nein, Denise hat es mir erzählt.« Warrens Tonfall klang monoton. In seinen Augen lag ein merkwürdiger Ausdruck.

Alex hatte das Gefühl, als hätte sie eine Ohrfeige bekommen. Sie hatte Denise gesagt, daß sie es Warren nicht erzählen würde. Und sie hatte ihr auch die Gründe dafür genannt. Warum hatte Denise es ihm dann erzählt? Wollte sie Zwietracht zwischen Alex und ihm säen? Und was hatte Denise ihm noch erzählt? Hatte sie angedeutet, daß Alex Rons Avancen herausgefordert habe? Alex wollte es gern wissen, traute sich aber nicht zu fragen.

»Es tut mir leid«, sagte sie. »Vielleicht hätte ich es dir gleich erzählen sollen. Aber du verstehst doch, warum ich es nicht getan habe, oder?«

»Ja, das verstehe ich, aber ich wünschte trotzdem, du hättest es mir gleich erzählt. Du hast vorhin von Vertrauen gesprochen, Alex. Aber das basiert auf Gegenseitigkeit, oder nicht?« sagte er sanft.

Warren teilte Alex mit, er werde noch mal ins Büro fahren, um eine Schreibarbeit nachzuholen.

»Warte nicht auf mich«, fügte er hinzu. »Es könnte sehr spät werden.«

Wie spät? fragte sie sich. Und warum konnte er nicht zu Hause in seinem Arbeitszimmer arbeiten? Nachdem er gegangen war, beschloß sie, Milch und Frühstückskost zu kaufen. Die Vorräte reichten zwar noch für den morgigen Tag, aber sie hatte das Bedürfnis, noch mal außer Haus zu gehen.

Lisa war in ihrem Zimmer. Sie saß mit übergeschlagenen Beinen auf ihrem Bett und hatte sich über einen Text gebeugt. Sie hatte den Walkman-Kopfhörer auf. Alex mußte zweimal ihren Namen rufen, bis Lisa endlich aufmerkte.

»Ich fahre zum Supermarkt«, sagte Alex zu ihr. »Ich bin in spätestens einer Stunde wieder zurück.«

»Okay.« Das Mädchen vermied es, Alex anzublicken.

Soll mir auch recht sein, dachte Alex, als sie rückwärts aus der Einfahrt fuhr. Obwohl sie gern den Augen der Stieftochter entnommen hätte, was darin zu sehen war. Wut? Schmerz? Triumph?

Als sie ihren halbgefüllten Einkaufswagen durch die Gänge im Supermarkt schob und Ausschau nach der Frühstückskost hielt, die Lisa und Nicholas so gern mochten, hatte Alex plötzlich das kribbelnde Gefühl, als würde sie jemand beobachten. Ihr Herz schlug schneller. Sie blieb stehen und tat so, als ob sie die Packungen der Frühstückskost eingehender betrachten würde, während sie einen schnellen Blick zur Seite warf.

Niemand war zu sehen.

Beruhige dich, sagte sie zu sich, aber zehn Minuten später, als sie in der Gemüseabteilung einen Salatkopf auswählte, hatte sie wieder dasselbe Gefühl. Sie wirbelte herum und erhaschte einen Blick in erschreckte Augen und ein Gesicht, das halb von einer schwarzen Mütze verdeckt war. Das Gesicht wandte sich schnell ab, und eine Sekunde später sah Alex den Ärmel eines dunklen Sweatshirts, das Bein einer kurzen Jeanshose und einen Joggingschuh in den nächsten Gang einbiegen und verschwinden.

Alex ließ ihren Einkaufswagen stehen und rannte um den Stand mit Kartoffeln und Zwiebeln herum, aber als sie den Gang erreichte, in den die Person eingebogen war, sah sie nur eine gestreßt aussehende junge Frau mit einem Baby, das in einer Trage vor ihrer Brust hing. Die Frau legte schützend einen Arm um das Baby und starrte Alex an.

»Verzeihung«, sagte Alex. Ihr von Angst und Wut gerötetes Gesicht verdunkelte sich durch die Verlegenheit noch um einige Schattierungen. »Ich dachte, ich hätte jemanden gesehen, den ich kenne.« Sie ging rückwärts wieder aus dem Gang heraus, überprüfte rasch die übrigen Gänge, dann kehrte sie niedergeschlagen zu ihrem Einkaufswagen zurück.

Vielleicht habe ich mir das Ganze nur eingebildet, überlegte sie, aber irgendwie kamen mir die Augen und das Gesicht vertraut vor. Draußen schob sie eilig ihren Einkaufswagen über den Asphalt zum Jeep. Als sie sich im Wagen angeschnallt hatte, fuhr sie die Parkplätze entlang und betrachtete prüfend alle Autos.

Sie konnte keinen silbernen Jaguar entdecken. Aber das hieß nicht, daß er nicht dagewesen war.

Als sie sich ihrem Zuhause näherte, kam ihr plötzlich in den Sinn, daß es unter Umständen gar nicht Lundquist gewesen war. Es könnte auch Ron gewesen sein. Oder jemand anders. Dieser Gedanke, in Verbindung mit den anonymen Briefen, erschütterte sie zusätzlich, und sie verspürte den Drang, es Warren zu erzählen.

Warren war nicht zu Hause, als Alex zurückkehrte. Das Licht in Lisas Zimmer brannte noch. Alex klopfte an, öffnete die Tür und steckte den Kopf hinein. Lisa saß noch immer in derselben Position und mit Kopfhörern auf dem Bett.

»Hat dein Vater angerufen?« fragte Alex. »Lisa?« rief sie in scharfem Ton.

Das Mädchen sah auf. »Was?« Sie klang gereizt.

»Ich habe dich gefragt, ob dein Vater angerufen hat, während ich weg war.«

»Nein. Evelyn hat vor etwa einer halben Stunde angerufen. Sie meinte, sie habe es davor schon mal probiert, aber da muß ich wohl gerade im Bad gewesen sein oder so.« Lisa wandte sich wieder ihrem Buch zu.

»Oder so« konnten auch ihre Kopfhörer gewesen sein,

dachte Alex gereizt, als sie die Tür schloß und nach unten ging. Wenn Lisa Musik hörte, war sie in einer anderen Welt. Alex räumte die Einkäufe in der Küche ein, dann rief sie Evelyn an.

»Es war nichts Wichtiges«, sagte Evelyn. »Ich wollte nur wissen, ob mit Nicholas alles in Ordnung ist.« Sie klang besorgt.

»Ja, mit Nick ist alles in Ordnung. Er hat drinnen im Schulgebäude auf mich gewartet, als ich ihn abgeholt habe. Lundquist habe ich nirgends entdecken können.« Alex runzelte die Stirn. »Er hat sich doch nicht etwa in der Nähe der Vorschule herumgetrieben, nachdem ich weg war, oder?«

»Nein, ich hätte dir Bescheid gesagt, wenn dem so wäre. Aber um ehrlich zu sein, Alex, ich halte die ganze Zeit Ausschau nach ihm. Die Sache hat mir irgendwie einen Schrecken eingejagt.«

»Mir auch.« Alex erwog, Evelyn von der Gestalt im Supermarkt zu erzählen, aber wozu? Es ihr zu erzählen, würde sie nur noch nervöser machen, als sie ohnehin schon war. Und was wäre, wenn sich Alex das Ganze nur eingebildet hatte?

Sie wollte auf Warren warten, bis er nach Hause kam, aber dann schlief sie vor dem Fernseher ein. Sie hatte bereits entschieden, es ihm nicht zu erzählen. Woher willst du wissen, daß jemand dich beobachtet hat? hätte er gefragt, und sie hätte ihm erklärt, daß sie das ganz starke Gefühl gehabt hatte und daß ihr an den Augen und dem Gesicht etwas vertraut vorgekommen war. Und dann hätte Warren sie skeptisch angesehen, genau wie vor wenigen Stunden, als sie ihm von den beiden anonymen Briefen erzählt hatte, und er hätte gedacht, daß sie ein bißchen verrückt war.

Und vielleicht war sie das ja auch.

Am Dienstag kam wieder ein anonymer Brief.

Sie war augenblicklich wütend, als sie ihren Namen in großen Druckbuchstaben und mit schwarzem Filzstift geschrieben las. Ich werde mir das nicht nahegehen lassen, sagte sie zu sich selbst, als sie den Umschlag aufriß und das Blatt Papier herauszog. Wer immer der Verfasser ist, spielt mir einen üblen Streich, aber er kann mir nicht wirklich weh tun.

Sie faltete den Brief auseinander.

»MÖRDERIN! schrien die blutroten Buchstaben ihr entgegen.

»O Gott!« flüsterte sie und ließ das Blatt los. Lautlos schwebte es zu Boden.

16

Alex hatte sich vorgenommen, den nächsten anonymen Brief, den sie erhalten würde, Brady zu zeigen. Aber diesen konnte sie dem Detective nicht zeigen und auch Warren nicht, denn beide würden wissen wollen, was der Verfasser mit dem Inhalt meinte (MÖRDERIN!), und obgleich es nicht stimmte – keiner, der wußte, was passiert war, konnte das behaupten –, wie könnte sie es ihnen erklären, ohne preiszugeben, was sie seit drei Jahren mühsam zu verbergen suchte?

In der Küche stellte sie sich an die Ablage und zerriß den Brief in winzige Fetzen, bis das verhaßte Wort vernichtet war. Dann schob sie sich die Stückchen in eine Hand und ging ins Badezimmer, das in der Nähe der Veranda lag. Dort warf sie die Fetzen in die Toilettenschüssel. Jene Teilstückchen, auf denen ein Buchstabe gestanden hatte, sahen im Wasser aus wie winzige Blutstropfen. Alex betätigte die

Spülung und wartete, bis das hellblaue Wasser wieder klar und ruhig war.

Nicholas lag auf dem Teppich im Familienzimmer und spielte vertieft mit seinen Spielzeugautos. Auf dem Weg nach oben kam Alex an ihm vorbei.

»Bin gleich wieder unten«, sagte sie, erstaunt, wie ruhig ihre Stimme klang.

Im Schlafzimmer ging sie zur Kommode (es gab schließlich keinen Grund zu rennen, oder?) und griff in die Schublade, um nach dem grauen Umschlag zu tasten. Er war noch da, natürlich, und zwar an genau der Stelle, wo sie ihn das letzte Mal hingetan hatte. Aber was bewies das schon? Falls jemand ihre Schublade durchsah (Lisa? Paula?), wäre derjenige peinlichst darauf bedacht, nichts in Unordnung zu bringen und den Umschlag wieder an die ursprüngliche Stelle zu legen.

Aber es war genauso möglich, daß der Verfasser der anonymen Briefe die Information nicht durch den Inhalt des Umschlags erfahren hatte, sondern mit Hilfe der fehlenden Telefonrechnungen. Bis zu dieser Minute war Alex davon ausgegangen, daß Lundquist die Rechnungen mitgenommen hatte, um den Aufenthaltsort seiner Frau ausfindig zu machen. Aber was war, wenn jemand anders sie mitgenommen hatte? Jemand, der sie haßte?

Es war also nicht Lundquist gewesen, folgerte Alex. Denn der Verfasser der Briefe war auch für das Schulanmeldeformular verantwortlich. Aber wer dann?

Es konnte Evelyn gewesen sein – sie hatte durchgängig Zugang zu Alex' Unterlagen in der Schule. Es konnte aber auch jede der übrigen Personen gewesen sein, die bei der Aufräumaktion in der verwüsteten Schule mitgeholfen hatten. Wie sollte ihnen Alex ab jetzt gegenübertreten?

Zumindest würde sie Lisa heute abend nicht sehen müssen. Denise hatte sie von der Schule abgeholt; Lisa würde den Abend bei ihrer Tante verbringen und auch dort essen. Es sei eine spontane Idee aus Lust und Laune heraus gewesen, hatte Warren Alex am Morgen erzählt, aber Alex wußte es besser. Lisa wollte ihr aus dem Weg gehen (sie hatte Alex einen guten Morgen gewünscht, als Alex nach unten gekommen war, aber danach nichts mehr gesagt, bis sie in die Schule gefahren war). Weil sie glaubt, daß ich für das Anmeldeformular verantwortlich bin? Oder weil sie sich das Formular selbst zugeschickt hat und jetzt fürchtet, daß ich sie durchschaue und in ihrem Gesicht die Wahrheit lese?

»Ich halte das nicht mehr aus!« sagte Alex laut.

In ihrem Kopf begann es zu pochen. Sie preßte die Hände an die Schläfen und massierte sie. Du solltest wütend sein, sagte sie zu sich selbst. Konzentriere dich auf deine Wut und nicht auf die Angst. Wer immer für das alles verantwortlich ist, hat deine Privatsphäre verletzt und ist in deine Vergangenheit eingedrungen. Aber ihre Wut war der Aufgabe nicht gewachsen, und obwohl der Brief nicht mehr existierte, hatte sich das Wort MÖRDERIN! in großen Lettern in ihr Gedächtnis eingegraben.

Warren rief um fünf Uhr an und sagte, er werde spät nach Hause kommen. Ein wichtiges Treffen mit einem Klienten, der außerhalb wohne, halte ihn auf, erklärte er Alex; warte mit dem Essen nicht auf mich. Sie briet zwei Lammkoteletts für Nicholas und ein Lachssteak für sich. Nach dem Abendessen paßte sie auf Nicholas auf, während er sein Bad nahm. Dann las sie ihm Dr. Seuss' *Marvin K. Mooney, Will You Please Go Now!* vor. Es war zur Zeit sein Lieblingsbuch, und sie las die Geschichte mit all den lustigen Betonungen und Gesten, die er so liebte. Nicholas sollte nicht darunter leiden, daß ihre Welt auseinanderbrach.

Als Nicholas schlief, schaute sich Alex eine Sitcom im Fernsehen an, aber sie konnte sich nicht darauf konzentrieren; sie fand die Dialoge langweilig und das Gelächter vom

Band nervenaufreibend. Sie ging nach oben, zog ihr Nachthemd an und schob die Tagesdecke ans Fußende. Gerade wollte sie sich ins Bett legen, als das Telefon klingelte. Es war Denise.

»Ich wollte nur hören, ob alles in Ordnung ist, Alex.«

»Was sollte nicht in Ordnung sein?« Daß sie einen anonymen Brief bekommen hatte. Als Evelyn früh am Abend angerufen und fast das gleiche gefragt hatte, hatte Alex denselben Stich des Mißtrauens gespürt. Und sich dafür gehaßt.

»Ich meinte Lundquist, den Widerling. Er hat Nicholas doch nicht wieder belästigt, oder?«

Nein, antwortete Alex, Donald Lundquist habe Nicholas nicht wieder belästigt. »Wie geht's Lisa?« erkundigte sie sich pflichtbewußt.

»Gut. Sie wäre ans Telefon gekommen, aber sie hat sich in mein freies Zimmer vergraben und schreibt an einem Schulaufsatz. Ist Warren da? Er hat mir eine Nachricht auf Band gesprochen.«

Tatsächlich? »Nein, er ist nicht da.«

»Ist irgendwas nicht in Ordnung, Alex? Du klingst so seltsam.«

»Ich bin nur müde. Ich werde Warren ausrichten, daß du angerufen hast.«

»Danke. Und ich werde Lisa Grüße von dir bestellen.«

»Ja, tu das. Gute Nacht, Denise.«

Warren kam um Viertel vor elf nach Hause; Alex hörte ihn die Treppe hochsteigen und sah auf den Wecker auf ihrem Nachttisch. Als er das Schlafzimmer betrat, hatte sie die Augen geschlossen und die Lampe ausgeknipst.

»Alex?« flüsterte er. Als sie nicht antwortete, ging er wieder hinaus.

Sie lag da wie jeden Abend vor dem Einschlafen – bewußt ruhig und die Hand auf dem Bauch. Sie wartete darauf, daß sie leichte Bewegungen in ihrem Bauch spürte. Diese Empfindung war ihre nächtliche Serenade, ihr Wiegenlied. Heute war sie ihr sogar noch wichtiger als sonst. Sie versetzte sie auf eine Insel der Ruhe und Gelassenheit.

Es kommt alles in Ordnung, sagte sie zu sich selbst. Ich werde herausfinden, wer die Briefe geschrieben hat, und dann werde ich dafür sorgen, daß sie aufhören. Ein Tritt des Fötus unterbrach ihren Gedanken. Sie nahm es als Zeichen.

Sie mußte es als Zeichen nehmen.

»Gefällt dir das Kleid wirklich?« fragte Evelyn Alex am Donnerstag abend, als die Verkäuferin ihr die Kreditkarte zurückgab.

»Es ist perfekt. Es wird Jerrys Eltern umwerfen.«

Evelyn lachte. »Das ist irgendwie lustig, denn seine Eltern sind in einem Kegelverein.«

Alex sah wieder auf die Uhr. Es war kurz nach acht. Sie hatte Warren gesagt, daß sie bis um halb zehn wieder zu Hause sein würde.

»Na ja, war wohl nicht so komisch«, sagte Evelyn.

Alex sah sie an. »Was?«

Evelyn wiederholte, was sie gesagt hatte. »Hast du nicht zugehört?«

»Entschuldige. Ich war in Gedanken. Aber es *ist* komisch«, sagte sie und lächelte. »Fertig?«

»Klar.« Evelyn sah aus, als wollte sie etwas sagen. Statt dessen steckte sie ihre Kreditkarte in die Brieftasche zurück und legte sich das plastikumhüllte Kleid über den Arm. »Ich bin soweit.«

Schweigend fuhren sie die Rolltreppe hinunter. Aus den Augenwinkeln konnte Alex sehen, daß Evelyn sie anschaute.

»Ist alles in Ordnung?« fragte Evelyn schließlich. »Ich habe schon den ganzen Tag den Eindruck, du bist nicht du selbst.«

»Bloß müde.« Alex hatte vergangene Nacht nicht gut geschlafen. Sie hatte wach gelegen und gegrübelt, geplagt von der Unwissenheit, wer da ihre Welt auf den Kopf stellte. In der Vorschule hatte sie sich von Zeit zu Zeit selbst dabei ertappt, daß sie Evelyn nachdenklich ansah.

»Ich hätte dich heute abend nicht herschleppen sollen. Es tut mir leid.«

»Evelyn, ich *wollte* mitkommen. Und es hat mir Spaß gemacht. Wirklich.« Evelyn bei der Auswahl des Kleides zu helfen hatte sie von ihren Problemen abgelenkt, wenn auch nur für eine Stunde. Jetzt konnte sie es kaum erwarten, wieder nach Hause zu kommen.

»Du bist doch nicht wütend auf mich wegen irgendwas, oder?«

»Evelyn –«

»Denn wenn ich irgendwas mit den Kindern falsch mache oder etwas nicht so mache, wie du es gern hättest, sag's mir bitte. Ich bin nicht beleidigt.« Sie hatte rote Flecke im Gesicht.

Alex legte eine Hand auf den Arm ihrer Freundin. »Evelyn, du bist eine wundervolle Lehrerin. Die Kinder können sich glücklich schätzen, daß sie dich haben. Und *ich bin* glücklich, daß ich dich habe. Mir geht nur so viel im Kopf herum.«

»Die Briefe?« Evelyn zog ihre Stirn in Falten. Ihre Augen verengten sich. »Du hast doch nicht schon wieder einen bekommen, oder?« fragte sie mit gesenkter Stimme.

Mörderin! Alex schüttelte den Kopf. »Alles, was ich brauche, ist ein wenig Schlaf.« Plötzlich warf sie einen Blick über die Schulter nach hinten.

»Was ist?« fragte Evelyn. »Was hast du geguckt?«

Alex zögerte, dann sagte sie: »Ich hatte das Gefühl, als ob jemand mich beobachten würde. Aber ich kann niemanden sehen«, ergänzte sie, aber Evelyn machte trotzdem eine abrupte Kopfbewegung und warf rasch einen Blick hinter sich.

»Wer würde so was tun?« fragte sie, als sie sich wieder an Alex wandte. Ihre Augen waren weit aufgerissen.

»Ich weiß es nicht. Vor ein paar Tagen hatte ich schon mal das Gefühl, es war im Supermarkt. Ich schätze, meine Einbildungskraft geht allmählich mit mir durch.«

Sie traten von der Rolltreppe weg und gingen an der Schuh- und Accessoire-Abteilung vorbei. Als sie sich um die Verkaufsflächen und Theken mit Kosmetika herumschlängelten, bot ihnen die Verkäuferin an dem Chanel-Tresen eine kostenlose Make-up-Beratung an.

Evelyn blieb stehen und wandte sich an Alex. »Hast du Lust?«

Alex schüttelte den Kopf. »Warren muß nachher noch mal ins Büro. Ich habe mit ihm ausgemacht, daß ich bis spätestens um halb zehn wieder da bin, um auf Nicholas aufzupassen. Lisa übernachtet nämlich bei einer Freundin.«

»Es ist erst Viertel nach acht. Komm schon, Alex. Es wird dir Spaß machen.« Evelyn lächelte.

Alex schüttelte den Kopf. »Tut mir leid. Vielleicht hätten wir doch lieber mit getrennten Autos fahren sollen.« Sie hatte Evelyn in ihrem Haus in Santa Monica, nördlich von Venice, abgeholt, dann waren sie zusammen zu Robinsons gefahren.

»Ist nicht schlimm. Ich werde einen Termin für Samstag vereinbaren. Ist um zwölf Uhr noch was frei?« fragte Evelyn die Frau hinter der Verkaufstheke. Als die Frau nickte, wandte sich Evelyn wieder an Alex. »Das ist wahrscheinlich ohnehin besser. Dann sehe ich hinreißend für den großen Abend aus.« Sie tätschelte das Kleid, das über ihrem Arm hing, und lächelte.

Während Evelyn der Frau ihren Namen und ihre Telefonnummer gab, betrachtete Alex ihr Gesicht in dem großen rechteckigen Spiegel auf der Theke. Sie sah blaß aus, und sie hatte leichte Ringe unter den Augen. Beileibe nicht das Bild einer strahlenden werdenden Mutter. Ich könnte auch eine Schminkberatung gebrauchen, dachte sie. Ich könnte eine Menge Dinge gebrauchen, wie zum Beispiel innere Ruhe.

Sie wollte sich gerade abwenden, als sie ein Gesicht im Spiegel bemerkte. Es war ungefähr fünfzehn Meter entfernt, und sie hatte das Gefühl – aber sie konnte sich nicht sicher sein –, daß die Augen auf sie gerichtet waren. Ihr Herz schlug schneller. Alex wirbelte herum und erhaschte einen flüchtigen Blick auf eine Gestalt, die eine formlose bräunliche dreiviertellange Jacke, Jeans und eine schwarze Mütze mit Schriftzug trug. Die Gestalt drehte sich abrupt um, wandte sich nach rechts und verschwand hinter mehreren Gestellen mit Gürteln.

Alex fing an zu rennen.

»Wohin läufst du?« hörte sie Evelyn rufen, aber sie hatte keine Zeit, stehenzubleiben und es ihr zu erklären, weder Evelyn noch den zwei Frauen, die rasch beiseite traten, um ihr auszuweichen, und sie anstarrten. Alex hatte die Kosmetikabteilung hinter sich gelassen und lief nach rechts, an den Gürteln vorbei, als Evelyn sie einholte.

»Was ist los?« fragte Evelyn außer Atem. Sie faßte Alex am Arm.

»Jetzt habe ich ihn verloren!« rief Alex.

»Wen?«

Alex blickte rasch nach rechts, dann nach links. Wo war er hingerannt? Es waren so viele Leute hier! Es war hoffnungslos, sie würde ihn nie – da war er! Sie sah die Rückseite seiner Mütze und seiner Jacke auf der Rolltreppe, die nach oben fuhr.

Ihr Herz hämmerte jetzt. Sie machte sich von Evelyn los und rannte quer durch die Etage auf die Rolltreppe zu.

»Alex, so warte doch!« rief Evelyn, aber sie durfte jetzt nicht stehenbleiben. Die Gestalt war auf halbem Weg oben angelangt, als Alex auf die Rolltreppe trat. Hastig stieg sie die Stufen hoch und entschuldigte sich bei den Leuten, an denen sie sich vorbeidrängte. Ein beleibter Mann murmelte ein wütendes »He, Lady!«, als er sich an den Rand drückte, damit sie vorbeikam, aber das war ihr egal, sie war jetzt beinahe oben angelangt.

Sie stolperte halb von der Rolltreppe herunter, und ihr Herz sank, als sie sich schnell umblickte. Die Gestalt war verschwunden.

Sie wußte, es war sinnlos weiterzusuchen. Die Person konnte in irgendeine Umkleidekabine verschwunden sein oder eine andere Rolltreppe abwärts oder aufwärts genommen haben oder sich unter die Leute gemischt haben, die sich in den unzähligen Abteilungen drängten. Dennoch fragte sie mit Evelyn an ihrer Seite Dutzende von Kunden, Verkäufern und Abteilungsleitern, aber sie blickten sie alle nur merkwürdig an und keiner von ihnen hatte die Gestalt in der bräunlichen Jacke, der schwarzen Mütze und der Jeans gesehen.

Mann oder Frau? hatten alle gefragt.

Das war eine gute Frage. Eine, die Alex nicht beantworten konnte.

Alex schwieg, als sie aus dem Kaufhaus hinausgingen, und Evelyn drang nicht in sie. Als sie angeschnallt im Jeep saßen, sagte Alex: »Hast du die Person gesehen?«

Evelyn zögerte, dann schüttelte sie den Kopf. »Nein, tut mir leid.«

»Du glaubst mir aber doch, oder? Daß jemand mich beobachtet hat?« Sie betrachtete forschend den Ausdruck in Evelyns braunen Augen.

»Natürlich glaube ich dir«, sagte Evelyn. Doch sie sah weg.

Am Freitag morgen rief Sally Lundquist an.

»Ich habe meinen Mann angerufen«, sagte sie zu Alex. »Ich habe ihm gesagt, daß ich in der Zeitung von der Verwüstung Ihrer Schule gelesen habe und mich fragen würde, ob er das gewesen sei, und wenn ja, wollte ich ihm sagen, daß Sie keine Ahnung haben, wo Bobby und ich sind.« Sie machte eine Pause.

»Und?« sagte Alex, obwohl sie an Sallys gedämpftem, bedrücktem Tonfall bereits hören konnte, daß keine guten Neuigkeiten auf sie warteten.

»Er sagte, er habe nichts damit zu tun, und er hat mir nicht geglaubt, daß ich in der Zeitung davon gelesen und es dann mit ihm in Verbindung gebracht hätte. Er ist jetzt also mehr denn je überzeugt, daß Sie und ich Kontakt haben und daß Sie ihm meinen Aufenthaltsort verschweigen.«

Na wunderbar. »Trotzdem danke für Ihre Bemühung, Mrs. Lundquist. Ich weiß es zu schätzen.«

»Es tut mir leid, daß ich Ihnen nicht helfen konnte.« Sally seufzte. »Ich will Sie nicht beunruhigen, Mrs. Prescott, aber Sie sollten wissen, daß Donald rasend wütend auf Sie ist, weil Sie der Polizei gesagt haben, er habe die Schule verwüstet. Er meinte, das würden Sie noch bereuen. Ich fühle mich für das Ganze irgendwie verantwortlich.«

Alex dachte an die Gestalt, die sie gesehen hatte, und fühlte, wie ein Angstschauder sie durchfuhr. »Sie können nichts dafür. Danke, daß Sie mir Bescheid gegeben haben.«

»Er wird wahrscheinlich nichts unternehmen. Schließlich bin ich es, auf die er wütend ist.«

Und ich bin dein Ersatz, dachte Alex, als sie auflegte.

Denise kam am Vormittag in der Vorschule vorbei. Alex war gerade mit Evelyn im Hof und beaufsichtigte die spielenden Kinder. Evelyn wechselte zwischen der Rutsche und dem Klettergerüst hin und her und hob gelegentlich ein Kind herunter. Alex stand bei den Schaukeln und stieß die Kinder an, wenn sie ihre Hilfe brauchten. Außerdem achtete sie darauf, daß keines zu hoch schwang. Aber sie hob die Kinder nicht. Davor hatte Dr. Pearson sie gewarnt.

»Was für eine Überraschung«, sagte sie, als sie sah, wie Denise durch das Maschendrahttor trat, das auf die Straße führte. Denise trug ihr blondes Haar offen, ein rotes Haarband steckte darin. Alex fand, daß sie aussah wie Alice im Wunderland.

Denise kam auf sie zu. »Ist es gerade ungünstig, Alex? Ich muß nämlich mit dir reden. Es wird aber nicht lange dauern, das verspreche ich dir.«

»Schieß los. Wir müssen uns allerdings hier unterhalten. Ich kann Evelyn mit den Kindern nicht allein lassen.«

»Das ist okay.« Leise sagte Denise: »Alex, Warren hat mir von dem Anmeldeformular erzählt, und ich –«

»Davon hat Warren dir erzählt?« Wie konnte er nur, tadelte Alex im stillen ihren abwesenden Ehemann.

Denise legte ihre Hand auf Alex' Arm. »Reg dich bitte nicht darüber auf. Er macht sich Sorgen, und er wollte meine Meinung hören, weil ich Lisa sehr gut kenne. Das arme Mädchen. Sie macht eine schlimme Phase durch.«

Nicht so schlimm wie ich, dachte Alex.

Denise fuhr fort: »Ich weiß, daß du immer versuchst, alles richtig zu machen, aber es ist nicht einfach, Stiefmutter zu sein, oder?« Sie lächelte. »Und Aschenbrödel macht es euch allen auch nicht gerade leicht.«

»Das kann man wohl sagen.« Alex machte eine Pause. »Ich habe mir überlegt, ob Paula vielleicht das Anmeldeformular geschickt hat.«

Denise starrte sie an, dann lachte sie. »Das meinst du doch nicht im Ernst, oder?«

»Nicht wirklich.« Einer der Jungen schaukelte zu hoch, bemerkte Alex. »Langsamer, Brian«, rief sie und nickte zustimmend, als er gehorchte. Sie wandte sich wieder an Denise. »Paula kann mich nicht leiden. Es gefällt ihr nicht, daß ich hier lebe. Es überrascht mich, daß sie darüber noch nicht mit dir gesprochen hat. Ich weiß, daß ihr euch gut versteht.«

Eine schwache Röte überzog Denises Gesicht. »Willst du die Wahrheit wissen? Sie glaubt, daß du sie nicht leiden kannst. Es hat sie gekränkt, daß sie nur noch zweimal die Woche zu euch kommen darf. Das mußt du verstehen, Alex. Paula arbeitet schon seit Urzeiten für Warren. Sie hat Andy sehr gemocht. Gott, sie war am Boden zerstört, als sie gestorben ist! Sie hat Lisa mit aufgezogen. Und sie *hat* Nicholas aufgezogen.«

»Bis ich gekommen bin. Vielleicht will sie mir Scherereien machen, damit ich verschwinde.« Und sie endlich ihr Zimmer und ihre Familie wiederhaben kann.

Denise schüttelte den Kopf. »Das würde Paula nicht tun.«

Lag da Unsicherheit in ihrem Blick? »Irgend jemand hat jedenfalls veranlaßt, daß Lisa diese Anmeldung zugeschickt wurde, Denise. Und ich war es nicht.«

»Warren hat mir erzählt, du glaubst, Lisa könnte es selbst gewesen sein. Ich habe darüber nachgedacht, und vielleicht hast du recht. Nicht gerade die loyale Tante, was?« Sie lächelte wieder. »Bei der ganzen Aufregung um das Baby wollte sie vielleicht Aufmerksamkeit erregen. Oder vielleicht braucht sie die Bestätigung, daß Warren und du sie nie wegschicken würdet.«

»Natürlich würden wir das nie!«

»Das weiß ich. Aber Lisa ist durcheinander, Alex. Sie hängt sehr an Warren, wie du weißt. Zu sehr, finde ich, aber ich habe gelesen, daß Töchter im Teenageralter eine Phase durchmachen, in der sie sich stark zu ihren Vätern hingezogen fühlen und wütend auf ihre Mütter sind.«

»Der Elektrakomplex.«

Denise nickte. »Vielleicht ist das Teil des Problems. Und Lisa hat schon immer sehr an Warren gehangen, schon vor Andys Tod. Und als Andy starb, drehte sich alles nur noch um Nick. Jetzt, da du ein Baby erwartest, hat Lisa vielleicht das Gefühl, das gleiche könnte wieder passieren.«

»Ich verstehe, was du meinst.« Das könnte erklären, warum Lisa sich die Anmeldung hatte zuschicken lassen. Aber es erklärte nicht die anonymen Briefe. Mörderin!

»Ich will runter«, sagte ein Mädchen mit Zöpfen.

Alex ging zu dem Mädchen, löste die Kette, die als Sicherheitsgurt diente, und half dem Kind, zu Boden zu gleiten. Es rannte zur Rutsche, wobei seine Zöpfchen auf und ab hüpften. Alex ging wieder zu Denise. »Entschuldige.«

»Süß«, sagte Denise mit Blick auf das Mädchen. »Glaubst du, dein Kind wird ein Junge oder ein Mädchen?«

»Das ist mir egal. Hauptsache, es ist gesund.«

»Du hast recht. Das wäre mir auch am wichtigsten.« Denise klang sehnsüchtig. Sie beobachtete das Mädchen noch eine Weile lang, dann wandte sie sich wieder an Alex. »Gestern abend hat mir Lisa gesagt, sie würde gern eine Zeitlang bei mir wohnen.«

Alex runzelte die Stirn. »Ich halte das für keine gute Idee.«

»Ich auch nicht. Ich habe Lisa gesagt, es käme nicht in Frage. Du und Warren, ihr seid ihre Eltern, und sie muß lernen, wie sie mit euch klarkommt. Ich bin keine Psychologin, aber vielleicht steckt auch da dahinter, daß sie von euch hören will, daß ihr sie liebt und sie erwünscht ist.«

Vielleicht. »Also glaubst du, daß sie sich die Anmeldung selbst hat zuschicken lassen?«

»Es ist zumindest möglich. Ich glaube aber eher, daß es Lundquist war.«

Alex schüttelte den Kopf. »Woher sollte er wissen, daß ich eine Stieftochter habe?«

»Du wärst überrascht, was die Leute alles über dich wissen.« Denise grinste.

Sollte das eine hinterhältige Anspielung auf Alex' Vergangenheit sein? Alex zwang sich zu lächeln. »Was meinst du damit?«

»Du weißt, wie sich Informationen verbreiten. Die meisten Eltern deiner Vorschule wissen alles über dich – daß du Nicholas' Lehrerin warst, daß du seinen Vater geheiratet hast, daß du eine Stieftochter im Teenageralter hast. Und ich habe noch an etwas anderes gedacht. Erinnerst du dich an das Weihnachtsstück, das du vor anderthalb Jahren mit den Kindern einstudiert hast? Damals kamen alle Eltern. Warren und Lisa waren auch da, um Nick spielen zu sehen. Und ich. War Lundquist da?«

»Möglich. Sein Sohn war damals schon in der Vorschule, aber ich erinnere mich nicht mehr, ob sein Vater an jenem Abend da war.« Denise hatte recht. Lundquist schied noch nicht aus. Er war immer noch eine Möglichkeit, die Alex ihrer Stieftochter, ihrer Haushälterin und ihrer Kollegin weit vorzog. Und der Frau, die gerade vor ihr stand, ihre Anteilnahme äußerte und ihr ihre Hilfe und Freundschaft anbot.

»Ach, übrigens«, sagte Alex, »mir fehlen ein paar Telefonrechnungen aus meinem Büro. Du hast wohl nicht zufällig welche herumliegen sehen, als du aufgeräumt hast?« Sie hoffte, daß sie beiläufig klang und Denise nicht bemerkte, daß sie sie forschend ansah.

»Nein, tut mir leid. Ich war nicht im Büro. Ich war im Klassenzimmer im Einsatz.« Sie lächelte. »Wieso? Sind sie wichtig?«

»Nicht wirklich. Trotzdem danke.«

Denise legte einen Finger an die Lippen. »Wenn ich jetzt so darüber nachdenke, hat Paula das Büro aufgeräumt. Ich werde sie für dich fragen.« Sie sah auf die Uhr. »Ich mache mich jetzt besser wieder auf den Weg. Ich muß noch Teppichmuster für einen Kunden aussuchen, der vier Kinder hat und einen hellen, aber schmutzabweisenden Teppich will.« Grinsend schüttelte Denise den Kopf. In ernsterem Ton sagte sie: »Ich wollte dir nur sagen, daß ich dir gern jederzeit auf jede erdenkliche Art helfe, Alex, und daß ich auf deiner Seite stehe.«

Wirklich? Alex wollte ihr so gern glauben.

Später, als die Kinder an den Tischen saßen und ihr Mittagessen verzehrten, berichtete Alex Evelyn von ihrer Unterhaltung mit Denise. Die beiden Frauen saßen auf Hockern in der Nähe des Tresens auf der linken Seite des Raums und füllten Plastikschüsseln mit Knöpfen, Garn und Kreisen, Halbkreisen und Dreiecken aus Filz – damit würden die Kinder Augen, Augenbrauen, Wimpern, Haare, Schnurrbärte, Lippen, Nasen und rosige Wangen auf die kahlköpfigen, gesichtslosen Stoffpuppen kleben, die Alex und Evelyn genäht hatten.

Alex schnitt mehrere Stränge dunkelbraunen Garns in zehn Zentimeter lange Fäden und legte sie in eine Schüssel. »Ich hoffe, Denise ist aufrichtig«, sagte sie.

»Wieso sollte sie das nicht sein?« Evelyn runzelte die Stirn. »Du hast mir doch immer erzählt, wie toll sie sich von Anfang an dir gegenüber verhalten hat. Und sie richtet immerhin eine Babyfeier für dich aus, vergiß das nicht.« Sie schüttete Knöpfe in eine andere Schüssel.

Da schwang etwas in Evelyns Ton mit, das Alex zuerst nicht deuten konnte. Dann fiel es ihr wieder ein: Evelyn war wahrscheinlich gekränkt, weil Denise ihr Angebot, bei der Babyfeier zu helfen, nicht angenommen hatte.

Alex sagte: »Das könnte Teil ihrer Verstellung sein.«

»Aber warum? Ich kann verstehen, weshalb Lisa die Briefe und die Anmeldung geschickt haben könnte. Was Denise gesagt hat über Lisas Bedürfnis, geliebt zu werden und so, das ergibt einen Sinn. Aber warum würde Denise dich bedrohen wollen?«

Alex zuckte die Achseln. »Ich habe ihre Liebesromanze zerstört. Jetzt zerstört sie mein Leben. Ist doch fair, oder nicht?« Sie schnitt weitere Garnstränge – diesmal waren es gelbe.

»Und als nächstes kommst du auf die Idee, daß sie schon immer was für Warren übrig gehabt hat und daß sie dich haßt, weil du gekommen bist und ihn ihr vor ihrer Nase weggeschnappt hast. Ach, komm schon, Alex.« Evelyn schüttelte den Kopf.

Alex zog die Stirn in Falten. »Darauf bin ich noch gar nicht gekommen.«

Evelyn stellte die Tüte mit Knöpfen auf den Tresen. »Gott, Alex, ich habe doch nur *Spaß* gemacht. Du solltest mal dein Gesicht sehen!«

»Vielleicht ist es kein Spaß. Du hast doch bei Cybil gearbeitet, als Nicholas in die Vorschule gekommen ist. Ist dir da irgend etwas zwischen Denise und Warren aufgefallen?«

»Komm schon, Alex, das ist über zwei Jahre her.«

»Denk nach! Es ist wichtig.«

»Also gut.« Evelyn nahm die Tüte mit den Knöpfen und sah sie durch. Nach einem Moment sagte sie: »Warren hat Nicholas jeden Morgen in die Vorschule gefahren, und Denise hat ihn abgeholt. Wenn er etwas vergessen hatte, wie zum Beispiel sein zweites Frühstück oder einen Pulli, hat sie es ihm gebracht, aber manchmal auch Paula. Wenn er krank war, haben wir Denise oder Paula angerufen und eine der beiden ist dann gekommen und hat ihn geholt. Wenn wir zusätzliche Mütter für einen Ausflug gebraucht haben, war Denise immer sofort dazu bereit.«

»Komisch, ich erinnere mich nur an ein oder zwei Male, an denen Denise Nicholas abgeholt hat, meistens kam Warren.«

»Er wollte eben Nicholas' schöne neue Lehrerin kennenlernen.« Evelyn lächelte. »Jedenfalls standen Denise und Paula immer zur Verfügung, wenn es um Nicholas ging. Cybil sagte immer, daß Nicholas zwar seine Mutter verloren hätte, es ihm aber nicht an Frauen fehlte, die ihn bemutterten. Das ist alles. Beweist 'ne Menge, nicht?«

»Es beweist, daß Denise sehr an Nicholas gehangen hat.« Genau wie Paula. Alex durfte die Haushälterin nicht außer acht lassen. »Vielleicht wollte sie Warren zeigen, was für eine gute Mommy sie abgeben würde.«

»Nein, sie ist und war eine gute Tante. Es war Lundquist«, sagte Evelyn entschlossen. »Er hat die zwei Briefe geschickt und die Anmeldung, und das ist das Ende der Geschichte. Du hast doch nicht noch mehr bekommen, oder?«

»Nein.« Alex konnte niemandem von dem letzten anonymen Brief erzählen, nicht einmal Evelyn.

»Siehst du? Es ist vorbei«, sagte Evelyn, aber der Ausdruck in ihren Augen besagte, daß sie nicht so sicher war. »Wie das Mittagessen. Laß uns mit den Kindern rausgehen und spielen.«

Lisa kam nach dem Abendessen nach Hause. Denise hatte sie mit dem Auto gebracht, war aber sofort wieder gefahren, nachdem sie schnell hallo gesagt und Nicholas einen Kuß auf die Wange gedrückt hatte.

»Alex«, setzte Lisa zu dem inzwischen vertrauten Versöhnungsritual an. Es täte ihr leid, daß sie so aufgebracht gewesen sei; sie wisse, daß Alex nicht für die Internatsanmeldung verantwortlich wäre.

»Ich kann mir vorstellen, wie furchtbar du dich gefühlt haben mußt«, sagte Alex. »Laß es uns vergessen, einverstanden?«

Warren stand daneben und lächelte zustimmend. Alex fragte sich, wie lange dieser Waffenstillstand wohl anhalten würde und ob an ihren oder Lisas Worten etwas Wahres dran war.

Am Freitag hatte Alex Angst davor, nach Hause zu fahren und Paula zu begegnen, aber die Haushälterin war guter Stimmung und rührend besorgt um sie.

»Sie sehen müde aus, Alex«, sagte Paula, als sie sie sah. »Sie haben sogar Ringe unter den Augen. Ich hoffe, Sie ruhen sich dieses Wochenende aus.«

»Ja, das habe ich vor.« Woher rührte diese plötzliche Freundlichkeit? dachte Alex und war plötzlich sehr niedergeschlagen. Sie war es leid, vor jedem auf der Hut zu sein, jede Bemerkung und jeden Tonfall auf deren versteckte Bedeutungen und Beweggründe hin zu analysieren.

Nicholas sagte: »Mommy, du hast mir aber versprochen, daß wir morgen zum Strand fahren und die Straßenkünstler anschauen und daß wir Fahrrad fahren.«

»Das machen wir auch.«

Alex ging in die Eingangshalle und sah den Poststapel durch. An diesem Tag war kein anonymer Brief für sie dabei. Auch gestern war keiner gekommen. Vielleicht ist es ja wirklich vorbei, dachte sie, aber dann fiel ihr die Gestalt wieder ein. Oder hatte sie sich das Ganze nur eingebildet?

Nachdem Paula sich verabschiedet hatte, ging Alex ins Atelier. Diesmal waren keine Abdrücke vom Bügelbrett zu sehen. Alex fragte sich, ob Warren vielleicht mit Paula gesprochen hatte.

Sie schlief am Samstag lange aus, etwas, was sie nur selten tat, dann duschte sie, zog sich an und frühstückte in aller Ruhe. Warren fuhr zum Tennisspielen. Er kehrte um elf Uhr zurück, und zwanzig Minuten später war er mit Nicholas und Alex unterwegs zum Strand. Lisa war mit Freunden zum Rollerskaten gegangen – sie war abgeholt worden – und würde ihre Familie um ein Uhr an dem Laden treffen, wo man Fahrräder mieten konnte. Von dort aus würden sie gemeinsam zum Mittagessen gehen.

Warren parkte den Jeep in der Market Street. Zu Abbot Kinneys Zeiten war hier noch der Aldebaran Kanal verlaufen. Alex versuchte sich vorzustellen, wie es damals wohl ausgesehen hatte, mit all den Gondeln und Gondolieren.

»Ich gehe und miete die Fahrräder«, sagte Warren zu ihr. »Nick, möchtest du mit mir kommen oder bei Mommy bleiben?«

»Ich komme mit.«

»Ich treffe dich dann in zwanzig Minuten wieder hier, Schatz«, sagte Warren.

Alex sah ihnen nach, wie sie Hand in Hand weggingen. Es war ein kühler Tag, aber am Strand tummelten sich Menschen aller Altersstufen in Badeanzügen. Einige waren sogar im Wasser. Alex wunderte sich, wie jemand in das, wie sie annahm, eisige Wasser steigen konnte.

Sie blieb vor einem Stand an der Ecke stehen, der T-Shirts, Schirmmützen, Strohhüte, Sonnenbrillen, Ohrringe, Nachahmungen von Gucci- und Louis-Vuitton-Handtaschen und Umhängebeutel verkaufte. Sie probierte einen Strohhut mit breiter Krempe und eine dunkle Sonnenbrille auf und betrachtete sich in dem kleinen, runden Spiegel, der an einem Pfosten des Standes hing. Sie sah verändert aus, nicht wiederzuerkennen, und sie verspürte plötzlich den inneren Drang, wegzulaufen und irgendwo anders neu anzufangen. (Vor Jahren, hatte sie gelesen, war die Evangelistin Aimee McPherson in Venice spurlos verschwunden, vielleicht sogar in der Nähe dieser Stelle. Später war sie in einem anderen Bundesstaat wieder aufgetaucht.) Aber natürlich konnte Alex nicht weglaufen. Da war Warren, den sie liebte. Und Nicholas – sie konnte den Gedanken nicht ertragen, ihn zu verlassen. Und sie war bereits einmal fortgelaufen und hatte von neuem begonnen.

Sie setzte den Hut und die Sonnenbrille wieder ab und reichte sie dem Standbesitzer zurück. Heute nichts, danke, sagte sie zu ihm.

Sie wandte sich nach rechts zum Ocean Front Walk und schlenderte etwa fünfzehn Meter weit, bis sie an einem Restaurant ankam; sie trat ein und ging durch das Lokal hindurch zum Small-World-Books-Laden. In diese Buchhandlung kam sie oft und schaute sich bei Kunstbüchern, Kinderbüchern und allgemeiner belletristischer Literatur um. Weiter hinten im Laden gab es eine Abteilung mit Kriminalliteratur; Alex sah die Regale häufig durch, immer auf der Suche nach einem Titel, der besonders vielversprechend und spannend war, aber nicht heute. Mein Leben ist spannend genug, dachte sie. Sie fand ein Buch mit Kindernamen und ging damit zum vorderen Ladentisch.

»Für Sie?« fragte die hübsche, braunhaarige Eigentümerin des Ladens. »Ich hoffe, ich trete Ihnen mit der Frage nicht zu nahe.«

»Ja.« Alex lächelte. Immer wenn sie an das Baby dachte, mußte sie lächeln. Es war die einzige Freude, die durch nichts gemindert werden konnte, nicht einmal durch die anonymen Briefe.

Alex verließ den Laden und lief zu der Sandfläche in der Nähe des Parkplatzes zurück. Zehn Meter von ihr entfernt war gerade ein Volleyballspiel im Gange. Sie mochte Volleyball; in der High-School hatte sie sich bestätigt gefühlt, daß sie das Spiel so gut beherrschte. (Ihre Eltern hatten ihr Talent nicht gewürdigt. *Konzentrier dich aufs Lernen, Alexandra.*)

Sie stellte sich zur Menschenmenge dazu, die sich gesammelt hatte, um dem Spiel zuzusehen, und hielt sich vorn, um sich dann und wann nach links zu wenden, in der Hoffnung, Warren und Nicholas mit den Fahrrädern auftauchen zu sehen. Das Tempo des Volleyballspiels beschleunigte sich; die Menge um sie herum johlte. Sie stand mehrere Meter vom Rand der Uferpromenade entfernt, sah den Spielern zu und schaute fasziniert dem Ball nach, der eine Ewigkeit hoch oben in der Luft stehenzubleiben schien, bis er wieder herunterkam und dann plötzlich, wie durch ein Wunder wieder in der Luft war.

Sie wünschte sich, ihr Leben wäre wie der Ball: leichtlebig, schwungvoll und voller Verheißung.

Die Hände, die sie von hinten stießen, waren kräftig und flink. Ihr Schrei wurde von dem Gebrüll der Menge verschluckt. Sie ruderte mit den Armen in der Luft, um das Gleichgewicht wiederzuerlangen, dann umfaßte sie ihren Unterleib mit den Armen, um das Baby zu schützen, während sie zu Boden fiel und auf dem zementierten Weg mit einem übelkeiterregenden Schlag aufprallte.

Ein Fahrradfahrer bremste quietschend Zentimeter vor ihr ab, aber die Schwungkraft schleuderte Fahrradfahrer und Fahrrad auf Alex.

Aber da spürte sie schon nichts mehr.

17

Als Alex erwachte, lag sie im Krankenhaus. Ihr Kopf dröhnte, und ihr rechter Wangenknochen schmerzte. Tastend hob sie die rechte Hand an die Wange und stöhnte auf bei dem Schmerz, der dabei durch ihren Arm, ihre Schulter und ihre Seiten schoß. Auf der Wange klebte ein dicker Verband.

»Sie sind wach«, sagte eine Frau. »Das ist gut.«

Alex drehte ihren Kopf nach rechts, in die Richtung, aus der die Stimme gekommen war, und sah eine Krankenschwester, die sich von einem Stuhl an der Wand erhob. Die Kopfbewegung schmerzte ebenfalls, und Alex fragte sich, ob es irgendeine Stelle an ihrem Körper gab, die nicht weh tat. Und dann erinnerte sie sich.

»Mein Baby!« Sie schob die Hände unter die Decke und unter das Krankenhausnachthemd und legte sie vorsichtig auf den Bauch. Er fühlte sich nicht verändert an. »Ist mit dem Baby alles in Ordnung?«

»Ich werde den Arzt holen.« Die Schwester ging auf die Tür zu.

»Aber ist mein –«

Die Schwester öffnete die Tür und machte sie hinter sich zu. Alex schloß die Augen und lag reglos da. Sie wartete auf ein Zeichen, das ihre Befürchtungen zerstreuen würde. Eine Ewigkeit verging; sie fühlte nichts. Ihre Finger drückten sanft den Bauch. Immer noch nichts. Das muß nichts bedeuten, sagte sie sich. Vielleicht schläft es. Aber ihr Herz war schwer vor Sorge.

Die Tür öffnete sich, und Warren trat herein. Er sah hohlwangig und müde aus. Er ging zum Fußende des Bettes und legte Alex' Handtasche und eine Papiertüte auf die Bettdecke. Sie fragte sich, was in der Papiertüte war, aber dann erinnerte sie sich wieder: das Namensbuch. Heiße Tränen brannten hinter ihren Augenlidern.

»Alles in Ordnung mit dir?« fragte er.

Er vermied es, sie anzusehen, aber sie konnte den Schmerz in seinen Augen sehen und in seiner Stimme hören, und sie wußte, daß das Baby tot war. Sie begann zu weinen.

»Halt mich fest«, flüsterte sie. »Bitte halt mich ganz fest.«

Sie zog sich selbst zum Sitzen hoch, wobei sie vor Schmerz zusammenzuckte, und streckte die Arme nach ihm aus. Er kam an die Seite des Bettes und setzte sich auf die Kante. Sie legte die Arme um seinen Hals, lehnte ihren Kopf an seine Brust und weinte.

»Weine nicht«, sagte er, aber es klang nicht überzeugt. Er

löste sich aus der Umarmung und legte ihre Hände in ihren Schoß. Sein weißes Polohemd war feucht von ihren Tränen. »Du brauchst Ruhe, Alex. Du hast eine Gehirnerschütterung. Du hast dir das Schlüsselbein und zwei Rippen gebrochen. Und du hast eine Prellung am Kiefer und am Wangenknochen erlitten. Aber der Arzt meint, es kommt alles wieder in Ordnung.«

Er klingt irgendwie merkwürdig, dachte Alex, wie ein Versicherungsgutachter, der den Schaden auflistet, und nicht wie ein Ehemann. Aber auf der anderen Seite hatte Trauer viele Gesichter; das wußte sie aus eigener Erfahrung. »Was mit mir ist, ist mir egal. Das Baby ist tot, Warren, nicht wahr?« Die Worte bebten auf ihren Lippen, aber sie mußte sie laut aussprechen.

Er schaute sie zum ersten Mal an, seit er den Raum betreten hatte. »Nein. Pearson sagt, der Zustand des Babys sei stabil.«

»Der Zustand des Babys ist stabil«, wiederholte sie, ungläubig. »Der Zustand des Babys ist stabil«, sagte sie wieder und spürte eine Woge der Glückseligkeit in sich aufsteigen. Sie nahm Warrens Hände. »Was haben wir nur für ein Glück!«

»Pearson meinte, es sei verblüffend, daß du nicht mehr Verletzungen erlitten hast, vor allem wenn man an den Fahrradfahrer denkt, der mitsamt seinem Fahrrad auf dich draufgefallen ist.«

Sie runzelte die Stirn. »Welcher Fahrradfahrer?«

Warren erzählte Alex, was ihm die Leute in der Menge berichtet hatten. »Als ich zu dir kam, hatte bereits jemand den Krankenwagen gerufen. Ich habe den Sanitätern gesagt, sie sollten dich ins St. John's bringen. Und ich habe sie gebeten, Dr. Pearson zu alarmieren. Sie konnten ihn tatsächlich erreichen, und er war ziemlich schnell im Krankenhaus. Bis dahin hatte dich natürlich schon ein hiesiger Arzt untersucht, der meinte, daß mit dem Baby alles in Ordnung zu sein schien.«

»Wie lange bin ich schon im Krankenhaus?«

»Fast vier Stunden. Es ist jetzt halb vier.«

»Wo ist Nicholas? Er muß sich furchtbar ängstigen.«

»Im Wartezimmer zusammen mit Lisa. Ich habe Mona angerufen, nachdem ich im Krankenhaus war, und sie gebeten, Lisa um eins am Fahrradladen zu treffen, so wie wir es abgemacht hatten. Mona hat sie dann hergebracht, ins St. John's.«

»Wieso Mona?« Alex wußte, daß sie kleinlich war – sie sollte lieber dankbar sein, daß es ihr und dem Baby gutging –, aber es ärgerte sie trotzdem, daß die frühere Schwiegermutter ihres Mannes mit hineingezogen worden war.

»Ich habe es zuerst bei Denise probiert, aber sie war nicht zu Hause. Ich wußte nicht, wen ich sonst hätte anrufen sollen.« Er zog seine Hände zurück.

»Was ist los?« Sie legte die Stirn in Falten. »Wohin gehst du?«

»Nichts ist los. Ich bin nur erschöpft, das ist alles. Ich dachte, ich hole mir ein Sandwich und eine Tasse Kaffee.«

»Du verschweigst mir irgend etwas. Das höre ich an deiner Stimme. Was hat Dr. Pearson gesagt?« Ihre Stimme hatte eine schrille Beinote.

»Ich verschweige dir nichts, Alex. Beruhige dich. Vielleicht sollte dir Pearson ein Beruhigungsmittel geben.«

»Ich brauche kein Beruhigungsmittel, Warren! Aber wenn du mich anlügst, was das Baby betrifft, weil du glaubst, ich könnte eine schlechte Nachricht nicht vertragen, dann tue es bitte nicht. Ich will die Wahrheit wissen, und zwar jetzt.« Sie griff nach seiner Hand und hielt sie fest.

»Dem Baby geht es gut. Das *ist* die Wahrheit. Pearson möchte dich gern für ein paar Tage zur Beobachtung hierbehalten, um sicherzugehen, daß keine Folgeerscheinungen des Schleudertraumas auftreten. Aber er glaubt, daß alles in Ordnung ist.«

»Was quält dich dann?« Irgend etwas war nicht in Ordnung. Überhaupt nicht in Ordnung.

Warren seufzte. »Bitte, Alex, nicht jetzt, ja? Es war ein langer Nachmittag. Wir werden zu Hause darüber sprechen.« Er stand auf.

»Ich will es jetzt wissen. Sag's mir!«

»Du willst es also wissen?« Unverhüllter Ärger schwang in seiner Stimme mit und zeigte sich an seinem Kieferknochen. »Ich habe mit Pearson gesprochen, nachdem er dich untersucht hat und meinte, dem Baby fehle nichts. ›Der Fötus hat einen kräftigen Herzschlag, und er hat eine gute Größe‹, sagte er, ›obgleich ich trotzdem gern die früheren Arztunterlagen Ihrer Frau hierhätte, um einen Vergleich zu haben.‹«

Sie hatte das Gefühl, als hätte ihr jemand einen Schlag versetzt und alle Luft aus ihr herausgepreßt. »Warren –«

»›Einen Vergleich zu haben?‹ sagte ich, völlig verständnislos, und Pearson sagte: ›Ja, mit ihrer ersten Schwangerschaft und Entbindung. Wir würden gern vergleichen, wie sich damals alles entwickelt hat – ihr Blutdruck, ihre Gewichtszunahme, die Gewichtszunahme des Babys, die Blutwerte, Zucker. Ihre Frau sagte mir, ihr früherer Frauenarzt sei umgezogen und hätte ihre Unterlagen verloren, also kann man da leider nichts machen.‹«

Alex studierte die Struktur der Decke, die sie mit beiden Händen umklammerte.

»Du willst also wissen, was mich quält, Alex? Was mich quält ist, daß ich nicht begreife, wie du mich heiraten konntest und mit mir schlafen und zwei verdammte Jahre mit mir zusammenleben, ohne mir zu erzählen, daß du ein Kind hast.«

»Es tut mir leid«, flüsterte sie.

»Es tut dir *leid?* Du hast mich *angelogen,* Alex. Warum? Warum konntest du mir nicht sagen, daß du ein Kind hast?« Schmerz war an die Stelle der Wut in seiner Stimme getreten. »Als ich dich auf dem Boden liegen sah, bevor dich die Sanitäter auf die Trage hoben, sahst du wie eine zerbrochene Puppe aus, und ich dachte, ich müßte sterben. Das dachte ich wirklich.« Da war ein Stocken in seiner Stimme.

»Ich kann nicht darüber reden, Warren. Es tut zu sehr weh. Bitte zwing mich nicht dazu.« Sie langte nach seiner Hand.

Er zog sie weg. »Ist es von Larry?« fragte er zurückhaltend sachlich.

Sie errötete angesichts der Anspielung. »Ja, natürlich.«

»Junge oder Mädchen? Oder verrätst du mir damit schon zuviel? Es tut mir leid«, sagte er schnell. »Ich bin nur so wütend, fühle mich betrogen.«

»Ein Junge«, flüsterte sie. Tränen standen in ihren Augen.

»Wo ist er, Alex? Ist er –«

Sie blickte zu Warren auf. »Er ist tot. Er gehört meiner Vergangenheit an, die ebenfalls tot ist, und nichts von alledem hat irgend etwas mit uns zu tun. Das schwöre ich.«

»Alex –«

»Ich will nicht darüber sprechen, Warren! Ich kann es einfach nicht! Ich habe dich auch nie gezwungen, über Andreas Tod zu reden, weil ich weiß, wie schmerzlich das für dich war. Warum kannst du es nicht auf sich beruhen lassen?«

Die Sprechanlage erwachte zum Leben – eine Frauenstimme bat Dr. Abrams, sich unverzüglich im OP einzufinden –, danach war der Raum wieder in Schweigen gehüllt.

»Vielleicht hast du recht«, sagte Warren schließlich. Es lag keine Wut mehr in seiner Stimme, auch kein Schmerz, aber sie wußte, daß sich zwischen ihnen etwas geändert hatte. »Ich schätze, wir sind quitt. Eins zu eins. Sag mir nur noch eines, Alex: Gibt es noch mehr Geheimnisse, die ich wissen sollte?«

Sie antwortete nicht. Sie starrte auf das gerahmte Poster, das gegenüber vom Bett an der Wand hing.

»Ich werde jetzt Nicholas und Lisa holen«, sagte Warren schließlich. »Sie können es kaum erwarten, dich zu sehen.« Er ging auf die Tür zu.

»Wirst du wiederkommen?«

Er drehte sich zu ihr um. »Natürlich werde ich das. Ich liebe dich, Alex. Deshalb tut es ja so weh.«

Erst nachdem er gegangen war, fiel ihr ein, was sie vergessen hatte, ihm zu erzählen:

Jemand hatte sie gestoßen.

Sie hatte viel Zeit, alle Möglichkeiten durchzuspielen, während sie ans Krankenbett gefesselt war. Es blieb ihr ohnehin nur wenig andere Beschäftigung.

Bis zu diesem Zeitpunkt hatte Alex den Verfasser der Briefe für jemanden gehalten, der sie, getrieben von Neid oder Haß oder Boshaftigkeit, einschüchtern und verjagen wollte. Sie hatte sich vor der Enthüllung ihres Geheimnisses gefürchtet – hatte bei dem Gedanken daran gezittert –, sich aber nicht körperlich bedroht gefühlt. Das hatte sich jetzt geändert. Irgend jemand versuchte, ihr und dem ungeborenen Baby körperlichen Schaden zuzufügen. *Uns zu töten?* Der Gedanke schien unmöglich, melodramatisch, aber sie hatte die Hände in ihrem Rücken gespürt. Sie hatte den Haß, der von ihnen ausging, gespürt. Sie hatte es mit jemandem zu tun, der offensichtlich seelisch krank war. Und gefährlich.

Im Krankenhaus fühlte sie sich vor tätlichen Angriffen sicher (vor dem Schlafengehen hatte sie überlegt, ob sie einen Stuhl vor die Tür stellen sollte, hatte die Idee jedoch schnell wieder verworfen), aber Mißtrauen erfüllte sie jedesmal, wenn sich die Tür zu ihrem Zimmer öffnete. Warren war mit Nicholas und Lisa wiedergekommen. Nicholas war an Alex' Bett gelaufen und hatte leise geweint, während sie ihn umarmte, aber er hatte sich schnell durch ihr Lächeln und durch ihre Versicherung, daß es ihr gutginge, beruhigen lassen, und schon bald spielte er mit der Fernbedienung und probierte alle Kanäle des Fernsehers durch. Lisa hatte sich Alex nur zögernd genähert und ihre Lippen auf Alex' unbandagierte Wange gedrückt. Dann hatte sie sich, nervös mit Haaren und Händen herumspielend, in der Nähe der Tür aufgehalten; ganz offensichtlich in dem Bestreben, möglichst bald zu gehen. War es nur Alex' Einbildung, oder hatte Lisa den Blickkontakt mit ihr gemieden?

Denise kam mit Warren am Samstag abend zu Besuch. Sie war herzlich, besorgt, liebevoll. Tränen standen in ihren Augen. »Wir haben alle eine solche Angst ausgestanden!« rief sie aus. Alex' Muskeln spannten sich in ihrer Umarmung an. Am Sonntag morgen war Warren noch einmal mit Nicholas und Lisa gekommen. Alex fragte sich, ob es nur Zufall war, daß Warren nie allein mit ihr im Zimmer war.

Seine Blumen standen neben ihrem Bett. Er hatte ihr Callas geschickt, ihre Lieblingsblumen; auf dem beiliegenden Kärtchen stand: »Gute Besserung! Alles Liebe, Warren.« Zeilen, die man auch seiner Sekretärin schreiben konnte, hatte sie gedacht, aber konnte sie nach dem, was er als ihren Vertrauensbruch erachtete, wirklich Besseres erwarten? Auch Denise hatte ihr Blumen geschickt; und Mona ebenfalls – einen riesigen Strauß exotischer Blüten, die den Raum mit ihrer Größe und ihrem Duft ausfüllten. Paula hatte ihr durch Warren die besten Genesungswünsche ausrichten lassen. Nicholas hatte ihr eine Karte gemalt; Lisa hatte ein kleines rosafarbenes Stoffkänguruh mitgebracht, das ein Baby im Beutel trug. Ich bin so froh, daß es dir und dem Baby gutgeht, hatte sie zu Alex gesagt, ihre Stimme leise und erstickt vor Gefühl. Alex hatte Lisa gedankt und sie auf die Wange geküßt, während sie überlegte, welcher Art Gefühle da zum Ausdruck gekommen waren – aufrichtiges Mitgefühl und Erleichterung, oder Enttäuschung, daß der Plan fehlgeschlagen war?

Am Sonntag nachmittag kam Evelyn vorbei. Sie habe nichts von alledem gewußt, sagte sie zu Alex, bis Warren sie vor einer halben Stunde angerufen hätte. Sie sei mit Jerry und seinen Eltern aus gewesen, als Warren sie am Samstag abend versucht hätte zu erreichen.

»Gott sei Dank ist alles in Ordnung!« rief sie leise aus, während sie sich vorbeugte und Alex behutsam umarmte. Ihre Stimme zitterte.

»Du hättest den anderen Mann sehen sollen!« Alex hatte sich im Badezimmerspiegel begutachtet. Ihre Wange war noch immer verbunden; ihre Stirn und ihr Kinn waren gerötet.

»Warren hat mir erzählt, du seist hingefallen und ein Fahrradfahrer sei mitsamt seinem Fahrrad auf dich draufgefallen. Wie konnte das passieren? Hast du die Balance verloren?«

»Ich stand in einer Menschenmenge und habe einem Volleyballspiel zugeschaut. Jemand hat mich gestoßen, Evelyn.« Handelte es sich um dieselbe Person, die sie beobachtet hatte, erst im Supermarkt, dann im Kaufhaus?

Evelyns Augen weiteten sich ungläubig. »Vielleicht war es nicht mit Absicht, Alex. In Menschenmengen wird manchmal gedrängelt und geschubst.«

Alex schüttelte den Kopf. »Ich habe die Hände gespürt. Irgend jemand wollte mir weh tun. Mehr als das: Irgend jemand wollte, daß dem Baby etwas passiert.« Das war die erschreckendste Erkenntnis.

Evelyn runzelte die Stirn. »Was meinst du mit ›mehr als das‹?«

»Wer auch immer mich gestoßen hat, ist wahrscheinlich

nicht davon ausgegangen, daß ich sterben würde. Ich hatte eine Gehirnerschütterung, und ich habe mir das Schlüsselbein und zwei Rippen gebrochen. Nichts davon ist lebensbedrohlich. Aber ich hätte eine Fehlgeburt haben können. Das hat mir Dr. Pearson gesagt.« Sie haben großes Glück gehabt, hatte er zu Alex gesagt.

»Was hält Warren von dem Ganzen?«

»Ich habe es ihm nicht erzählt. Wir konnten bisher nicht allein miteinander sprechen. Und was sollte ich ihm auch sagen? Daß irgend jemand mich haßt und versucht hat, unser ungeborenes Kind zu töten?«

Evelyn biß sich auf die Unterlippe. »Es könnte Lundquist sein. Das hast du selbst gesagt. Er ist wütend auf dich, Alex. Und laut seiner Frau will er es dir heimzahlen. Er hat sie mißhandelt. Er wäre sich sicher nicht zu schade, auch anderen Frauen körperlich weh zu tun.«

»Möglich. Aber ich muß immer daran denken, daß du gesagt hast, bevor ich in die Vorschule kam, war Denise wie eine Mutter für Nicholas.«

»Aber Paula auch, erinnerst du dich? Obgleich –« Evelyn hielt inne.

»Was?«

»Du wirst das bestimmt falsch deuten, vor allem jetzt, da du glaubst, daß dich jemand gestoßen hat.«

»Erzähl's mir.«

Evelyn seufzte. »Du hast mich doch über Denises Beziehung zu Nicholas gefragt? Nun, am Samstag habe ich die Erinnerungsalben durchgesehen, die ich von den Kindern anlege –«

»Du legst Erinnerungsalben an? Ach, wie süß!« Und es paßt so zu Evelyn, dachte Alex.

Evelyn lächelte. »Jedenfalls bin ich dabei über einen Schnappschuß von der Feier zu Nicholas' zweitem Geburtstag gestolpert, und das hat eine Erinnerung in mir wachgerufen. Warren war da, natürlich, und Denise, und Cybil sagte etwas wie: ›Du bist besser als die meisten Vollzeitmütter‹, und darauf sagte Denise: ›Vielleicht werde ich ja bald eine Vollzeitmutter *sein.*‹ Cybil glaubte, daß Denise damit meinte, Warren und sie würden heiraten.«

»Und dann kam ich.«

»Das beweist aber nichts. Cybil kann sich geirrt haben. Oder ich könnte mich falsch erinnern. Vielleicht solltest du Cybil mal anrufen.«

»Aber sie ist doch bis November irgendwo in Europa unterwegs, oder?«

»Richtig. Das habe ich ganz vergessen.«

Alex seufzte. »Ich möchte nicht mehr darüber sprechen. Es ist zu deprimierend. Und es führt ja doch zu nichts. Erzähl mir von Jerrys Eltern. Wie ist der Abend gelaufen?«

»Gut.« Evelyn grinste. »Ich glaube, sie mochten mich.«

»Die Investition hat sich also gelohnt, hm?« Evelyn hatte ein schlechtes Gewissen, weil das Kleid so teuer gewesen war; sie hatte mehr ausgegeben, als sie es für gewöhnlich tat.

»Absolut. Jerry hat mir dauernd gesagt, wie großartig ich aussehen würde. Und ich bin froh, daß ich die Schminkberatung hatte.« Sie sah Alex' fragenden Gesichtsausdruck. »Die kostenlose Chanel-Make-up-Beratung, erinnerst du dich noch? Bei Robinsons? Ich würde sie allerdings nicht ganz kostenlos nennen, bei den vielen Produkten, die ich hinterher gekauft habe.« Lachend schüttelte sie den Kopf.

»Und?« hakte Alex lächelnd nach. Sie wollte gern alles über Evelyns Abend hören; mehr noch, sie wollte diese Unterhaltung über normale, alltägliche Dinge hinauszögern und so tun, als wäre auch ihr Leben normal. »Was ist passiert? Mit dir und Jerry, meine ich. Ich kann dir vom Gesicht ablesen, daß irgendwas passiert *ist.*«

»Nun . . .« Evelyn zögerte, dann sagte sie: »Nach dem

Abendessen haben Jerry und ich seine Eltern zu Hause in Van Nuys abgesetzt, und danach hat er mich heimgefahren ... und ... nun, dann hat er mir das hier geschenkt.« Sie hielt Alex ihre rechte Hand hin. An ihrem Ringfinger steckte ein Ring mit einem kleinen, viereckigen Smaragd, der von winzigen Diamanten umgeben war.

»Oh, Ev, ist der schön!« rief Alex. »Warum hast du mir das nicht gleich erzählt?«

»Ich weiß nicht.« Evelyn zuckte die Achseln und lachte scheu, sichtlich erfreut und verlegen zur gleichen Zeit. Sie schaute auf den Ring hinunter und spielte damit. »Irgendwie schien es mir nicht der richtige Zeitpunkt zu sein, bei allem, was du gerade durchmachst.«

»Sei nicht albern! Ich kann gute Neuigkeiten gebrauchen! Du mußt so aufgeregt sein, Evelyn. Hast du deine Mutter schon angerufen?«

»Gott behüte, nein!« Sie lachte. »Sie würde wahrscheinlich gleich das nächste Flugzeug von Baltimore hierher nehmen.« Ihre Mutter hatte nach dem Tod von Evelyns Vater wieder geheiratet und war vor fünf Jahren nach Baltimore gezogen. Sie hatte Evelyn ihr kleines Strandhäuschen in Santa Monica überlassen. »Ich *werde* es ihr erzählen, bald. Ich will nur nichts überstürzen. Das ist schließlich kein Verlobungsring. Jerry hat mir noch keinen Heiratsantrag gemacht.«

»Noch nicht.« Alex lächelte.

»Noch nicht«, stimmte Evelyn ihr zu. Sie errötete vor Glück.

Es klopfte an der Tür. Die Krankenschwester trat ein.

»Mrs. Prescott? Eine der Schwestern hat gerade dieses Päckchen entdeckt, das für Sie abgegeben wurde. Es lag im Schwesternzimmer.« Sie reichte Alex eine rechteckige Schachtel, die in ein Geschenkpapier mit Babymotiv eingewickelt war.

»Dein erstes Geschenk fürs Baby«, sagte Evelyn, nachdem die Schwester wieder aus dem Zimmer gegangen war. »Willst du es nicht aufmachen?«

Alex riß das Geschenkpapier auf und öffnete die weiße Schachtel. Innen lag eine dreißig Zentimeter große Puppe mit platinblondem Haar, die gut und gerne eine Barbie hätte sein können, wenn da nicht ein auffallendes Kennzeichen gewesen wäre: Die Puppe war schwanger. Jemand hatte ihr die Kleider ausgezogen – eine Denimlatzhose und eine rote Bluse lagen ordentlich gefaltet neben ihr –, und ihr aufgeblähter Bauch war entblößt.

»Ich bin ein wenig alt für Puppen«, sagte Alex. »Von wem sie wohl ist?« Sie sah in die Schachtel, fand aber kein Kärtchen.

»Vielleicht ist sie für Nicholas. Kathy Morton hat auch so eine Puppe. Erinnerst du dich noch, daß sie sie mal zur Schule mitgebracht hat? Ihre Mutter war damals schwanger. Sie sagte mir, sie halte die Puppe für ein gutes Mittel, daß Kathy die ›Erfahrung teilen‹ könne.«

»Und wer ist der Vater der Puppe? Teilt auch er die Erfahrung?« Alex lächelte.

Evelyn grinste. »Sehr komisch. Ich denke, du kannst ihn bestellen.« Sie nahm Alex die Puppe aus der Hand. »Sie ist irgendwie niedlich. Man kann den Bauch abnehmen, und da drin ist dann das Baby. Es gibt einen flachen Baucheinsatz für die Zeit, wenn die Puppe das Baby zur Welt gebracht hat.« Sie entfernte die eierförmige, hautfarbene Kuppel.

Aber drinnen lag kein Baby. Statt dessen lag da ein schmaler weißer Zettel, wie man sie in chinesischen Glückskeksen findet.

»Das ist Betrug«, sagte Evelyn, aber Alex hörte nur halb zu. Mit einer schlimmen Vorahnung nahm sie den Zettel heraus und las leise für sich die getippte Mitteilung:

KONFUZIUS SAGT:
SIE, DIE EIN LEBEN NIMMT,
VERDIENT ES NICHT, LEBEN ZU GEBEN.

Alex ließ den Zettel auf die Decke fallen, packte die Puppe aus Evelyns Schoß und schleuderte sie quer durch den Raum. Sie prallte gegen die Wand. Der Kopf riß ab und landete ein Stück vom Körper entfernt auf dem Boden.

»Es ist wieder ein anonymer Brief, ja?« flüsterte Evelyn. »Was steht denn drauf?« Sie langte nach dem Zettel.

Alex nahm ihn und schloß ihre Hand darum. »Das gleiche wie immer.« Mörderin!

»Das muß endlich aufhören! Du mußt den Zettel Detective Brady geben. Vielleicht kann er herausfinden, von wem er stammt.«

Alex schüttelte den Kopf. »Er kann nichts tun.« Sie öffnete die Faust, nahm den Papierstreifen und begann, ihn zu zerreißen.

Evelyn packte Alex' Hand. »Tu's nicht! Zeig ihn zumindest Warren. Laß ihn die Sache in die Hand nehmen.«

»Ich werde ihm davon erzählen, wenn er heute kommt.«

»Alex«, sagte Evelyn, und in ihrer Stimme schwang ein bedrückter Ton mit, »Alex, ich wollte dir das eigentlich nicht erzählen, aber Warren hat mich angerufen. Er wollte wissen, ob ich die anonymen Briefe gesehen habe.«

»Er glaubt mir also nicht!« Der Gedanke fuhr wie ein Messer durch sie hindurch.

»Er macht sich Sorgen um dich. Er hat mir erzählt, daß du unter furchtbarem seelischem Streß stehst. Ich habe ihm gesagt, daß ich den zweiten Brief gesehen habe, aber du solltest ihm den hier zeigen, damit er sich selbst davon überzeugen kann, was vor sich geht.«

»Du hast recht. Das werde ich.«

Alex legte den Zettel in die obere Schublade des Nachtkästchens, aber kaum war Evelyn aus der Tür hinaus, zerriß sie ihn weiter und warf die Fetzen in die Abfalltüte, die mit Klebestreifen seitlich am Nachtkästchen befestigt war.

Es kostete sie einige Mühe aufzustehen, aber sie schaffte es und ging zum Schwesternzimmer. Keine der Schwestern oder Pfleger, erfuhr sie, hatte die Person gesehen, die das Päckchen für sie abgegeben hatte. Das überraschte sie nicht. Als sie in ihr Zimmer zurückkehrte, wäre sie beinahe auf den blondhaarigen, blauäugigen, lächelnden, körperlosen Kopf getreten, der auf dem Boden lag. Sie bückte sich, hob den Kopf und den babylosen Puppenleib auf und warf beides in den Mülleimer im Bad.

Als Warren während der abendlichen Besuchszeit kam, wollte sie ihm von der Puppe und dem anonymen Brief erzählen (nicht den wortgetreuen Inhalt des Briefes – das konnte sie nicht), aber die Kinder waren bei ihm. Sie nahm sich vor, ihm am nächsten Tag davon zu erzählen, wenn sie wieder zu Hause wäre und allein mit ihm.

Der Gedanke, mit Warren allein zu sein, erfüllte sie mit Erwartung und Sorge. Sie fragte sich, wo sie beginnen sollte, ihre Ehe zu kitten, oder ob sie wie die geköpfte Puppe schon so zerbrochen war, daß sie nicht mehr zu retten war.

18

Warren würde sie hassen, wenn er es jemals herausfände.

Sie wußte, daß er sie hassen würde. Sie würde versuchen, es ihm zu erklären, wenn er es zuließe. Sie würde ihm die Wahrheit sagen – daß sie nicht vorgehabt hatte, Alex zu stoßen, wirklich nicht. Sie war Alex zum Stand gefolgt und zur Buchhandlung – es hatte Spaß gemacht, ihr nachzugehen, ihren Rücken anzustarren, sie unbemerkt zu beobach-

ten – und dann hatte sie hinter ihr in der Menge gestanden, und plötzlich hatten sich ihre Hände bewegt, wie von selbst. Sie mußte zugeben, daß ein Freudenschauder sie durchströmt hatte, als sie Alex schreien hörte und sah, wie sie zu Boden stürzte, aber sie hatte weder ihr noch dem Baby Schaden zufügen wollen. Sie hatte Alex nur erschrecken wollen, damit sie wegging, damit alles wieder gut werden würde, so wie es war, bevor Alex gekommen war.

Warum ging Alex nicht endlich weg?

Sie hatte fast aufgekeucht, als sie Alex auf dem asphaltierten Boden liegen sah. Sie hatte sich niederbeugen wollen, um zu sehen, ob alles in Ordnung war, aber das war natürlich nicht möglich. Wie hätte sie ihre Anwesenheit erklären können?

Das hieß aber nicht, daß sie ein schlechter Mensch war. Sie war nicht schlecht. Niemand konnte sagen, daß sie schlecht war, denn sie war schließlich froh, daß dem Ungeborenen nichts passiert war, oder nicht? Sie würde einem unschuldigen Baby nie etwas antun wollen. Sie wollte auch Alex nicht wirklich etwas antun. Nein, so ein Mensch war sie nicht.

Und selbst wenn dem Baby etwas zustieße, wäre das nicht ihre Schuld. Sie hatte Alex so viele Warnungen zukommen lassen – so viele! –, und wenn dem Baby etwas zustieße, wäre es Alex' Schuld, nicht ihre. Denn wenn Alex ihr Baby wirklich liebte, würde sie fortgehen, bevor es zu spät war.

Dummkopf! *sagte sie zu sich selbst. Alex würde nicht fortgehen! Nicht jetzt. Warum sollte sie? Alle kümmerten sich rührend um sie, schickten ihr Blumen und Kärtchen und sagten ihr, wie sehr sie sie mochten und liebten. Und Warren bedauerte sie. Sie konnte beinahe hören, wie er Alex tröstete, wie er sie beruhigte: »Mein armer Schatz, ich werde mich um dich kümmern.«*

Das war nicht richtig! Das war nicht das, wie es sich entwickeln sollte! In einem kurzen Augenblick hatte sie alles vernichtet, was sie so sorgfältig geplant hatte.

Dummkopf! *schrie sie ihrem Spiegelbild im Badezimmer entgegen.* Dummkopf, Dummkopf, Dummkopf! *Tränen der hilflosen Wut und des Selbsthasses brannten in ihren Augen. Sie nahm eine Bürste und holte aus, bereit, sie gegen den Spiegel zu schleudern und das erbärmliche Gesicht zu zerschmettern, das ihr entgegenblickte. Es war fehlgeschlagen! Statt dessen schlug sie sich die Bürste auf den nackten Oberschenkel. Sie zuckte zusammen, aber sie biß sich auf die Lippen und fuhr fort, während sie sich weiter im Spiegel ansah, ihre Oberschenkel rhythmisch zu schlagen, erst den einen, dann den anderen, bis die Haut wund war und blutete von den Kratzern der Stahlborsten und bis der Schmerz groß genug und ihr Wimmern laut genug war, die Gedanken zu vertreiben, die in ihrem Kopf wild herumwirbelten.*

Später, als sie wieder ruhiger war, zog sie ein Nachthemd an und legte sich ins Bett. Ihre Schenkel schmerzten, aber sie rollte sich vorsichtig auf die Seite und zog die Knie an, bis sie in einer halbfötalen Position dalag. Sie schloß die geschwollenen Augen.

Alles würde gut werden, flüsterte sie in das Kissen, das sie in den Armen hielt. Warren würde nie herausfinden, daß sie Alex gestoßen hatte. Und es war noch nichts verloren. Warren bedauerte Alex, aber das war nur natürlich. Und es war Mitleid, keine Liebe. Mitleid, das noch in derselben Sekunde schrumpfen würde, wenn er erfuhr, was für ein Mensch Alex wirklich war. Und was sie Furchtbares getan hatte. Dann würde er sie hassen.

Sie dachte wieder an ihren Anruf beim Friedhof und an die Fülle von Informationen, die sie über Alex erhalten hatte. Es war so einfach gewesen, so als wäre sie vom

Schicksal dazu bestimmt gewesen, es herauszufinden, und obwohl sie von niemandem Hilfe brauchte – sie kam gut allein zurecht –, stärkte es das Bewußtsein, daß sie das Richtige tat.

Alles würde gut werden.

Es war nur eine Frage der Zeit. Alex würde nicht für immer im Krankenhaus bleiben. Und selbst dort war sie nicht sicher. Das hatte die Puppe Alex gezeigt. Sie lächelte bei dem Gedanken.

Alex war nirgends sicher, nicht vor der Wahrheit.

Sie bewegte sich und zuckte vor Schmerz an den Oberschenkeln zusammen.

Die Puppe war eine sehr gute Idee gewesen.

Sie hatte noch andere gute Ideen.

19

»Sie und das Baby sind wohlauf«, sagte Dr. Pearson am Montag morgen zu Alex, nachdem er sie untersucht hatte. »Aber sie sollten sich die nächsten Tage noch schonen. Bettruhe, keine Arbeit. Keine Bewegung. Und dann würde ich gern die Amniozentese verschieben. Ich möchte der Gebärmutter im Moment kein weiteres Trauma zumuten. Wenn Sie am Donnerstag in meine Praxis kommen, machen wir einen neuen Termin aus.«

Sie nickte.

»Da wir gerade von der Amniozentese sprechen«, sagte Pearson, »Sie wechseln doch nicht Ihre Krankenkasse, oder?«

»Nein. Wieso fragen Sie?«

»Habe ich auch nicht angenommen.« Er klang beunruhigt. »Ein Mann hat mich am Freitag angerufen und behauptet, er wäre von Ihrer neuen Versicherung. Er wollte alles über Ihre Schwangerschaft wissen. Im wievielten Monat Sie wären, ob schon eine Fruchtwasseruntersuchung gemacht worden sei und solche Dinge. Sagte, die Versicherung brauchte die Informationen, bevor sie die Kosten für Ihre Schwangerschaft übernehmen könnte.«

Alex zog die Stirn in Falten. »Was haben Sie ihm gesagt?«

»Nichts. Ich wollte zuerst mit Ihnen sprechen. Ich habe ihm gesagt, ich würde zurückrufen, aber er sagte, er würde sich nächste Woche bei mir melden. Ich glaube aber nicht, daß er das tun wird.«

Alex durchfuhr ein Angstschauder. Wer versuchte da, alles über ihre Schwangerschaft herauszufinden? Und warum? »Wie hat er geklungen?«

»Schwer zu sagen.« Pearson strich sich übers Kinn. »Nichts Auffälliges. Auch kein nennenswerter Akzent. Eher jünger, irgendwo zwischen Zwanzig und Fünfzig. Hilft nicht eben weiter, was?« Er spähte sie durch sein Schildpattgestell an. »Ich möchte nicht, daß Sie sich deshalb aufregen. Vielleicht hätte ich es Ihnen gar nicht erzählen sollen.«

»Doch, ich bin froh, daß Sie es getan haben.«

»Wahrscheinlich handelt es sich um eine statistische Umfrage zu Werbezwecken. Das kommt andauernd vor. Die sind wie die Aasgeier.« Er tätschelte ihre Hand. »Sie denken jetzt nur an das Baby. Das ist ein Befehl.«

Pearson ging, um Alex' Entlassungspapiere zu unterzeichnen. Kurz danach traf Warren ein und wartete, daß sie ihr Krankenhaushemd auszog und die Hemdbluse und die weite Hose anzog, die er ihr von zu Hause mitgebracht hatte. (Keinen Pullover, hatte sie ihm gesagt; es war zu schwierig und zu schmerzhaft, ihre Arme und Schultern zu bewegen.) Er vermied es noch immer, sie anzusehen, und sie fühlte sich merkwürdig verlegen, so als ob sie sich vor einem Fremden umkleidete.

»Brauchst du Hilfe mit den Ärmeln?« fragte er unvermittelt.

War das eine erste Annäherung? »Ja, bitte.«

Sie reichte ihm die Bluse. Er stellte sich neben sie und führte ihre Arme vorsichtig in die Ärmel. Es war ihre erste Berührung, seit er sie festgehalten hatte, nachdem sie im Krankenhaus wieder zu Bewußtsein gekommen war.

»Danke.« Sie wandte sich ihm zu und küßte ihn sanft auf die Lippen. Er entzog sich ihr nicht, erwiderte den Kuß aber auch nicht. »Ich liebe dich, Warren.« Es tut mir leid, Warren.

»Ich liebe dich auch.«

Seine Worte klangen wie abgelesen. Ihre Augen füllten sich mit Tränen, und sie wandte sich ab. Sie wollte kein Mitleid von ihm.

Es klopfte an der Tür. Eine blonde Schwester von Brunhildens Ausmaßen betrat den Raum, einen Rollstuhl vor sich her schiebend. »Wären Sie dann soweit, Mrs. Prescott?«

»Ich kann laufen, danke.« Sie bückte sich vorsichtig und nahm ihre Handtasche und das Namensbuch vom Nachtkästchen.

»Tut mir leid. Krankenhausvorschriften.« Die Schwester wartete, bis Alex im Stuhl saß, dann fragte sie: »Was ist mit den ganzen schönen Blumen? Wollen Sie die nicht mit nach Hause nehmen?«

»Nein, ich glaube nicht.« Alex wollte nichts um sich haben, was sie an den Krankenhausaufenthalt erinnerte oder an den vorausgegangenen Gewaltakt, dem sie den Aufenthalt zu verdanken hatte.

Die Schwester schob Alex die lange Rampe zu den Patientenparkplätzen hinunter, wo Warren den Lexus abgestellt hatte. Er öffnete die Beifahrertür für sie; die Krankenschwester half Alex auf den Sitz.

»In vier, fünf Monaten rollen wir Sie hier mit Ihrem Baby

raus«, sagte die Schwester. »Was meinen Sie, wird das nicht schön?«

Weit mehr als nur schön, dachte Alex. Auf der Heimfahrt wechselten Warren und Alex kaum ein Wort, und sie wünschte, die Schwester wäre mitgekommen, um die Stille zu durchbrechen. Sie schaltete das Radio ein und wählte einen Sender mit klassischer Musik.

Warren sagte: »Übrigens, Paula ist da.«

»Paula? Aber es ist doch Montag.« Alex hatte sich auf einen Tag Gnadenfrist gefreut, bis sie der Haushälterin wieder gegenübertreten mußte. Und sich fragen ...

»Es war ihre Idee. Und Denise hatte nichts dagegen. Ich habe Paula gesagt, daß wir ihre Hilfsbereitschaft sehr zu schätzen wissen.«

War das ein Fingerzeig für Alex, daß sie sich dankbar zeigen sollte, wenn sie mit Paula sprach? »Das ist sehr nett von ihr, Warren«, sagte Alex und versank wieder in Schweigen. Selbst wenn die Bedrohung von Paula ausging, entschied sie, so war es unwahrscheinlich, daß sie Alex etwas in ihrem eigenen Haus antun und dadurch den Verdacht auf sich lenken würde.

Als sie am Haus ankamen, öffnete Paula die Haustür. »Willkommen zu Hause, Alex«, sagte sie in dem düsteren Ton eines Leichenbestatters. Ihre Augen waren stärker mit Schwarz umrandet als gewöhnlich. »Ich bin ja so froh, daß Sie und das Baby gesund sind. Ich habe gestern in der Kirche für Sie gebetet.«

Worum gebetet? »Es geht uns gut, Paula. Danke für Ihre Genesungswünsche. Und vielen Dank, daß Sie heute gekommen sind.« Alex konnte Warren nicht sehen, da er hinter ihr stand, aber sie war sicher, daß er zustimmend lächelte.

Der größte Teil ihres Körpers war immer noch empfindlich und schmerzte an Stellen, die sie nicht einmal benennen konnte, vor allem dann, wenn sie sich bewegte; obwohl Warren hinter ihr ging und sie mit einer Hand im Rücken stützte, war das Treppensteigen ein langwieriger und mühevoller Prozeß. Jemand – ohne Zweifel Paula – hatte die Tagesdecke bereits entfernt und die Decke zurückgeschlagen. Ein Baumwollnachthemd, das vorn geknöpft wurde, lag auf dem Kissen. Es war eines jener Nachthemden, die sie für die Zeit gekauft hatte, wenn sie das Baby stillen würde.

»Ich bin gleich wieder da«, sagte Warren und ging aus dem Zimmer.

Sie entkleidete sich und knöpfte alle Knöpfe des Nachthemds auf, so daß sie es leichter überziehen konnte. Als Warren zurückkam, lag sie bereits im Bett.

»Paula möchte wissen, ob du Hunger hast«, sagte er von der Tür aus.

»Nicht wirklich. Ich habe im Krankenhaus gefrühstückt.«

»Ich muß jetzt ins Büro, aber ich rufe dich an.«

Ihr wurde mit stechender Enttäuschung klar, daß sie erwartet hatte, er würde noch eine Weile bleiben. Vor seinem Gespräch mit Dr. Pearson hätte er das sicher auch getan. Aber auf der anderen Seite leitete er eine Anwaltskanzlei. »Warren, bevor du gehst, möchte ich dir noch etwas sagen.«

»Ich dachte, du wolltest mit mir nicht über deine Vergangenheit sprechen.«

Sie spürte, wie sie errötete; die Hitze kroch ihren Hals hinauf. Wie lange würde das noch so weitergehen? »Darum geht es nicht. Es geht um Samstag. Ich wurde gestoßen, Warren. Absichtlich gestoßen.«

Er machte mehrere zögernde Schritte in den Raum hinein, so als würde er gegen seinen Willen zu ihr hingezogen. »Alex, du standest in einer Menschenmenge. Da wird manchmal geschubst und gerempelt.«

Sie schüttelte den Kopf. »Nein, ich habe gefühlt, wie mich Hände gestoßen haben.«

»Ich habe mit einer Menge Leute gesprochen, die dort gestanden haben, Alex. Und sie haben alle dasselbe gesagt: Daß du das Gleichgewicht verloren hast und hingefallen bist.«

Er sprach mit seiner »vernünftigen« Stimme, die, mit der er sprach, wenn Nicholas oder Lisa – meistens Lisa – sich eigensinnig und kindisch benahmen. Es war auch dieselbe Stimme, mit der ihre Eltern oft zu ihr gesprochen hatten, lange nachdem sie gar kein Kind mehr war.

»Jemand ist mir gefolgt, Warren! Hat mich beobachtet! Erst im Supermarkt, dann am Donnerstag, als ich mit Evelyn bei Robinson's war. Ich habe es dir nicht erzählt, weil ich wußte, daß du mir nicht glauben würdest.«

»Hat Evelyn diese Person auch gesehen?« Dieselbe ruhige, unmodulierte Stimme.

Sie wurde rasend vor Wut. »Nein! Aber das heißt nicht, daß es nicht wahr ist. Jemand hat mich gestoßen! Jemand wollte, daß ich hinfalle. Jemand will unser ungeborenes Baby töten! Warum willst du mir bloß nicht glauben?«

Warren seufzte. Er schloß die Tür, dann ging er zu ihr und setzte sich auf die Bettkante. Er nahm ihre Hand in seine. »Alex«, sagte er in zärtlichem Tonfall. »Alex, keiner will dir weh tun. Du mußt unbedingt aufhören, das zu denken. Du wirst langsam paranoid, und das macht mir angst.«

»Ich bin nicht paranoid, Warren. Dr. Pearson hat mir erzählt, daß ihn ein Mann angerufen hat, der vorgab, von einer Krankenversicherung zu sein, und ihn nach meiner Schwangerschaft ausgefragt hat.«

Warren runzelte die Stirn. »Wer?«

»Das weiß ich nicht.« Alex wiederholte, was der Arzt ihr erzählt hatte. »Pearson glaubt, es handele sich um eine Art statistische Umfrage.«

»Das *ist* es wahrscheinlich auch, Alex«, sagte Warren sanft. »Du mißt dem vermutlich mehr Bedeutung bei, als es hat.«

»Aber was ist, wenn es keine Umfrage war? Und was ist mit den anonymen Briefen? Die habe ich mir nicht eingebildet. Gestern habe ich wieder einen bekommen, im Krankenhaus.« Sie erzählte ihm von der Puppe und dem Zettel darin. »Das Baby innen fehlte, Warren. Verstehst du nicht? Dieselbe Person, die mich gestoßen hat, hat mir auch die Puppe geschickt. Auf dem Zettel stand, ich würde es nicht verdienen, ein Kind zu bekommen.« Mörderin!

»Kann ich ihn sehen?«

»Ich habe ihn zerrissen. Und die Puppe habe ich weggeworfen.« Warum hatte sie ihm den Zettel und die Puppe nicht im Krankenhaus gezeigt? Sie sah ihm in die Augen. »Evelyn war bei mir, als ich die Puppe bekam. Du kannst es also nachprüfen, so wie letztes Mal.«

Er hatte den Anstand zu erröten. Er ließ ihre Hand los. »Ich habe sie angerufen, weil ich mir Sorgen um dich mache, Alex, und nicht, weil ich kein Vertrauen zu dir habe.«

Vertraust du mir jetzt? wollte sie ihn am liebsten fragen, aber sie fürchtete sich vor der Antwort.

»Wer, glaubst du also, hat dich gestoßen?«

Sie merkte, daß er ihr nicht glaubte. Er ließ ihr ihren Willen, war geduldig. Würde sie jetzt Denise oder Paula (nicht Lisa – Lisa konnte sie nicht erwähnen) erwähnen, wäre Warren endgültig davon überzeugt, daß sie neurotisch wurde. Sie brauchte Beweise, bevor sie ihm einen Namen nannte.

»Ich weiß es nicht. Möglicherweise Lundquist«, sagte sie. Sie bot ihm den Namen wie ein Opferlamm dar, weil er der glaubwürdigste und am wenigsten offensiv für Warren war.

»Ich werde Detective Brady anrufen und es ihm sagen.«

Sie schämte sich beinahe, tröstete sich aber mit dem Gedanken, daß es Lundquist sein *könnte.*

Während des restlichen Vormittags und am Nachmittag ruhte Alex sich aus. Sie schlief, schaute ein wenig fern – Soap Operas und Oprah Winfrey. Sie las die *Los Angeles Times* und eine Ausgabe der *Newsweek.*

Paula brachte ihr zum Mittagessen eine Schale Gemüsesuppe und ein Thunfischsandwich. Die Haushälterin war ungewöhnlich freundlich und kümmerte sich rührend um sie, und Alex mußte zugeben, daß es schön war, verwöhnt zu werden. Aber sie fragte sich, ob Paula wohl in ihrem Atelier bügelte, in ihrem Schaukelstuhl saß, ihre Staffelei und ihre Malutensilien hin und her rückte und Stärke auf ihre Nachthemden sprühte. Sich auf die Zeit vorbereitete, wenn Alex nicht mehr dasein würde.

Um zwanzig vor drei kam Paula nach oben und verkündete Alex, sie würde jetzt losfahren und Nicholas von der Schule abholen.

»Denise hat angeboten, Lisa abzuholen«, sagte sie.

Alex nickte. »Das ist lieb von ihr. Ach übrigens, Paula, erinnern Sie sich noch an die Verwüstung meiner Schule, als im Büro die ganzen Papiere verstreut auf dem Boden herumlagen?«

»Natürlich. Es war furchtbar, ganz furchtbar.«

Bildete Alex es sich ein, oder hatte sich die Frau angespannt? »Nun, irgendwie vermisse ich ein paar Unterlagen, und ich habe mich gefragt –«

»Ich habe nichts weggenommen, Alex.« Die Haushälterin stand aufrechter. »Ich habe nur das, was herumlag, geordnet.«

Beinahe dieselben Worte, die sie verwendet hatte, als Alex an jenem Nachmittag vom Polizeirevier wiedergekommen war. »Natürlich nicht Paula. Ich weiß, daß Sie das nicht tun würden.« Alex lächelte. »Aber vielleicht wurde zufällig etwas weggeschmissen. Es herrschte ja eine solche Unordnung«, fügte sie entschuldigend hinzu.

»Ich habe nichts weggeschmissen«, sagte Paula, Stimme und Gesicht finster vor Entrüstung. »Alle waren zum einen oder anderen Zeitpunkt im Büro. Evelyn natürlich. Und Ihre Angestellte –?« Sie sah Alex fragend an.

»Patty.«

»Ja.« Sie nickte. »Patty. Und Denise.«

Das war ja interessant, dachte Alex. Denise hatte behauptet, sie sei nicht im Büro gewesen. In beiläufigem Tonfall sagte Alex: »Ich dachte, Denise hätte im Klassenzimmer aufgeräumt.«

»Das war später. Als ich kam, war sie im Büro.« Paula sah auf die Uhr. »Ich gehe jetzt besser, sonst muß Nicholas noch warten. Und das wollen wir doch nicht, oder?« Sie wandte sich brüsk um und schritt aus dem Zimmer.

Nun, da hat sie mich ja mal wieder hübsch zurechtgewiesen, dachte Alex.

Eine halbe Stunde später war ihre Stirn noch immer in tiefer Konzentration gefurcht. Sie grübelte, wer alles Zugang zu den Telefonrechnungen gehabt hatte. Dann hörte sie Nicholas die Stufen heraufstürmen. Sie lächelte, noch bevor er das Schlafzimmer betrat.

»Hallo, Mommy!« Er rannte zum Bett, beugte sich zu ihr und gab ihr einen Kuß. »Dein Fleck sieht ja ulkig aus!« Er deutete auf ihre Wange.

Ein Arzt des St. John's hatte am Morgen den Verband entfernt, aber der blaue Fleck sah immer noch häßlich aus. »Es ist schon viel besser. Wie war's in der Schule, Nicholas?« Sie rückte vorsichtig von der Bettkante weg und klopfte auf den Platz neben sich. »Setz dich.«

»In der Schule war es toll!« Er grinste und setzte sich.

Sie strich ihm das Haar glatt. »Erzähl mir davon.«

»Also, erst –«

»Nicholas?« rief Paula von unten hoch. »Laß deine Mutter schlafen, Schatz. Komm in die Küche. Ich habe hier was Schönes für dich vorbereitet.«

Und was bekomme ich Schönes? dachte Alex verärgert, aber sie gab Nicholas einen Kuß und sah ihm nach, wie er aus dem Zimmer hüpfte.

Warren kam früher nach Hause als gewöhnlich. Alex hörte ihn im Familienzimmer sprechen. Ein paar Minuten später kam er zu ihr hoch, und nachdem er Alex gefragt hatte, wie sie sich fühle, teilte er ihr mit, daß er vor dem Abendessen noch juristische Schriftsätze abfassen müsse. Kein Problem, antwortete sie.

»Paula hat sich um das Abendessen gekümmert«, sagte Warren. »Übrigens ißt Denise heute mit uns. Lisa hat sie gefragt, ob sie nicht zum Essen bleiben möchte.«

»Das ist nett«, sagte Alex. Gleich drei Verdächtige in einem Raum.

»Denise wollte kurz hallo sagen. Ist es in Ordnung, wenn sie hochkommt?«

»Ein bißchen später, ja? Ich bin müde.«

Sie war nicht in der Stimmung, Denise zu sehen und die aufmunternden und tröstenden Worte zu hören, die möglicherweise gar nicht aufrichtig gemeint waren. Andererseits konnten sie durchaus aufrichtig sein, und das quälte sie ebenso. Sie fragte sich, ob sie Denise deshalb so schnell verdächtigte, weil sie eifersüchtig auf die enge Bindung zwischen ihrem Mann und seiner früheren Schwägerin war.

Eine Weile später hörte Alex Gesprächsfetzen die Stufen hinauf und in ihr Zimmer schweben, wie das Lied des Rattenfängers von Hameln, verlockend und verführerisch. Sie war schon halb aus dem Bett, um sich zu den anderen zu gesellen, als Paula ihr auf einem weißen Tablett das

Abendessen servierte. Alex zögerte, dann legte sie sich ins Bett zurück und bedankte sich.

Paula ging wieder nach unten. Alex stocherte im Essen herum, das aus Brathühnchen, einer Ofenkartoffel und Salat bestand, und fragte sich, worüber wohl alle gerade sprachen. Warren, Lisa, Nicholas, Denise, Paula. Die ganze glückliche Familie, dachte sie – genau so, wie sie war, bevor ich auf dem Schauplatz erschienen bin. Sie wußte, daß sie sich selbst bemitleidete, aber sie konnte es nicht ändern.

Nach dem Abendessen brachte Warren Denise nach oben. Wie geht es dir, Alex? fragte sie. Sie lächelte, aber das Lächeln erreichte nicht ihre Augen. Danke, gut, Denise. Die Unterhaltung stockte; Alex machte keine Anstalten, sie aufleben zu lassen. Nach einer merkwürdigen peinlichen Stille gab Denise Alex einen Kuß, der kaum ihre Wange streifte, und ging wieder nach unten. Alex hatte nichts in Erfahrung gebracht – entweder war Denise angespannt aufgrund ihrer Doppelzüngigkeit oder war verletzt aufgrund Alex' plötzlicher Reserviertheit.

Falls Warren ihr Verhalten gegenüber Denise merkwürdig fand, so sagte er es jedenfalls nicht. Er teilte ihr mit, daß Paula über Nacht bleiben würde, so daß sie sich am Morgen gleich um sie kümmern könnte. Ob Alex das nicht großartig fände? Großartig, stimmte sie zu, während sie insgeheim den Gedanken haßte, daß die Frau die ganze Nacht dasein würde, den ganzen nächsten Tag, und noch mehr haßte sie die Tatsache, daß keiner sie um ihre Meinung gefragt hatte.

Einige Minuten später kam Evelyn zu Besuch.

»Schau, was ich dir mitgebracht habe, Alex.« Sie legte einen Armvoll Gute-Besserung-Karten auf das Bett. »Sogar Richie hat eine fertiggekriegt, und du weißt, daß er immer eine Ewigkeit braucht, bis er sich endlich für eine Kreide entschieden hat.« Sie lächelte.

»Sie sind wunderschön!« Alex hatte Tränen in den Augen, als sie die liebevollen Zeilen der Kinder las.

Das Telefon klingelte. Einen Augenblick später rief Lisa durchs Haus: »Es ist für dich, Alex. Leitung eins. Irgendein Mann. Er hat mir seinen Namen nicht genannt.«

Alex drückte auf den Knopf, unter dem ›Leitung 1‹ stand, und führte den Hörer ans Ohr. Im Hintergrund hörte sie Warren etwas zu Nicholas sagen und Lachen aus dem Fernseher.

»Einen Moment, bitte«, sagte Alex in den Hörer. »Ich bin gleich wieder da.« Sie drückte auf die Stummtaste. »Du kannst auflegen, Lisa«, rief sie nach unten. Dann drückte sie wieder Leitung eins. Die Geräusche vom Fernseher waren immer noch zu hören. Sie wünschte, Lisa würde daran denken, den Hörer aufzulegen. Oder wenigstens auf die Stummtaste drücken.

»Tut mir leid«, sagte Alex. »Meine Tochter –«

»Ich habe gesehen, wer Sie gestoßen hat.«

Alex' Herz schlug schneller. »Wer spricht da?«

»Spielen Sie keine Versteckspielchen mit mir, Mrs. Prescott. Ich habe gesehen, wer Sie gestoßen hat. Und Sie wissen, wo meine Frau ist. Wir könnten unsere Informationen austauschen. Was sagen Sie dazu?«

Ihre Hände waren mit einemmal feucht. »Mr. Lundquist, zum tausendsten Mal –«

»Sie wissen nicht, wo sie ist. Ich weiß.« Er kicherte. »Aber Sie *sprechen* mit ihr. Das hat sie neulich jedenfalls so gut wie zugegeben.«

Evelyn flüsterte: »Was will er?«

Alex legte den Finger auf die Lippen. »Mr. Lundquist, Sie behaupten also, Sie hätten gesehen, wer mich gestoßen hat. Aber woher soll ich wissen, daß Sie die Wahrheit sagen?«

Lundquist lachte. »Woher sollte ich wohl wissen, daß jemand Sie gestoßen hat, wenn ich es nicht mit eigenen

Augen gesehen hätte? Oder stand das etwa in der Zeitung, so wie die Verwüstung Ihrer Schule?«

»Vielleicht wissen Sie es deshalb, weil Sie es selbst waren.«

»Nein, ich war es nicht! Wieso zum Teufel sollte ich das tun?« begehrte er wütend auf. Mit ruhigerer Stimme sagte er: »Also, wir treffen uns, Sie willigen ein, meiner Frau eine Nachricht von mir zu übermitteln, und dann erzähle ich es Ihnen.«

»Ich weiß nicht, wie ich Ihre Frau erreichen kann.« Das war eine Lüge. Alex hatte den Zettel mit der Nummer des Frauenhauses noch nicht vernichtet. Jetzt bereute sie es, weil sie dadurch in Versuchung käme, die Frau anzurufen.

»Doch, das wissen Sie wohl. Aber wie dem auch sei, sie wird jedenfalls irgendwann bei Ihnen anrufen. Da bin ich mir ganz sicher. Und wenn sie es tut, möchte ich, daß Sie ihr etwas von mir ausrichten.«

»Aber was ist, wenn sie nicht anruft?«

»Das ist mein Risiko. Alles, worum ich Sie bitte, ist, daß Sie sich mit mir treffen und mit mir sprechen. Ich bin kein schlechter Mensch, Mrs. Prescott. Ich gebe zu, ich habe ein paar große Fehler begangen. Aber ich würde Ihnen gern meine Sicht der Dinge darlegen, und okay, ich will ehrlich sein: Ich hätte gern, daß Sie mir helfen, daß Sally zu mir zurückkommt. Ich muß mit ihr reden.«

»Wann, schlagen Sie vor, sollen wir uns treffen?«

»Morgen am späten Abend, um neun Uhr, in meinem Haus.« Er gab ihr die Adresse. »Abgemacht?«

»Ich würde mich lieber in einem Restaurant mit Ihnen treffen.«

»Nun, *ich* ziehe es bei mir vor. Ich habe im Moment geschäftliche Probleme und möchte nicht gern in der Öffentlichkeit gesehen werden. Also, morgen abend um neun bei mir, oder Sie vergessen das Ganze. Aber dann werden Sie nie erfahren, wer Sie gestoßen hat.«

Und die Briefe geschrieben hat. Und versucht hat, mein ungeborenes Baby zu töten. »In Ordnung. Bis morgen.«

Sie hielt den Hörer noch einen Augenblick in der Hand, nachdem Lundquist die Verbindung unterbrochen hatte, und fragte sich, ob sie den Verstand verloren hatte, einem Treffen zuzustimmen. Dann legte sie auf. Das rote Licht für Leitung eins leuchtete noch, was bedeutete, daß der Hörer unten noch immer neben der Gabel lag. Irgend jemand würde es schon irgendwann bemerken. Bis dahin würde jeder, der bei ihnen anrief, das Besetztzeichen hören, aber das kümmerte Alex nicht ernstlich.

Sie wandte sich an Evelyn. »Lundquist weiß, wer mich gestoßen hat, Evelyn. Er will es mir sagen.«

»Das habe ich gehört. Aber du wirst dich doch hoffentlich nicht mit ihm treffen, oder?« Sie starrte Alex an.

»Ich muß unbedingt herausfinden, wer hinter den anonymen Briefen steckt.«

»Aber was ist, wenn *er* dahintersteckt?« Evelyn griff nach Alex' Hand. »Geh nicht, Alex. Das ist verrückt!«

»Er behauptet, nicht dahinterzustecken, und ich glaube ihm irgendwie. Er ist davon überzeugt, daß er über mich Kontakt zu seiner Frau herstellen kann.«

»Wirst du es Warren erzählen?«

»Nein. Und ich will auch nicht, daß du ihm ein Wort davon sagst.«

Evelyn machte ein sorgenvolles Gesicht und ließ Alex' Hand los. »Alex, ich –«

»Versprich es mir!« Ihre Augen bohrten sich in Evelyns.

Evelyn schwieg. »Ich will aber nicht, daß du allein hingehst!« sagte sie endlich. Ihre Stimme zitterte. »Wenn du es Warren schon nicht erzählen willst, dann laß mich wenigstens mit dir mitkommen.«

Alex schüttelte den Kopf. »In deiner Anwesenheit wird er nichts sagen. Das weißt du.«

»Dann werde ich eben im Wagen auf dich warten. Er wird nicht merken, daß ich mitgekommen bin.«

Alex dachte einen Moment nach, dann nickte sie. »In Ordnung.«

Als Warren hochkam, fragte er sie, wer angerufen hatte.

Sie dachte an den Hörer, der unten neben dem Apparat gelegen hatte. Wollte er sie mit der Frage auf die Probe stellen? »Donald Lundquist. Er will, daß ich seine Frau dazu bringe, daß sie wieder zu ihm zurückkehrt.« Soweit stimmte das ja auch.

»Himmel noch mal, wann hört dieser Schweinehund endlich auf, dich zu belästigen?«

Warren entkleidete sich rasch, schaltete das Licht aus und legte sich ins Bett. Alex streckte ihre Hand nach seiner aus, aber er rollte sich von ihr weg auf die Seite.

»Gute Nacht, Alex. Schlaf gut.«

»Gute Nacht.«

Sie schloß die Augen, unsicher, ob sie den Schlaf herbeisehnen oder lieber gegen ihn ankämpfen sollte. Der Schlaf würde dafür sorgen, daß sie ihre Probleme mit Warren vergessen konnte. Aber er würde auch die Tür zu ihrem Traum öffnen.

Sie öffnete die Augen und warf einen Blick zu Warren hinüber. Er hatte sich auf den Rücken gerollt und starrte sie an. Als er merkte, daß sie ihn ansah, schloß er schnell die Augen.

Um halb neun Uhr am folgenden Abend hörte Alex ein Hupen. Sie blickte aus dem Wohnzimmerfenster und sah Evelyns blauen Toyota Corolla in der Einfahrt stehen. Sie ging in Warrens Arbeitszimmer.

»Evelyn ist da«, sagte sie.

Er sah von seinen Papieren auf. »Ich finde immer noch, du solltest im Bett bleiben.«

»Wir gehen nur Kaffee trinken. Mir geht es heute auch schon viel besser, ich fühle mich beinahe wie neugeboren, und um dir die Wahrheit zu sagen, drehe ich noch durch, wenn ich weiter untätig herumliege.« Das war keine Lüge. Sie war den ganzen Tag nervös gewesen, hatte ungeduldig beobachtet, wie sich die Minuten mühsam dahinschleppten, und auf den Moment gewartet, an dem sie endlich die Wahrheit erfahren würde.

Danach würde sie zu Warren gehen, und gemeinsam würden sie dem Ganzen ein Ende bereiten. *Außer, es ist Lisa,* flüsterte eine innere Stimme ihr zu. *Wenn es Lisa ist, gibt es kein Ende.* Aber sie weigerte sich, jetzt darüber nachzudenken.

Lundquist lebte in Marina del Rey, einem reichen Bezirk südlich des Washington Boulevards. Evelyn fand ohne Mühe die Straße, in der er wohnte, aber sie fuhr erst an seinem Haus vorbei und mußte umdrehen. Es war Viertel vor neun, als sie vor Lundquists großem, im Landhausstil gebauten Haus hielten. Sie saßen schweigend da, zu angespannt zum Reden. Alex sah alle paar Minuten auf die Uhr. Um neun öffnete sie die Beifahrertür.

»Bist du sicher, daß du das wirklich willst?« In dem schwachen Licht der Straßenlaterne sahen Evelyns Augen aus wie dunkle Teiche.

»Ich habe Angst«, gestand Alex. »Aber es ist der einzige Weg, es herauszufinden.«

»Ich wünschte nur, du würdest ihn an irgendeinem öffentlichen Ort treffen.«

»Ich habe ihn vor einer Stunde angerufen, wie du es mir vorgeschlagen hast, und ihn gebeten, ob wir uns nicht doch in einem Restaurant treffen könnten. Aber er hat abgelehnt.« *Trauen Sie mir* nicht? hatte er gefragt. »Das habe ich dir doch erzählt.«

»Ja, ich weiß, das hast du mir erzählt. Trotzdem gefällt es

mir nicht.« Sie berührte Alex am Arm. »Sollen wir nicht lieber wieder fahren? Soll sich doch die Polizei um alles kümmern.«

»Ich kann nicht.«

»Dann laß mich mit dir mitkommen.« Ihre Stimme war rauh vor Eindringlichkeit. »Was kann es ihm schon groß ausmachen, ob ich nun dabei bin oder nicht?«

Alex schüttelte den Kopf. »Wünsch mir Glück«, flüsterte sie.

Ins Auto einzusteigen war relativ schmerzlos gewesen. Das Aussteigen erforderte dagegen vorsichtiges Manövrieren. Sie hob ihre Beine rechts aus dem Auto, hielt sich am Türgriff fest und zog sich so zum Stand hoch. Alex verzerrte das Gesicht und biß sich auf die Lippe, als ein krampfartiger Schmerz durch sie hindurchschoß, dann schlug sie die Tür hinter sich zu.

Im Haus brannte überall Licht. Alex ging den Steinweg entlang bis zur weißen Flügeltür und klingelte. Keiner öffnete, aber sie wußte, das Lundquist da sein mußte. Sie klingelte erneut, dann bemerkte sie einen kleinen, zusammengefalteten Zettel, der an der Tür befestigt war. Sie machte ihn ab und faltete ihn auseinander.

Mrs. Prescott – leider ist die Klingel kaputt. Aber die Tür ist offen, treten Sie ein. Ich bin im Whirlpool. Rufen Sie mich, sobald Sie da sind, und ich bin dann sofort bei Ihnen – aber Sie können natürlich auch gern dazusteigen. War nur ein kleiner Scherz! Machen Sie sich einen Drink.

D. L.

Sie war verärgert und ein wenig nervös – sollte das ein Trick sein? – und überlegte, ob sie auf dem Absatz umkehren, ins Auto steigen und Evelyn sagen sollte, sie solle sie auf dem schnellsten Wege nach Hause fahren. Doch sie drehte den Türknopf, stieß die Tür auf und trat in eine große Eingangshalle mit weißen Marmorfliesen auf dem Boden.

Rechts und links befanden sich geschlossene Türen. Direkt vor ihr ging es in ein riesiges, tiefer gelegenes Wohnzimmer mit drei vorhanglosen Glastüren, die in den Garten führten. Im Wohnzimmer standen keine Möbel, bis auf zwei graue Seidensofas und ein Glastisch mit schwarzem Granitfuß. Der Boden bestand aus denselben weißen Marmorfliesen wie die Halle. Die Wände waren hellgrau gestrichen. Alex fragte sich, wo Bobby Lundquist wohl gespielt hatte – jedenfalls bestimmt nicht in diesem strengen, kühlen Raum. Wahrscheinlich in einem der Zimmer, die sich hinter den geschlossenen Türen verbargen.

Alex stieg die Marmorstufen hinunter und durchquerte den Raum bis zu einer der Glastüren. Sie war angelehnt. Alex schob sie auf und rief nach Lundquist, wobei sie sich lächerlich vorkam, ihre Worte an jemanden zu richten, den sie nicht sehen konnte.

»Mr. Lundquist? Ich bin's, Alexandra Prescott. Ich bin da.«

Sie wandte sich um. Auf eine schwarze Granitbar zu ihrer Rechten hatte Lundquist Karaffen mit bernsteinfarbenen Flüssigkeiten gestellt, Trinkgläser aus Kristallglas, Perrier und verschiedene Sodas. Lundquist war zumindest ein guter Gastgeber, wenn schon kein guter Ehemann, dachte Alex. Sie füllte ein Glas mit Perrier und setzte sich auf eines der grauen Seidensofas.

Fünf Minuten verstrichen, dann sechs. Sie stellte das Glas auf den Couchtisch vor ihr ab und erhob sich. Sie würde sich noch einmal bemerkbar machen; vielleicht hatte er sie beim ersten Mal nicht gehört. Danach würde sie noch ein paar Minuten warten und dann gehen.

Sie ging wieder zur Terrassentür und rief noch einmal

seinen Namen. Sie drückte ihr Gesicht an die Glasscheibe, aber der Whirlpool und der Swimmingpool waren hinter einem kleinen Kreis von Bäumen verborgen.

Sie trat nach draußen auf den Steinweg. Sie hörte Musik. Vielleicht hatte Lundquist ihr Rufen deshalb nicht gehört. Sie folgte einem Weg, der nach links abging. Da war der Swimmingpool und, ein paar Stufen hinauf, der Whirlpool. Und da war auch Lundquist. Er saß auf den Stufen des Whirlpools, mit dem Rücken zu ihr.

»Mr. Lundquist!«

Sie ging am Rand des Schwimmbeckens entlang, bis sie vor dem Whirlpool stand. Lundquists Kopf lag auf seiner Brust. Seine Ellbogen hatte er auf dem gekachelten Sims aufgestützt. Sie streckte eine Hand aus und tippte ihm leicht auf die Schulter. Einer der Ellbogen rutschte auf der glatten Unterlage weg, dann der andere, und vor Alex' entsetzten Augen glitt Donald Lundquist in das wirbelnde Wasser und sank zum Grund.

20

Alex schrie.

Sogar in der Dunkelheit konnte sie im Mondlicht erkennen, daß Donald Lundquist tot war. Aus seinem Gesicht war alle Farbe gewichen. An seinem Hals und seiner Brust waren dunkle, eingerissene Schnittwunden zu sehen, und sein Blut färbte das sprudelnde Wasser im Whirlpool zu einem hellen Rosa.

Sie würgte und taumelte rückwärts, dann drehte sie sich um und übergab sich auf den asphaltierten Boden. Als der Brechreiz nachgelassen hatte, hielt sie sich die geprellten, schmerzenden Seiten und rannte so schnell sie konnte zum

Haus zurück, durch die Glastür, durch das Wohnzimmer hindurch und durch die Eingangshalle. Endlich war sie draußen.

Schmerz schoß durch ihren gepeinigten Brustkasten, aber sie konnte unmöglich stehenbleiben. Sie rannte zu Evelyns Auto, riß die Beifahrertür auf, stieg ein und zog schnell die Tür zu.

»Fahr los!« krächzte sie. Ihre Kehle war wund vom Erbrechen.

Evelyn starrte sie an. »Alex –«

»Sofort!«

Evelyn ließ den Motor an und fuhr mehrere Blocks, dann lenkte sie den Wagen an den Randstein. Sie legte ihre Hand auf Alex' Schulter.

»Ich hätte dich nicht allein hineingehen lassen dürfen! Was hat er getan? Hat er dir was angetan?«

»Er hat mir nichts angetan.« Alex machte eine Pause. Es gab keinen Weg, die Tatsache zu beschönigen. »Lundquist ist tot, Evelyn. Jemand hat ihn umgebracht.«

Evelyn zog schnell ihre Hand zurück. »Das kann nicht sein!« Ihre Augen waren groß vor Angst. Sie zitterte. »Was ist passiert? Hast du –«

»Er war schon tot, als ich kam. Im Whirlpool. Es war furchtbar, Evelyn. Ich habe ihn berührt, und da ist er ins Wasser geglitten. Jemand hat ihm in den Hals und die Brust gestochen. Das Blut . . .« Alex mußte abermals würgen bei dem Bild, das vor ihrem geistigen Auge auftauchte; sie legte sich die Hand vor den Mund, aber es war nichts mehr vorhanden, was sie hätte erbrechen können.

»O Gott!« stöhnte Evelyn. Sie schloß kurz die Augen. Schweißperlen hatten sich auf ihrer Oberlippe gebildet. »Ich weiß, daß er seine Frau geschlagen hat, und er war ein schrecklicher Mensch, aber ihn umzubringen . . .« Sie klang, als würde sie gleich anfangen zu weinen.

»Ich weiß. Ich muß die Polizei verständigen.«

»Das kannst du nicht tun! Sie werden wissen wollen, warum du sie nicht gleich von ihm aus angerufen hast. Laß dich da bloß nicht reinziehen, Alex!«

»Ich kann ihn doch da nicht so liegen lassen, Evelyn! Laß uns eine Telefonzelle suchen. Ich werde ihnen meinen Namen verschweigen. *Bitte*«, drängte Alex, als Evelyn sich nicht rührte.

Sie fuhren schweigend weiter, und nach einer Weile, die Alex endlos vorkam, fanden sie eine kleine Einkaufspassage mit einem 7-Eleven-Laden und einem öffentlichen Telefon. Es waren mehrere Leute im Geschäft, und davor saßen zwei ungekämmte, zerlumpt aussehende Männer in zerrissener Kleidung auf dem Bürgersteig, mit dem Rücken an die stuckverzierte Wand des Gebäudes gelehnt.

»Laß uns ein anderes Telefon suchen«, flüsterte Evelyn.

Alex wollte am liebsten nach Hause, sich ins Bett verkriechen, die Decke über den Kopf ziehen und alles vergessen. Als ob sie das könnte. »Nein, ich möchte es hinter mich bringen.«

Sie stieg aus dem Wagen und vermied es, die beiden Männer anzusehen, war sich aber deren Blicke bewußt, und ging so zielbewußt wie möglich zur Telefonzelle.

»Haben Sie fünfzig Cents?« fragte einer der beiden. Er hatte eine heisere Stimme und nuschelte.

Sie hatte ihre Handtasche im Auto liegenlassen. »Tut mir leid«, sagte sie, ohne stehenzubleiben. Sie hörte, wie er gleichgültig »Blöde Kuh« sagte.

Sie trat in die Telefonzelle und schloß die Falttür. Seit sie aus Lundquists Haus gerannt war, verspürte sie den übermächtigen Drang, das Wissen um den Mord und damit die Verantwortung an jemanden mit Amtsgewalt abzugeben, aber als sie jetzt nach dem Hörer griff, zitterte ihre Hand. Sie holte tief Luft und drückte die Tasten für den Notruf.

»Polizei, Notruf«, meldete sich eine männliche Stimme.

»Es gab einen –«

Jemand hämmerte an die Tür der Telefonzelle.

Alex wirbelte herum und hob mit klammerndem Griff den Hörer, bereit, sich damit gegen den Mann zu wehren, der sie eine blöde Kuh genannt hatte. Statt dessen erblickte sie eine bleiche Evelyn.

Evelyn öffnete die Tür einen Spalt. »Leg auf!«

Alex schaute sie an, unsicher, was sie tun sollte.

»Du hast das nicht durchdacht!« zischte Evelyn. »Du wirst einen Anwalt brauchen.« Sie griff in die Kabine und bedeckte den Hörer mit ihrer Hand. »Du hast ein Mordopfer gefunden!« Ihre von Panik erfüllten Augen bohrten sich in Alex' starren verwirrten Blick.

Alex hörte gedämpfte Stimmen aus dem Hörer. Die zwei Männer, wie sie sehen konnte, blickten interessiert zu ihr und Evelyn herüber. Sie legte den Hörer auf die Gabel, dann verließ sie die Telefonzelle und ging mit Evelyn zurück zum Wagen, den Blick entschlossen geradeaus gerichtet.

»Fünfzig Cents?« fragte der Mann in demselben gleichgültigen Ton und rülpste laut.

Sie stiegen in den Wagen. Evelyn fuhr vom Parkplatz der Einkaufspassage und hielt um die Ecke herum, ließ den Motor aber laufen.

»Wieviel hast du der Polizei erzählt, Alex?«

»Nichts. Ich kam nicht dazu. Glaubst du wirklich, ich brauche einen Anwalt?« flüsterte sie. »Warren wird so aufgebracht sein«, fügte sie mit dünner Stimme hinzu.

Evelyn nickte heftig. »Einen Anwalt und ein Alibi. Wir gehen jetzt zuerst einen Kaffee trinken, so wie wir es gesagt haben. Danach kannst du anrufen.«

Alex starrte sie an. »Bist du verrückt? Ich kann doch jetzt nicht Kaffee trinken gehen! Lundquist liegt *tot* in seinem Whirlpool.«

Evelyn umklammerte Alex' Hand. »Du mußt aber! Das brauchst du als Alibi.«

»Aber ich *habe* ein Alibi! Ich war mit Warren zusammen, und jetzt bin ich mit dir zusammen.«

»Alex, wach auf!« Evelyns Stimme war schrill vor Eindringlichkeit und einem Anflug von Ungeduld. »Lundquist muß getötet worden sein, kurz bevor du gekommen bist.« Sie machte eine Pause. »Deshalb gehen wir jetzt Kaffee trinken«, sagte sie entschieden, als würde sie mit einem Vorschüler reden. »Du hast Warren gesagt, daß wir Kaffee trinken gehen. Das wird er auch der Polizei erzählen, wenn sie ihn fragen. Niemand wird herausfinden, daß du bei Lundquist gewesen bist.«

»Die Polizei?« Alex erblaßte. »Weshalb sollten sie mit Warren sprechen wollen?« Sie fühlte, wie sich ihre Kehle zusammenschnürte.

»Alex, du hast Lundquist beschuldigt, deine Schule verwüstet zu haben. Du hast Anzeige gegen ihn erstattet, weil er dich belästigt und mit Nicholas geredet hat. Natürlich werden sie mit dir sprechen wollen!«

Alex bedeckte ihren Mund mit der Hand. »O Gott!« flüsterte sie. Sie zitterte. »O Gott!« Sie sank in den Sitz.

»Du hast mit ihm um acht Uhr gesprochen«, sagte Evelyn ruhig. »Da hat er also noch gelebt. Du sagst, du hättest ihn berührt. War er da . . . hat er sich kalt angefühlt?«

»Nein«, sagte Alex, sich erinnernd. »Er hat sich ganz normal angefühlt.«

»Das ist gut.« Evelyn nickte. »Also war er noch nicht lange tot. Wir gehen jetzt Kaffee trinken, so wie du es Warren gesagt hast. Die Kellnerin wird sich nicht an die genaue Uhrzeit erinnern, wann wir gekommen sind und wann wir wieder gegangen sind. Du hast also ein nachprüfbares Alibi.« Sie machte ein sorgenvolles Gesicht. »Hast du irgendwas im Haus angefaßt?«

In Gedanken ging Alex noch einmal jede ihrer Bewegungen durch, und zwar von dem Zeitpunkt an, als sie bei Lundquist angekommen war. »Ich habe die Haustür aufgemacht. Ich habe die Glastür berührt, die zum Garten hinausführt.« Ihre Stirn war in Konzentration gefurcht. »Ich habe Perrier getrunken.« Sie sah Evelyn an. »Meine Fingerabdrücke sind überall in dem verdammten Haus verteilt!« Ihre Stimme war beinahe unhörbar. »Was mache ich denn jetzt?«

»Okay.« Evelyn starrte auf die Windschutzscheibe. Ihre Knöchel schimmerten weiß, als sie das Lenkrad fest umklammerte. »Okay«, sagte sie wieder, als würde sie versuchen, sich selbst zu überzeugen. »Du sagst der Polizei, daß du heute zu einem früheren Zeitpunkt bei ihm warst und mit ihm gesprochen hast und daß alles in Ordnung war, als du gegangen bist.«

»Aber was ist, wenn sie herausfinden, daß ich dort war, als er schon tot war? Was ist, wenn mich jemand gesehen hat?« Ein näher kommendes Auto blendete sie mit seinem zu hoch eingestellten Scheinwerferlicht. Alex duckte sich und zog den Kopf ein.

»Dann sagst du ihnen die Wahrheit – daß du aus Lundquists Haus geflüchtet bist, weil du Angst hattest, daß sie dich verdächtigen würden.«

»Ich weiß nicht, Ev. Ich glaube, ich sollte die Polizei lieber gleich anrufen und ihnen alles sagen.«

»Aber –« Evelyn holte tief Luft und blickte beiseite. Als sie wieder zu Alex sah, sagte sie: »Vielleicht hast du recht. Es ist alles so kompliziert. Ich wünschte, du hättest nichts angefaßt.« Sie klang teilnahmslos und erschöpft. »Ich werde dich nach Hause bringen. Warren ist Anwalt. Er wird wissen, was zu tun ist.«

Der Gedanke, Warren gegenüberzutreten, zuzugeben, daß sie ihn heute abend angelogen hatte, war plötzlich mehr, als Alex ertragen konnte. »Ich kann nicht mehr klar denken. Tu, was du für richtig hältst.«

»Aber ich *weiß* nicht, was das richtige ist!« Evelyns Stimme zitterte.

Einen Moment lang war der einzige Laut, den sie hörten, das Geräusch des Motors. »Laß uns in ein Café gehen«, sagte Alex.

Sie fanden ein Café, in das sie sonst nie gingen, und parkten auf dem beinahe leeren Parkplatz. Evelyn stellte den Motor ab, aber keine der beiden Frauen machte Anstalten, aus dem Wagen zu steigen.

»Okay«, sagte Alex schließlich. »Laß uns hineingehen.« Sie öffnete die Tür.

»Warte!« sagte Evelyn. »Kämm dir dein Haar und leg ein bißchen Lippenstift und Puder auf. Du siehst sehr blaß aus.«

Evelyn sah nicht viel besser aus, dachte Alex, während sie ihr Haar bürstete. Mit zitternder Hand zog sie sich die Lippen nach. Evelyns Hand, bemerkte sie, zitterte ebenfalls, als sie sich zurechtmachte. Alex wurde plötzlich bewußt, daß Evelyn sich mit dieser Aktion selbst gefährdete.

»Nervös?« fragte sie.

Evelyn nickte schnell.

»Du mußt das nicht tun. Wir können auch nach Hause fahren.«

»Nein. Ist schon okay.« Sie nahm Alex' Hand und drückte sie. »Wir sind doch Freundinnen, oder?«

»Thelma und Louise«, sagte Alex mit einem grimmigen Lächeln und wünschte sich augenblicklich, sie hätte nicht auf die beiden Filmfiguren angespielt, die vor der Polizei geflohen waren und ihrem Leben ein Ende setzten, indem sie mit dem Auto in den Grand Canyon hineinfuhren.

Auf dem Weg zum Café fühlte sich Alex wackelig, so als wären ihre Beine aus Gummi, aber Evelyn stützte sie mit dem Arm. Als sie eintraten, begann Evelyn zu lachen. Erschreckt drehte Alex den Kopf zur Seite und sah ihre Freundin an – war Evelyn etwa hysterisch geworden? –, aber dann wurde ihr klar, daß Evelyn schauspielerte, daß sie versuchte, eine sorglose Stimmung auszustrahlen.

»Das ist so lustig!« rief Evelyn aus. »Das muß ich mir unbedingt merken!«

Sie hakte sich bei Alex ein (Alex konnte fühlen, wie sie zitterte) und steuerte auf eine Sitznische zu. Als die Kellnerin kam, bestellte Evelyn zwei Kaffee und einen Käsekuchen.

»Nur ein Stück?« Die Kellnerin warf einen Blick auf Alex gerundeten Bauch. »Dachte, sie müßten für zwei essen«, sagte sie zu ihr.

Evelyn sagte: »Sie ißt auch für zwei. Ich halte Diät für eine.« Sie lächelte.

»M-hm«, sagte die Kellnerin und ging.

»Rede«, flüsterte Evelyn Alex zu. »Sag irgendwas. Erzähl mir was von den Kindern aus der Schule.«

»Ich kann nicht.«

Aber als die Kellnerin mit den Bestellungen zurückkam, merkte Alex, daß sie es konnte. Sie trank ihren Kaffee – es fühlte sich großartig an, wie er die Kehle hinunterrann –, aber der Anblick des Käsekuchens mit der Kirschglasur, die an den Seiten herunterlief, ließ Brechreiz in ihr aufsteigen; sie mußte an Lundquists käseweißes Gesicht denken und an seinen Hals und seine Brust, die mit Blut bedeckt gewesen waren.

Fünfzehn Minuten später zahlten sie und gingen. Sie fuhren zu einem Kinokomplex, wo sie eine Telefonzelle fanden. (Es hatte auch im Café ein Telefon gegeben, aber Alex hatte Angst gehabt, daß man ihren Anruf zum Café zurückverfolgen konnte.) Alex tätigte einen anonymen Anruf, meldete den Fund der Leiche und gab Lundquists Adresse durch. Bevor ihr der Mann am anderen Ende irgendwelche Fragen stellen konnte, legte sie auf.

Auf dem Weg zu Alex' Haus versanken Alex und Evelyn wieder in Schweigen. Als sie ankamen, erwartete Alex schon beinahe, schwarz-weiße Streifenwagen zu sehen, die mit blinkenden roten Lichtern auf sie warteten.

»Danke«, sagte sie zu Evelyn, als sie in die Einfahrt fuhren. »Ich rufe dich morgen in der Schule an.«

»Möchtest du, daß ich noch mit reinkomme?«

Alex schüttelte den Kopf. »Ich werde Warren früher oder später ohnehin allein gegenübertreten müssen.«

»Was wirst du ihm sagen?«

»Ich weiß es nicht.«

Im Haus war es still, als Alex eintrat. Das Licht in der Küche brannte. Auch in Warrens Büro war Licht an, aber er war nicht da. Alex ging nach oben, um nachzusehen, ob er vielleicht im Schlafzimmer fernsah, aber der Raum war leer. Sie sah nach Nicholas. Er schlief tief und fest unter seiner Ninja-Turtle-Decke. Sie strich ihm über die Wange, bückte sich und gab ihm einen Kuß. Dann ging sie den Gang entlang zu Lisas Zimmer und klopfte an. Keine Reaktion. Sie öffnete die Tür und trat ein.

Im Zimmer war es dunkel. Schwache Musik ertönte aus Lisas CD-Player. Lisa lag auf dem Bauch, das Gesicht zur Wand gedreht.

»Lisa?« rief Alex leise. Das Mädchen schlief, oder es tat zumindest so. Nach einem Augenblick verließ Alex das Zimmer.

Sie ging ins Schlafzimmer. Auf der Kommode fand sie einen Zettel: »Ich komme spät. Warte nicht auf mich. Warren.« Sie rief im Büro an, aber niemand hob ab. Sie ließ sich Badewasser einlaufen, entkleidete sich und stieg in die Wanne. Das Wasser war zuerst zu heiß, aber sie ließ sich langsam immer tiefer in die Wanne hineinsinken, bis sie mit dem Kopf an der gekachelten Rückwand lehnte.

Das Wasser fühlte sich wundervoll an. Es entspannte ihre

Muskeln und linderte die Schmerzen in ihren wunden Rippen. Alex lag, leise vor sich hin weinend, eine halbe Stunde in der Badewanne und dachte darüber nach, wie es gekommen war, daß ihr Leben plötzlich so verkehrt lief.

Nach dem Baden zog Alex ein Nachthemd über und legte sich ins Bett. Sie schaltete den Fernseher ein – sie war fest entschlossen, auf Warren zu warten und ihm von Lundquist zu erzählen. Sie sah erst die Elf-Uhr-Nachrichten an, dann *Nightline.* Dann die zweite Hälfte der David-Letterman-Show. Irgendwann während der Sendung schlief sie ein.

Als sie erwachte, war es Morgen. Sie erinnerte sich sofort wieder daran, was geschehen war, und drehte sich Warren zu, aber er lag nicht im Bett. Sie sah auf den Wecker. Zwanzig vor zehn. Auf ihrem Nachtkästchen lag ein Zettel:

Tut mir leid, daß ich gestern so spät nach Hause gekommen bin. Du hast dich im Schlaf unruhig hin- und hergewälzt, deshalb wollte ich dich heute morgen nicht aufwecken. Ruf mich an, wenn du wach bist.

Warren

P. S. Denise wird Nicholas und Lisa von der Schule abholen und nach Hause fahren, außer sie hört von dir etwas Gegenteiliges.

Kein »In Liebe«. Keine Erklärung, warum er so spät heimgekommen war. Wenn sie ihn danach fragte, würde er bestimmt antworten: »Schriftsätze«. Sie fragte sich, ob sie von jetzt an nur noch mit Zetteln kommunizieren würden.

Sie stand auf und wusch sich im Bad Gesicht und Hände. Dann rief sie in Warrens Kanzlei an. Seine Sekretärin teilte ihr mit, daß er zu einer unerwarteten und dringenden eidlichen Zeugenaussage ins Gericht gerufen worden sei und den ganzen Vormittag und einen großen Teil des Nachmittags dortbleiben würde.

»Richten Sie ihm bitte aus, er soll mich zurückrufen, Gwen«, sagte Alex. »Es ist wichtig.«

Sie ließ sich beim Duschen Zeit, bis das warme Wasser ihre Muskeln entspannt hatte. Dann kleidete sie sich an und ging nach unten. Die *Los Angeles Times* lag auf dem Küchentresen. Mit zitternden Händen sah sie den *Metro*-Teil durch, aber es stand nichts über Lundquist drin.

Sie war nicht hungrig, aber sie wußte, sie mußte etwas essen, allein dem Baby zuliebe. Sie hatte am Vortag ihr Abendessen kaum angerührt; sie war zu aufgeregt gewesen. Sie schnitt ein Bagel auf und legte die Hälften in den Toaster. Als das Telefon klingelte, war sie unsicher, ob sie wollte, daß es Warren war. Es war Evelyn.

»Ist alles in Ordnung bei dir, Alex?« Sie klang düster.

»Ja.« Die Bagelhälften sprangen aus dem Toaster. Alex legte sie auf einen Pappteller. »Es steht nichts in der *Times*. Und die Polizei hat sich auch noch nicht bei mir gemeldet.« Selbst wenn sie ihre Fingerabdrücke fanden, hatte Alex überlegt, würden sie nicht wissen, daß es ihre waren; sie hatten keinen Vergleich. Und gegen ihren Willen konnten sie keine Fingerabdrücke von ihr nehmen, außer sie nahmen sie fest, oder? Und konnten sie sie festnehmen ohne einen begründeten Verdacht? Das waren einige der Fragen, die sie Warren stellen wollte.

»Ja, ich weiß«, sagte Evelyn. »Im Radio kam auch nichts. Was hat Warren gesagt?«

»Ich habe es ihm noch nicht erzählt. Er ist gestern abend erst spät nach Hause gekommen, da habe ich schon geschlafen. Heute morgen ist er früh gegangen, und im Moment ist er nicht im Büro. Wie läuft's in der Schule?« Sie sehnte sich danach, wieder in die Vorschule gehen zu können, die Kinder um sich zu haben. Morgen, wenn sie bei Pearson wäre, würde sie ihn bedrängen, wieder zur Arbeit gehen zu dürfen.

»Prima. Ich rufe dich später noch mal an. Alex, wenn du irgend etwas brauchst . . .«

Was sie wirklich brauchte, war ein Wunder, dachte sie, als sie sich Frischkäse auf das Bagel strich, und das konnte weder Evelyn noch sonst jemand vollbringen. Letzte Nacht war sie angesichts Lundquists Leiche zu fassungslos und benommen gewesen, als daß sie klar hätte denken können. In der Dusche hatte sie begonnen, alle Möglichkeiten zu erwägen, hatte sie dann jedoch in einen hinteren Winkel ihres Gehirns verbannt. Jetzt mußte sie ihnen langsam ins Auge sehen.

Es war möglich, daß Lundquists Mord ein gesonderter Fall war und nicht mit ihr zusammenhing. Sie wußte nahezu nichts über den Mann – nichts über seine Arbeit, seine Freunde, seine Feinde. Sie wußte, daß seine Frau Angst vor ihm hatte, aber soweit sie beurteilen konnte, war Sally Lundquist eine schüchterne, furchtsame Frau. Das perfekte Opfer. Alex konnte sich nicht vorstellen, daß sie ihren Mann grausam erstach.

Stille Wasser sind tief, hatte Alex' Mutter immer gesagt, aber obwohl Angst zuweilen Opfer zu Tätern machte, hatte Sally Lundquist ihren Mann nach Alex' Wissen nicht mehr gesehen, seit sie in dem Haus für mißhandelte Frauen Zuflucht gesucht hatte.

Die Tatsache, daß Lundquist enthüllen wollte, wer Alex gestoßen hatte, konnte zufällig zeitlich mit dem Mord zusammengefallen sein. Aber das war nicht wahrscheinlich. Was bedeutete, daß Lundquist von jemandem ermordet worden war, der verhindern wollte, daß er mit Alex sprach. Jemand, der in Erfahrung gebracht hatte, daß Alex sich mit ihm treffen würde. Jemand, der nicht davor zurückschreckte, ihn zum Schweigen zu bringen.

Alex schüttelte den Kopf. Sie hatte sich damit abfinden müssen, daß jemand, der ihr nahestand, sie mit anonymen Briefen belästigte, sie gestoßen und versucht hatte, ihrem ungeborenen Baby etwas anzutun. *Aber Lundquist umbringen?* Der Gedanke war lächerlich, grotesk, unglaubwürdig – vor allem, wenn sie an Lisa dachte. Sie war erst vierzehn!

Alex konnte es trotzdem nicht ganz von der Hand weisen. Lisa hatte Lundquists Anruf entgegengenommen. Und sie hatte den Hörer neben dem Apparat liegen lassen, erinnerte sich Alex.

Natürlich mußte Alex, wenn sie objektiv sein wollte, auch Warren und Evelyn auf die Liste der Verdächtigen setzen. Jeder hätte den Hörer abnehmen und lauschen können, und Evelyn war bei ihr im Zimmer gewesen, als Lundquist angerufen hatte. Aber Warren hatte kein Motiv, Lundquist zum Schweigen zu bringen. Er hätte es vielmehr begrüßt, endlich zu erfahren, wer Alex die Briefe geschrieben und sie gestoßen hatte. (Alex wurde mit einem Schlag klar, daß sie jetzt, da Lundquist tot war, keine Möglichkeit mehr hatte, Warren zu beweisen, daß jemand sie wirklich gestoßen hatte.)

Auch Evelyn hatte kein Motiv. Sie war sichtlich entsetzt gewesen, als Alex ihr erzählt hatte, daß Lundquist ermordet worden war. *Das beweist gar nichts,* hörte Alex Warren sagen; *du nimmst sie in Schutz, weil sie deine Freundin ist.* Aber Evelyn konnte ihn nicht getötet haben – sie hätte keine Zeit dazu gehabt. Lundquist war noch kurz nach acht am Leben gewesen; um diese Zeit hatte Alex ihn auf Evelyns Drängen hin angerufen und gebeten, es sich noch einmal zu überlegen und sie an einem öffentlichen Ort zu treffen. Er hatte abgelehnt. Alex hatte Evelyn zurückgerufen und ihr das mitgeteilt; dann hatte Evelyn ihr Haus in Santa Monica verlassen und Alex um halb neun abgeholt, weniger als zwanzig Minuten später.

Alex hatte keine Ahnung, wo Denise und Paula am vergangenen Abend zwischen acht und neun Uhr gewesen waren. Lisa hatte den Abend bei ihrer Freundin Valerie Haines verbracht, um sich mit ihr auf eine Geschichtsprüfung vorzubereiten – das hatte sie zumindest behauptet. Sie war nach der Schule mit Valerie mit dem Fahrrad zu ihr nach Hause gefahren; Valeries Vater sollte sie später mit dem Auto nach Hause bringen.

Alex konnte Valeries Mutter unter einem Vorwand anrufen, um herauszufinden, ob das stimmte, aber sie hatte ihre Telefonnummer nicht. Gestern hatte Lisa sie auf einen Zettel gekritzelt, den sie mit einem Magneten an der Kühlschranktür befestigt hatte, aber da hing er nicht mehr. Die Namen, Adressen und Telefonnummern von Lisas Freunden und Freundinnen standen in ihrem rosafarbenen Terminkalender, aber den hatte sie immer bei sich. Möglicherweise wußte Warren die Nummer, aber Alex konnte ihn nicht gut danach fragen, selbst wenn sie ihn jetzt im Büro erreicht hätte. Valerie lebte in der Millwood Avenue, wußte Alex. Sie sah im Telefonbuch nach. Es gab eine lange Spalte mit Haineses, aber viele waren ohne Angabe der Adresse. Vielleicht bewahrte Lisa in ihrem Zimmer ein zweites Adreßbuch auf.

Alex ging in Lisas Zimmer hoch. Dabei kam sie sich wie ein Verräter vor. Auf dem Boden neben dem Himmelbett lag ein überdimensional großer, pinkfarbener Marienkäfer mit grünen Plastikaugen. Er schien Alex wütend anzustarren und ihre Anwesenheit in diesem Raum in Frage zu stellen.

Das Zimmer war wie immer in tadellosem Zustand. Irgend jemand – Andrea oder Paula – hatte Lisa gut erzogen. Oder vielleicht lag Ordentlichkeit in ihrer Natur. Alex suchte Lisas Tisch ab, auf dem Zeitschriften in ordentlichen Stapeln und ein Taschenbuch-Liebesroman lagen. Ein Tesafilmabroller und eine Heftmaschine. Ein Stifthalter in Form eines Marienkäfers. Aber kein Adreßbuch.

Alex öffnete die Tischschubladen. Sie redete sich ein, daß sie nach einem Adreßbuch Ausschau hielt, aber sie wußte, daß sie in Wirklichkeit nach einem vernichtenden Beweis suchte. Insgeheim betete sie, daß sie nichts finden würde. Gott, sie wollte wirklich nicht, daß es Lisa war! Die flache mittlere Schublade war abgesperrt. Alex fragte sich, was sie enthielt.

Sie sah bei den Büchern im Schränkchen über dem Schreibtisch nach, in den Kommodenschubladen und unter dem Bett. Sie fand kein Adreßbuch, aber auf dem obersten Regalfach des begehbaren Kleiderschranks lag Warrens schwarze Kingscap.

Was hatte die hier zu suchen? fragte sich Alex, und plötzlich blitzte in ihr die Erinnerung an die Gestalt in der dreiviertellangen Jacke auf, die sie beobachtet hatte. Er – oder sie – hatte eine schwarze Mütze mit Schriftzug getragen. Alex hatte die Mütze allerdings nur aus der Entfernung gesehen, und auch nur für einen kurzen Augenblick. Sie konnte deshalb nicht mit Sicherheit sagen, ob es eine Kingscap gewesen war.

Sie konnte es aber auch nicht mit Sicherheit ausschließen.

Warren besaß eine dreiviertellange lohfarbene Jacke.

Du ziehst voreilige Schlüsse, sagte sie sich. Tausende von Leuten besitzen eine Kingscap. Sie starrte die Mütze noch einen Moment an, ehe sie die Schranktür wieder schloß.

Sie sah sich ein letztes Mal im Zimmer um, um sicherzugehen, daß nichts auf ihre Durchsuchung hindeutete, dann zog sie die Zimmertür hinter sich zu. Sie überlegte, ob Denise vielleicht Valeries Nummer hatte – Tante und Nichte standen sich schließlich sehr nah. Alex ging ins Erdgeschoß und rief Denise an.

Paula ging ans Telefon. »Denise ist nicht da«, sagte sie zu Alex. »Wie geht es Ihnen?«

»Viel besser, danke. Sagen Sie Denise bitte, daß ich Lisa und Nicholas heute von der Schule abhole. Ach, da ich gerade von Lisa spreche, ich glaube, sie hat was bei Valerie vergessen, und ich wollte deshalb mit ihrer Mutter reden, aber ich habe die Telefonnummer nicht griffbereit. Glauben Sie, Denise könnte sie haben? Es ist Valerie Haines«, fügte sie hinzu.

»Ich werde in Denises Rolodex nachschauen.« Einen Augenblick später kehrte Paula ans Telefon zurück. »Tut mir leid. Ich konnte sie nicht finden.«

»Trotzdem danke.« Es war von vornherein ein aussichtsloser Versuch gewesen. Aber vielleicht war der Anruf doch nicht ganz umsonst. »Übrigens wollte ich mich noch mal dafür bedanken, daß Sie am Montag bei uns waren.«

»Aber bitte, gern geschehen, Alex. Es ist nett, daß Sie das sagen.«

»Ich habe gestern abend bei Ihnen angerufen, um Ihnen zu danken, aber Sie waren nicht zu Hause. Es war kurz nach acht, glaube ich.«

»Gestern abend? Ach ja, ich erinnere mich, da war ich einkaufen.«

»Also, nochmals vielen Dank«, sagte Alex lahm. »Bis Freitag.« Sie hatte nichts in Erfahrung gebracht, was irgend etwas bewiesen hätte.

Sie nahm das Telefonverzeichnis und begann alle Haineses durchzurufen, wobei sie all jene übersprang, die nicht in der Millwood Avenue wohnten. Jedesmal meldete sie sich mit ihrem richtigen Namen und fragte nach Sandra Haines, Valeries Mutter. »Sie haben die falsche Nummer«, sagten einige. Drei Anrufe wurden von Haushälterinnen mit Latino-Akzent entgegengenommen, die meinten: »Missus nicht da«; Alex hatte keinerlei Möglichkeit, in Erfahrung zu bringen, ob es die richtige Nummer gewesen war. Bei zwei Nummern schaltete sich der Anrufbeantworter ein. Mehrere Haineses, die sie anrief, waren nicht zu Hause.

Sie versuchte es wieder bei Warren im Büro. Die Sekretärin sagte ihr, sie habe noch nichts von ihm gehört. Alex kehrte zum Telefonbuch zurück. Beim achtzehnten Anruf erreichte sie Sandra Haines. Alex war so aufgeregt über den Erfolg, daß sie einen Moment lang sprachlos war, aber sie hatte sich schnell wieder gesammelt.

»Mrs. Haines, ich wollte Ihnen noch mal dafür danken, daß Lisa bei Ihnen zu Abend essen durfte.«

»Jederzeit, Mrs. Prescott. Wir alle mögen Lisa sehr gern.«

»Haben die Mädchen denn viel gelernt? Ich war nicht da, als Lisa nach Hause kam, und sie hat bereits geschlafen, als *ich* wiederum nach Hause kam. Und heute morgen habe ich verschlafen.« Du erklärst zuviel, sagte sich Alex.

»Sie waren bis kurz vor acht in Vals Zimmer – um die Zeit ist Lisa dann gegangen –, aber ich weiß nicht, wieviel sie getan haben. Sie wissen ja, wie Teenager so sind.« Sandra Haines lachte. »Ich habe aber mitbekommen, daß Lisa die Geschichtsprüfung nicht auf die leichte Schulter genommen hat. Deshalb ist sie auch schon so früh nach Hause gefahren. Sie hatte nämlich ein paar Unterlagen zu Hause vergessen.«

»Es war sehr nett von Ihrem Mann, daß er sie heimgefahren hat. Ich hoffe, es war kein Problem, das Fahrrad im Auto zu transportieren.«

»Um ehrlich zu sein, hat George Lisa gar nicht heimgefahren.« Sandra Haines klang verlegen. »Lisa wollte mit dem Fahrrad nach Hause fahren. Ich hoffe, das ist in Ordnung. Es war noch hell draußen, und sie sagte, Sie hätten nichts dagegen, andernfalls hätten wir natürlich darauf bestanden.«

»Nein, kein Problem.« Alex dankte ihr nochmals und legte auf. Ihr war schwindelig vor Anspannung. Wohin war

Lisa von Valerie aus gefahren? Jedenfalls nicht nach Hause – die Strecke dauerte mit dem Fahrrad zehn Minuten, und Alex hatte das Haus erst um halb neun verlassen. Lundquists Haus war mehrere Kilometer von Haineses Haus entfernt. Lisa hätte dorthin geradelt sein können und ...

Und nichts, sagte sich Alex. Lisa hatte auf dem Nachhauseweg wahrscheinlich bei einem Drugstore oder einem Supermarkt haltgemacht. Alex ging ins Atelier. Sie klemmte ein neues Blatt Papier an die Staffelei und nahm eine Pastellkreide in die Hand. Sie wollte etwas Leichtes, Luftiges zeichnen, aber alles, was sie vor sich sehen konnte, war Donald Lundquists blutiger Oberkörper.

Fünfzehn Minuten später war das Blatt immer noch jungfräulich weiß. Alex seufzte, legte die Kreide hin und verließ das Atelier. Heute würde es keine Erleichterung für sie geben.

Als sie in der Küche ihr angetrocknetes Bagel aß, hörte sie, wie die Post durch den Schlitz fiel. Sie ging ins Wohnzimmer und griff in den Schacht. Sie überflog die Umschläge. Das meiste waren Rechnungen. Ein Brief war an sie adressiert, ohne Angabe des Absenders. Sie wappnete sich innerlich (bitte, lieber Gott, kein weiterer anonymer Brief!) und riß den Umschlag auf.

Es war eine Gute-Besserung-Karte von Ron. »Habe gehört, daß du gestürzt bist, Alex«, schrieb er. »Ich bin froh, daß dir und dem Baby nichts passiert ist. Ich habe beim letzten Mal, als ich dich gesehen habe, ein paar Gemeinheiten gesagt. Ich hoffe, du kannst sie vergessen und mir noch mal verzeihen. Was Denise und mich angeht, hast du uns beiden vielleicht sogar einen Gefallen getan.«

Das war eine echte Überraschung. Alex erinnerte sich noch immer an die widerliche letzte Begegnung. An die Drohungen. Sie fragte sich, wie Ron von ihrem Sturz erfahren hatte und was den Gefühlswechsel herbeigeführt hatte.

Falls es überhaupt einen gab. Und was meinte er mit: ›hast du uns beiden vielleicht sogar einen Gefallen getan‹?

Sie legte die Post auf den Tisch in der Eingangshalle (Warren fand sie gern dort, wenn er von der Arbeit nach Hause kam) und bemerkte dabei das Buch mit den Kindernamen. Sie hatte es nicht mehr gesehen, seit sie aus dem Krankenhaus gekommen war, und es in der Zwischenzeit vergessen. Alex nahm das Buch mit nach oben, setzte sich im Schneidersitz auf ihr Bett und blätterte es durch. Eine der Seiten hatte ein Eselsohr. Sie stutzte und schlug sie auf. Ein Stöhnen entwich ihren Lippen.

Jemand hatte mit schwarzem Filzstift den Namen ausgestrichen, den sie manchmal in der Nacht flüsterte, den Namen, den sie in ihren Träumen schrie.

Sie ließ das Buch auf das Bett fallen und sank nach hinten gegen das Kopfbrett. Obwohl es hellichter Tag war, bohrten sich die Geräusche grell in ihre Ohren. Erst das schrille Klingeln des Telefons, dann die regelmäßig wiederkehrenden Laute – das Klackern des Hörers, das Knarren der Holzstufen, das dumpfe Rumsen ihrer Schritte, das Heulen des Windes, das Quietschen der Pforten; und schließlich das klirrende Rasseln, eine gigantische Alarmglocke, die wie verrückt in ihrem Kopf hin- und herschwang.

Sie preßte die Hände an die Ohren. »Aufhören!« schrie sie. »Aufhören! Aufhören! Aufhören!«

21

Sie fragte sich, was die Polizei gerade machte. Vielleicht klopften sie in diesem Moment an Alex' Tür – »Entschuldigen Sie bitte, Mrs. Prescott, aber wir haben ein paar Fragen an Sie.«

Sie wäre so gern dabei, wenn Warren es herausfände und Alex vor Schreck und Scham erbleichte, würde so gern Zeuge des Abscheus und des Entsetzens in Warrens Augen werden. So lange wartete sie schon darauf, daß er Alex endlich als das sah, was sie war: eine Mörderin!

Gott bestrafte Mörder.

Es tat ihr nicht leid, daß Donald Lundquist tot war.

Es war nicht ihre Schuld. Er war selbst schuld, weil er Alex angerufen und ihr versprochen hatte zu sagen, wer sie gestoßen hatte. Sie war wütend gewesen, hatte sich hilflos gefühlt – und Angst gehabt. Jeder in ihrer Lage hätte Angst gehabt. Denn wenn Alex es wüßte, würde sie es Warren erzählen.

Und dann würde sie Warren nie wiedersehen, würde nie Teil seiner Familie sein. Du bist verrückt! würde er zu ihr sagen, und sie hätte keine Chance, es ihm zu erklären, jedenfalls nicht solange Alex da wäre, die ihm Lüge um Lüge auftischte.

Dennoch hatte sie nicht gewollt, daß Lundquist starb. Sie hatte ihn gehaßt. Sie hatte ihn zum Schweigen bringen wollen. Aber sie hätte niemals gesagt, daß sie ihn tot sehen wollte, hatte noch nicht einmal daran gedacht. Töten war falsch. Das wußte sie.

Gott bestrafte Mörder.

In ihrem Kopf begann es wieder zu dröhnen. Sie preßte die Handflächen an die Schläfen. Sie mußte aufhören, an Lundquists Tod zu denken, sich dafür schuldig zu fühlen! Wenn sie nicht aufhörte, würde sie noch durchdrehen. Das würde sie wirklich. Und das konnte sie nicht zulassen, nicht jetzt, da endlich alles in die richtige Bahn kam.

Sie mußte stark sein. Durfte nicht die Beherrschung verlieren.

Sie fragte sich flüchtig, ob sie einen Fehler gemacht hatte – vielleicht hätte sie nie jenes erste Mal beim Friedhof anrufen sollen, nie damit anfangen sollen, anonyme Briefe zu schreiben. Es war, als öffne man die Büchse der Pandora. Jetzt eskalierte alles, wie ein Kreisel, der immer schneller rotiert und ihrer Einflußnahme und Kontrolle entgleitet. Sie konnte die Drehung nicht mehr stoppen, und es war zu spät, den Deckel der Büchse wieder zu schließen.

Aber es war kein Fehler gewesen! Natürlich war es kein Fehler gewesen. Sie hatte dadurch so viele Dinge über Alex erfahren. So viele interessante Dinge. Und bald würde jeder diese Dinge über Alex wissen.

Warren würde sie erfahren. Das war am wichtigsten. Warren würde Alex nie vergeben. Und selbst wenn die Möglichkeit bestand, daß er ihr verzieh, würde er ihr nie wieder vertrauen. Jedenfalls nicht, was Nicholas anging. Und nicht, was das Baby anging.

Gott bestrafte Mörder, aber sie war keine Mörderin.

Alex war eine.

Sie verdiente es, ins Gefängnis zu kommen.

Sie stellte sich vor, wie Alex in Handschellen abgeführt wurde. Mit den schönen Umstandskleidern ist jetzt Schluß, Alex. Bei dem Gedanken mußte sie lächeln.

Vielleicht würde Alex im Gefängnis entbinden. Hester Prynne hatte das auch getan, und die Richter hatten ihr das Kind gelassen. Aber natürlich würden die Richter Alex das Kind nicht lassen. Sie war als Mutter vollkommen unfähig.

Das war die Wahrheit, und sie konnte es beweisen.

Alex hatte gedacht, sie sei schlau. Sie war schwanger geworden, um Warren an sich zu binden. Aber sie war nicht schlau. Sie würde alle verlieren – Warren, Nicholas und ihr Kind.

Auf eine gewisse Weise war es traurig, daß das Kind keine Mutter haben würde. Aber es war kein Problem. Sie würde Warren dabei helfen, für das Kind zu sorgen. Sie hatte ihm bei Nicholas geholfen, und sie würde ihm auch jetzt helfen.

Sie berührte ihr herzförmiges Medaillon und nickte.

Es tat ihr nicht leid um Lundquist. Er hatte seinen Tod verdient.

Es tat ihr auch nicht leid um Alex. Alex hatte selbst schuld.

Sie bedauerte nichts.

22

»Mommy? Schläfst du?« flüsterte Nicholas.

Alex öffnete die Augen. Nicholas stand neben ihrem Bett. Lächelnd richtete sie sich vorsichtig auf und umarmte ihn (keine plötzlichen Bewegungen, hatte Pearson sie ermahnt). Dann machte sie ein sorgenvolles Gesicht. »Nick, was machst du denn zu Hause? Wie bist du hergekommen?«

»Tante Denise hat mich und Lisa von der Schule abgeholt.«

Alex sah auf den Wecker auf ihrem Nachtschränkchen. Zwanzig vor vier. O Gott! Sie hatte Paula gesagt, sie würde die Kinder heute abholen.

Denise betrat den Raum. »Ach, da steckst du, Nick.« Sie lächelte. »Entschuldige bitte, Alex. Ich habe ihm gesagt, er soll dich nicht aufwecken.«

»Denise«, setzte Alex an.

»Paula sagte, du wolltest die Kinder heute abholen, aber als du nicht aufgetaucht bist, haben beide Schulen bei mir angerufen, da Warren ihnen gesagt hat, ich würde sie abholen. Hat Paula etwas mißverstanden?«

Alex war ganz heiß vor Scham. »Nein, ich habe verschlafen.« Vom Weinen war sie ausgelaugt und erschöpft gewesen und mußte offenbar eingeschlafen sein. Eine schöne Mutter bist du, dachte sie. »Es tut mir leid. Ich hätte dasein sollen.«

»Kein Problem. Ich bin froh, daß ich zur Verfügung stand. He, Kleiner«, sagte sie zu Nicholas, »ich habe einen Apfel geschält und in Schnitze geschnitten, so wie du ihn gern hast. Wenn du ihn aufißt, bekommst du einen Keks.«

»'Kay.« Er gab Alex einen Kuß und ging zur Tür.

»Er ist phantastisch, nicht?« sagte Denise, die ihm nachsah, wie er aus dem Raum hüpfte. »Ich habe nachgedacht, Alex. Die Kinder können so lange bei mir bleiben, bis es dir wieder besser geht.«

»Danke, aber das ist nicht nötig.«

»Das weiß ich, aber du hättest mehr Ruhe, und du müßtest dich nicht ums Kochen kümmern oder ums Abholen oder –«

»Ich bin durchaus fähig, mich selbst um die Kinder zu kümmern, Denise. Ich werde nicht wieder verschlafen. Und ich brauche nicht viel Ruhe.« Wie zum Beweis schwang sie die Beine aus dem Bett und stand auf.

»Ich wollte damit nicht andeuten, daß du nicht fähig dazu seist, Alex«, sagte Denise ruhig. »Und ich wollte dich nicht aufbringen. Ich wollte es dir nur leichter machen. Du bist eine wundervolle Mutter, Alex. Das finden alle.«

»Wer sind ›alle‹? Setzt ihr, du und Warren und Paula und deine Mutter, euch zusammen und bewertet meine Leistungsfähigkeit? Und was ist mit Lisa? Darf sie auch eine Stimme abgeben?« Alex ging zur Kommode und bürstete sich die Haare. Im Spiegel sah sie, daß Denise sie anstarrte.

»Natürlich nicht! Ich weiß nicht, was mit dir los ist, Alex. Seit dem Unfall benimmst du dich eigenartig. Im Krankenhaus und neulich abend hast du kaum ein Wort mit mir gewechselt.«

Alex legte die Bürste hin und drehte sich zu Denise um.

»Nicht alle finden, daß ich eine wundervolle Mutter bin, Denise. Ich bekomme anonyme Briefe, in denen steht, daß ich es nicht verdiene, Kinder zu bekommen.«

»O Alex! Kein Wunder, daß du völlig aufgelöst bist.« Sie streckte die Hand aus, um Alex' Arm zu berühren.

»Warum bist du so überrascht? Hat dir Warren etwa noch nichts von den anonymen Briefen erzählt?«

Denises errötetes Gesicht war Antwort genug. Sie ließ die Hand wieder sinken.

»Er *hat* dir von ihnen erzählt, nicht? Ich weiß gar nicht, warum *mich* das überrascht. Ihr zwei erzählt euch schließlich alles, ist es nicht so?«

»Alex –«

»Warum hast du ihm von dem Zwischenfall mit Ron erzählt?« fragte Alex zornig. »Ich habe dir doch ausdrücklich gesagt, daß ich es ihm nicht erzählen wollte.«

Denises Gesichtsfarbe wurde noch dunkler. »Es tut mir leid, Alex. Es ist mir so rausgerutscht. Ron hat Warren erzählt, daß ich Schluß mit ihm gemacht habe, und Warren hat mich gefragt, was passiert sei, und da, nun ja ... es tut mir wirklich leid, wenn ich dir damit Schwierigkeiten gemacht habe. Das war bestimmt nicht meine Absicht.«

Wirklich nicht? Und was genau hatte Denise Warren erzählt? »Hat Warren dir auch erzählt, daß mein Sturz gar kein Unfall war, sondern daß mich jemand gestoßen hat?«

Denise warf einen schnellen Blick zur offenstehenden Tür. Sie ging hin, schloß sie und kehrte dann ans Fußende des Bettes zurück. »Warren macht sich Sorgen um dich, Alex. Er denkt, du stehst unter enormer Anspannung, und er möchte dir helfen, weiß aber nicht, wie.«

»Er glaubt mir nicht.«

»Er weiß nicht, was er glauben soll.« Denise zögerte. »Er macht sich auch Sorgen, ob dein ... seelischer Zustand sich auf Nicholas und Lisa auswirken könnte.«

»Nicholas geht es gut«, sagte Alex trotzig.

»Aber Lisa nicht. Im Auto hat sie sich wie ein Zombie aufgeführt. Irgendwas stimmt nicht, Alex. Vielleicht ist es ja wegen der Internatsanmeldung –«

»Ich habe ihr die Anmeldung nicht zukommen lassen! Du hast doch gesagt, daß sie selbst eine angefordert haben könnte.«

»Und wenn sie es getan hätte, sagt dir das nicht auch etwas?« Denise fuhr sich mit einer Hand durchs Haar. »Als Lisa mich fragte, ob sie nicht bei mir einziehen könnte, hielt ich das für keine gute Idee. Inzwischen denke ich, es wäre vielleicht gar nicht so schlecht, nur für eine Weile, bis sich alles wieder etwas beruhigt hat.«

»Ist das also der Plan? Erst zieht Lisa zu dir. Und dann Nicholas. Wer kommt als nächster dran? Warren?« Die Worte, die sie schon so lange beschäftigt hatten, purzelten heraus, und es gab keine Chance, sie wieder zurückzunehmen. In gewisser Weise bedauerte Alex das nicht einmal.

»Das ist es also, was du denkst? Daß ich versuche, deinen Platz einzunehmen?« Denises dunkelbraune Augen weiteten sich. »Du glaubst, ich hätte die anonymen Briefe geschrieben? Ich hätte dich *gestoßen?*«

Alex wünschte sich, sie hätte die Emotion näher deuten können, die über Denises Gesicht huschte und in ihrer zitternden Stimme mitschwang – war es Wut? Angst? Gekränktheit? Sie fixierte die Balkontür.

Denise sagte: »Ich bemühe mich zwar, mir vor Augen zu halten, daß du vor kurzem eine Gehirnerschütterung erlitten hast und daß Schwangere launisch sind, aber –«

Alex wirbelte zu ihr herum. »Sei bloß nicht so gönnerhaft, Denise! Jemand hat mir diese Briefe geschrieben! Und jemand hat mich gestoßen, verdammt noch mal!«

»Nun, ich war es nicht!« Mit ruhigerer Stimme sagte Denise: »Seit wir uns das erste Mal begegnet sind, habe ich versucht, dir das Gefühl zu geben, willkommen zu sein. Ich gebe nicht vor, daß ich uns für die besten Freundinnen gehalten habe. Und es war zu Anfang auch etwas merkwürdig zu sehen, wie jemand den Platz meiner Schwester einnahm. Aber ich mochte dich. Du warst sympathisch, du konntest gut mit den Kindern umgehen, Warren war in dich verliebt, und ich dachte, warum soll ich es nicht für alle einfacher machen? Gott weiß, daß die Kinder eine Mutter brauchen. Und Warren braucht eine Frau.«

»Warum nicht du, Denise?«

»Ich habe daran gedacht. Ist es das, was du hören wolltest?« Sie war rot geworden. »Ich habe für Warren geschwärmt, seit er sich mit Andrea zu verabreden begann. Gott, war ich eifersüchtig!« Sie lächelte schwach. »Ich liebte die Kinder. Und die Typen, mit denen ich ausging, waren allesamt unreife Trottel gegen ihn. Ich glaube, Lisa hätte es gern gesehen, wenn Warren und ich geheiratet hätten. Das gilt auch für meine Eltern und für Paula. Das machte es nur um so reizvoller.«

»Warum hast du es dann nicht getan?« Es war seltsam, Denise zuzuhören. Es war, als erzählte sie eine fiktive Geschichte, die Alex nicht betraf.

Denise zuckte die Achseln. »Es war vorbei, noch bevor es richtig anfing. Ich glaube, mir war schon damals halb bewußt, daß alle – meine Eltern, Lisa und Paula – wollten, daß Warren und ich heirateten, damit sie so tun könnten, als ob sich nichts geändert hätte, als wäre Andy gar nicht gestorben.«

»Bedauerst du es nicht manchmal?« fragte Alex sanft.

»Nein.« Denise schaute sie direkt an. »Glaubst du mir?«

»Jemand schickt mir anonyme Briefe. Jemand hat mich gestoßen und versucht, meinem Baby etwas anzutun. Glaubst du *mir?*«

Denise machte eine kurze Pause. »Ich glaube, daß du

davon überzeugt bist, daß dich jemand gestoßen hat. Aber du könntest dich irren. Wäre das nicht möglich?«

Donald Lundquist hatte gesehen, wie jemand sie gestoßen hatte, wollte Alex sagen. Aber das konnte sie natürlich nicht sagen. Nicht mehr. »Und die Briefe?«

Denise seufzte. »Ja, ich glaube, daß dir jemand die Briefe und die Puppe geschickt hat. Donald Lundquist –«

»Es ist nicht Lundquist. Er ist –« Alex brach ab. »Ich glaube einfach nicht, daß er es ist. Die Wut in den Briefen ist persönlicherer Natur. Und heute morgen ist mir noch etwas aufgefallen – das mit den Briefen fing an, als allgemein bekannt war, daß ich schwanger bin. Es ist, als würde meine Schwangerschaft für irgend jemanden eine Bedrohung darstellen.«

Denise dachte darüber nach, dann sagte sie: »Du denkst, daß Lisa dahintersteckt, nicht wahr? Oder Paula.« Sie klang sehr niedergeschlagen.

»Was glaubst du?«

Sie begegnete Alex' Blick. »Ich weiß es nicht.«

Alex schwieg einen Moment. Dann sagte sie: »Ach, Denise, erinnerst du dich eigentlich noch an die Unterlagen, die ich vermisse, die aus meinem Schulbüro?«

Denise legte die Hand auf den Mund. »Ich habe dir versprochen, Paula danach zu fragen, nicht wahr? Ich habe es vergessen. Entschuldige bitte.«

»Ich habe sie selbst gefragt. Sie sagte, sie habe nichts weggeschmissen.« Alex machte eine Pause. »Ich bin aber trotzdem ein wenig verwirrt. Sie sagte nämlich, als sie angekommen sei, hättest du im Büro aufgeräumt.« Sie behielt Denises Gesicht im Auge.

Denise machte ein verdutztes Gesicht. »Ich weiß nicht, warum sie das gesagt hat, Alex. Ich war nicht im Büro, die ganze Zeit nicht.« Sie zögerte, dann sagte sie: »Vielleicht hatte Paula Angst, du würdest ihr Vorwürfe machen.«

»Vielleicht.« Alex mußte zugeben, daß das eine plausible Erklärung war.

»Hat sie erwähnt, daß noch jemand im Büro gewesen war?«

»Evelyn und Patty.«

»Aber die arbeiten für dich. Paula und ich waren die einzigen Outsider.« Denise nickte. »Ich bin sicher, daß sie es deshalb gesagt hat. Arme Paula.« Sie seufzte. Einige Augenblicke später ging sie.

Alex setzte sich aufs Bett und starrte auf die Türöffnung. Sie dachte darüber nach, was Denise gesagt hatte. Sie wollte ihr so gern glauben, überlegte, ob sie ihr glauben konnte. Plötzlich runzelte sie die Stirn.

Woher hatte Denise von der Puppe gewußt? Alex hatte sie nicht erwähnt. Da war sie sich absolut sicher. Sie eilte nach unten, um Denise danach zu fragen, aber Nicholas sagte ihr, seine Tante sei bereits gegangen.

Warren hatte ihr wahrscheinlich von der Puppe erzählt, folgerte Alex. Sie würde ihn später danach fragen, nur um sicherzugehen.

Warren rief eine Weile später an. Gwen hatte ihm Alex' Mitteilung ausgerichtet, aber er war bis jetzt nicht dazu gekommen, sich zu melden. Ob irgendwas los wäre? Aber inzwischen war das dringende Bedürfnis, mit ihm zu sprechen, verflogen. Er würde ohnehin schon bald nach Hause kommen. Dann würde sie ihm von Lundquists Tod erzählen. Und ihn fragen, ob er Denise von der Puppe erzählt hatte.

Sie bereitete das Abendessen zu – Fleischklöße und Spaghetti, Nicholas Lieblingsgericht – und bemerkte, daß sie ihre Bluse mit Sauce befleckt hatte. Sie stieg die Stufen nach oben, wechselte die Bluse gegen eine andere und ging mit der schmutzigen in die Waschküche. Sie sprühte *Spray 'n Wash* auf die orangefarbenen Flecke und hob den Deckel der

Waschmaschine hoch, um die Bluse hineinzuwerfen. Es waren mehrere Handtücher in der Maschine, Handtücher, die Paula erst am Vormittag gewaschen und zusammengelegt hatte. Und unter einem Handtuch lugte ein weißer Stoff hervor. Alex zog ihn heraus. Es war Lisas weiße Schulbluse. Auf der Vorderseite und den Ärmeln waren rostfarbene Flecken zu sehen.

Alex stockte das Herz. Ihr Mund war mit einemmal trocken. Sie hatte ihre Stieftochter den ganzen Nachmittag nicht zu Gesicht bekommen, aber laut Nicholas war sie in ihrem Zimmer. Alex nahm die Bluse, ging nach oben und klopfte an Lisas Tür. Als Lisa nicht antwortete, trat sie ein.

Lisa lag auf ihrem Himmelbett, die Arme hinter dem Kopf verschränkt, und starrte zum Baldachin hoch.

»Tut mir leid, daß ich dich störe, Lisa, aber ich habe gerade deine Bluse in der Waschmaschine entdeckt. Wie sind denn diese Flecke in die Bluse gekommen?« fragte Alex so beiläufig wie möglich.

Ohne sie anzusehen, sagte Lisa: »Ich hatte gestern abend Nasenbluten, als ich von Valerie heimkam. Ich habe die Bluse sofort gewaschen. Ich dachte, es sei alles rausgegangen, aber das ist es wohl nicht.«

»Das muß aber ein ganz schön starkes Nasenbluten gewesen sein.«

Lisa wandte sich ihr zu. »Ist sie hinüber? Regst du dich deshalb so auf?«

»Nein, sie ist wahrscheinlich nicht hinüber. Und ich rege mich nicht auf, Lisa. Ich wollte nur wissen, was für Flecke das sind, damit ich weiß, wie ich sie rauskriegen kann. Aber seit wann hast du überhaupt Nasenbluten?«

»Ich weiß es nicht. Ich führe darüber keine Liste. Wieso?«

»Ich war nur neugierig. Ich kann mich nicht erinnern, daß du schon jemals Nasenbluten gehabt hast.«

»Nun, du weißt eben nicht alles über mich. Warum mußt

du mich eigentlich immer so verhören, Alex?« Sie schaute wieder zum Baldachin hoch. »Kannst du mich jetzt bitte allein lassen?«

»Natürlich. In ungefähr einer halben Stunde gibt es Essen.«

»Ich habe keinen Hunger.«

Alex nickte und ging aus dem Zimmer. Im Wäscheraum nahm sie einen Wattebausch, tauchte ihn in ein Bleichmittel und sah zu, wie die Flecke heller wurden und schließlich ganz verschwanden. Sie wusch die Bluse in kaltem Wasser aus und warf sie in die Maschine.

Warren kam früh nach Hause. Er begrüßte Alex und Nicholas mit einem Kuß, dann ging er ins Arbeitszimmer, um seine Aktentasche abzulegen. Nach wenigen Minuten sah Alex nach, wo er blieb. Warren saß hinter seinem Schreibtisch und studierte eine Akte.

»Das Essen ist fertig, Warren.«

Er sah auf. »Okay.« Er legte die Akte hin und folgte ihr in den Frühstücksraum.

Nicholas saß bereits am Tisch, eine weiße Papierserviette als Latz in seinem Kragen.

»Wo ist Lisa?« wollte Warren wissen.

»Oben. Sie will nichts essen.«

»Ich werde mit ihr reden.«

Er verließ das Zimmer. Alex ging in die Küche, um die Klöße und Spaghetti in eine flache Schüssel zu füllen. Mehrere Minuten später kehrte Warren zurück, allein.

»Sie ißt vielleicht später etwas. Sie wollte mir nicht sagen, was los ist.« Er machte eine Pause. »Habt ihr gestritten?«

»Nein! Warum gehst du eigentlich immer davon aus, daß ich an Lisas Launen schuld bin?«

Warren seufzte. »Entschuldige. Das meinte ich nicht damit.«

»Ich habe Hunger«, rief Nicholas aus dem Frühstückszimmer. »Können wir endlich essen, Mommy?«

Warren war, wie Alex sehen konnte, genauso erleichtert wie sie, daß diese Unterhaltung ein Ende nahm. Er trug die Schüssel zum Tisch. Während des Essens war Alex dankbar für Nicholas' konstantes Geplapper. Nach dem Essen deckten Warren und Nicholas den Tisch ab. Dann verzog sich Nicholas zum Spielen ins Familienzimmer, und Warren verschwand ins Arbeitszimmer.

Alex trug das Geschirr ab und räumte es in die Spülmaschine ein, als es an der Haustür klingelte.

»Ich gehe!« rief Warren. Einen Moment später kam er in die Küche.

»Alex, da sind zwei Detectives, die mit dir sprechen wollen. Sie wollten mir nicht sagen, worum es geht. Hast du die Polizei angerufen und gesagt, daß Lundquist dich gestoßen hat? Ich bin nämlich noch nicht dazu gekommen.«

Sie sah ihren Mann an und fühlte, wie Liebe und Verzweiflung in ihr aufwallten. Sie setzte den Teller ab, den sie in der Hand hielt.

»Warren.« Sie räusperte sich. »Warren, Donald Lundquist ist tot. Ich habe ihn in seinem Whirlpool gefunden. Ich bin gestern abend zu ihm gefahren –« Ein Schluchzer entrang sich ihr, und sie mußte warten, bis sie sich wieder unter Kontrolle hatte, bevor sie fortfahren konnte. »Er rief mich am Montag an und sagte, er habe gesehen, wer mich am Strand gestoßen habe. Er wollte es mir verraten, wenn ich im Gegenzug bereit wäre, seiner Frau eine Nachricht von ihm zu übermitteln.«

»Weiter«, sagte Warren, als Alex verstummte. Sein Gesicht war eine stählerne Maske. Seine Stimme klang eisig.

»Er war schon tot, als ich zu ihm kam.« Sie beschrieb ihm, was sie gesehen hatte. »Evelyn meinte, die Polizei würde sicher mit dir und mir reden wollen, weil ich doch Anzeige gegen Lundquist erstattet habe. Deshalb sind wir in ein Café gegangen, weil ich dir gesagt hatte, daß wir das tun würden. Dann habe ich die Polizei angerufen und gemeldet, daß Lundquist tot ist. Das ist alles. Abgesehen davon, daß sich meine Fingerabdrücke auf den Türen und auf einem Glas befinden. Ich wollte dir das gestern abend schon erzählen – das schwöre ich dir –, aber du warst nicht zu Hause. Ich habe versucht, wach zu bleiben, bis du kommst, bin dann aber doch eingeschlafen. Den ganzen Tag über hab' ich versucht, dich zu erreichen. Ich habe solche Angst, Warren«, flüsterte sie. »Ich habe ihn nicht umgebracht, aber es sieht schlecht für mich aus, stimmt's?«

Mit einer sanften Stimme, die nichts preisgab, sagte Warren: »Alex, du mußt mit ihnen sprechen. Ich komme gleich nach.«

»Aber was soll ich ihnen sagen? Evelyn meinte, ich sollte sagen, ich sei zu einem früheren Zeitpunkt bei Lundquist gewesen. Die Kellnerin wird sich an uns erinnern, denke ich, und das muß etwa um dieselbe Zeit gewesen sein, als die Polizei wahrscheinlich die Leiche gefunden hat.«

»Alex.« Warrens Stimme war jetzt kälter. »Alex, das war ein sehr dummer Rat. Sag entweder gar nichts oder die Wahrheit.«

»Welche?«

»Jetzt im Moment sagst du gar nichts. Ich werde mir erst mal anhören, was sie wissen wollen.«

»Was ist, wenn sie dir Fragen stellen?«

»Laß das nur meine Sorge sein. Okay, dann gehen wir mal. Sie werden sich schon wundern, wo du so lange bleibst.«

Sie trocknete sich die Hände an einem Handtuch ab, dann wandte sie sich schnell um. »Was ist mit Nicholas? Ich will nicht, daß er die Polizeibeamten sieht, Warren. Er bekommt sonst sicher Angst.«

Warrens Blick verriet Alex, was er nicht laut aussprach –

daß ihre Sorge etwas zu spät kam. »Ich werde ihm sagen, er soll in seinem Zimmer spielen, bis die Detectives wieder gegangen sind. Warte hier auf mich.«

Er verließ die Küche. Als er zurückkehrte, nahm er Alex an der Hand und ging mit ihr ins Wohnzimmer.

Die zwei Detectives – ein Mann und eine Frau – saßen auf dem blauen L-förmigen Sofa aus Damast. Sie erhoben sich, als Alex und Warren hereinkamen. Der Mann war groß, mit schwarzem welligem Haar und einem Schnurrbart. Die Frau war beinahe ebenso groß wie er und hatte kurze blonde Haare.

»Wie kann ich Ihnen behilflich sein?« fragte Alex.

»Ich bin Detective Rowan«, sagte der Mann. »Und das ist meine Kollegin Detective Medina. Könnten wir uns bitte hinsetzen? Meine Füße schmerzen am Ende eines Tages immer etwas.« Er lächelte Alex an.

»Natürlich.« Sie setzte sich schräg gegenüber von den Detectives auf das Sofa. Warren nahm neben ihr Platz.

Rowan sagte: »Soweit wir wissen, kennen Sie einen gewissen Donald Lundquist.«

Seine näselnde Stimme tat Alex' Ohren weh. Sie nickte. »Sein Sohn ist in meine Vorschule gegangen.«

»Aber jetzt nicht mehr, stimmt das? Von Detective Brady aus unserer Division haben wir erfahren, daß Lundquists Frau mit dem Jungen in ein Frauenhaus geflüchtet ist.«

»Ja.« Wenn sie das wußten, wußten sie alles über ihre Beziehung zu Lundquist.

»Wissen Sie, wo das Frauenhaus ist?«

Alex schüttelte den Kopf.

»Haben Sie Kontakt mit seiner Frau?«

»Sie hat mich zweimal angerufen.«

»Weshalb?« fragte Detective Medina.

Es gab keinen Grund, ihnen zu verschweigen, was Brady ihnen bereits mitgeteilt haben dürfte. »Ihr Mann war wütend auf mich, weil ich ihm nicht sagte, wo seine Frau und sein Sohn sind. Ich beteuerte ihm, ich wüßte es nicht, aber er hat mir nicht geglaubt. Er ... er hat mir gedroht, mir Schwierigkeiten zu machen.«

Rowan sagte: »Sie erzählten Detective Brady, Lundquist sei verantwortlich für die Verwüstung Ihrer Schule.«

»Da bin ich mir inzwischen nicht mehr so sicher. Detective Brady glaubte, es könnten Jugendliche gewesen sein. Das dachten auch die Streifenpolizisten, die auf meinen Anruf hin gekommen waren. Und Detective Brady erzählte mir, daß Lundquist für die fragliche Zeit ein Alibi hatte.«

»Aber gemäß Detective Brady beharrten Sie darauf, daß es Lundquist war. Sie erzählten ihm auch, daß Lundquist damit gedroht habe, Ihrem Sohn etwas anzutun, wenn Sie ihm nicht helfen würden, seine Frau und seinen Sohn zurückzubekommen.«

Sie fühlte Warrens Hand auf ihrer. »Ich habe es als Drohung aufgefaßt. Lundquist war völlig aufgebracht. Vielleicht habe ich überreagiert.« Sie machte eine Pause. »Zu dem Zeitpunkt habe ich im Frauenhaus angerufen.« Sie erzählte ihnen von dem Zettel, den Sally Lundquist in ihrem Büro verloren hatte. »Mrs. Lundquist hat mich dann zurückgerufen. Ich habe sie gebeten, ihren Mann anzurufen und ihm zu sagen, daß ich nicht weiß, wo sie und ihr Sohn sich aufhalten. Das hat sie auch getan, und sie hat mich später angerufen, um mir das mitzuteilen.«

»Das ist das letzte, was Sie von ihr gehört haben?« fragte Rowan.

Alex nickte.

»Wann war das?«

»Vor etwa einer Woche. Ich weiß es nicht mehr genau.«

Medina sagte: »Haben Sie den Zettel noch?«

Warren sagte: »Dürfte ich Sie fragen, worum es eigentlich geht?«

Rowans graue Augen blickten jetzt düster. Er lächelte nicht mehr. »Donald Lundquist wurde gestern ermordet. Wir versuchen jetzt, seine Frau zu finden. Wenn wir die Telefonnummer des Frauenhauses haben, kann uns die Telefongesellschaft die Adresse nennen. Wenn Sie uns also bitte den Zettel holen könnten, Mrs. Prescott?«

»Sicher.« Alex verließ den Raum und fand den Zettel in ihrer Handtasche. Als sie zurückkehrte, reichte sie ihn dem Detective. »Ist das alles?«

Das Lächeln kehrte zurück. »Noch ein paar Fragen, Mrs. Prescott.«

Alex setzte sich wieder neben Warren.

Rowan sagte. »Das ist eine reine Routinefrage, die wir allen stellen, die Mr. Lundquist gekannt haben. Können Sie uns sagen, wo Sie letzte Nacht gewesen sind?«

»Einen Moment, bitte«, sagte Warren.

»Es ist schon in Ordnung, Warren.« Alex wandte sich an Rowan. »Ich habe für meine Familie Abendessen gemacht. Dann bin ich mit einer Freundin Kaffee trinken gegangen.«

»Um welche Zeit war das?«

»Das weiß ich nicht genau. Wir sind so gegen halb zehn im Café gewesen.«

»Welches Café war das?« Rowan zückte sein Notizbuch.

»Ich erinnere mich nicht an die genaue Adresse oder den Namen, aber ich kann Ihnen erklären, wo es ist.« Alex beschrieb ihnen die Lage in der Nähe der Kinos.

»Der Name Ihrer Freundin?«

»Evelyn Goodwin.« Alex gab ihm Evelyns Telefonnummer.

Medina sagte: »Mrs. Prescott, haben Sie Donald Lundquist gestern gesehen?«

»Detective, ich verstehe den Zweck dieser Fragen nicht.« Warrens Tonfall war scharf. »Wird meine Frau etwa verdächtigt?«

»Das habe ich nicht gesagt. Aber wenn Ihre Frau Mr. Lundquist gesehen hat, ist sie vielleicht eine Hauptzeugin. Er hat ihr möglicherweise etwas gesagt, das uns helfen würde herauszufinden, was vorgefallen ist.« Sie öffnete ihre Handtasche und nahm ein Blatt Papier heraus. »Mrs. Prescott, wir haben diese Nachricht an Sie gefunden. Der Zettel lag auf der Bar in Mr. Lundquists Wohnzimmer. Haben Sie ihn dort liegenlassen?«

Warrens Hand drückte Alex' Arm. Sie sagte nichts.

Medina las die Nachricht laut vor, dann sah sie Alex an. »Mrs. Prescott, aus diesen Zeilen geht eindeutig hervor, daß Mr. Lundquist Sie erwartet hat. Wenn Sie nichts zu verbergen haben, verstehe ich nicht, warum Sie unsere Fragen nicht beantworten. Und Sie könnten uns weiterhelfen.«

Alex starrte auf den Kamin.

Warren legte den Arm um ihre Schulter. »Ich werde meiner Frau raten, nichts zu sagen, bis sie mit einem Anwalt gesprochen hat.«

Rowan lächelte. »*Sie* sind doch Anwalt, soweit ich weiß.« Er wechselte einen Blick mit seiner Kollegin, dann wandte er sich an Alex. »Noch ein letzter Punkt. Als wir uns in Mr. Lundquists Haus umgesehen haben, sind wir auf ein paar Unterlagen gestoßen, die Sie betreffen, Mrs. Prescott.«

»Was für Unterlagen?« fragte Warren.

Rowan nahm einen großen dunklen Umschlag vom Sofa, der Alex vorher nicht aufgefallen war. Er öffnete ihn und nahm einen Stoß Papiere heraus. »Hauptsächlich Zeitungsausschnitte. Sie stammen von vor drei Jahren, als Sie noch im mittleren Westen gelebt haben.«

Die Angst schnürte ihr die Kehle zusammen. In ihren Ohren summte es so stark, daß sie den Detective kaum verstehen konnte.

». . . wußten erst nicht, daß Sie das auf den Fotos sind . . . Brady hat Sie erkannt . . . haben uns gefragt, warum

Lundquist diese Zeitungsausschnitte hatte ... damit vorhatte.«

Das Summen wurde lauter. Rowans Lippen bewegten sich und formten Wörter, die sie nicht verstand. Der Raum begann sich um sie herum zu drehen.

Jetzt reichte ihr der Detective die Ausschnitte, aber sie machte keine Anstalten, sie entgegenzunehmen. Er legte sie auf den dunklen Couchtisch. Die Kopie einer bereits körnig gewordenen Reproduktion ihres Gesichts starrte sie an. Darüber schrie ihr in schwarzen Lettern eine Schlagzeile entgegen: »MEINE FRAU TÖTETE UNSEREN SOHN!« BEHARRT GEQUÄLTER VATER

Sie warteten, daß sie etwas sagte, aber ihre Zunge war wie ein Holzblock. Sie blickte nach rechts. Warren saß stocksteif da, sein Gesicht war ausdruckslos.

»... versucht, Sie zu erpressen?« fragte Rowan Alex.

Warren sagte: »Ich habe Ihnen bereits gesagt, daß meine Frau keine weiteren Fragen beantworten wird. Ich muß Sie jetzt bitten zu gehen.«

Rowan stand auf. Medina tat es ihm nach. »Wir finden allein hinaus«, sagte er. »Danke, daß Sie sich Zeit für uns genommen haben.« Sie gingen auf den Bogengang des Wohnzimmers zu, durch den man zur Haustür gelangte.

Warren sagte: »Sie haben Ihre Unterlagen vergessen.«

Rowan drehte sich um: »Oh, die können Sie behalten, Mr. Prescott. Es sind nur Kopien. Wir haben die Originale.« Seine Kollegin und er gingen aus dem Raum.

Einen Moment später hörte Alex, wie sich die Haustür öffnete und wieder schloß. »Warren, ich ...«

Ohne sich umzusehen, verließ er das Zimmer.

23

Abgesehen von dem Licht, das vom Gang hereinfiel, war es dunkel im Atelier.

Alex hatte keine Ahnung, wie spät es war oder wie lange sie schon im Schaukelstuhl saß und schaukelte; ihrem Gefühl nach waren mehrere Stunden vergangen, seit Warren sie im Wohnzimmer allein gelassen hatte. Sie hatte auf dem Sofa gesessen, vor Angst und Unschlüssigkeit wie erstarrt. Nach einer Weile war sie aufgestanden und wie in Trance ins Atelier gegangen. Sie wußte nicht, warum. Jedenfalls nicht, um zu malen.

Irgendwann würde sie nach oben gehen müssen, aber im Moment wollte sie am liebsten für immer in diesem Raum bleiben, in diesem Stuhl sitzen. Das Schaukeln hatte in seiner monotonen Gleichmäßigkeit etwas Tröstliches und ging, gedämpft vom Teppich, beinahe lautlos vonstatten, bis auf das leise Pfeifen, wenn die Kufen des Schaukelstuhls die Luft verdrängten, und ein winziges Quietschen bei jeder dritten vorwärts gerichteten Schaukelbewegung. Alex hatte bereits über tausend solcher Quietscher gezählt.

Das Licht vom Gang verdunkelte sich plötzlich, und ohne sich umzudrehen, wußte Alex, daß Warren in der Tür stand.

»Es ist nach zwölf, Alex. Kommst du hoch?«

Die Gefühlskälte seiner Stimme schmerzte sie, überraschte sie aber nicht. Sie schaukelte einen Moment stumm weiter und zählte zwei Quietscher. An der Bewegung seines Schattens erkannte sie, daß er sich zum Gehen wandte.

»Er hieß Kevin«, sagte sie. Es war merkwürdig, den Namen nach drei Jahren, in denen sie ihn nur geflüstert hatte, laut auszusprechen. »Er war vier Jahre alt, als es passierte. Er war ein wunderbares Kind, fröhlich und voller Lebensfreude. Ich sagte ihm immer, daß er wie ein Schmetterling in unser

Leben geflattert sei. Das hörte er sehr gern.« Unbewußt streichelten ihre Finger über die Armlehnen des Stuhls.

»Es war ein Sonntag im Juli. Es war ein sehr warmer Tag, und Kevin wollte in unserem Swimmingpool schwimmen. Ich wollte ein Bild fertigstellen, an dem ich gerade arbeitete. Damals bedeutete mir das Malen sehr viel. Larry beschwerte sich immer, ich sei besessen davon, und vielleicht war ich das auch. Es war eine Zuflucht vor meinen Sorgen. Larrys Buchhalterfirma stand kurz vor dem Ruin, weil er so sehr von seinen finanziellen Problemen in Anspruch genommen wurde. Er hatte den größten Teil unserer Ersparnisse auf dem Aktienmarkt verloren, und wir lebten im wesentlichen von dem, was ich in meiner Vorschule verdiente. Das konnte Larry nicht ertragen.« Sie konnte noch immer sein Gesicht vor sich sehen, seine Stimme hören, die von wütend-bitterem Selbstmitleid erfüllt war, das schließlich in Gegenbeschuldigungen umgeschlagen war. *Wenn du eine bessere Ehefrau wärst . . .*

»In unserer Ehe hatten wir von Anfang an mit Schwierigkeiten zu kämpfen. Jahrelang war das einzige, was uns gemeinsam war, unsere Liebe zu Kevin, aber das reichte mir nicht mehr, und ich hatte Larry gesagt, daß ich die Scheidung wollte. Die Malerei war eine Flucht für mich. Das wußte Larry. Ich denke, deshalb hat er sie auch so gehaßt, weil ich darin ein Maß an innerer Ruhe fand, das ihm nicht vergönnt war. Als ich nun an jenem Sonntag äußerte, ich wollte malen, war ich sicher, er würde eine spitze Bemerkung machen, aber das tat er nicht. Er sagte, er würde mit Kevin schwimmen gehen, so daß ich mich in meinem Atelier aufhalten könnte.« Zu jener Zeit und auch so viele Male hinterher hatte sie sich gefragt, ob Larry tatsächlich Lust dazu gehabt hatte oder ob es eine Versöhnungsgeste gewesen war – *Siehst du, wie nett ich sein kann, Alex?* Nicht, daß es eine Rolle spielte.

»Kevin zog seine gelbe Badehose an. Ich rieb ihn mit Sonnenmilch ein, und ich erinnere mich noch, daß er kicherte, weil, wie er sagte, die Lotion ihn kitzeln würde. In Wirklichkeit aber habe ich ihn gekitzelt.« Ihre Augen füllten sich mit Tränen. »Ich habe ihm ein Handtuch gegeben und seinen weißen Frotteebademantel, und dann ist er mit Larry nach unten gegangen und durch das Familienzimmer zum Swimmingpool hinaus. Ich habe Zitronenlimonade gemacht und einen Krug voll zusammen mit einem Teller Haferkekse mit grinsenden Schokoladengesichtern darauf hinausgetragen. Das waren Kevins Lieblingskekse.« Ihre Stimme zitterte; sie rang um Fassung. *Erzähl die Geschichte. Es ist nur eine Geschichte.*

»Mein Atelier war ein kleines Kämmerchen unter dem Dach und lag auf der dem Garten entgegengesetzten Seite des Hauses. Es gab dort keine Klimaanlage wie sonst überall im Haus, aber ich trug Shorts und ein Trägerhemd, und ich habe ein kleines Fensterchen aufgemacht. Mit laufendem Ventilator an der Decke war es zwar immer noch schwül, aber erträglich – perfekt, sagte ich mir, für die Palme, die ich an jenem Tag malen wollte.

Ich trage keine Uhr, wenn ich male, deshalb weiß ich nicht, wie lange ich gemalt habe, bis Larry mich mit der Haustelefonanlage vom Familienzimmer aus anklingelte. Vielleicht eine Stunde. Er sagte, es sei zehn nach zwölf und Kevin und er würden eine Pause einlegen. Er würde Milch und Soda und eine Packung Zigaretten kaufen gehen. Dann würde er mit Kevin eine weitere Runde schwimmen. Ich bat ihn, mir noch fünf Minuten Zeit zu geben, damit ich noch schnell etwas zu Ende malen könnte. Er sagte, fünf Minuten seien okay, denn Kevin wäre ohnehin gerade im Badezimmer. Ich fragte ihn, ob er die Schiebetür im Familienzimmer zugemacht hätte. Ich war unruhig, denn der Riegel der Pforte zum Schwimmbecken war kaputt. ›Ich tue es jetzt‹, sagte er, und ich hörte das Rumpeln der Tür. Dann hörte ich, wie er Kevin ein ›Tschüß‹ zurief. ›Mom wird gleich runterkommen, Kev‹, sagte er. ›Klingel sie an, sobald du aus dem Bad kommst. Tschüß, Alex‹, sagte Larry. Er schaltete die Haustelefonanlage ab, aber einen Moment später habe ich sie oben wieder angemacht und den Code des Familienzimmers gewählt, damit ich hören konnte, wenn Kevin in den Raum käme. Ich rief ihn ein paarmal – mindestens zweimal, das weiß ich ganz sicher –, aber er war anscheinend immer noch im Bad. Ich habe mir keine Sorgen gemacht. Er war ein so braver Junge. Er hat immer alles gemacht, was man ihm gesagt hat, und ich habe ihm immer und immer wieder eingeschärft, nie allein nach draußen zu gehen.«

Alex schaukelte eine Weile stumm vor und zurück. Sie konnte Warren nicht atmen hören, aber sie wußte, daß er da war; der Schatten hatte sich nicht bewegt. »Ich arbeitete mit Ölfarben, und ich hatte gerade die richtige Schattierung für das grünliche Schwarz des Schattens eines Palmwedels gemischt, der mir Kopfzerbrechen bereitete. Ich dachte, ich würde den einen Palmzweig noch schaffen. Ich dachte nicht, daß es lange dauern würde. Es war sehr still im Atelier – nur das Surren des Deckenventilators war zu hören –, und als das Telefon klingelte, schrak ich auf. Ich hob den Hörer vom Wandtelefon ab. Es war Larry. Er rief vom Laden aus an. Er hatte Kevin versprochen, ein Eis mitzubringen, aber er hatte vergessen, welche Sorte. Schokolade oder Erdbeere. ›Ich gehe runter und frage ihn‹, sagte ich.

›Was zum Teufel meinst du damit, du gehst runter?‹ sagte Larry. ›Ich habe das Haus vor über zwanzig Minuten verlassen. Willst du damit etwa sagen, daß du immer noch in deinem verdammten Atelier hockst? Daß du Kevin die ganze Zeit allein gelassen hast?‹ Neben der Wut konnte ich einen panischen Unterton in Larrys Stimme hören. Ich erinnere mich noch, daß mein Herz wild schlug und daß ich augenblicklich in Schweiß gebadet war. ›Es können noch keine zwanzig Minuten vergangen sein‹, sagte ich, obwohl ich wußte, daß es möglich war, daß ich bereits ein- oder zweimal zuvor beim Malen die Zeit vergessen hatte, daß mir Stunden wie Minuten vorgekommen waren. ›Es ist fünf nach halb eins‹, schrie Larry. ›Ist dir dein gottverdammtes Malen mehr wert als dein Sohn?‹« Sie schaukelte jetzt schneller. Mit den Händen umklammerte sie die Armlehnen.

»Ich habe den Hörer fallen lassen und bin aus dem Atelier gerannt, die schmalen Stufen zum ersten Stock hinunter. Ich habe in Kevins Zimmer nachgesehen – er spielte gern in seinem Zimmer. Aber er war nicht da. Dann bin ich die große Treppe runtergerannt und den Flur entlang zum Familienzimmer. Ich habe wieder und wieder seinen Namen gerufen, aber er antwortete nicht. Ich wußte, daß er nicht mehr im Badezimmer sein würde, aber ich habe trotzdem nachgesehen.

Ich dachte, ich müßte sterben, als ich ins Familienzimmer kam. Die Schiebetür stand offen. Kevins roter Stufenhocker stand davor. Er hatte ihn aus dem Badezimmer geholt, um an den Türgriff und den oberen Riegel heranzukommen. Ich rannte nach draußen. Die Pforte war zu. Ich zog sie auf und raste zum Becken. Ich konnte ihn nicht gleich sehen. Er war ... er war ...« Ihre Stimme brach. Sie begann zu weinen.

»Alex, du mußt mir das nicht erzählen«, sagte Warren.

»Doch, das muß ich«, flüsterte sie. Sie wischte sich die Augen; nach einem Moment fuhr sie fort. *Erzähl die Geschichte.* »Er lag am Boden des Schwimmbeckens. Ich holte tief Luft und sprang ins Wasser. Ich schwamm zu ihm und hob ihn an seiner gelben Badehose hoch. Dann legte ich die Arme um ihn und kämpfte mich zur Oberfläche hoch. Ich sah nicht in sein Gesicht. Er war jetzt schwerer. Ich schwamm zur flachen Seite des Pools hinüber, dann hob ich ihn in meine Arme und rannte mit ihm zur Wiese. Ich legte ihn ins Gras und begann mit der Wiederbelebung. Sein Gesicht war grau. Seine Lippen waren blau und kalt. Seine Augen waren glasig, so wie Murmeln. Ich konnte keinen Puls spüren, aber ich preßte seinen Brustkasten. Wasser sprudelte aus Mund und Nase hervor. Ich atmete in seinen Mund und preßte und atmete und preßte. Ich wußte, daß er tot war, aber ich konnte einfach nicht aufhören.«

»Alex.«

Das Wort war wie ein Seufzen, erstickt vor Schmerz und Mitleid. Immer noch machte er keine Anstalten, den Raum zu betreten, und sie war erleichtert; wenn er zu ihr käme, sie berührte, wußte sie, würde sie die Geschichte nicht zu Ende bringen können.

»Auf dem Terrassentisch lag ein schnurloses Telefon. Damit habe ich den Notruf verständigt. Dann bin ich wieder zu Kevin gegangen und habe die Wiederbelebungsversuche fortgesetzt. Larry und der Krankenwagen trafen gleichzeitig ein. Ich hörte erst die Sirene, dann Larrys Schrei, als er Kevin erblickte. Er schob mich beiseite und kniete sich neben Kevin. Er wiegte ihn und fing an zu weinen. Es klang eher wie ein Heulen, in der Art, wie verwundete Tiere es ausstoßen. Larry liebte Kevin mehr als alles andere auf der Welt.

Die Sanitäter begannen mit ihrer Arbeit, aber natürlich konnten sie nichts mehr tun. ›Es tut uns leid‹, sagten sie, ›er ist tot‹, und Larry zeigte auf mich und sagte: ›Sie hat ihn umgebracht.‹ Sie haben mich angesehen. Ich habe mich abgewandt, bin auf die Terrassenstufen zugegangen und habe mich gesetzt. Mehr Sirenengeheul ertönte. Zwei uniformierte Polizisten trafen ein. Einer der Sanitäter ging zu ihnen und sprach mit ihnen. Sie warfen Blicke in meine Richtung. Einer der Polizisten sprach mit Larry. Dann kam er zu mir und fragte mich, was geschehen wäre. Ich erzählte es ihm.

Sie sagten, ich müßte mit aufs Revier kommen. Ich durfte mich davor noch umziehen, dann haben sie mich in den Streifenwagen gesetzt. All meine Nachbarn haben es gesehen. Auf dem Revier mußte ich meine Geschichte vor den Detectives wiederholen und immer wieder wiederholen. Schließlich haben sie mich nach Hause gefahren. Larrys Auto war weg. Erst später habe ich festgestellt, daß er zu seinen Eltern gefahren war, um bei ihnen zu bleiben. Ich habe meine Eltern angerufen, aber sie hatten es bereits von Larry erfahren. Er hatte ihnen gesagt, daß ich Kevin getötet hätte.

Ich habe ihnen erzählt, was passiert war, daß es ein Unfall gewesen war, ein schrecklicher, tragischer Unfall, daß ich Kevin aus ganzem Herzen und mit meiner ganzen Seele geliebt habe und mein Leben für ihn gegeben hätte. Ich schluchzte. Ich konnte kaum sprechen. Mein Vater sagte« – ihre Stimme brach wieder – »mein Vater sagte, wenn man ein vierjähriges Kind mit Zugang zu einem Swimmingpool allein ließe, sei das Fahrlässigkeit und kein Unfall, und meine Mutter und er hätten mich gewarnt, daß die Malerei ein nutzloses Hobby sei und daß ich meine Zeit besser darauf hätte verwenden sollen, eine liebende und treusorgende Frau zu sein. Er sagte, Tränen würden meine Schuld nicht sühnen und daß meine Mutter und er mir das nie verzeihen könnten, aber daß ich Gott um Verzeihung bitten sollte und auch sie würden für mich beten.

Am nächsten Morgen wurde ich verhaftet und der Kindesgefährdung angeklagt. Ich rief einen Anwalt an. Der Richter setzte die Kaution auf fünftausend Dollar fest. Ich zahlte mit einem Scheck von dem Konto der Vorschule, die ich besaß. Auf unserem Privatkonto war so gut wie nichts mehr drauf. Ich wurde noch am selben Tag auf freien Fuß gesetzt. Irgend jemand mußte den Medien Bescheid gesagt haben – vielleicht Larry. Ich weiß es nicht. Jedenfalls waren Zeitungsreporter und Fotografen und ein Fernsehreporter vom regionalen Sender da.« Sie war von einer Kakophonie mitleidloser Fragen bestürmt worden, die von Mikrophonen noch verstärkt worden waren. Ihre Augen waren von den zahllosen Blitzlichtern der Fotoapparate geblendet worden.

»Das Telefon hörte von der Minute an, als ich nach Hause kam, nicht mehr auf zu klingeln. Es ist verblüffend, wie schnell sich Neuigkeiten verbreiten, vor allem in einer Kleinstadt. Leute, mit denen ich schon seit Jahren kein Wort mehr gewechselt hatte, meldeten sich plötzlich wieder. Sie behaupteten, sie wollten mir ihr Beileid aussprechen. In Wirklichkeit wollten sie jedoch nur Einzelheiten erfahren. Einige ließen das Deckmäntelchen der Anteilnahme gleich außer acht. Mehrere enge Freunde boten mir an, vorübergehend zu mir zu ziehen, aber ich lehnte ab. Ich wollte niemanden bei mir haben.

Die Beerdigung war auf Mittwoch angesetzt. Meine Eltern kamen am Dienstag abend und sagten mir, daß Larry nicht wollte, daß ich käme, und ob ich nicht glaubte, einen Aufruhr zu verursachen, wenn ich dort auftauchte. Ich erwiderte, nichts könnte mich davon abhalten, zu der Beerdigung meines Sohnes zu gehen. Sie sagten, ich sei egoistisch und gehässig. Ich bat sie, mein Haus zu verlassen.

Vor der Kapelle standen Reporter und Fotografen. Ich hätte darauf gefaßt sein sollen – schließlich versorgte ich die Stadt mit Skandalgeschichten. Ich drängte mich an ihnen vorbei und ging zum Eingang der Kapelle. Ich fühlte wie Hunderte von Augenpaaren mich anstarrten, aber ich war entschlossen, mir nicht anmerken zu lassen, daß mir das etwas ausmachte. Larry und seine Eltern saßen in der ersten Reihe, rechts vom Gang. Meine Eltern saßen neben ihnen.

Ich setzte mich auf die linke Seite. Ich erinnere mich nicht mehr an viel von der Trauerfeier oder der Beerdigung, aber ich werde nie den Anblick vergessen, wie der kleine Sarg in die Erde hinuntergelassen wurde.« Sie sah das Bild auch jetzt wieder vor sich und senkte den Kopf. Sie schloß die Augen, aber es war immer noch da.

Sie änderte ihre Sitzhaltung. »Ich dachte, das beste wäre, mich in Arbeit zu stürzen. Aber als ich am Montag in die Vorschule kam, mußte ich erfahren, daß über die Hälfte der Eltern ihre Kinder aus der Schule herausgenommen hatte. Meine Assistentin hatte mir das nicht erzählen wollen. Am Ende der Woche waren nur noch drei Kinder übrig. Ich führte Telefongespräche und bekam überall Ausreden zu hören, die weder mich noch die Leute, die sie von sich gaben, täuschen konnten. Sie wollten die Kinder nicht mehr in meine Aufsicht geben.

Ich habe die Schule geschlossen und einen Job als Sekretärin angenommen. Die Anklage gegen mich wurde fallengelassen – keine konkreten Beweise, sagte mir mein Anwalt –, aber Larry bedrängte die Polizei, sie sollten den Fall wiederaufnehmen. Und weder Getuschel noch Gestarre nahmen ein Ende. Und als ich schließlich merkte, daß selbst meine treuesten Freunde zögerten, ihre Kinder meiner Obhut zu überlassen, verkaufte ich das Haus. Ich habe die Stadt, in der ich geboren wurde, geheiratet und meinen einzigen Sohn entbunden habe, verlassen und bin nach Los Angeles gezogen. Ich habe keinem meine neue Adresse gegeben, nicht einmal meinen Freunden und schon gar nicht meinen Eltern. Ich hätte niemals gedacht, noch einmal Glück im Leben finden zu können, aber dann habe ich dich und Nicholas getroffen. Und dann bin ich schwanger geworden, und ich dachte, es sei ein Zeichen Gottes, daß Er mir vergeben hat, denn indem Er mir ein Kind schenkte, gab Er mir eine neue Chance.«

Da hatte sie auch wieder angefangen zu malen. Nach Kevins Tod hatte sie das Atelier und alles, was darin war, gemieden. Sie konnte im Dachgeschoß keine Ruhe mehr finden, nur Zeugnisse ihres sie vollkommen beanspruchenden Hobbys und ihrer Schuld. Sie hatte die Palme nie fertiggestellt.

Sie schaukelte jetzt kaum noch hin und her. »An jedem Tag unserer Ehe wollte ich dir die Wahrheit sagen. Aber ich hatte Angst, du würdest mich nicht mehr lieben, wenn du alles wüßtest, und selbst wenn du mich noch liebtest, würdest du mich nicht mehr als Mutter deines zweijährigen Sohnes wollen. Hatte ich unrecht?« Sie wollte den Kopf wenden, um in sein Gesicht zu sehen, hatte aber nicht den Mut dazu.

Warren antwortete nicht. Er schwieg für mehrere Augenblicke. »Wann ist Larry gestorben?« fragte er schließlich.

Alex zögerte, dann sagte sie: »Larry ist gar nicht tot. Wir wurden gleich nach Kevins Tod geschieden. Drei Monate später – das war, bevor ich das Haus verkaufte –, kam ich eines Tages von der Arbeit nach Hause und fand ihn in der Badewanne. Er hatte sich die Pulsadern aufgeschnitten.« Überall war Blut gewesen. Sie schauderte bei der Erinnerung daran. »Er war nicht mehr bei Bewußtsein, aber er lebte noch. Ich rief die Ambulanz. Jetzt ist er in einer psychiatrischen Klinik. Seine Firma war ein Fehlschlag. Seine Ehe war ein Fehlschlag. Und nachdem auch Kevin nicht mehr da war, hatte er nichts mehr, wofür er leben wollte.« Sie seufzte. »Die Medien haben natürlich alles wieder aufgewirbelt.« Noch mehr Mikrophone, noch mehr Blitzlichter.

»Hast du mir jetzt alles gesagt, Alex?«

Wut lag in seiner Stimme und eine Wehmut, die sie fast zum Weinen brachte. »Ja, ich liebe dich und Nicholas und

Lisa, auch wenn sie und ich in der letzten Zeit nicht immer gut miteinander ausgekommen sind.«

»Hast du Donald Lundquist getötet, Alex?«

Sie konnte ihm die Frage kaum zum Vorwurf machen. »Nein. Ich habe dir die Wahrheit gesagt. Er wollte mir erzählen, wer mich gestoßen und mir die Briefe geschrieben hat. In einem der Briefe stand, ich sei eine Mörderin. Irgend jemand muß meine Vergangenheit aufgedeckt haben, Warren.« Sie erzählte ihm von den fehlenden Telefonrechnungen und von den Durchschlägen der Überweisungen. »Ich lasse alle paar Tage frische Blumen auf Kevins Grab legen.«

»Lundquist hatte die Artikel. Er könnte die Briefe geschrieben haben. Und er könnte dich auch gestoßen haben.«

»Aber wer hat ihn umgebracht?«

Warren antwortete nicht. Alex wartete. Sie zupfte am Ärmel ihrer Bluse herum.

»Alex«, sagte er, und sie konnte an seiner Stimme hören, daß er nicht über Lundquist reden würde. »Ein Teil von mir will dich in den Arm nehmen und trösten und dir sagen, daß alles gut werden wird. Aber ich kann nicht. Ich kenne dich nicht, Alex. Ich habe dich geküßt und berührt und mit dir geschlafen, aber ich kenne dich nicht.«

Was hatte sie erwartet? »Ja, ich verstehe.«

»Ich brauche Zeit.« Er bewegte sich von der Tür weg. »Komm nach oben. Es ist schon sehr spät.«

Ihr Gespräch kehrte zum Ausgangspunkt zurück. »Gleich.«

Nachdem er gegangen war, saß sie noch eine Weile da und schaukelte sanft hin und her. Dann legte sie sich auf das Sofa im Zimmer und schlief ein. Irgendwann während der Nacht träumte sie, daß Warren ihren Namen flüsterte und ihr über die Wange strich.

Als sie erwachte, stellte sie fest, daß sie mit einer Decke zugedeckt war.

24

Alex wickelte sich fester in die Decke. Sie fand Trost in deren Wärme und Weichheit und in der Tatsache, daß Warren ausreichend besorgt um sie war, um sie ihr überzulegen. Sie fragte sich, ob er gerade wach im Bett lag und über sie und ihr früheres Leben als Alexandra Trent nachdachte.

Plötzlich fielen ihr die Zeitungsausschnitte wieder ein. Sie hatte sie auf dem Couchtisch liegenlassen, wo der Detective sie hingelegt hatte. Sie stand auf und ging rasch ins Wohnzimmer.

Die Ausschnitte waren verschwunden. Zuerst geriet Alex in Panik – was, wenn Lisa sie an sich genommen hatte? Oder Nicholas? –, aber sie vergegenwärtigte sich, daß es halb sieben Uhr morgens war und Lisa und Nicholas noch schliefen. Warren mußte sie also weggenommen haben. Alex fragte sich, wann er sie gelesen hatte. War es bevor oder nachdem er ihr zugehört hatte, als sie im Schaukelstuhl saß? Vielleicht beides. Sie hatte Kopien der Zeitungsartikel und ein Foto von Kevin in dem grauen Umschlag in ihrer Schublade und sah sie jede Nacht an.

Alex wusch sich in dem kleinen Badezimmer, das ans Atelier angrenzte, Gesicht und Hände und kehrte zum Sofa zurück. Sie hatte eigentlich nicht wieder einschlafen wollen, aber dann nickte sie doch wieder ein. Als sie irgendwann später erwachte, überlegte sie, ob sie nach oben gehen sollte, aber sie war noch nicht bereit, Warren entgegenzutreten. Sie verschränkte die Hände unter dem Kopf, starrte an die Decke und dachte an Donald Lundquist und Warren und die Polizei und die Person, die sie so peinigte und quälte.

»Warum schläfst du denn hier, Mommy?«

Alex drehte sich zur Seite. Nicholas stand in der Tür.

»Hallo, Nick.« Sie stützte sich auf einen Ellenbogen. »Alles in Ordnung?«

»Ich habe oben nach dir gesucht, aber Daddy sagte, du seist hier. Er meinte, ich sollte dich nicht aufwecken, aber deine Augen waren offen. Wieso bist du hier unten?« wiederholte er.

»Ich habe an etwas gearbeitet, und dabei muß ich wohl eingeschlafen sein.«

Nicholas sah auf das leere Blatt Papier auf der Staffelei. »Es ist aber gar nichts zu sehen.«

»Ich habe es in meinem Kopf ausgearbeitet.«

»Oh.« Er ließ seinen rechten Fuß schlurfend über den Teppichboden vor- und zurückgleiten. »Lisa meinte, du seist krank.« Er sah beunruhigt aus.

Sie lächelte. »Mir geht es gut.« Sie hörte Warren nach Nicholas rufen. Einen Moment später stand er neben seinem Sohn in der Tür.

»Fertig, Nick?« fragte Warren. »Zähne geputzt?«

»Noch nicht.« Er rannte zum Sofa, beugte sich hinunter und drückte Alex einen dicken Kuß auf die Wange. »Tschüß, Mommy.« Er hüpfte aus dem Zimmer.

»Danke für die Decke, Warren.«

»Ich wollte nicht, daß du frierst.« Sein Tonfall war sachlich. Er rückte den Knoten seiner Krawatte zurecht. »Ich rufe dich später aus dem Büro an, Alex. Wenn du irgendwas brauchst, sag mir Bescheid. Was die Polizei betrifft –«

»Warren, ich möchte ihnen die Wahrheit sagen.« Sie war es leid, mit Lügen und Ausflüchten zu leben. Die Folgen waren zu schwer zu ertragen. »Die Polizei hat den Zettel, den Lundquist für mich an der Haustür angebracht hatte. Ich habe ihn angefaßt, aber nicht nur ihn, sondern auch andere Dinge im Haus. Sie werden meine Fingerabdrücke finden und identifizieren. Sie können auch meinen damaligen Haftbericht anfordern, stimmt's?«

»Ja.« Warren runzelte die Stirn. »Ich habe heute vormittag zwei Termine, die ich nicht absagen kann. Aber danach komme ich nach Hause und fahre mit dir zum Polizeirevier. Gwen soll die übrigen Termine verschieben.«

Sie konnte nicht erkennen, ob es ihn nervte, seinen Tagesablauf ändern zu müssen. Wahrscheinlich. Sie konnte ihm kaum einen Vorwurf daraus machen. »Danke.«

»Du mußt dich nicht bei mir bedanken, Alex. Ich bin dein Mann.« Er machte einen Schritt ins Zimmer, dann blieb er stehen. »Bis nachher.«

Nachdem Warren gegangen war, blieb Alex noch ein paar Minuten auf dem Sofa liegen, dann ging sie in die Küche und schenkte sich ein Glas Orangensaft ein. Sie zögerte, bevor sie den Hörer vom Wandtelefon abhob und die Nummer für die Pacific Division wählte. Sie kannte sie auswendig. Als sich eine Frau von der Telefonzentrale meldete, bat sie, mit Detective Rowan verbunden zu werden.

»Detective Rowan ist nicht an seinem Platz. Möchten Sie ihm eine Nachricht hinterlassen, oder kann Ihnen jemand anders weiterhelfen?«

Alex hatte den Namen seiner Kollegin vergessen. »Mein Name ist Alexandra Prescott. Ich würde gern am späten Vormittag aufs Revier kommen und mit ihm sprechen, und deshalb wollte ich sichergehen, daß er da ist.«

»Er müßte eigentlich jeden Moment zurückkommen. Ich werde ihm sagen, daß er Sie anrufen soll.«

Alex gab ihre Telefonnummer durch und legte auf. Dann rief sie Evelyn an. »Ich bin's, Alex«, meldete sie sich, als Evelyn abnahm. »Die Polizei war gestern abend hier.«

»O mein Gott!« rief Evelyn aus. »Wie ist es gelaufen?«

Alex erzählte ihr von dem Besuch der Detectives und von dem Zettel, den sie bei Lundquist vergessen hatte. »Ich mußte ihnen deinen Namen und deine Telefonnummer geben, Evelyn. Ich habe ihnen erzählt, daß wir so gegen halb zehn im Café waren. Ich habe ihnen nicht gesagt, daß ich bei Lundquist war, aber ich möchte nicht, daß du für mich lügst.«

»Alex –«

»Sag ihnen ruhig die Wahrheit. Das werde ich auch tun. Anders halte ich das einfach nicht mehr aus.«

»Ich schätze, du hast recht.« Evelyn klang unsicher. »Selbst wenn du ihnen sagst, daß du dort warst, hast du schließlich kein Motiv, Lundquist umgebracht zu haben.«

»Ich hoffe, das sehen sie auch so.« Die Polizei mochte allerdings ein Motiv in den Zeitungsausschnitten sehen, die sie in Lundquists Haus gefunden hatten. Was hatte der Detective noch mal gefragt? – *Hat Lundquist Sie erpreßt?*

»Alex? Verschweigst du mir was?«

»Entschuldige. Ich bin nur müde.« Vielleicht würde sie Evelyn eines Tages von ihrer Vergangenheit erzählen, aber nicht jetzt.

Alex rief bei Dr. Pearson an und hinterließ beim Antwortdienst die Nachricht, daß sie leider ihren Termin absagen mußte und sich später noch einmal melden würde, um einen neuen Termin zu vereinbaren. Dann ging sie in den ersten Stock hoch, um zu duschen und sich die Haare zu waschen. Sie ließ sich in der Dusche Zeit, entspannte sich unter dem sanften Druck des Wassers. Sie war gerade dabei, sich abzutrocknen, als es an der Haustür klingelte. Sie nahm ihren Frotteebademantel vom Haken an der Badezimmertür und zog ihn über, dann eilte sie nach unten in die Eingangshalle. Es klingelte abermals.

»Komme!«

Sie blickte durch den Spion in der Tür und verzog das Gesicht, als sie die zwei Detectives erkannte, die am Vorabend dagewesen waren. Sie öffnete die Tür und trat zur Seite, um sie einzulassen.

»Ich stand gerade unter der Dusche«, sagte sie. Sie hatte

das Bedürfnis, den Bademantel und ihr nasses Haar zu erklären.

Rowan sagte: »Ich habe Ihre Nachricht erhalten, Mrs. Prescott. Ich freue mich, daß Sie sich entschieden haben, uns zu helfen. Sie könnten eine Hauptzeugin sein.«

»Ich habe Ihnen ausrichten lassen, ich würde aufs Revier kommen. Ich weiß, wo das ist«, sagte sie mit einer Spur Gereiztheit.

Rowan lächelte. »Ich war gerade in der Nähe.«

»Könnten Sie nicht später noch mal wiederkommen? Oder noch besser, ich komme aufs Revier, sobald ich fertig bin.« Vor einem Augenblick war sie noch willens gewesen, wenn nicht sogar ungeduldig, der Polizei ihre Geschichte erzählen zu können. Jetzt war sie von Vorbehalten erfüllt und wollte mehr als alles andere, daß Warren bei ihr wäre.

»Wir können hier so lange warten, bis Sie sich angezogen haben, Mrs. Prescott«, sagte Detective Medina. »Dann können wir hier oder auf dem Revier reden.«

»Mein Mann wollte mich eigentlich begleiten. Sein Büro ist in Century City.«

Rowan sagte: »Dann ist es besser auf dem Revier. Warum rufen Sie ihn nicht einfach an und sagen ihm, er soll Sie dort treffen? Wir nehmen Sie im Auto mit.«

Mit dem Gefühl, manipuliert worden zu sein, ging Alex nach oben. Vom Telefon im Schlafzimmer aus rief sie Warren an und schilderte ihm, was geschehen war.

»Du hättest sie nicht anrufen sollen.« Warren klang verärgert. »Na gut. Sag kein Wort, bis ich bei dir bin. Ich fahre sofort los. Ich bin in zwanzig Minuten auf dem Revier.«

Sie zog sich schnell eine weite Umstandshose und einen übergroßen Pulli an, dann fönte sie sich die Haare. Eine Frau muß gut aussehen, wenn sie vernommen wird, erklärte sie ihrem Spiegelbild, aber sie lächelte nicht, und ihre Hand zitterte, als sie Lippenstift und Rouge auflegte.

Als sie nach unten ging, traf sie wie ein Blitzschlag der erschreckende Gedanke, daß vor drei Jahren ebenfalls zwei Polizisten gewartet hatten, bis sie sich angezogen hatte, damit sie sie zur Vernehmung mitnehmen konnten. Sie versuchte, den Gedanken zu verjagen – dies hier war etwas anderes. Sie war keine Verdächtige. Sie war eine Hauptzeugin, hatte Rowan gesagt. Sie hatte nichts Falsches getan.

Aber obwohl heute keine Polizeisirene heulte und der Wagen, der vor dem Haus stand, nicht der Streifenwagen mit dem blinkenden rot-gelben Licht von vor drei Jahren war, starrten von gegenüber zwei Nachbarn zu ihr herüber, als die Detectives sie vom Haus zum grauen Chevy begleiteten, und sie hatte das prickelnde Gefühl, daß die übrigen Nachbarn ebenfalls an den Fenstern standen und alles beobachteten.

Alles war anders. Und doch war alles gleich.

Warren saß bereits im Wartezimmer auf dem Revier, als Alex mit den Detectives eintraf. Neben ihm saß eine Frau, die Alex vage bekannt vorkam. Als Warren Alex erblickte, stand er auf und kam auf sie zu.

»Dürfte ich meine Frau für einen Moment allein sprechen?« fragte er Rowan und Medina.

»Klar.« Rowan stellte sich etwas abseits. Seine Kollegin tat es ihm nach.

»Ich habe Margot Leibman mitgebracht, Alex«, sagte Warren mit gedämpfter Stimme. »Du bist ihr schon mal auf einer Party begegnet. Sie ist Rechtsanwältin, und ich habe sie gebeten, dich zu vertreten. Sie wird sich um alles kümmern.«

»Ich möchte aber, daß du bei mir bist«, flüsterte Alex.

»Margot ist die beste auf ihrem Gebiet. Und es wäre keine gute Idee, wenn ich dich vertreten würde.« Er drückte sanft ihre Hand, dann ließ er sie los. »Es wird bestimmt gut laufen.« Er wandte sich Margot zu und winkte ihr.

Margot Leibman war schlank und hochgewachsen, bemerkte Alex, als die Frau aufstand und anmutigen, entschlossenen Schrittes zu ihnen ging. Sie trug ein gutgeschnittenes graues Kostüm und graue Pumps mit niedrigen Absätzen. Sie war hübsch mit wundervollen, großen braunen Augen, die auf erregende Weise mit ihrem glänzenden, kurzen blonden Haar kontrastierten. Alex schätzte, daß sie Anfang Vierzig war.

Warren machte sie miteinander bekannt, und die Frauen gaben einander die Hand. Margots Händedruck war fest. Alex' Hand war feucht.

»Ich bin ein wenig nervös«, sagte Alex zu der Anwältin.

Margot lächelte. »Verständlich. Aber es kommt alles in Ordnung. Warren hat mir erklärt, was geschehen ist und was Sie den Detectives gestern abend gesagt haben. Ich hätte trotzdem gern, daß Sie mir das Ganze noch mal mit Ihren eigenen Worten erzählen.«

Rowan näherte sich. »Fertig?«

Margot stellte sich ihm vor, dann sagte sie: »Ich würde mich gern erst mit meiner Mandantin unter vier Augen beratschlagen.«

»Ihrer Mandantin?« Rowan blickte Warren an. »Ich dachte, Sie wären Anwalt.« Die Andeutung eines hämischen Grinsens lag auf seinem Gesicht.

Warren antwortete nicht. Etwas zuckte in seiner Wange.

»Gibt es ein Zimmer, das wir benutzen können?« fragte Margot.

Rowan führte Margot und Alex zu einer kleinen viereckigen Zelle, in der ein Tisch und vier Stühle standen, zwei auf jeder Seite des Tisches. Die metallenen Wände waren in einem trüben Hellgelb gestrichen und mit Graffiti bemalt. Die Luft stank nach Zigarettenrauch.

»Viel Spaß«, sagte Rowan und ließ sie allein.

»Okay«, sagte Margot, als sie sich beide gesetzt hatten. »Erzählen Sie mir bitte ganz genau, was passiert ist.«

Alex redete mehr als zehn Minuten. Sie erzählte Margot alles – von der Verwüstung der Schule; von den anonymen Briefen; von ihrem Gefühl, verfolgt und beobachtet worden zu sein; wie sie am Strand gestoßen worden war; von der Puppe. Von Lundquists Angebot, ihr zu sagen, wer sie gestoßen habe. Wie sie Lundquist tot in seinem Whirlpool gefunden hatte. Sie erzählte Margot von dem Besuch der Detectives am vergangenen Abend und von den Zeitungsausschnitten, die die Polizei in Lundquists Haus gefunden hatte. Und schließlich erzählte sie ihr von ihrer Vergangenheit. Sie musterte das Gesicht der Anwältin auf irgendwelche Anzeichen der Mißbilligung hin, fand aber nichts als nur aufmerksames Interesse.

Margot tippte mit ihrem Füllfederhalter gegen einen Block mit gelbem Schreibpapier. »Es ist sehr wahrscheinlich, daß sie Ihre Fingerabdrücke bereits gefunden haben oder noch finden und identifizieren werden. Das bringt Sie mit dem Tatort in Verbindung, aber es sagt nichts darüber aus, wann Sie dort waren. Da Sie gestern abend nicht reden wollten, sind die Detectives jetzt argwöhnisch. Sie denken, daß Sie etwas wissen, was sie gern wissen würden, oder daß Sie Lundquist umgebracht haben.«

»Aber ich habe ihn nicht umgebracht!«

Margot bedeckte Alex' Hand mit ihrer. »Ich glaube Ihnen. Aber so werden die Detectives vermutlich denken.« Sie zog ihre Hand zurück. »Sie waren wütend auf Lundquist. Sie hatten Angst vor ihm. Sie glauben, daß er Ihre Schule verwüstet hat. Er hat Ihnen indirekt gedroht, Ihren Stiefsohn zu entführen. Das allein mag noch kein Motiv für einen Mord ergeben, aber da wären noch die Zeitungsausschnitte. Die Polizei wird sagen, daß Lundquist Ihnen damit gedroht hat, Ihre Vergangenheit zu enthüllen, und daß Sie ihn um jeden Preis daran hindern wollten und ihn deshalb getötet haben. Sie fürchteten um Ihren Namen und den guten Ruf Ihrer Vorschule.« Margot machte eine Pause. »Warren sagte mir, er habe nichts von dem Tod Ihres Sohnes gewußt, aber das weiß die Polizei nicht, und ein Mann kann nicht gezwungen werden, gegen seine Frau auszusagen.«

Beruhigende Neuigkeiten, dachte Alex, aber ihr war dennoch heiß vor Verlegenheit. Sie fragte sich, was die Anwältin wohl von einer Frau hielt, die ihren Mann von Anbeginn ihrer Beziehung belogen hatte. Nahm Margot Leibman an, daß Alex auch jetzt log?

»Aber wenn ich ihn getötet hätte, weil ich nicht wollte, daß er meine Vergangenheit enthüllt, warum habe ich dann die Ausschnitte nicht mitgenommen?«

»Sie haben danach gesucht, konnten sie aber nicht finden. Wurde Lundquists Haus durchwühlt?«

»Soweit ich gesehen habe, nein, aber ich war nur in der Eingangshalle und im Wohnzimmer.«

Margot erhob sich. »Gut. Wir sind soweit fertig. Ich werde der Polizei erzählen, was Sie mir gesagt haben.«

»Ich wollte eigentlich eine Aussage machen.«

Margot schüttelte den Kopf. »Das wäre keine gute Idee. Sie könnten etwas sagen, das Sie belastet.«

»Aber ich habe nichts getan!« Alex machte eine Pause. »Ich würde das wirklich gern selbst aufklären, Margot.«

Die Anwältin zog die Stirn in Falten. »Na schön. Aber befolgen Sie meinen Rat und antworten Sie nicht vorschnell auf Fragen. Wenn ich Sie am Arm berühre, sagen Sie nichts. Mein Job ist es, sicherzustellen, daß man Ihre Rechte nicht mißachtet und nicht versucht, Sie mit Tricks zu belastenden Aussagen zu verleiten.«

Margot verließ den Raum. Einen Moment später kehrte sie mit Rowan und Medina zurück. Margot nahm neben

Alex Platz. Rowan und Medina setzten sich ihnen gegenüber. Rowan hatte ein Tonbandgerät mitgebracht. Er stellte es auf den Tisch, schaltete es ein, nannte seinen Namen, sprach Datum, Uhrzeit und Ort darauf und daß er mit Alexandra Prescott redete.

»Mrs. Prescott, Sie haben heute morgen beim Revier angerufen, weil Sie mit mir sprechen wollten. Ich nehme an, es handelt sich um den Tod von Donald Lundquist.«

»Ja. Ich würde gern eine Aussage machen.«

»Wir sind gespannt zu hören, was Sie zu sagen haben. Bevor Sie beginnen, werde ich Sie über Ihre Rechte aufklären.«

»Einen Moment, bitte.« Margots Tonfall war scharf. »Mrs. Prescott ist aus freien Stücken hergekommen, um Ihnen Informationen hinsichtlich des Todes von Mr. Lundquist zu geben. Wollen Sie etwa sagen, daß sie eine Verdächtige im Mordfall ist?«

»Wir gehen dieser und auch anderen Möglichkeiten nach. Ich möchte nur sichergehen, daß alles koscher ist.«

Margot beugte sich näher zu Alex. »Alex, das ändert alles. Keine Aussage.«

Alex schüttelte den Kopf. »Ich möchte es hinter mich bringen. Ich habe nichts zu verbergen.« Sie wandte sich an Rowan. »Ich kenne meine Rechte«, sagte sie zu ihm, aber er sagte bereits die Miranda-Litanei auf.

». . . alles, was Sie sagen, kann gegen Sie verwandt werden. Haben Sie alles verstanden, was ich Ihnen gerade gesagt habe, Mrs. Prescott?«

»Ja.« Sie verstand nur zu gut. Sie hatte das alles schon mal gehört.

»Gut. Erzählen Sie mir jetzt bitte von Donald Lundquist.«

Sie räusperte sich. »Am Montag abend rief Donald Lundquist bei mir an . . .« Sie sprach langsam und so leise, daß

Rowan sie ein- oder zweimal bitten mußte, lauter zu sprechen. Als sie fertig war, musterte er sie einen Moment. Sie hielt seinem Blick stand.

»Wir sind zu dem Ergebnis gekommen, daß die Nachricht, die Sie an Mr. Lundquists Haustür vorgefunden haben, tatsächlich in seiner eigenen Handschrift geschrieben ist«, sagte der Detective. »Auf dem Zettel stand, daß er im Whirlpool sei. Das wird von der medizinischen Untersuchung bestätigt, die zu dem Resultat kam, daß er in der Nähe des Whirlpools getötet und dann auf die Stufen des Whirlpools gesetzt wurde.« Er machte eine Pause.

Warum erzählte er ihr das? wunderte sich Alex. Sie wartete.

»Das ist nicht ganz einfach – eine Leiche hinter sich her zu schleifen«, fuhr Rowan fort. »Aber nicht unmöglich, nicht mal für eine Frau.« Er lehnte sich gegen die Stuhllehne. »Sie haben kein Blut um den Whirlpool herum gesehen?«

Alex schüttelte den Kopf. »Es war dunkel.«

»War aber 'ne ganze Menge Blut«, bemerkte der Detective. »Wer auch immer Lundquist getötet hat, hat nichts riskiert. Stach ihn in Hals und Brust. Trennte die Halsschlagader durch. Stach die Aorta durch.«

Sie zuckte bei der Beschreibung zusammen, sagte aber nichts.

»Wir haben die Mordwaffe leider noch nicht gefunden. Es handelt sich gemäß der medizinischen Untersuchung aber wahrscheinlich um ein Küchenmesser. Ist nicht schwer heranzukommen.«

Margot sagte: »Detective, vielen Dank, daß Sie uns all diese Informationen mitteilen. Haben Sie noch Fragen an meine Mandantin? Wenn nicht . . .«

Rowan lächelte die Anwältin an. »Ich habe noch *mehrere* Fragen an Mrs. Prescott.« Er wandte sich an Alex. »Mrs.

Prescott, warum haben Sie mir das alles nicht schon gestern abend erzählt?«

Auf diese Frage war sie vorbereitet. »Ich hatte Angst. Ich wollte nicht in Lundquists Tod verwickelt werden.«

»Weil er Sie erpreßt hat?«

Margot berührte Alex leicht am Arm. »Detective, Sie legen meiner Klientin Worte in den Mund. Sie hat nie gesagt oder nahegelegt, daß Mr. Lundquist sie erpreßt hat. Vielmehr machte sie deutlich, daß Lundquist ihr angeboten hatte, ihr wesentliche Informationen über die Person mitzuteilen, die sie und ihre Familie belästigt hat.«

»Danke, daß Sie das klargestellt haben.« Rowan lächelte. »Mrs. Prescott, um welche Zeit sind Sie bei Lundquists Haus angekommen?«

»Um Viertel vor neun. Ich habe übrigens ein paar Minuten nach acht noch mit ihm telefoniert, also hat er zu der Zeit noch gelebt.«

»Das ist eine sehr hilfreiche Information. Danke.« Er nickte. »Wie lange waren Sie im Haus?«

Alex dachte angestrengt nach. »Ich habe sechs oder sieben Minuten im Wohnzimmer gewartet. Dann bin ich nach draußen zum Swimmingpool gegangen. Im ganzen höchstens zehn Minuten, würde ich sagen.«

Medina fragte: »Warum sind Sie zum Café gefahren? Warum haben Sie nicht sofort die Polizei verständigt und gewartet, bis sie eintraf?«

»Wieder aus demselben Grund: weil ich Angst hatte. Ich wollte nicht in die Sache hineingezogen werden. Lundquist war tot. Es gab nichts mehr, was ich tun konnte, um ihm zu helfen. Ich hatte meinem Mann gesagt, ich würde mit meiner Freundin Kaffee trinken gehen. Ich dachte, das sollte ich dann auch tun. Ich weiß, daß es dumm und falsch war. Es tut mir leid.«

Rowan sagte: »Es hat Sie nicht beunruhigt, daß Mr.

Lundquist mit aufgeschlitztem Hals und durchstochener Brust am Boden des Whirlpools lag?«

Rowans Stimme war sanft. Alex kannte diesen Tonfall von früher, und damals war die Sanftheit trügerisch gewesen. »Es hat mich sogar sehr beunruhigt«, sagte sie.

»Ja, aber erst, *nachdem* Sie Kaffee getrunken hatten, Mrs. Prescott. Erst *danach.*« Er warf einen Blick in sein Notizbuch. »Und nachdem Sie ein Stück Käsekuchen gegessen hatten. Wir haben nämlich gestern abend mit der Kellnerin gesprochen.« Er blickte zu ihr auf. »Sie haben anscheinend einen guten Appetit. Ich kenne nicht allzu viele Leute, die Kuchen essen würden, nachdem Sie eine Leiche gefunden haben.«

»Ich habe den Kuchen nicht angerührt«, sagte Alex. Sie wußte, daß es lahm klang. Ihre Hände umklammerten ihre Knie.

»Könnten wir jetzt bitte fortfahren?« Margots Ton war höflich, aber bestimmt.

»Haben Sie sich im Haus umgesehen, Mrs. Prescott?«

»Nein. Ich bin von der Eingangshalle ins Wohnzimmer gegangen und dann durch die Terrassentür hinaus in den Garten.«

»Sie waren nicht im Büro oder im Schlafzimmer?« fragte Medina.

Margot sagte: »Mrs. Prescott hat diese Frage bereits beantwortet.«

»Sie haben recht. Entschuldigen Sie.« Die Frau lächelte Margot an.

Rowan sagte: »Jemand hat das Haus durchwühlt, ganz offensichtlich auf der Suche nach etwas. Vielleicht waren es ja die Zeitungsausschnitte. Was glauben Sie?«

Alex sagte: »Ich habe keine Ahnung.«

»Sie waren übrigens in einem Umschlag unter seine Schreibtischplatte geklebt.« Rowan lehnte sich in seinem

Stuhl zurück. »Wie, glauben Sie, ist Lundquist an diese Zeitungsausschnitte gekommen?«

Margot sagte: »Sie fordern meine Klientin zu Spekulationen auf.«

»Wir sind hier nicht im Gericht, Ms. Leibman.«

»Detective Rowan, wir wissen doch noch nicht einmal, ob Mr. Lundquist sich diese Zeitungsausschnitte selbst beschafft hat. Jemand könnte sie auch in sein Haus geschmuggelt haben, um meine Klientin mit Mr. Lundquists Tod in Verbindung zu bringen.«

»Das Schlafzimmer und das Büro waren verwüstet.«

»Wenn ich etwas einschmuggeln würde, würde ich dasselbe tun, um es so aussehen zu lassen, als hätte meine Klientin nach den Ausschnitten gesucht.«

»Und wie soll dieser Jemand an die Zeitungsausschnitte gekommen sein?«

Alex sah Margot an. Margot nickte.

»Nach der Verwüstung meiner Schule merkte ich, daß zwei Telefonrechnungen fehlten. Das habe ich Detective Brady gemeldet. Ich denke, wer auch immer die Telefonrechnungen an sich genommen hat, hat beim Friedhof angerufen, wo . . . wo mein Sohn begraben liegt, mit den Leuten dort gesprochen und auf diese Weise erfahren, was damals geschehen war. Dann hat er sich wahrscheinlich mit den Zeitungsredaktionen in Verbindung gesetzt und darum gebeten, ihm Kopien der Zeitungsartikel zu schicken.«

Medina sagte: »*Er?*«

»Oder *sie*. Ich habe das allgemein gemeint.«

Rowan sagte: »Laut Detective Brady waren Sie davon überzeugt, daß Mr. Lundquist Ihre Schule verwüstet hatte. Was bedeutet, daß er die Telefonrechnungen gestohlen, eine Verbindung zu Ihrer Heimatstadt hergestellt und sich die Artikel beschafft hat. Hat er Ihnen die Ausschnitte gezeigt, als Sie zu ihm kamen?«

Margot sagte: »Meine Klientin hat Ihnen bereits gesagt, daß Mr. Lundquist tot war, als sie zu ihm kam. Kommen Sie schon, Detective.«

»Was hatte er Ihrer Meinung nach mit den Zeitungsausschnitten vor, Mrs. Prescott?«

»Ich wußte ja nicht einmal, daß er sie hatte. Und ich habe Ihnen gestern abend bereits gesagt: Ich bin mir nicht mehr sicher, ob Donald Lundquist die Schule verwüstet hat.«

»Das haben Sie gesagt, ja. Ich habe das Detective Brady gegenüber erwähnt, und er fand es äußerst verwirrend. Er sagte, Sie hätten wieder und wieder darauf beharrt, daß Lundquist die Schule verwüstet habe. Warum sind Sie jetzt anderer Meinung?«

Die Anmeldung zum Internat. Die anonymen Briefe. Die Puppe. Das alles paßte nicht zu ihrem Bild von Lundquists Charakter. Aber wenn sie das laut sagte, zeigte sie mit dem Finger auf jemanden in ihrer unmittelbaren Umgebung. Dazu war sie noch nicht bereit.

»Das ist schwer zu sagen«, sagte Alex.

»Ich verstehe.« Rowan wechselte einen Blick mit Medina, dann blickte er Alex mit gefurchter Stirn an. »Ich habe die Zeitungsausschnitte gelesen, Mrs. Prescott, und ich wollte Ihnen sagen, daß es mir leid tut, was Sie durchgemacht haben.«

»Wirklich? Danke.«

»Es ist furchtbar, ein Kind zu verlieren, vor allem auf diese Weise.« Rowan schüttelte den Kopf. »Leider können die Menschen schrecklich grausam sein. Ich frage mich, wie die Eltern in Ihrer Vorschule reagieren würden, wenn Sie davon wüßten. Hat Sie das beunruhigt?«

Alex rutschte auf dem Stuhl herum. »Nein. Ich habe ja nicht gewußt, daß jemand die Zeitungsausschnitte hatte.«

»Aber jemand hat Ihnen anonyme Briefe geschickt, die auf Ihre Vergangenheit anspielten. Das haben Sie uns doch erzählt. Diese Person könnte Donald Lundquist gewesen sein.«

»Möglich. Aber es könnte auch jemand anders gewesen sein.«

»Aber wenn es Lundquist *war*, würde es doch Sinn machen, daß er es war, der Sie gestoßen hat, nicht wahr? Also lädt er Sie unter dem Vorwand, Ihnen preisgeben zu wollen, wer Sie gestoßen hat, zu sich ein, und dann sagt er Ihnen, daß *er* Sie gestoßen hat und ...«

»Detective Rowan«, mahnte Margot.

»Hat er Ihnen gesagt, wenn Sie ihm nicht sagen würden, wo seine Frau ist, würde er allen Ihre tragische Vergangenheit bekanntgeben – der Gemeinde und den Eltern in Ihrer Schule? Hat Ihr Mann eigentlich davon gewußt, daß Sie wegen des Todes Ihres Sohnes inhaftiert waren?«

Alex fühlte Margots Hand an ihrem Arm. Sie starrte auf die gelbe Wand oberhalb von Medinas Kopf.

Margot sagte: »Sie quälen meine Klientin. Ich ersuche Sie, damit aufzuhören, anderenfalls wird sie keine Fragen mehr beantworten.«

»Lundquist war davon überzeugt, daß Sie wußten, wo seine Frau ist. Und Sie sagten es ihm nicht. Vielleicht wollte er Informationen, Mrs. Prescott, oder er wollte Sie bestrafen.«

»Wer hat ihn Ihrer Meinung nach getötet?« fragte Medina.

Alex verblüffte der plötzliche taktische Umschwung. War dies die berüchtigte Guter-Cop-schlechter-Cop-Prozedur? Sie sah Detective Medina an. »Ich weiß es nicht.«

»Sie haben doch bestimmt darüber nachgedacht. Wer ist dieser ›Jemand‹, der die Zeitungsausschnitte in Lundquists Haus geschmuggelt hat, um Sie fälschlich zu bezichtigen?«

»Ich weiß es nicht«, wiederholte Alex. Sie sah die Skepsis in den Augen der Detectives. Hatten sie ihr Zögern bemerkt? »Vielleicht ein Geschäftskollege«, äußerte sie. »Er erwähnte beim Telefonat an jenem Abend, daß er nicht gern in der Öffentlichkeit gesehen werden möchte. Deshalb wollte er auch, daß ich zu ihm komme.«

Rowan sagte: »Wir haben Mr. Lundquists Geschäftsleben bereits einer Prüfung unterzogen, und wir forschen in dieser Richtung weiter. Er war im Import-Export-Geschäft tätig, und es scheint, als hätte er Schulden gehabt. Haben Sie gewußt, daß seine Frau diejenige mit dem Vermögen war?«

Alex schüttelte den Kopf.

»Vielleicht wollte er sie deshalb so verzweifelt wieder zurückhaben, was? Glauben Sie, daß sie ihren Mann umgebracht haben könnte?«

Bin ich etwa nicht mehr verdächtig? Alex war verwirrt und ein wenig desorientiert, weil sie ihren Kopf ständig hin- und herdrehen mußte, um erst Fragen von Rowan, dann von Medina und dann wieder von Rowan zu beantworten. »Sie war im Frauenhaus.«

»Nein, war sie nicht. Jedenfalls nicht in jener Nacht. Mrs. Lundquist hat das Frauenhaus an jenem Dienstag verlassen und ist seither nicht mehr zurückgekehrt. Interessant, nicht wahr?« Rowan lächelte. »Ich denke, das ist im Moment alles, Mrs. Prescott. Danke für Ihre Zusammenarbeit.« Er stand auf.

Das Gespräch war so abrupt zu Ende, daß Alex sich wie eine Marionette fühlte, deren Fäden man durchgeschnitten hatte. Margot stand auf. Alex tat es ihr nach und folgte der Anwältin aus der Kabine hinaus und zurück in den Warteraum.

Warren stand von seinem Platz auf und eilte ihnen entgegen. »Wie ist es gelaufen?« fragte er. Sein Gesicht war angespannt vor Besorgnis.

Margot lächelte und legte die Hand auf Alex' Schulter.

»Sie war großartig. Sie haben sie über ihre Rechte aufgeklärt, aber ich glaube, die fischen nur. Sie überprüfen gerade Lundquists Geschäftsleben, und es scheint, als sei seine Frau verschwunden.« Sie warf einen Blick auf ihre Armbanduhr. »Ich muß zurück ins Büro. Rufen Sie mich an, wenn irgend etwas ist. Und Alex, wenn die Polizei sich bei Ihnen meldet, verweisen Sie sie an mich.«

»Danke, Margot«, sagte Warren.

»Kein Problem.« Sie lächelte erneut und ging fort.

»Was haben sie dich gefragt, Alex?« sagte Warren.

»Das erzähle ich dir im Wagen.« Sie war plötzlich erschöpft. »Kannst du mich nach Hause fahren? Jetzt gleich, bitte.«

Er führte sie am Ellbogen aus dem Wartezimmer hinaus. Am Eingang hielt er ihr die Tür auf, während sie nach draußen trat.

»Mrs. Prescott!« hörte sie jemanden rufen.

Sie drehte sich in die Richtung, aus der die Stimme gekommen war, und wurde vom Blitz einer Fotokamera überrascht. Sie senkte den Kopf und hob die Hand, um ihr Gesicht zu verbergen.

»Mist!« murmelte Warren.

»Mrs. Prescott! Können Sie uns sagen . . .«

Warren legte seinen Arm um Alex. »Laß uns gehen.« Er eilte mit ihr zum Bürgersteig.

»Mrs. Prescott!«

»Alexandra Trent!«

Alles war anders. Und doch war alles gleich.

25

»Ich habe Paula gebeten, bei uns einzuziehen«, sagte Warren zu Alex, als sie nach dem Abendessen noch im Frühstücksraum saßen. »Nur vorübergehend, bis sich alles wieder beruhigt hat.«

Sie fragte sich, was er mit ›alles‹ meinte – die polizeilichen Ermittlungen im Mordfall Lundquist? Die Medienaufmerksamkeit (ein hartnäckiger Reporter von der Venice-Zeitung hatte wiederholt am Nachmittag bei ihnen angerufen)? Der kriselnde Zustand ihrer Ehe?

»Gut.« Sie nahm einen Schluck von ihrem Kräutertee.

»Mit dem ganzen Streß zusätzlich zu deiner Schwangerschaft und deinem Sturz kannst du Hilfe brauchen. Pearson sagte mir, du solltest dich schonen und nichts heben, vor allem wegen deiner Verletzungen. Paula kann einkaufen gehen. Sie kann auch die Kinder von der Schule abholen, falls du mal nicht verfügbar bist.«

»Du meinst, wenn ich wegen des Mordes an Lundquist im Gefängnis sitze.«

Warren setzte seine Tasse ab und starrte sie an. »Wenn das ein Witz gewesen sein soll, so war er nicht lustig. Warum willst du nicht, daß Paula kommt?«

»Warum *willst* du, daß sie kommt?«

»Das habe ich dir doch erklärt. Sie wird dir eine große Hilfe sein, Alex. Sie wird –«

Alex seufzte. »Tu, was du willst, Warren. Es ist dein Haus, und es sind deine Kinder. Wo soll sie schlafen?«

»Ich kann ein Bett ins neue Kinderzimmer stellen. Oder sie kann unten übernachten.«

»In meinem Atelier, meinst du.« Alex behagte die Vorstellung, das Atelier an Paula abzutreten, überhaupt nicht. Sie konnte fast schon das triumphierende Lächeln der Haushälterin vor sich sehen. Aber das Kinderzimmer lag gleich neben Alex' und Warrens Schlafzimmer, und der Gedanke, Paula in solch intimer Nähe zu haben, begeisterte Alex auch nicht.

»Wir haben nun mal keine zusätzlichen Räume zur Verfügung.« Sein Tonfall und der Ausdruck in seinen Augen fügte hinzu: Warum bist du nur so schwierig?

»Ich weiß.« Sie trank einen weiteren Schluck Tee. »Dann lieber unten. Wir können die Staffelei und meine Malutensilien so lange im Kinderzimmer unterstellen.« Das Licht war dort ganz passabel; sie würde damit zurechtkommen. Im Moment fühlte sie sich ohnehin nicht in der Stimmung zu malen.

»Ich werde heute abend noch alles einräumen. Es ist ja nur vorübergehend, Alex.«

»Das sagtest du bereits.« Alex setzte ihre Tasse ab und begann, die Teller aufeinanderzustapeln.

»Laß mich das machen.« Er nahm ihr die Teller aus der Hand. »Alex, noch etwas. Ich denke, wir sollten Lisa das mit Lundquist und . . . und . . . alles erzählen, bevor sie darüber in der Zeitung liest oder in der Schule davon erfährt.«

»Wir wissen doch noch gar nicht, ob die Zeitung über mich berichten wird.«

»Du wurdest fotografiert, und ein Reporter hat den ganzen Tag hier angerufen. Denk doch nur, wie verletzt und schockiert Lisa sein wird, wenn sie es von dritter Seite erfährt.«

»Vermutlich hast du recht.« Ihr schauderte bei dem Gedanken, daß ihre Stieftochter von ihrer Vergangenheit erfahren würde – aber dann fiel ihr ein, daß Lisa vielleicht schon alles wußte. Daß sie es vielleicht schon lange wußte. »Erzähl du es ihr.«

»In Ordnung.« Er nickte. »Nicholas werden wir natürlich nichts sagen.«

»Auch nicht Denise oder sonst jemandem.« Sogar Evelyn hatte Alex, als sie sie heute vormittag angerufen hatte, nur Bruchstücke der Polizeibefragung wiedergegeben. Sie hatte ihr gegenüber nichts von ihrer Vergangenheit erwähnt; sie war noch nicht bereit dazu. »Hast du es Paula erzählt?«

Warren runzelte die Stirn. »Natürlich nicht. Warum sollte ich das tun?«

Er deckte den Tisch ab und räumte das Geschirr in die Spülmaschine, dann verließ er die Küche. Alex wischte die Ablagen ab und räumte die Essensreste weg. Ihr tat immer noch alles weh, und sie konnte nicht alle Bewegungen ausführen. Sie mußte zugeben, daß es Sinn machte, wenn sie Hilfe bekam – wenn es nur nicht Paula wäre.

Alex ging ins Familienzimmer. »Zeit zum Schlafengehen«, kündigte sie Nicholas an.

Er lag auf dem Bauch auf dem Teppich und war mit einem großteiligen Puzzle beschäftigt. »'Kay.« Er setzte sich auf, scharrte die Puzzleteile mit den Händen zusammen und warf sie in die Pappschachtel.

»Möchtest du nicht morgen weitermachen?« fragte sie.

Er schüttelte den Kopf.

»Okay. Ich komme dann gleich in dein Zimmer.«

Sie ging nach oben. Lisas Tür war geschlossen. Wahrscheinlich war Warren gerade bei ihr. Alex zog sich ein Schlaf-Shirt und eine weite kurze Hose an. Dann schlug sie die Tagesdecke ans Fußende zurück. Während sie sich das Haar bürstete, fragte sie sich, mit welchen Worten Warren seiner Tochter wohl erzählte, daß seine Frau Verdächtige in einem Mordfall war und daß sie ihr einziges Kind hatte ertrinken lassen. Sie fühlte einen Stich des Mitleids mit Warren und Lisa, aber dann merkte sie, daß sie am meisten Mitleid mit sich selbst hatte.

Auf dem Weg zu Nicholas kam sie wieder an Lisas Zimmer vorbei. Die Tür war immer noch zu. Sie ging weiter den Gang entlang und klopfte an Nicholas' Tür. »Fertig?«

»Ja.«

Sie öffnete die Tür. Nur die Lampe auf dem Nachtschränkchen brannte. Nicholas war im Bett, seine Hände lagen auf der Decke. Alex ging zu ihm und setzte sich auf die Bettkante.

»Welche Geschichte würdest du heute gern hören?«

»Ist mir egal.«

Nicholas war das sonst *nie* egal. Er hatte seine Lieblingsgeschichten und freute sich daran, sie immer und immer wieder zu hören. Sie musterte sein Gesicht. Er sah ernster aus als gewöhnlich, aber vielleicht war das auch nur Einbildung.

»Quält dich irgend etwas, Nicholas?« fragte Alex sanft.

Er schüttelte den Kopf.

»Aber irgendwas quält dich doch. Kannst du mir nicht sagen, was es ist?« Sie strich ihm übers Haar. »Vielleicht kann ich dir ja helfen.«

»Es ist ein schlechter Gedanke, Mommy. Lisa sagt, man darf schlechte Gedanken nicht laut sagen, sonst werden sie wahr.«

»Lisa hat unrecht, Nicholas.« Sie nahm seine Hand. »Es ist gut, anderen zu sagen, was einen quält.«

Er schlang seine Finger um ihre und drückte ihre Hand. »Wirst du sterben, Mommy?«

Ihr Herz machte einen Satz. »Jeder muß irgendwann sterben, Nicholas. Menschen werden alt. Aber ich werde noch lange nicht sterben. Warum machst du dir deswegen Sorgen?«

»Meine erste Mutter ist tot, und sie war jung, so wie du. Das hat mir Lisa erzählt.«

»Oh, Nicholas«, flüsterte Alex.

»Sie ist gestorben, nachdem sie ein Baby gekriegt hat, und

du wirst jetzt ein Baby kriegen, und du bist hingefallen, und du warst im Krankenhaus, und dieser Mann ist böse auf dich, und Lisa hat gesagt, du wärst heute morgen krank gewesen, und du hast gesagt, du wärst nicht krank, aber ich habe solche Angst, Mommy!« Seine Augen hatten sich mit Tränen gefüllt. Sie rannen seine Wangen hinunter. »Ich will nicht, daß du stirbst.«

Sie beugte sich zu ihm hinunter und legte ihre Wange an seine. Er schlang seine Arme um sie. Sein kleiner Körper zitterte. Sie drückte ihn fest an sich und streichelte seinen Rücken mit langsamen, langsamen Kreisen.

»Ich bin nicht krank, Nicholas. Und Frauen sterben nicht, wenn sie Babys kriegen. Deine Mutter ist gestorben, aber das kommt nur ganz, ganz selten vor.«

»Versprichst du mir das?«

»Das verspreche ich dir.«

Sie hielt ihn noch eine Weile fest. Dann sagte sie: »Würdest du jetzt gern eine Geschichte hören?«

Er schüttelte den Kopf. »Kannst du bei mir bleiben, bis ich eingeschlafen bin?«

»Klar.« Sie schaltete die Lampe auf dem Nachtschränkchen aus, dann legte sie sich neben ihn. »Möchtest du mal fühlen, wie das Baby strampelt?«

»Darf ich?«

»Es ist kein starkes Strampeln, es fühlt sich mehr an wie das.« Sie schnippte mit ihren Fingern leicht gegen seine Handfläche. Dann nahm sie seine Hand und legte sie auf ihren Unterleib. Sie ließ ihre Hand auf seiner liegen.

»Ich kann nichts fühlen«, flüsterte er.

»Warte noch ein bißchen.«

Sie warteten zusammen in der Stille und der Dunkelheit.

»Ich hab's gefühlt!« sagte Nicholas. »Kann es das noch mal machen, Mommy? Ja?«

Alex lächelte. »Vielleicht. Mal sehen.«

Minuten später war Nicholas eingeschlafen, seine Hand noch immer auf ihrem Bauch. Alex nahm seine Hand, legte sie auf die Decke und stieg aus dem Bett. Als sie stand, sah sie Warren vor der Tür warten.

Sie ging aus dem Zimmer und zog die Tür hinter sich zu. »Er konnte kaum einschlafen.« Sie erzählte Warren von Nicholas' Ängsten. »Aber ich glaube, ich konnte ihn beruhigen.«

»Du bist eine gute Mutter, Alex.« Sein Ton war beinahe ernst. »Nicholas ist glücklich, daß es dich gibt.«

Was ist mit dir? wollte sie ihn fragen. Bist du glücklich, daß es mich gibt? »Hast du mit Lisa geredet?«

»Ja. Sie hat sehr gut reagiert, Alex, sehr verständnisvoll. Sie fand es schrecklich, was du durchgemacht hast.«

Das gleiche hatte Rowan im Vernehmungszimmer gesagt. Alex fragte sich, ob ihre Stieftochter es aufrichtiger meinte als der Detective. »Ich denke, es war gut, daß du es ihr erzählt hast.«

»Sie wird das Thema nicht von sich aus ansprechen – sie will dich nicht in Verlegenheit bringen –, aber ich glaube, sie hätte nichts dagegen, mit dir darüber zu reden. Falls du dazu bereit bist«, fügte er hinzu, als er Alex' Gesichtsausdruck sah. »Jetzt werde ich deine Sachen ins Kinderzimmer bringen.«

Warren fand in der Garage eine Kiste. Während Alex sie mit ihren Malsachen füllte, trug er die Staffelei und den Schaukelstuhl ins Kinderzimmer hoch. Die Kiste kam als letztes dran. Das Zimmer war noch nicht als Kinderzimmer eingerichtet – bis jetzt war es nur ein überzähliges Zimmer mit nichts darin außer weißen Jalousien und einem blauen Teppichboden.

»Ich werde dir eine Vitrine für deine Malutensilien besorgen«, sagte er.

»Es ist schon in Ordnung so.« Es war zwar nicht in Ordnung so, aber was konnte sie schon sagen?

»Warte mit dem Schlafengehen nicht auf mich, okay. Ich habe noch eine Menge Arbeit zu erledigen.«

Warren ging nach unten. Alex versuchte, im Bett zu lesen, konnte sich aber nicht konzentrieren. Sie schaltete den Fernseher ein und wurde von einem Film gefesselt. Zwei Stunden später, als sie gerade die Nachrichten sah, kam Warren ins Schlafzimmer.

»Ich dachte, du würdest schon schlafen«, sagte er.

»Tut mir leid, daß ich dich enttäuschen muß.«

Er errötete. »So habe ich es nicht gemeint. Ich meinte nur – ach Mist, Alex.« Er knöpfte sein Hemd auf.

»Es tut mir *wirklich* leid. Ich weiß, daß ich das Ganze schwieriger mache. Wenn du willst, kann ich heute unten schlafen. Morgen nacht wäre Paula bereits da.«

»Nein, das ist es nicht, was ich will!« Mit ruhigerer, beherrschterer Stimme fuhr er fort: »Ich glaube nicht, daß das eine gute Idee wäre, weder für uns, noch für die Kinder.« Er zog sich aus und legte sich ins Bett. »Gute Nacht, Alex.«

»Gute Nacht.« Sie lagen im selben Bett, aber Alex hatte das Gefühl, als stünde eine unsichtbare Mauer zwischen ihnen. *Ich brauche Zeit*, hatte Warren in der vergangenen Nacht gesagt. Sie nahm ihm das nicht übel, aber sie fragte sich, wieviel Zeit er wohl brauchen würde. Sie knipste ihre Bettlampe aus und schloß die Augen, in der Hoffnung, bald einschlafen zu können.

»Alex?«

Sie wandte sich ihm zu. Selbst in der Dunkelheit konnte sie sehen, daß er sie anstarrte.

»Ich weiß, daß der heutige Tag sehr aufwühlend für dich war, und es tut mir leid, daß ich dich nicht mehr . . . stützen kann.«

»Du bist zur Polizei mitgekommen. Und du hast eine Anwältin für mich besorgt, die mir helfen wird.«

»Das würde ich für jeden Mandanten tun, Alex. Du bist meine Frau.« Er machte eine Pause. »Ich versuche zu verstehen, warum du mich belogen hast. Ich sage mir, daß du, nachdem sich jeder gegen dich gewandt hat – selbst deine Eltern und deine Freunde –, das Gefühl gehabt haben mußt, niemandem mehr trauen zu können. Aber ich komme trotzdem nicht über die kränkende Tatsache hinweg, Alex, daß du *mir* nicht vertrauen konntest.«

»Aber sie hatten recht, Warren – Larry, meine Schwiegereltern und meine Eltern. Ich bin schuld an Kevins Tod.«

»Es war ein tragischer Unfall, Alex«, sagte er sanft.

»Es war Fahrlässigkeit. Ich habe ihn zwanzig Minuten alleingelassen, um malen zu können. Willst du etwa behaupten, du hättest mir nicht die Schuld gegeben? Daß du mir jetzt nicht die Schuld gibst?«

»Ich kann nachvollziehen, wie es dazu gekommen ist. Man liest andauernd, daß Kinder ertrinken. Du mußt dich von deinen Schuldgefühlen befreien.«

»Ich kann nicht«, flüsterte sie. »Ich erlebe Kevins Tod Nacht für Nacht in meinen Träumen wieder.« In der letzten Nacht war sie seelisch erschöpft, aber auch erleichtert gewesen, daß die Last des Geheimnisses von ihren Schultern genommen worden war, und sie hatte gedacht, der Traum würde hinter ihr liegen. Aber er war in ihren Schlaf eingedrungen und hatte sie gefangengehalten, Bild für Bild, Klang für Klang.

»Jahrelang habe ich darauf gewartet, daß Gott mich bestrafen würde«, sagte sie. »Als ich dir begegnete, hatte ich Angst, mich auf dich einzulassen. Ich dachte, ich würde kein Glück mehr verdienen. Ein Teil von mir denkt das immer noch.« Manchmal fragte sie sich, ob die anonymen Briefe ihre Strafe waren. Und der Absender?

»Gestern nacht hast du gesagt, daß du mich liebst«, sagte Warren. »Das glaube ich dir, aber ich muß wissen ...«

Sie spannte sich an. »Was?«

»Hast du mich geheiratet, weil du mich liebst oder weil du Nicholas liebst und einen Ersatz für Kevin gesucht hast?«

Ihre Augen füllten sich mit Tränen. Die Frage war grausam, fand sie, aber fair. »Die Frage habe ich mir selbst gestellt, als wir uns zu verabreden begannen«, sagte sie sanft. »Ich habe nie bewußt versucht, Kevin zu ersetzen. Das könnte ich nie. Das würde ich auch gar nicht wollen. Ich habe begonnen, Nicholas zu lieben, als ich seine Lehrerin war, weil es unmöglich war, ihn nicht zu lieben. Und ich habe mich in dich verliebt, weil es unmöglich war, dies nicht zu tun.«

»Ich habe dir weh getan. Entschuldige.« Er streckte die Hand aus und wischte die Tränen von ihrer Wange.

Sie sehnte sich danach, ihre Hand auf seine zu legen. »Glaubst du mir?«

»Ja. Gute Nacht, Alex. Schlaf gut.«

War da ein kurzes Zögern gewesen, bevor er geantwortet hatte?

»Gute Nacht«, sagte sie.

26

»Wo soll ich die hinbringen?« fragte Paula Alex und deutete auf die zwei Koffer, die sie auf der hinteren Veranda abgestellt hatte.

Als wüßtest du das nicht, dachte Alex, aber sie antwortete mit betont unbeschwerter Stimme: »In mein Atelier.«

»Aber was ist mit Ihren Sachen, Alex? Ich will Sie nicht vertreiben.«

»Kein Problem. Warren hat meine Malutensilien ins Kinderzimmer gebracht. Es ist sehr entgegenkommend von Ihnen, daß Sie uns aushelfen«, fügte sie hinzu, während sie sich insgeheim fragte, warum Paula und sie eigentlich diesen Eiertanz der Freundlichkeit vollführten.

»Es gibt nichts, was ich nicht für diese Familie tun würde, Alex. Es wird ganz wie in alten Zeiten werden, nicht? Ich in meinem eigenen Zimmer, und ein Baby unterwegs.« Paula lächelte sie an. »Ach, das hätte ich fast vergessen.« Sie reichte Alex eine Zeitung. »Die lag auf dem Rasen.« Sie nahm ihre Koffer und trug sie ins Atelier.

Es war die Lokalzeitung. Mit unruhigen Fingern rollte Alex sie auf. Auf der ersten Seite konnte sie nichts entdekken. Sie atmete aus, aber Sekunden später holte sie tief Luft. Auf Seite drei waren zwei Fotos von ihr abgebildet, eines hatte der Fotograf am Vortag aufgenommen, als sie gerade die Polizeistation verließ. Daneben war das Foto von Alexandra Trent. Die Überschrift lief über beide Fotos hinweg: VORSCHULBESITZERIN AUS VENICE VON POLIZEI IM MORDFALL EINES GESCHÄFTSMANNES VERNOMMEN, WIRD VON IHRER TRAGISCHEN VERGANGENHEIT EINGEHOLT

Wenn sie so tragisch war, warum könnt ihr sie dann nicht in Ruhe lassen? Ihre Finger zitterten; auch ihr Gesicht zitterte, und sie hatte Mühe zu atmen. Sie begann zu hyperventilieren, merkte sie. Sie zwang sich, ruhig ein- und auszuatmen, und versuchte, nicht daran zu denken, wie viele Leute die Fotos in diesem Moment anstarrten und von ihrer Schande lasen. Denise, Mona, Evelyn, Patty. Die Eltern ihrer Vorschüler. Es waren sicher noch Tausende mehr, Leute, die ihr fremd waren, aber denen sie nicht länger fremd wäre. Sie würden sie im Supermarkt erkennen, im Restaurant oder im Park. *Oh, sieh mal! Da drüben ist die Frau, die ihren Sohn ertrinken ließ . . .*

In der Küche fand sie eine Papiertüte und atmete so lange

hinein, bis das Zittern nachließ. Während sie die Zeitung wieder zusammenfaltete und eng einrollte, überlegte sie, ob Paula sie wohl schon gelesen hatte. Für gewöhnlich hielt ein Gummiband die Zeitung zusammen. Heute hatte es gefehlt. Aber das mußte natürlich nichts heißen.

Das Telefon klingelte. Sie streckte die Hand nach dem Hörer aus, doch dann zog sie sie wieder zurück. Es konnte ein Journalist sein oder jemand aus einer Anzahl von Leuten, mit denen sie lieber nicht sprechen wollte.

Es klingelte abermals. »Paula! Könnten Sie bitte rangehen?«

Es klingelte ein drittes Mal, dann war es still. Einen Augenblick später kam Paula in die Küche.

»Warren ist dran«, sagte sie zu Alex. »Könnte ich übrigens mal einen Blick in die Zeitung werfen, die ich Ihnen gegeben habe? Normalerweise sind immer Gutscheine drin . . .«

»Ich bin gleich fertig mit Lesen.« Alex bemerkte, daß sie die Zeitung an die Brust gepreßt hielt, und senkte den Arm. »Danke, Paula.« Sie wartete, bis die Haushälterin aus der Küche gegangen war, dann hob sie den Hörer ab. »Hallo?«

»Wie läuft alles?« fragte Warren.

»Schrecklich. Mein Bild ist in der Zeitung.«

Er seufzte. »Ich wollte, daß Paula sie von dir fernhält. Alle rufen mich deshalb an.«

»Das überrascht mich nicht. Es ist doch eine großartige Story, oder nicht? Sie wollen wahrscheinlich Einzelheiten von dir wissen.«

»Sie nehmen Anteil, Alex. Sie sind aufgebracht, daß die Zeitung das überhaupt gedruckt hat. Denise. Evelyn, Patty. Mona. Brenda Judd. Mort Green. Es waren schon Unmengen von Nachrichten für mich da, als ich ins Büro kam. Sie wollten mich alle darauf hinweisen und vorwarnen. Sie sind unsicher, ob du mit ihnen reden willst.«

»Nein, will ich nicht!«

»Das mußt du auch nicht. Laß Paula ans Telefon gehen. Für einen Tag oder so wird es noch schlimm, aber dann steht schon wieder jemand anders in den Schlagzeilen.« Er machte eine Pause. »Alex, wenn du willst, daß ich nach Hause komme –«

»Nein, das ist lächerlich. Mir geht es gut.«

Nachdem Alex aufgelegt hatte, ging sie ins Atelier – in Paulas Zimmer, korrigierte sie sich selbst, aber sie war zu müde, als daß es ihr im Moment etwas ausgemacht hätte. Paulas Koffer lagen geöffnet auf dem Sofa. Sie hängte gerade ihre Kleider in den Schrank, als Alex ins Zimmer trat. Alex bemerkte, daß die gerahmten Fotos – das von Paula und ihrem verstorbenen Mann und das von ihrem Neffen – bereits auf der Kommode standen.

»Paula?« Alex wartete, bis die Frau sie ansah. »Ich weiß, warum Sie die Zeitung haben wollten. Danke, daß Sie meinem Mann helfen wollten, mich zu schützen.«

»Es tut mir leid«, sagte Paula leise.

»Hier.« Alex hielt der Haushälterin die Zeitung hin.

»Es geht mich nichts an.«

»Ich möchte, daß Sie es lesen. Sie werden sich wahrscheinlich fragen, was da über mich geschrieben steht, und das macht es nur noch schlimmer für mich.« Außer du weißt es bereits, dachte Alex. »Ich habe Donald Lundquist nicht umgebracht, aber das, was man über meine Vergangenheit berichtet, stimmt.«

Paula errötete und wandte den Blick ab. »Es tut mir leid, was für Qualen Sie gerade durchstehen müssen.« Sie machte keine Anstalten, die Zeitung entgegenzunehmen.

Alex legte sie auf das Sofa. »Würden Sie bitte ans Telefon gehen, wenn es klingelt? Außer meinem Mann fällt mir niemand ein, den ich im Moment sprechen möchte, aber ich wäre Ihnen dankbar, wenn Sie die Nachrichten entgegennehmen würden.« Sie drehte sich um und verließ den Raum.

Vom Schlafzimmer aus rief Alex bei Dr. Pearson an und vereinbarte mit der Arzthelferin für den folgenden Donnerstag einen Termin für die Amniozentese. Alex sprach auch mit Pearson selbst. Er war einverstanden, daß sie am Montag wieder zur Arbeit ging.

»Aber überanstrengen Sie sich nicht«, warnte er sie. »Und vermeiden Sie jegliche Form von Streß.«

Alex hätte beinahe aufgelacht. »Das werde ich«, versprach sie. »Ach, Dr. Pearson, hat sich eigentlich dieser Mann wieder bei Ihnen gemeldet? Ich meine den, der behauptete, er sei von der Versicherung?«

»Nein. Ich habe Ihnen ja gesagt, es sei nichts, Alexandra. Denken Sie nicht weiter darüber nach.«

Vielleicht war es *wirklich* nichts, dachte Alex, als sie auflegte. Oder vielleicht war der Anrufer Lundquist gewesen. Und Tote machen bekanntlich keine Telefonanrufe.

Wie als Echo ihres Gedankens klingelte das Telefon. Alex erschrak bei dem Laut, machte aber keine Anstalten abzuheben. Paula ging nach zweimaligem Läuten ran.

Ein paar Minuten später klingelte das Telefon wieder. Alex stellte den Nebenapparat im Schlafzimmer leise, schaltete das Radio auf ihrem Nachtschränkchen ein und führte auf dem Boden einige Schwangerschaftsübungen aus, die in ihrem Lamaze-Buch empfohlen wurden. Dadurch konnte sie körperlich entspannen, wenn auch nicht seelisch. Anschließend setzte sie sich, immer noch bei Radiomusik, im Schneidersitz aufs Bett, nahm einen Block zur Hand, und machte sich ein paar Notizen für neue Kunstprojekte für die Kinder ihrer Vorschule. Falls sie überhaupt noch in der Schule sind, wenn ich wiederkomme, sagte sie zu sich selbst, verbannte den Gedanken aber schnell wieder.

Irgendwann am späten Vormittag fiel ihr auf, daß sie noch nicht gefrühstückt hatte. Sie hatte Hunger. Noch wichtiger war es aber, das Baby mit Nahrung zu versorgen. Alex ging nach unten in die Küche. Paula war da und putzte die Kühlschrankfächer. Einen Augenblick lang herrschte eine merkwürdig verlegene Stimmung, als die beiden Frauen einander sahen.

»Es haben mehrere Leute für Sie angerufen, Alex. Hier ist die Liste.« Paula reichte sie ihr.

»Danke.« Sie steckte sie in die Tasche ihrer Bluse. Dann füllte sie eine Schale mit Getreideflocken und schnitt Bananenstücke hinein.

»Darf ich etwas sagen, Alex?«

Sie wandte sich an Paula.

»Es ist sehr grausam von der Zeitung, das zu drucken. Ich habe vor vielen Jahren meinen Mann verloren, damals war ich noch sehr jung. Krebs. Es war schrecklich, aber wie unvorstellbar schlimm muß es erst sein, ein Kind zu verlieren, zu wissen –« Sie legte ihre Hand auf den Mund. »Tut mir leid. Das habe ich nicht sagen wollen.«

Nein? »Es ist schon in Ordnung.«

»Sie haben viel, für das Sie dankbar sein können. Einen Mann, der Sie liebt. Zwei Kinder. Ein Baby, das in Ihrem Leib heranwächst. Schöpfen Sie daraus Kraft.«

»Ich werde es versuchen.«

Alex goß Milch in die Schale und ging damit in den Frühstücksraum. Sie holte die Liste aus der Tasche und überflog die Nachrichten der Anrufer, während sie das Müsli aß. Jim Battaglia, der Reporter, der es bereits am Vortag probiert hatte, hatte sich zweimal gemeldet. Er hatte eine Telefonnummer hinterlassen, unter der sie ihn erreichen konnte. Mehrere Freunde hatten angerufen, darunter Evelyn und Patty (»Richten Sie Alex bitte liebe Grüße aus«) und Denise. Denise hatte angeboten, die Kinder von der Schule abzuholen. Alex war versucht, das Angebot anzunehmen – sie hatte Angst, den starrenden Blicken der anderen Eltern ausgesetzt zu sein –, aber sie würde ihnen irgendwann doch begegnen müssen. Ron hatte ebenfalls angerufen – um sich an ihrem Unglück zu weiden? Dann erinnerte sie sich an die Gute-Besserung-Karte, die er ihr geschrieben hatte, nachdem sie gestürzt war, und an seine Entschuldigung. Vielleicht hatte er es ja tatsächlich aufrichtig gemeint.

Sie rief Denise an. Als sich der Anrufbeantworter einschaltete, dankte sie Gott im stillen dafür, daß Denise nicht zu Hause war, und hinterließ die Nachricht, daß sie die Kinder selbst abholen würde. Dann rief sie Ron in seinem Büro an. Seine Sekretärin meldete sich. Alex nannte ihr ihren Namen, und einen Moment später kam Ron in die Leitung.

»Alex!« rief er aus. »Ich freue mich, daß du anrufst.«

»Danke für deine liebe Karte.«

»Das war das mindeste, was ich tun konnte, nachdem ich mich so danebenbenommen hatte. Ich bin nun mal nicht sehr feinfühlig, deshalb falle ich auch jetzt gleich mit der Tür ins Haus. Nummer eins: Niemand, der dich kennt, glaubt auch nur eine Minute lang, daß du jemanden umgebracht hast. Nummer zwei: Ich denke, es ist eine gottverdammte Schande, daß sie deine Vergangenheit hervorgezerrt haben, und ich möchte, daß du weißt, daß ich dich für eine klasse Frau halte. Ende der Ansprache.« Er lachte.

»Das war eine sehr gute Ansprache«, sagte sie leise. »Danke, Ron.«

»Deine Freunde halten zu dir, Alex. Wart's ab. Und die, die's nicht tun, nun, die sind eben keine Freunde.« Er machte eine Pause. »Da wir gerade davon reden, ich weiß, daß ich mich letztes Mal, vor der Rose, wie ein totales Arschloch benommen habe. Ganz zu schweigen von der Geschichte im Garten. Aber ich würde mich sehr freuen, wenn du und ich trotzdem Freunde bleiben könnten, Alex. Also . . . äh . . . glaubst du, du kannst mir verzeihen?«

Es schien eine Ewigkeit her zu sein, und es kam ihr jetzt so unbedeutend vor. »Vielleicht habe ich damals überreagiert.«

»Nein, hast du nicht. Laß mich nicht so leicht davongekommen, Alex. Ich habe eine Dummheit begangen. Ich habe mich unreif und schäbig benommen, und als du mir das gesagt hast, wurde ich sauer. Das einzige, was ich zu meiner Verteidigung vorbringen kann, ist, daß ich eifersüchtig war.«

Alex machte einen verdutzten Gesichtsausdruck. »Eifersüchtig? Auf wen?«

»Auf Warren natürlich. In meinen Augen hat er alles. Eine wunderschöne Frau. Eine großartige Familie. Eine phantastische Karriere. Und dann Denise –« Ron hielt inne.

»Was ist mit Denise?«

»Vergiß es. Nichts.«

»Komm schon, Ron. Was ist mit Denise?«

»Ich hatte das Gefühl, sie würde für Warren schwärmen. Das hat meinem Ego nicht gerade geschmeichelt, weißt du? Deshalb habe ich mich auch so blöd aufgeführt. Denise war ganz vernarrt in ihn. Und da dachte ich halt, ich müßte auf Gleichstand ziehen.«

»Warum glaubst du, daß Denise sich für Warren interessiert hat?« Sie bemühte sich, beiläufig zu klingen. »Es ist ganz natürlich, daß sie sich nahestehen. Denise war früher seine Schwägerin.«

Ron seufzte. »Alex, das Ganze ist sehr merkwürdig, und ich möchte nicht gern darüber sprechen, okay? Glaub's mir einfach.«

»Du reimst dir da irgend etwas zusammen, stimmt's?«

»Nie im Leben!« Er machte eine Pause. Schließlich sagte er: »Manchmal, wenn wir uns liebten, rief sie Warrens Namen.«

»Oh.«

In der Leitung war es einen Moment lang still.

»Ja«, sagte Ron leise. »Ich habe dir ja gesagt, daß es merkwürdig ist. Hör mal, du wirst aber doch weder ihr noch Warren etwas davon sagen, ja? Ich will Denise auf keinen Fall in Verlegenheit bringen. Oder ihn. Es ist ja schließlich nicht seine Schuld. Ich habe es dir nur erzählt, damit du verstehst, wie es zu meinen Reaktionen kam.«

»Das weiß ich zu schätzen.«

»Also, sind wir nun wieder Freunde?«

»Freunde«, sagte sie, während sie sich insgeheim fragte, ob sie ihm glauben konnte, ob sie ihm überhaupt glauben wollte.

Warren gab ihr einen Kuß, als er von der Arbeit nach Hause kam. Alex war überrascht und erfreut, aber dann überlegte sie, ob er es nur getan hatte, um vor Paula und Lisa und Nicholas zu demonstrieren, daß sie ein glückliches Ehepaar waren, eine glückliche Familie. Trotzdem genoß sie seine Berührung. Sein Mund schien kurz auf ihrem zu verweilen, und als sie später die Rouladen und überbackenen Kartoffeln aßen, die Paula zubereitet hatte (»Genau wie früher!« hatte sie strahlend ausgerufen), bemerkte Alex, daß Warren sie von Zeit zu Zeit anblickte.

Nach dem Abendessen spielte sie mit Nicholas. Er war albern und frech und schien seine Ängste vom Vorabend vergessen zu haben. Sie las ihm eine Gutenachtgeschichte vor und steckte ihn dann ins Bett. Anschließend ging sie nach unten. Die Küche war tadellos aufgeräumt. Alex bedankte sich bei Paula, sie war froh über die Hilfe. Dennoch fragte sie sich, wie sie es tage-, wochen- und möglicherweise monatelang mit Paula aushalten sollte, wenn Paula wieder ihre Wäsche umsortieren, ihre Gewürze alphabetisch ordnen und jedem Raum im ganzen Haus ihren eigenen Stempel aufdrücken würde.

Dieser Abend verlief nicht anders als sonst auch. Alex war überrascht von der Art, wie sie und Warren und Lisa und Paula eine Fassade der Normalität aufrechterhalten konnten. Warren arbeitete in seinem Arbeitszimmer, Lisa machte in ihrem Zimmer Hausaufgaben, und Paula war in ihrem zurückgewonnenen Zimmer und sah fern. (Warren hatte den kleinen Farbfernseher mit dem 30 cm großen Bildschirm wieder zurückgestellt, der dort gestanden hatte, bevor Alex das Zimmer zu ihrem Atelier gemacht hatte.) Vielleicht sollte ich etwas Wolle kaufen und eine Decke für das Baby stricken, dachte Alex.

Im ersten Stock setzte sie sich auf ihr Bett und schaltete per Fernbedienung den Fernseher ein. Innerlich zu unruhig, um wirklich fernsehen zu können, sprang sie von Kanal zu Kanal. Schließlich machte sie den Fernseher wieder aus, lehnte sich gegen das Kopfbrett und dachte über den Mord an Lundquist nach.

Es war merkwürdig und unsinnig, das war ihr durchaus bewußt, aber von dem Zeitpunkt an, da die beiden Detectives sie mit den Zeitungsausschnitten konfrontiert hatten, hatte ihre Hauptsorge nicht mehr dem Mord an Lundquist gegolten, sondern Warrens Reaktion auf die Enthüllung ihrer Vergangenheit.

Natürlich hatten die Fragen der Detectives ihr Angst eingejagt und noch mehr deren Anspielungen in dem beengten, verrauchten kleinen Raum, sie habe Lundquist umgebracht. Aber die ganze Zeit über hatte das Wissen sie aufrechterhalten – und das tat es noch –, daß sie unschuldig war, und ihr Glaube (möglicherweise war das naiv), daß die Polizei das früher oder später herausfinden würde.

In der Zwischenzeit konnte sie nichts dagegen tun, daß man sie verdächtigte. Und jetzt, da die Zeitung ihre Vergangenheit ans Licht gezerrt hatte, gab es auch nichts, was sie diesbezüglich tun konnte, außer zu warten und zu hoffen, daß Warren recht behielt und sie schnell in Vergessenheit geraten würde. In einem gewissen Sinne lag das Schlimmste hinter ihr – ihr Peiniger hatte keine Waffe mehr gegen sie in der Hand.

Dennoch überlegte sie immer noch, wer ihr die anonymen Briefe geschickt und wer sie gestoßen hatte, fragte sich, ob es dieselbe Person war, die auch Lundquist getötet hatte. Vor zwei Tagen war ihr alles noch so klar vorgekommen – der Zusammenhang war unmöglich zu übersehen –, aber die Polizei hatte erwähnt, daß Lundquist hohe Schulden bei seinem Geschäftspartner hatte und daß Sally Lundquist das Frauenhaus am Tag des Mordes verlassen hatte. Zwei weitere Verdächtige, die in keiner Verbindung zu Alex standen; sie war froh über diese Möglichkeiten. (Sally Lundquist tat ihr leid, aber die Frau war weder eine Freundin noch eine Verwandte von ihr.)

Wenn allerdings Lundquists Geschäftspartner oder seine Frau ihn umgebracht hatten, warum hatte er – oder sie – ihn dann so auf die Stufen des Whirlpools gesetzt, daß Alex ihn finden würde? Und wer hatte die Zeitungsausschnitte bei ihm hinterlegt? Wer hätte Interesse daran, Alex in den Mord hineinzuziehen? Es ergab keinen Sinn – außer Warren hatte recht, und es war Lundquist, der ihr die anonymen Briefe geschickt und sie gestoßen hatte, Lundquist, der ihre Vergangenheit aufgedeckt, sich die Zeitungsausschnitte beschafft und geplant hatte, sie damit zu erpressen.

Was Lundquists Position am Rand des Whirlpools betraf, hatte der Mörder ganz offensichtlich Lundquists Nachricht an Alex zu seinem Vorteil genutzt, um den Verdacht auf sie zu lenken. Oder er wollte den Anschein erwecken, als sei Lundquist um neun Uhr noch immer am Leben gewesen, so daß der Mörder sich für diese Zeit ein Alibi beschaffen konnte. Oder vielleicht hatte der Mörder auch nur einen grotesken Sinn für Humor.

Am heutigen Tag hatte Alex sich beinahe selbst davon überzeugt, daß Lundquists Mörder und ihr eigener Peiniger verschiedene Personen waren, die nur durch einen grausamen Zufall in Zusammenhang gebracht worden waren. Dann hatte sich jedoch Ron gemeldet. Sein Anruf hatte sie aufgewühlt und verwirrt und ihren Argwohn wieder geweckt.

Alex ging nach unten, entschlossen, Warren nach Denise zu fragen, aber als sie sein Arbeitszimmer betrat, wurde ihr klar, daß dies nicht der richtige Ort für ein Gespräch war. Hier, vor den Regalen mit dicken Wälzern war Warren in erster Linie Anwalt, nicht Ehemann oder Freund.

»Kommst du ins Bett, Warren?«

»Bald.« Er blickte kurz auf, dann richtete er seine Aufmerksamkeit wieder auf die Unterlagen vor ihm. »Warte nicht auf mich.«

Rufen Sie uns nicht an. Wir rufen Sie an. Seine vorherige Umarmung war also doch nur Schau gewesen, dachte Alex.

Sie wartete trotzdem auf ihn. Als er nach oben kam, tat sie so, als würde sie lesen, aber in Wirklichkeit überlegte sie, wie sie das Gespräch einleiten sollte. Kein Anfang schien ihr richtig. Sie legte das Buch auf das Nachtschränkchen. Je einfacher, desto besser, entschied sie.

»Ron hat heute angerufen«, sagte sie. »Er war sehr verständnisvoll. Er hat sich für sein Verhalten entschuldigt und es mir erklärt.«

Warren leerte seine Taschen aus und legte die Brieftasche und die Münzen auf die Kommode. »Ich bin sicher, daß er sehr erfinderisch war. Ron ist da sehr geschickt.«

»Noch vor ein paar Wochen war er dein bester Freund.«

»Beste Freunde machen sich nicht an die Frau des Freundes heran.« Er zog seine Hose aus, ließ sie mit dem Bund nach unten baumeln, legte die Hosenbeine an den Falten zusammen und hängte die Hose auf einen Bügel. »Und was hat er gesagt?«

»Daß er aufgebracht war, weil Denise für dich geschwärmt hat.«

Warren drehte sich zu Alex um. »Das ist doch lächerlich! Denise und ich sind eng befreundet, aber nicht mehr. Ron versucht nur, Zwietracht zu säen.«

»Vielleicht.« Der Gedanke war ihr auch schon gekommen. »Bist du jemals mit Denise ausgegangen?«

»Alex.« Seine Stimme klang angespannt vor Ungeduld. Und es schwang ein warnender Unterton mit.

Sie kümmerte sich nicht darum. »Denise hat mir erzählt, nach Andreas Tod dachten alle, ihr zwei würdet zusammenkommen.«

»Worauf willst du hinaus? Versuchst du zu beweisen, daß Denise dir die Briefe geschickt und dich gestoßen hat? Himmel, ich dachte, du wärst mit mir einer Meinung, daß das Lundquist getan hat. Das ist das einzige, was Sinn ergibt.«

»Hast du Denise von der Puppe erzählt?«

»Welcher Puppe? Ach, die Puppe.« Er runzelte die Stirn. »Nein. Warum?«

»Sie hat von ihr gewußt. Sie hat sie neulich erwähnt, aber ich habe ihr nie von ihr erzählt.«

Warren blieb stumm. Er begann, sein Hemd aufzuknöpfen.

»Wer auch immer mir die Briefe geschrieben hat, hat mit Hilfe der Telefonrechnungen meine Vergangenheit aufgedeckt, Warren. Denise war nach der Verwüstung in der Vorschule und hat mitgeholfen, alles wieder aufzuräumen. Es war die perfekte Gelegenheit für sie, unbemerkt an meine Unterlagen heranzukommen.«

»Eine Menge Leute hatten Gelegenheit. Evelyn, Patty, Paula.«

Und Lisa, ergänzte Alex im stillen. Hatte Warren vergessen, daß Lisa an jenem Abend zusammen mit ihm in die Vorschule gefahren war, um beim Aufräumen zu helfen, oder erwähnte er ihren Namen ganz bewußt nicht, weil er hoffte, daß Alex es schon vergessen hatte?

»Evelyn und Patty brauchten aber auf keine Gelegenheit zu warten«, fuhr Alex fort. »Sie haben jederzeit Zugang zu meinen Unterlagen.« Sie machte eine Pause. »Denise behauptet, sie sei nicht im Büro gewesen. Paula beharrt dagegen darauf, daß sie Denise dort gesehen habe, als sie kam. Du hast Paula doch mitgenommen, Warren. Hast du gesehen, ob Denise im Büro war, als ihr kamt?«

»Ich bin nicht sicher. Es waren so viele Leute da.«

»Warum versuchst du sie zu schützen, Warren?«

»Ich versuche sie nicht zu schützen, verdammt!« Er zerrte an einem Knopfloch seines Hemds. Der Knopf riß ab und fiel lautlos zu Boden. Warren machte keine Anstalten, ihn zu suchen. »Ich sagte, ich bin nicht sicher, weil es die Wahrheit ist, okay?«

»Ja.«

Er knöpfte den Rest der Knöpfe auf, rollte das Hemd zusammen und schleuderte es in die Ecke.

»Bist du mit ihr ausgegangen?« fragte Alex wieder.

Er zögerte, dann sagte er: »Ich würde es aber kein *Rendezvous* nennen, Alex. Wir haben uns ab und zu mal getroffen. Meistens haben wir über Andrea geredet, die wir beide sehr vermißt haben.«

»Hast du mit ihr geschlafen, Warren?« Sie konnte die Antwort von seinem Gesicht ablesen.

»Einmal.« Sein schroffer, angespannter Tonfall sagte ihr, daß er wütend über die Frage war.

»Entschuldige. Ich nehme an, *deine* Vergangenheit geht mich nichts an.«

»Na gut, die Bemerkung habe ich mir wohl verdient.« Er

machte eine Pause. »Wir wußten beide sofort, daß es ein Fehler gewesen war. Wir haben es aus Einsamkeit heraus getan, schätze ich. Oder vielleicht haben wir auch unterbewußt gedacht, wenn wir zusammenkämen, würde alles beinahe wieder so werden wie zu der Zeit, als Andy noch lebte. Ich weiß es nicht.« Er setzte sich auf den Bettrand und sah Alex an.

»Es war aber nur ein einziges Mal«, wiederholte er. »Ich habe es dir nicht erzählt, weil ich dachte, es würde die Beziehung zwischen dir und Denise beeinträchtigen, und ich wollte so gern, daß ihr beide gut miteinander auskommt.«

»Ich verstehe.«

»Bitte laß dir nicht anmerken, daß ich es dir erzählt habe. Es wäre ihr furchtbar unangenehm.«

»Das werde ich nicht.« Alex nahm wieder ihr Buch zur Hand.

»Denise hat aber die Briefe nicht geschickt und auch nicht die Puppe. So was würde sie nie tun.«

»Irgend jemand hat es aber getan. Und wenn es nicht Lundquist war –«

»Aber *natürlich* war es Lundquist! Mein Gott, ist dir überhaupt bewußt, was du da sagst? Wenn es nicht Lundquist war, dann hat jemand die Zeitungsausschnitte in sein Haus gebracht, und diese Person hat ihn auch ermordet. Glaubst du allen Ernstes, daß Denise eine Mörderin ist?«

Denise. Oder Paula. Oder Lisa, deren blutbefleckte Bluse unter einem Stoß Handtücher versteckt gewesen war.

»Ich denke nicht«, sagte Alex und schlug das Buch auf.

27

Warum dauerte es bloß so lang?

Inzwischen hätte die Polizei Alex schon längst wegen des Mordes an Lundquist festnehmen und ins Gefängnis sperren müssen. Alex hatte Lundquist nicht getötet, aber sie hatte ihr eigenes Kind getötet, also war das der Ort, wo sie hingehört – ins Gefängnis.

Sie wußte, daß die Polizei Alex verdächtigte – das mußten sie! Sie hatten den Stapel Fotos und Zeitungsausschnitte gefunden. Es war eine wunderbare Idee gewesen, die Ausschnitte in Lundquists Haus zu deponieren. Und Alex hatte der Polizei nicht gemeldet, daß sie Lundquists Leiche gefunden hatte. Das war sehr tadelnswert. Und dumm.

Sie war aufgebracht gewesen, als Warren eine Anwältin für Alex engagiert hatte – wieso hatte er das bloß getan? Nach allem, was Alex getan hatte! Aber natürlich mußte Warren das tun, damit die Leute nicht redeten. Alex war schließlich noch immer seine Frau. Und die Mutter seines dritten Kindes.

Aber das hieß nicht, daß er Alex liebte. Und es hieß auch nicht, daß er ihr vergeben hatte. Wie konnte er ihr vergeben, daß sie ihr Kind getötet und ihn die ganze Zeit angelogen hatte?

Warren hatte mit ihr über Alex gesprochen – »Das ist alles sehr schlimm für Alex«, hatte er zu ihr gesagt. »Sie braucht unsere Hilfe und unser Verständnis.« Zuerst war sie schockiert gewesen – wie konnte er ihr bloß helfen wollen? –, aber dann war ihr klargeworden, daß er es nur der Form halber sagte, daß er das sagte, was seiner Meinung nach in dieser Situation angebracht war. Er glaubte aber selbst nicht wirklich daran.

Sie hatte ebenfalls die Form gewahrt – »Alex tut mir so

schrecklich leid. Sag mir, wie ich ihr helfen, was ich tun kann.« Aber natürlich hatte er nicht gewußt, daß sie nur heuchelte, und er war mehr als gerührt von ihrer Anteilnahme und ihrem Verständnis gewesen.

Dennoch begriff sie nicht, weshalb es so lang dauerte! Sie wollte, daß es endlich vorbei war. Sie wollte, daß Alex aus ihrem Leben verschwand, damit alles wieder so wäre wie damals, bevor sie gekommen war und alles verdorben hatte. Aber was wäre, wenn die Anwältin einen Weg fand, Alex zu retten? Das konnte passieren, und das wäre schrecklich!

Aber es wäre keine Katastrophe, sagte sie sich. Sie saß auf ihrem Bett, umarmte sich selbst und wiegte sich gleichmäßig vor und zurück. Alex würde trotzdem von hier weggehen müssen. Ihr Bild war in der Zeitung gewesen – beide Bilder –, und selbst wenn die Polizei nicht beweisen konnte, daß Alex Donald Lundquist getötet hatte, würden es doch alle annehmen. Alex würde spüren, daß alle sie anstarrten, wo immer sie auch hinging, und daß alle sich fragten, ob sie Lundquist getötet hatte, da sie wußten, daß Alex ihren Sohn getötet hatte. Ihr Mann, Larry, hatte ihr das erzählt, also war es wahr.

Bald würde Alex einsehen, daß sie nicht hierbleiben konnte, wenn sie nicht Warrens Leben und Nicholas' Leben zerstören wollte, daß sie weggehen und irgendwo neu anfangen mußte. Zumindest hätte sie ja noch das Baby.

Sie nickte. Alles würde gut ausgehen. Sie mußte nur Geduld haben.

Und vorsichtig sein. Sie legte die Stirn in Falten. Sie mußte sehr vorsichtig sein. In der letzten Zeit hatte Alex ihr eine Menge Fragen gestellt. Neulich hatte sie sogar das Gefühl gehabt, als würde Alex sie durchschauen, als wüßte Alex, was sie getan hatte!

Aber das war albern. Alex konnte es nicht wissen.

Es dauerte zu lang!

Sie wiegte sich schneller vor und zurück. Was, wenn Alex Warren davon überzeugte, daß sie nichts Unrechtes getan hatte? Sie könnte ihre körperlichen Reize ausspielen. Er war schließlich auch nur ein Mensch. Was, wenn sie ihn dazu brachte, wieder mit ihr zu schlafen? Was, wenn sie ihn dazu brachte, ihr zu glauben? Das konnte geschehen. Das wußte sie. Alex hatte es schon einmal geschafft. Sie hatte ihn dazu gebracht, daß er sie heiratete. Und sie hatte ihn dazu gebracht, daß er sie schwängerte.

Wenn das passieren würde, entschied sie, wenn sie auch nur den leisesten Verdacht hätte, daß Warren weich wurde, würde sie ihm irgendwie beweisen müssen, daß man Alex nicht trauen konnte. Aber wie sollte sie das bewerkstelligen? Wie . . .?

Sie hörte auf, sich zu wiegen. Nicholas, flüsterte sie.

Wenn es sein mußte, wenn alles schiefging, würde sie Warren dazu bringen zu glauben, daß Alex nachlässig gegenüber Nicholas war. Das würde ihr Warren nie verzeihen. Nie.

Natürlich würde sie nicht zulassen, daß Nicholas wirklich etwas zustieß. Sie liebte Nicholas. Niemand konnte behaupten, daß sie ihn nicht liebte. Sie würde ihr Bestes tun, um sicherzustellen, daß ihm nichts passierte. Und alle würden wissen, daß es Alex' Schuld war.

Aber das würde sie nur tun, wenn ihr nichts anderes übrigblieb.

28

Alle beobachteten sie – Warren, Paula, Lisa. Alex entgingen weder ihre verstohlenen Blicke noch das unbeholfene Lächeln, mit dem sie erfolglos die Verlegenheit zu überspielen versuchten. Nur Nicholas war sorglos und unbefangen. In seiner Nähe zu sein war Balsam für Alex' angespannten Nerven.

Auch am Samstag stand nichts in der *Los Angeles Times*. Alex hatte nachgesehen. Es riefen mehrere Leute wegen des Artikels und der Fotos in der Lokalzeitung von Venice an. Warren nahm die Telefonate entgegen. In der Hauptsache waren es Freunde, wie er ihr berichtete, und ein Anruf kam von dem hartnäckigen Reporter, der Alex' Version der Geschichte hören wollte.

Denise rief am Vormittag an. Alex war mit Warren gerade im Familienzimmer, als er den Hörer abnahm, und an seinem verlegenen, wachsamen Unterton, der sich in seine Stimme schlich, und an der Tatsache, daß er sie nicht ansah, wußte sie augenblicklich, daß es Denise war. »Alles ist in Ordnung«, sagte er in den Hörer. »Alex freut sich sicher, daß du angerufen hast, und sie wird sich umgehend bei dir melden.«

Gegen Mittag ging Paula zum Einkaufen. Warren fuhr mit Lisa und Nicholas ins Kino. Ob Alex auch mitkommen wolle? Nein, danke, sagte sie zu ihm. Sie sei nicht in der Stimmung, sich einen Film anzusehen, aber in Wahrheit fand sie es sehr angenehm, allein zu Hause zu sein und nicht beobachten zu müssen, wie alle sie beobachteten.

Kurz nachdem die drei gegangen waren, klingelte das Telefon. Alex zögerte. Wie sollte sie reagieren, wenn es wieder der Reporter war? Oder Denise? Nach dem dritten Läuten nahm sie ab. Wenn es jemand war, den sie nicht sprechen wollte, würde sie einfach wieder auflegen.

»Ja?«

»Alex?«

Es war Evelyn. Alex mußte ohnehin früher oder später mit ihr reden. Und ihr alles erklären. »Ich weiß, daß du gestern angerufen hast, Evelyn. Mir war nicht danach zumute zu telefonieren. Ich hoffe, das verstehst du.«

»Natürlich verstehe ich das. Ich wollte nur wissen, ob alles in Ordnung ist.«

»Evelyn –«

»Gott, das war wirklich dumm von mir! Natürlich ist nichts in Ordnung! Du mußt zur Zeit schrecklich viel durchmachen. Es tut mir so leid, Alex.«

Jetzt kam der schwerste Teil. »Evelyn, du fragst dich wahrscheinlich, warum ich dir nie von meinem Sohn erzählt habe. Es ist nur –«

»Alex, das geht mich nichts an. Du mußt dich nicht rechtfertigen.«

»Es ist nicht deshalb, weil ich kein Vertrauen zu dir habe, Evelyn. Du weißt, wieviel mir unsere Freundschaft bedeutet. Ich konnte mit niemandem darüber reden, nicht mal mit Warren.«

»Ist er wütend?« fragte sie ruhig.

»Mehr verletzt als wütend. Das kann ich ihm nicht verdenken.«

»Er wird schon darüber hinwegkommen. Er liebt dich.«

»Hoffentlich. Im Augenblick ist es allerdings furchtbar hier. Evelyn, ist die Polizei schon bei dir gewesen?«

»Am Donnerstag nachmittag. Sie haben mich gefragt, um welche Uhrzeit ich dich abgeholt habe und wie lange du in Lundquists Haus warst. Ich habe gesagt weniger als zehn Minuten. War das richtig?«

»Ja, wunderbar, Evelyn. Dasselbe habe ich ihnen auch gesagt.«

»Ich habe ihnen auch gesagt, daß es meine Idee war, in das Café zu gehen. Ich weiß aber nicht, ob sie mir geglaubt haben.«

»Es ist schon okay. Ich bin Gott sei Dank nicht die einzige Verdächtige.« Alex wiederholte, was Detective Rowan über Lundquists Haus und seine Geschäftspartner gesagt hatte. »Ich hoffe nur, es war nicht Sally Lundquist.«

»Das ist nicht unser Problem. Hauptsache ist, daß die schreckliche Zeit bald ein Ende hat und dein Leben wieder normal wird.«

Alex hatte vergessen, was »normal« war. »Hoffentlich. Jedenfalls muß ich mein Leben trotzdem irgendwie weiterführen. Am Montag komme ich wieder zur Arbeit.«

»Bist du sicher, daß das eine gute Idee ist?«

»Pearson war einverstanden. Mit tut zwar immer noch alles weh, aber ich werde es schon hinkriegen.«

»Ich habe es nicht in körperlicher Hinsicht gemeint, ich meinte –«

»Ich muß der Welt irgendwann wieder entgegentreten, Evelyn. Ich kann mich nicht für alle Zeiten verkriechen.«

Obwohl ich genau das heute tue, dachte sie, als sie auflegte. Ich verkrieche mich zu Hause, lege mein Leben sozusagen auf Eis, bis die Polizei mich entlastet und Warren mir verzeiht. Aber das konnte noch Wochen oder Monate dauern. Sie fragte sich, ob sie noch immer unter dem Schatten des Argwohns und der Schuld leben würde, wenn das Baby auf der Welt wäre, in weniger als vier Monaten. Der Gedanke behagte ihr überhaupt nicht.

Sie verspürte plötzlich den Drang, sich mit etwas zu beschäftigen, etwas Positives zu tun. Sie würde damit beginnen, das Kinderzimmer umzugestalten. Der Raum brauchte neue Tapeten und einen Linoleumboden statt des abgenutzten Teppichs. Vielleicht würde sie auch den Holzboden abschleifen. Sie fand Warrens Zollstock in der Werkzeugkiste im Haushaltsvorraum und war gerade dabei, die Wände abzumessen, als es an der Tür klingelte.

Mona und Stuart standen draußen, wie Alex durch den Spion sehen konnte. Sie zögerte, dann öffnete sie die Tür.

»Hallo, Liebes«, sagte Mona, als sie im Eingangsbereich stand. »Wie geht es dir?« Sie betrachtete prüfend Alex' Gesicht.

»Gut, danke.« Alex zwang sich zu einem Lächeln. »Warren und die Kinder sind ins Kino gegangen.«

»Oh? Na gut, dann werden wir hier auf sie warten.«

»Ich weiß aber nicht, wann sie zurückkommen. Vielleicht gehen sie nach dem Kino noch irgendwohin.«

Stuart sagte: »Wir können später noch mal vorbeischauen, Mona.« Er klang, als würde er sich in seiner Haut nicht sehr wohl fühlen.

Er weiß wahrscheinlich nicht, was er zu mir sagen soll, dachte Alex. »Ich werde Warren und den Kindern sagen, daß ihr hier wart.«

Mona berührte Alex am Arm. »Alex, Liebes, Stuart und ich wissen, daß du eine schwere Zeit durchmachst, und da würden wir gern unsere Hilfe anbieten. Ich habe schon mit Stuart darüber geredet, und er sieht es genauso wie ich. Wir wären glücklich, die Kinder eine Weile zu uns zu nehmen, so lange du brauchst, dein Leben wieder in den Griff zu bekommen.«

»Das ist nicht nötig, Mona. Aber ich weiß das Angebot zu schätzen. Ich komme schon zurecht.«

»Und was ist mit den Kindern? Kommen die auch zurecht?«

»Ich weiß nicht, was du meinst.« Ihre Hände waren zu Fäusten geballt. Ihre Fingernägel bohrten sich in ihre Handflächen.

»Alex, Liebes. Es waren Fotos von dir in der Zeitung. Sie werden wahrscheinlich noch mehr Artikel über dich bringen. Wir geben dir natürlich keine Schuld daran, aber willst du wirklich Nicholas und Lisa diesem Rummel aussetzen?«

Stuart sagte: »Mona, laß uns das ein andermal besprechen.«

Mona wandte sich an ihn. »Du fandest es doch eine gute Idee.«

»Alex sieht das ganz offensichtlich nicht so. Laß uns das Thema nicht forcieren, ja?«

»Ich spreche doch nur aus, was alle anderen denken, Stuart.« Mona wandte sich wieder an Alex. »Du solltest für eine Weile von hier weggehen, Liebes. Vielleicht könntest du ja zu deinen Eltern oder zu Freunden. Du mußt doch in deiner Heimatstadt noch irgendwelche Freunde haben.«

»Mona!« Stuarts Ton war wie ein Peitschenhieb. Sein Gesicht war rot angelaufen.

»Würdet ihr mich jetzt bitte entschuldigen?« sagte Alex ruhig. »Ich bin gerade dabei, das Kinderzimmer für das Baby herzurichten.«

»Ich entschuldige mich hiermit für das Verhalten meiner Frau, Alex. Laß uns gehen.« Er öffnete die Tür, nahm Mona am Arm und lenkte sie hinaus.

»Ich denke doch nur an die Kinder«, sagte Mona. »Du willst doch nicht, daß sie ein Trauma erleiden, oder, Alex? Sie haben schließlich schon genug durchgemacht, vor allem Lisa, das arme Dinge. Erst der Tod ihrer Mutter, und jetzt das. Sie brauchen ein stabiles, geordnetes Leben. Sie brauchen –«

Alex schloß die Tür und lehnte sich dagegen. Dann ging sie nach oben, nahm den Zollstock und begann, Zahlen auf einen Block zu notieren.

»Es tut mir leid.« Warrens Lippen waren eine grimmige Linie. »Mona hatte kein Recht, mit dir in dieser Weise zu sprechen.«

Sie waren im Schlafzimmer. Da Nicholas und Lisa im Familienzimmer waren und Paula allgegenwärtig im ganzen Haus umherwanderte, war das der einzige Rückzugsort, an dem sie sich unter vier Augen unterhalten konnten.

»Sie hat behauptet, sie hätte nur das ausgesprochen, was alle anderen denken«, sagte Alex. »Und da hat sie wahrscheinlich recht.«

»Nein, sie hat *nicht* recht. Sie ist eine dumme Närrin, die sich in Sachen einmischt, die sie nichts angehen. Ich werde mit ihr reden.«

Mein Held, dachte Alex angenehm überrascht. Sie hatte ihn noch nie wütend auf Mona erlebt. Sie hatte sogar überlegt, ob sie ihm überhaupt etwas von Monas Äußerungen erzählen sollte; sie hatte Angst vor seiner Reaktion gehabt – sie hatte befürchtet, er würde ein stoisches Na-und-Seufzen von sich geben und seine frühere Schwiegermutter verteidigen.

»Nein«, sagte Alex. »Damit machst du es nur schlimmer.«

Es klopfte an der Tür.

»Herein«, rief Warren.

Die Tür öffnete sich; Nicholas betrat den Raum. »Ich bin fertig fürs Baden, Mommy. Kann ich Schaum haben?«

»Aber klar.« Sie lächelte ihn an – in seiner Gegenwart lächelte sie immer, wurde ihr bewußt – und wartete, bis er das Zimmer wieder verlassen hatte. »Laß es gut sein, Warren. Ich bin wirklich nicht mehr wütend. Ich mußte meinem Ärger nur kurz Luft machen.«

Er drückte ihre Hand. »Ich bin froh, daß du es mir erzählt hast.«

In Nicholas' Bad ließ Alex Wasser in die Wanne einlaufen und achtete darauf, daß das Wasser nicht zu heiß war. Sie schüttete Schaumbad hinein und wartete, bis die Badewanne vollgelaufen war, dann drehte sie die Wasserhähne wieder ab. Sie ging in Nicholas' Zimmer. Er saß am Tisch und malte.

»Das Badewasser ist fertig, Nick. Und es gibt jede Menge Schaum.«

»'Kay.« Er legte die Wachsmalkreide aus der Hand und stand von seinem Stuhl auf.

»Ruf mich, wenn du soweit bist.«

Sie wartete im Flur vor der angelehnten Tür, während er sich auszog. Eine Minute verging. »Nicholas?« rief sie.

»Noch nicht!«

Sie sah Warren die Treppe heraufkommen und lächelte ihn an.

»Schon fertig mit Baden?« fragte er.

»Nein, wir haben noch nicht mal angefangen.«

»Ich bin schon drin, Mommy!« rief Nicholas. »Als Überraschung!«

»Ich bin gleich bei dir!« sagte Alex.

»Du läßt ihn allein in die Badewanne steigen?« Warren furchte die Stirn.

Alex fühlte, wie ihr Gesicht heiß wurde. »Er ist fünf Jahre alt, Warren. Er schämt sich, sich vor mit auszuziehen.«

»Er könnte sich verletzen.«

»Ich habe ihm beigebracht, wie er gefahrlos in die Wanne steigen kann. Und ich stehe für gewöhnlich direkt vor der Badezimmertür.«

»Ich halte es trotzdem für keine gute Idee. Es ist gefährlich.«

»Du hast dir doch bisher keine Sorgen gemacht, wie ich Nicholas bade. Was ist los, Warren? Hast du Angst, daß ich ihn ertrinken lasse? Hast du vor, mich von jetzt an zu überwachen?«

Er langte nach ihrem Arm. »Alex –«

Sie riß ihren Arm abrupt los, machte die Tür auf und knallte sie hinter sich zu.

»Mommy?«

»Ich komme, Süßer.« Sie biß sich auf die Lippe, um nicht loszuheulen, und ging ins Badezimmer. »Okay, Mister. Dann wollen wir doch mal sehen, wer die größten Schaumblasen machen kann.«

Als sie zehn Minuten später fertig waren, konnte sich Alex kaum noch daran erinnern, daß sie eben neben der

Badewanne gesessen und Nicholas beim Waschen zugesehen hatte. Wegen ihrer geprellten Rippen und des Schlüsselbeins konnte sie ihn, nachdem er aus der Wanne herausgeklettert war und sich ins Handtuch gehüllt hatte, nicht tragen, aber sie folgte ihm in sein Zimmer und vervollständigte das abendliche Ritual, indem sie ihn kitzelte, als er im Bett lag.

Nachdem er seinen Schlafanzug angezogen hatte, kam sie wieder ins Zimmer und sang ihm ein Wiegenlied. Dann gab sie ihm einen Gutenachtkuß.

Ihre Handtasche lag im Schlafzimmer. Sie holte sie und ging nach unten. Warren tauchte am unteren Treppenabsatz auf.

»Alex, können wir kurz miteinander reden?« sagte er ruhig.

»Nicht jetzt.« Sie ging an ihm vorbei auf die Seitentür zu.

Er folgte ihr. »Wohin gehst du?«

Ohne zu antworten, öffnete sie die Tür und trat hinaus. Sie hätte die Tür liebend gern hinter sich zugeknallt, aber sie wollte Paula nicht die Befriedigung gönnen zu wissen, daß im Hause Prescott alles in Scherben lag.

Sie war nicht sicher, wohin sie wollte, aber sie mußte irgendwohin, weg von zu Hause. Sie beschloß, Evelyn zu besuchen. Es war eine fünfzehnminütige Fahrt, es wäre also keine große Zeitverschwendung, falls Evelyn nicht zu Hause sein sollte. Da Alex nicht allein mit ihren Gedanken sein wollte, schaltete sie auf der Fahrt das Radio ein. Billy Ray Cyrus sang »Achy Breaky Heart«. Sie schaltete das Radio wieder aus und legte den Rest der Strecke in Stille zurück.

In den vorderen Räumen von Evelyns Haus brannte Licht. In der Einfahrt stand ein zweites Auto hinter Evelyns Corolla – Jerrys Wagen. Alex erinnerte sich, daß Evelyn ihr erzählt hatte, Jerry und sie würden den Abend bei ihr zu

Hause verbringen. Alex wendete den Jeep und fuhr nach Norden.

Inzwischen war ihr Ärger verraucht, war wie Eiter aus einer Wunde geflossen, aber sie hatte trotzdem noch keine Lust, nach Hause zu fahren. Sie fuhr eine Weile in der Gegend herum, erst in nördliche Richtung nach Malibu, dann wandte sie sich nach Osten auf den Sunset Boulevard. Alex folgte dem sich schlängelnden Boulevard an der dunklen, abgelegenen hügeligen Gemeinde Bel Air vorbei, dann passierte sie die flachere Gegend von Beverly Hills und gelangte schließlich zum grellen, neonerleuchteten Strip. Auf der La Brea Avenue bog sie nach links auf den Hollywood Boulevard, dann wieder nach rechts.

Sie beschloß, sich einen Kinofilm anzusehen, parkte auf dem Kinoparkplatz, ging um die Ecke herum zum Hollywood Boulevard und fragte nach einem Ticket.

»Der Film hat bereits vor zwanzig Minuten angefangen«, sagte der Mann an der Kasse.

»Das macht nichts.«

Alex bezahlte und ging hinein. Das Kino war voll, aber sie fand in den vorderen Reihen einen Platz am Gang. Sie mußte den Kopf in den Nacken legen, um etwas sehen zu können, aber es machte ihr nichts aus. Am Gelächter des Publikums merkte sie, daß es ein lustiger Film war.

»Möchtest du Popcorn?« fragte der Mann neben ihr.

»Nein, danke.«

»Sicher?«

»Ich habe keinen Hunger.«

»Aber ich, süße Mutti.«

Sie wandte ihren Kopf. Er grinste und sah mit lüsternen Blicken auf ihre Brüste. Sie stand auf, verließ das Kino und fuhr nach Hause.

Warren war im Schlafzimmer, als sie heimkam. Sobald er sie sah, schaltete er den Fernseher aus und stand auf.

»Ich bin froh, daß du wieder da bist, Alex«, sagte er leise. »Ich habe mir Sorgen gemacht.«

»Ich bin absolut in der Lage, auf mich selbst aufzupassen.« Sie stellte die Handtasche auf den Boden neben das Bett. Alex wollte nicht mit ihm im selben Raum sein. Aber sie wollte auch nicht hinausgehen.

»Ich weiß, daß ich dich verletzt habe, Alex.« Er ging um das Bett herum, bis er vor ihr stand.

»Du bist Anwalt, Warren. Du wirst dafür bezahlt, ein aufmerksamer Beobachter zu sein.«

Er seufzte und fuhr sich mit der Hand durchs Haar. »Ich weiß, wie es dir vorgekommen sein muß. Ich wollte dir nur erklären –«

»Da gibt es nichts zu erklären, verdammt noch mal!« Alex schrie jetzt, und es war ihr gleichgültig, ob Lisa oder Paula oder die ganze Welt es hörte. »Du hast kein Vertrauen in mich als Mutter, Warren. Mona auch nicht, aber im Gegensatz zu dir sagt sie es mir wenigstens ehrlich ins Gesicht.«

»Mona hat unrecht, Alex. Das habe ich dir doch schon gesagt.«

»Du hast mich beobachtet. Glaubst du, das ist mir nicht aufgefallen? Und du hast Paula gebeten, wieder einzuziehen, damit auch sie mich im Auge behalten kann.«

Er schüttelte den Kopf. »Das ist doch lächerlich.«

»Ach ja? Kannst du wirklich aufrichtig und ehrlich behaupten, daß da nicht ein winziger Teil in dir ist, der Angst hat, Nicholas in meiner Obhut zu lassen? Kannst du das?«

»Ich habe unbedingtes Vertrauen in dich, Alex.« Er legte die Hand auf ihre Schulter. »Das schwöre ich dir.«

»Ich würde ihn nie allein in der Badewanne lassen, nie! Ich bin immer in unmittelbarer Nähe.«

»Ich weiß«, sagte er sanft. Er zog sie an sich. Sie widersetzte sich nicht. »Ich habe überreagiert. Ich habe nicht nachgedacht.«

»Ich bin immer vorsichtig mit Wasser, weißt du das nicht?« sagte sie mit kummervoller Stimme. Ihr Gesicht lag an seiner Brust. »In Sea World dachte ich, ich müßte sterben, als Nicholas auf dem Wal saß. Ich hätte dich beinahe nicht geheiratet wegen des Swimmingpools. Ich *hasse* den Pool!«

»Wir können das Haus verkaufen, wenn du willst, Alex. Das meine ich ernst.« Er strich ihr übers Haar.

»Ich will das Haus nicht verkaufen. Ich will nur, daß du mir vertraust.« Sie weinte.

»Ich vertraue dir, Alex. Ich liebe dich. Und es tut mir so verdammt leid. Bitte verzeih mir.«

Er hob ihren Kopf und wischte ihre Tränen weg. Er küßte sie. Seine Lippen waren erst zärtlich, beinahe zögernd, dann wurden sie fordernder.

»Alex.« Sein Flüstern klang fast wie ein Stöhnen.

Sie zogen sich rasch aus, und dann streichelte er sie, bedeckte ihren Mund, ihren Hals, ihre Brüste mit Küssen. Sie schlang die Arme um ihn, schmiegte sich eng an ihn, genoß das Gefühl seiner nackten Haut auf ihrer. Ihre Liebe hatte diesmal eine andere Qualität. Sie war zärtlich und zur gleichen Zeit bittersüß, drängender und intensiver als sonst. Sie wollte, daß es für immer andauerte.

Später, als sie einschlief, überlegte sie, ob es deshalb anders gewesen war, weil er jetzt von ihrer Schuld wußte und sie mittrug.

29

Am Montag morgen kamen nur elf der vierundzwanzig Vorschüler.

»Vielleicht haben sie sich verspätet«, sagte Evelyn, aber sie klang nicht überzeugt. »Oder vielleicht haben sie Windpocken. Jason hatte letzte Woche Windpocken und –«

»Nein, es sind keine Windpocken«, sagte Alex. »Und sie haben sich auch nicht verspätet. Sie kommen einfach nicht mehr.« Genau wie vor drei Jahren. *Du kannst vor deiner Schuld nicht davonlaufen,* hatten ihre Eltern gesagt. Es sah so aus, als sollten sie recht behalten.

Seitdem ihr Foto in der Lokalzeitung von Venice abgedruckt worden war, hatte sich Alex Gedanken gemacht, wie die Eltern ihrer Schüler reagieren würden, aber auf diesen gewaltigen Mißtrauensbeweis war sie nicht vorbereitet gewesen. In gewissem Sinne hatte das Wochenende ihre Ängste gemildert. Die Polizei hatte sie nicht mehr belästigt. Freunde hatten sich zum wiederholten Male gemeldet, um ihr Grüße zu bestellen und ihr ihre Hilfe anzubieten. Am wichtigsten war jedoch, daß Warren ihr vergeben hatte – Sonntag nacht hatten sie wieder miteinander geschlafen. Jetzt aber war sie wütend auf sich, daß sie sich etwas vorgemacht hatte, daß sie sich nicht gegen das Unvermeidliche gewappnet hatte. Sie konnte den Eltern keinen Vorwurf aus ihrem Verhalten machen, nicht wirklich jedenfalls. Wer wollte schon einer Frau sein Kind anvertrauen, die Verdächtige in einem Mordfall war? Eine Frau, deren eigenes Kind aufgrund ihrer Nachlässigkeit gestorben war?

Der Vormittag ging recht schnell vorbei. Mittags kamen die Eltern der Teilzeitschüler, um ihre Kinder abzuholen. Alex hätte die Kinder mit Evelyn nach draußen schicken können, aber sie zwang sich, sie selbst zum Bordstein zu begleiten und die Eltern anzulächeln, als diese vorfuhren. Ob sie Bescheid wußten? fragte sie sich. Einige schienen sie anzustarren, andere schienen den direkten Blickkontakt mit ihr zu meiden. Vielleicht aber auch nicht. Vielleicht war es auch nur Einbildung.

Während die Kinder ihren Mittagsschlaf hielten, ging Alex ins Büro, nahm die Liste mit den Namen und Telefonnummern der Eltern zur Hand und rief die erste Nummer an.

»Mrs. Alters?« sagte Alex, als die Frau abhob. »Hier ist Alexandra Prescott aus der Vorschule. Ich wollte mich erkundigen, ob mit Jennifer alles in Ordnung ist.«

»Oh, Mrs. Prescott. Jennifer hat Schnupfen.«

»Wird sie morgen wieder in die Schule kommen?«

»Morgen?« Es folgte eine kurze Pause. »Ich glaube nicht, nein. Um ehrlich zu sein, kann ich nicht genau sagen, wann sie wieder kommen kann. Ihre Widerstandskräfte sind geschwächt, und ich möchte nicht, daß sie sich zusätzlich irgendwo ansteckt. Das verstehen Sie sicher.«

»Natürlich. Richten Sie Jennifer bitte aus, daß wir sie vermissen und daß wir sie hoffentlich bald wiedersehen.«

Alex legte auf und rief den nächsten Namen auf ihrer Liste an.

». . . immer das Gefühl gehabt, Jeremy sei noch ein bißchen klein für die Vorschule, deshalb haben wir gedacht, wir lassen ihn ein paar Wochen zu Hause. Das verstehen Sie sicher.«

». . . und Shawn hat sich mit ein paar Kindern aus der Schule nicht vertragen, wissen sie, und deshalb wollten wir eine andere Schule für ihn suchen. Ich hätte Ihnen aber früher Bescheid sagen sollen . . .«

Nur eine Mutter war ehrlich. »Es tut mir leid, Mrs. Prescott, Sie machen einen sehr netten Eindruck auf mich, aber mein Mann und ich haben kein gutes Gefühl dabei,

Peggy unter diesen Umständen in Ihre Schule gehen zu lassen. Erst die Verwüstung und jetzt ... Vielleicht ist es Ihnen gegenüber nicht ganz fair, aber wir werden das tun, wovon wir überzeugt sind, daß es richtig für Peggy ist. Wenn sich die Situation wieder ändert ...«

Alex hatten die Worte weh getan, aber sie fand die Offenheit erfrischend unter all den ganz offensichtlich erfundenen Ausreden, die sie bis jetzt gehört hatte.

Nachdem sie den letzten Anruf getätigt hatte, ging sie ins Klassenzimmer zurück und betrachtete die schlafenden Kinder. Es waren nur noch vier übrig. *Zehn kleine Negerlein ...*

Sie fragte sich, wie viele morgen wohl kommen würden.

»Diese Bastards!« rief Warren mit gedämpfter Stimme aus. Seine Augen und der angespannte Zug um seinen Mund spiegelten seinen Ärger wider. »Warum hast du mir das nicht gleich erzählt?«

»Ich wollte unseren gemeinsamen Abend genießen.«

Warren hatte angerufen, nachdem sie von der Arbeit nach Hause gekommen war, und ihr vorgeschlagen, zusammen Essen zu gehen. »Nur wir zwei«, hatte er gesagt. »Und du darfst das Restaurant aussuchen.«

Sie hatte gezögert – was wäre, wenn sie Leuten begegnete, die sie kannte? Oder noch schlimmer: wenn Fremde, die sie von dem Zeitungsfoto her kannten, sie ansprachen oder anstarrten? *Das ist Alexandra Trent!* Aber sie hatte ja gesagt. Es war wichtig, daß Warren und sie ihre Ehe auch außerhalb des Schlafzimmers wieder in gewohnte Bahnen lenkten, und sie sehnte sich nach einem Abend fern von Paula, die ihr immer das Gefühl vermittelte, ein Eindringling zu sein, und fern von Lisa. Alex fühlte sich befangen und unbehaglich in der Nähe ihrer Stieftochter. Sie las abwechselnd Mitleid oder ein schlechtes Gewissen in alles hinein, was das Mädchen tat oder sagte. Was die übrigen Menschen anging, würde Alex ihnen früher oder später wieder gegenübertreten müssen. Je früher, desto besser; wenn sie sich verkroch, würde das nur als Zeichen ihrer Schuld gewertet werden.

Also hatte Alex in dem Strandrestaurant, in dem sie ihr erstes Rendezvous gehabt hatten, einen Tisch reserviert, und beide hatten darauf geachtet, eine lockere und unbeschwerte Unterhaltung zu führen. Dann hatte Warren sie gefragt, wie ihr erster Arbeitstag verlaufen war.

Jetzt langte er über den Tisch und nahm ihre Hand. »Du brauchst die Schule nicht, Alex. In ein paar Monaten wirst du mit dem Baby alle Hände voll zu tun haben und wirst sie nicht vermissen.«

»Das ist nicht der Punkt. Ich liebe es, in die Vorschule zu gehen. Und ich hänge an den Kindern. Ich möchte das nicht aufgeben.«

»Soll ich die Eltern anrufen?«

Alex schüttelte den Kopf. Evelyn hatte ihr dasselbe angeboten. »Das wird nichts nützen. Im Moment haben sie einfach kein Vertrauen in mich, Warren. Ich kann ihnen das nicht mal richtig übelnehmen. Ich weiß nicht, ob ich mein Kind in eine Vorschule geben würde, deren Besitzerin Verdächtige in einem Mordfall ist.«

»Es wird sich alles aufklären, Alex.«

»Wann? In einer Woche? Einem Monat? Bis dahin wird auch das letzte Elternpaar sein Kind aus der Schule herausgenommen haben.«

»Du hast selbst gesagt, daß die Polizei Lundquists Frau und seine Geschäftspartner überprüft.« Warren drückte beruhigend ihre Hand. »Du wirst sehen, sie werden herausfinden, wer ihn getötet hat, Alex, und bald wird alles hinter uns liegen.«

Und was ist, wenn es nicht Lundquists Frau oder ein

Geschäftspartner war? fragte sie sich. Wird es dann trotzdem hinter uns liegen?

Acht Kinder erschienen am Dienstag in der Vorschule. Alex rief Patty an und legte ihr die Situation dar.

»Es hat also keinen Sinn, wenn du heute kommst«, sagte Alex. »Natürlich zahle ich dir den heutigen Tag. Was den morgigen angeht –«

»Ich bin sicher, das Ganze ist nur vorübergehend, Alex.«

»Ich hoffe, du hast recht. Ich werde dich auf dem laufenden halten.«

Alex fühlte eine Woge der Dankbarkeit für Patty in sich aufsteigen. Von Evelyn wußte Alex, daß Patty von Alex' schrecklicher Lage gelesen hatte, aber sie hatte ihr gestern weder verstohlene Blicke zugeworfen, noch war irgendwann ein peinliches Schweigen entstanden. Patty hatte nichts als aufmunternde Worte für Alex übriggehabt.

Alex schien es so, als würde das ganze Klassenzimmer ihr Scheitern widerspiegeln. Die Kinder arbeiteten eifrig an Collagen, aber vier der sechs Tische blieben auffallend leer. Später, während der Vorlesezeit, bildeten die Kinder einen erschütternd kleinen Kreis. Ohne innere Anteilnahme spulte Alex das Programm ab – Spielen, Zeigen, Malen, Vorlesen.

Um ein Uhr rief Paula an. »Ich habe gerade Nicholas von der Schule abgeholt«, erzählte sie Alex. »Die Rektorin hat mich angerufen und mir nahegelegt, ich sollte ihn besser abholen.«

Alex wurde blaß. »Was ist los? Ist er krank?«

»Nein, das nicht.« Sie machte eine Pause. »Er ist völlig aufgelöst. Einer der älteren Jungen hat ihn aufgezogen mit . . . nun . . . mit dem, was in der Zeitung stand. Er hat Nicholas gesagt, Sie würden ins Gefängnis kommen.«

»O Gott!« rief Alex.

»Offenbar hat Nicholas den Jungen einen Lügner genannt und ihn gehauen. Der Junge hat zurückgeschlagen, und jetzt hat Nicholas eine geplatzte Lippe. In der Schule haben sie sie mit Eis behandelt, aber sie war noch immer geschwollen, als ich kam. Ich werde sie noch eine Weile mit Eisbeuteln kühlen.«

»Danke, Paula. Ich komme sofort nach Hause.« Drei Kinder waren mittags abgeholt worden, so daß nur noch fünf übrig waren. Mit ihnen konnte Evelyn ohne weiteres allein fertig werden.

»Sie müssen sich nicht beeilen. Ich habe alles im Griff.«

Trotz der beruhigenden Worte der Haushälterin kam Alex früh nach Hause. Sie betrat das Haus durch die Seitentür, wie sie es meistens tat, und fand Paula in der Küche vor. Die Haushälterin war gerade damit beschäftigt, Kartoffeln zu schälen.

»Wo ist Nicholas?«

»In seinem Zimmer. Er spielt mit Lego.«

»Wie sieht seine Lippe aus?«

»Besser. Die Schwellung ist fast ganz zurückgegangen. Ich habe Ihnen doch gesagt, daß es nicht nötig ist, daß Sie vorzeitig nach Hause kommen, Alex.«

»Ich möchte mit Nicholas reden.«

Paula runzelte die Stirn und legte das Schälmesser auf die Ablage. »Glauben Sie wirklich, daß das eine gute Idee ist? Es wird ihn nur wieder aufregen. Ich habe ewig gebraucht, bis ich ihn beruhigt hatte, den armen Jungen.«

Die versteckte Bedeutung der Worte war klar – es war alles Alex' Schuld. »Danke für Ihren Rat, Paula.«

Nicholas saß, umgeben von winzigen roten, gelben, blauen und weißen Legosteinen, auf dem Teppich und baute einen Turm. Alex ging zu ihm und setzte sich im Schneidersitz neben ihn.

»Schlimmen Tag gehabt?« fragte sie leise.

Er nickte.

»Möchtest du darüber sprechen?«

Er warf ihr einen schnellen Blick zu und schüttelte den Kopf. Die geplatzte Lippe und die Verstörtheit und Verlegenheit in seinem Blick berührten sie schmerzlich.

»Wie geht's deiner Lippe?« fragte sie.

»Gut.«

»Paula hat mir erzählt, du hättest einen anderen Jungen gehauen. Der muß dich ganz schön wütend gemacht haben, hm?«

Nicholas schaute weg und sagte: »Christopher Rakin hat gesagt, du würdest wahrscheinlich ins Gefängnis kommen, weil du jemanden getötet hast. Und dann sagte er noch ... er sagte, du hättest deinen ersten Sohn sterben lassen, und da habe ich ihn gehauen. Er hat mich zurückgehauen.« Er sah Alex an. Seine Lippen zitterten.

Alex nahm seine Hand. »Nick, es tut mir so leid, was dir da passiert ist. Du bist ein kluger Junge, und ich hoffe, du verstehst, was ich dir jetzt sagen werde. Erinnerst du dich noch an den Mann, der vor deiner Schule mit dir gesprochen hat? Der, der uns belästigt hat?«

Nicholas nickte. »Bobbys Vater.«

»Genau. Sein Name war Donald Lundquist. Jemand hat ihn getötet, und die Polizei hat mir Fragen gestellt, weil ich ihn kannte und weil Bobby bei mir in der Schule war.«

»Hattest du Angst?«

»Ja. Aber die Polizei wird herausfinden, wer ihn getötet hat.« Gott, wie sehr sie hoffte, daß das stimmte! »Und was meinen Sohn angeht –«

»Ich habe Christopher gesagt, er wäre ein blöder Lügner! Ich habe ihm gesagt, daß du überhaupt keinen Sohn hattest, nicht wahr, Mommy?« Seine Augen waren auf ihr Gesicht geheftet.

»Doch, ich *hatte* einen Sohn, Nicholas«, sagte Alex liebevoll. »Er ist in unserem Swimmingpool ertrunken. Und es *war* meine Schuld, weil ich ihn allein gelassen habe und er nach draußen gegangen ist.«

»Aber das war nicht mit Absicht.« Seine Augen blickten traurig. »Sagst du mir darum immer, ich soll nie allein an den Pool gehen?«

»Ja.«

»Wie hieß er?«

Sie räusperte sich. »Kevin. Er war vier Jahre alt.«

»Vermißt du ihn?«

»Ja, sehr«, flüsterte Alex. Sie strich Nicholas übers Haar.

»Ich vermisse meine Mutter nicht. Ich war noch ein kleines Baby, als sie starb, darum kann ich mich nicht an sie erinnern. Ich habe Lisa und Daddy gefragt, aber sie reden nicht gern darüber.« Er machte eine Pause, »Paula erzählt mir von ihr, und manchmal zeigt sie mir auch Fotos so wie heute. Paula sagt, meine Mutter ist im Himmel und paßt auf mich auf.«

»Ich bin sicher, daß sie das tut, Nick. Und ich bin sicher, daß sie dich sehr lieb hat.«

Nicholas nahm einen blauen Legostein und befestigte ihn auf einem anderen. Alex reichte ihm einen weiteren und noch einen, während sie sich im stillen fragte, was Nicholas wohl gerade dachte.

Plötzlich sah Nicholas zu Alex auf. »Vielleicht kümmert sie sich ja um deinen kleinen Sohn. Meine Mutter, meine ich. Weil du dich um mich kümmerst.«

»Vielleicht.« In ihren Augen schimmerten Tränen.

Nicholas nickte und fuhr mit dem Turmbau fort. Einen Moment später sagte er: »Es tut mir nicht leid, daß ich Christopher gehauen habe.«

»Hauen ist keine Lösung, Nick. Komm zu mir, wenn dich etwas aufregt. Oder geh zu Daddy.«

»Okay.« Er rückte näher an Alex heran. »Aber du kommst nicht ins Gefängnis, nein?«

»Nein.«

Lisa und Nicholas aßen um sechs Uhr zu Abend. Alex hatte Paula gesagt, sie würde später zusammen mit Warren essen, der telefonisch Bescheid gegeben hatte, er käme später. »Ich werde auch warten«, hatte Paula erwidert, und Alex hatte nicht gewußt, wie sie der Frau höflich beibringen sollte, daß sie mit ihrem Mann lieber allein essen würde. Hatte Paula immer zusammen mit Andrea und Warren gegessen?

Beim Abendessen übernahm Paula das Reden. »Wie sind die Steaks?« fragte sie Warren.

»Sehr gut. Findest du nicht auch, Alex?«

»Ja, sehr gut.«

»Ich habe sie so gemacht, wie Sie sie immer schon gern mochten, Warren. Nicholas hat's auch geschmeckt. Es scheint ihm wieder viel besser zu gehen. Ich hoffe, morgen passiert nichts, was ihn wieder verstört.«

Alex spannte sich an.

»Was meinen Sie?« Warren sah verwirrt aus. »Was ist denn passiert?«

»Es tut mir leid, Alex.« Paula lächelte befangen. »Ich nahm an, Sie hätten Warren schon von Nicholas' Prügelei und seiner Lippe erzählt.«

Warren warf Alex einen Blick zu. Sie merkte, wie sie errötete.

»Ich werde den Nachtisch holen.« Paula stand auf und ging aus dem Raum.

War das ein hämisches Grinsen auf dem Gesicht der Haushälterin gewesen? »Nicholas hat sich mit Christopher Rakin geprügelt«, begann Alex. Sie erzählte Warren, was geschehen war. »Ich habe mit Nicholas gesprochen. Er hat es verstanden.«

»Warum hast du mir das verschwiegen?«

»Ich wollte es dir ja erzählen, aber erst nach dem Abendessen. Und ich wollte dich nicht im Büro damit belästigen.«

»Okay«, sagte Warren. Aber seine Augen sagten etwas anderes.

»Das hat sie mit Absicht gemacht. Sie versucht, Unfrieden zwischen uns zu stiften.«

Warren seufzte. »Alex, das hatten wir doch alles schon. Paula ist eine gute Haushälterin, und sie ist der Familie eng verbunden.«

»Sie redet mit Nicholas über Andrea. Sie zeigt ihm Fotos von ihr.«

»Alex.« Er seufzte. »Ich kann verstehen, daß dir das unangenehm sein muß, aber ist da irgend etwas falsch dran?«

War da etwas falsch dran? »Nein, vermutlich nicht«, gab Alex zu.

Am Mittwoch kamen neun Kinder – dieselben acht, die am Vortag dagewesen waren, und ein Kind zusätzlich: Bobby Lundquist. Alex starrte ihn an, als er mit seiner Mutter ins Klassenzimmer kam, dann faßte sie sich schnell wieder.

»Hallo, Bobby. Schön, daß du wieder da bist.« Er sah blaß aus, dachte Alex, und er hatte dunkle Ringe unter den Augen.

»Hallo.« Er marschierte zu seinem Fach und legte seine Lunchbox hinein.

Sally Lundquist sagte: »Kann ich Sie unter vier Augen sprechen, Mrs. Prescott?«

Alex führte sie ins Büro. »Ich freue mich, daß mit Ihnen und Bobby alles in Ordnung ist.«

»Na ja, ›in Ordnung‹ würde ich nicht sagen. Wir kommen einigermaßen zurecht. Ich mußte ihm erzählen, daß Donald tot ist. Es war furchtbar.«

Wie hatte sie erfahren, daß ihr Mann tot war? Wo war sie gewesen? »Die Polizei hat mich bezüglich des Mordes vernommen«, sagte Alex. Die Aussage kam anklagender aus ihrem Mund, als sie es beabsichtigt hatte. Sie wurde rot.

»Ich weiß. Ich habe Kontakt mit einer Frau aus dem Frauenhaus, und von ihr habe ich auch erfahren, daß ein Artikel über Sie in der Lokalzeitung erschienen ist.« Sally seufzte. »Ich fühle mich verantwortlich dafür, was Ihnen widerfahren ist.«

»Das sind Sie aber nicht. Es ist nur eine Kette zufällig zusammentreffender Ereignisse.«

»Möglich. Ich weiß, daß die Polizei versucht hat, Kontakt mit mir aufzunehmen. Ich habe das Frauenhaus an demselben Tag verlassen, als Donald getötet wurde. Ich hatte Angst, die Polizei würde annehmen, ich hätte ihn umgebracht.« Sie machte eine Pause. »Ich war in jener Nacht zu Hause. Ich wußte nicht, daß Sie dort hinkommen würden. Ich hatte ihn an jenem Nachmittag noch mal angerufen. Bobby wollte ihn sprechen, und ich fand es nicht richtig, es ihm zu verbieten. Nachdem Bobby mit seinem Vater geredet hatte, bat Donald, ob er mit mir sprechen könne. Ich hätte nein sagen sollen, aber ich brachte es nicht fertig. Ich konnte noch nie nein zu Donald sagen.

Jedenfalls war er richtig liebevoll am Telefon. Er versprach mir, sich zu ändern. Er schwor, er würde Hilfe suchen. Ich vermute, ich wollte ihm irgendwie glauben. Ich war es leid, im Frauenhaus zu leben, und Bobby war so unglücklich. Also entschloß ich mich, unter vier Augen mit ihm zu sprechen. Ich bin einfach zu ihm gegangen. Und da fand ich ihn tot. Er saß im Whirlpool. Zuerst dachte ich, er würde leben, aber dann sah ich seinen Hals und seine Brust.« Sie schauderte. »Wer auch immer ihn da so hingesetzt hat, muß wirklich krank sein.«

Wenn Sally Lundquist ihren Mann im Whirlpool *sitzend*

vorgefunden hatte, dann konnte sie beweisen, daß er bereits tot war, als Alex eingetroffen war! »Wann war das?«

»So gegen halb neun. Ich bin dann zurück zum Frauenhaus gefahren, habe meine Sachen gepackt und bin mit Bobby nach Phoenix geflogen. Dort leben meine Eltern.«

»Warum sind Sie zurückgekommen?«

»Ich habe von einer Frau im Frauenhaus gehört, daß die Polizei Sie im Verdacht hat. Das ist nicht gerecht. Ich werde gleich zur Polizei gehen und aussagen, daß Donald bereits tot war, bevor Sie dort ankamen.«

Alex wäre ihr am liebsten um den Hals gefallen. »Danke.« Sie zögerte, dann sagte sie: »Die Polizei könnte dann aber denken, daß Sie ihn getötet haben.«

»Ich weiß. Aber ich könnte nicht mehr ruhigen Gewissens leben, wenn ich es nicht melden würde. Und ich habe ihn nicht getötet«, fügte sie hinzu.

Nachdem Sally Lundquist gegangen war, rief Alex Warren an und berichtete ihm von der neuen Entwicklung.

»Das werde ich sofort an Margot weitergeben«, sagte er. »Sie soll Detective Rowan in etwa einer Stunde anrufen.«

In einer Stunde? »Warum nicht jetzt gleich? Ich möchte, daß dieser Alptraum endlich aufhört!«

»Das möchte ich auch, Alex, aber wir müssen Mrs. Lundquist Zeit lassen, damit sie überhaupt erst mal mit der Polizei sprechen kann. Du mußt ein wenig Geduld haben.«

Es vergingen beinahe zwei Stunden, ehe Warren sich wieder meldete.

»Rowan hat mit Mrs. Lundquist gesprochen, Alex, aber er sagt, da die Todeszeit nicht bekannt ist, beweist die Tatsache, daß sie ihn um halb neun sah, nicht viel.«

»Aber ich habe doch um acht Uhr noch mit ihm gesprochen!«

»Aber sie haben nur deine Aussage, Alex. Du kannst es nicht beweisen, oder?«

»Nein.« Sie dachte einen Moment nach, dann sagte sie: »Was ist mit der Telefongesellschaft? Haben die kein Computerverzeichnis aller Telefonate, die man führt?«

»Daran habe ich auch schon gedacht. Ja, so was haben sie tatsächlich, sogar für Ortsgespräche. Ich habe das Rowan gegenüber auch schon erwähnt. Er meinte, er werde die Unterlagen einfordern.«

»Das wird mich entlasten!«

»Nicht ganz«, sagte Warren mit gedämpfter Stimme. »Denn selbst wenn ein Anruf von unserem Telefon zu Lundquist verzeichnet ist, beweist das laut Rowan nicht, daß Lundquist noch gelebt hat, als du ihn angerufen hast.«

»Aber ich habe doch mit ihm gesprochen, Warren! Er ist drangegangen! Ist das denn nicht aus den Unterlagen ersichtlich?«

»Es ist ersichtlich, daß jemand deinen Anruf entgegengenommen hat«, sagte Warren geduldig, »aber Lundquist hatte einen Anrufbeantworter. Rowan meint, daß der Anrufbeantworter sich eingeschaltet und deinen Anruf entgegengenommen haben kann.«

»Das ergibt aber keinen Sinn. Wenn dem so wäre, wäre ja noch meine Nachricht auf Band.«

»Aber nicht, wenn du sie gelöscht hast, als du um neun Uhr zurückgekehrt bist. Das ist Rowans Gedankenzug, Alex«, fügte Warren rasch hinzu. »Ich weiß, daß es nicht so gewesen ist. Seiner Meinung nach könnte es sich so abgespielt haben, daß du Lundquist zu einer früheren Uhrzeit getötet hast, ihn dann um acht Uhr angerufen hast, um zu beweisen, daß er da noch gelebt hat und dir ein Alibi gibt; später hast du dann das Band gelöscht.«

»Aber ich *kann* Lundquist davor nicht getötet haben, Warren. Ich war den ganzen Tag zu Hause. Paula kann das bezeugen.« In der Stille, die ihren Worten folgte, spürte sie Warrens Zögern. »Was ist?« fragte sie.

»Die Polizei hat bereits mit ihr gesprochen. Sie hat an jenem Dienstag zweimal das Haus verlassen – einmal, um einkaufen zu gehen, und dann hat sie Nicholas und Lisa zwischen drei und vier Uhr nachmittags von der Schule abgeholt.«

»Das ist doch lächerlich«, protestierte Alex, aber natürlich war es das nicht, nicht in den Augen der Polizei. Sie taten nur ihren Job.

Alex schaffte es, keine Gedanken mehr an Donald Lundquist und die Polizei zu verschwenden, indem sie sich mit den Kindern beschäftigte. Später, auf dem Weg zu Nicholas' Schule, war sie wieder niedergeschlagen, aber ihre Stimmung hellte sich auf, als sie Nicholas' Lächeln sah. Alles war heute gutgegangen, teilte er ihr mit. Christopher Rakin hatte ihn nicht wieder geärgert.

Paula räumte gerade die Wäscheschränke um, als Alex und Nicholas nach Hause kamen. Sie faltete alle Handtücher und Laken so, wie sie es gern hatte, und augenblicklich war Alex mißgestimmt. Sie hatte es ihr schon hundertmal gezeigt . . .

Alex ging in die Küche und öffnete den Kühlschrank, um das Päckchen Hackfleisch herauszunehmen, das sie zum Auftauen aus der Tiefkühltruhe genommen hatte. Aber da war kein Hackfleisch. Sie ging wieder nach oben zu Paula.

»Paula, haben Sie das Hackfleisch im Kühlschrank gesehen?«

»Ich habe es wieder in die Tiefkühle gelegt.«

Alex zählte bis fünf. »Paula, ich habe Ihnen doch heute morgen gesagt, daß ich das Hackfleisch für das Abendessen brauche.«

»Wir hatten gestern Steak. Ich glaube nicht, daß es gut ist, so oft Rindfleisch zu essen. Ich habe paniertes Hühnchen vorbereitet. Das ist Lisas Lieblingsgericht.«

»Ich wollte Fleischbällchen und Spaghetti machen. Das

ist Nicholas' Leibgericht, und auch Lisa ißt es gern.« Das ist vollkommen idiotisch, sagte sich Alex, und es geht hier auch gar nicht um Huhn oder Rindfleisch. Mit ruhiger Stimme setzte sie an: »Paula –«

»Ich werde das Hackfleisch morgen auftauen. Wir können es dann morgen abend essen.« Sie nahm ein Laken, faltete es in der Mitte, hielt es an ihren Körper und strich es glatt.

»Paula, ich bin Ihnen sehr dankbar für Ihre Hilfe, seit ich gestürzt bin. Ich weiß nicht, wie wir das alles ohne Sie geschafft hätten. Aber jetzt hat sich alles wieder normalisiert, und meine Prellungen sind im großen und ganzen verheilt.« Sie hatte zwar immer noch Schmerzen, und sie mußte vorsichtig beim Heben von Gegenständen sein, aber sie würde zurechtkommen. »Und deshalb brauchen wir keine Vollzeitkraft mehr, die bei uns wohnt.«

Paula sah Alex an. »Warren hat mich gebeten, einzuziehen. Ich habe mich niemandem aufgedrängt.« Ihr spitzes Kinn war trotzig vorgeschoben. Sie fuhr damit fort, das Laken zu glätten.

»Natürlich nicht.« Alex zwang sich zur Geduld.

»Sie werden mich brauchen, wenn das Baby auf der Welt ist. Ich kann sehr gut mit Babys umgehen. Ich habe Lisa praktisch aufgezogen. Und ich habe mich nach Andreas Tod um Nicholas gekümmert.«

»Ich weiß«, sagte Alex sanft. »Aber ich weiß noch nicht, wie alles weitergeht, wenn das Baby da ist.«

»Ich glaube Ihnen nicht.« Sie faltete das Laken in der Mitte, dann legte sie es noch zweimal zusammen. »Warum geben Sie es nicht zu, Alex? Sie mögen mich nicht. Darum wollen Sie mich loswerden.«

Vielleicht hatte die Frau recht; vielleicht war das der richtige Zeitpunkt für Ehrlichkeit und nicht für Diplomatie. »Paula, Sie haben Ihre eigenen Vorstellungen darüber, wie man einen Haushalt führt, und ich habe meine, und –«

»Wenn Sie möchten, taue ich das Hackfleisch auf.«

»Es geht hier nicht nur um das Hackfleisch. Es ist Ihr ganzes Verhalten, Paula. Sie machen die Wäsche, wie Sie es für richtig halten. Sie stärken meine Nachthemden, obwohl ich Sie wiederholt gebeten habe, das nicht zu tun. Sie ordnen die Speisekammer und meine Schränke und meine Kommodenschubladen um, obwohl ich Sie gebeten habe, es nicht zu tun. Oft tun Sie das genaue Gegenteil von dem, um was ich Sie gebeten habe.« Die Beschwerden klangen banal, schon beim Aufzählen, aber Alex konnte unmöglich aussprechen, was sie wirklich dachte: *Sie versuchen, die Herrin in diesem Haus zu sein.*

»Es ist schwer, sich zu ändern. Ich bin es gewohnt, alles so zu machen, wie ich es immer für Andrea gemacht habe.«

»Ich weiß. Es muß schwer für Sie sein zu sehen, wie ich Andreas Platz eingenommen habe. Ich weiß, daß Sie sie sehr mochten.«

»Sie war die wunderbarste Frau, der ich jemals begegnet bin.« Paulas Stimme brach. Ihre Lippen bebten. »Und Nicholas, der arme Junge, hat sie nicht einmal kennengelernt. Hier *spricht* ja nicht mal jemand von ihr!« Sie preßte das gefaltete Laken an sich. »Deshalb mögen Sie mich nicht, stimmt's? Weil ich Warren und Lisa an Andrea erinnere. Nun, sie *sollten* auch an sie denken. Denise denkt an sie. Wir reden oft von ihr und darüber, wie es damals war.« Ihre Augen füllten sich mit Tränen. Sie machte keine Anstalten, sie wegzuwischen.

»Paula, es tut mir leid, daß Sie solche Trauer und solchen Schmerz empfinden. Wirklich.« Alex machte eine Pause, dann sagte sie: »Ich denke, Sie wären glücklicher, wenn Sie woanders arbeiten würden.«

Paula starrte sie an, dann blinzelte sie schnell. »Was sagen Sie da? Sie entlassen mich?«

»Ich glaube wirklich, daß es Ihnen woanders besser gehen würde«, wiederholte Alex. »Selbstverständlich schreibe ich Ihnen eine Empfehlung. Sie haben wunderbare Qualitäten. Oder vielleicht kennt Denise ja jemanden, der Hilfe braucht. Und Sie können natürlich jederzeit die Kinder besuchen. Ich weiß, daß sie sich darüber sehr freuen würden.«

Paula schüttelte den Kopf. »Sie können mich nicht entlassen. Warren hat mich angestellt. Er *will* mich hier. Ich gehöre zur Familie.«

»Paula –«

»Ich kann lernen, alles so zu machen, wie Sie es gern haben. Mir war nicht klar, daß Sie unzufrieden sind, aber jetzt, da ich es weiß . . .«

Obwohl Alex wußte, daß Paula log – jede Handlung war berechnet gewesen, damit Alex sich unerwünscht fühlte –, bewegte sie die Verzweiflung der Frau, und für eine Sekunde war sie versucht einzulenken. Aber dann dachte sie an die anonymen Briefe und die Puppe, und sie fragte sich, warum Paula unbedingt bleiben wollte.

»Es tut mir leid, Paula. Ich denke, uns beiden würde eine Veränderung guttun.«

»Ich werde erst gehen, wenn Warren es mir sagt.« Paula legte das Laken in den Schrank mit der Bettwäsche. Dann bückte sie sich, nahm ein neues Laken aus dem Wäschekorb, faltete es in der Mitte und zog es straff.

Alex machte kehrt und ging die Stufen hinunter.

30

Alex hatte aus dem Wohnzimmerfenster geschaut, seit Warren telefonisch Bescheid gegeben hatte, er würde sich jetzt auf den Weg nach Hause machen. Als der Lexus in die

Einfahrt bog und auf die Garage zufuhr, trat sie zur Haustür hinaus.

Sie wußte nicht, wo Paula war. Nachdem die Haushälterin mit Lisa und Nicholas zu Abend gegessen und neue Gedecke für Alex und Warren aufgelegt hatte, war sie in ihr Zimmer verschwunden. Als Alex Warren jetzt entgegeneilte, kam sie sich albern vor, so als wäre sie eine Vorschülerin, die sich mit einer Mitschülerin gestritten hatte und nun auf den Lehrer zustürzte, um die erste zu sein, die ihm ihre Seite des Zanks wiedergab. Als Alex bei Warren ankam, hielt er gerade in der Garage und stieg aus dem Auto.

Erstaunt sah er sie an. Dann machte er ein besorgtes Gesicht. »Was ist los? Ist irgendwas mit Nicholas? Hat dieser Junge ihn etwa wieder geärgert?«

Die Wut in seiner Stimme war mit Erschöpfung gefärbt. Alex hatte plötzlich Mitleid mit Warren und fragte sich, wann sie wohl aufhören würde, eine stete Quelle der Sorge und eine Last für ihn zu sein. »Nein, Nicholas geht es gut. Es geht um Paula. Kann ich kurz im Garten mit dir sprechen?«

Ungeduld flackerte in seinen Augen auf. »Natürlich. Laß mich nur schnell meine Aktentasche in mein Arbeitszimmer bringen.«

Alex ging in den Garten und wartete dort auf ihn. Es war noch hell draußen, und aus einem spontanen Impuls heraus ging sie zu den Spielplatzgeräten aus Holz, die Warren und sie vor beinahe zwei Jahren für Nicholas ausgesucht hatten, und setzte sich auf eine der Schaukeln.

Sie hörte das Rumpeln der Schiebetür, und einen Moment später stand Warren vor ihr. Seine Miene war starr, seine Augen blickten gefühllos.

Alex sagte: »Im wesentlichen geht es darum, daß ich Paula entlassen habe, aber sie sagte, du hättest sie angestellt, also ginge sie erst, wenn du es ihr sagen würdest.«

»Was ist passiert?«

War das ein Seufzer gewesen, fragte sie sich, oder nur die Meeresbrise, die durch die Blätter der umliegenden Bäume strich? »Es geht nicht nur um heute.«

Sie erzählte ihm von dem Hackfleisch, von den Laken, von den gestärkten Nachthemden, von dem Gefühl, daß ihre Autorität konstant untergraben wurde. »Du findest das Ganze wahrscheinlich kleinlich.« Sie betrachtete sein Gesicht, ob sie Anzeichen von Ekel darin entdecken konnte, erblickte aber nur Niedergeschlagenheit.

»Und sie hat dir gesagt, sie würde versuchen, ab jetzt alles so zu machen, wie du es gern hättest?«

Alex schüttelte den Kopf. »Das wird aber nicht funktionieren. Ich will sie hier nicht mehr haben, Warren. Nicht Vollzeit, auch nicht zweimal die Woche und noch nicht mal für eine Stunde.« Sie machte eine Pause. »Paula hängt zu sehr an dir und den Kindern. Sie ist Teil deiner Vergangenheit mit Andrea, und damit kann ich nicht mehr leben. Ich *werde* damit nicht mehr leben. Du mußt es ihr sagen.«

»Sie ist eine gute Haushälterin, sie ist vertrauenswürdig, und die Kinder lieben sie. Du brauchst im Moment mehr Hilfe im Haus, und wenn das Baby erst mal da ist –«

»Wenn das Baby auf der Welt ist, werde ich mir einen Babysitter oder ein Kindermädchen suchen. Aber es wird nicht Paula sein. Und für die nächste Zeit werde ich jemanden engagieren, der mir bei der Hausarbeit hilft.« Sie schwieg einen Moment. »Du hast Paula gebeten einzuziehen, nachdem du das mit Kevin erfahren hattest. Du wolltest, daß jemand ein Auge auf Nicholas hat, während du nicht da bist. Aber so kann ich nicht leben.«

»Das ist nicht wahr!«

»Nein? Sei ehrlich mit dir selbst, Warren. Ist dir der Gedanke nicht in den Sinn gekommen, und sei es auch nur für einen kurzen Augenblick?«

Als er sprach, war seine Stimme gedämpft. »Ich weiß es nicht. Vielleicht stimmt das zum Teil. Als ich die Zeitungsausschnitte gesehen habe, hatte ich das Gefühl, als würde die ganze Welt um mich herum einstürzen. Du hast mich angelogen, Alex. Du hast mich über alles angelogen. Wie konnte ich dir da noch vertrauen?«

»Danke, daß du ehrlich bist. Das meine ich ernst.«

»Aber das liegt zurück. Dies hier hat nichts mit Vertrauen zu tun. Ich *habe* Vertrauen in dich. Es ist nur verdammt hart, einer Frau, die seit über vierzehn Jahren in der Familie ist, zu sagen, daß man sie nicht mehr haben will.«

Alex antwortete nicht. Mit dem Fuß schob sie die Schaukel an.

»Ich werde es Paula sagen«, sagte er schließlich.

Sie fragte sich, ob sein Widerstand, Paula zu entlassen, auch daher rührte, daß sie ihn an sein Leben mit Andrea erinnerte. Er konnte noch immer nicht über Andrea sprechen, nicht mal, nachdem Alex ihm ihre Vergangenheit offengelegt hatte. Sie hatte das Thema in den letzten Tagen mehrmals zur Sprache gebracht; jedesmal hatte Warren ruhig, aber bestimmt abgeblockt.

Sie sah ihm nach, als er zum Haus ging und im Familienzimmer verschwand; dann wandte sie ihr Gesicht dem Swimmingpool zu. Sie haßte das Wasserbecken, aber sie zwang sich, es anzusehen, als könnte sie es dadurch seiner Macht berauben, sie mit Bildern des kalten, leblosen Körpers ihres vierjährigen Sohnes zu quälen.

Das Bild von Lundquists leblosem Körper, der zum Boden des Whirlpools sank, tauchte plötzlich in ihr auf. *Ein Unglück kommt immer dreifach, Alexandra,* hörte sie ihre Mutter in ihr Ohr flüstern. *Sei vorsichtig!* Das ist doch albern, sagte sich Alex. Das ist nur dummes, abergläubisches Altweibergewäsch. Sie langte unter ihren Pulli, umfaßte das herzförmige Medaillon und wartete auf Warrens Rückkehr.

»Sie geht noch heute abend«, berichtete Warren Alex zehn Minuten später. Seine Stimme offenbarte keinerlei Gefühl.

»Was hat sie gesagt?« Alex saß noch immer auf der Schaukel.

»Nicht viel. Ich habe sie gefragt, ob sie noch bis zum Ende der Woche bleiben will, aber sie hat abgelehnt. Sie meinte, sie wolle nirgends bleiben, wo sie unerwünscht sei. Sie hat mit den Tränen gekämpft. Ich habe mich beschissen gefühlt.«

Und ich bin der Bösewicht, dachte Alex, plötzlich von Zweifeln geplagt. »Ich habe mich wirklich bemüht, mit ihr auszukommen, Warren.«

Er zuckte die Achseln. Sie rutschte von der Schaukel herunter, und sie gingen zusammen zum Haus zurück, wenngleich nicht Arm in Arm.

»Was ist mit Abendessen?« fragte Alex, als sie im Flur vor dem Familienzimmer angelangt waren. Der Tisch war gedeckt. Das panierte Hühnchen lag auf einer Platte auf dem Küchentresen; es mußte nur noch aufgewärmt werden.

»Ich habe keinen Hunger. Vielleicht später.«

Warren ging in sein Arbeitszimmer. Lisa und Nicholas waren nirgends in Sicht; wahrscheinlich steckten sie in ihren Zimmern. Da Alex keine Lust hatte, allein unten zu bleiben und unter Umständen Paula gegenübertreten zu müssen, entschied sie, sich ins Schlafzimmer zurückzuziehen. Auf dem Weg zur Treppe kam sie an Paulas Zimmer vorbei und war erleichtert, daß die Tür geschlossen war.

Im Schlafzimmer legte sich Alex auf den Boden und machte Dehnübungen. Währenddessen überlegte sie, wie viele Kinder wohl am nächsten Morgen in die Schule kommen würden. Heute waren es neun gewesen, einer mehr als gestern, aber das hatte an Bobby Lundquist gelegen, der zurückgekehrt war. Mit neun Kindern konnte sie die Schule nicht weiterführen. Irgendwann müßte sie Patty entlassen, und dann Evelyn. Und irgendwann müßte sie die Schule ganz schließen.

Als Warren hereinkam, war Alex gerade damit beschäftigt, sich die Tapetenmuster anzusehen, die für das Kinderzimmer in Frage kamen.

»Paula hat gepackt«, sagte er. »Ich werde ihr die Koffer zum Auto tragen. Sie verabschiedet sich gerade von den Kindern, und ich dachte, du würdest ihr vielleicht auch gern auf Wiedersehen sagen.«

»Natürlich.« Sie hatte zwar keine Lust dazu, aber es gehörte zum guten Ton.

Sie folgte Warren in die Eingangshalle. Paula stand bereits da, Nicholas und Lisa zu ihren Seiten. Alle drei sahen bedrückt aus.

Alex sagte: »Paula, ich wollte Ihnen noch mal für alles danken, was Sie für uns getan haben.«

»Bitte, gern geschehen, Alex. Ich wünsche Ihnen alles Gute mit dem Baby.« Sie vermied es, Alex anzusehen. Sie wandte sich an die Kinder. »Noch eine letzte Umarmung, bevor ich gehe.«

Lisa und Nicholas umarmten Paula gleichzeitig. Warren öffnete die Tür und nahm Paulas Koffer. Paula folgte ihm nach draußen und zog die Tür hinter sich zu.

Nicholas sagte: »Lisa hat gesagt, du hättest mit Paula gestritten, dann hätte Paula geweint, und deshalb würde sie jetzt weggehen. Wieso, Mommy?«

Alex spürte, wie ihr Gesicht rot anlief. »Das ist kompliziert, Nick.« Sie sah Lisa nicht direkt an, aber aus den Augenwinkeln konnte sie sehen, daß auch das Mädchen errötete.

»Du bist eine elende Quasselstrippe, Nicholas Prescott! Ich habe dir doch gesagt, daß du kein Sterbenswort sagen sollst!« Lisa funkelte ihren Bruder böse an.

»Aber wieso?« wiederholte er.

Alex sagte: »Paula ist ein wundervoller Mensch, aber sie und ich stimmen in bestimmten Punkten nicht überein. Sie ist sehr traurig, daß sie gehen muß, und ich weiß, daß du und Lisa sie sehr vermissen werdet.«

»Paula hat gesagt, sie wird uns besuchen. Glaubst du, sie kommt wirklich, Mommy?«

»Vielleicht.« Hoffentlich nicht, dachte sie.

Nicholas nickte, dann sprang er in Richtung Familienzimmer davon. Alex machte ebenfalls Anstalten, den Eingangsbereich zu verlassen.

»Alex«, sagte Lisa.

Alex blieb stehen und blickte ihre Stieftochter an.

»Es tut mir leid.« Lisa sah auf ihre Hände hinunter. »Paula hat mir erzählt, daß ihr gestritten habt. Sie hat geweint. Und dann hat Nicholas gesehen, wie sie packte, und hat mich gefragt, warum sie weggeht. Ich hätte nichts zu ihm sagen sollen.« Sie sah zu Alex auf und schob sich den Vorhang blonden Haars hinter das Ohr. »Es tut mir leid«, wiederholte sie.

Sie klang aufrichtig, beinahe elend. Alex legte die Hand auf Lisas Arm. »Ich weiß, daß ihr zwei euch sehr nahesteht. Ich würde es verstehen, wenn du wütend auf mich wärst.«

»Ich bin nicht wütend. Ich kann verstehen, warum du jemand anders haben willst. Und um ehrlich zu sein, manchmal ist es sogar unheimlich, wie sie dauernd über meine Mom redet.«

Das war das erste Mal, daß Lisa in Alex' Gegenwart ihre Mutter erwähnte. War das eine erste Annäherung? Und wenn ja, warum gerade jetzt? »Das habe ich nicht gewußt, Lisa.«

Das Mädchen zuckte die Achseln.

Alex zögerte. »Glaubst du –«

Die Tür öffnete sich, und Warren kam herein. »Ihr seht

ja beide so ernst aus.« Er legte den Arm um Lisa, dann wandte er sich an Alex. »Alles okay?«

Alex fragte sich, ob sie mit Paulas Entlassung möglicherweise nicht nur Andreas Geist verbannt hatte, sondern auch ihren Feind losgeworden war. Außer, natürlich, der Feind befand sich immer noch im Haus. Sie dachte an die blutbefleckte Bluse und warf einen schnellen Blick auf Lisa. Das Mädchen stand an ihren Vater geschmiegt, die Arme um seine Taille geschlungen.

»Ja, alles okay«, sagte Alex.

Am Donnerstag morgen erschien Bobby Lundquist nicht in der Schule.

»Du kannst Bobby nicht mitzählen, Alex«, sagte Evelyn zu Alex. »Es sind immer noch acht. Die Anzahl bleibt gleich. Das ist doch ein gutes Zeichen.«

»Acht Kinder ergeben noch keine Schule, Ev. Ich werde Patty anrufen und ihr sagen, sie soll sich nach einer anderen Stelle umsehen. Das ist fairer. Und ich denke, du solltest dasselbe tun.«

Evelyn schüttelte den Kopf. »Keine Chance. Aber ich glaube, in bezug auf Patty hast du recht. Wir beide, du und ich, kommen schon zurecht, bis sich alles wieder normalisiert hat. Und es *wird* sich alles wieder normalisieren. Du wirst sehen. Falls Patty bis dahin schon einen neuen Job gefunden hat, müssen wir uns eben jemand anders suchen.«

»Du bist doch eine hoffnungslose Optimistin.« Alex lächelte. »Und eine wahre Freundin.«

Am späten Vormittag tauchte Bobby Lundquist auf. Er sah, sofern das möglich war, noch bleicher aus als zuvor, und die Ringe unter seinen Augen waren noch dunkler geworden.

»Entschuldigen Sie, daß er zu spät kommt«, sagte Sally Lundquist. Sie hatte die Worte an Alex gerichtet, aber mit den Blicken folgte sie Bobby, der zu seinem Fach ging. »Er hat fast die ganze Nacht wach gelegen, und als er endlich einschlief, wollte ich ihn nicht gleich wieder aufwecken. Wir wohnen zur Zeit in einem Hotel. Ich bin mir noch unschlüssig, ob ich wieder ins Haus ziehen soll, vor allem, da es Bobby im Moment so schlecht geht.«

»Hat er etwas über den Tod Ihres Mannes geäußert?«

Die Frau schloß kurz die Augen. Als sie sie wieder öffnete, waren sie feucht von Tränen. »Er gibt sich selbst die Schuld an seinem Tod. Er sagt, er habe ein- oder zweimal, als er mitbekommen hatte, wie Donald mich schlug, gebetet, Donald würde sterben, und jetzt ist er tatsächlich tot. Deshalb kann Bobby nicht schlafen.«

»Der Arme«, murmelte Alex.

»Ich werde ihn zu einem Kinderpsychologen bringen. Die Frauen im Frauenhaus haben mir ein paar Namen genannt. Ich mache mir solche Sorgen um ihn.« Sie seufzte und wischte sich die Tränen aus den Augen. »Übrigens habe ich inzwischen mit der Polizei gesprochen. Ich habe einem Detective erzählt, daß Donald bereits tot war, als ich zu ihm kam, also bevor Sie kamen. Das dürfte für Sie jetzt ausgestanden sein. Hat die Polizei Sie schon angerufen und es Ihnen mitgeteilt?«

»Sie kennen leider die genaue Tatzeit nicht. Sie glauben, daß der Mord auch wesentlich früher stattgefunden haben könnte. Ich habe mit ihm gegen acht Uhr gesprochen, aber das kann ich nicht beweisen.«

»Das tut mir leid.«

»Sie können nichts dafür. Ich bin Ihnen sehr dankbar für Ihre Bemühungen. Aber was ist mit Ihnen? Sind Sie . . .«

»Eine Verdächtige?« Ein halbes Lächeln zog an Sallys Lippe. »Wahrscheinlich. Die Polizei hat mich nicht gemein behandelt oder so etwas. Sie haben mir nur immer und immer wieder dieselben Fragen gestellt. Um Ihnen die

Wahrheit zu sagen, mache ich mir zu große Sorgen um Bobby, als daß ich im Moment Angst um mich habe.«

»Wer, glauben Sie, hat ihn getötet?«

»Mein Anwalt glaubt, es war einer von Donalds Geschäftspartnern. Anscheinend hat Donald einer Menge Leute viel Geld geschuldet.« Sally Lundquist sah auf die Uhr. »Da wir gerade von Anwälten sprechen, ich habe gleich einen Termin bei meinem. Ich bin rechtzeitig wieder da, um Bobby abzuholen. Mir ist übrigens nicht entgangen, wie wenig Kinder momentan da sind. Gestern dachte ich, es sei deshalb, weil ich so früh hier war. Geht gerade irgendein Virus um, von dem ich wissen sollte?«

Der Virus der Angst, dachte Alex. Ruhig erzählte sie der Frau von ihrer Vermutung. »Das kann ich natürlich nicht beweisen. Nur eine Mutter, die ich anrief, war ehrlich.«

»Das ist ja schrecklich! Und es ist alles meine Schuld, nicht wahr? Wenn ich mit Ihnen nicht über Bobby gesprochen hätte und Donald das nicht herausgefunden hätte . . .«

»Keiner hat schuld daran, außer die Presse. Und nicht mal der Presse kann ich die Berichterstattung wirklich übelnehmen. Machen Sie sich bitte keine Sorgen um mich, Mrs. Lundquist. Sie haben schon genug andere Sorgen.«

»Aber Ihre Schule –«

»Ich würde lügen, wenn ich behaupten würde, ich wäre nicht beunruhigt oder es machte mir nichts aus. Es macht mir sehr viel aus. Aber es bringt nichts, sich Sorgen zu machen. Ich werde mir den Rat meines Mannes zu Herzen nehmen und einen Tag nach dem anderen angehen.«

Es war ein vernünftiger, ein weiser Rat, und Alex bemühte sich, ihn zu befolgen. Am Freitag morgen blätterte sie wie jeden Morgen seit dem Mord an Lundquist die Lokalzeitung durch und suchte nach wiederkäuenden Berichten über sich. Sie war erleichtert, als sie nichts finden konnte. (Sie hätte sich gewünscht, einen entlastenden Bericht über sich in der Presse zu lesen, aber dieser Wunsch gehörte wohl dem Reich der Phantasie an.) Sie brachte Nicholas zur Schule und fuhr anschließend zur Arbeit – es waren immer noch neun Kinder.

In der Pause rief sie Warren an. Hatte er etwas von Margot Leibman gehört? Noch nicht, teilte er ihr mit; er würde ihr sofort Bescheid geben, sobald er etwas erführe. Warren gingen ihre Anrufe allmählich auf die Nerven, wurde sich Alex bewußt, aber sie wußte, das würde sie nicht davon abhalten, mittags wieder anzurufen, und später, wenn sie zu Hause war, noch mal.

Nach der Arbeit holte sie Nicholas ab und sah zu Hause als erstes die Post durch. Es war kein anonymer Brief dabei. Seit jenem Brief, der im Hohlraum der Puppe versteckt gewesen war, war keiner mehr gekommen. Alex fragte sich wie jeden Nachmittag, ob entweder der Verfasser aufgehört hatte zu schreiben, sei es auf Dauer oder vorübergehend, oder ob tatsächlich Donald Lundquist, der gerade im Leichenschauhaus lag und auf seine Autopsie wartete, sie geschrieben hatte. Warren glaubte letzteres.

Alex wollte es schrecklich gern ebenfalls glauben. Bis der Mord an Lundquist aufgeklärt war, war ihr Leben ein einziger Scherbenhaufen.

Denise rief am späten Sonntag abend an. Alex war ans Telefon gegangen.

»Wie geht es dir, Alex?«

»Mir geht es gut, danke.« Alex konnte die Verlegenheit in Denises Stimme hören. »Wolltest du mit Warren sprechen? Oder mit Lisa?«

»Nein, eigentlich habe ich angerufen, um mit dir über die Babyfeier zu sprechen.«

War die Frau verrückt? »Denise, du kennst doch meine

gegenwärtige Situation. Eine Babyfeier ist momentan das letzte, woran ich denke.«

»Ich glaube aber, es würde dir guttun. Du brauchst positive Gedanken, und mir fällt nichts Positiveres ein als das Baby, dir etwa?«

»Denise –«

»Denk bitte darüber nach, ja? Ich weiß, du machst gerade eine harte Zeit durch. Ich wollte dir nur sagen, daß ich hundertprozentig zu dir stehe. So wie alle deine Freunde, Alex. Das solltest du wissen.«

»Danke.«

»Übrigens hat mir Paula erzählt, daß du sie entlassen hast.«

Alex war augenblicklich auf der Hut. »Es hat nicht funktioniert.«

»Um ehrlich zu sein, glaube ich sogar, daß es das beste ist, für euch alle. Ich habe darüber nachgedacht, was du vor einer Weile zu mir gesagt hast. Vielleicht hängt Paula *wirklich* zu sehr an Warren und den Kindern.« Sie machte eine Pause. »Ich weiß nicht, ob ich dir das erzählen darf, aber ich glaube, Paulas Problem könnte damit zusammenhängen, daß sie ihren eigenen Sohn zur Adoption freigeben mußte, als er drei Jahre alt war.«

Alex war verblüfft. »Paula hat ein Kind? Das habe ich gar nicht gewußt! Ich wußte nur, daß sie einen Neffen hat. Sein Foto stand immer auf ihrer Kommode.«

»Es gibt keinen Neffen.«

»Aber Warren –«

»Warren weiß nichts davon. Aber ich. Paula hat es mir vor langer Zeit anvertraut. Sie war jung, und ihr Mann hatte Magenkrebs. Sie hatten kein Geld, keinerlei Rückhalt oder Auskommen. Ihr blieb keine andere Wahl. Sie mußte ihren kleinen Sohn in ein Kinderheim geben. Sie dachte, es wäre nur für kurze Zeit, bis sie wieder auf die Füße gekommen wäre. Aber die Krankheit ihres Mannes zog sich hin, und, nun ja, eine reiche Familie wollte ihren Sohn gern adoptieren. Sie dachte, es wäre das Beste für ihn.«

»Mein Gott!« flüsterte Alex. »Das ist entsetzlich traurig.«

»Ja, das finde ich auch. Und ich frage mich, ob der Kummer und die Bitterkeit, ihr Kind verloren zu haben, plus der Tatsache, daß du Warren geheiratet hast und sie sich dadurch mehr oder weniger überflüssig vorkam –« Denise hielt inne, dann sagte sie: »Vielleicht ist es einfach mit ihr durchgegangen.«

»Was willst du damit sagen? Daß Paula die anonymen Briefe geschrieben hat?«

»Ich weiß es nicht. Ich glaube es irgendwie nicht, aber ich weiß es nicht.«

Während Alex am Montag morgen zur Schule fuhr, entschied sie, falls sich die Anzahl der Kinder um eines verringert hätte, würde sie das als Zeichen nehmen, die Vorschule zu schließen. Um halb zehn starrte sie entgeistert die Jungen und Mädchen an, die in das Klassenzimmer marschierten. Als die Kinder an ihren Tischen Platz genommen hatten, zählte Alex sie zweimal durch und dann noch ein drittes Mal. Es waren siebzehn Vorschüler.

Evelyn starrte die Kinder ebenfalls entgeistert an. Dann verzog sich ihr Mund zu einem breiten Lächeln. »Ein Wunder ist geschehen! Was hast du gemacht – am Wochenende alle Eltern angerufen und ihnen in Aussicht gestellt, daß sie kein Schulgeld mehr zahlen müssen?«

Alex schüttelte den Kopf. »Ich habe niemanden angerufen.«

Das Rätsel löste sich am Nachmittag auf, als Maeve O'Connor kam, um ihre Tochter Peggy abzuholen. Maeve war jene Frau, die als einzige ehrlich zu Alex gewesen war, als diese sie am vergangenen Montag angerufen hatte.

Alex ging zum Wagen und half Peggy auf den Rücksitz. Dann ging sie um das Auto herum zur Fahrerseite.

»Es ist schön, daß Peggy wieder da ist, Mrs. O'Connor«, sagte Alex. »Darf ich Sie etwas fragen? Was hat Sie umgestimmt?«

Die Frau sah Alex offen an. Sie sprach mit gesenkter Stimme. »Sally Lundquist hat mich angerufen. Sie sagte, sie telefoniere alle Eltern durch. Sie erzählte, daß sie die Leiche ihres Mannes gefunden hat, bevor Sie kamen.«

Gesegnet sei Sally Lundquist! »Ich will ehrlich zu Ihnen sein, Mrs. O'Connor. Die Polizei kennt den genauen Zeitpunkt des Todes nicht. Es ist möglich, daß sie mich noch mal vernehmen, und es kann auch passieren, daß mein Foto noch mal in der Zeitung erscheint. Und der Artikel über meinen ertrunkenen Sohn ist wahr. Wenn Sie also Zweifel haben –«

»Sie haben mich schon immer als eine umsichtige, engagierte und verantwortungsbewußte Lehrerin beeindruckt. Ich hätte meinem Urteil von Anfang an trauen sollen. Es tut mir leid.«

»Sie müssen sich nicht entschuldigen. Sie haben getan, was Sie für Peggy für das beste hielten. Aber ich kann Ihnen gar nicht sagen, wieviel es mir bedeutet, daß Sie mir vertrauen.«

Als Sally Lundquist ins Klassenzimmer kam, um Bobby abzuholen, ging Alex zu ihr.

»Es waren heute siebzehn Kinder da, Mrs. Lundquist. Sie haben ein wahres Wunder vollbracht! Ich weiß gar nicht, wie ich Ihnen danken soll.«

Sally errötete. »Es war das mindeste, was ich für Sie tun konnte. Ich bin froh, daß ich Ihnen helfen konnte. Wie war Bobby heute?«

»Unverändert. Still und in sich gekehrt.«

Seine Mutter nickte. »Heute nachmittag hat er seine erste Therapiestunde.«

»Ich bin sicher, daß das etwas bewirken wird. Und nochmals vielen Dank für alles.«

»Bitte, gern geschehen. Sie haben es verdient, Mrs. Prescott.«

Warren war hocherfreut über Alex' Neuigkeit und bestand darauf, daß sie das feierten, indem sie alle zusammen Essen gingen. Lisa schien sich ebenfalls aufrichtig zu freuen. Sie umarmte Alex sogar.

Am Dienstag waren es schon zwanzig Kinder. Am späten Vormittag klingelte das Telefon. Evelyn ging ins Büro, um den Anruf entgegenzunehmen, dann kehrte sie ins Klassenzimmer zurück. Es sei Warren, meldete sie Alex.

Alex eilte ins Büro und drückte den Hörer ans Ohr. »Warren?«

»Margot Leibman hat gerade bei mir angerufen. Sie –«

»Sie haben die Autopsieergebnisse, ja? Um welche Uhrzeit wurde Lundquist umgebracht?« Alex hielt den Atem an.

»Gemäß der Autopsie irgendwann zwischen zwei Uhr an jenem Nachmittag bis um zehn Uhr an jenem Abend. Aber –«

»Das verstehe ich nicht. Können sie das denn nicht genauer bestimmen?«

»In Filmen können sie immer die exakte Todeszeit bestimmen, aber im wirklichen Leben ist es nahezu unmöglich. Zu viele Variablen. Vergiß die Autopsie, Alex. Margot hat gesagt –«

Ihr Gesicht sackte herunter. »Weshalb rufst du dann an?«

»Jetzt hör mir doch mal zu.« Warren war hörbar erregt. »Margot hat gesagt, daß der Detektiv, den wir engagiert haben –«

»Ihr habt einen Detektiv engagiert?«

»Natürlich! Ich hatte keine Lust, untätig herumzusitzen und zu warten, bis die Polizei endlich alles aufgeklärt und dich von der Mordanklage entlastet hat, Alex. Auf jeden Fall hat ihm Margot Kopien von Lundquists Telefonrechnungen gegeben – sie hat Detective Rowan so lange im Nacken gesessen, bis er sie von der Telefongesellschaft eingefordert hat. Und Lundquist hat an jenem Dienstag mehrere Ferngespräche und andere kostenpflichtige Telefonate geführt. Der Detektiv hat alle Nummern angerufen und herausgefunden, daß Lundquist die Anrufe alle persönlich getätigt hat. Einer war um halb acht Uhr an jenem Abend, und das, Alex, entlastet dich, denn da war ich bereits zu Hause und mit dir zusammen, bis Evelyn um halb neun kam!«

»O Gott!« Alex fing an zu weinen.

»Rowan hat Margot gesagt, sie konzentrierten sich momentan auf Lundquists Geschäftspartner. Es könnte sogar Drogenhandel mit im Spiel gewesen sein. Wer weiß? Aber wen kümmert's, da du jetzt draußen bist?«

Sie sprachen noch eine weitere Minute. Dann legte Alex auf, wischte sich die Tränen aus den Augen und ging zurück ins Klassenzimmer.

Evelyn eilte ihr entgegen. »Was hat Warren gewollt?« Sie musterte Alex' Gesicht. »Du hast geweint. Warum? Was ist passiert?«

»Es ist etwas Wundervolles passiert.« Alex wiederholte, was Warren in Erfahrung gebracht hatte.

»Du machst Scherze!« Evelyn hatte ebenfalls Tränen in den Augen. Sie umarmte Alex. »Gott sei Dank! Es ist endlich vorbei!«

War es vorbei? Wirklich vorbei? Alex stand nicht länger unter Verdacht, aber die Polizei wußte immer noch nicht, wer Lundquist umgebracht hatte. Geschäftspartner, hatte Warren gesagt. Und unter Umständen seien Drogen mit im Spiel.

Wie jeden Tag sah Alex an jenem Nachmittag die Post durch, aber es war kein anonymer Brief dabei. Auch am Mittwoch und am Donnerstag und am Freitag und am

Samstag kam kein anonymer Brief. Am Sonntag begann Alex langsam zu glauben, was Warren von Beginn an beharrlich geäußert hatte:

Donald Lundquist hatte die Briefe und die Anmeldung geschickt. Jetzt war er tot, und Alex und Warren und Lisa und Nicholas konnten endlich wieder ihr gewohntes Leben aufnehmen.

31

Es war vorbei.

Die Niederlage schmeckte bitter und gallig.

All ihre sorgfältig ersonnenen Pläne – all ihre Hoffnungen! – waren zu Staub zerfallen, und sie blieb mit der Verzweiflung über ihr Scheitern zurück und mit den Schuldgefühlen, die wegen Donald Lundquists Tod an ihr nagten, Schuldgefühle, die sie eigentlich nicht haben müßte. Sie hatte schließlich nichts Falsches getan. Er hatte selbst schuld, oder etwa nicht? Sie war nicht verantwortlich für das Tun anderer.

Donald Lundquist war völlig umsonst gestorben. Die Verwüstung, die Telefonate mit dem Friedhof, die anonymen Briefe, die Internatsanmeldung – all das war umsonst gewesen. Alex sonnte sich in ihrem Glück, war euphorisch – und weshalb sollte sie das nicht sein? Ihre Vergangenheit war jetzt, da sie einmal enthüllt war, keine Waffe mehr, die man gegen sie verwenden konnte, mit der man sie von hier vertreiben konnte. Ihre geliebte Vorschule war gerettet. Sie war keine Mordverdächtige mehr im Fall Lundquist. Und Warren hatte ihr verziehen – daß sie ihn über ihre Vergangenheit belogen hatte, daß sie ihren Sohn, ihr einziges Kind, hatte ertrinken lassen!

Es schmerzte sie und machte sie rasend, daß Warren so blind sein konnte, so dämlich großmütig, aber natürlich hatte er keine andere Wahl. Es war nicht, weil er Alex liebte, das wußte sie. Es war wegen des Babys. Wenn das Baby nicht wäre, hätte sich Warren von Alex scheiden lassen, als er alles über ihre Vergangenheit erfahren hatte. Aber er konnte sich nicht von ihr scheiden lassen, nicht, solange sie sein Kind unter ihrem Herzen trug.

Wenn das Baby nicht wäre, wäre alles gut. Sie ging zum Bett, nahm ein rundes Kissen, hob ihr T-Shirt hoch und steckte das Kissen in den Gummizug ihrer Trainingshose. Sie ließ das T-Shirt über das Kissen fallen und blickte im Spiegel auf ihren gerundeten Leib. Sie fuhr sich mit den Händen über den Bauch und fragte sich, wie es sich wohl anfühlte, wenn in einem ein neues Leben heranwuchs.

Alex wußte es. Alex wurde dicker und dicker und trug ihre Schwangerschaft stolz zur Schau. Jeden Tag wuchs das Baby weiter. Bald würde es geboren werden, und dann wäre es zu spät. Auf immer zu spät.

Geh weg, Alex! *flüsterte sie.* Verschwinde von hier! *Ihr Körper erbebte unter den Wogen der Wut und Frustration. Sie zerrte das Kissen wieder hervor, nahm einen Brieföffner von der Kommode und stach auf das Kissen ein, wieder und wieder, schlitzte den hellrosa Chintzstoff auf, bis das Kissen zerfetzt und der Raum mit wattigen Klumpen der Baumwollfüllung übersät war.*

Sie würde einen anderen Weg finden.

Sie tippte sich nachdenklich mit dem Brieföffner gegen die Hand.

Sie wußte, was sie zu tun hatte.

Sie hatte keine andere Wahl.

32

»Bist du sicher, daß es okay ist, wenn ich fahre?« fragte Warren Alex, als er seinen Anzug in einer Kleiderhülle über die Schranktür hängte.

»Es ist ja nur für eine Nacht. Und du solltest an diesem Tag wirklich bei deiner Mom sein. Ich finde es phantastisch, daß man sie ehrt.«

Es war Sonntag morgen. Warren wollte nach Chicago fliegen, um seine Mutter zu überraschen, die für ihren Kampf gegen das Analphabetentum ausgezeichnet wurde. Das Bankett zu ihren Ehren sollte am Abend in einem Hotel in der Innenstadt stattfinden. Warren würde am Montag vormittag zurückkehren.

Eine halbe Stunde später gingen Warren und Alex nach unten in die Garage. Warren wollte mit seinem Lexus zum Flughafen fahren und ihn dort über Nacht stehenlassen.

»Ich rufe dich an, sobald ich angekommen bin.« Warren umarmte Alex fest und küßte sie. »Du wirst mir fehlen.«

»Recht so.« Sie lächelte.

Er gab ihr einen zweiten Kuß, dann löste er sich widerstrebend von ihr und stieg in den Wagen. Sie wartete, bis er rückwärts aus der Garage gefahren war, bevor sie ins Haus zurückging.

Drei Wochen waren vergangen, und sie hatte sich schließlich beruhigt und wieder in ihr normales Leben zurückgefunden. Ihre Beziehung zu Warren hatte sich wieder eingerenkt – war sogar besser als vorher, da Alex nicht länger mit der Belastung leben mußte, ihre Vergangenheit geheimzuhalten.

Sie hatte auch Breschen in die Beziehung zu Lisa geschlagen. Sie waren zusammen in ein Möbelgeschäft gegangen und hatten ein Kinderbett, einen Wickeltisch und eine Kommode für Babykleidung ausgesucht. Alex hatte Lisa auch in die Entscheidung mit einbezogen, welche Tapete und welchen Linoleumboden sie für das Kinderzimmer nehmen sollte.

Am letzten Donnerstag hatte Alex die Amniozentese machen lassen. Die Ergebnisse würden erst in zwei Wochen feststehen, aber Alex hatte keine Angst. Das erste Mal seit Jahren hatte sie das Gefühl, daß Gott es gut mit ihr meinte, und sie war zuversichtlich, daß alles gutgehen würde und auch dem Baby nichts fehlte.

Die Träume hatte sie immer noch, natürlich; sie würden sie wahrscheinlich ihr ganzes Leben lang heimsuchen. Sie quälten sie auch immer noch, wenngleich nicht mehr in derselben Heftigkeit wie in den Wochen vor Lundquists Tod, aber Alex akzeptierte sie allmählich als Bestandteile ihres Lebens. Sie dachte darüber nach, einen Therapeuten aufzusuchen, um zu lernen, wie sie mit ihren Schuldgefühlen hinsichtlich Kevins Tod umzugehen hatte. Vielleicht würde das auch dazu beitragen, daß die Träume seltener würden.

Lisa verließ bald nach Warren das Haus; sie hatte sich mit Valerie verabredet und würde dort auch übernachten. Alex fuhr mit Nicholas zum Einkaufen nach Santa Monica. Sie erstand neue Tennisschuhe, Hosen und kurzärmelige Tops. Danach gingen sie zum Mittagessen in einen Pizzaimbiß und anschließend in einen neuen Walt-Disney-Zeichentrickfilm, den Nicholas gern sehen wollte.

Um halb sechs kamen sie zurück. Das Telefon klingelte, als sie ins Haus traten. Es war Warren, der aus dem Hotel anrief. Alex sprach erst mit ihm, dann mit Bea und Phil.

»Herzlichen Glückwunsch, Mom«, sagte Alex. »Ich wünschte, ich könnte heute abend bei dir sein. Nicholas und Lisa wären auch gern bei dir.«

»Ich hätte dich auch gern dabei, Alex. Aber wir sehen uns, wenn euer Baby auf der Welt ist.«

Alex gab den Hörer an Nicholas weiter. Der Junge sprach erst mit seinen Großeltern, dann mit seinem Vater. Alex fragte sich, was ihre eigenen Eltern wohl von ihrem Stiefsohn halten würden und von ihrem Baby, wenn es auf der Welt wäre. Sie hatten Kevin abgöttisch geliebt und ihn mit der ganzen Zuneigung und Anerkennung überschüttet, mit der sie Alex gegenüber, solange sie zurückdenken konnte, so gegeizt hatten. Warren wollte, daß Alex Verbindung zu ihnen aufnahm, aber sie war noch nicht bereit dazu. Sie war nicht sicher, ob sie es jemals sein würde.

Sie machte für Nicholas einen Hamburger zurecht und kochte sich selbst eine Forelle. Nach dem Essen ließ sie ihm Badewasser ein, dann paßte sie auf, daß nichts passierte, während er sein Bad nahm. Als er fertig war und seinen Schlafanzug anhatte, setzte er sich auf den Boden seines Zimmers und spielte mit Legosteinen.

Alex ging ins Schlafzimmer und legte ihre Armbanduhr auf die Kommode. Nachdem sie ihre Adidas und Socken ausgezogen hatte, ging sie nach unten ins Atelier. Vor zwei Wochen hatte sie den Teppich durch einen weißen Linoleumboden ersetzen lassen. Warren hatte ihr die Staffelei und Malutensilien wieder nach unten getragen. Der Schaukelstuhl war oben geblieben, im neuen Kinderzimmer.

Alex arbeitete gerade an einem Familienporträt – Warren, Lisa, Nicholas und sie selbst. Sie wollte Warren damit zu seinem Geburtstag in zwei Monaten überraschen. Sie hatte vorher Skizzen nach einem der Polaroids angefertigt, die Lisa vor Monaten bei Alex' Geburtstagsfeier geschossen hatte.

Alex holte die Leinwand aus dem Schrank (sie versteckte sie dort immer, wenn Warren zu Hause war) und klemmte sie an der Staffelei fest. Sie würde mit Lisas Augen anfangen. Sie suchte aus den kleinen Tuben mit Ölfarben jene aus, die sie brauchte, nahm ihre Palette und mischte mehrere

Farben zusammen, bis sie genau das Braun hatte, das sie haben wollte.

Als sie soweit war, um anzufangen, ging sie noch einmal nach oben. Nicholas baute gerade einen Hubschrauber zusammen, indem er den Anweisungen folgte, die dem Legokasten beigelegen hatten.

»Alles in Ordnung?« fragte sie.

Er blickte auf und lächelte. »Klar. Werde ich Daddy morgen noch vor der Schule sehen?«

»Ich glaube nicht. Ich bin in meinem Atelier, wenn du mich brauchst.« Als sie wieder unten war, ließ sie die Ateliertür offenstehen, damit sie Nicholas hören konnte.

Alex nahm den Pinsel in die Hand und begann zu malen. Nach einer Weile merkte sie, daß die Helligkeit rasch abnahm. Sie schaltete das Oberlicht ein und kehrte zur Leinwand zurück. Lisas Augen waren außergewöhnlich, von einem dunklen, samtigen Braun mit bernsteinfarbenen Anklängen um die Pupillen herum. Alex wollte die Schattierungen genau treffen.

Sie arbeitete bereits eine ganze Weile, als das Telefon klingelte. Vor Schreck machte sie mit der Hand eine ruckartige Bewegung, so daß eine gezackte braune Linie aus dem Oval des Auges hinausragte.

»Verdammt!« Sie legte den Pinsel hin und griff nach dem Telefon, das auf dem Schränkchen hinter ihr stand. Vielleicht war es Warren, der noch mal aus dem Hotel anrief. »Hallo?«

»Schau in den Swimmingpool, Alex«, flüsterte eine Stimme.

Ihr Herz setzte für einen kurzen Moment aus, dann raste es in ihrer Brust. »Wer ist da?« fragte sie, aber sie hörte nur noch das Amtszeichen.

Sie ließ den Hörer auf die Gabel fallen und rannte ins Familienzimmer. Die Schiebetür stand offen.

»Nicholas!« schrie sie.

Sie preßte sich die Hand auf den Mund, um den Schrei zu ersticken, und stürzte nach draußen. Sie rannte die drei Ziegelstufen hinunter und über den Rasen zu der Pforte, die den Pool vom Garten abtrennte.

Die Pforte war unverriegelt. Sie quietschte leise, als Alex sie aufstieß und hindurchrannte. Alex hörte, wie die Pforte hinter ihr mit einem Klirren wieder ins Schloß fiel.

Als sie jetzt hinter der Pforte war, versuchten ihre Augen angestrengt, das graue Dämmerlicht zu durchdringen. Sie konnte nichts sehen, und sie dachte: Bitte, Gott, laß es nur einen grausamen Scherz sein. Aber dann entdeckte sie den kleinen, bekleideten Körper, der auf der anderen Seite des Pools mit dem Gesicht nach unten am Grund des dunklen Wassers lag.

»Nicholas!« schrie sie gellend.

Sie rannte am Schwimmbecken entlang. Ihr Herz hämmerte gegen ihren Brustkorb, und ihre Rippen brannten wie Feuer. Ihre Beine fühlten sich an wie Blei. Sie wußte, sie war zu langsam, sie würde nie rechtzeitig ankommen. Ihre Beine waren so schwer, so unendlich schwer! Sie konnte sie kaum heben, und es schien eine Ewigkeit zu vergehen, bis sie endlich die Stelle erreichte.

Sie sprang ins Wasser.

Es war eiskalt. Sie schwamm zu ihm, zitternd, den Schmerz ignorierend, der durch ihren Körper schoß, während sie sich durch die endlosen Liter Wasser kämpfte.

Er war nur noch ein kleines Stück entfernt. Sie holte tief Luft und tauchte in das Wasser hinunter, und als sein Kopf in ihrer Reichweite war, streckte sie die Arme aus, um ihn am Kopf aus dem Wasser zu ziehen.

Seine Haare lösten sich.

Sie schrie, dann bemerkte sie, daß sie eine Perücke in der Hand hielt. Sie schaute sich an, was sie für Nicholas' Körper gehalten hatte. Es war eine aufblasbare Puppe – sie war nur teilweise aufgeblasen. Das erklärte, weshalb sie nicht auf der Wasseroberfläche geschwommen war. Die Puppe hatte eine Hose und ein Strickhemd an, Kleidungsstücke von Nicholas, wie Alex erkannte.

Sie schwamm zum Rand des Beckens und zog sich aus dem Wasser. Die Luft war kühl. Sie zitterte vor Kälte und Angst. Ihre Zähne klapperten. Sie machte kehrt, rannte zum Haus zurück, die Ziegelstufen hoch und ins Familienzimmer. Sie schob die Schiebetür zu und verriegelte sie. Währenddessen fragte sie sich, ob die Person, die die Puppe in den Swimmingpool gelegt hatte, draußen war oder im Haus, zusammen mit ihr und Nicholas.

Nicholas!

Mit klopfendem Herzen schoß sie die Stufen zu seinem Zimmer hinauf und stieß dort den Atem aus, den sie bis dahin angehalten hatte, ohne es zu merken. Er war in seinem Zimmer. Er hatte Licht angemacht. Als sie eintrat, sah er auf und lächelte.

»Du bist ja ganz naß, Mommy!« Er lachte und zeigte auf ihr tropfendes Haar und ihre klatschnasse Kleidung. »Was ist denn passiert?«

»Ich bin in den Swimmingpool gefallen.« Sie wollte ihn nicht ängstigen, aber sie mußte ihm die Frage stellen: »Nicholas, hast du die Schiebetür im Familienzimmer aufgemacht?«

»Natürlich nicht, Mommy.« Ein vorwurfsvoller Ton schwang in seiner Stimme mit. »Du hast mir doch gesagt, daß ich das nicht darf. Und ich komme auch gar nicht an das obere Schloß ran. Ist was nicht in Ordnung, Mommy?«

»Nichts, worüber du dir Gedanken machen müßtest, Nick.« Sie schloß die Tür zu seinem Zimmer und ging dann von Raum zu Raum. Sie zitterte vor Angst, während sie nacheinander jede Tür öffnete und das Licht einschaltete.

Die Schränke waren am schlimmsten. Alex hatte die Vorstellung, jemand würde sich gleich aus den schwarzen Hohlräumen auf sie stürzen, aber nichts geschah.

Anschließend stand sie im Flur und ließ noch einmal den ganzen Tagesablauf an sich vorbeiziehen. Sie versuchte sich zu erinnern, wann sie das letzte Mal im Familienzimmer gewesen war. Nicht seit sie beide vom Einkaufen und Kinobesuch zurückgekommen waren, wurde ihr bewußt. Am Morgen, nachdem Lisa aus dem Haus gegangen war, hatte Nicholas im Familienzimmer ferngesehen. Alex wäre die offene Schiebetür aufgefallen, als sie den Fernseher ausgestellt hatte. Da war sie sich ganz sicher.

Jemand mußte also die Schiebetür aufgemacht haben, als Nicholas und sie nicht im Haus waren. Denn während sie im Atelier gemalt hatte, hatte sie die Tür offengelassen und hätte es gehört, wenn jemand die Schiebetür geöffnet hätte.

Außer als sie oben gewesen war und Nicholas gebadet hatte. Das hatte mindestens eine halbe Stunde gedauert, Zeit genug für eine Person, das Haus zu betreten, ins Familienzimmer zu gehen, die Schiebetür zu öffnen und wieder zu verschwinden.

Alex eilte die Treppe hinunter und überprüfte die Seitentür. Sie war verschlossen und verriegelt. Dasselbe galt für die vordere Haustür. Die Tür, die in die Garage führte, war zwar geschlossen, aber nicht verriegelt. Alex schob den Riegel vor. Sie durchsuchte die unteren Räume, schaltete überall Licht an und redete sich ein, daß niemand im Haus war, daß der Anrufer vor einer Weile verschwunden war.

Schau in den Swimmingpool, Alex. Die Stimme war gedämpft gewesen, aber sie hatte wie eine Frauenstimme geklungen.

Wer war es?

In den zurückliegenden drei Wochen hatte Alex sich endlich davon überzeugt, daß ihre Sorgen hinter ihr lagen.

Jetzt ergriffen ihre quälenden Verdächtigungen wieder Besitz von ihr. Es mußte jemand sein, der Zugang zum Haus hatte, jemand, der wußte, daß Warren nicht dasein würde. Lisa wußte es natürlich. Hatte sie es Denise erzählt? Hatte Denise es in einer beiläufigen Bemerkung Paula gegenüber erwähnt? Denise hatte einen Schlüssel zum Haus, ebenso wie Paula. Allerdings hatte sie ihn zurückgegeben, als sie ausgezogen war. Aber was war, wenn sie sich vorher einen Zweitschlüssel hatte anfertigen lassen?

Natürlich war es auch möglich, daß jemand den Ersatzschlüssel genommen hatte, den Alex und Warren unter einem imitierten Felsstein versteckt hielten, der zwischen anderen dekorativen Felssteinen den Vorgarten säumte.

Ron! dachte sie plötzlich. War sein entschuldigender Anruf nur geheuchelt gewesen, ein Trick, damit sie in ihrer Achtsamkeit nachließ? Spielte er ihr jetzt einen letzten Streich, jetzt, da sie sich nicht mehr ängstigte?

Alex entriegelte die Haustür, öffnete sie, ging hinaus und blickte sich um. Sie wollte sichergehen, daß niemand sie beobachtete. Dann kniete sie sich hin und hob den Stein hoch, den dritten von rechts. Der Schlüssel lag noch da. Aber das hieß nicht, daß nicht jemand ihn benutzt und anschließend wieder zurückgelegt hatte.

Sie ging wieder ins Haus zurück, sperrte die Tür zu und schob den Riegel vor. Sie hätte am liebsten Warren angerufen, aber er war bereits auf dem Bankett in dem Chicagoer Hotel, dessen Name ihr entfallen war. In der Küche nahm sie den Telefonhörer ab und wählte die Nummer, die Lisa auf einem Zettel am Kühlschrank hinterlassen hatte. »Ich will mich nur vergewissern, daß mit ihr alles in Ordnung ist«, sagte Alex laut. »Ich spioniere ihr nicht nach.«

Valerie Haines meldete sich. »Oh, hallo, Mrs. Prescott. Wie geht es Ihnen?«

»Gut. Könnte ich bitte mit Lisa sprechen?«

»Sie kann im Moment leider nicht ans Telefon kommen.«

»Sag ihr bitte, daß ich sofort mit ihr sprechen muß. Es ist dringend.«

»Es könnte aber eine Weile dauern, Mrs. Prescott.«

Valerie versuchte sie hinzuhalten; Alex war sich da sicher. »Wo ist sie, Valerie?« Ihre Handflächen waren feucht vor Schweiß. »Ich will die Wahrheit wissen.«

Es folgte eine Pause. »Sie wollte sich mit einem Jungen zum Pizzaessen treffen. Sie sagte, es würde nicht spät werden, und hat mich gebeten, sie zu decken, wenn Sie anrufen würden. Aber ich habe ihr gleich gesagt, daß ich da nicht mit hineingezogen werden will.«

»Welcher Junge?«

»Das weiß ich nicht. Sie wollte es mir nicht sagen.«

Es gab keinen Jungen. Alex ging wieder nach oben, betrat Lisas Zimmer und steuerte zielstrebig auf den Schreibtisch ihrer Stieftochter zu. Die mittlere Schublade war zugesperrt. Auf der Kommode stand ein pinkfarbenes Schmuckkästchen aus Emaille. Als junges Mädchen hatte Alex die Schlüssel zu ihrem Tagebuch und ihrer Schreibtischschublade immer in ihrem Schmuckkästchen aufbewahrt. Vielleicht tat Lisa ja das gleiche.

Alex machte das Kästchen auf. Drinnen lag hauptsächlich Modeschmuck – Ohrringe und Uhren und Armreifen. Es gab einen Schlüsselanhänger in Form einer Hand mit manikürten Nägeln. Alex suchte nach einem Schlüssel, der in die Schublade passen könnte. Sie fand keinen, aber als sie das Kästchen durchwühlte, entdeckte sie ein herzförmiges Medaillon aus gehämmertem Gold.

Im ersten Moment dachte sie, es wäre ihres, aber das konnte nicht sein; sie trug ihres. Sie langte unter ihren Pulli, um sich zu vergewissern, und berührte das Metall, das von ihrem Körper angewärmt war. Sie nahm das andere Medaillon und öffnete es. Warrens Bild lächelte ihr auf der einen

Seite entgegen. Lisas Gesicht sah ernster aus; ihre Augen, dunkelbraune Teiche, schienen Alex anzustarren.

Alex ließ das Medaillon wieder zuschnappen und legte es zurück ins Schmuckkästchen. Was besagte es schon, wenn Lisa ein Medaillon besaß, das fast identisch mit dem war, das ihr Vater Alex geschenkt hatte? Ein Medaillon bewies nichts. Dennoch spürte Alex ihr Herz schneller schlagen, und ihre Hand zitterte, als sie den Brieföffner von Lisas Tisch nahm und ihn, nach einem Moment des Zögerns, in das Schlüsselloch der zugesperrten Schublade steckte.

Eine Minute später war die Schublade offen.

Wie alles andere in dem Zimmer war auch die Schublade ordentlich aufgeräumt. Obenauf lag ein schmaler weißer Umschlag, der an Alex adressiert war. Mit zitternden Händen öffnete sie ihn und zog ein unliniertes Blatt Papier heraus, das handschriftlich mit großen, roten Anfangsbuchstaben beschrieben war.

JETZT MÜSST IHR BEIDE STERBEN:

»Mein Gott!« flüsterte Alex. Ihr war plötzlich übel und schwindlig. Sie mußte sich an der Tischkante festhalten, um nicht das Gleichgewicht zu verlieren, und atmete tief ein und aus.

Der Umschlag hatte auf einem pinkfarbenen Tagebuch gelegen. Alex nahm das Tagebuch in die Hand, ließ das Schloß aufspringen und blätterte die Seiten durch, bis sie die Seite mit dem aktuellen Datum gefunden hatte. Sie war leer. Ebenso die Seiten der vorhergehenden drei Wochen. Endlich fand sie zwei Seiten, die mehrere Tage zuvor datiert und mit Lisas kleiner, krakeliger Handschrift beschrieben waren. Alex begann zu lesen:

... und bald wird Alex sterben. Möglicherweise stirbt sie, bevor das Baby zur Welt kommt. Und vielleicht ist das auch besser für das Baby. Es ist so traurig, ohne Mutter auf die Welt zu kommen. Daddy wird traurig sein und Nicholas auch. Auch ich könnte traurig sein, wenn ich es zulassen würde, aber ich werde es nicht zulassen. Ich kann nicht. Es wird an dem, was geschehen wird, nichts ändern.

Aber ich werde dasein, um Daddy und Nicholas zu helfen, und wir werden eine richtige Familie sein. Es wird alles gut werden, genau so, wie es war, bevor Alex kam. Und falls das Baby überlebt, werde ich mich darum kümmern, genau so, wie ich mich damals um Nicholas gekümmert habe. Manchmal bin ich so traurig ...

Alex klappte das Tagebuch zu. Sie konnte nicht weiterlesen – es bestand auch keine Notwendigkeit dazu. Sie ging mit dem Tagebuch, dem Brief und dem Medaillon ins Schlafzimmer und versteckte alles im hinteren Teil ihres Schrankes. Sie würde die Gegenstände als Beweisstücke brauchen, wenn sie es Warren erzählte.

Bei dem Gedanken wurde sie blaß. Wie sollte sie ihrem Mann, der in dieser Minute unter den Freunden und Kollegen seiner Mutter saß, die sich zu ihren Ehren versammelt hatten, beibringen, daß seine geliebte vierzehnjährige Tochter geistig verwirrt war? Daß sich ihre Zuneigung zu ihrem Vater zu einer Besessenheit entwickelt hatte, daß diese Besessenheit sie dazu getrieben hatte, Alex zu quälen und daran zu denken, sie und ihr ungeborenes Baby zu töten?

Daß sie vielleicht schon einen Menschen getötet hatte.

Bald, sehr bald, würde Alex Warren das erzählen müssen, aber sie war froh, daß er im Moment nicht erreichbar war.

Sie konnte nicht mit Nicholas allein hierbleiben. Die aufblasbare Puppe war ein ungehobelter Scherz gewesen;

die handschriftliche Botschaft war dagegen eindeutig. Wo war Lisa im Moment? Was heckte ihre Stieftochter als nächstes aus?

Alex rief Evelyn an. Das Telefon klingelte und klingelte und klingelte; endlich, als sie gerade aufgeben wollte, nahm Evelyn ab.

»Gott sei Dank bist du zu Hause!« rief Alex aus. »Ich weiß nicht, ob ich lieber zu dir kommen soll oder du hierher. Ich bin –«

»Was ist denn los?«

Nicholas' Zimmer befand sich am anderen Ende des Ganges, es lagen mehrere Räume dazwischen, aber trotzdem flüsterte Alex. »Es ist Lisa. Ich bin davon überzeugt, daß sie –«

Plötzlich war die Leitung tot.

Wie gelähmt horchte Alex in die Stille hinein, dann drückte sie die Taste für die andere Leitung. Es erklang kein Amtszeichen. Nichts.

Eine Sekunde später ging das Licht aus.

»Mommy?« Aus Nicholas' Stimme klang mehr Unsicherheit als Furcht heraus.

»Ich bin hier, Nicholas! Bleib, wo du bist. Ich komme zu dir. Du brauchst keine Angst zu haben.«

Die Sicherungen befanden sich in einem Kasten in der Garage. Demnach mußte Lisa in der Garage sein. Sie hatte einen Schlüssel für die Tür, die von der Garage ins Haus führte, aber Alex hatte die Tür – Gott sei Dank! – von innen verriegelt. Was war aber, wenn Lisa die Tür aufgebrochen hatte? Es gab unzählige Werkzeuge in der Garage – Schaufeln, eine Säge, Hacken.

Von draußen fiel noch genug natürliches Licht herein, daß Alex etwas erkennen konnte. Sie lief zu Warrens Nachtschränkchen, öffnete die Doppeltüren und langte nach hinten, um die 9-mm-Pistole herauszuholen, die Warren dort aufbewahrte. Das Magazin versteckte er in einer Kiste mit Unterlagen auf dem obersten Regal in seinem Schrank.

Die Pistole war nicht da.

Lisa hatte sie.

Sie mußten fort von hier.

Sofort.

»Mommy, es ist so dunkel!«

»Ich bin in einer Sekunde bei dir, Nicholas!«

Sie schlüpfte in ihre Adidas; ungeschickt zerrte sie an den Schnürsenkeln herum. Sie war schon fast aus dem Zimmer, als ihr das Medaillon, das Tagebuch und der Brief einfielen. Sie konnte nicht riskieren, sie hierzulassen. Lisa würde sie finden und vernichten. Dann gäbe es keine Beweise mehr, und Warren würde Alex niemals glauben.

Sie packte die Gegenstände, stopfte sie schnell in einen Beutel und rannte damit den Flur entlang.

»Mommy ist jetzt da«, sagte sie, als sie in Nicholas' Zimmer kam. »Zieh deine Schuhe an, Süßer. Wir fahren weg.«

»Aber ich habe schon meinen Schlafanzug an.«

»Das macht nichts, Nick. Tu einfach, was Mommy sagt.«

»Wird das Licht irgendwann wieder angehen?«

»Ich weiß es nicht, Nick.« Sie bemühte sich verzweifelt, die Panik aus ihrer Stimme herauszuhalten. »Komm. Beeil dich bitte.« Sie stellte sich an die Tür und lauschte auf Geräusche, irgendwelche Geräusche, aus dem Erdgeschoß.

Es kam ihr wie eine Ewigkeit vor, bis Nicholas seine Schuhe angezogen hatte. Endlich war er fertig. Sie zog ihn dicht an sich heran und flüsterte in sein Ohr.

»Nick, ich möchte, daß du ganz, ganz leise bist, wenn wir jetzt runtergehen, okay?«

»Aber warum, Mommy?«

»Tu einfach, worum ich dich bitte. Ich werde es dir später erklären, okay?«

»'Kay.«

»Keinen Mucks, okay?«

Er nickte.

Sie trat als erste in den Flur hinaus. Stille umhüllte sie. Sie nahm Nicholas' kleine Hand, und zusammen gingen sie die Stufen hinunter. Am Fußende der Treppe blickte sie Nicholas an und legte einen Finger auf die Lippen. Lauschend stand sie einen Moment da. Dann berührte sie Nicholas am Ellenbogen, und sie gingen in die Küche, wo Alex die Autoschlüssel vom Haken nahm. Dann schlichen sie zur Seitentür.

Während Alex den Riegel zurückschob, fragte sie sich, ob Lisa schon auf der anderen Seite der Tür stand und darauf wartete, mit der Pistole in der Hand ins Haus eindringen zu können.

Alex drehte den Türknopf herum und riß dann die Tür mit einer ruckartigen Bewegung auf. Niemand war zu sehen. Sie zog Nicholas aus dem Haus und schloß die Tür hinter ihnen, dann eilte sie mit ihm zu ihrem Jeep. Die Garagentüren standen offen, wie Alex sah.

Sie überprüfte die Türen des Jeeps. Sie waren zugeschlossen. Sie spähte ins Innere, aber niemand war drin. Sie schloß den Jeep auf, schnallte Nicholas auf dem Rücksitz fest, dann setzte sie sich hinter das Steuer und gurtete sich selbst an. Ihre Hände zitterten so sehr, daß es ihr kaum gelang, den Schlüssel in die Zündung zu stecken.

»Alles in Ordnung?« fragte sie Nicholas. Er hatte kein Wort gesagt, seit sie ihn in seinem Zimmer ermahnt hatte.

»Ja.« Seine Stimme war dünn vor Angst.

Sie überlegte, ob sie zu Denise fahren sollte – sie wohnte weit näher als Evelyn –, aber was, wenn Lisa dort auftauchte? Was, wenn sie bereits dort war? Alex fuhr mehrere Blocks, dann stellte sie sich an den Randstein und rief Evelyn von ihrem Autotelefon aus an.

»Was ist mit deinem Telefon los?« fragte Evelyn, als sie abgehoben hatte. »Ich habe versucht, dich zurückzurufen, aber es kam keine Verbindung zustande. Dann habe ich das Amt angerufen. Die Frau sagte mir, die Leitung sei kaputt.«

Alex hielt den Hörer dicht an den Mund. »Ich rufe dich von meinem Jeep aus an«, flüsterte sie. »Lisa hat die Leitungen im Haus durchtrennt. Sie hat Warrens Pistole. Sie will mich töten, Ev, mich und das Baby. Vielleicht auch Nicholas. Ich weiß es nicht.«

Evelyn gab keine Antwort.

»Hörst du mich, Evelyn? Ich kann leider nicht lauter sprechen. Ich will nicht, daß Nicholas etwas mitbekommt. Wir sind in meinem Auto.«

»Ja, ich kann dich hören.« Evelyn flüsterte ebenfalls. »Ich kann es nur einfach nicht fassen. Wieso bist du dir so sicher?«

»Ich habe Beweise, Ev.«

»Mommy? Ich will nach Hause.«

Alex drehte ihren Kopf nach hinten zu Nicholas. »Nur noch eine Minute, Süßer. Mommy hört gleich auf zu telefonieren.« Sie wandte sich wieder nach vorn und brachte den Hörer dicht an den Mund. »Ev?«

»Wo seid ihr gerade?«

»Ein paar Blocks von uns entfernt.«

»Hast du schon die Polizei angerufen?«

»Noch nicht.«

»Alex, du mußt anrufen! Damit kannst du nicht allein fertig werden.«

»Nein!« Warren würde ihr das nie verzeihen. »Lisa muß zu einem Arzt, Ev. Sie braucht Hilfe. Ich weiß nicht, was ich tun soll. Ich kann nicht zu Hause bleiben. Ich kann auch nicht zu Denise. Können wir zu dir kommen?«

»Klar«, sagte Evelyn schnell. »Natürlich.«

»Es wäre nur für diese eine Nacht, bis Warren nach Hause kommt.«

»Ihr könnt bleiben, solange ihr wollt.«

»Ev, ich muß dich aber warnen: Lisa weiß, daß du und ich eng befreundet sind. Es könnte also sein, daß sie ahnt, daß ich bei dir bin. Sie weiß, wo du wohnst. Sie hat eine Pistole. Was ist, wenn –«

»Damit kommen wir schon klar, Alex. Wenn nötig, werden wir Hilfe anfordern.«

Alex legte auf und drehte sich wieder zu Nicholas um. »Wir fahren zu Evelyn, okay, Champ?«

»Zum Schlafen?«

»Ja.«

»Aber Daddy weiß nicht, wo wir sind. Können wir nicht nach Hause fahren? Bitte!«

»Nein, wir können nicht nach Hause, Nick. Das Licht geht nicht, und das Telefon ist auch kaputt. Es ist ja nur für heute nacht, Süßer. Bis Daddy heimkommt. Wir werden Daddy von Evelyn aus anrufen.«

»Was ist mit Lisa? Lisa weiß auch nicht, wo wir sind, Mommy. Sie fürchtet sich bestimmt. Können wir sie auch anrufen?«

»Ja, wir rufen sie auch an«, log Alex.

Nicholas verstummte. Es war jetzt dunkel, und die Straßenlampen leuchteten ihr entgegen. Alex fuhr langsam. Sie zwang sich, sich auf die Straße zu konzentrieren, während sie über Lisas Raffiniertheit nachdachte, über die genaue und sorgfältige Planung ihrer Grausamkeit.

Genau wie an jenem Sonntag nachmittag vor drei Jahren war Alex in ihrem Atelier gewesen. Es war ein anderes Atelier in einem anderen Haus in einer anderen Stadt gewesen, aber Lisa hatte offensichtlich die Zeitungsberichte über Kevins Tod gelesen und versucht, alles noch einmal aufleben zu lassen. Denn die Abfolge der Ereignisse war gespenstisch gleich gewesen. Als wäre Alex' Alptraum wahr geworden.

Das Klingeln des Telefons.

Ich bin im 7-Eleven, Alex.

Schau in den Swimmingpool, Alex.

Die Schiebetür im Familienzimmer steht offen.

Sie rennt barfuß die Stufen hinunter.

Sogar die Geräusche waren die gleichen. Das Heulen des Windes in ihren Ohren, während sie rennt. Das Quietschen der Pforte, als sie sie öffnet; das widerhallende Klirren, als diese gegen den Zaun schlägt. Ihr Entsetzensschrei, als sie den Körper im Pool sieht.

Diesmal ist es allerdings eine aufblasbare Gummipuppe, kein echter Körper. Und diesmal sind da mehr Geräusche. Das Stampfen ihrer Füße auf dem Weg, als sie wieder ins Haus zurückrennt. Das Rumpeln der Schiebetür, die die Schiene entlanggleitet. Das Klicken, als sie das Sicherheitsschloß zuschnappen läßt. Der dumpfe Knall, als sie den oberen Riegel schließt.

Das Rumpeln . . .

Alex' Hände umklammerten das Lenkrad.

Das Klicken . . .

Sie strengte sich an, die Geräusche wahrzunehmen . . .

Der Knall . . .

. . . diese Geräusche gehörten nicht der Gegenwart an, sondern der Vergangenheit von vor drei Jahren.

Mit einer plötzlichen Bewegung sah sie in den Rückspiegel und in die Seitenspiegel, dann fuhr sie schnell an den Bordstein heran.

»Mommy? Sind wir da?«

»Nicholas, sei bitte eine Minute still, ja?«

Sie mußte die Geräusche hören. Sie wußte, daß sie da waren, aber sie konnte sie nicht hören. Warum konnte sie sie nicht hören? Nacht für Nacht in ihren Träumen hatte sie all die übrigen Geräusche gehört, warum also nicht diese?

Sie hatte diese Geräusche auch heute nicht gehört, aber das lag daran, weil Lisa die Familienzimmertür entweder geöffnet hatte, als Alex und Nicholas nicht zu Hause gewesen waren oder als sie im Bad waren und das Wasser in die Badewanne einlief. Aber vor drei Jahren hätte Alex hören müssen, wie Kevin die Schiebetür öffnete. Die Haustelefonanlage war angeschaltet gewesen; sie hatte sie eigenhändig eingeschaltet, nachdem Larry sie abgestellt hatte. Und die Anlage hatte eine Raumüberwachungsfunktion; sie nahm jeden Laut auf und verstärkte ihn.

Warum hatte sie das Rumpeln dann nicht gehört?

»Mommy?« wimmerte Nicholas. »Ich bin müde.«

»Nur noch eine Minute, Engelchen.«

Sie lauschte wieder. Noch immer konnte sie das Rumpeln der Schiebetür nicht hören, als Kevin sie geöffnet hatte. Sie hatte es natürlich davor gehört, als Larry die Tür geschlossen hatte, bevor er aus dem Haus gegangen war. Sie nickte. Da war das Rumpeln; sie konnte es hören.

Sie zog die Stirn in Falten. Wo war das Klicken des Sicherheitsschlosses? Und das dumpfe Knallen des Riegels? Larry und sie hatten das Sicherheitsschloß und den Riegel immer geschlossen. Immer.

Vielleicht hatte Larry es an jenem Tag vergessen. Vielleicht war das der Grund, warum er so hysterisch gewesen war, weil er nicht zugeben konnte, daß er auch schuld hatte an Kevins Tod. Wenn Larry nur das Schnappschloß und den Riegel geschlossen hätte –

Aber Kevins roter Stufenhocker hatte vor der Tür gestanden. Das bedeutete, daß er ihn benutzt hatte, um den oberen Riegel zu öffnen. Wo war also das Rumpeln, als er die Tür aufgeschoben hatte?

Alex saß im Jeep am Bordstein. Und lauschte noch einmal.

Und noch einmal. Sie lauschte, aber sie konnte die Geräusche nicht hören, weil es sie nicht gab.

Lügner! Flüsterte sie. Lügner! Lügner! Lügner! Du hast die Tür überhaupt nicht zugemacht. Du hast sie aufgemacht. Du warst es, nicht Kevin! Und du hast auch den roten Hocker davorgestellt.

Aber warum?

Ich habe das Haus vor über zwanzig Minuten verlassen, Alex. Willst du damit etwa sagen, daß du immer noch in deinem verdammten Atelier hockst? Daß du Kevin die ganze Zeit allein gelassen hast?

Es können noch keine zwanzig Minuten vergangen sein, Larry.

Ist dir dein gottverdammtes Malen mehr wert als dein Sohn?

Sie schüttelte den Kopf. Aus welchem Grund hätte er die Tür offenstehen lassen sollen, wohl wissend, daß Kevin dann zum Pool gehen und ertrinken konnte?

Hast du die Schiebetür geschlossen, Larry?

Ich tue es jetzt, Alex.

Außer ...

Ich habe das Haus vor über zwanzig Minuten verlassen, Alex ...

Es können noch keine zwanzig Minuten vergangen sein.

Außer ...

Sie trug niemals eine Uhr, wenn sie malte. Das wußte Larry.

Außer, o Gott, o mein süßes, armes Baby, außer Larry wußte zu dem Zeitpunkt bereits, daß Kevin tot war, und er wollte, daß ich denke, es sei meine Schuld.

33

»Ist alles okay, Alex?« Evelyn sah blasser aus als gewöhnlich. In ihren Augen spiegelte sich Besorgnis. »Es hat so lange gedauert, bis ihr hier wart, daß ich nicht mehr wußte, was ich denken soll.«

»Ich mußte über etwas nachdenken, deshalb habe ich mich für eine Weile an den Bordstein gestellt. Es tut mir leid.« Sie berührte Evelyns Arm. »Ich wollte dich nicht beunruhigen.«

»Solange euch nur nichts passiert ist.« Evelyn wandte sich an Nicholas und bückte sich, so daß sie auf gleicher Augenhöhe mit ihm war. »Das ist ganz schön abenteuerlich, was? Nachts im Schlafanzug unterwegs zu sein?«

»Unser Licht geht nicht, und mein Daddy ist in Chicago, und das Telefon ist auch kaputt.« Er umklammerte Alex' Hand.

»Ich weiß. Aber jetzt seid ihr ja hier, und es ist alles gut.« Evelyn tätschelte ihm den Kopf, dann richtete sie sich wieder auf. »Alex, ich habe im hinteren Zimmer ein Bett für ihn bezogen. Ich habe ein paar Spielsachen . . .«

»Er ist todmüde, Ev. Ich denke, er wird sofort ins Bett gehen.« Sie wandte sich an ihn. »In Ordnung, Nick?«

Er drückte ängstlich ihre Hand. »Wirst du Daddy und Lisa anrufen? Du hast es mir versprochen.«

Die zwei Frauen wechselten einen Blick.

»Ich werde Daddy jetzt gleich anrufen, Nick.« Auf dem Tisch neben dem braun-schwarz gemusterten Sofa stand ein Telefon. Alex nahm den Hörer ab und wählte die Nummer ihrer Schwiegereltern. Nach dem fünfzehnten Läuten legte sie auf.

»Daddy und Großmutter und Großvater sind noch auf der Feier, Nick. Ich werde es später noch mal probieren.«

»Und Lisa? Was ist, wenn sie nach Hause kommt und sich fürchtet, weil alles so dunkel ist?« Seine Stimme zitterte.

»Ich werde sie gleich anrufen. Aber zuerst bringe ich dich ins Bett.«

Sie folgten Evelyn einen schmalen Gang entlang zu einem kleinen Zimmer, in dem zwei Betten und eine niedrige Holzkommode standen. Eine Glastür führte auf eine kleine Terrasse hinaus, von der aus man den Strand überblicken konnte.

»Ich lasse euch zwei allein«, sagte Evelyn und machte die Tür hinter sich zu.

Alex schlug die Decke eines der beiden Betten zurück. Nicholas kletterte hinein und legte sich hin. Er war stocksteif, seine Arme lagen wie gerade Stöcke ausgestreckt auf der Decke.

»Schläfst du nachher bei mir im Zimmer, Mommy?«

»Na klar, Süßer.« Sie zwang sich zu lächeln.

»Kannst du bei mir bleiben, bis ich eingeschlafen bin?«

»Ich muß mit Evelyn reden. Aber ich komme gleich noch mal und schaue nach dir. Okay?« Sie strich ihm übers Haar.

»Okay.« Er nickte schnell. »Ich liebe dich, Mommy.«

»Ich liebe dich auch, Nicholas.« Sie beugte sich zu ihm hinunter und gab ihm einen Kuß. Er schlang seine Arme um sie und zog sie an sich. Sie konnte seinen schnellen Herzschlag spüren. Nach einem langen Moment löste sie sanft seine Hände um ihren Nacken und rückte seine Bettdecke zurecht. Sie gab ihm noch einen letzten Kuß, dann kehrte sie ins Wohnzimmer zurück.

Evelyn saß auf dem Sofa. »Komm, setz dich.« Sie klopfte auf das Polster neben sich. »Du mußt vollkommen erschöpft sein.«

»Ich hoffe, er schläft ein. Er ist sehr angespannt.« Alex warf einen Blick zurück zu dem Raum, in dem Nicholas lag.

»Vielleicht sollte ich besser bei ihm bleiben«, sagte sie, als sie sich wieder zu Evelyn umdrehte.

»Er wird schon einschlafen, Alex.« Evelyns Tonfall war sanft und beruhigend. »Kinder sind kleine Stehaufmännchen. Das weißt du doch.« Sie deutete auf ein Tablett, das auf dem Couchtisch aus Kirschholz stand. »Nimm dir einen Brandy.«

Alex schüttelte den Kopf. »Ich bin zwar furchtbar unruhig, aber Alkohol ist nicht gut für das Baby.«

»Ein Schluck wird dir nicht schaden. Gott weiß, nach allem, was du durchgemacht hast, kannst du einen gebrauchen. Ich brauche jedenfalls einen. Ich kann noch immer nicht glauben, daß es Lisa ist.« Evelyn hob eines der Gläser und reichte es Alex. Dann nahm sie ihr eigenes und trank einen Schluck.

»Wahrscheinlich hast du recht.« Alex setzte sich neben Evelyn und trank ebenfalls einen Schluck. Der Alkohol lief ihr warm die Kehle hinunter. Sie fröstelte. »Mir ist kalt.«

»Kein Wunder! Deine Kleidung ist ganz naß!« Evelyn faßte Alex' Haar an. »Und dein Haar auch. Soll ich dir was von mir zum Anziehen geben? Ich hätte es dir gleich anbieten sollen!«

»Gleich. Ich möchte noch kurz sitzen bleiben.« Wo war Lisa jetzt wohl? fragte sie sich. Konnte sie es schaffen, den ganzen Weg hierher mit dem Fahrrad zu fahren?

»Ich werde dir eine Decke holen.« Evelyn ging aus dem Zimmer. Als sie zurückkam, reichte sie Alex eine Flanelldecke und setzte sich wieder. »Jetzt erzähl mir, was passiert ist. Ach, bevor ich es vergesse: Patty hat angerufen. Sie hat es erst bei dir probiert, aber dein Telefon ist ja kaputt. Sie kann morgen nicht kommen. Ich habe ihr gesagt, sie könnte später noch mal anrufen und mit dir selbst sprechen.«

Patty war ihre geringste Sorge. Alex zog ihre Adidas aus, zog ihre Füße unter sich und wickelte sich in die Decke. »Ich war im Atelier ...«, begann sie. Sie erzählte Evelyn von dem Anruf und der halb aufgeblasenen Puppe im Swimmingpool. Und von ihrem Anruf bei Valerie.

»Plötzlich wußte ich, daß es Lisa ist.« Aus dem Beutel holte Alex das herzförmige Medaillon, den Brief und das Tagebuch hervor und legte alles auf die Couch. »Das habe ich in ihrem Zimmer gefunden.«

Evelyn sah verwirrt aus. »Das sieht ja genauso aus wie das Medaillon, das dir Warren geschenkt hat.«

»Ich weiß. Mach es auf.«

Evelyn nahm das Medaillon und betrachtete die beiden Fotos. »Mein Gott!« rief sie leise aus.

»Lies den Brief.«

Evelyn zog den Brief aus dem Umschlag. »›Jetzt müßt ihr beide sterben‹«, las sie laut. Sie schauderte und blickte zu Alex auf. »Sie ist verrückt, nicht wahr?«

»Sie braucht Hilfe«, sagte Alex ruhig. »Jetzt, da ich hier sitze, kann ich ruhig darüber sprechen. Aber als Nicholas und ich allein im Haus waren und ich dachte, Lisa sei irgendwo draußen in der Nähe und warte nur darauf, einzubrechen ...« Alex zog die Decke enger um sich. »Ich weiß nicht, wie ich es Warren beibringen soll. Es wird ihn zerstören.« Sie nahm das Glas und nippte wieder daran.

»Alex –«

Das Telefon klingelte. Alex fuhr bei dem Geräusch hoch. Sie machte eine ruckartige Bewegung mit der Hand und verschüttete den Brandy.

Evelyn langte zum Telefonapparat und nahm den Hörer ab. »Hallo?« sagte sie. Sie blickte rasch zu Alex und deutete mit eindringlichen Gesten auf den Hörer. Ihr Gesicht war angespannt. »Oh, hallo, Lisa. Was kann ich für dich tun?«

Alex erstarrte. Ihr Mund war mit einemmal ausgetrocknet. Mit zitternden Händen hob sie das Glas an die Lippen, konnte aber nicht trinken.

»Nein«, sagte Evelyn, »Alex ist nicht hier. Wie kommst du darauf? Warum sollte Alex hier sein?« Sie hielt den Hörer nahe an Alex' Ohr.

». . . habe versucht, zu Hause anzurufen, aber das Telefon geht nicht«, hörte Alex Lisa sagen. »Daraufhin bin ich mit dem Fahrrad nach Hause gefahren, aber im ganzen Haus ist es dunkel, Evelyn. Ich mache mir wirklich Sorgen.«

Sie klang tatsächlich beunruhigt, dachte Alex. Was für eine großartige kleine Schauspielerin. Sie fröstelte wieder.

»Wo bist du jetzt, Lisa?« fragte Evelyn.

»Bei meiner Freundin Valerie. Und du weißt wirklich nicht, wo Alex und Nicholas sind?«

»Tut mir leid, Lisa. Ich weiß es wirklich nicht. Vielleicht weiß deine Tante ja etwas.«

»Mit ihr habe ich schon telefoniert. Aber sie weiß auch nichts. Wenn du etwas von Alex hören solltest, kannst du ihr bitte sagen, sie soll mich anrufen?« Lisa diktierte ihr die Telefonnummer.

Evelyn drückte den Telefonhörer wieder an ihr Ohr. »Natürlich werde ich das, Lisa. Was? Nein, ich habe seit heute morgen nicht mehr mit Alex gesprochen. Ja, ich verspreche es dir.« Sie legte auf, dann wandte sie sich an Alex und legte sich die Hand auf die Brust. »Gott, mein Herz schlägt rasend schnell! Es ist ein Wunder, daß sie das nicht durchs Telefon hören konnte.«

Alex fuhr sich mit den Fingern durchs Haar. »Glaubst du, sie weiß, daß wir bei dir sind?« Sie schloß kurz die Augen.

»Ich weiß es nicht. Aber ich *glaube*, sie hat mir geglaubt.« Evelyn machte ein besorgtes Gesicht. »Trotzdem mußt du die Polizei einschalten.«

»Das geht nicht! Sie würden sie in Gewahrsam nehmen. Warren würde mich hassen.«

»Alex, du hast keine andere Wahl! Du sagtest, sie hat Warrens Pistole. Was ist, wenn sie herkommt?«

Alex schüttelte den Kopf. »Evelyn –«

»Und was ist mit Nicholas? Laut dem Brief seid ihr beide in Gefahr.« Evelyn nahm das Telefon und stellte es neben Alex auf das Sofa. »Ruf die Polizei an.« Sie hob den Hörer und reichte ihn Alex.

Alex nahm den Hörer und wählte die 911 für den Notruf, doch dann legte sie schnell wieder auf. »Ich muß zuerst mit Warren sprechen.«

»Das ist zu gefährlich! Du kannst nicht auf Warren warten.«

»Ich *muß* aber!«

»Na gut. Ich hoffe, du weißt, was du tust.« Evelyn biß sich auf die Unterlippe. »Ich möchte dich nicht beunruhigen, Alex, aber auch wenn du nicht die Polizei einschaltest, wird das Ganze Auswirkungen auf deine Ehe haben. Der Gedanke muß dir auch schon gekommen sein.«

»Bis vor drei Wochen, als ich noch dachte, es könnte Lisa sein, habe ich die ganze Zeit darüber nachgedacht. Stell dir vor, wie es sein muß, zwischen seiner Frau und seiner Tochter wählen zu müssen.«

Evelyn schüttelte den Kopf. »Das ist irgendwie vollkommen ungerecht, nicht? Warren vergibt dir endlich, daß du ihm deine Vergangenheit verheimlicht und ihm verschwiegen hast, daß du verantwortlich dafür bist, daß dein Sohn ertrunken ist –«

»Aber ich *bin* nicht verantwortlich für Kevins Tod!« rief Alex. »Das habe ich gerade herausgefunden!«

»Natürlich nicht«, sagte Evelyn sanft. »Es war ein schrecklicher Unfall. Ich wollte damit auch nicht sagen, daß es deine Schuld war.«

Alex schüttelte ungeduldig den Kopf. Dabei klatschten die nassen Haarsträhnen gegen ihre Wangen. »Du verstehst nicht. Es war überhaupt nicht meine Schuld. Es war *Larrys* Schuld!«

Evelyn sah bestürzt aus. »Alex, du bist vollkommen aufgewühlt«, sagte sie liebevoll. »Du stehst wahrscheinlich unter Schock. Laß uns morgen darüber reden, okay?«

»Nein, das muß ich dir erzählen!« Sie berichtete ihr von den Geräuschen, die sie gehört hatte, und von den Geräuschen, die sie nicht gehört hatte. »Larry wußte bereits, daß Kevin tot war, Ev, begreifst du nicht? All die Jahre habe ich mich vor Schuldgefühlen fast verzehrt, und dabei war es die ganze Zeit Larrys Schuld gewesen.«

»Du glaubst, Larry hat ihn getötet?« Evelyns Augen waren weit aufgerissen.

»Nein. Larry hat Kevin über alles geliebt. Daß er ertrunken ist, muß ein Unfall gewesen sein. Aber Larry konnte es nicht ertragen, daß er schuld daran hatte, weil das bedeutet hätte, daß er wieder versagt hätte, verstehst du, zusätzlich zu seinen übrigen Fehlschlägen. Er war in seinem Beruf gescheitert. Und seine Ehe war gescheitert. Also brachte er mich und alle übrigen dazu zu glauben, daß ich so in mein Malen vertieft gewesen war, daß ich nicht merkte, wie Kevin nach draußen ging und ertrank. Vielleicht hat er es am Ende sogar selbst geglaubt. Ich weiß es nicht. Aber es war nicht meine Schuld! Du kannst dir gar nicht vorstellen, wie es mir jetzt geht, nach all den Jahren. Die Schuldgefühle . . .«

»Das ist wundervoll, Alex.« Evelyn zögerte, dann sagte sie: »Trotzdem löst das nicht deine Probleme mit Warren und Lisa.«

»Ich weiß.« Alex seufzte. »Aber das werden wir schon irgendwie hinbekommen.« Würden sie das wirklich? Sie nahm wieder einen kleinen Schluck Brandy.

»Die ganze Zeit über habe ich dir zugeredet, hierzubleiben und an allem festzuhalten, aber jetzt . . .« Evelyn schüttelte den Kopf. »Warren hängt sehr an Lisa. Ich weiß nicht, wie es funktionieren soll. Nicht dieses Mal.«

Alex spürte eine leichte Verärgerung in sich aufsteigen. Das war nicht das, was sie hören wollte. »Das siehst du falsch.«

»Tut mir leid, Alex. Ich war immer ehrlich zu dir. Ich möchte auch jetzt nicht lügen.« Sie berührte Alex' Arm. »Ich denke, du solltest lieber von hier wegziehen, bevor es zu spät ist.«

»Aber ich liebe Warren und Nicholas«, sagte Alex entschieden. »Und ich werde nicht vor meinen Problemen weglaufen. Das habe ich schon mal getan, und das war ein großer Fehler. Ich werde es nicht noch mal tun, Evelyn.«

»Aber was ist, wenn Warren dir die Schuld an Lisas Verhalten gibt? Das ist durchaus möglich, weißt du.« Sie beugte sich näher zu Alex. »Sieh mal, dir ist gerade bewußt geworden, daß du nicht schuld am Tode deines Sohnes bist. Dann kannst du doch jetzt in deine Heimatstadt zurückkehren, es allen erzählen und die Scherben deines Lebens wieder zusammenfügen. Wer weiß? Vielleicht könntest du auch wieder mit Larry zusammenkommen.«

Alex stellte das Glas auf den Tisch. Sie begann zu bedauern, daß sie hergekommen war. »Evelyn, soll das ein schlechter Scherz sein? Larry ist in einer psychiatrischen Anstalt, wo er auch hingehört. Ich möchte nicht mehr darüber reden.«

»Nun, aber ich. Ich finde es wichtig. Aber ich nehme an, dich interessiert nicht, was ich will, oder, Alex?«

Alex überlief ein Schauder, der nichts mit ihrer feuchten Kleidung oder ihrem nassen Haar zu tun hatte. »Wovon redest du?« Evelyn benahm sich seltsam. Vielleicht lag das am Brandy. Ihr Gesicht glühte ungewöhnlich.

»Du bekommst immer alles, was du willst, nicht? Du bist einfach in die Vorschule marschiert und hast sie mir vor der Nase weggekauft.«

Alex starrte ihre Freundin an. »Ich wußte nicht, daß du

Interesse am Kauf der Schule hattest. Cybil hat nie etwas dergleichen erwähnt.«

»Ich hatte ja auch nie die Chance! Du hast die Schule übernommen und die Kinder, und dann hast du dir Warrens Herz erschlichen. Mit Hilfe von Nicholas. Aber ich war vor dir Nicholas' Lehrerin! Ich kannte Warren schon, bevor du ihn kanntest!«

Wer es als erster gefunden hat, darf es behalten. Das war ein Spruch, den Alex oft von den Kindern hörte. »Ich dachte, du wärst meine Freundin, Evelyn.« Irgend etwas stimmte hier nicht, dachte Alex. Etwas lief ganz schrecklich schief. Sie spürte ein Ziehen in ihrer Leistengegend.

»Ich dachte auch, daß du und ich Freundinnen wären, aber du wußtest, daß ich Warren mag. Du wußtest es, aber es war dir egal. Wenn du nicht gekommen wärst, hätte sich Warren für mich interessiert. Das weiß ich.«

»Das wußte ich nicht, Evelyn.« Alex rückte langsam von ihr weg. »Ich war mir deiner Gefühle nicht bewußt. Was ist mit Jerry? Ich dachte –«

Evelyn lachte. Es war ein häßlicher, schriller Laut. »Ich bin nicht mit Jerry zusammen! Er hat mich nur einmal abends ausgeführt, weil ich dich dazu überreden sollte, dieses blöde Computersystem zu kaufen. Ich habe so getan, als wären wir zusammen, weil ich kein Mitleid von dir wollte.« Sie fing Alex' Blick auf, der zum Ring an Evelyns Finger wanderte. »Der ist von meiner Mom. Hübsch, nicht?« Sie lächelte. »Ich habe dich wirklich zum Narren gehalten. Du bist doch nicht so schlau, wie du immer denkst, nicht wahr, Alex?« Ihr Lächeln wurde zu einem Grinsen.

Sie ist krank, dachte Alex mit einem Aufblitzen der Angst. Evelyn ist geisteskrank. Sei vorsichtig! Ermahnte sie sich. »Es tut mir leid, wenn ich dir weh getan habe, Evelyn. Wirklich.«

»Das ist jetzt nicht mehr wichtig. Es ist vorbei. Das siehst du doch ein, nicht wahr?« Ihre Stimme war wieder sanft. »Geh weg von hier, Alex. Geh wieder dahin zurück, wo du hergekommen bist, bevor es zu spät ist. Warren braucht dich nicht. Er braucht eine Frau, die für ihn sorgt und ihn selbstlos liebt, eine Frau, die nicht mit einem Problem nach dem anderen ankommt und ihn nicht anlügt.«

»Du hast die anonymen Briefe geschrieben, nicht wahr, Evelyn?« flüsterte Alex. Sie wußte nicht, ob es gefährlich war, die Frage zu stellen, aber sie mußte es unbedingt wissen. »Du hast die Briefe geschrieben und die Internatsanmeldung geschickt und die Puppe ins Krankenhaus gebracht. Du hast auch heute die aufblasbare Puppe in den Swimmingpool gelegt.« Ihre Hände waren feucht. »Wie konntest du nur so grausam sein, Evelyn? Warum haßt du mich so sehr?«

»Ich hasse dich nicht, Alex. Ich liebe Warren, und ich weiß, daß du nicht die Richtige für ihn bist. Aber ich hasse dich nicht, und ich will auch dir und dem Baby nichts antun.«

»Was ist mit dem Brief? ›Jetzt müßt ihr beide sterben.‹«

»Er war nur als Warnung gedacht, verstehst du nicht? Genau wie die Schule. *Ich* habe die Schule verwüstet, nicht Donald Lundquist.« Ihr plötzliches Lächeln hatte etwas Groteskes und Boshaftes an sich. »Ich wollte alles über dich herausfinden, Alex. Welche Geheimnisse du hast. Aber es mußte so aussehen, als wäre jemand eingebrochen. Sonst hättest du sofort gewußt, daß ich dahinterstecke. Und es hat funktioniert, stimmt's? Du hast gedacht, es wäre Lundquist. Du bist nicht dahintergekommen, hab' ich recht?«

»Ich bin nicht dahintergekommen«, wiederholte Alex. Mein Gott! Dachte sie. Niemand weiß, wo ich bin. Nicht Warren, nicht Lisa, nicht Denise. Niemand.

»Aber wenn du wieder in deine Heimatstadt zurückkehrst, wird alles gut.« Evelyn sprach mit eindringlicher

Stimme. »Du wirst dein Kind bekommen, und ich werde Warren heiraten und mich um Nicholas kümmern, und alles wird so sein, wie es sein soll. Niemand wird zu Schaden kommen, weder du noch das Baby.«

»Du hast mich gestoßen, Evelyn. Du hast versucht, meinem Baby etwas anzutun.«

»Ich wollte dich nicht stoßen! Es ist nur ... es ist einfach passiert. Aber ich wollte weder dir *noch* dem Baby jemals etwas antun. Ich wollte nie irgend jemandem etwas antun! Nicht mal Donald Lundquist. Er hat mich gesehen! Beinahe hätte er alles ruiniert! Aber ich habe gesagt, daß ich nicht möchte, daß ihm etwas passiert, also ist es nicht meine Schuld, daß er tot ist. Niemand kann mir das vorwerfen.«

Ein paar Dinge ergaben keinen Sinn, aber Alex konnte sich jetzt nicht damit beschäftigen. »Wie hast du es geschafft, den Brief in Lisas Schublade zu legen? Sie war abgesperrt.«

Evelyn lächelte. »Ich habe ihn hineingeschoben. Es war ganz einfach. Ich habe den Schlüssel genommen, den ihr unter dem Stein aufbewahrt. Ich habe das Medaillon in ihr Schmuckkästchen gelegt. Davor habe ich noch mein Foto herausgenommen und eins von Lisa hineingesteckt. Dann habe ich ein paar von Nicholas' Kleidern genommen. Und ich habe die Pistole an mich genommen, damit du Angst bekommst.« Sie machte eine Pause. »Du wirst doch jetzt auf mich hören, Alex? Wirst du fortgehen? Es ist wirklich das Beste, glaube mir!«

Alex stand auf und ließ die Decke auf die Couch fallen. Sie mußte Nicholas holen und von hier verschwinden, und zwar schnell. Sie bemühte sich um eine ruhige Stimme. »Du hast mir heute abend viel gesagt, worüber ich nachdenken muß, Evelyn. Aber jetzt, denke ich, sollte ich mit Nicholas nach Hause fahren.«

»Du sagtest, du würdest hierbleiben. Du *mußt* hierbleiben.«

»Evelyn, ich sehe dich morgen früh, und dann können wir über alles reden, okay?«

Evelyn stand auf. In der Hand hatte sie Alex' Autoschlüssel. Sie hielt sie Alex hin, doch dann zog sie ihre Hand plötzlich wieder zurück.

»Aber zuerst mußt du mir versprechen, daß du Warren verlassen wirst. Sonst lasse ich dich nicht weg. Das meine ich ernst! Und es wird alles gut werden. Du wirst sehen. Ich werde Warren heiraten, und du –« Sie brach ab. »Ich habe noch eine Überraschung für dich! Ich bin gleich wieder da. Geh nicht weg!« Sie kicherte wie ein Schulmädchen und eilte in Richtung Küche davon.

Sobald Evelyn außer Sichtweite war, rannte Alex zum hinteren Zimmer und machte die Tür auf. »Nicholas«, flüsterte sie, »wir fahren nach Hause.«

Nicholas war nicht im Zimmer.

Mit klopfendem Herzen lief Alex den schmalen Flur zurück und in die Küche. Evelyn war nicht da. Die Seitentür stand offen. Ein Windstoß kühler, salziger Luft wehte herein.

»Evelyn!« schrie Alex. Sie rannte durch die Tür ins Freie. »Evelyn!« brüllte sie wieder. Abgesehen von dem Licht des beinah voll leuchtenden Mondes war es dunkel. Alex blickte erst zur Straße, dann zum Strand. Welchen Weg sollte sie einschlagen?

»Evelyn?« rief sie. »Wo ist Nicholas? Bitte, Evelyn, ich will nur wissen, daß es ihm gut geht.«

Keine Antwort.

»Gott verfluche dich, Evelyn!«

Plötzlich hörte sie einen gellenden Schrei vom Strand her. Dann hörte sie Evelyn rufen – sie wußte, daß es Evelyn war –: »Bring ihn zurück!«

Alex rannte in die Richtung, aus der Evelyns Stimme gekommen war. Der Sand fühlte sich kalt und weich unter ihren Füßen an. In der Ferne konnte sie das Spiegelbild des Mondes auf dem Meer schwimmen sehen. Als sie näher zum Wasser kam, konnte sie zwei Gestalten am Strand ausmachen. Die eine sah aus wie Evelyn. Die andere war ein Mann.

Aber wo war Nicholas? schrie sie innerlich.

Sie suchte den Horizont ab. Nirgends war eine Spur von ihrem Stiefsohn zu sehen.

»Nein!« Evelyns verzweifelter Schrei durchdrang die Luft.

Alex wandte sich schnell in die Richtung, aus der der Schrei gekommen war. Ihre Augen hatten sich inzwischen an die Dunkelheit gewöhnt, und sie erkannte, daß Evelyn den Arm des Mannes festhielt. Der Mann schleuderte Evelyn von sich und begann wegzugehen. Evelyn stürzte sich auf ihn, aber er stieß sie zu Boden. Sie kam wieder hoch. Dann beobachtete Alex mit Entsetzen, wie der Mann etwas hochhob, das wie ein großes Stück Treibholz aussah, und es auf Evelyns Kopf niederkrachen ließ.

»Nein!« schrie Alex.

Sie rannte auf Evelyn zu. Der Mann schlug Evelyn abermals, und sie sank zu Boden. Der Mann blickte zu Alex hin. Dann drehte er sich um, lief ins Wasser und schwamm nach links um eine Felsengruppe herum, die in das Meer hineinragte.

Evelyn lag auf der Seite und rührte sich nicht, als Alex bei ihr ankam. Blut sickerte aus einer gewaltigen, klaffenden Wunde auf ihrer Stirn. Ihre Augen blickten glasig. Alex hob ihr Handgelenk. Ihr Puls war schwach und unregelmäßig.

»Evelyn?«

Ihre Augen öffneten sich flatternd. »Er hat Nicholas. Will ihm was tun.«

Sie war kaum hörbar. Alex beugte sich näher zu ihr.

»Ich habe versucht, ihn daran zu hindern«, flüsterte Evelyn. Ein pfeifender Laut entwich ihrer Kehle. »Warren zuliebe. Konnte es nicht.«

»Wer hat dich eben geschlagen? Wer ist er?«

»Er hat Lundquist getötet. War nicht meine Schuld. Er war's.«

»Evelyn –«

»Sag Warren, daß ich es versucht habe.« Ihre Augen schlossen sich.

Ihr Puls war noch fühlbar. Alex hätte zum Haus zurückrennen und einen Krankenwagen rufen können, aber sie mußte Nicholas finden. Wer war der Mann, der ihn in der Gewalt hatte? Und wo –

»Alex!«

Sie ließ Evelyns Handgelenk fallen und wirbelte zum Wasser herum. Dann keuchte sie. Das Blut stieg ihr dröhnend in den Kopf.

Sechs Meter vom Strand entfernt stand eine Erscheinung im Wasser und hielt Nicholas fest, die Hand über den Mund des Jungen gelegt. Sie konnte nicht wirklich sein.

Aber sie war es.

34

Eine Sekunde lang war Alex wie gelähmt vor Unglauben und Entsetzen. Das war also die »Überraschung«, die Evelyn gemeint hatte! Sie rannte zum Wasser.

Larry stand nicht mehr da. Er schwamm auf der Seite auf die Felsengruppe zu und zog Nicholas mit sich. Nicholas trat mit den Füßen um sich. Sein Mund war jetzt frei, und Alex dachte jedesmal, sie müsse sterben, wenn sie einen seiner mitleiderregenden Schreie – »Mommy! Mommy!« – hörte.

Endlich war sie am Wasser. Sie sprang hinein. Das Wasser war eiskalt, und sie keuchte, während sie begann, ihnen hinterherzuschwimmen.

»Komm und hol mich, Alex! Komm! Du schaffst es«, rief Larry. Er klang wie ein Sportlehrer aus der High-School.

Sie konnte sein Gesicht nicht erkennen, aber sie konnte sich vorstellen, wie sich die Lippen ihres Exmannes zu einem spöttischen Lächeln verzogen hatten.

»Mommy!«

Sie schwamm schneller, schob das pechschwarze Wasser mit ihren Armen und Beinen beiseite. Ihre geprellten Rippen begannen wieder zu schmerzen. Zwischen Schwimmzügen sah sie auf und merkte, daß sich der Abstand zwischen ihnen verringert hatte. Sie war nahe genug, um Nicholas' Gesicht erkennen zu können, in dem sich bloße Furcht spiegelte.

»Ich komme!« schrie sie. »Mommy kommt!«

Mit jedem Zug holte sie auf. Sie fragte sich, warum Larry langsamer geworden war – hatte Evelyn ihn verwundet? –, und jetzt schwamm Larry überhaupt nicht mehr. Er stand in einer Felsspalte und preßte Nicholas an sich, den Arm fest um die Taille des Jungen geschlungen.

»Mommy!« weinte Nicholas. »Mommymommymommy!«

Larry lachte. Alex merkte, daß er mit ihr spielte. Er ließ sie absichtlich näher kommen, fast ganz an ihn herankommen. Als sie anderthalb Meter von ihm entfernt war, grinste er sie an. Nicholas wimmerte.

»Hallo, Alexandra«, murmelte Larry. »Ist das dein neuer Sohn? So ein *hübscher* Junge!«

Alex hielt sich an der zerklüfteten Oberfläche eines Felsens fest. Sie sehnte sich danach, die Arme nach Nicholas auszustrecken, aber sie hatte Angst, wie Larry reagieren würde. »Tu ihm bitte nichts«, sagte sie ruhig.

»Warum wohl würde ich das tun? Etwa weil du mir meinen Sohn weggenommen hast? Ist das ein guter Grund?«

»Larry –«

»Deine Freundin Evelyn hat mich angerufen und mir erzählt, daß du eine neue Familie hast. Und daß du *schwanger* bist!« Er spie das Wort aus. »Kannst du dir meinen Schmerz vorstellen, als sie mir das erzählt hat? *Kannst du?*« sagte er donnernd.

Alex fuhr zurück.

»Kannst du schwimmen, Nicholas?« fragte Larry in einem höhnischen Ton. »Hat Mommy Alex dir beigebracht, wie man schwimmt? Kevin hat sie es beigebracht.«

»Mach, daß er mich losläßt, Mommy!« schrie Nicholas.

»Bitte, Larry«, sagte Alex und zwang sich zu einer ruhigen Stimme. »Du bist wütend auf mich, nicht auf ihn. Laß mich ihn zurück zum Strand bringen. Dann können wir reden. Ich verspreche es dir.« Sie kam näher.

»Das hat Evelyn auch immer gesagt: ›Tu Nicholas nichts.‹ Sie hatte Angst, daß Warren sie nicht liebt, wenn seinem Sohn etwas zustößt. Sie war wirklich zu rührend. Sie wollte nicht mal –«

Mit einer raschen Bewegung hob Alex ihre freie Hand aus dem Wasser, holte aus und schleuderte den Stein, den sie am Strand aufgehoben hatte, seitlich gegen Larrys Kopf.

Larry grunzte und wich zurück. Er verstärkte seinen Griff um Nicholas und begann, in Rückenlage wegzuschwimmen. Alex holte ihn ein und schlug ihn wieder, diesmal mitten auf die Stirn.

Noch immer hielt er Nicholas fest. Mit den Füßen trat Larry nach Alex.

Sie schmetterte den Stein auf seine Nase. Sie hörte das Geräusch von splitterndem Knochen und Larrys Schrei.

Sie ließ den Stein fallen, der lautlos im Wasser versank, zog einen benommenen Nicholas aus Larrys widerstandslosem Arm, hielt den Jungen fest an ihrer Seite und begann, zum Strand zurückzuschwimmen. Sie wußte nicht, wie schwer sie Larry verletzt hatte – er hatte stark geblutet. Sie blickte zurück. Er schaukelte im Wasser auf und ab, sein Kopf war kaum zu sehen. Als sie sich ein zweites Mal umdrehte, war er weg.

Als sie den Strand erreichten, blieb Alex eine Minute lang im feuchten Sand liegen und versuchte, wieder zu Atem zu kommen. Dann zog sie sich auf die Füße.

»Laß uns gehen«, sagte sie zu Nicholas. Ihre Kehle schmerzte.

Sie nahm den Jungen an der Hand, und sie gingen über den Sand.

Plötzlich packte eine Hand sie am Fußknöchel.

Sie merkte, wie sie zu Boden fiel; instinktiv schützte sie ihren Unterleib mit den Armen und kam mit dem Kinn auf dem Sand auf. Der Aufprall erschütterte ihren Kiefer. Jetzt packte eine zweite Hand ihren anderen Knöchel, und sie fühlte, wie sie zum Wasser geschleift wurde.

»Lauf, Nicholas!« Ihr Mund war voller Sand. »Lauf!«

Nicholas stand wie gelähmt da.

»Lauf! Lauf zu Evelyns Haus! Ruf die Polizei!«

Der Junge begann loszurennen, wobei er zu Alex zurückschaute. Schnell wurde er von der Dunkelheit verschluckt.

Alex versuchte, mit den Füßen nach Larry zu treten, während dieser sie weiter über den Sand zerrte, aber der Griff um ihre Knöchel war zu stark. Jetzt tauchte ihr Gesicht ins flache Wasser. Sie fragte sich, wie lange sie die Luft anhalten konnte, bevor sie sterben würde.

Auf einmal ließ er ihre Knöchel los. Sie stützte sich mit

den Armen auf und hob keuchend den Kopf, um nach Luft zu schnappen. Dann krallte sie sich mit den Fingern in den nassen Sand und zog sich aus dem Wasser heraus. Doch plötzlich wurde sie auf den Rücken gedreht wie eine Flunder, die an den Strand getrieben worden war.

Sie blinzelte das Wasser aus ihren Augen weg und sah, daß Larry aus den Wunden blutete, die sie ihm auf der Stirn, den Schläfen und der Nase beigebracht hatte. Warum war er noch nicht tot? Sie wünschte, er wäre tot.

Er setzte sich rittlings auf sie und drückte ihre Arme mit den Beinen auf den Boden. Eine große, muskulöse Hand legte sich wie eine Klammer um ihre Kehle. Die andere wanderte unter ihren Pulli und streichelte ihren gerundeten Bauch. Sie wollte schreien, aber als sie den Mund öffnete, drang kein Laut heraus.

Er schob ihren Pulli hoch und das Gummiband ihrer Hose herunter, bis ihr ganzer Bauch entblößt war. »Du hast schon einen ganz schön großen Bauch«, sagte Larry sanft. »Einen viel größeren, als ich dachte.«

Er beschrieb mit dem Finger einen Kreis um ihren Bauchnabel. »Ich glaube, es wird ein Junge. Du hast eine Fruchtwasseruntersuchung machen lassen, hat mir Evelyn erzählt, also wirst du es bald genau wissen. Ich habe deinen Arzt angerufen und mich als Versicherungsfritze ausgegeben. Ich habe so getan, als bräuchte ich für deine Police Informationen über deine Schwangerschaft, aber er wollte mir nichts erzählen. Evelyn hat mir davon erzählt. Evelyn hat mir alles erzählt. Ich bin ja so froh, daß deine Freundin mich ausfindig gemacht und mir erzählt hat, wo du steckst.« Er lächelte.

Arme Evelyn. Sie war inzwischen wahrscheinlich schon tot, dachte Alex. Sie versuchte, sich zu bewegen, aber der Druck um ihre Kehle verstärkte sich, und sie beschloß, lieber still liegenzubleiben.

»Es hat Spaß gemacht, dir im Supermarkt und im Laden zu folgen und dich zu beobachten.« Er bemerkte den verblüfften Ausdruck in ihren Augen. »Ja, das war ich!« Er lachte. »Ich habe dir einen ganz schönen Schrecken eingejagt, was? Ich habe Evelyn gesagt, du würdest mich nicht erkennen, jedenfalls nicht so, wie ich angezogen war. Und außerdem war ich der letzte Mensch, den du zu sehen erwartet hättest.«

Er streichelte wieder ihren Bauch. »Evelyn fand es keine gute Idee. Sie bat mich, damit aufzuhören. Und sie hatte solche Angst, als Lundquist meinte, er wolle dir sagen, wer dich gestoßen hat. ›Was mache ich bloß?‹ jammerte sie unaufhörlich, ›was mache ich bloß?‹ Also habe ich mich um Mr. Lundquist gekümmert.«

Er hat Lundquist getötet. War nicht meine Schuld, hatte Evelyn gesagt.

»Er hat es mir sehr einfach gemacht, weil er die Tür für dich offengelassen hatte. Er hat mich erst gehört, als ich nur noch ungefähr drei Meter vom Pool entfernt war. Als er mich gesehen hat, ist er aus dem Whirlpool gestiegen und hat versucht wegzulaufen. Aber er ist nicht sehr weit gekommen.« Larry machte eine Pause. »Ich mußte es tun, Alex. Du durftest das mit Evelyn nicht erfahren. Es hätte alle meine Pläne zunichte gemacht. Das verstehst du doch, nicht?« Seine Augen forderten eine Antwort. Seine Hand schloß sich fester um ihren Hals.

Sie fühlte, wie ihr das Blut in den Kopf stieg. Sie nickte.

»Evelyn hatte sich das alles ausgedacht, weißt du?« Er lächelte. »Sie wollte Warren heiraten. Und du und ich sollten wieder zusammenkommen und dieses Kind gemeinsam großziehen.« Er beugte sich näher zu ihr, bis sie seinen Atem auf ihrem Gesicht spüren konnte. »Willst du wieder mit mir zusammensein, Alex?« Er lockerte den Griff um ihren Hals. »Willst du das?«

Die Worte entwichen ihr als Krächzen. Sie räusperte sich und versuchte es noch mal. »Wenn es das ist, was du gern möchtest, Larry.« Sie würde alles sagen, wenn sie dadurch am Leben bleiben würde. Wenn sie damit sich und das Ungeborene retten würde.

»Was ist mit Warren, Alex? Und mit deinem hübschen Stiefsohn? Wirst du sie nicht vermissen?«

Was war die richtige Antwort? »Ich möchte, daß du glücklich bist, Larry.«

»Glaubst du, wir könnten wieder glücklich sein? Evelyn glaubte das.«

»Ja.«

»Und wir könnten dein Kind großziehen, dein Kind an Kevins Stelle großziehen? Wieder eine Familie sein?«

»Wenn du das gern möchtest.«

Er beugte sich noch näher zu ihr, und sie dachte schon, er würde sie küssen. Der Gedanke verursachte ihr Ekel, aber sie würde es ertragen.

Als sein Mund fast auf ihrem war, sagte er: »Niemand kann Kevin ersetzen, Alex.« Seine Stimme war kalt, gefühllos.

»Natürlich nicht«, sagte sie rasch. »Ich meinte auch nicht –«

»Niemand!« zischte er. »Hast du auch nur für eine Minute geglaubt, ich wolle mit dir zusammenleben? Du hast Kevin getötet, und du glaubst allen Ernstes, ich würde auch nur im selben *Raum* mit dir sein wollen?«

Ihr Herz klopfte. »Larry –«

»Ich werde dich töten, Alex«, flüsterte er, »dich und dein geliebtes Baby. Das ist nur gerecht. Du hast mein Kind getötet, also werde ich deines töten.« Er hatte jetzt beide Hände um ihren Hals gelegt.

»Ich habe ihn nicht getötet! Es war ein Unfall!«

»Du hast gemalt, während er ertrunken ist. *Gemalt!*«

»Nein! Er war bereits tot!« Sie hatte jetzt nichts mehr zu verlieren. »Es war deine Schuld, Larry. *Du* hast Kevin ertrinken lassen, nicht ich. Du hast die Tür gar nicht zugemacht. Du hast sie aufgemacht.«

»Lügnerin!« Sein Gesicht war vor Wut rot gefleckt. »Du verdammte Lügnerin!«

Sie erkannte an seinem Gesichtsausdruck, daß er zu lange mit der Lüge gelebt hatte, um sie jetzt aufgeben zu können. Er begann zuzudrücken. Doch plötzlich löste er seinen Griff und sprang auf die Füße.

»Nein, nicht hier. Im Wasser, so wie Kevin. Ich möchte, daß du am eigenen Leib spürst, wie er gelitten hat.«

Er zerrte sie auf die Füße und legte den Arm um sie. Obwohl sie sich wehrte und um sich trat, zog er sie immer weiter ins Wasser hinein, bis es ihm zur Schulter reichte. Erneut legte er seine Hände um ihre Kehle und starrte sie aus wahnsinnigen, haßerfüllten Augen an, während er ihren Kopf nach unten drückte. Sie wußte, er würde ihren Kopf unter Wasser halten und sie würde sterben.

Sie stieß ihre Fingernägel in seine Augen. Er brüllte auf, löste seine Hände von ihrer Kehle und hob sie an sein Gesicht. Sofort riß sie mit einer raschen Bewegung ihr Knie hoch und trat ihn zwischen die Beine. Er klappte stöhnend vornüber und schlang die Arme um seinen Oberkörper.

Alex schwamm keuchend weg. Sie wußte, er würde bald hinter ihr sein und näher und näher kommen, aber sie durfte sich nicht umschauen. Sie durfte keine Zeit verschwenden oder es riskieren, bei seinem Anblick vor Angst zu erstarren.

Sie erreichte den Strand, zog sich auf die Füße, stolperte und zog sich wieder hoch. Dann begann sie zu laufen. Einen Moment später konnte sie seinen rauhen Atem hinter sich hören und seine klatschenden Schritte auf dem Sand.

Sie rannte zu der Stelle, wo Evelyn lag, und hob das

blutige Stück Treibholz auf, das Larry fallengelassen hatte. Sie drehte sich zu ihm um.

Er war noch anderthalb Meter entfernt.

Sie hob das Holzstück hoch über ihren Kopf. Er kam schwankend auf sie zu, dann sackte er zu Boden.

35

»Ich habe mit der Polizei gesprochen«, sagte Warren zu Alex. »Larry hat ausgesagt, Evelyn habe von seinem Selbstmordversuch auf dem Friedhof erfahren, auf dem Kevin begraben liegt. Danach hätte sie in der psychiatrischen Anstalt angerufen. Larry war entlassen und unter Vormundschaft seiner Eltern gestellt worden – laut dem Direktor der Klinik hatte sich sein Zustand beträchtlich gebessert. Evelyn hat seine Spur dann bis zu seinen Eltern verfolgt. Ich schätze, als sie ihm erzählt hat, daß du wieder geheiratet hast und schwanger bist, war das zuviel für ihn.«

Sie waren im Garten hinter dem Haus. Alex lag auf dem gepolsterten blau-weiß-gestreiften Liegestuhl, und Warren saß über Eck auf dem dazu passenden Gartenstuhl. Es war Dienstag nachmittag. Alex war eben erst aus dem St. John's Krankenhaus entlassen worden. Dem ungeborenen Baby war wundersamerweise nichts passiert.

»Aber auf der anderen Seite sind Babys auch stark und zäh«, hatte Pearson lächelnd zu ihr gesagt. »Und das sind Sie auch, meine Liebe. Ich bewundere Ihren Mut.«

Sonntag nacht hatte sie sich weder besonders stark noch mutig gefühlt. Sie hatte sich zu Tode geängstigt und sich verwundbar und verzweifelt gefühlt.

Nachdem Larry zu Boden gesackt war, war sie neben Evelyn auf die Knie gesunken und weinend zusammengebrochen. Sie war müde, so müde, daß sie sich nicht vorstellen konnte, jemals wieder aufzustehen, aber der Gedanke, daß Nicholas allein in einem fremden Haus war und nicht wußte, ob sie lebendig oder tot war, gab ihr die Kraft, sich wieder auf die Füße zu ziehen.

Während sie auf Evelyns Haus zueilte, vernahm sie Sirenengeheul. Das erste Mal seit Kevins Tod freute sie sich darüber, den schrillen Laut zu hören. Sie ging zur Vorderseite des Hauses und stieß auf die zwei Streifenpolizisten, die den gewundenen, schmalen Fußweg aufs Haus zugingen.

»Haben Sie uns angerufen?« fragte einer der beiden Polizisten.

»Mein Sohn«, sagte sie. Sie zitterte.

»Was ist passiert?« fragte der Polizeibeamte.

»Ich muß zuerst meinen Sohn sehen.« Sie klingelte an Evelyns Haustür. Als sie hörte, wie sich auf der anderen Seite der Tür Schritte näherten, sagte sie: »Ich bin's, Nicholas. Mommy.«

Einen Moment später lagen sie sich weinend in den Armen.

Während der eine Beamte bei Nicholas im Haus blieb, führte Alex den anderen Polizisten um das Haus herum zu Evelyn und Larry und erklärte ihm dabei, was geschehen war.

Evelyn war tot.

Larry lebte, war aber bewußtlos. Er hatte eine Menge Blut verloren, sagte der Polizeibeamte. Ein Krankenwagen brachte ihn weg. Das Sirenengeheul schwächte sich zu einem leisen Wimmern ab und war schließlich gar nicht mehr zu hören.

Von Evelyns Telefon aus rief Alex Warren bei seinen Eltern an – sie waren gerade vom Festessen zurückgekehrt – und anschließend Denise. Alex war zu erschöpft, um alles genau zu erklären, deshalb sagte sie jedesmal das gleiche: Evelyn sei tot. Ihr Exmann Larry wäre in Evelyns Haus gewesen und habe versucht, sie umzubringen, aber Nicholas und ihr ginge es gut. Sie bat Denise, Lisa bei Valerie Haine anzurufen.

Sie rief auch Dr. Pearson an; er drängte sie, ins Krankenhaus zu fahren. Sie wollte jedoch warten, bis Denise mit Lisa eingetroffen war. Als sie kamen, gab es noch mehr Umarmungen und noch mehr Tränen. Es standen viele unbeantwortete Fragen im Raum, die Alex jedoch nicht stellen konnte, nicht heute nacht. Erst nachdem Nicholas mit seiner Schwester zu seiner Tante gefahren war, ließ Alex es zu, daß man sie ins St. John's brachte.

Warren nahm den frühesten Flug von Chicago nach Hause und traf am späten Morgen im Krankenhaus ein. Alex schlief gerade, als er den Raum betrat, und als sie die Augen öffnete, stand er bereits neben ihrem Bett. Sie begann zu weinen. Warren weinte auch. »Ich hätte dich verlieren können«, sagte er mit zitternden Lippen. Nicholas erwähnte er nicht, nicht zu diesem Zeitpunkt, und er stellte ihr keinerlei Fragen.

Er blieb, bis sie ihm sagte, er solle gehen und zu Lisa und Nicholas fahren. Sie brauchen dich auch, sagte sie. Am Nachmittag kehrte er mit den Kindern zurück. Und heute hatte er sie abgeholt und nach Hause gebracht. Sie war im Haus durch alle Räume gegangen, als sähe sie sie zum ersten Mal. Und auf eine gewisse Weise stimmte das auch. Sonntag nacht, als sie gespürt hatte, wie das Leben aus ihr wich, hatte sie gedacht, sie würde das Haus und Nicholas und Lisa und Warren nie wiedersehen.

Im Haus war alles zum Normalzustand zurückgekehrt. Am Vortag hatte Warren die Telefongesellschaft veranlaßt, die Leitungen zu reparieren, die Larry durchtrennt hatte, bevor er die Sicherungen in der Garage herausgenommen hatte. Alex nahm an, daß Warren auch die aufblasbare Puppe aus dem Pool entfernt hatte. Jedenfalls lag sie nicht mehr im Wasser.

»Larry ist über das Haus in die Garage eingedrungen, indem er unseren Ersatzschlüssel benutzt hat«, erklärte ihr Warren jetzt. »Nachdem er die Telefonleitungen durchtrennt und die Sicherungen herausgenommen hat, hat er die Garagentüren von innen geöffnet. Er mußte sie dann offenstehen lassen, weil ihm die Fernbedienung zum Schließen fehlte.«

»Ich weiß, daß Larry wieder in einer psychiatrischen Klinik ist, und Nicholas und ich haben alles wohlbehalten überstanden, aber wenn ich daran denke, daß er hier im Haus war, während ich Nicholas oben gebadet habe ...« Sie schauderte.

Warren nahm ihre Hand und drückte sie. »Denk nicht mehr daran, Alex.«

Sie drehte sich auf die Seite, um ihn anzusehen. »Er wollte, daß ich ertrinke, so wie Kevin. Das hat er gesagt. Er hätte mich jedoch schon im Pool ertrinken lassen können. Aber ich schätze, sein Plan sah anders aus. Er hat ihn gemeinsam mit Evelyn ausgearbeitet; sie hatten sich in dieser Sache zusammengetan.«

Warren furchte die Stirn. »Aber warum hat er sie dann getötet? Ich habe diese Frage auch der Polizei gestellt, aber anscheinend hat sich Larry nicht dazu geäußert.«

»Evelyn hat mit ihm gekämpft, weil er Nicholas aus dem hinteren Zimmer entführt hat, durch die Terrassentür.« *Bring ihn zurück!* Alex hatte ihren Schrei gehört. »Ich denke, sie hatte Angst, wenn Larry Nicholas etwas antun würde, würdest du ihr die Schuld daran geben. Und dann würdest du sie nicht mehr lieben oder heiraten.« Alex fragte sich, warum ihr die Frau so leid tat, die ihr Feind gewesen war.

»Und vielleicht wollte er sie auch zum Schweigen bringen«, fuhr Alex fort. »Weil sie wußte, daß er Lundquist getötet hatte. Das erklärt auch, warum sie so geschockt war, als ich zum Auto zurückkehrte und ihr erzählte, daß Lundquist tot sei.« Sie machte eine Pause. »Warren, hat Larry der Polizei irgend etwas von Lundquist erzählt?«

»Nein. Er behauptet, er sei hergekommen, um sich mit dir zu versöhnen.«

»Er hat versucht, mich zu töten – und unser Baby!« Wieder überlief sie ein Schauder, als sie sich an die Szene erinnerte. »Aber das war *sein* Plan, nicht Evelyns. Evelyn wollte nur, daß ich von hier fortgehe. Die anonymen Briefe sollten mir Angst einjagen und mich vertreiben. Larry wollte mich dafür bestrafen, daß ich Kevin habe ertrinken lassen.«

»Aber jetzt weißt du, daß du keine Schuld an Kevins Tod trägst«, sagte Warren sanft und drückte ihre Hand noch fester. »Ist es nicht eine Ironie des Schicksals, daß es auch etwas Gutes hatte, als du die Puppe im Pool gesehen hast? Dadurch konntest du dich genau erinnern.«

»Es hätte aber genausogut meine Schuld sein können. Jedes Jahr ertrinken Hunderte von Kindern, Kinder mit liebenden, fürsorglichen Eltern. Kinder wie Kevin. Den meisten ist nicht bewußt, wie schnell ein Kind ertrinken kann. Ich habe es selbst nicht gewußt, bis ich nach Kevins Tod viel darüber gelesen habe. Es kann weniger als eine Minute dauern. Du drehst dem Kind für zwanzig Sekunden den Rücken zu, und schon ist es zu spät.« Was war an jenem Tag passiert? Hatte Larry ein Telefonat geführt? Die Zeitung gelesen? Sie würde es nie erfahren.

»Alex, wirst du deine Eltern anrufen und es ihnen erzählen?«

Darüber hatte sie bereits nachgedacht. »Sie haben mich im Stich gelassen, Warren.« Sie zog ihre Hand zurück und legte sich wieder auf die gepolsterte Liege. »Das kann ich ihnen nicht verzeihen. Jedenfalls jetzt noch nicht. Sie waren sehr grausam zu mir.«

»*Evelyn* war grausam. Sie wirkte so aufrichtig, so freundlich, so liebenswert.« Warren schüttelte den Kopf. »Sie erzählte mir, du würdest die anonymen Briefe selbst schreiben. Sie behauptete, sie hätte in deinem Büro Beweise dafür gefunden und habe Angst, du würdest paranoid werden.«

Alex nickte. Das ergab Sinn.

»Ich habe ihr geglaubt.« Er blickte zum Pool, während er das sagte, dann wandte er sich wieder an Alex. »Es tut mir leid«, sagte er leise.

»Du brauchst dir keine Vorwürfe zu machen. Ich habe auch alles geglaubt, was sie mir erzählt hat. Sie konnte phantastisch lügen.« Alex lächelte schwach. »Bist du jemals mit ihr ausgegangen?«

»Nein. Sie war immer sehr freundlich zu mir. Sie hat mir zwar signalisiert, daß sie an mir interessiert war, aber sie war nicht mein Typ.« Er zuckte die Achseln.

»Das hast du mir nie erzählt.« In ihrer Stimme schwang sanfter Tadel mit.

»Es war irgendwie seltsam.« Er machte eine Pause. »Du und Evelyn wart so eng befreundet.«

Alex zögerte, dann sagte sie: »Und ich dachte, es wäre Lisa.« Ihr Gesicht glühte vor Scham, aber sie blickte ihn direkt an. »Ich habe ihre Schreibtischschublade aufgebrochen, Warren. Das muß ich ihr noch erzählen. Und ich muß mich bei ihr dafür entschuldigen und dafür, daß ich gedacht habe, sie ...« Alex konnte den Satz nicht beenden.

Warren nickte. Er flocht seine Finger durch ihre.

Wie sich herausstellte, hatte Lisa Valerie die Wahrheit gesagt: Sie war mit Ricky Parks, einem zwei Jahre älteren Schüler, zusammen weggewesen. Sie hatten Pizza gegessen und waren spazieren gegangen. Lisa hatte weder Warren noch Alex etwas von Ricky erzählt, weil sie dachte, sie hätten etwas dagegen, wenn sie sich mit einem Jungen traf. Denise hatte davon gewußt, wie Warren Alex erzählte. Es war merkwürdig, aber Alex war nicht mehr eifersüchtig auf die Nähe ihrer Stieftochter zu ihrer Tante und fühlte sich auch nicht mehr davon bedroht.

Alex erzählte Warren von dem Medaillon, dem Brief und dem Tagebucheintrag. »Evelyn sagte, sie habe den Brief in die Schublade geschoben und das Medaillon in Lisas Schmuckkästchen gelegt. Aber das Tagebuch gibt mir noch immer Rätsel auf. Den Brief in die zugesperrte Schublade zu schieben ist nicht schwer. Das hätte jeder gekonnt. Aber wie konnte Evelyn das Tagebuch herausbekommen und etwas hineinschreiben? Lisa hat das Tagebuch und die Schublade immer zugesperrt.«

Warren zog seine Hand weg. »Alex, es gibt da etwas, was ich dir erzählen muß, etwas, das ich dir schon vor langer Zeit hätte erzählen sollen. Es hat mit Andreas Tod zu tun.« Er saß mit vorgebeugtem Oberkörper da, die Ellbogen auf die Knie gestützt, die Stirn auf die ineinander gefalteten Hände gelegt. »Andrea war nicht mehr sie selbst nach Nicholas' Geburt. Sie war launisch und unruhig. Und sie weinte die ganze Zeit. Schwere Wochenbettdepressionen, diagnostizierte ihr Arzt.«

Alex wartete.

Seine Fingerknöchel traten weiß hervor. »Ich habe dich im Glauben gelassen, Andrea sei an Geburtskomplikationen gestorben. In Wahrheit . . . in Wahrheit hat sie sich mit einer Überdosis Tranquilizer umgebracht.«

Alex war einen Moment still, dann sagte sie: »Warum konntest du mir das bis jetzt nicht erzählen?«

Er ließ seine Hände sinken und wandte ihr sein Gesicht zu. »Ich habe es versucht – du glaubst gar nicht, wie oft ich es versucht habe! Aber es hat einfach zu sehr weh getan.« Er schaute zu Boden. »Da waren die ganzen Erinnerungen, die hochkamen. Und ich glaube, da war auch das Gefühl des Stigmas. Ich sehe ein, daß es falsch war, es dir zu verschweigen.« Er blickte sie an.

»Aber was hat das mit Lisas Tagebuch zu tun?«

»Lisa hatte durch Andreas Tod ein Trauma erlitten. Ich glaube, für sie war seitdem eine Schwangerschaft untrennbar mit Sterben verbunden. Als sie also herausfand, daß du schwanger bist . . .«

». . . dachte sie, ich würde sterben«, vollendete Alex den Satz. *Oh, Lisa!*

Warren nickte. »Wir hatten gestern abend ein langes Gespräch. Sie erzählte mir, sie habe vor einem Monat einen anonymen Brief erhalten, in dem stand, daß du schwanger bist.«

War der auch von Evelyn gewesen? fragte sich Alex. »Sie hat es also gar nicht von Denise erfahren.« Oder von Paula. Alex mußte sich bei so vielen Menschen innerlich entschuldigen. Und bei einigen nicht nur innerlich. Was allerdings Paula betraf, hatte Alex immer noch das Gefühl, daß es richtig gewesen war, sie zu entlassen.

»Lisa war verletzt, als du deswegen in sie gedrungen bist«, fuhr Warren fort. »Und beunruhigt über dein Verhalten. Als sie dich dann auch noch an jenem Nachmittag mit Ron gesehen hat, wußte sie nicht mehr, was sie davon halten sollte. Sie sagte, du seist später zu ihr gekommen und hättest über kompromittierende Situationen gesprochen, aber sie hat eine Zeichnung gesehen, die du von ihm angefertigt hast und hatte Angst, Nicholas würde sie vielleicht entdecken und mir zeigen, und dann wäre ich wütend auf dich. Deshalb hat sie sie an sich genommen und draußen in die Mülltonne geworfen.«

Lisa als Beschützerin? Der Gedanke entbehrte nicht einer

gewissen Ironie und war rührend. Alex sprach ihre Gefühle laut aus.

»Sie dachte, das wäre alles wegen deiner Schwangerschaft«, sagte er. »Und in ihren Augen verschlechterte sich dein Zustand zunehmend. Ihre Launenhaftigkeit? Ihr schroffes Verhalten dir gegenüber? Ich denke, sie hat versucht, Distanz zu dir aufzubauen, sich nicht zu sehr an dich zu binden, dich nicht zu lieben. Und als du nervös und mißtrauisch wurdest, hat sie das dann mehr denn je überzeugt, daß du Depressionen hast, so wie Andrea.«

Was hatte Lisa in ihr Tagebuch geschrieben? Die Worte hatten sich in Alex' Gedächtnis eingeprägt.

... und bald wird Alex sterben ... Ich könnte traurig sein, wenn ich es zulassen würde, aber ich werde es nicht zulassen ... Es wird nichts daran ändern, was geschehen wird ...

»Lisa sollte nicht allein damit fertig werden müssen, Warren. Sie sollte Hilfe bekommen.«

»Sie war im ersten Jahr nach Andreas Tod in Therapie. Danach wollte sie nicht weitermachen. Sie sagte, ihr ginge es gut. Als sie begann, sich so merkwürdig aufzuführen, nachdem du schwanger geworden warst, redete ich mir ein, alles, was sie bräuchte, sei Zeit. Aber wir haben vergangene Nacht darüber gesprochen, und sie hat eingewilligt, wieder eine Therapie anzufangen.«

Die Stille war diesmal bedrückender.

»Ich weiß, was du denken mußt, Alex. Ich habe von Vertrauen gesprochen. Ich war gekränkt und wütend, weil du deine Vergangenheit vor mir verheimlicht hast. Und dabei habe ich dasselbe getan.«

Er sah elend aus, und ihr spontaner Impuls war es, ihm gegenüber Nachsicht walten zu lassen, aber das wäre nicht der richtige Weg zur Ehrlichkeit. »Du hast recht«, sagte sie ruhig. »Du hättest es mir nicht verschweigen dürfen.«

Es gab zu viele Geheimnisse, dachte sie. Ihre Geheimnisse. Warrens Geheimnisse. Lisas Geheimnisse. Denises Geheimnisse. Geheimnisse, erkannte Alex, waren fruchtbarer Nährboden für Verdächtigungen. Sie alle – und allen voran Alex selbst, Warren und Lisa – waren Evelyns und Larrys Opfer gewesen, aber ihre Unfähigkeit, ehrlich miteinander zu kommunizieren, hatte sie zur leichten Beute gemacht.

Sie nahm Warrens Hand. »Keine Geheimnisse mehr.«

»Keine Geheimnisse mehr«, echote er.

»Sind wir eigentlich verheiratet, Warren?« fragte sie plötzlich. »Rechtmäßig, meine ich. Ich habe nämlich bei unserer Hochzeit angegeben, daß ich Witwe sei.«

»Wir wurden getraut, also sind wir verheiratet. Und über die Rechtmäßigkeit muß ein Richter entscheiden. Wenn er ein Problem sieht, heiraten wir eben noch mal.« Er lächelte. »Vorzugsweise bevor das Baby auf die Welt kommt.« Er beugte sich zu ihr und küßte sie.

Sie hörte das Rumpeln der Schiebetür. Sie fragte sich, ob sie dieses alltägliche Geräusch jemals würde hören können, ohne an seine Bedeutung zu denken. Diesem Geräusch verdankte sie es, daß sie ein gewisses Maß an innerem Frieden wiedergefunden hatte, den sie seit langem für immer verloren geglaubt hatte. Allerdings nur ein gewisses Maß. Larry hatte zwar schuld, aber Kevin war tot. Das würde sie niemals vergessen können.

Lisa und Nicholas kamen die Ziegelstufen hinunter. Nicholas rannte im Zickzackkurs auf sie zu; Lisa schlenderte langsamer hinterher.

Es würde keine wundersamen Veränderungen über Nacht geben.

Der Traum würde vermutlich irgendwann verschwinden, vielleicht würde er auch einfach immer mehr verblassen. Es würde eine Weile dauern, bis die Wahrheit den lange im Amt stehenden Irrtum abgelöst hatte, mit dem sie gelebt hatte.

Es würde eine Zeitlang dauern, bevor Lisa sie »Mom« nennen würde, falls das überhaupt jemals der Fall sein würde. Es würde auch eine Zeit dauern, bis Alex eine neue Beziehung zu ihrer Stieftochter und zu Denise aufgebaut hätte.

Alex hatte viel Zeit.

»Willst du mal fühlen, wie das Baby im Bauch strampelt?« fragte Nicholas. Lisa und er standen jetzt neben Alex. »Mommy läßt es dich fühlen.«

Lisa lächelte scheu. »Darf ich?«

Alex nahm ihre Hand.